王夫之《诗经》学研究

纳秀艳 著

中国社会科学出版社

图书在版编目(CIP)数据

王夫之《诗经》学研究/纳秀艳著. —北京：中国社会科学出版社，2016.6
ISBN 978-7-5161-7928-4

Ⅰ.①王… Ⅱ.①纳… Ⅲ.①《诗经》—诗歌研究 Ⅳ.①I207.222

中国版本图书馆 CIP 数据核字(2016)第 070570 号

出 版 人	赵剑英
责任编辑	田 文
责任校对	郝阳洋
责任印制	王 超

出　　版	中国社会科学出版社
社　　址	北京鼓楼西大街甲 158 号
邮　　编	100720
网　　址	http://www.csspw.cn
发 行 部	010-84083685
门 市 部	010-84029450
经　　销	新华书店及其他书店

印　　刷	北京明恒达印务有限公司
装　　订	廊坊市广阳区广增装订厂
版　　次	2016 年 6 月第 1 版
印　　次	2016 年 6 月第 1 次印刷

开　　本	710×1000　1/16
印　　张	22
插　　页	2
字　　数	372 千字
定　　价	79.00 元

凡购买中国社会科学出版社图书，如有质量问题请与本社营销中心联系调换
电话：010-84083683
版权所有　侵权必究

六经责我开生面

——纳秀艳《王夫之〈诗经〉学研究》序

夏传才

"六经责我开生面，七尺从天乞活埋。"

这是我一生最喜欢的一副对联，对联的作者是我敬佩的 17 世纪屹立在世界东方的中国文化巨人王夫之，世称船山先生。

船山先生生活在明清易代之际，面临严酷的民族危机和社会危机。当满洲贵族的铁骑入关践踏中华大地，血与火燃遍大江南北，"扬州十日""嘉定三屠"……不堪受蹂躏和屠戮的汉族人民奋起反抗，曾经饱读诗书、通晓六艺的王夫之自觉地投入抗清义军参加战斗。各地自发的缺乏统一组织的抗战失败了，抗清志士王夫之誓不降清，流落于湘西少数民族区域。这是王夫之的前半生——一位坚持民族大义的明朝遗民，寄身瑶峒的流亡的知识分子。

明清易代是一段令人十分感慨的历史，满族总计 200 多万人口，满洲贵族的八旗军队一共只有 20 万人，而且社会生产力和文化落后，以这一点国力和兵力，实际上不可能统治大于它本土几千倍面积的广阔国土，征服生产力和文化先进的一亿多人口的汉族和其他少数民族。满洲贵族采取全盘汉化的政策，以铁血镇压与怀柔的手段，联合汉族地主阶级和蒙古贵族，建立了巩固的全国统治政权，实行让人民休养生息、发展生产力的政策，获得实效。民族矛盾退居到次要的地位，有识之士乃总结明亡的历史经验，在于明王朝的统治黑暗腐败，社会矛盾尖锐，农民造反的烽烟四起，摧毁统治基础，国家积弱积贫，无力抵御外族入侵。在这种形势下，进行反清的武装斗争徒然无功，只会造成新的社会动乱而生灵涂炭。这些前明遗民，一方面坚持民族气节，不与满洲贵族政权合作而隐逸民间；另一方面讲学和著述，传承有五千年文明史的中华优良文化，关注于社会的进步改革。30年前我写过一本书，称这些有识志士的代表是顾炎武（1613—1682）、黄宗羲（1610—1695）、王夫之（1619—1692）三先生。

  三先生生活的17世纪，已经是中国封建社会后期，他们是当时中国的先进思想家。总的来说，他们继承古典的唯物主义，批判程朱理学和阳明心学，开启了以实事求是、讲求实证为学风；以面对现实，经世致用为旨归，他们对社会政治改造的强烈要求，自思想文化上开辟了一个充满战斗精神的新时代。他们反对君主专制，宣传民族复兴，提出均田、减赋、工商皆本、司法公正等政治经济改良思想。他们对当时资本主义萌芽这一新的社会经济因素有了一定的认识，反映了新兴市民阶层的社会改革要求。三先生在明末清初社会大变革的意识形态领域鼎足而立，各有侧重。顾炎武主张实学，即社会政治改革之学，治学注重考据实证，奔波各地山川、民间，考察郡国利病；他创始浙西学派，是清代朴学的始祖。黄宗羲抨击君主专制制度，把史学和经学结合，批判迂儒、伪儒、小儒，提倡治学关注天下治乱；他开创学术史研究，创始浙东学派，他的学说是后世托古改制的君主立宪派的先驱。王夫之则遍注群经，用疏释儒经的方法，宣传他的哲学、政治、经济、伦理等社会改造思想，在文艺领域，他的诗学和美学思想与16世纪欧洲文艺复兴的理论基本一致。

  在三先生中，我最推重的是王夫之。船山先生后半生隐居石船山麓，几十年足不踏城市，潜心著述。他为自己寄身草屋所撰的那副门联，完全表现了他执着的事业、思想信念中无私无畏、顶天立地的大丈夫精神。上联"六经责我开生面"，为通行天下的儒家经书作不同于前人的别开生面的阐释，即重新解说，把这项工作当作改造社会的使命和复兴民族的责任。下联"七尺从天乞活埋"，我认为有两层意思：一层意思是直接从文句理解，紧承上联说如果我完不成这个责任，活着没有什么意义，把我活埋算了；另一层意思，即面对清贵族统治者封建文化专制的大兴文字狱，表示无畏的精神，完不成责任宁可活埋，怎么还会怕杀头、戮尸呢！这就是船山先生激情又理性的情怀。

  船山先生著述丰富，但乾隆开四库馆，只取他的《诗经稗疏》及所附考异、韵辨，而且对原著中有关民族思想的内容有所篡改，船山先生所有其他更多有价值的著述，一概列为禁书，不能面世流传。船山先生的《诗经》学只有三种著作，仅是他遍注群经以及众多诗文著作中的一小部分。他的著作为什么采取疏解六经的形式呢？这是因为自汉代"罢黜百家，独尊儒术"以来，历代封建王朝都把儒家思想学说法定为国家占统治地位的指导理论，是文化教育人人必读的读本，也是学术思想的主流。任何人生下来入学读书，必然要读儒经，必然就接受这些文化遗产，并不以个人意志为转移。恩格斯说：每一个时代的哲学作为分工的一个特定的领域，"都是具有由他的前驱传给他，而他便由此出发的特定的思想资料作为前提"。思想家王夫之疏解群经而表达自己的思想，乃是历史的必然；他利用经学的外壳而赋予经典新的阐释。他的著作也就不能不带有经学思想和形式的一些痕迹和某些局限。

王夫之毕竟对六经作别开生面的解释，他吸收了儒学中最优良的核心成分，如人本思想、民本思想、保民富民学说、均平正义以及古典唯物主义，宣传民族复兴、社会经济改造的理想。在他生活的厉行封建文化专制的清初，这样先进的社会改革学说是不能流传的。虽然直到一百年后的乾隆中后期，部分著作得以面世，但他的《诗经》学著作中最有价值的《诗广传》以及其他著作，因为宣传复兴中华，反对封建专制，倡导均田和发展工商等政治经济改革思想，均列为禁书。清代后期，封建专制走向衰退，船山先生被禁的著作才得以刊刻传世，推进了维新运动思潮的勃兴。

船山先生的《诗经稗疏》所附录及《诗译》十六条，曾经受到经学保守派四库馆臣的批评性否定。《诗译》中，船山先生对孔子"兴观群怨"的诗论作出创造性的发展，也对诗歌鉴赏作出了新的解释。《诗译》与他的《夕堂永日绪论内编》《夕堂永日绪论外编》《南窗漫记》合成《姜斋诗话》，其中所表现的诗学观、美学观与欧洲近代艺术创作理论和现代诗歌鉴赏的接受美学，有许多相似或接近之处。结合他的核心价值观，批判君主制的政治理想及其均田和重视工商的经济改革思想，使我想到欧洲文艺复兴的内容，二者何其相似乃尔！

14—16世纪发源于意大利的文艺复兴运动，是西欧封建社会向资本主义社会过渡这一历史变革在意识形态上的反映。新兴的资产阶级以复兴古代希腊、罗马文化，宣扬人文主义为旗号，批判腐朽的封建制度和宗教神学对人的思想的束缚，为资产阶级登上政治舞台，在社会舆论上扫清道路。而处于同一时期的中国,资本主义生产方式已经萌芽,手工业、木机工业和锻冶业的作坊、工场已经普遍出现,航海贸易处于世界领先规模。在思想上,以李贽(1527—1602)的"童心说"为代表,呼吁摆脱封建经学的思想箍制而争取个性解放。同时,逐渐扩大的市民阶层要求改变重农抑商和关闭海运的政策。但是,腐朽的明王朝以"非圣乱世"的罪名使李贽死于狱中。封建统治者建立在封建土地剥削基础上的小农自然经济轻视和抑制工商业的发展,以致加速生产力的落后,民贫国弱,民乱蜂起。清王朝继续明王朝的这些政策,极力推崇封建文化思想统治,强化闭关锁国。王夫之批判程朱理学和陆王心学对人性的摧残;批判封建君主制度造成政治的腐败和黑暗。他为民族谋复兴,为生民请命。他要求均田重商,民富国强,以此责任心和使命感作为自己生命的情怀。令人非常遗憾的是,清王朝以封建文化专制制度压制这些进步的思想,禁止其传播。从16世纪的李贽到17世纪的王夫之,中国文艺复兴的火种被封建文化专制扑灭,原来文明先进的中国沦落为任由世界资本主义列强侵略欺凌的半封建半殖民地国家。中国的文学革命和新文化运动迟了四百年,直到20世纪初期方才爆发,从此也改变了中国的面貌。在这样的大背景中审视船山先生的思想文化建树,更能显示出他的思想价值和人格魅力。

今《船山全书》存著作74种,380余卷,1000余万字,其中一部分于康熙年间初刊,道光以后清朝统治者力量日渐衰落,社会思潮有变,船山书逐渐偶有刊刻,至晚清同治四年,由曾国藩兄弟出资刊刻《船山遗书》57种,船山著作方得大行于世,震撼当时。在强国图存、社会政治改革的时代思潮中,船山思想学说备受推崇。民国初年,遗老们编纂《清史稿》时,对船山赞崇有加。

船山著作毕竟披着经学的外纱,故而在20世纪20年代,新文化横扫封建文化的运动中,对船山著作的重视和研究自然趋向稀少。但在30至40年代,他的诗论受到中国古代文论研究者的重视并予以研究。中华人民共和国成立后,也开始将船山哲学作为中国古典唯物论研究。这些研究都有可取之处,却难以摆脱那个时代阶级论和庸俗社会学的痕迹,如将王夫之学说定位为地主阶级改良派的思想理论之说。

20世纪80年代以后,船山研究进入崭新的时代。30多年来,国内对王夫之学术的研究有长足的进步,着重于他的诗话中的诗学、美学、文艺、批评史论,共有十本专书和约一百多篇论文,其中王夫之《诗经》

学研究方面尚未有专著，至2000年，也只有十几篇论文。这些论文较多零散地研究训诂、叶韵、考辨及其艺术鉴赏和诗论。海外对王夫之学术的研究成果则很少。总的来看，对王夫之《诗经》学的研究，缺乏宏观的、系统的综合研究，对王夫之哲学和社会政治思想的研究，则更付之阙如了。

纳秀艳的《王夫之〈诗经〉学研究》，将研究对象置于明清鼎革的大时代背景上，从纵的（所继承的前代文化遗产及对后世的影响）、从横的（当世文化思潮与同时代文化著述的比较）两个方面，以文本为基础，对《稗疏》《广传》《诗译》的内容和方法论进行分析，作出科学的概括，再以更多的篇幅，分别研讨王夫之的诗学观、美学观，其中也重点吸收了几十年来现代学者有价值的论点而予以综合，通过自己的逻辑推理，作出总结性论述，尤其是在对《诗广传》的内容分析和专章探讨王夫之核心价值观的论证中，也讨论了王夫之的哲学、政治、社会、经济思想，以她会写诗的手笔，间接地描述了王夫之博学睿智、顶天立地的伟人形象。

纳秀艳是我的关门弟子。我在耄耋之年早已不收徒，却又收了一名学生，确实是比她年龄大得多的她的师兄、师姐们想不到的。我之所以收下这个学生，是被她好学勤思的精神所感动。她已经是在职教授、一个幸福家庭的主妇，要相夫教子，做一日三餐，仍然勤奋好学，求取学业上的深造；她是少数民族的知识女性，是她们省的优秀教师、省政协委员，还是九三学社中央思想研究中心的成员，可见她求学绝无个人功利目的，只是为知识精进而求学。她又喜欢写诗，我读了她的新体诗和旧体诗，发现她也颇有诗才。相距几千里她来投师，我应允指导她。

韩愈的《师说》说教师的职责是"传道、授业、解惑"。指导纳秀艳这样的学生，不须我给她上课，只是以谈话的方式，予以引导、启发、答疑。记得第一次谈话，我只告诉她求学先学做人，治学是为经世致用，研究在于创新。然后指定她阅读的书，叫她写读书笔记，写出心得和疑问，每周一、三、五上午来我家，与我一同讨论。我就是这样指导博士的，是严了一点，但严格要求对学生有好处。读了些书，她决定以王夫之《诗经》学作为博士论文的题目，我觉得这正是当前学术界研究比较薄弱的选题。

老师对自己的学生不能太多夸赞，我只能说她是很努力的，符合学术规范的，收集资料丰富，征引广博，逻辑思路清晰，综合推理得出自己的见解，对王夫之《诗经》学的认识有提高。

　　船山先生是中国历史上的一位文化巨人，"六经责我开生面"，他不屑名利，隐身山麓，潜心著述，志在复兴中华，改革社会政治，造福生民，不惜"九尺从天乞活埋"，具有如此价值的生命情怀，即使他的著作在他死后约二百年才得以广传于世，他确是令人敬仰的文化巨人。纳秀艳在写博士论文时，打电话向我说："在写作过程中，越写下去越敬重王夫之，他真是顶天立地的大丈夫。"我说："好啊！王夫之也是诗人，写完这本论文，再用你写诗的笔，写一本全面评介王夫之的评传。"1962 年，有人写过《王夫之传论》，距当代的学术水平差距已经大了，小艳，我们期待着一本新的评传！

2015 年 5 月 16 日
石家庄思无邪斋

目　录

绪　论 ……………………………………………………（1）
　一　研究缘起与概念界定 ……………………………（1）
　二　研究现状评述 ………………………………………（7）
　三　选题意义及思路方法 ……………………………（23）

第一章　王夫之《诗经》学产生的文化背景 ……………（26）
　第一节　历代《诗经》学的发展 ……………………（26）
　　一　《诗经》学的学术积淀 …………………………（26）
　　二　《诗经》学的时代要求 …………………………（35）
　第二节　明清之际的时代特征 ………………………（39）
　　一　明末社会风气与思想动态 ………………………（39）
　　二　清初政治环境与学术思潮 ………………………（45）

第二章　王夫之《诗经》学的宗旨 ………………………（50）
　第一节　"六经责我开生面"的精神实质 ……………（51）
　　一　"六经责我开生面"的内涵 ………………………（51）
　　二　"六经责我开生面"的学术意义 …………………（56）
　第二节　"六经责我开生面"的渊源 …………………（66）
　　一　文武名世的家学渊源 ……………………………（67）
　　二　充满险阻的人生磨难 ……………………………（71）
　　三　归去故园的生命诉求 ……………………………（75）
　第三节　王夫之《诗经》学的创新 …………………（80）
　　一　抒情写志的"广传" ………………………………（80）
　　二　独具一格的"稗疏" ………………………………（87）

三　别有性灵的"诗译" ………………………………………（96）

第三章　王夫之《诗经》学的基本方法 ……………………（105）
第一节　不主常故的学术旨趣 ………………………………（105）
　　一　超然世外的研究心态 ……………………………………（105）
　　二　独立自主的学术品格 ……………………………………（109）
第二节　融通文史的研究方法 ………………………………（114）
　　一　出入文史　贯通古今 ……………………………………（114）
　　二　专题研究　以呈全貌 ……………………………………（117）
　　三　旁征博引　科学归纳 ……………………………………（125）
　　四　以诗解《诗》　探究诗意 ………………………………（132）

第四章　王夫之《诗经》学的诗学观 ………………………（154）
第一节　诗际幽明 ……………………………………………（155）
　　一　诗际幽明的哲学基础 ……………………………………（155）
　　二　诗际幽明的诗学内涵 ……………………………………（161）
　　三　诗象其心的诗学意义 ……………………………………（172）
第二节　"诗以道情" …………………………………………（187）
　　一　"诗以道情"的提出 ……………………………………（188）
　　二　"诗以道情"的基本内涵 ………………………………（194）
　　三　对传统诗学观的补充与修正 ……………………………（212）

第五章　王夫之《诗经》学的美学思想 ……………………（223）
第一节　对"诗乐合一"的新阐释 …………………………（223）
　　一　"诗乐合一"被淡化的原因考察 ………………………（223）
　　二　"诗乐合一"的经典意义 ………………………………（225）
　　三　声情合一的美学观 ………………………………………（231）
　　四　视域融合中对"诗乐合一"的阐释 ……………………（237）
第二节　对"兴观群怨"的再讨论 …………………………（245）
　　一　历代对"兴观群怨"的阐释 ……………………………（246）
　　二　王夫之对"兴观群怨"的发展 …………………………（252）

第六章　王夫之《诗经》学的生命情怀 ………………………… (273)
第一节　忧怀家国的情感指向 …………………………………… (273)
　　一　以孤心书家国之忧 ……………………………………… (274)
　　二　以经典释遗民之恨 ……………………………………… (280)
第二节　重视人格的精神取向 …………………………………… (287)
　　一　对圣人之德的仰慕 ……………………………………… (287)
　　二　对君子人格的追求 ……………………………………… (294)
第三节　重建秩序的美政理想 …………………………………… (307)
　　一　对君主制的批判 ………………………………………… (308)
　　二　以民为本的君道 ………………………………………… (310)
　　三　进退有度的臣道 ………………………………………… (317)

结　语 ………………………………………………………………… (327)

参考文献 ……………………………………………………………… (330)

后　记 ………………………………………………………………… (337)

绪　　论

　　《诗经》是我国第一部诗歌总集，也是一部古老的文化元典，在中国文学史乃至文化史上，享有崇高的地位。萌发于春秋时代的《诗经》学，经由历代学者的发展与丰富，形成了绵延两千多年的《诗经》学史。以众多的学派、繁富的论著以及精深的思想，共同创造出了一个学术奇迹。

　　王夫之《诗经》学，无疑是历代《诗经》学长河中卷起的一朵浪花。他不拘于传统经学和理学说《诗》的窠臼，以哲学家的智慧、文学家的心灵、美学家的眼光以及政治家的情怀审视《诗经》，探究《诗经》深刻的思想内涵和文学价值，赋予学术研究深沉的人文关怀。他的《诗经》学，在思想阐发和理论建构方面，不仅成就卓越，而且风姿特立，在《诗经》的思想研究和艺术研究方面，具有典范意义。

一　研究缘起与概念界定

（一）研究缘起

　　《诗经》首先是诗，诗性是其特质。林语堂先生说："吾几将不信，中国人倘没有他们的诗——生活习惯的诗和文字的诗一样——还能生存迄于今日否？"[1] 黑格尔说："诗过去是，现在仍是，人类的最普遍、最博大的教师。"[2] 的确，诗性与思想性，始终是诗歌的两大属性。然而，自汉代被尊奉为"经"始，《诗经》走上了经学化的道路，经学阐释视域下的《诗经》，最终黯淡了诗性的光芒，而被"温柔敦厚"的诗教思想所包裹。

　　很难说古代《诗经》学的形成，与"经"的确立有必然关联。但是，

---

[1] 林语堂著：《吾国与吾民》，陕西师范大学出版社2006年版，第231页。
[2] ［德］黑格尔著：《美学》第三卷，朱光潜译，商务印书馆1981年版，第20页。

"《诗经》'经'之地位的确立，为后世对《诗》的研究提供了广阔的优越的前景。"① 事实上，后世《诗经》研究的开发，是以失去《诗》性为代价的。换句话说，《诗经》"经"地位的确立，使《诗三百》成为《诗经》，而剥离了其"诗"的艺术性。郑振铎先生就此现象说：

> 《诗经》成了圣经，其地位益高，文人学士都不敢以文学作品看待它，于是《诗经》的文学上的真价与光焕，乃被传统的崇敬的观念所掩埋，而它的在文学上的影响便也渐渐的微弱了。②

作为文学文本的《诗》与经学化的《诗经》，不但二者所归属的范畴不同，而且它们的性质亦有不同。追踪溯源，由《诗》演变为《诗经》，其滥觞于春秋时代。根据《国语·楚语》所记，当时就有"教之诗，而为之导广显德，以耀明其志"③的诗教传统，至孔子教《诗》，倡导"思无邪"的思想，"经的体系进一步奠定"④。李学勤先生将湖北荆门郭店楚墓出土的竹简《六德》篇所记内容与《庄子·天运》"六经"之论相比较，指出竹简"所讲六经次第与《庄子》全同，证明战国中叶实有这种说法"⑤。可见春秋战国时代为诗教观初步形成之时。至西汉武帝时代，随着儒术独尊地位的奠定，立五经博士之时，尊经思潮涌起，治经之风大兴。于是，《诗》则列入"经"，《诗经》的经学地位确立，在今文经派与古文经派的不断注解和言说中，经学意味愈演愈浓。后来，经过唐、宋、元、明、清等数代学界的不断发展，《诗经》研究日益繁荣，且各有千秋。回溯两千多年的《诗经》学史，实际上是以"诗"与"经"的争辩为核心话题而展开。在"经"与"诗"的交织中，推动《诗经》学的不断发展，也形成了百家争鸣的学术局面。

诚然，经学研究无疑是古代《诗经》研究的主流，但不是全部。纵观《诗经》学史，不难发现，对《诗经》的思想研究和文学研究，始终是一股潜流与经学研究并行。孔子"兴观群怨"说的提出，在强调《诗

---

① 邹其昌著：《朱熹诗经学诠释学美学研究》，商务印书馆2004年版，第4页。
② 郑振铎著：《文学大纲》（上），商务印书馆1927年版，第267页。
③ 上海师范学院古籍整理组校点：《国语》（下），上海古籍出版社1978年版，第528页。
④ 李学勤主编：《毛诗正义·序》（上），北京大学出版社1999年版。
⑤ 同上。

经》社会功能的同时，也说明《诗经》具有的文学审美意义。孟子主张"不以文害辞，不以辞害志。以意逆志"①的说《诗》法，即是以《诗经》思想探索为旨趣。即使是在汉代经生的注解中，也掩不住对《诗》情的认同，《毛诗大序》所云："诗者，志之所之也。在心为志，发言为诗。情动于中，而形于言，言之不足，故嗟叹之；嗟叹之不足，故永歌之；永歌之不足，不知手之舞之足之蹈之也。"②《郑笺》羽翼《毛传》对《诗》之深情者，亦有论及。如《葛生》郑笺云："思者于昼夜之长时尤甚，故极之以尽情。"③ 又如《采绿》郑笺云："终朝采之而不满手，怨旷之深，忧思不专于事。"④ 虽仅为只言片语，亦可窥经学语境难以抹杀《诗经》的文学特质。魏晋南北朝，文学理论著作呈现繁荣之势，从理论上对《诗经》的文学性予以肯定，钟嵘《诗品》第一次将诗歌含蓄委婉之风溯归为《诗经》，如评《古诗》云："其体源出于《国风》"⑤、评曹植诗歌云："其源出于《国风》"⑥。刘勰从修辞角度对《诗经》的语言艺术予以评价，他指出："灼灼状桃花之鲜，依依尽杨柳之貌，杲杲为日出之容，瀌瀌为拟雨雪之状，喈喈逐黄鸟之声，喓喓学草虫之韵；皎日嘒星，一言穷理，参差沃若，两字穷形；并以少总多，情貌无遗矣。"⑦ 这股潮流至宋代，渐成气候，尤其是朱熹从感物道情的角度，提出"诗者，人心之感物而形于言之余也"⑧的诗学观，则是对《诗经》情感体认的进一步深化，他以"涵濡"体会《诗》之美感，为学诗之大旨。⑨ 朱熹虽以理学说《诗》为务，但是他对揭橥《诗经》的艺术特质，亦颇有贡献。明代中后期，随着汉学和宋学的衰退，以文学说《诗》达到了高潮，出现了一大批以文学眼光评点《诗经》的著作⑩，以期还原《诗经》的文学本色，确立其至高的文学地位，如胡应麟所言："《诗》三百五篇，

---

① 杨伯峻译注：《孟子译注》（上），中华书局1960年版，第215页。
② （清）阮元校刻：《十三经注疏》（上），《毛诗正义》卷一，中华书局1980年版，第269—270页。
③ 同上书，第366页。
④ 同上书，第494页。
⑤ （梁）钟嵘著，周振甫注：《诗品译注》，中华书局1998年版，第32页。
⑥ 同上书，第37页。
⑦ （梁）刘勰著，周振甫注：《文心雕龙注释》，人民文学出版社1981年版，第493页。
⑧ （宋）朱熹集注：《诗集传·序》，中华书局1958年版，第1页。
⑨ 同上书，第2页。
⑩ （明）钟惺著：《诗归》、戴君恩著：《读风臆评》、万时华著：《诗经偶笺》等著作。

有一字不文者乎，有一字无法者乎……皆文义蔚然，为万世法。"① 将《诗经》尊为万世文学之法，这无疑是对经学阐释的一大反驳。清代《诗经》研究以恢复汉学为宗，但文学说《诗》之潮流并未减弱。姚际恒、崔述、方玉润等学者，皆倡导以文学角度说《诗》，成绩显著。

综上，我们简要梳理了《诗经》学史的两大传统，意在说明古代《诗经》学的发展并非为经学研究的单线直行，其间交织着对《诗经》文学艺术的探讨和思想的阐发，二者共同构成了《诗经》学的全貌。这是我们审视历代《诗经》学的立场和视角，即根据实际情况进行具体研究，而非用经学考察法一以贯之。

另外，学术界对历代《诗经》学的研究，多取学派或断代予以研究，这种纵向研究法，对探究《诗经》学历时性的学术特征，有其独到处，且成果颇丰。运用宏观的研究视角，的确能够揭示《诗经》学在某一阶段发展的群体性成果，却易于忽视《诗经》学个案的独特价值，甚至遮蔽其个性化的学术特征。

基于此，本书以王夫之《诗经》学为主要研究对象，通过深入细致的文本分析，对王夫之《诗经》学的思想意义和学术价值，做一个相对完整、系统的探究，旨在挖掘王夫之《诗经》学独特的学术意义。

（二）关于《诗经》学概念的界定

目前学术界与《诗经》学相关的术语主要有"《诗》学""诗经学""《诗经》学"等。这三种不同的表达形式，其所指对象非常明确，即前者是关于《诗》（《诗经》）的研究，后二者只是表述的不同而已，内涵完全一致。而严格意义上的"《诗》学"，是指对《诗三百》的研究，换言之，就是对尚未尊"经"的《诗》的研究。陈战峰先生所说的"如果强调经学时期典籍理解和阐释的特点变化，后两个概念与前一个概念便有时限的不同"②，即是此意。在实际的应用中，第一种表述并不常见，本文采用"《诗经》学"。

毋庸置疑，自《诗经》被尊为"经"始，经学研究贯穿着整个汉代

---

① （明）胡应麟撰：《诗薮》，中华书局1962年版，第3页。
② 陈战峰著：《宋代〈诗经〉学与理学——关于〈诗经〉学的思想学术史考察》，陕西人民出版社2006年版，第9页。

至清末的学术史，无论对《诗经》的内容、思想研究，还是文字训诂、名物训释，都统摄于经学中，这是《诗经》学的主流。经学是一个相对宽泛的范畴，它具有广义与狭义之分。对此，陈战峰说："狭义经学是指作为儒学理论形态或思潮的汉代经学，广义的经学则是指贯穿汉代至清末古代传统社会的儒学学术形态（包括两汉经学、魏晋玄学、宋明理学、清代实学等）。"① 基于这样一种认识，从广义而言，《诗经》学虽然与经学有关，但经学仅是其中一部分内容。所以，站在一个相对开阔的视野中，去审视《诗经》学的内涵，是必要的。

关于《诗经》学，胡朴安先生说："诗经学者，关于《诗经》之本身，及历代治《诗经》者之派别，并据各家之著作，研究其分类，而成一有统系之学也。"② 胡先生从研究对象、研究内容、研究方法等方面界定《诗经》学的内涵，具有提纲挈领的意义。在此基础上，胡先生分别从学术标准、学术价值、学术方法三个方面，具体阐释《诗经》学的内涵。他首先对《诗经》学的学科特点做了较具体的界定，他说："诗经学者，学也。学也者，以广博之征引，详慎之思审，明确之辨别，然后下的当之判断也。所以诗经学者，非《诗经》也。"③ 胡先生进而指出：

> 诗经学者，关于《诗经》一切之学也。《诗经》本身，仅三百篇而止。《诗经》一切之学，即历代治《诗经》者之著作是也。《诗经》之本身，除文章学外，无他学术上之价值。《诗经》一切之学，授受异而派别立，派别立而思想歧。思想之影响于时代，社会道德之变迁，国家政治之因革，皆有关系焉。所以诗经学，一为研究治《诗经》时代之思想，一为研究《诗经》者各时代之思想，而并求思想变迁之际。④

胡先生所言"《诗经》之本身，除文章学外，无他学术上之价值"。这是说明作为文学文本的《诗经》，其价值首先在于文学性，其他则次

---

① 陈战峰著：《宋代〈诗经〉学与理学——关于〈诗经〉学的思想学术史考察》，陕西人民出版社2006年版，第10页。
② 胡朴安著：《诗经学》，商务印书馆1933年版，第2页。
③ 同上。
④ 同上。

之。他强调《诗经》学的核心价值有二，即对《诗经》的思想研究、对《诗经》学的思想史研究。的确，研究任何学术问题，重视学术思想的变迁是至关重要的。

《诗经》学是一个历时性的学术概念，对此夏传才先生说：

> 诗经学，简而言之，是研究《诗经》文本、语言、义理、艺术、基本问题以及诗经学史发展演变的一门学术。它是有两千多年历史的古老的学术；在20世纪初中国"五四"新文化运动以后，它又是新生的学术。我们把中国古代的诗经学称为传统诗经学，把"五四"新文化运动以后的诗经学称为现代诗经学。①

可见，《诗经》学在不同的时代其内涵并不完全相同，这与它所处的时代思潮有关。如洪湛侯先生所说：

> 诗经学是研究《诗经》的内容、性质、特点、源流、派别的一门学问。在封建社会里，诗经学以经学研究为主体，但也存在着关于文学特点的探讨。现代诗经学，则以诗经文学研究为核心，各类专题研究同时也是它的重要组成部分。②

学界对《诗经》学从不同层面进行了全面的解释，其内涵已经十分明晰，即包括《诗经》相关问题的研究以及对学术史的研究。当然，《诗经》学史的研究和《诗经》学个案的研究，都隶属《诗经》学的范畴。

综合起来，有两个问题需要说明：一是以《诗经》为研究对象，在内容上以《诗经》文本为主体，探究与之相关的问题，如周代历史探究、思想研究、政治制度研究、社会生活研究、艺术研究、文字训诂等；二是以历代《诗经》学为研究对象，在内容上或探索《诗经》学的研究方法、诗学观、美学观以及思想价值等。本书之《诗经》学，即是王夫之治《诗经》的研究成果。

王夫之虽承张载之学，但并不拘于张学。就其思想而言，他是一位具

---

① 夏传才著：《二十世纪诗经学》，学苑出版社2005年版，第1页。
② 洪湛侯著：《诗经学史·自序》（上），中华书局2002年版，第9页。

有现代启蒙思想的学者，而不是传统的经学家。赵沛霖先生评价王夫之说：他"不同于一般的《诗经》研究者，更不同于一般的经生，而是一位思想深邃、学识渊博、目光锐利的唯物主义哲学家和有多学科成就的学术大家"[①]。的确，王夫之《诗经》学最突出的特点即是体现出其思想的进步性。对此，夏传才先生评《诗广传》说："较之前代封建经师的诗说，它的改良主义的观点却表现了自己时代的进步色彩。"[②] 王夫之的《诗译》和《诗广传》，是因时而生的《诗经》学重要著作。《诗译》是清代第一部专论《诗经》文学艺术的诗话类著作，是"以诗解诗"的具体实践之著，颇具现代文艺观；《诗广传》则是王夫之《诗经》学"影响最大"[③]，且最具代表性的著作。他以广传《诗经》的形式，"用引申发挥的方法，宣传自己的哲学、政治、经济、伦理等观点，发挥社会改良主张"[④]。林叶连先生一语中的地指出："其学以切实而致用为主。"[⑤]

可见，思想价值是王夫之《诗经》学之要，学界对此问题的关注颇多。除此之外，王夫之是清代"把《诗经》作为文学作品来进行艺术研究的第一个人"[⑥]，且取得了卓越的成就。因此，本书对王夫之《诗经》学的研究，重在从思想和文论的双重角度切入，以期能够较全面地揭橥王夫之《诗经》学所具有的独特的思想成就、学术价值以及文学理论意义。

二 研究现状评述

王夫之一生博览群书，博闻强识；手不释卷，笔耕不辍，其著述"诸种卷帙繁重，一一皆楷书手录"[⑦]；学思广泛，无所不窥；为学主张"知拟议其变化"[⑧]，视野开阔，思想通脱；覃思精研，涉猎广泛，举凡

---

① 赵沛霖：《打破传统研究模式的〈诗经〉学著作——读王夫之〈诗广传〉》，《求索》1996年第3期。
② 夏传才著：《诗经研究史概要》，清华大学出版社2007年版，第136页。
③ 同上书，第135页。
④ 同上。
⑤ 林叶连著：《中国历代〈诗经〉学》，花木兰文化出版社2006年版，第223页。
⑥ 夏传才著：《诗经研究史概要》，清华大学出版社2007年版，第137页。
⑦ （清）王敔：《大行府君行述》，参见《船山全书》第十六册，岳麓书社2011年版，第74页。
⑧ （明）王夫之著：《姜斋文集》，《船山全书》第十五册，岳麓书社2011年版，第131页。

经、史、子、集，皆颇有精深造诣；天文、历数、医理、兵法、卜筮、星象等，亦能兼通；著述浩繁，涉猎广泛，于哲学、文学、诗学、美学等方面均取得了巨大的成就，形成了"深博无涯涘"① 的船山学。

（一）王夫之著作的流传情况

王夫之以"六经责我开生面"② 为治学宗旨，以淡泊名利的精神，潜心于学术研究中，在诸多方面成果斐然。钱穆先生评价说："船山则理趣甚深，持论甚卓，不徒近三百年所未有，即列之宋明诸儒，其博大闳括，幽微精警，盖无多让。"③ 先生后半生"隐居山中，未尝入城市"④。在他生前，博大精深的船山学及其学术论著，鲜为人知。民国时期的学者徐世昌在《清儒学案》中，对王夫之的治学思想、学术地位以及著作的流传情况，有着较详尽的记述：

> 船山生当鼎革，隐居求志四十余年，是以成书最富。平生为学，神契横渠，羽翼朱子，力辟陆、王。于《易》根底最深。凡说经，必征诸实，宁凿毋陋，囊括百家，立言胥关于人心世道。在清初诸大儒中，与亭林、梨洲号为鼎足，至晚季始得同祀庙庑，昭定论焉。⑤
>
> 身既终隐，不为世知。乾隆中，始采访及之，得以著录《四库》，国史入《儒林传》。道光间，始有刊本，旋毁于兵燹。同治初年，始重刊行，其学乃大显。⑥

徐世昌不拘于"汉学"与"宋学"门户之见，给予的评价可谓中肯公允。王夫之晚年寂寞寥落，其著作在他去世后两百多年间仍湮没于世。清初著名地理学家刘献廷于康熙三十一年（1692）春，南游衡岳

---

① （清）王之春撰，汪茂和点校：《王夫之年谱》，中华书局1989年版，第148页。
② （明）王夫之著：《船山诗文拾遗》，《船山全书》第十五册，岳麓书社2011年版，第921页。
③ 钱穆著：《中国近三百年学术史》（上），九州出版社2011年版，第102页。
④ （清）王之春撰，汪茂和点校：《王夫之年谱》，中华书局1989年版，第159页。
⑤ （清）徐世昌撰：《清儒学案》（一），中国书店1990年版，第167页。
⑥ 同上书，第168页。

时，却无缘相见，是年正月，先生已辞世①。他在《广阳杂记》中对王夫之予以很高的评价："其学无所不窥，于六经皆有发明。洞庭之南，天地元气，圣贤学脉，仅此一线耳。"② 可见，先生学识之高、为学之正。

在王夫之去世近十年后，约在康熙三十一年至四十一年③，其次子王敔始搜集整理其遗著，得二十余种，陆续予以刊印，因印数颇少，并未流传。康熙四十四年（1705），湖广学政潘宗洛，因敬仰船山之为学与为人，亲自撰写《船山先生传》，并在其《邗江王氏家谱序》中说："船山之著述等身，湘岳之逸也，真砥柱一代之伟人矣。"④ 因其特殊的身份，引起外界对船山其人其学的重视⑤。乾隆三十八年（1773），四库馆开馆后，征天下书籍，仅收王夫之"稗疏"类四种及"考异"著作，其余均查禁。道光二十二年（1842），王夫之的后裔王世全搜集整理其遗著，凡刊刻著作十八种，并命名为《船山遗书》，后偶有补刻，如《船山史论》二种、《船山子集遗著》五种，亦统称《船山遗书》。至同治四年（1865），由曾国藩、曾国荃兄弟出资，由刘毓松等任校雠，在金陵刻印《船山遗书》，共五十七种，另附《校勘记》一篇。金陵本虽后出而校勘较精准，故而优于之前刻本，促进了船山学的流传，并引起广泛关注。据其八世孙王之春统计共有：凡经类 22 部（已见 20 部），计 164 卷（未见 2 部，无卷数）；凡史类 3 部（未见 1 部），共 45 卷；凡子类 17 部（未见 5 部），计 51 卷；凡集类 10 部（未见 4 部），计 63 卷⑥。民国二十二年（1933），由上海太平洋书店出版《船山遗书》，新增十三种，共七十种。在此基础上，湖南岳麓书社自 1982 年开始整理，至 1996 年，出版《船山全书》共十六册。后经过几次修定完善并再版，增补船山著作二十余万字，附有船山传记、年谱、历代出版情况以及重要研究文献摘录一百余万字，为目前传世最广、点校最善、收录船山著作最多的版本，共七十四

---

① 根据（清）刘献廷《广阳杂记》卷二所记："壬申春日，于茹司马署中，与虞臣卧地看楚地全图"，其后紧接着是刘氏对船山的评价，据此可推断刘氏于是年春天南游衡岳。康熙三十一年为壬申年，即 1692 年。详见《广阳杂记》卷二，中华书局 1957 年版，第 55 页。
② （清）刘献廷著：《广阳杂记》卷二，中华书局 1957 年版，第 57 页。
③ 刘志盛、刘萍著：《王船山著作丛考》，湖南人民出版社 1999 年版，第 11 页。
④ （明）王夫之著：《船山全书》第十六册，岳麓书社 2011 年版，第 521 页。
⑤ 刘献廷、潘宗洛之撰文，均见王之春撰的《王夫之年谱》。
⑥ （清）王之春撰，汪茂和点校：《王夫之年谱》，中华书局 1989 年版，第 173—174 页。

种，三百八十余卷，一千余万字。

在历代学人的不懈努力下，一代大儒的巨著终于重见天日，洗去了先生"人间无一字"①的遗憾，这不仅为学界更好地挖掘船山学的丰富内涵做出了重大的贡献，也为传承中华文化做出了伟大的贡献。

随着船山遗著的不断被搜集、整理、刊行，船山学也逐渐被学界重视，在多个领域出现了专学研究，如哲学、经济学、政治学、史学、训诂学、考据学、文献学、诗学、美学、《诗经》学、文学等等。

（二）王夫之《诗经》学的研究现状

王夫之对《诗经》用力颇勤，从音韵学、训诂学、文学等诸多方面进行较全面的研究，取得了很高的成就，论著凡《诗广传》五卷、《诗经稗疏》四卷（附有《诗经考异》《诗经叶韵辨》各一篇）、《诗译》诗话十六则、《夕堂永日绪论·内编》内含《诗经》评论数则。他集稗疏、文学研究、思想阐释为一体，形成了风格迥异的船山《诗经》学体系。

由于受到清代主流话语权的干预，王夫之《诗经》学不仅被当世所批驳，甚至湮没数代。究其原因，实为船山不为统治者言说之故。首先，认为王夫之以《诗译》为代表的《诗经》文学评赏著作是"自秽其书"②之作，不被主流认可。这方面最典型的即是《四库全书总目》的评价，四库馆臣在评价王夫之《诗经稗疏》的同时，对所附《诗译》评道：

> 惟赘以《诗译》数条近体诗话，殆犹竟陵钟惺批评《国风》之余习，未免自秽其书，虽不作可矣。③

上述评价虽仅为只言片语，其负面影响却极大。一方面表现了官方对王夫之《诗经》学之文学艺术研究的批判态度；另一方面引导学界加剧对王夫之《诗经》学的误读。首先，钟惺和谭元春是明代竟陵学派的代表人物，该派继承公安派独抒"性灵"的诗学主张，以个人体悟式对

---

① （明）王夫之著：《船山诗文拾遗》，《船山全书》第十五册，岳麓书社2011年版，第921页。
② 钦定文渊阁《四库全书总目》卷十六《经部·诗类》。
③ 同上。

《诗经》进行文学评点。钟惺提出"诗,活物"①的鉴赏观点,即认为《诗经》具有无限可阐发的自由空间。钟惺说《诗》显然与勃兴的清代乾嘉学派说《诗》潮流背道而驰,因此遭遇不公,故而,钟惺和谭元春的《唐诗归》在清代被列为禁书②。四库馆臣将《诗译》与钟惺评《诗经》相提并论,并予以批驳,其因则显而易见。事实上,王夫之对于明代七子之摹仿作风和"钟、谭之僻陋,当然都反对"③。然而,四库馆臣断然删去颇具灵性的《诗译》,可见其取舍之标准。其次,王夫之《诗广传》虽为义理阐发之作,但与其他传《诗》之著作相比,如与朱熹《诗集传》等所不同的是,他通过广传《诗经》,表达自己的政治思想,这与理学重视义理阐发的解《诗》模式划然有别,譬如《诗广传·论板一》,实际上是一篇情绪激愤的檄文④。《诗广传》在当时被列为禁书,亦是必然。

有清一代,对王夫之《诗经》学的研究十分萧条。梁启超先生说:王夫之"著述极多,二百年来几乎没有人知道,直到道光咸丰间邓湘皋显鹤才搜集起来,编成一张书目"⑤。然而,历史的风尘终究湮没不了伟大的思想,在船山遗书不断被搜集、增补、整理、刊印后,王夫之《诗经》学的价值亦不断被发现与挖掘。

基于学界对王夫之《诗经》学研究的情况,在学术史的分析和研究状况评价中,存在两个问题,在此予以说明:第一,一直以来,王夫之《诗经》学是其诗论或美学专题研究中的组成部分。第二,王夫之"诗学"与《诗经》学是两个不同的概念,《诗经》学的内涵问题,在绪论第一部分中已做说明。"诗学",有广义和狭义之区别。广义的"诗学"即是文学理论,是关于文学的本体、创作、文本、接受等的全面研究。狭义的"诗学",包括两方面的内涵:其一,与《诗经》学等同,即治《诗》之学问,称为《诗》学,或"诗学";其二,是特指对诗歌的研究。凡论著所言王夫之诗学者,指的是王夫之关于文学研究的理论成就,《诗经》学之诗论是其中的一部分。所以,本书在钩稽相关文献时,对其诗论研究资料的梳理是很重要的一部分。我们从中抽取关于王夫之《诗经》学研

---

① (明)钟惺著:《隐秀轩集》,上海古籍出版社1992年版,第391页。
② 孙殿起辑:《清代禁书知见录》,商务印书馆1957年版,第133页。
③ 方孝岳:《中国文学批评》,生活·读书·新知三联书店1986年版,第188页。
④ (明)王夫之著:《诗广传》卷四,《船山全书》第三册,岳麓书社2011年版,第461页。
⑤ 梁启超著:《中国近三百年学术史》,岳麓书社2010年版,第82页。

究的相关成果，予以讨论与评述，以窥学界对王夫之《诗经》学研究的概况。

　　自1928年至2014年，近百年的王夫之《诗经》学研究，大致可分为三个阶段，即1928—1949年为第一阶段；1949—1979年为第二阶段；1979—2014年为第三阶段。这三个阶段的划分依据有三：一是历史的发展进程；二是时代的思潮演变；三是学术的发展趋势。下面逐一论之。

　　第一阶段（1928—1949年）。

　　近现代以来，随着封建制度和封建思想的被摧毁，在西学东渐之风的影响下，沉寂了数百年的王夫之和他的学说逐渐引起学界的重视，对王夫之《诗经》学也从多方面给予了较新的认识与估值。但是，此期并没有产生一部关于王夫之《诗经》学的独立著作，其学基本上包含在对王夫之诗学研究的著作中，这是一个值得注意的现象。悟愚、中谦、方孝岳、朱东润、郭绍虞等学者，或单篇，或辟专章①，论王夫之的诗学成果时，亦涉及其《诗经》学的点滴成就。如方孝岳先生在《中国文学批评》一书中，设《王船山推求"兴观群怨"明理》一节，对王夫之《诗经》学予以总体评价：

　　　　王夫之的《船山遗书》中有《夕堂永日绪论》和《诗译》两种，即是他的诗话。《诗译》是绅绎《诗》三百篇的辞理，又有《诗广传》一种，是仿《韩诗外传》的体裁，推论"三百篇"的诗人言外之意。这几种，都是很精辟的书。②

　　上述评论是站在一个很客观的角度上，予以理性的评判。这是现存所涉王夫之《诗经》学研究资料中较早之论，虽然简短，却具有典范意义。他通过与黄宗羲、顾炎武论著的对比认为，诸老中议论最精刻透辟、最鞭辟入里者，当推王夫之。他指出，将《诗经》推为我国文学之极则为共识，然而，至于何以为极则，过去的评论家都浮光掠影，不过言其大概而

---

①　悟愚于1928年6月发表在《天津益世报》上的《再论船山诗学》和中谦于1938年7月发表在《庸报》上的《谈王船山诗学》，是较早研究王夫之诗学的论文；方孝岳的《中国文学批评》（1934）、朱东润的《中国文学批评史大纲》和郭绍虞的《中国文学批评史》（1947）等著作，均辟专节论王夫之诗学，其中均涉及其诗经学。可视为王夫之诗经学研究的第一个阶段。

②　方孝岳著：《中国文学批评》，生活·读书·新知三联书店1986年版，第185页。

已,而王夫之研究《诗经》则切实指示这个极则——"一切拿'兴观群怨'那四个字为主眼,以为无论什么作品,如果不能使人看了有所兴感,那种作品就不足置论"①。这是很有见地的评价,他积极地肯定了王夫之《诗经》学的突出贡献。另外,方先生指出了王夫之《诗经》学中所蕴含的生命情怀,他说:

> 船山身丁亡国之痛,著书立说,上下千古,在诸遗老中,尤有极沉痛的情怀。所以论起文学来,也说到十分彻底之处。但大致都是很正当,并不穿凿,和各大家的见解都是一样的宏伟,而尤多似元好问。②

方先生对王夫之流溢于《诗经》研究中的遗民情怀予以同情与激赏,这对船山《诗经》学的思想研究,有着十分重要的意义。

朱东润先生认为,王夫之论诗,上推于《三百篇》之"兴观群怨",这是他立论的一大关键③。准确地指出了王夫之《诗经》学的立论之所在。"兴观群怨"虽为孔门说《诗》之论,历代不乏论者,但是,王夫之论"兴观群怨",在于突破传统之窠臼,而以"四情"统摄,颇有创建之功。

郭绍虞先生在其论著中辟专章,论述王夫之《诗经》学的"兴观群怨"说。他认为王夫之论诗,阐发诗道之精微,比一般的道学家见解为高。关于"兴观群怨",黄宗羲所讲是作诗的"兴观群怨",而王夫之所论是读者的"兴观群怨"④,这是中的之见。的确,王夫之对"兴观群怨"理论的进一步发展,在于重视读者的接受,突出"兴观群怨"在审美中的情感体验,这是王夫之《诗经》学的成就之一。

这些早期学者们的研究,对王夫之《诗经》学的"兴观群怨"论,从古代文论纵向的发展视角中予以审视,并确立其在船山诗学以及在古典诗学中的学术地位,为后世进一步研究王夫之《诗经》学,奠定了坚实的基础。

---

① 方孝岳著:《中国文学批评》,生活·读书·新知三联书店1986年版,第185—186页。
② 同上书,第188—189页。
③ 朱东润著:《中国文学批评史大纲》,武汉大学出版社2009年版,第264页。
④ 郭绍虞著:《中国文学批评史》(下),百花文艺出版社1999年版,第587页。

第二阶段（1949—1979年）。

这一阶段，因受政治环境的影响，以唯物主义与唯心主义，或现实主义与反现实主义，甚至以阶级论来评述王夫之《诗经》学，缺乏创新。譬如对"兴观群怨"的研究，在学理和路径上，基本沿着第一期前辈们开辟的道路前行。此期，学术一度失去了自由独立的精神，对王夫之《诗经》学乃至诗学的研究，都十分萧条。

1962年，在王夫之逝世270周年之际，国内举办了大规模的王夫之学术研讨会，会议的主要论题是其哲学思想，亦有少量有关其诗学的文章。辽宁大学1978级硕士研究生编辑的《中国古代文学资料目录索引》（1949—1979年），系内部资料，其中的《明清文学批评》一章中，选录谢榛、李贽、金圣叹等名家，唯独没选王夫之。蒋红、张唤民等主编的《中国现代美学论著译著提要》[①]（1919—1983年），在"美学出版目录（1919—1983年）"列出的论著达200多部，没有涉及关于王夫之美学或诗学的论著；"美学论文目录（1919—1949年）"中列出的500余篇文章中，没有一篇与王夫之相关的论文；"美学论文要目（1949—1982年）"列出的约800余篇中，难见与王夫之相关的论文[②]。

中山大学中文系资料室汇编的《1949—1980中国古典文学研究论文索引》[③]中，辟专节汇辑有关王夫之研究的论文数十篇，有多篇关于诗论的文章，如羊春秋《姜斋诗话初探》[④]、周建民《姜斋诗话浅谈》[⑤]、寿春《关于王夫之诗话中的一些问题》[⑥]、马茂元《姜斋诗话中的论自然景物的描写》[⑦]等。另有陈友琴《关于王船山的诗论》[⑧]、邓潭洲《王船山传论》[⑨]等文章，对王夫之《诗经》学之"兴观群怨"说，做了较全面的

[①] 蒋红等主编：《中国现代美学论著译著提要》，复旦大学出版社1987年版。
[②] 崔海峰先生从《中国现代美学论著译著提要》之"美学论文要目"中检索出以王夫之为题旨的一篇，参见崔海峰《王夫之诗学范畴论》，中国社会科学出版社2006年版，第297页。笔者与他的统计略有出入。
[③] 《1949—1980中国古典文学研究论文索引》，广西人民出版社1984年版。
[④] 羊春秋：《姜斋诗话初探》，《湖南文学》1962年12月号。
[⑤] 周建民：《姜斋诗话浅谈》，《湖南文学》1963年11月号。
[⑥] 寿春：《关于王夫之诗话中的一些问题》，《光明日报》1963年3月7日。
[⑦] 马茂元：《姜斋诗话中的论自然景物的描写》，《文艺报》1963年第4期。
[⑧] 陈友琴：《关于王船山的诗论》，《人民日报》，1962年11月25日。
[⑨] 邓潭洲：《王船山传论》，在1962年初稿的基础上，后经过修改，1982年由湖南人民出版社出版。

探讨。

这些发表于20世纪60年代的文章，在致力于王夫之诗话研究的同时，也涉及其《诗经》学的相关问题，虽然难脱时代痕迹，但对挖掘王夫之《诗经》学的内涵，做出了应有的贡献。

第三阶段（1979—2014年）。

进入20世纪80年代，国内对王夫之《诗经》学的研究进入了一个新的历史阶段，在多方面均有拓展，取得了较好的成就。主要变化有：以更客观的立场看待、以更全面的视角观照、以更丰富的方法研究、以更开阔的视野审视。与前两个阶段相比，这一时期的王夫之《诗经》学研究，虽然仍旧依托于对其诗论或美学的研究著作，但是无论在论著、论文的数量，还是在质量上，都有了较大的飞跃，在论著和论文两方面均取得了较高的成就。

著作方面：涌现出了一大批关于王夫之美学、诗学的专题著作；美学史、《诗经》学史、文论史以及文学批评史等，辟专章论王夫之诗学或美学时，均涉及《诗经》学的相关问题。就专题著作而言，主要有：熊考核《王船山美学》[1]、谭承耕《船山诗论及创作研究》[2]、陶水平《船山诗学研究》[3]、肖驰《抒情传统与中国思想——王夫之诗学发微》[4]、吴海庆《船山美学思想研究》[5]、崔海峰《王夫之诗学范畴论》[6]、涂波《王夫之诗学研究》[7]、崔海峰《王夫之诗学思想论稿》[8]、袁愈宗《王夫之〈诗广传〉诗学思想研究》[9]等。这些或诗论，或美学专著，均涉及王夫之《诗经》学的相关内容，都有着精警之论。其中袁愈宗先生的《王夫之〈诗广传〉诗学思想研究》，堪为王夫之《诗经》学研究的代表作。此外，所

---

[1] 熊考核著：《王船山美学》，中国文史出版社1991年版。
[2] 谭承耕著：《船山诗论及创作研究》，湖南出版社1992年版。
[3] 陶水平著：《船山诗学研究》，中国社会科学出版社2001年版。
[4] 肖驰著：《抒情传统与中国思想——王夫之诗学发微》，上海古籍出版社2003年版。
[5] 吴海庆著：《船山美学思想研究》，河南人民出版社2004年版。
[6] 崔海峰著：《王夫之诗学范畴论》，中国社会科学出版社2006年版。
[7] 涂波著：《王夫之诗学研究》，湖北人民出版社2006年版。
[8] 崔海峰著：《王夫之诗学思想论稿》，中国社会科学出版社2012年版。
[9] 袁愈宗著：《王夫之〈诗广传〉诗学思想研究》，中央编译出版社2012年版。

涉王夫之《诗经》学相关的各类理论著作多达十几部[①]，均不同程度地对王夫之《诗经》学的相关问题有所论及。其中不少对王夫之《诗经》学做了深入的研究，较全面地探究其《诗经》学的学术价值[②]。这些研究足以证明王夫之在《诗经》研究方面所取得的成就，不仅能贯清代三百年，而且在古代《诗经》学史上，享有重要的一席之地，乃至在整个中国古代文论发展史上，也享有较高的地位。

港台及国外对王夫之《诗经》学的专论相对较少，对其研究仍然隶属于王夫之诗论研究，主要有新加坡学者杨松年《王夫之诗论研究》[③]、中国台湾曾守仁《王夫之诗学理论重构——思文／幽明／天人之际的儒门诗教观》[④]。除此之外的其他近十部相关著作多属文学批评史之范畴，从略。

论文方面：1980年以来，学界陆续发表王夫之诗论专题论文约100余篇，其中以王夫之《诗经》学相关内容为题旨的40余篇。据寇淑慧统计，1982—2000年，共发表王夫之《诗经》学研究论文17篇[⑤]。这些文章在此不一一列举，在接下来的评述中，撷其要者论之。

诚然，与一些热门学科的研究相比，这个数量显得很单薄，但也足以证明这30多年，王夫之《诗经》学的研究取得了长足的进步。另外，这一阶段，对王夫之《诗经》学的研究，明显呈现出综合性与交叉性的特征，逐渐摆脱对文论史、《诗经》学史、文学批评史的依附，终于在学术界取得了一席之地，并趋向独立学科的形成——王夫之《诗经》学研究。尤其是多种研究方法的运用，进一步开阔了王夫之《诗经》学研究的视野，比如训诂学、阐释学、接受美学、比较法等。从诗学、美学、思

[①] 叶朗著：《中国美学史大纲》，上海人民出版社1985年版；肖驰著：《中国诗歌美学》，北京大学出版社1986年版；邬国平、王镇远著：《清代文学批评史》，上海古籍出版社1995年版；张少康、刘三富著：《中国文学理论批评发展史》，北京大学出版社1995年版；陈良运著：《中国诗学批评史》，江西人民出版社1995年版；张健：《清代诗学研究》，北京大学出版社1999年版；孙立著：《明末清初诗论研究》，广东高等教育出版社1999年版。

[②] 夏传才著：《诗经研究史概要》，清华大学出版社2007年版；吴雁南：《中国经学史》，福建人民出版社2001年版；戴维著：《诗经研究史》，湖南教育出版社2001年版；洪湛侯著：《诗经学史》，中华书局2002年版。

[③] 杨松年著：《王夫之诗论研究》，文史哲出版社1986年版。

[④] 曾守仁：《王夫之诗学理论重构——思文／幽明／天人之际的儒门诗教观》，国立台湾大学出版中心2011年版。

[⑤] 寇淑慧著：《二十世纪诗经研究文献目录》，学苑出版社2001年版，第274—275页。

想等多方面的研究，形成了一个相对完整的体系，使王夫之《诗经》学的学术价值在《诗经》学史中脱颖而出。论文所论及的范围十分广泛，如刘青松《王夫之与叶音说——〈叶韵辨〉解析》[1]，林海云、赵振兴《王夫之〈诗经稗疏〉训诂管窥》[2] 等论文，对王夫之《诗经》学的小学成就予以重视。除了已有的研究领域，学者们亦能多有拓展，如从音韵学、版本学等进行研究。即使是对一些所谓老生常谈的命题，也能予以新的阐释，如对"兴观群怨""诗言志"等论题，进行深入探讨。

这一时期踊跃出的一批关于王夫之诗学或美学相关的博士论文，对其《诗经》学成就也予以一定程度的观照，给人耳目一新之感，如王峰《王夫之诗学研究》[3]、李钟武《王夫之诗学范畴研究》[4]、袁愈宗《〈诗广传〉诗学思想研究》[5]、魏春春《船山诗学研究》[6]，等等。然而，这些文章中，只有袁愈宗博士的论文，将王夫之《诗经》学作为独立的研究对象。

（三）研究现状评述

综合上述三个时期的论著，我们发现，经过学术界近百年的努力，尤其是1980年以来，国内对于王夫之《诗经》学的研究，取得了丰硕的成果，主要体现在以下几方面。

1. 对王夫之《诗经》学的综合研究越来越突出

李中华《船山〈诗经〉面面观》[7] 一文，对王夫之《诗经》学的成果进行全面概括与总结，宏观把握与具体分析相结合，简约而不失广博。林征祥《王夫之〈诗经〉诗学研究》[8]，运用现代诗学，从创作诗学、鉴赏诗学、方法论三个方面，对王夫之《诗经》学进行了系统的探讨，并

---

[1] 刘青松：《王夫之与叶音说——〈叶韵辨〉解析》，《船山学刊》1998年第2期。
[2] 林海云、赵振兴：《王夫之〈诗经稗疏〉训诂管窥》，《长江学术》2011年第1期。
[3] 王峰：《王夫之诗学研究》，北京大学，博士学位论文，1999年。
[4] 李钟武：《王夫之诗学范畴研究》，复旦大学，博士学位论文，2004年。
[5] 袁愈宗：《〈诗广传〉诗学思想研究》，山东师范大学，博士学位论文，2006年，该文于2012年出版。
[6] 魏春春：《船山诗学研究》，陕西师范大学，博士学位论文，2010年。
[7] 李中华：《船山〈诗经〉学面面观》，《船山学刊》1985年第2期。
[8] 林征祥：《王夫之〈诗经〉诗学研究》，《船山学刊》1996年第2期。

对王夫之《诗经》学的成就原因予以探讨，从三个方面予以归纳，即得力于由经学向文学研究视角的转变；得益于以哲学思辨与文学研究的结合；立足于文本且能超越文本的驾驭能力。这样的总结性研究，抓住了船山《诗经》学的根本特征。王夫之《诗经》学博大精深，自成体系，其于小学、音韵、诗论、思想均有涉及，其中《诗广传》是王夫之《诗经》学的核心著作。袁愈宗《〈诗广传〉诗学思想研究》[①]一书，是第一部对王夫之《诗广传》进行综合研究的专著。从诗歌本体论、诗学论、作品构成论三个方面，对其进行了较全面的阐述。《诗广传》几经作者的修订，其成书经历了较长的时期，蕴含着丰富的诗学思想，它是王夫之诗学的基础。对于《诗广传》诗学思想的研究，其学术意义不言而喻。

2. 对王夫之《诗经》学的局部研究日益凸显

20世纪80年代以来，对王夫之《诗经》学的研究，主要集中在"兴、观、群、怨""诗情"观这两方面，几乎所有文论史、文学批评史、美学史以及王夫之诗学、美学等方面的研究中，均有其一席之地，足以说明这两个理论不仅在王夫之《诗经》学中占有重要的地位，而且在他的整个诗学体系中具有举足轻重的意义，其中不乏卓见。

首先，对"兴观群怨"的研究。"兴观群怨"是孔门说《诗》理论的典范，历代均有阐释与发展，至王夫之则掀起了一个高潮。许山河《王船山关于"兴、观、群、怨"的阐释》[②]，赵庆麟《王夫之的兴观群怨说》[③]，张兵《王夫之兴、观、群、怨说再评价》[④]，陶水平《王夫之"兴观群怨"说的美学阐释》[⑤]，金洪大、杨东篱《论王夫之对"兴、观、群、怨"说的独特阐释》[⑥]，崔海峰《兴观群怨说——从孔子到王夫之》[⑦]，刘东《论王夫之对"兴、观、群、怨"说的独特发展》[⑧]等，这

---

① 袁愈宗：《〈诗广传〉诗学思想研究》，山东师范大学，博士学位论文，2006年，该文于2012年出版。
② 许山河：《王船山关于"兴、观、群、怨"的阐释》，《湘潭大学学报》1986年第4期。
③ 赵庆麟：《王夫之的兴观群怨说》，《船山学报》1988年第2期。
④ 张兵：《王夫之兴、观、群、怨说再评价》，《西北师范大学学报》1994年第5期。
⑤ 陶水平：《王夫之"兴观群怨"说的美学阐释》，《南昌大学学报》2000年第2期。
⑥ 金洪大、杨东篱：《论王夫之对"兴、观、群、怨"说的独特阐释》，《理论学刊》2005年第2期。
⑦ 崔海峰：《兴观群怨说——从孔子到王夫之》，《船山学刊》2009年第4期。
⑧ 刘东：《论王夫之对"兴、观、群、怨"说的独特发展》，《北方文学》（下）2011年第4期。

些文章充分论证这一理论的内涵,尤其指出王夫之对这一理论的贡献。张兵在溯源的基础上,客观论述王夫之持论对该理论发展的得与失。他认为,王夫之对"兴观群怨"说予以前所未有的开掘,并以此作为衡量诗歌水平高低与诗史兴衰的一条重要标准。另外,张兵强调王夫之对这一理论的贡献,在于如何指导读者写诗,即从创作论方面予以探讨,颇具新意。陶水平认为,"兴观群怨"是船山诗学的本体论,不过,因篇幅所限,很多问题并未全面展开。张兵提出了船山"兴观群怨"对传统诗学的突破,但是并未结合其《诗经》学著作,予以充分的论证,令人遗憾。

另如崔海峰先生侧重于"兴"的范畴讨论,认为王夫之对这一理论的贡献在于"他所说的'兴',与马斯洛的'审美和自我实现的需要'相通"[①]。并指出,这一理论"旨在使人从'禄位田宅'等功利的束缚中超越出来,摆脱昏庸委琐的状态,立足于现实又有理想,不断趋向生活的高境界"[②]。这是将理论与现实生活结合的典范。肖驰先生认为王夫之对"兴观群怨"的论述,由其性命之学为立足点,凸显性命授受与个体之感,表现在诗学中,则显现于瞬间的感性之中[③]。这与崔海峰先生之论,有异曲同工之妙。

其次,对"诗情"观的研究。"诗情观"是王夫之《诗经》学中十分重要的一个诗学命题。美学家认为王夫之的"情"是审美的情,这是一个普遍的认同,如叶朗、肖驰等学者皆持此说。但是,一般文论家,更看重王夫之论"情、景"的诗学范畴。而实际上,王夫之在《诗经》研究中,所持有的"情"与"情景"之"情"有所区别,不可等同论之。

王夫之《诗经》学之"情"是指人的具体情感。这方面的论文虽然不多,但可喜的是学术界能够有意识地将此"情"与彼"情"区分开来而论之。刘铁山具体地阐述"诗以道情"的内涵[④],认为诗情观就是要求诗歌创作以人性的种种具体表现为对象。袁愈宗在探讨《诗广传》的"诗情"论时,从情的界定、情的类型以及王夫之诗情观的时代意义等方面,进行全面论述。他认为"王夫之所倡导的'情'是能通天下的'性'

---

① 崔海峰著:《王夫之诗学范畴论》,中国社会科学出版社2006年版,第151页。
② 同上。
③ 肖驰著:《抒情传统与中国思想——王夫之诗学发微》,上海古籍出版社2003年版,第134—168页。
④ 刘铁山:《王夫之诗以"道性之情"论》,《衡阳师范学院学报》2002年第1期。

之情,'道'之情。"① 这一观点切中了王夫之《诗经》学"诗情"观的本质,与"情景交融"之"情"区别开来,颇有意义。"情景"交融,是从诗歌创作的角度而论,即情和景的交融,心与物的互感。而王夫之《诗经》学之"诗情观",则是诗人真实性情的表现,抑或性情在诗歌中的自然流露。谷继明对诗情观做了更深入的研究②,指出王夫之"诗情"观的意义,在于"循性定情"的修养学说。肖驰认为王夫之《诗经》学所言之"情",是"具有社会道德价值的理性情感:'贞情'或'有理之情'"③。这是居于本位之见,可为中的之语。另如袁愈宗《从〈诗广传〉看王夫之的诗情观》④、郑晶燕《从"止乎礼仪"到"诗不匿情"——王夫之〈诗经〉学中的诗情观初探》⑤等论文,对王夫之《诗经》学的诗情观,均作了有益的探讨。

3. 对王夫之《诗经》学的治学方法日益重视

多年来,学界热衷于王夫之《诗经》学之诗学、美学的研究,对于他的治学方法,鲜有关注。不过,偶有学者从方法论的角度,进行了一些有益的尝试,为进一步开掘王夫之《诗经》学的领域,做出了贡献。其中,赵沛霖先生的研究最具示范意义,且更有影响力,文章虽然篇幅短小,却结合具体内容,指出王夫之《诗广传》突破传统经学研究模式的特点,他说:"《诗广传》则别出心裁,完全打破了这种由《序》《传》所开创的传统研究模式,对《诗经》某些篇章或某些方面做了深入独到的分析。其内容之丰富,见解之深刻,思路之开阔都远远胜过一般注本。"⑥ 赵沛霖先生从多个层面,对《诗广传》的开创性意义多有肯定,颇有启发性。章启辉《王夫之经学的基本特征》⑦,于王夫之《诗经》学进行整体观照,总括出船山治《诗》的三种方法:一是"训诂必依古说";二是"义理可以日新";三是"经学义理学与今文学经学相结合"。

---

① 袁愈宗著:《王夫之〈诗广传〉诗学思想研究》,中央编译出版社 2012 年版,第 132 页。
② 谷继明:《裕情与舒气——论王夫之对〈诗经〉的诠释》,《船山学刊》2013 年第 2 期。
③ 肖驰著:《中国诗歌美学》,北京大学出版社 1986 年版,第 77 页。
④ 袁愈宗:《从〈诗广传〉看王夫之的诗情观》,《船山学刊》2005 年第 2 期。
⑤ 郑晶燕:《从"止乎礼仪"到"诗不匿情"——王夫之〈诗经〉学中的诗情观初探》,《贵州师范大学学报》2009 年第 6 期。
⑥ 赵沛霖:《打破传统研究模式的〈诗经〉学著作——读王夫之〈诗广传〉》,《求索》1996 年第 3 期。
⑦ 章启辉:《王夫之经学的基本特征》,《湖南大学学报》2001 年第 3 期。

魏春春《从〈诗经稗疏〉看王夫之的〈诗〉学阐释学方法——兼与雷庆翼先生商榷》①，归纳出王夫之《诗经》学的基本治学方法，即审文辨字，正本清源；依古立意，博采百家；审之以理，求之以意。其中之"依古立意，博采百家"，亦是王夫之《诗广传》的治学方法之一。另如《"以诗解诗"与〈诗经〉的祛魅——王夫之诗经学方法管窥》②，对王夫之"以诗解诗"的方法，从多层面予以论证。尤其对"涵泳"法进行比较研究，是一次颇有意义的尝试。

4. 对《诗经稗疏》及考辨文章的研究，渐成风气

一直以来，对王夫之《诗经稗疏》与两篇考辨文章的研究十分萧条。至目前为止，亦不过寥寥数篇而已。究其原因，大致与学界的认识有关。就训诂和音韵而言，汉代《诗经》学和清代《诗经》学，是《诗经》学史上的两大丰碑，其于《诗经》文字、音韵的研究已达巅峰。与此相比，王夫之的小学研究则逊色很多。另外，相对于兴盛的文学研究，小学研究必然枯燥乏味。抑或成就卓越，声名远播的《诗广传》和《诗译》，在一定程度上遮蔽了《诗经稗疏》等论著的华彩。近十几年来，也有学者对此投去一瞥，小有成果，亦令人欣慰。如刘青松《王夫之与叶音说——〈叶韵辨〉解析》③，林海云、赵振兴《王夫之〈诗经稗疏〉训诂管窥》④，张民权《王夫之〈诗经叶韵辨〉述评》⑤ 以及李新飞、刘彦华《王夫之〈〈诗经稗疏〉的训诂成就管窥》⑥ 等。

5. 对"诗乐合一"论的研究

"诗乐合一"理论亦最能代表王夫之《诗经》学的特色，他在《诗广传》中，阐释《诗经》"雅""颂"中的祭祀诗歌时，基于"诗者，幽明之际"的诗学体认，全面阐释"诗乐合一"的理论，突出《诗经》音乐的独一无二性以及祭祀诗歌的灵异性特征，这是最切合《诗经》本体之

---

① 魏春春：《从〈诗经稗疏〉看王夫之的〈诗〉学阐释学方法——兼与雷庆翼先生商榷》，《兰州学刊》2009 年第 12 期。
② 纳秀艳：《"以诗解诗"与〈诗经〉的祛魅——王夫之诗经学方法管窥》，《中南大学学报》2014 年第 1 期。
③ 刘青松：《王夫之与叶音说——〈叶韵辨〉解析》，《船山学刊》1998 年第 2 期。
④ 林海云、赵振兴：《王夫之〈诗经稗疏〉训诂管窥》，《长江学术》2011 年第 1 期。
⑤ 张民权：《王夫之〈诗经叶韵辨〉述评》，《语言研究》2000 年第 1 期。
⑥ 李新飞、刘彦华：《王夫之〈诗经稗疏〉的训诂成就管窥》，《古汉语研究》2009 年第 3 期。

论。对这一理论的研究，学界也予以关注。虽然论文仅区区9篇[①]，但足见学者们对该理论的注视。

6. 其他散论

此处所谓之散论，即指除上述诸多研究之外的成果。譬如论王夫之《诗经》学文学研究的贡献，有魏菊英《浅谈王夫之从文学角度对〈诗经〉的研究》[②]、周示行《船山说〈诗〉小议》及《王船山对〈诗经〉语言艺术的探索》[③]、张思齐《论王夫之关于〈诗经〉中的性爱描写的思想》[④]、姚爱斌《王夫之〈诗·小雅·采薇〉评语的症候式解读》[⑤]、邓新华《王夫之"读者以情自得"的诗歌接受理论》[⑥] 等，这些文章均为选取某一较小的角度进行探究，虽然多关乎细枝末节，但于拓宽王夫之《诗经》学的研究视野有所裨益。

综观近百年王夫之《诗经》学的研究状况，或探讨其诗学观，或探索美学思想，抑或总结方法论；或专题探究，或单篇散论，均对于王夫之的《诗经》学进行了较为广泛的研究，在某一方面取得了显著的成绩。尤其是20世纪80年代以后，成就尤为突出，贡献在于：第一，逐渐将其从文学史、文学批评史、美学史附庸的尴尬境遇中独立出来，确立其独立的学术地位；第二，重视探索其独特的思想意义和学术价值；第三，从多方面、多角度予以研究，进一步开拓了学术视野。

诚然，在学者们的努力下，对王夫之《诗经》学的研究的确取得了

[①] 这些成果主要有：张节末《论王夫之诗乐合一论的美学意义——兼评王夫之诗论研究中的一种偏颇》（《学术月刊》1986年第12期）；王思焜《"流意发音""穆耳协心"——王夫之诗歌声律论评析》（《暨南学报》2001年第6期）；陶水平《试析王夫之诗学"诗乐一理"论》（《东南大学学报》2002年第4期）；张思齐《论王夫之关于〈诗经〉中的灵性思维的思想》（《齐鲁学刊》2003年第4期）；涂波《王夫之诗乐关系论探讨》（《中南民族大学学报》2005年第5期）；夏建军《"心之元声"——略论王夫之诗歌美学思想的本质论》（《江南大学学报》2009年第2期）；张胜利《王夫之的诗歌文体观：幽明之际》（《烟台大学学报》2012年第2期）。

[②] 魏菊英：《浅谈王夫之从文学角度对〈诗经〉的研究》，《大众文艺》2010年第24期。

[③] 周示行：《船山说〈诗〉小议》，《衡阳师专学报》1988年第1期；《王船山对〈诗经〉语言艺术的探索》，《衡阳师专学报》1992年第5期。

[④] 张思齐：《论王夫之关于〈诗经〉中的性爱描写的思想》，《中国文化研究》2004年第4期。

[⑤] 姚爱斌：《王夫之〈诗·小雅·采薇〉评语的症候式解读》，《北京师范大学学报》2011年第5期。

[⑥] 邓新华：《王夫之"读者以情自得"的诗歌接受理论》，《华中师范大学学报》1999年第4期。

一定的成就。然而，相较于他的诗学、美学、哲学等研究，学界对于其《诗经》学的重视程度远远不够。主要存在以下几个较为明显的缺陷和不足，值得我们深思。

第一，迄今为止尚未见一部完整的关于王夫之《诗经》学的研究专著。多以单篇论文为主，以静态研究为多，并没有将其置于《诗经》学史中，在与纵向的比较中，形成动态研究，并探索其于《诗经》学史上的地位与影响。

第二，很少将其置于鼎革之际的特殊时代背景中，揭示其《诗经》学中蕴含的思想价值和生命情怀。

第三，未能形成系统的研究，大多呈零散状态。

第四，宏观研究较多，微观分析不足；纵向延伸不多，横向比较亦不够。

第五，对王夫之《诗经》学研究方法的探讨与总结尚不足。

三 选题意义及思路方法

本书之所以将"王夫之《诗经》学"作为研究对象，其选题意义、选题依据和研究价值如下。

1. 从选题意义而言，由王夫之《诗经》学研究的现实意义所决定。王夫之《诗经》学的独特意义在于：

第一，迥异的学术思想。处于明清鼎革之际的王夫之，在目睹江山易主的悲剧中，"怀抱刘越石之孤"，转向文化经典的研究与阐释，浸润于其间的不仅是一代大儒的学术思想、理论建树，更有深沉的遗民情怀，王夫之《诗经》学是易代之际学术思想的缩影。对其进行研究，以窥遗民学人的心灵变迁，进而加深对其思想的认识，以丰富思想史的研究。

第二，独特的《诗经》学地位。在《诗经》学史中，其既有承上启下之功，亦有独立思考之成。换句话说，王夫之《诗经》学一方面积极吸纳汉学、宋学的有益成分；另一方面勇于超越前学束缚，赋予独到的见解。其学为"清学之先导者"[①]，即乾嘉学派之先、独立思考派之导，其

---

① 潘美月、杜洁祥主编：《古典文献研究辑刊》二编，第10册；林叶连著：《中国历代诗经学》，花木兰文化出版社2006年版，第222页。

至更远。通过对其研究，挖掘其在学术史上的独特价值。

第三，他的《诗经》学自成体系。他在《诗经》学中建构起来的诗学观、美学思想与广义的诗学观和美学思想有很大的不同，且独成一体。

第四，他倡导"六经责我开生面"的治学宗旨、不主常故的学术旨趣、融通文史的研究方法、独立自主的治学精神等，在今天仍然有很强的现实意义。

第五，他在周代文化语境中考察《诗经》，提出"诗者，幽明之际"的诗学观，从诗歌的特性上，将《诗》与"诗"予以区辨，这是难能可贵的学术眼光，亦是独一无二的治学思想，有助于我们从更加开阔的视域中去研究《诗经》，对古典诗歌的研究亦多有启发。

2. 从选题依据而言，由王夫之《诗经》学的研究现状所决定。纵观近百年的学术史，王夫之《诗经》学研究逐渐被学界重视，20 世纪 80 年代以后，一些高质量的学术论文相继发表，同时也有《王夫之〈诗广传〉诗学思想研究》和其他几部《王夫之诗学研究》《王夫之美学研究》专著问世，迎来了王夫之《诗经》学研究的第一个高潮。但是，成果难尽人意。因为王夫之《诗经》学的诗学观、美学观与王夫之诗学、美学并非二而一的问题。虽然，王夫之诗学、美学涵盖其《诗经》学的诗学观和美学观。但是，其《诗经》学的诗学观与美学观有着独到的特质，故而不能和其诗学和美学完全等同或融合。与繁富的王夫之诗学、美学研究相比，《诗经》学研究显得萧条冷寂。近三十年来，尚没有一部全面、系统研究王夫之《诗经》学的专著出版。可见，综合研究方面亟待加强。

3. 就研究价值而言，由王夫之《诗经》学的价值所决定，主要有如下几点。

第一，立足于王夫之的哲学思想，将其《诗经》学中所蕴含的诗学观、美学思想等，还原到具体的《诗经》文本中去研究，相较于广泛意义上的研究，更能体现其《诗经》学的独特价值。

第二，王夫之在经典的阐释中，敢于打破经学研究的窠臼，"于六经皆有发明"[1]，王夫之于《诗经》别开生面的研究中，形成了独具特色的《诗经》学风貌，本书尝试对王夫之《诗经》学的学术思想进行系统研究，发掘其《诗经》学在思想领域内的价值，于《诗经》学研究提供一

---

[1] （清）刘献廷著：《广阳杂记》卷二，中华书局1957年版，第57页。

定的参考价值,并对思想史的研究亦有启发意义,进而佐证"《诗经》学也是思想的承载方式和思想史研究的对象"① 观点的合理性与正确性。

第三,他于经典研究中融入的思想情感、生命情怀是一笔珍贵的精神财富,对我们今天的研究仍然有着重要的价值。探究他的政治理想和生命情怀,阐释其在中国思想史上的意义,这是对王夫之《诗经》学思想研究的创新。

4. 就研究思路而言,鉴于王夫之《诗经》学的多重学术价值、研究意义以及学界研究的现状,本论文试图从以下几方面做尝试性研究。

第一,试图打破以往将其诗学观、美学思想融通的模式,立足于《诗经》学而论其诗学、美学思想,探究其独特的理论价值,以促进《诗经》学的诗学观和美学思想体系的确立。

第二,在《诗经》学史与时代文化背景的坐标轴上,考察王夫之《诗经》学的思想渊源、学术宗旨、研究方法,以突出其学的思想意义和学术价值。努力关注明清易代之际学术的发展状况,以此彰显王夫之《诗经》学的时代意义。

第三,从多维的角度,即在感性与理性、哲学与思辨、文学创作与学术研究等相互影响与渗透的诸多关系中,对王夫之《诗经》学予以研究。

第四,立足于文本,重视文献的搜集与甄别,通过对比、分析,予以较客观的评价。

第五,对王夫之《诗经》学的研究方法,进行全面的综合与归纳,以期从方法论上,拓展《诗经》研究的视野。

第六,在研究方法上,将王夫之《诗经》学著作既分别考察,又整体讨论,使之纳入统一的学术体系中。综合运用有关文艺学、历史学、音韵学、美学、哲学、统计学等方法,进行研究。

第七,本书所论仅是对王夫之《诗经》学研究的尝试,力求在充分把握文献的基础上,阐微抉要,有所发明,并以期抛砖引玉,对学界有所裨益。

---

① 陈战峰著:《宋代〈诗经〉学与理学——关于〈诗经〉学的思想学术考察》,陕西人民出版社 2006 年版,第 44 页。

第一章　王夫之《诗经》学产生的文化背景

17世纪的明清之际，是中国历史上又一个纷纭巨变的时代，在社会经济和文化思想领域内发生了深层的裂变。这不仅是朝代的鼎革之际，也是思想文化的转型期。

王夫之一生跨越明清两朝，耳濡传统文化与时代思想变革之强音，目睹江山易主的惨痛现状，感受"海徙山移"的亡国之悲。他是最坚定的反清战士，也是守卫文化的志士。在家国沦丧、复明无望的现实中，他最终选择了转首空山释经典的学术之路。近两千年的《诗经》学成就、明代的文化思潮以及清初的政治环境等，对他的《诗经》学产生了深刻的影响。本章通过对这两方面的梳理与分析，略述影响王夫之《诗经》学产生的外在因素，以探究其迥异风格的渊薮。

第一节　历代《诗经》学的发展

王国维先生说："凡一代有一代之文学①。"不仅文学发展如此，与之相关的学术研究亦然。在两千多年的中国学术史上，蓬勃发展的《诗经》学史对王夫之《诗经》学的产生，提供了充分的学术养分。

一　《诗经》学的学术积淀

王夫之的时代，《诗经》学成果已十分丰富。他处在宋明《诗经》学

---

① 王国维著：《王国维戏曲论著》（《宋元戏曲考》等八种），纯真出版社1982年版，第3页。

向清代《诗经》学的转型期，在深受汉学与宋学滋养的同时①，对开启清代《诗经》学颇有贡献。

自先秦以来，不断发展的《诗经》学史，至明末清初，积累了丰富的学术思想与治学经验，王夫之站在易代之际的历史交汇点和学术转型期，在尽情汲取学术养分的基础上，予以独立深刻的思辨，形成了独具特色的《诗经》学。

梁启超先生说："凡研究一个时代思潮，必须把前头的时代略为认清，才能知道那来龙去脉。"②皮锡瑞先生亦云："凡学不考其源流，莫能通古今之变。"③的确，处于明清鼎革之际的王夫之，其《诗经》学的产生，前学是一大渊薮。下面，对清前《诗经》学做俯瞰式的简要描述。

（一）先秦《诗经》学

先秦是中华文化的萌发时代。春秋末至战国时期，是《诗经》学的萌芽阶段，也是儒家诗教观初步确立的时期。

《诗经》学构建的重要思想是儒家诗教观，无论是采诗、观诗、歌诗都表达着对社会时政的意见。诗人歌诗而谏，采诗官呈诗而劝，统治者观诗而治。所谓之"教"，是指统治者通过雅正的诗歌，来达到教化民众的目的，《毛传》所说的"风以动之，教以化之"④即是此意。《毛诗正义》从"上言用诗以教，此又解作诗所由"⑤的诗教层面进一步阐释"诗言志"的内涵，以此强化《诗》的教化意义。因此，诗教观是在歌与观的双向互动中，建立起来的《诗经》评价观念，即"其为人也，温柔敦厚，《诗》教也"⑥。以此作为实现和谐政治统治的目的。而事实上，周代诗教观运行机制一旦不复存在，用于统治人心的诗教观也便失去了外在的依附，于是，儒家诗学体系就成了它的温床。纵观《诗经》学发展的历程，数千年绵延不绝的传承，足以证明诗教是贯通其生命的红线。

---

① "诗经汉学""诗经宋学""诗经清学"之称，采用洪湛侯先生《诗经学史》中的观点。见洪湛侯著《诗经学史·自序》（上），中华书局2002年版，第5页。
② 梁启超著：《中国近三百年学术史》，岳麓书社2010年版，第2页。
③ （清）皮锡瑞著，周予同注释：《经学历史》，中华书局1959年版，第19页。
④ （清）阮元校刻：《十三经注疏》（上），《毛诗正义》卷一，中华书局1980年版，第269页。
⑤ 同上书，第270页。
⑥ （元）陈澔注，万久富整理：《礼记集说》，凤凰出版社2010年版，第387页。

这一时期，《诗经》在外交中广为使用，实用性是其特点，主要用途有如下两点。

第一，各种典礼用诗。周代的礼乐文化，集中体现在不同典礼上的用《诗》制度。《诗经》本为乐歌，已成定论。作为周代"诗乐合一"典范的《诗经》，被用于各种典礼仪式的情况，《仪礼》《周礼》《左传》等典籍多有记载。不同的典礼有不同的仪式，所用的诗也有所不同，如《大雅》是多用于宗庙祭祀"仪式中的乐歌"[①]。

第二，赋诗言志。《诗经》以其丰富的内容，精湛的艺术技巧以及便于记诵的形式，被社会各界广为传颂，并视作思想和艺术的圭臬。行人辞令是先秦影响最大的赋诗言志形式，其特点是"断章取义"。《左传》《国语》等典籍中存有关外交辞令用诗的大量记载，对此，学界早就有人做过较详尽的统计[②]，故无复赘言。典制上的用诗和赋诗言志，仅仅是用诗而已，于《诗经》研究而言，尚未及。

随着周室衰微，王权下移，诸子在教学中将赋诗言志的传统延续。有学者统计，在先秦文献中，记载孔子言《诗》达190余次[③]。孟子、荀子亦多说《诗》。孔子认为《诗经》是周代礼乐文化的典范，其思想之纯正、精神之高雅堪为楷模，所谓"诗三百，一言以蔽之，曰：'思无邪'"[④]。孔子言说《诗经》，意在突出其思想性，强调"诗，可以兴，可以观，可以群，可以怨"[⑤] 的社会功能以及"迩之事父，远之事君"[⑥] 的政治教化作用。诸子对《诗经》思想性的发挥，可视作《诗经》学的萌芽。

先秦诸子说《诗》的贡献在于：其一，赋予诗歌个性解读的内涵，体现出先秦时代士阶层的自由意志与独立的主体意识。其二，从理论层

---

① 黄松毅著：《仪式与歌诗——〈诗经〉大雅研究》，中国传媒大学出版社2010年版，第25页。

② 据俞志慧统计："《左传》共载赋《诗经》中诗57首68次，另赋逸诗1首1次。《左传》共载赋诗58首69次。"《国语》赋诗（含歌诗、诵诗、奏诗）为："共载赋诗7首7次"。参见俞志慧著《君子儒与诗教——先秦儒家文学思想考论》，生活·读书·新知三联书店2005年版，第135页下注释部分。

③ 刘毓庆著：《从经学到文学——明代诗经学史论》，商务印书馆2001年版，第26页。

④ 杨伯峻译注：《论语译注》，中华书局1980年版，第11页。

⑤ 同上书，第185页。

⑥ 同上。

面，言说《诗经》的诗学意义，对中国诗歌的创作具有一定的启发性，同时也可证明"那个时代的人确实在对'诗'进行着思考"①。其三，极大地发挥了对《诗经》自由诠释的可能性。诚如刘毓庆先生所言："传统的典籍只是丰富人的精神世界的一份财富，是为我所用的工具，而对人的思想和行为不能产生任何的束缚作用。"② 可谓中的之语。

（二）汉唐《诗经》学

两汉是经学高度发达的时期，《诗》经学地位亦得以确立，学界称之为"诗经汉学"③。在汉代，《诗经》学有今、古文之争，即今文三家诗派与古文毛诗之争；官学与私学之别，一言以蔽之则为"立学官者为官学，不立学官者为私学"④。

今文三家建立"'六经注我'的诠释模式"⑤。其弊端诚如班固所言："鲁申公为《诗训》故，而齐辕固、燕韩生，皆为之传。或取《春秋》，采杂说，咸非其本义。"⑥ 三家诗至魏晋南北朝时相继消亡。古文派"毛诗"，将《诗》和历史著作《左传》配合起来，通过文字训诂，诗史互证，阐明典章制度，力图还原《诗》作为经典的原始意义，"建立了一种'我注六经'的诠释模式"⑦。东汉末年，郑玄作《毛诗传笺》。自此，以古文经学为核心的《诗经》汉学体系建构，呈现出"《毛诗序》《传》自郑君作《笺》后，迄于唐世，皆尊信无疑词"⑧的现象。

唐孔颖达奉太宗诏令，编纂《毛诗正义》，其中包括《毛传》《郑笺》（被称为"注"），孔颖达等所作的"正义"（被称为"疏"），加上陆德明的《毛诗释文》。《孔疏》保留《传》《笺》的注文，并给注文再做疏解，坚持"疏不破注"的原则，凡疏解须合《传》《笺》，不合者则不予采纳。实现了《诗经》学统一于汉学的学术目的。《四库全书总目》云："故能融贯群言，包罗古义，终唐之事，人无异词。"

---

① 刘毓庆著：《从经学到文学——明代诗经学史论》，商务印书馆2001年版，第25页。
② 同上。
③ 洪湛侯著：《诗经学史》（上），中华书局2002年版，第107页。
④ 同上书，第108页。
⑤ 周裕锴著：《中国古代阐释学研究》，上海人民出版社2003年版，第66页。
⑥ （汉）班固撰，（唐）颜师古注：《汉书·艺文志》，商务印书馆1955年版，第7页。
⑦ 周裕锴著：《中国古代阐释学研究》，上海人民出版社2003年版，第66页。
⑧ 黄焯著：《毛诗郑笺平议·序》，上海古籍出版社1985年版，第6页。

（三）宋代《诗经》学

质疑前学，求得新知。所谓"为学患无疑，疑则有进"①、"小疑小进，大疑大进"②。质疑精神渗透在学界的各个层面，理性思辨是宋儒治学的基本态度。

故而，基于对汉唐《诗经》学所崇尚的《诗序》之质疑，以理学为核心的宋代《诗经》学，从学术宗旨、学术理路上，与汉唐《诗经》学有别，学界亦称其为"诗经宋学"③。实质上，"汉、宋诗经学之争的关键在于尊《序》还是非《序》"④。朱熹《诗集传》是集两宋《诗经》学大成之作，代表了宋代《诗经》学的最高成就。他废"序"不录，不拘囿于门户之见，兼取"传""序""笺""疏"和三家诗说；涵咏诗歌，力求诗之本义。但朱熹解经皆以理学为据，认为"此诗之为经，所以人事浃于下，天道备于上，而无一理不具也"⑤。朱熹《诗经》学的特点在于：打破"疏"不破"注"的汉学传统，开创《诗经》宋学一代新风。

然而，朱熹阐释《诗经》的目的，则是"强调理会诗之义理，以求达到心性修养的目的"⑥。他运用理学思想，批判凡《诗序》不合孔子诗教观之论，责难《诗序》有害于封建伦理纲常之处，欲以建立为封建统治者服务的思想体系。如此说《诗》，其目的是为了维护"道学"，故而不惜背离诗歌本义进行解诗。

宋代《诗经》学的弊端不断受到学界的批判，从明代中期，宋代《诗经》学渐趋式微。所以，明代中后期的《诗经》学，虽然在学源上属于宋代《诗经》学的范畴，但是，在思想内涵和表现形式上，有了很大的反动，其标志是以文学阐释《诗经》成为潮流。

明代前期，受朱子学说余荫颇深，其主流以羽翼朱《传》为主，如黄宗羲所言："有明学术，从前习熟先儒之成说，未尝反身理会，推见至隐，所谓'此亦一述朱，彼亦一述朱'耳。"⑦当时的《诗经》学风气，可窥一斑。

---

① （宋）陆九渊著：《陆九渊集》卷35《语录》下，中华书局1980年版，第472页。
② 同上书，第482页。
③ 洪湛侯著：《诗经学史》（上），中华书局2002年版，第362页。
④ 檀作文著：《朱熹诗经学研究》，学苑出版社2003年版，第1页。
⑤ （宋）朱熹集注：《诗集传》（序），中华书局1958年版，第2页。
⑥ 刘毓庆著：《从经学到文学——明代诗经学史论》，商务印书馆2001年版，第28页。
⑦ （清）黄宗羲著，沈芝盈点校：《明儒学案》（上），中华书局1985年版，第179页。

中后期，程朱理学的统治地位渐被阳明心学代替。《诗经》学发展呈两种趋势：一是汉唐《诗经》学复活，学界高扬"毛序"而抑"朱传"，多汉宋兼采，力求汉学考据训释与诗旨解说，往往辑存古说；一是对《诗经》艺术特质的重视，对诗歌艺术的鉴赏取代了词语的训释，与此同时，传统的诗教观呈滑落之势。所谓"降及元、明，《诗》学几废"①，几成定论。

文学阐释《诗经》的浪潮在明代中期达到高潮，冲击着经学评价体系。《诗》从神圣的经坛，回归诗歌的本位，这是发生在《诗经》学史上的重大变革。

《诗经》是华夏民族智慧的结晶与情感的载体，体现着先民独特的审美判断与价值取向，是中华民族文学艺术创作的源泉与美学体系建构的基础。对此，宗白华先生有着十分中肯的见解：

> 《诗经》中的诗虽然只有三百零五首，且多半是短篇，但内容却异常丰富，艺术也极高超。它们不但是中国文化遗产里的宝贝，而且也是周代社会政治生活、人民的思想情感全面的、极生动的具体的反映。这《诗三百》是孔子、孟子、荀子美学思想的出发点和依据，它成了儒家的"诗教"，也是中国过去两千年来文艺思想的主流。②

在此意义上，审视王夫之的《诗译》和《夕堂永日绪论内编》，即以文学的眼光评价《诗经》的典范，不仅如此，"《诗译》是清代第一部专论《诗经》的诗话著作"③，其于清代《诗经》文学阐释潮流的兴盛，具有一定的引导意义。《诗广传》中亦不乏对诗歌的欣赏之论。重视《诗经》的文学艺术特质，欣赏诗之美，这是《诗经》学的一大进步。

然而，有明一代之学术，多为学界诟病，异口同声地指向空疏之学风，一般评价不高。刘毓庆先生对这种怪异的学术现象多有分析，他认为：

---

① 黄焯撰：《毛诗郑笺平议·序》，上海古籍出版社1985年版，第6页。
② 宗白华著：《美学史专题研究：〈诗经〉与中国古代诗说简论》，《宗白华全集》（3），安徽教育出版社1994年版，第482页。
③ 何海燕著：《清代〈诗经〉学研究》，人民出版社2011年版，第211页。

顾炎武说：明人经学荒陋不足取；顾颉刚说：以文学读《诗》由清人始。两位"一代宗师"的大学者一否定前者，一肯定后者，这样除四库全书所收录的明人九种《诗经》专著外，大多数学人再也没有心思去翻找明人的其它《诗》学著作了。①

实际上，导致这种现象的原因，除了上述刘毓庆先生所言之外，我们认为还有以下几方面因素。

第一，与学界对《诗经》学、经学、治学传统的接受有关。始于汉代，奉经学为圭臬，以经治学遂为一代风气，并延续数千年。章太炎大师总结清代治经之道言：

> 昔吴莱有言：今之学者，非特可以经义治狱，乃亦可以狱法治经。莱，一金华之末师耳，心知其意，发言卓特。近世经师，皆取是为法。审名实，一也；重左证，二也；戒妄牵，三也；守凡例，四也；断情感，五也；汰华辞，六也。六者不具，而能成经师者，天下无有。②

"经义治狱"是关涉经义的严肃性，"狱法治经"指向治学的严谨与求实。重佐证、审名实、戒妄牵、守凡例、断情感、汰华辞，不仅是清代《诗经》学遵循的治《诗》原则，亦是汉唐《诗经》学的重要特点。那么，明人所标榜以"性灵"与"情性"说《诗》的原则与经学之法背道而驰，故而被清代学界予以严厉批评。

第二，与对明代《诗经》学的学术成见有关。主要原因在于，一是前期《诗经》学兴盛的述朱之风；二是明代出现的几部伪作的不良影响；三是明代的尚虚学风。

第三，与清初学者经世致用的学术思想有关。

因此，评判一个时代的学术成就，应该在更开放的视野中去审视，破除成见和偏见，而予以公允的评判。《诗经》学史表明，"明代'诗经学'

---

① 刘毓庆著：《从经学到文学——明代诗经学史论》，商务印书馆2001年版，第18页。
② （清）章炳麟著：《章太炎全集》（四），《太炎文录》卷一《说林下》，上海人民出版社1985年版，第119页。

是《诗经》研究史上一个重要的阶段，而且是自汉迄清的两千多年间，唯一恢复《诗经》本貌，对其进行文学研究的一个时代"①，这是客观之论。

（四）清代《诗经》学

皮锡瑞先生在阐述清代经学嬗变时指出：

> 国朝经学凡三变。国初，汉学方萌芽，皆以宋学为根柢，不分门户，各取所长，是为汉、宋兼采之学。乾隆以后，许、郑之学大明，治宋学者已熄。说经皆主实证，不空谈义理。是为专门汉学。嘉、道以后，又由许、郑之学导源而上，《易》宗虞氏以求孟义，《书》宗伏生、欧阳、夏侯，《诗》宗鲁、齐、韩三家，《春秋》宗《公》、《穀》二传。汉十四博士今文说，自魏、晋沦亡千余年，至今日而复明。②

从上述关于清代经学嬗变的论述中，亦可窥清代《诗经》学的发展情况。据此，大致可以梳理出清代《诗经》学的发展轨迹如下：

清初："古来国运有盛衰，经学亦有盛衰③。"随着明王朝的灭亡，宋明《诗经》学渐趋衰落。在反思、反叛的潮流中，新思想引导着学术的出路，与此同时，满清统治者一方面在政治上实施严酷打压④，全国上下一片风声鹤唳；另一方面出台了一系列益于统治的文化策略⑤，推崇儒学，倡导经学。于是，在学界与政界"两股力量在碰撞、摩擦中形成了清初学术的多元格局。《诗经》研究也不例外地呈现出这一转型期特有的学术风貌"⑥。此外，清初学者虽然反理学，但不主张全废理学，他们积极吸纳宋明《诗经》学经世致用的思想，并运用于现实中。黄宗羲主张为学应该"取近代理明义精之学，用汉儒博物考古之功"⑦，以达到救世

---

① 刘毓庆著：《从经学到文学——明代诗经学史论》，商务印书馆2001年版，第19页。
② （清）皮锡瑞著，周予同注释：《经学历史》，中华书局1959年版，第341页。
③ 同上书，第19页。
④ 如"薙发令"对汉族人格尊严的摧残，《清史稿》有记。扬州十日等，对汉人生命的残杀等，清人韩菼《江阴城守纪》有记载。
⑤ 如祭拜孔子、开《明史》馆以经学取士等措施，以此笼络人心，《清史稿》有记。
⑥ 何海燕著：《清代〈诗经〉学研究》，人民出版社2011年版，第21页。
⑦ （清）黄宗羲撰：《南雷文定·前集》卷六，中华书局1985年版，第97页。

之效。因此，汉宋兼采、主张理学与经世致用成为清初《诗经》学的一大特色。不过，此期所谓的汉宋兼采，更多是对二者方法的兼采，治学思想各有创新，并非一味走尊经之路。

王夫之是这一时期的代表学者，在方法论上，他的《诗经》学汲取众家之长，更有创新。他的《诗经稗疏》虽主张"训诂必依古说"①，但在具体的研究中，他并不以毛、朱古说为是，而是博采众家，并结合历史文献、生活实际，"求通于诗意，推详于物理"②。他的《诗广传》则是借阐发《诗经》之意，来发挥自己的思想。他不仅开创了清代求真务实的治学新风，引领了经世致用的治学潮流，也在多方面引导了清代《诗经》学的发展。

中期，乾嘉学派以穷经稽古为究《诗》之本，原《诗》之义；以训诂明道为研究《诗》之旨，训明字意，明圣人之道；以实事求是为阐释《诗》之则，重视考证，稽考典制，以求圣人之理。实际上，乾嘉学派重考据之学风，始于船山。乾嘉学人踵船山《诗经稗疏》之武，而使考据法大兴。对此，徐世昌于《清儒学案》中指出："言必证实，意必切理。共说诸经，于考据求义理。后来经学专家矜为创获者，或为先生所已言。"此处的"先生"即指船山先生。乾嘉汉学派系庞大，特出者如吴派、皖派、扬州派、常州派等；名家辈出，著作众多。就经学成就而言，乾嘉经师功莫大焉，皮锡瑞先生总结其成就为：辑佚书、精校勘、通小学③。

清代晚期，今文学经派被推到了思想潮流的前沿，主导晚清《诗经》学的发展趋势，将阐发诗歌的微言大义，高扬经世致用的说《诗》思想，发挥到了极致。"他们的说诗，就是通过评论《诗经》，依托某一篇章而发挥治乱改制的政治思想。"④龚自珍和魏源是晚清今文《诗经》学的代表，魏源《诗古微·自序》中述其主旨，可窥该派治《诗》的尊旨：

---

① （明）王夫之著：《诗经稗疏》卷三，《船山全书》第三册，岳麓书社 2011 年版，第 170 页。
② （明）王夫之著：《诗经稗疏》卷一，《船山全书》第三册，岳麓书社 2011 年版，第 91 页。
③ （清）皮锡瑞著，周予同注释：《经学历史》，中华书局 1959 年版，第 330—331 页。
④ 夏传才著：《诗经研究史概要》，清华大学出版社 2007 年版，第 148 页。

《诗古微》何以名？曰：所以发挥《齐》、《鲁》、《韩》三家《诗》之微言大谊，补苴其罅漏，张皇其幽渺，以豁除《毛诗》美、刺、正、变之滞例，而揭周公、孔子制礼正乐之用心于来世也。

礼、乐者，治平防乱，自质而之文；《春秋》者，拨乱返治，由文而返质。故《诗》之道，必上明乎礼、乐，下明乎《春秋》，而后古圣忧患天下来世之心，不绝于天下。①

由此可知《诗古微》治诗要旨和说诗方法，以发挥微言大义之能事，张皇诗歌之幽渺意蕴，补苴罅漏为务，以达经世致用之目的。魏源指出："学问之道，固不可浅遇而深逢者也。"② 故而，晚清今文经学批判《毛诗序》美刺之说，其目的则是建立起有益于借诗言政的实用诗学观，这也是应时代的召唤，在精神上与王夫之《诗经》学一脉相承。

二 《诗经》学的时代要求

（一）历时性与共时性：《诗经》学史的考察标准

上述《诗经》学史的流变，是在历时性与共时性两个维度上呈现其特征，这是我们考察《诗经》学史应遵循的标准。因为"一件艺术品既是'永恒的'（即永远保有某种特质），又是'历史的'（即经过有迹可循的发展过程）"③。

所谓共时性，是指在大致相同的文化语境中，学者们因思想观念、审美趣味、文学追求等因素，易于达成对经典研究的共识，并形成一定的研究范式和学术体系，它侧重于在某一横断面上，呈现出的一致性或近似性。如汉唐《诗经》学、宋明《诗经》学、清代《诗经》学。它们从内涵而言，具有一定的共时性特征，三者各有特性，却一脉贯通，遥相呼应。以朱熹《诗集传》为代表的"宋学"（此处为了论述之便，简称为汉学、宋学、清学），虽以理学为底色，但它并未彻底反"毛诗序"，亦不遮蔽其尊"序"的思想倾向，具有所谓"宋学"并不以排斥"汉

---

① 魏源全集编辑委员会编，何慎怡校点：《魏源全集·诗古微》，岳麓书社1989年版，第131页。

② 同上书，第132页。

③ ［美］雷·韦勒克、奥·沃伦著：《文学理论》，刘象愚、邢培明、陈圣生、李哲明译，生活·读书·新知三联书店1984年版，第36页。

学"为务的特点。从学理而言,"宋学"与"汉学"之别,不过是经学与理学之别。虽然,二者的治《诗》方法各有千秋,但它们都隶属于广义的经学研究范畴,具有相似的治学目的。从这两个方面的分析可见,传统《诗经》学在儒学思想体系中,呈现出较为稳定的结构特征。因为,共时性极具恒定性与渗透性特质,也最富有活力。只要它存在的文化语境不发生逆转或解体,它总会穿越时空,影响数代学术发展,甚至绵延数千年。

所谓历时性,则指在《诗经》学的历史进程,随着历史的发展,《诗经》学也应时代要求,在矛盾中不断创新。历时性在时间序列上具有连续性特征,但并不会形成体系。"文变染乎世情,兴废系乎时序"①。学术研究亦具有强烈的时代特色。所谓"时运交移,质文代变,古今情理"②,这在历代《诗经》研究中尤为突出。每一历史时期的《诗经》学,都被赋予时代精神,"在历史的峡谷中,'《诗经》学'与其它学术的发展一样,逐时而变迁。每个时代的主流文化精神与主流意识形态,皆在阐释'经典'中获得体现"③。这段话的精髓正是指出了《诗经》学的历时性意义。

那么,对于《诗经》学在共时性范畴上呈现出的"永恒性"特质的关注,无论从微观上还是从宏观上,我们获得了解释其在横向层面上表现出的内在恒定性特征的认知,并澄清了《诗经》汉学自汉代至唐延续的合理性,甚至,在清代复兴的必然性。

因此,在共时性的层面上,构建起对《诗经》学的评价体系,在历时性的序列中,勾勒出学术发展的动态轨迹,在二者相互交织的立体结构中,去评价《诗经》学在学术史上的意义,并解释在《诗经》学史中,"史"与"学"双向评价体系存在的合理性。共识性与历时性相结合的评价体系,实际上就是将《诗经》学置于更加合理且富有理论依据的坐标轴上予以观照,其目的在于能够较好地解释《诗经》学史中存在的问题。通过挖掘其呈现在共时性层面上的意蕴与价值,进而探索其在历时性层面上的传承性与革新意义。

---

① (梁)刘勰著,周振甫注:《文心雕龙注释》,人民文学出版社1981年版,第479页。
② 同上书,第476页。
③ 刘毓庆著:《从经学到文学——明代〈诗经〉学史论》,商务印书馆2001年版,第24页。

(二)《诗经》学发展的挑战

在共时性与历时性的坐标轴上，考察王夫之《诗经》学，其独特的学术地位则不言而喻。

《诗经》学史表明：明末清初，是宋明《诗经》学的蜕变期，是清代《诗经》学的兴起点，这是两种学术思想的交汇点与碰撞点。王夫之《诗经》学所处的位置，恰是历史的转折点和学术的交汇点。然而，对王夫之而言，清代《诗经》学时代尚未到来，对他产生影响的是明前《诗经》学。如何继往开来，这是王夫之面临的首要问题。

在共时性的坐标轴上，儒家诗学观始终相伴随，无论是汉唐《诗经》学，还是宋明《诗经》学，经学思想是它们的共同处。明末清初《诗经》学发展的特点是宋明之学尚未消退，清代之学尚未建构，如何构建新的学术思想，促进《诗经》学的进一步发展，这不仅是历史的机缘，也是学术发展的要求。

明末，在特殊的时代背景中，经世致用的思想得到了前所未有的重视，王夫之以此为契机，《诗广传》应时而生。他治《诗经》的指导思想则是积极汲取前学的成就，"择善而从"[①]，不墨守成规，更有所创新。另外，从历时性坐标轴考察，无论是汉学，抑或宋学，其于当世而言，或承载着时代主流思想的重任，或肩负着建构新思想的使命。明末清初，以经典阐释为依托，赋予时代思潮，一度成为风尚。清初三大家对开辟一代新学风，颇有贡献。诚如皮锡瑞先生所说："王、顾、黄三大儒，皆尝潜心朱学，而加以扩充，开国初汉、宋兼采之派。"[②] 然而，皮先生之论着眼清初学术的整体态势，所谓汉宋兼采，多指方法论。实际上，王夫之于清代《诗经》学的开创之功不仅如此，清中期的独立思考派、晚清的今文学派，亦多受其学沾溉。

王夫之的《诗广传》堪为清初《诗经》学的典范，以《诗经》来阐发他的历史观与政治思想，譬如：

> 王以之衰，霸以之兴，后世以之崛起为天下君。世愈降，道愈偷，生其间愈戚矣。周室乱，王化不行，忠厚之泽斩，《谷风》之刺

---

① （清）皮锡瑞著，周予同注释：《经学历史》，中华书局1959年版，第305页。
② 同上书，第300页。

兴焉。"将恐将惧，维予与女；将安将乐，女转弃予"；而上下离，臣友散，周室不可为矣。①

这是他于《诗经·小雅·谷风》的阐释中表达自己的历史观。在他看来，凡历代争霸之起，在于王道之衰。在历史的反思中，隐含着他对明王朝和清廷的双重批判。尤为突出的是，他对明朝统治者不思图治，而致使王道衰败的事实予以抨击。

《诗广传》中，他对清朝贵族的批判随处可见，如他通过对《大雅·板》的阐释，借批判伪辩之人，丧失其"诚"，以巧言迷乱天下，致使道丧国亡。暗含着对夷族以盗道攫取明朝江山的愤慨，甚为激愤之论：

> 拂天地之位则乱，刿万物之几则贼。贼与乱，非伪人不能，然且标门庭于辞之中曰：吾能为位置也，吾能为开阖也，吾能为筋脉也，吾能刮摩以净也，吾能立要领于一字而群言拱之也，吾能萦纡往来而不穷于虚也，吾能剖胸噗沫而是老妪稚子之无不喻也。呜呼！伪人逞其伪辩之才，而烦促捭阖，颠倒黩乱，鄙媟之风中于民而民不知，士乃以贼，民乃以牿，盗夷乃以兴，国乃以亡，道乃以丧于永世。②

可见，极富思想性与批判性，这是王夫之《诗经》学的显著特色。其于历史与现实的批判力度，在《诗经》学史上鲜有。这不仅与他的个性有关，更与他所处的特殊时代密切相关，站在历史的风口浪尖上，他的目光深刻而远大。在《诗经》学史上，于共时性，他上承汉学，中踵宋学，将经世致用的思想发扬到极致；于历时性，他站在《诗经》学史的交汇点，审视历史与关注当下的学术视野中，将时代精神充分予以彰显。

在此意义上，王夫之《诗经》学的独特价值，是历史的赋予，也是《诗经》学发展的机遇所赐。

---

① （明）王夫之著：《诗广传》卷三，《船山全书》第三册，岳麓书社2011年版，第417页。
② （明）王夫之著：《诗广传》卷四，《船山全书》第三册，岳麓书社2011年版，第461页。

第二节 明清之际的时代特征

一 明末社会风气与思想动态

明代中期,封建中央集权政治制度达到巅峰,由政治腐败激化的社会危机,是明王朝走向灭亡的加速器;侈谈心性的阳明心学,亦是一把双刃剑。

(一)衰退的社会风气

皇帝无为,宦官专权。卖官鬻爵,官僚倾轧,士风不振,社会风气大坏。官吏、豪强之属攫取百姓利益。不问百姓死活,无论年景之丰欠,"必横取之民,成乎陋习"[①]。横征暴敛加之豪强掠夺,民几至求死不能的地步,王夫之对此现象做了极为沉痛的描述:

> 赁民以耕而役之,国取十二强豪取十五,为农民之苦。乃不知赋敛无恒,墨吏猾胥,奸侵无已,夫家之征,并入田亩,村野愚懯之民,以有田为祸,以得有强豪兼并者为苟免逃亡、起死回生之计。[②]

强豪兼并的根源在于政治腐败,一切法令制度被破坏。如此严酷的政治,最终导致官逼民反,民不得不反的事实。明王朝的灭亡以农民战争的兴起为标志,由此可证[③]。

官员敛财,肆无忌惮,疯狂掠取天下之财,以至于士风败坏至极。据《明季北略》记载:"今仕专为身谋,居官有同贸易。催钱粮先比火耗,完正额又欲羡余。甚至已经蠲免,亦悖旨私征;才议缮修,辄乘机自润。"甚至"纳贿唯恐不高"。"南郡三政,则明目张胆,以网利为市,而不以为耻。"儒家"君子喻义"风范一蹶不振,整个社会风气败坏到了无以复加的地步。毫无忌讳地言利贪钱,成为有明之社会风气。"嘉靖间,言利之小人始兴。万历继之,崇祯又继之"[④]。王夫之痛斥明万历以后的

---

① (明)王夫之著:《噩梦》,《船山全书》第十二册,岳麓书社2011年版,第553页。
② 同上书,第554页。
③ 天启六年(1626)11月,爆发在陕西的农民起义、崇祯二年(1628)11月,陕北安塞高迎祥起义等,皆因不堪暴政而发。
④ (明)王夫之著:《噩梦》,《船山全书》第十二册,岳麓书社2011年版,第553页。

社会风气说：

> 自万历间沈一贯、顾天峻、汤宾尹一流，结宫禁宦寺，呼党招摇，士大夫贪昧者十九从之，内有张彝宪、曹化淳辈为之主持，诸君子才一运肘，即为所掣，唯一死谢国而已。①

晚明是一个极端怪异的社会。国家机器腐朽不已，政治灾难令人发指。社会极度混乱，人的私欲过度膨胀，末世所有的丑陋和险恶，在这个时代演绎得淋漓尽致。《金瓶梅》的作者以小说家的视野，审视当时的种种丑相，以文学笔法描述了明代社会从中期趋向衰落的现实图景，从而展示出人性深处的罪恶。政治的黑暗终于酿成了诸多社会危机，各种矛盾日趋严重，李自成借农民起义之势，摧毁了腐朽的政府。于是，满清贵族攻入中原，南明政权灰飞烟灭，国破家亡。这是令每一个明朝人伤心欲绝的事实，也是一个惨痛的历史时期。

王夫之生活在这样一个特殊的时期，他既是时代的亲历者，也是腐朽王朝走向灭亡的见证者。他见证了人民遭受的苦难，希望"立言胥关于人心世道"。他亲历了江山易主的悲剧，历史唤醒了士的责任感。他诠释典籍，从文化经典的最深处，挖掘深刻的政治思想和哲学思想，以此探寻国家和民族的出路。

王夫之从封建制度本身出发，考察三千余年的封建历史，反思明王朝覆灭的教训，归结为统治者过度的私欲贪念。他认为："盖周之不置相也，前乎此者无所因，而始之者文王也"②。这是被后人不断崇拜和敬仰的圣王所为，取缔夏商以来设有的宰相制度，其目的则是"取天下之经提携于一人"的君权高度集中。他对封建制度压抑人性、愚昧群心等恶行予以猛烈的抨击。

易代之际，各种矛盾纷至沓来：经济转型、社会矛盾、政治危机、民族冲突等一并呈现。旧王朝的余温尚存，新的政治体系尚未完善，百废之后的待兴不是一蹴而就。种种乱象的表层之下，潜在着深度的危机和矛

---

① （明）王夫之著：《搔首问》，《船山全书》第十二册，岳麓书社2011年版，第626页。
② （明）王夫之著：《尚书引义》卷五，《船山全书》第二册，岳麓书社2011年版，第397页。

盾：生产关系和生产力的矛盾、意识形态内部的矛盾、旧的政治制度与新政权的矛盾等，这一系列矛盾如何去解决，这是最重要的现实问题。

(二) 分化的学术思潮

从明中期开始，阳明心学在思想界弥散，对意识形态产生了重大的影响。心学，是一把双刃剑，它给沉闷的思想界注入了新鲜的血液，予以活力的同时，却致使学术界出现了虚浮贫血的症状。

历史证明，一个制度极度腐朽的时代，恰是孕育新思想的开始，正如魏晋风度肇始于混乱不堪的司马氏时代一样，明清之际也是一个召唤着新思想的时期。宋学是在批判汉学的基础上建构起其学术体系，初期具有一定的批判精神。但是，自从植入理学思想的因子，并随着理学被推为官方哲学，宋学中崇尚批判的精神日趋淡出，而理学化则日益明显，成为其核心。理学的宗旨即将一切符合统治需求的封建纲常合理化，上升到"天理"的境地，"存天理，灭人欲"的提出，则出于维护统治秩序的需求。经过了数百年发展的理学，其桎梏人性的力度愈大。

因此，在17世纪中叶，明代思想界以心学为主导的一股反动理学思潮迅猛兴起，从思想深处对封建理学提出了质疑与反抗。在阳明"心学"的启蒙下，李贽的"童心说"和公安派的"性灵说"，在异构同质的话语中，不加掩饰地以"情本论"作为其哲学基础和诗学依托，将批判的矛头共同指向了宋明理学。虽然，心学最终趋向以奢谈明心见性为务，不乏空乏之弊，然而，在学缘理论上集朱子理学与陆九渊心学为一体的阳明心学，其"致良知"[1]的新思想，"既异于朱的'格物致知'，复别于陆的'一了百了'，实为双向扬弃而具有对宋明儒学哲理化的逻辑终结的意义"[2]。阳明反传统、反权威的精神是对当时思想界的一大贡献。尤其是阳明先生在《传习录》中提出的"其格物之功只在身心上做，决然以圣人为人人可到，便自有担当"的思想，则充分体现出"士"的自觉意识和担当精神。

"批评精神和理想主义情怀构成弘治、正德至嘉靖前期社会精神生活

---

[1] （清）黄宗羲著，沈芝盈点校：《明儒学案》卷十《姚江学案》，中华书局1985年版，第181页。

[2] 萧萐父、许苏民著：《王夫之评传》，南京大学出版社2002年版，第27页。

的突出特征。"① 而事实上，思想界的反抗意识和极端情绪，是明朝皇权走向末路的根本原因。

诚然，心学是充满活力的，它是轻扬在儒学趋向衰落之际的一缕春风，在拂去思想界浮尘的同时，也激起了层层涟漪。但是，这恰恰又是它的症结所在——虚浮空乏的贫血症。明代学风从一开始就表现出务虚之风，至中后期则愈演愈烈，直至趋向空疏。究其原因主要有二，下面分而论之。

第一，与明前期的政治有关。永乐十二年（1414），胡广等奉敕编纂《四书五经大全》，其中之《诗经大全》（又名《诗集传大全》）二十卷成书颁行，朱子之学尊为一代官学，推演朱《传》之风大兴。《诗经》学著述多以翼辅朱《传》而就，抄袭前人著作，改头换面，成为习气，造成学术严重"贫血"现象。对此，刘毓庆先生通过分析大量历史文献，指出：明太祖对文人残酷的杀戮，"造成了明初拘谨的士风与保守的学术作风"②。文化专制政策，使"明初百余年间，出现了学术上的'贫血症'现象"③。当时所谓权威之著的《四书五经大全》，亦不过是抄袭之作。因而，学界对此多有诟病，明代杨慎直言云："今世学者……惟从宋人，不知有汉唐前说也。宋人曰是，今人亦是之；宋人曰非，今人亦曰非。高者谈性命，祖宋人之语录；卑者习举业，抄宋人之策论。"④ 顾炎武亦言："仅取已成之书，钞誊一过，上欺朝廷，下诳士子。唐宋之时，有是事乎，岂非骨鲠之臣，已空于建文之代，而制义初行，一时人士，尽弃宋元以来所得之实学，上下相蒙，以饕禄利，而莫之问也。呜呼！经学之废，实自此始……"⑤

第二，与心学思潮有关。从明代中期，官方意识形态受到了心学的猛烈冲击。如前所述，心学的兴起是源自反对理学对人性情的压制。阳明心学尚"良知"，认为人人心中皆有良知，有良知自可圆满。换句话说，人人具备先天成圣的条件——良知，无须通过外在的学习和努力来获得。因

---

① 陈文新著：《明代诗学的逻辑进程与主要理论问题·引言》，武汉大学出版社2007年版，第3页。
② 刘毓庆著：《从经学到文学——明代诗经学史论》，商务印书馆2001年版，第31页。
③ 同上书，第38页。
④ （明）杨慎著：《升庵集》卷五十二，上海古籍出版社1993年版，第1270页。
⑤ （清）顾炎武著，（清）黄汝成集释：《日知录集释》卷十八，世界书局1936年版，第427页。

此，儒家经典就失去了其意义。心学发展到晚明，经过泰州学派的发扬，尤其是李贽的阐发，进一步引向侈谈心性的境地。李贽主"童心"，他说："夫童心者，真心也。若以童心为不可，是以真心为不可也。夫童心者，绝假纯真，最初一念之本心也"①。他认为人最大的悲哀，就在于童心不断丧失，多读书识义理是遮蔽童心，直至完全丧失的过程，即"夫学者既已多读书识义理障其童心矣"②。这实际上是以一种嘲弄的姿态，言说圣贤学说之无益以及读经典之无用。丧失童心的世界是一个被种种虚假充实的世界，"岂非以假人立假言，而事假事文假文乎？"③ 此言之"童心"则是一种唯真任情，无所约束的思想，其偏离了阳明心学以道德为依归的前提。因此，"李贽所谓童心就是其所谓私心，就是人们的感性欲求，而与道德理性相对立"④。学界视之为异端并不为过。在李贽异端化心学流弊的影响下，人人不读典籍经书，束书不观由此而行。当时的情况是"今日士风猖狂，实开于此。全不读四书本经，而李氏《藏书》《焚书》，人挟一册，以为奇货"⑤。

由此看来，心学的影响，并不仅是束书不观和空谈的形式问题，其最甚者是对儒家经典的破坏，对纵欲之风的推波助澜，甚至也波及明代诗歌"言志"诗学观的滑落。明代中期以后，诗歌创作倡导"以气格为主"⑥"诗贵清空"⑦"诗主风神，文先理道"⑧"诗镜贵虚"⑨ 等等，皆与"诗言志"的古训相悖。因此，张健先生所言"在明代，儒家诗学的政教传统失落"⑩，一语中的地指出了心学对明代诗学精神的极大影响。

晚明士子读书的情景，诚如时人艾南英在《天傭子集》中所述："士子谈经义，辄厌薄程朱，为时文，辄诋訾先正。而百家杂说，六朝偶语，夫与郭象、王弼、《繁露》《阴符》之俊句，奉为至宝。"不过，对于如此

---

① （明）李贽著：《焚书》卷三，中华书局 1974 年版，第 273 页。
② 同上书，第 275 页。
③ 同上。
④ 张健著：《清代诗学研究》，北京大学出版社 1999 年版，第 11 页。
⑤ （明）朱国桢著：《涌幢小品》卷十六，中华书局 1959 年版，第 365 页。
⑥ （明）谢榛著：《四溟诗话》卷一，中华书局 1985 年版，第 1 页。
⑦ （明）胡应麟著：《诗薮》，中华书局 1962 年版，第 125 页。
⑧ 同上。
⑨ （明）陆时雍选评，任文京、赵东岚点校：《诗镜》，河北大学出版社 2010 年版，第 1420 页。
⑩ 张健著：《清代诗学研究》，北京大学出版社 1999 年版，第 4 页。

所谓"坏人心，伤风化"①之学说，时人眼中也非一无是处，其于人的作用，在于自己是否是有主意。明人朱国桢即持此观点，他说："李氏诸书，有主意人看他，尽足相发，开心胸。没主意人看他，定然流于小人，无忌惮。"② 然而，其于儒学及经典的嘲弄，引起众怒。斥责最甚者，莫过于顾炎武。他痛斥道："自古以来，小人之无忌惮，而敢于叛圣人者，莫过于李贽。"③ 王夫之也在《读通鉴论》中批判说："导天下于淫邪，以酿中夏衣冠之祸。"的确，心学在晚明思想界造成了尚虚浮而纵情欲的不良影响，学术界空谈之风大兴亦与此有关。因此，受此影响，天下士子不读圣贤书的现象，横遭批判情有可原。甚至，有学者认为，学术不正之风必定误国，国之灭亡与之相关。诚如李颙在《匡时要务》中所批评："天下之乱，由于人心之邪正，人心之邪正，由于学术之明晦。"将学术视为亡国之因素，可见明末学人对心学流弊的深恶痛绝。

　　基于晚明心学流弊对士风和学风的不良影响，王夫之、黄宗羲、顾炎武等大儒，对明代空疏学风予以严厉批判。黄宗羲云："明人讲学，袭语录糟粕，不以六经为根柢，束书而从事于游谈，更滋流弊。"④ 王夫之亦言："至姚江之学出，更横拈圣言之近似者，摘一字一句以为要妙，窜入其禅宗，尤为无忌惮之至。"⑤ 那么，革除思想界的弊端，重建健康刚正的思想，追求务本求实的学术思想，亦是必然。此外，明代以八股文取士的制度，也是虚浮之风形成的一大因素。故而，"征实与复古成为这一时期的风尚"⑥。所以，王夫之在《诗经稗疏》等稗疏类著作，以"凡说经，必征诸实，宁凿毋陋"⑦的治学思想，身体力行地纠正晚明的空疏学风。

　　尊经复古成为明清之际的一股潮流，与之相关的经世致用思想亦勃然兴起。在转型期的文化背景和易代之际的政治环境中，促使以三大家为代表的儒家知识人，自觉地肩负起学术的使命，他们于时代之贡献，皮锡瑞

---

① （明）朱国桢著：《涌幢小品》卷十六，中华书局1959年版，第365页。
② 同上。
③ （清）顾炎武著，（清）黄汝成集释：《日知录集释》卷十八，世界书局1936年版，第439页。
④ （清）赵尔巽等撰：《清史稿·黄宗羲传》，中华书局1977年版，第13103页。
⑤ （明）王夫之：《俟解》，《船山全书》第十二册，岳麓书社2011年版，第489页。
⑥ 何海燕著：《清代〈诗经〉学研究》，人民出版社2011年版，第22页。
⑦ （清）徐世昌撰：《清儒学案》（一），中国书店1990年版，第167页。

先生指出：

> 一时才俊之士，痛矫时文之陋，薄今爱古，弃虚崇实，挽回风气，幡然一变。王夫之、顾炎武、黄宗羲皆负绝人之姿，为举世不为之学。①

他们"目睹社会危机，国难当头，不满统治阶级精神文化的空虚，主张经世致用，为救亡读书"②。著书立说，用先进的思想启蒙民众，这是三大家的使命。他们反思历史，创立新学，建构新思想。以"开拓学者心胸"③的思想、以"风雷之文"，开辟了中国思想史上一个充满活力的新时代。

二 清初政治环境与学术思潮

（一）"薙发令"对精神的摧残

历史表明：制度的极端腐朽，是国家机器毁坏的开始；思想界的极度混乱，是精神坍塌的征兆，同时，也是新思想诞生的契机。

腐朽昏聩的南明王朝，在一片鼎沸民怨中被淹没。明崇祯十七年三月十九（1644年4月25日），闯王李自成率兵驻军燕京，崇祯帝自缢景山，明朝灭亡。五月初三，强悍的清贵族乘虚而入，多尔衮率军进京，定鼎燕京，清朝建立。之后，清军以风卷残云之势扫荡大江南北，致使虚弱的明朝余部"未及而陷"④。据《清史稿》以及清代韩菼在《江阴城守纪》中的记载，明王朝灭亡的速度之快，史上罕见。

从此，中国历史进入了另一个新的王朝，百废待兴中，文化重建是重中之重。众所周知，清朝是以少数民族为主体建立的政权。中国自周代以来形成的"尊王攘夷"思想，使华夷之辨的意识深入人心，自古而然。因此，少数民族建立政权，首先面临的问题即是解决文化差异和汉族的抵触心理。清朝立国之初，亟待建立以满族贵族为核心，以汉族大势力和其

---

① （清）皮锡瑞著，周予同注释：《经学历史》，中华书局1959年版，第299页。
② 夏传才著：《诗经研究史概要》，清华大学出版社2007年版，第132页。
③ （清）徐世昌撰：《清儒学案》（一），中国书店1990年版，第168页。
④ （清）韩菼著：《江阴城守纪》（上），《台湾文献史料丛刊》第六辑，台湾大通书局1987年版，第3页。

他民族力量为基础的封建君主专制。那么，如何解决反抗力量和淡化文化差异，是清政府的要务。

　　为了巩固清贵族的统治地位，清政府实施了一系列压制汉族的政策。其中"薙发令"是最残酷的法令之一。立国伊始，即下"薙发令"，要求所有归顺的明朝人将长发剃去，衣冠皆依清朝制度。薙发易服是清统治者从精神上打压汉族人的酷刑。在以百善孝为先的汉文化中，"身体发肤，受之父母，不敢毁伤，孝之始也"①。故而，令下之初，激起众怒，畿辅地区民众的反抗最甚。

　　但是，清统治者以严酷的杀戮实施该令。顺治二年五月十五日（公元1645年5月9日），清军攻取金陵一月后，多尔衮谕旨江南前线总指挥豫亲王多铎，令"各处文武军民尽令剃发，倘有不从，以军法从事"。六月十五日，多尔衮谕礼部，通令全国剃发："剃发易服，不随本朝制度剃发易衣冠者杀无赦"，"所过州县地方，有能削发投顺，开城纳款，即与爵禄，世守富贵。如有抗拒不遵，大兵一到，玉石俱焚，尽行屠戮"②。豫王多铎仅6个月内，再三迫使江阴军民薙发：

　　　　命军民薙发：豫王下令，江阴限三日薙发。
　　　　严饬薙发：二十八日，亨（江阴知县方亨）出示晓谕，申严法令。③

　　严酷的法令，并未扼制汉民族的反抗活动。他们以"头可断，发绝不可薙"④的誓言，表达对民族尊严的捍卫。然而，在"留头不留发，留发不留头"⑤的残酷现实面前，在军事打击和精神摧残并行中，软弱者臣服，持节者被杀。双重打压，激起更强烈的反抗，"华人变为夷，苟活不如死"⑥的宣言足以体现出根植于汉人内心深处强大的文化种子。然而，更加残酷的杀戮滚滚袭来：扬州十日、江阴之屠、嘉定三屠、昆山之屠、嘉兴之屠。

---

①（清）阮元校刻：《十三经注疏》（下），《孝经注疏》，中华书局1980年版，第2545页。
②《清世祖实录》卷十七，中华书局1985年版，第151页。
③（清）韩菼著：《江阴城守纪》，《台湾文献史料丛刊》第六辑，台湾大通书局1987年版，第7页。
④ 同上书，第8页。
⑤ 同上。
⑥（清）归庄著：《归庄集》，中华书局1962年版，第44页。

当时，几乎人人卷入了抗清的激流中，上至湖广总督何腾蛟、湖北巡抚堵胤锡、监军章旷等官员；中有高一功、李过等将领；下有书生以及百姓。

　　1646年夏天，一介书生王夫之只身赴湘阴，上书章旷，出谋划策。据其子王敔所记，王夫之回忆当时的形势说："当湖上半壁时，黎平（何腾蛟）、义兴（堵胤锡）、华亭（章旷）三公为鼎三足，而华亭公为雄膏，黎平、义兴为金玉铉之任。"① 由此可见，此三人为当时抗清的中坚力量。整个清初的态势即是："风雨如晦，鸡鸣不已"。处于这一特殊时期的士子们，经历了前所未有的心灵磨砺和精神摧残。王夫之终其一生，以完发独行，行迹湘南，他就是一个符号，是士可杀不可辱的精神象征。以王夫之为典范的遗民们用汹涌的激情和生命的热血，谱写了一曲残山残水任独行，风雨江山强揩持的慷慨悲歌。

　　（二）"怀柔术"对文化的破坏

　　清政府欲以强权消灭文化精神，欲达统治目的的做法，其结果却激化了民族矛盾。为了长治久安之需，统治者一方面以"薙发令"摧毁汉人所恪守的文化底线；另一方面又以"怀柔"② 之术，笼络民心。

　　"怀柔"之术，主要表现在积极接受汉文化方面：首先，确立儒学为思想之本，力倡尊孔读经。于是，拜孔庙、祭孔之风大兴，如顺治八年四月，《山东通志》所记朝廷祭孔云："朕惟治统缘道统而益隆，作君与作师而并重。先师孔子无其位而有其德，开来继往，历代帝王未有不率由之而能治天下者也。"此类举措在《清史稿》等文献中屡见不鲜。其次，推行一系列文化措施，如以经学取士、举博学鸿儒、开《明史》馆等，重新燃起了士子们的文化梦想，纷纷向清统治者臣服。

　　然而，清政府实施的文化政策，究其实质不过是笼络人心之举，与之相伴的却是罕见的文字狱。从1774年至1783年近十年间，文字狱全面爆发，统治者编织各种罪名整治尚未臣服的汉人，惨案连发。开四库馆，悉征天下藏书，凸显儒家教化思想，以维护统治为重，不惜大肆删减或篡改，使经典面目全非。但凡含所谓"悖逆"之著，悉数禁毁，如禁毁王夫之《诗广传》，即是一例；黄宗羲、顾炎武等人的大批著作亦一一封

---

① （明）王夫之：《三湘从事录·序》，参见《船山全书》第十五册，岳麓书社2011年版，第932页。

② 《清世祖实录》卷一，中华书局1985年版，第33页。

杀，甚至连王夫之的诗话著作删去，其苛刻程度之甚，可见一斑。因此，对于钦定范本之《四库全书》，其功过应一分为二地去客观评判。其搜集整理文化典籍之功不可磨灭，然其对中国文化之毁坏尤为严重。

在此政治背景下，经学全面繁荣，所谓"有清一代，经学号称极盛"①，其由多方面的因素促成。皮锡瑞先生在《经学史》中，有着详论，可作参考。乾嘉学派是清代《诗经》学的核心，成为一代《诗经》学之典范，直攀汉唐，亦追步宋明，与前二者共同形成了古代《诗经》学"三足鼎立"之势。

一生埋首于故纸堆，两耳不闻窗外事，是乾嘉学者共同的处世态度。其实，这并非全面之论。诚然，乾嘉学者多潜心于古籍中，但是，亦不乏清俊之士表达超迈的意识，如戴震不仅是该学派的代表，也是思想界的精英，他的批判意识并不亚于清初学人。他著《原善》《孟子字义疏证》等论著，对封建帝王和封建制度的批判，锋芒毕露，其勇气在当时的确难能可贵，如他诠释《诗经·大雅·桑柔》云：

> 《诗》曰："民之罔极，职凉善背；为民不利，如云不克。民之回遹，职竞用力；民之未戾，职盗为寇。"在位者多凉德而善欺背，以为民害，则民亦相欺而罔极矣；在位者行暴虐而竞强用力，则民巧为避而回遹矣；在位者肆其贪，不异寇取，则民愁苦而动摇不定矣。凡此，非民性然也，职由于贪暴以贼其民所致。乱之本，鲜不成于上，然后民受转移于下，莫之或觉也，乃曰"民之所为不善"！用是而雠民，亦大惑矣。②

戴震借《诗经·大雅·桑柔》之"民之罔极，职凉善背。为民不利，如云不克。民之回遹，职竞用力。民之未戾，职盗为寇"等诗句，揭露封建统治者因实施暴虐的强权，致使百姓为避祸而取巧的现实，他的批判思想尤为深刻。故而章太炎先生认为戴震为民不平而作此二书③之说，颇有道理。

---

① 陈寅恪著：《陈寅恪集·金明馆丛稿》二编之《陈垣元西域人华化考序》，生活·读书·新知三联书店 2009 年版，第 269 页。
② （清）戴震著，章锡琛校点：《原善》（卷下），古籍出版社 1956 年版，第 21 页。
③ （清）章炳麟著：《章太炎全集》（四），上海人民出版社 1985 年版，第 122 页。

这是一个"呼唤思想巨人"①的时代，也是一个造就思想巨人的时代。"士不可以不弘毅，任重而道远。仁以为己任，不亦重乎？死而后已，不亦远乎？"②明末清初三大家对封建制度、封建思想的批判，引领了当时的思潮。黄宗羲提出了"向使无君，人各得自私也，人各得自利"③的理想社会构想，抨击贪婪的君主道："后之为人君者不然，以为天下利害之权皆出于我，我以天下之利尽归于己，以天下之害尽归于人，亦无不可。"④以此作为抨击时政的武器。顾炎武在《日知录》中则主张"以天下之权，寄之天下之人"极富现代性的民主思想。

王夫之以完发终了，其独异的行为流露出深入骨髓的遗民思想和悲凉心路，"哀其所败，原其所剧，始于嬴秦，沿于赵宋，以自毁其极"⑤。三大家对晚明政治的批判不可谓不尖锐，对历史的反思不可谓不深刻。

一个腐朽王朝的覆灭是注定的，也不值得为之叹息。"但令人可叹可惋、扼腕不已的则是生当鼎革之际，家国破灭之时的志士仁人的不屈抗争。他们或面对天崩地陷式的灾难从容赴死；或怀着'知其不可而为之'的坚强信念喋血于岭云海日之间；或窜身草莽、隐迹佛门，以高洁的人格坚拒异族的威逼利诱。尽管他们的奋斗最终以悲剧而结束，甚至付出了生命的代价，但其在大厦将倾、独力难支的境界中所凝成的浩然正气却一直回荡在天地之间，如夕阳西下时一道血色的晚霞燃烧在千古而下渴盼黎明的悲慨之士的心空。"⑥时志明先生这段饱含深情的话语，足以表达后人对王夫之、顾炎武、黄宗羲以及所有进步士人的讴歌！

总之，从学术的源泉而言，悠久的《诗经》学史是王夫之《诗经》学诞生的沃土。无论是先秦的诗言志传统，还是汉学的训诂方法，抑或宋学的理性思辨，从学术精神和治学方法上，为他治《诗经》提供了丰富的经验；从时代的召唤而言，处在鼎革之际，无论是腐败的社会风气，还是残酷的政治制度，抑或偏执的时代思潮，促使他直面现实，肩负起时代的使命，这是王夫之《诗经》学成长的现实环境。

---

① 萧萐父、许苏民著：《王夫之评传》，南京大学出版社2002年版，第34页。
② 杨伯峻译注：《论语译注》，中华书局1980年版，第80页。
③ （清）黄宗羲撰：《明夷待访录》，中华书局1985年版，第2页。
④ 同上书，第1—2页。
⑤ （明）王夫之著：《黄书》，《船山全书》第十二册，岳麓书社2011年版，第539页。
⑥ 时志明著：《山魂水魄——明末清初节烈诗人山水诗论》，凤凰出版社2006年版，第5—6页。

第二章 王夫之《诗经》学的宗旨

王夫之,字而农,号姜斋,生于明朝万历四十年己未(1619),卒于清康熙三十一年壬申(1692)。湖南衡阳人,早岁参加反清复明运动,晚年隐居于故乡——衡阳县金兰乡石船山麓,故亦称船山先生。

他的一生以三十六岁(1655)为界,大致分为前后两期,这不仅是王夫之人生轨迹的转折点,也是明王朝彻底覆灭的临界点。[①] 前期人生的主旋律为求学与抗清;后期的隐居生活中,以精研经典和著述为务。他生当明清易代之际,适逢动荡不安的历史时期和政治文化的转型期。在特殊的历史背景与个人境遇中,他于儒家经典皆有研究,尤其勤勉于"六经",并予以别开生面的全新阐释。

据王夫之次子王敔所记,"六经责我开生面"[②] 是其父船山先生于五十二岁时,即康熙八年(1669)冬,由"败叶庐"移居新筑茅屋"观生居"后,自题堂联的上联,其对联为:"六经责我开生面,七尺从天乞活"又见船山《鼓棹初集》之《鹧鸪天》"自题小像"及篇末小注:"把镜相看认不来,问人云此是姜斋。龟于朽后随人卜,梦未圆时莫浪猜。谁笔仗,此形骸,闲愁轮汝两眉开。铅华未落君还在,我自从天乞活埋。观生居旧题壁云:'六经责我开生面,七尺从天乞活埋。'"[③]

"六经责我开生面,七尺从天乞活埋"是王夫之一生执着于传统文化精神的集中体现,是他精研文化经典的宗旨。而这一宗旨的确立,一方面与所处的时代密切相关,另一方面也与他的家学渊源、人生遭际等不无关系。

[①] 明朝于1644年灭亡,但在其后近十年间,各地反清运动此起彼伏。

[②] (明)王夫之著:《诗文拾遗》卷一,《船山全书》第十五册,岳麓书社2011年版,第921页。

[③] (明)王夫之著:《姜斋词集》,《船山全书》第十五册,岳麓书社2011年版,第717页。

第一节 "六经责我开生面"的精神实质

王夫之"六经责我开生面"的治学宗旨，蕴含着他研究《诗经》的历史使命与生命情怀，体现出代际学人深刻的反思意识和担当精神。他意在"借解释经书并结合时代创造一套别开生面的富有哲理批判精神的儒学体系"①。

"大凡学有宗旨，是其人之得力处，亦是学者之入门处"②。诚哉斯言！探究王夫之《诗经》学之学术宗旨，正是获得先生治学之精要，亦是探究船山《诗经》学的入门处。

一 "六经责我开生面"的内涵

"六经"指《诗》《书》《礼》《易》《乐》《春秋》六部儒家经典，此处泛指儒家传统文化典籍。"责"乃"责令""要求"之意，其意为：儒家经典文化责令我使其别开生面。而"责我"之说则蕴含着"开生面"于"六经"，颇有天下"舍我其谁"的担当意识和使命感。"夫之'责我'之说，生动显示了其内心深处的历史责任感与使命感。"③可见，"责我"二字有着强烈的情感诉求与责任意识。因此，"别开生面"则是在立足经典文本，明确圣人原意的基础上，对儒家经典赋予全新的阐释，并寄予王夫之改良社会的进步思想，"这层政治意向，就使夫之的'六经责我开生面'增添了些许悲壮色彩"④。这很能凸显王夫之治学的思想意义。王夫之通过对儒家文化经典的诠释，意在实现其重建文化精神的宏愿。

王夫之一生论著浩繁，"其学深博无涯"⑤，笔耕不辍，"迄暮年，体羸多病，腕不胜砚，指不胜笔，犹时置楮墨于卧榻之旁，力疾而纂注"⑥。于"六经"用力颇勤，清人刘献廷在《广阳杂记》卷二中说："王而农先生……隐居山中，未尝入城市，其学无所不窥，于六经皆有发明。洞庭之

---

① 汤一介、李中华主编，汪学群著：《中国儒学史·清代卷》，北京大学出版社2011年版，第172页。
② （清）黄宗羲著，沈芝盈点校：《明儒学案》（上），中华书局1985年版，第17页。
③ 胡发贵著：《王夫之与中国文化》，贵州人民出版社2000年版，第22页。
④ 同上。
⑤ （清）王之春撰，汪茂和点校：《王夫之年谱》，中华书局1989年版，第148页。
⑥ 同上书，第138页。

南，天地元气，圣贤学脉，仅此一线耳。"① 其学以儒学为宗，远绍亚圣孟子之思想，近光巨儒张载之学。仅就"六经"而言，其论著堪为煌煌：①《周易内传》六卷、《周易大象解》一卷、《周易稗疏》四卷、《周易外传》七卷；②《尚书稗疏》四卷、《尚书引义》六卷；③《诗经稗疏》四卷、《诗广传》五卷、《诗译》一卷；④《礼记章句》四十九卷；⑤《春秋稗疏》二卷、《春秋家说》三卷、《春秋世论》五卷、《续春秋左氏传博议》二卷。

从上述所列卷帙可见，王夫之精研"六经"，多角度观照，多层面发明。其中别开生面的阐释术语有"外传""引义""广传"等，这三者既是王夫之阐释"六经"的方法，也是别具特色的阐释体例，这三种方法的使用，足以体现出王夫之别开生面阐释经典的意义，它们与一般的经典阐释法区别很大，下面简而论之。

第一，关于"传"。"传"分属于文体学和注释学两个范畴，文体学范畴的"传"，指的是人物传记文章；注释学范畴的"传"，指的是注释或阐释经义的文字。一言以蔽之，"'传'就是经的注释"②。韩愈《师说》之"六艺经传"即是此意。《尔雅》云："传，传也，博识经意，传示后人也。"《诗广传》之"传"显然属于后者。"传"本为解说经义的文字，与"经"有一定的关联。所以，章学诚认为"《春秋》三家之传，各记所闻，依经起义，虽为之记可也。经《礼》二戴之记，各传其说，附经而行，虽谓之传可也"③。这里，"依经起义"之说，指明了"经""传"的关系，这种关系，就决定了"传"的特质，即"广而传之"。虽然都是释经文的方法，但它与"训诂"显然有别。因此，"传"则具备了由方法而转为体式的特质。"传是一种比较自由的阐发经义的解说体式"④，"传"是对"经"的解说体，刘毓庆先生把这种自由阐发的独特形式称为阐发体，的确是卓见。这里的"体"，不只是一种形式，亦是一种文体。如《春秋》与《左传》的关系，《春秋》为"经"，《左传》为"经"之传者。基于此认识，王夫之《诗广传》之"传"，实际上兼有了

---

① （清）王之春撰，汪茂和点校：《王夫之年谱》，中华书局1989年版，第159页。
② 张新科著：《中国古典传记文学的生命价值》，人民出版社2012年版，第30页。
③ （清）章学诚著，叶瑛校注：《文史通义校注》，中华书局1985年版，第248页。
④ 刘毓庆、郭万金著：《从文学到经学——先秦两汉诗经学史论》，华东师范大学出版社2009年版，第421页。

阐释方法之"传"与文学体式之"传"的双重意义,这是王夫之独创的诠释体式。"广传"则更是充分发挥自己思想的形式,《诗广传》即是王夫之思想的载体。关于"广传"的独特意义,下文有专论,在此不赘述。

"外传"与"广传"虽然都同属于广义上的"传",但是,二者亦有区别。"外传"古已有之,除了兼有上述"传"的意义外,"外传"主要有两个义项:一是指对儒家经典的解释性、补充性著作。譬如《韩诗外传》,是汉代学者韩婴推《诗经》诗人之意而作的解释,侧重对诗意的演绎;二是指正史以外的人物传记,譬如《杨贵妃外传》《太真外传》。王夫之关于周易的"外传",属于前者,是一种经典阐释方法。他在《周易内传发例跋》中指出:"《外传》推广于象数之变通,极酬酢之大用。"可见"外传"具有推衍广大的阐释旨趣,其命意即是通过推衍《易》象数变通之道,以达实现经世致用的目的。因此,《周易外传》的主旨是阐发船山的政治抱负,关怀现实的热情以及对未来的期待。它实际上是独立于《周易》之外的思想文集,诚如王孝鱼先生所说:

> 全书共二百四十五论,约有十一万余言。其中后三卷纯粹讨论哲理,前四卷则哲理以外,还有若干篇政治性的论文,但篇篇都是畅所欲言,独抒己见,不受古代经学束缚,不为前人陈说所限。[①]

"不受古代经学束缚,不为前人陈说所限",先生一语中的地指出了王夫之于"六经"研究的治学旨趣。王夫之治"经",非凡处正在于此,即突破经学之束,打破陈规之限,借经典来抒发一己之怀抱,表达政治理念与哲学思想,敢于发前人之所未发,这正是王夫之"外传"的精髓所在。在思想上,王夫之虽回归张载之学,一生"希张横渠之正学而力不能企"。在他看来,"张载不仅是儒学的正统,更是学理的正脉"[②]。但是,他并不固守张学,颇多发展。他努力挣脱理学之束缚,而使张子之学回归到原始儒学,旨在发扬儒学救世的思想。他说:"张子之学,上承孔、孟

---

① 王孝鱼:《介绍王夫之的〈周易外传〉、〈尚书引义〉、〈老子衍〉和〈庄子通〉》,《哲学研究》1962 年第 5 期,第 86 页。
② 汤一介、李中华主编,汪学群著:《中国儒学史》(清代卷),北京大学出版社 2011 年版,第 171 页。

之志，下救来兹之失，如皎日丽天，无幽不烛，圣人复起，未有能易焉者也。"① 他认为张载之学上承孔孟之学，超越了后世之理学，他从原始儒家圣学的体系中考察张载之学，并在该体系中予以定位，这也使得将他自己的学说归入孔孟之学体系中。这是我们研究王夫之《诗经》学思想的立足点，也是考察其治学宗旨的起点。

"清初理学从总体而言确有王学转向朱子学的趋势，但其中也不乏特立独行者，那就是王夫之"②。汪学群先生的这一评价，准确地指出了王夫之在当时思想界的地位和意义。

根据王孝鱼先生研究，《诗广传》的成书大致在1668年之后，《周易外传》的创作时间在王夫之36岁那一年（1655），从两部书的成书时间来看，是明王朝彻底覆灭，无力回天以后，由此理解王夫之当时失望悲愤的心境。崇祯帝自缢后的第二年，他开始着手《周易外传》，当时，正是桂王永历帝朱由榔被孙可望劫持，复国无望之际。王夫之目睹残酷的现实，难抑亡国之痛，在迷茫之时，选择《周易》，推衍其义，力图从《周易》中探究救国的思想。因此，王夫之《周易外传》的命意是从中寻求救亡之指南。的确，他研究《周易》，不仅把它"当成了思想避难之所"③，而且，其寄意遥深，存志高远，他人难及，亦是后人难以猜测。此外，他"外传"《周易》，意在表达善于从事物发展的角度，以积极的态度去看待问题，而非消极颓废的思想。与之相同，《诗广传》在思想上所达到的深度和拥有的高度以及批判的力度，非一般的《诗经》学著作所能及。

第二，关于"引义"。"引"有"引用""引述""引申"之意；"义"为"义理"，亦指意义。"引义"即为引用义理，或引述古义之意。汉代东方朔所谓"引义以正其身，推恩以广其下"④，则为引用义理之意；而刘勰所云"引义比事，必得其偶"⑤ 则为引述古义之意。王夫之《尚书

---

① （明）王夫之著：《张子正蒙注》，《船山全书》第十二册，岳麓书社2011年版，第11页。

② 汤一介、李中华主编，汪学群著：《中国儒学史》（清代卷），北京大学出版社2011年版，第171页。

③ 王孝鱼：《介绍王夫之的〈周易外传〉、〈尚书引义〉、〈老子衍〉和〈庄子通〉》，《哲学研究》1962年第5期，第86页。

④ 王飞鸿主编：《中国历代名赋大观》，燕山出版社2007年版，第96页。

⑤ （梁）刘勰著，周振甫注：《文心雕龙注释》，人民文学出版社1981年版，第244页。

引义》,就是引用《尚书》的义理,来阐发自己的政治观点和批判思想。在此意义上,"引义"与"外传""广传"的用意一致。对于《尚书引义》一书的性质,王孝鱼先生说:"和《外传》的性质相同,不是在正式说经,而是在利用《尚书》每篇的某几句话来发挥他的哲学思想和政治思想的精辟见解。"① 若有不同,则是它的思想比《周易外传》更成熟、更深刻。《尚书引义》的视野所及比《周易外传》更广阔,思想也更深刻,是王夫之就明王朝的种种政治流弊予以深刻批判的集中体现。其中卷五之《立政周官》一文,是一篇对明王朝专制体制的批判文章,其意在总结明朝覆亡的深层原因,如其中批判明太祖取缔宰相的危害说:

  贤以其人而不贤以其事,则虚有论道之名而政非其任矣。虽有极尊之位,与其尤贤之才,而上不敢逼天子之威,下不能侵六官之掌,随乎时而素其位。②

  明太祖朱元璋为达专制统治目的,不惜废除宰相制,使内阁、六部形同虚设,有名无实。王夫之借批判周文王削弱大臣之权而强化君权的历史事实,来抨击明王朝统治者实施集权统治的弊端,指出废除宰相、削弱大臣权力的措施,促使种种流祸四起,威逼国本。他说:"而其失也,则王臣不尊而廉级不峻,政柄不一而操舍无权,六师无主而征伐不威……乃使侯国分割,杀掠相仍者五百余年,以成唐、虞、夏、商末之祸。"③ 这样的引义,分明是将批判的矛头指向明朝政治,与《尚书》文本本身并无太多关涉。所以,王孝鱼先生认为《尚书引义》是"对明代政治做一总结"④,这是非常精准的评价。

  由此可见,王夫之"六经责我开生面"的命意在于以"六经"为阵地,展开对时事政治的批判与个人政治理想的阐发。这与传统的经学之路多有不同。故此,王夫之以《诗广传》为代表的《诗经》学,思想的光

---

① 王孝鱼:《介绍王夫之的〈周易外传〉、〈尚书引义〉、〈老子衍〉和〈庄子通〉》,《哲学研究》1962年第5期,第88页。
② (明)王夫之著:《尚书引义》卷五,《船山全书》第二册,岳麓书社2011年版,第397—398页。
③ 同上书,第398页。
④ 王孝鱼:《介绍王夫之的〈周易外传〉、〈尚书引义〉、〈老子衍〉和〈庄子通〉》,《哲学研究》1962年第5期,第88页。

辉与批判的锋芒,是其独有的特色。若将王夫之《诗经》学视为经学路数,显然是忽视其治学宗旨的精神实质。

综上,王夫之"六经责我开生面"的学术宗旨,体现出时代学术研究的趋势,它主要有两大基本内涵:其一,总结晚明政治腐败的根源,批判明王朝因利于集权统治而实施的一系列政治措施;其二,反对空谈心性、批判空谈误国之王学,注重务实求真、经世致用的实用之学。

二 "六经责我开生面"的学术意义

(一) 纠正世风

先秦孔孟的思想核心是在"克己复礼"的形式诉求下,表达"天下归仁"的圣儒情怀。然而,在每一个历史时期,儒学在被官方的言说中,多有发挥,因时代所需之故,"误读"在所难免。儒家经典之"六经",自汉代被尊奉为"经"始,在经学过度的诠释中,被烦琐的经义所包裹,使其逐渐远离原始意义,而趋向借经典阐发教化之理路,如《诗经》在汉儒的话语中成了"经夫妇、成孝敬、厚人伦、美教化、易风俗"[①] 的政治教科书,其说《诗》风气延及唐代。

至宋代,再次裹上了厚重的理学思想,使其成为言说理学的阵地。至明代,理学逐渐演化为"心学",其弊端在于舍弃实际,而奢谈心性,趋向虚妄之流。在明末清初,"心学"余波依旧潜行,对思想界和学术界产生了诸多不良影响,务虚弃实,致使经典被束之高阁,以至于后世对整个明代的学术研究产生了"空疏"之识。明末清初的有识之士,如顾炎武、黄宗羲、王夫之等学者,感受到时代思潮之弊端,积极呼吁学术研究应回归务实之路,崇尚经世致用。

明末清初,汉学日渐呈复兴之势,在此大背景下,三大家以阐释"六经",引导时代学术研究的潮流。他们回顾"六经",以表达对宋学的厌弃与对圣贤的向往之情,其中之反抗思想尤为突出。他们通过阐释"六经",欲从中探寻纠正世风、改变文风的良方,寻求拯救社会的力量。

"上古三代无疑是汉学家心目中的黄金时代,六经则是关于黄金时代

[①] (清) 阮元校刻:《十三经注疏》(上),《毛诗正义》卷一,中华书局1980年版,第270页。

第二章 王夫之《诗经》学的宗旨 // 57

的法典，古人的理性与智慧借由六经将后世照耀"①。的确，在后人眼中，遥远的上古三代，乃至春秋战国，都是值得回首的时代。那个时代，圣哲们为人类社会建构道德的基本准则，规划良好的社会形态。以天下为己任，执着于信念，直至"死而后已"。因此，在后世，但凡遭遇乱世，学界以通过对"六经"的解读而获得救世之方略。在此意义上，"六经"堪为世代之典范，为后世纠正思想的坐标系。譬如，以诗学为例，经过六朝绮艳诗风的熏染，诗歌一度萎靡不振，至初唐，陈子昂提倡"风雅兴寄"，在溯本求源中，修正时代诗风，以此扭转诗歌创作之走向。

清代朴学的奠基人顾炎武认为："凡文之不关于六经之指、当世之务者，一切不为。而既以明道救人，则于当今之所通患，而未尝专指其人者，亦遂不敢以辟也。"② 在顾炎武看来，大凡文章不合"六经"思想的旨意，于世无补者，则无须花费精力。黄宗羲则指出，"六经"是一切为学之根本，据《清史稿·黄宗羲传》所记："明人讲学，袭语录之糟粕，不以六经为根柢，束书而从事于游谈。故学问者必先穷经，经术可以经世。"黄宗羲是浙东学派的创始人，积极倡导"六经皆史"之学说，他对"六经"的崇尚几乎达到了极致。"六经"不仅是一切为学之根本，它也是后人做事的法则，诚如章学诚先生所言："六经皆史也。古人不著书，古人未尝离事而言理，六经皆先王之政典也。"③ 故而，王夫之于抗清失败后，隐居于故乡石船山麓，著书立说，以"六经"来阐发其政治思想，彰显"六经责我开生面"不仅体现出其超迈的学术意义，且更富有文化诗学的意义。

"六经责我开生面"，不仅仅是王夫之的治学愿望，亦是当时所有有识之士的追求。段玉裁（1735—1815）的一席话，道出了学界对"六经"的向往和崇敬之情：

> 六经犹日月星辰也，无日月星辰则无寒暑昏明，无六经则无人

---

① 刘奕著：《乾嘉经学家文学思想研究》，上海古籍出版社2012年版，第3页。
② （清）顾炎武撰，华忱之点校：《顾亭林诗文集·与人书三》卷四，中华书局1983年版，第91页。
③ （清）章学诚著，叶瑛校注：《文史通义校注》卷一，中华书局1985年版，第1页。

道。为传注以阐明六经，犹羲和测日月星辰，敬授民时也。①

尝闻六经者，圣人之道无尽藏。凡古礼乐、制度、名物之昭著，义理、性命之精微，求之六经，无可不得。虽至亿载万年，而学士大夫推阐，容有不能尽。无他，经之所韵深也。②

信乎天下之学，无不可求诸经。其谓经有不载者，其忽焉不求。求之而不详者也。③

"六经"神圣若此，它容纳了一切积极的思想，它是思想界的日月星辰，是万世之法，人伦之道。在后学看来，无缘和那些先圣前学相遇，是人生无法弥补的遗憾："恨我不见古人，亦恨古人不见我，古所云也。余谓恨我不见后人，亦恨后人不见我。后人不见我，犹我不见古人之恨也。我不见后人，犹古人不见我之恨也。余不见顾氏、江氏，孔氏又早亡，每有彼此不相见之恨也。"④ 这是对知己的相思和无缘相见的遗憾，好在段玉裁得遇其恩师戴震，庶几聊以慰藉。可见，"六经"在中国思想史上享有的崇高地位，是其他典籍难以比肩的。

王夫之勤勉于"六经"，阐发经典大义，多有别开生面之解，其目的除了"六经责我"的担当和使命之外，于批判时政与反思历史中，重建儒家文化精神。有感于"心学"流弊肆虐下的思想界和学界弥漫的"空疏"之风，是其欲重建文化精神的动因。王夫之针对明代中后期泛滥的"空疏之学"，"而致力于'儒学正统'的重建"⑤。其重建则是以"经世致用"为其核心。借儒家经典而欲扫除晚明"空疏"学风，以扭转"文化混乱"⑥ 的局面。在此宗旨下，诠释与重建都"注重'经世'的社会与制度研究和重注古经的实证经学研究"⑦。以期实现回归"儒家正学"的终极目的。在这一宗旨的召唤下，王夫之后半生于"六经"覃思精研，

---

① （清）段玉裁撰，钟敬华校点：《经韵楼集》卷一《十三经注释文校勘记序》，上海古籍出版社2008年版，第10页。

② （清）段玉裁撰，钟敬华校点：《经韵楼集》卷六《江氏音学序》，上海古籍出版社2008年版，第125页。

③ 同上。

④ 同上。

⑤ 陈来著：《诠释与重建——王船山的哲学精神》，北京大学出版社2004年版，第16页。

⑥ 同上。

⑦ 同上。

借经典发挥思想见解,不惜"七尺从天乞活埋"。

王夫之以"六经"为思想依据,或广传之,或外传之,或引义于此,所建构的学术思想和理念,不仅引领了一代学风,其沾溉后世之学尤为深远,如《衡阳县志》所记:"自王夫之卒后二百年,名震天下矣。自康熙以来,名儒代兴,《易》《诗》《礼》《尔雅》《小学》,皆求古训,斥空言,而夫之先发之。"① 实际上,王夫之力图冲破封建理学的坚壁厚垒,通过经典阐释,欲以肃清心学流弊的同时,积极推行经世致用的治学思想。

(二) 经世致用

邬国平先生对明末清初勃兴的经世致用潮流有一段总括性的评述:

> 明末兴起的经世致用思潮,经过明、清易代的巨变,更呈现出声势浩大,波澜壮阔,这也必然地从文学批评中反映出来。许多批评家本身就是积极投身抗清运动的志士,强烈呼吁文学对社会现实的全面介入,抨击空悬虚浮的文风。后来随着清人入主中原大势的逐渐确定,他们中不少人将主要精力用于著述,以探究明朝覆亡的教训,开展文学批评又是其中有机的一个组成部分,冀望形成一种有益于世道的文风。一手握管,两眼观世,心中萦系的依然是经天纬地的高大情怀。这使此阶段的文学批评在思想内容方面具有特别鲜明的政治和道德主题。②

文学反映现实生活,是文学创作的基本要求。文学批评的目的则是从理论上回答文学的时代要求。故而"重视文学的时代意义、社会作用,强调诗文经世致用的目的和提倡批判现实的精神,是这一时期文学批评中最强的音符"③。强调经世致用,这是代际研究儒家经典的时代要求。

经世致用的命意是将一切学术研究与现实相结合,通过学术思想来解决现实问题。重视学术研究的实用性,是儒学"用世"思想的体现。"经世"意为"治理世事";"致用"则为"学有所能,尽其所用"。

---

① 陈来著:《诠释与重建——王船山的哲学精神》,北京大学出版社2004年版,第16页。
② 邬国平、王镇远著:《清代文学批评史》,上海古籍出版社1995年版,第2页。
③ 同上书,第2—3页。

蒋方震先生在《清代学术概论》序言中指出："夫致用云者，实际于民生有利之谓也。"①"经世"是"致用"的思想基础，是主体。这是儒家积极用世思想的高度凝练，体现儒家对"士"阶层的基本要求，即追求"修身、齐家、治国、平天下"之志。面对社会现实，积极关怀民众的担当精神是"经世致用"的基本内涵。

在明末之世，心学兴盛，致使社会出现谈心性，尚虚浮的风气，于是，反思与批评王学的潮流涌起，其矛头直逼王学在学理上呈现出的讹误与对社会的危害。王夫之认为，王学最致命处在于尽废天下之实理，变儒学为无用之学，他指出：

> 姚江王氏知行合一之说藉口以惑世；盖其旨本诸释氏，于无所可行之中，立一介然之知曰悟，而废天下之实理，实理废则亦无所忌惮而已矣。②

王夫之认为，王学所谓的"知行合一"，源自佛家思想，以知代行，以悟代知，尽废实理而趋向虚妄，不仅于世无益，而且迷惑人心。

对于当时学术界倡导经世致用的时代意义，黄宗羲在《明儒学案》中记述东林党人顾宪成的事迹，论及顾的学术宗旨时说：

> 先生论学，与世为体。尝言官辇毂，念头不在君父上；官封疆，念头不在百姓上；至于水间林下，三三两两，相与讲求性命，切磨德义，念头不在世道上，即有他美，君子不齿也。故会中亦多裁量人物，訾议国政，亦冀执政者闻而药之也。天下君子以清议归于东林，庙堂亦有畏忌。③

余英时先生认为："这才是地道的儒家经世之学，其中所言'水间林

---

① 梁启超著：《清代学术概论·序》，岳麓书社2010年版，第1页。
② （明）王夫之著：《礼记章句》卷三十一，《船山全书》第四册，岳麓书社2011年版，第1256页。
③ （清）黄宗羲著、沈芝盈点校：《明儒学案》卷五十八，中华书局1985年版，第1377页。

下三三两两'则正指王学末流空辨心性者而言。"① 那么，顾宪成所谓的"与世为体"经由黄宗羲的转述，实际上彰显了时代的学术取向，经世致用几乎成为"明清之际儒学的一般倾向"②。王夫之、顾炎武、黄宗羲三大家是这股潮流的引领者。

王夫之他们倡导的经世致用，是以"六经责我开生面"为学术宗旨，它与传统儒家功利性的"致用"说有别，更与宋人所倡的"学而优则仕"的价值取向不同。"学而优则仕"的命意是学为仕进，体现功利主义的价值观。而"经世致用"则是儒家知识人对社会做出的回答，在思想上具有学有所用、为人类社会做出应有贡献的诉求。所以，明末清初学界倡导的经世致用思想，是知识界对激荡社会的积极应对；它是祛功利的精神，是学术对政治的干预或回应。章太炎先生对清代今文学派某些所谓通经致用观，予以尖锐的批判：

> 故知通经致用，特汉儒所以干禄，过崇前圣，推为万能，则适为桎梏矣。③

章太炎先生所忧患的正是那些打着经世致用的名号而干谒竞进的俗儒做派，顾炎武、黄宗羲、王夫之等"清初三大家"所追求的经世致用，是一种经天纬地的大情怀，是拯救民族、变革社会的思想。

以"经世致用"为指向的学术研究，成为明清之际儒士们批判心学、干预时政的武器，如一股洪流席卷着整个时代，"当时各派的人都同样注重'经世致用'"④。这是时代对明末知识人发出的呼唤。

因此，"经世致用"是明末清初易代学术的主旋律。王夫之、顾炎武、黄宗羲等一大批有识之士，忧国忧民，欲力挽狂澜，著述言说，从经典中探寻救世之良方。

黄宗羲"以迈世之天姿，成等身之著作，自经术文章以至一能一技，

---

① 余英时著：《文史传统与文化重建》，生活·读书·新知三联书店2012年版，第214—215页。
② 同上书，第216页。
③ （清）章炳麟著：《章太炎全集》（四）《太炎文录》卷二，上海人民出版社1985年版，第154页。
④ 余英时著：《文史传统与文化重建》，生活·读书·新知三联书店2012年版，第216页。

靡不悉心究体，而尤自任以道之重"①。他的父亲黄尊素是一位颇有节操的东林名士，天启年间，因弹劾宦官魏忠贤被害致死。根据全祖望《梨洲先生神道碑铭》所记，其父在被捕时忠告黄宗羲曰："学者不可不通知史事，可读《献征录》。"② 于是，遵父志，他致力于历史文献研究，并从中获得更丰富的思想："公遂自明十三朝《实录》上溯《二十一史》，靡不究心，而归宿于诸经。"③ 黄宗羲在回忆其父遭际及思想时言：

> 先生以开物成务为学，视天下之安危为安危。苟其人志不在弘济艰难，沾沾自顾，拣择题目以卖声名，则直鄙之为硁硁之小人耳。④

"开物成务"是追求致用之学，是针对明人束书游谈的空疏学风而言。以天下为己任，是自古以来"士"阶层的价值取向。黄宗羲对其父经世致用的思想心领神会，被他转化为"开物成务之学"⑤，成为学术研究的指导思想。他的《明夷待访录》是一部关于明代制度史的研究著作，"是史学实用的典范"⑥。它是作者以历史制度来明经世致用之思想，《明夷待访录》"经世之文也"⑦。全祖望评价黄宗羲的学术思想时言：

> 公谓明人讲学，袭语录之糟粕，不以六经为根柢，束书而从事于游谈，故受业者必先穷经，经术所以经世，方不为迂儒之学，故兼令读史。又谓读书不多，无以证斯理之变化，多而不求于心，则为俗学，故凡受公之教者，不堕讲学之流弊。⑧

显然，批判心学流弊是黄宗羲"经术所以经世"的现实意义所在。顾炎武是一位"经世致用"的敦行者，他主张"载之空言，不如见

---

① （清）黄宗羲著、沈芝盈点校：《明儒学案》，中华书局1985年版，第3页。
② （清）黄宗羲撰：《明夷待访录》，中华书局1985年版，第208页。
③ 同上。
④ （清）黄宗羲著、沈芝盈点校：《明儒学案》，中华书局1985年版，第1490页。
⑤ （清）黄宗羲撰：《明夷待访录》，中华书局1985年版，第209页。
⑥ 余英时著：《文史传统与文化重建》，生活·读书·新知三联书店2012年版，第218页。
⑦ （清）黄宗羲撰：《明夷待访录》，中华书局1985年版，第213页。
⑧ 同上。

诸行事"①。他认为治学是救民于水火，关注现实则是学术的终极意义，比如"孔子之删述六经，即伊尹、太公救民于水火之心"②。反之，所学无益。他要求自己"凡文之不关于六经之指、当时之务者，一切不为。而既以明道救人，则于当今之所通患，而未尝专指其人者，亦遂不敢以辟也"③。此处，"六经所指"即是经世致用的学术意义。他申述自己一生的学术追求和五十岁以后笃志经史的意义云：

> 君子之为学，以明道也，以救世也。徒以诗文而已，所谓'雕虫篆刻'，亦何益哉！某自五十以后，笃志经史，其于音学深有所得，今为《五书》以续三百以来久绝之传，而别著《日知录》上篇经术，中篇治道，下篇博闻共三十余卷。有王者起，将以见诸行事，以跻斯世于治古之隆，而未敢为今人道也。④

所言彰显君子为学之要，即明道、救世的现实意义。他认为诗文之作，此雕虫小技，与世无益。著《日知录》的意义则是"有王者起，将以见诸行事"。这里所说的使天下之王者见诸行事，具有丰富的意义，而非言说自己在当世有所作为，并终其一生，坚持自己的思想和坚守民族情怀。实际上，他所说的经世致用，仅仅是出于"为一个以明道救世为己任的儒家学者自我定位"⑤。而至于"在此，见出顾氏较黄梨洲氏更为诡谲"⑥之说，显然并未真正理解顾氏含蓄的表达方式。顾炎武强调经世致用的意义，是君子为学安身立命之所在。

在追求经世致用的践行方面，王夫之是三大家中表现得更为突出者，他以"六经责我开生面"为学术宗旨，以"经世致用"彰显其宗旨的现实意义。王夫之在学术上，受其父亲的影响很大，船山之子王敔在其父离世十四年后所作《行述》中言：

---

① （清）顾炎武著，华忱之点校：《顾亭林文集》卷四，中华书局1983年版，第91页。
② 同上。
③ 同上。
④ （清）顾炎武著，华忱之点校：《顾亭林诗文集》卷四，中华书局1983年版，第98页。
⑤ 陶清著：《拨乱反正回归原典——顾炎武的学术思想改造纲领》，《合肥学院学报》2005年第11期。
⑥ 赵俪生著：《日知录导读》，中国国际广播出版社2008年版，第8页。

至于守正道以屏邪说，则参伍于濂、洛、关、闽，以辟象山、阳明之谬，斥钱、王、罗、李之妄。作《问思录》内、外篇，明人道以为实学，欲尽废古今虚妙之说，而返之实。①

船山所谓之"实学"即是经世致用之学。他在《读通鉴论》卷六中，结合自己治史学的体会，阐发"史学经世"的理念：

所贵乎史者，述往以为来者师也。为史者，记载徒繁，而经世之大略不著，后人欲得其得失之枢机以效法之无由也，则恶用史为？

就治学而言，经史无异。修史的目的不仅仅是为了记载历史事件，其旨归应是"经世之大略"。否则，史就失去了意义和价值。那么，优秀的史学家于历史事件的记述中，渗透独立的史学思想，使读者从历史记载中获得思想启发与生命价值。司马迁之伟大，正在于此。他在"欲究天人之际，通古今之变"的修史宗旨下，在历史事件中，寄托自己经天纬地的思想，故成史林中别具"一家之言"的典范，治学亦与此同理。

经世致用，实际上就是表达鲜明的政治思想。关于王夫之的政治思想，学界多有讨论，选取一二有关其治民之道的观点，以窥其经世致用之志：

古之善用其民者，定其志而无浮情，不虞其忧之已戚、乐之已慆也，然而天下已相安于忧乐。鼓之舞之，使之自得，服耜牵车，洒醴通焉，讵庸以日月之不我假而思自佚乎？张之弛之，并行不悖，思其有余，以待事起，庸讵稍自释而遽若惊乎？何也？忧事近利，乐事近欲。圣人惮纳其民于利与欲也，故以乐文忧，而后不迫民于利；寓忧于乐，而后不荡民于欲。是其民无一日之"瞿瞿"焉，适然而已矣。②

---

① （清）王之春撰，汪茂和点校：《王夫之年谱》，中华书局 1989 年版，第 138 页。
② （明）王夫之著：《诗广传》卷一，《船山全书》第三册，岳麓书社 2011 年版，第 363 页。

这是《诗广传》中对《唐风·蟋蟀》的评价,王夫之认为,古代那些善于治民的天子,首先要定民之志,使他们趋沉静少浮情。少浮情,则使民心恬淡,归之适然,这是颇有卓见的思想。

关于治民,孟子主张统治者实施"制民之产"的措施,"是故明君制民之产,必使仰足以事父母,俯足以畜妻子,乐岁终身饱,凶年免于死亡;然后驱而之善,故民之从之也轻"①。孟子强调满足人民基本的物质生活需求,是实行仁政的前提。但是,王夫之比孟子更具有史学家的洞察力,提出了"圣人惮纳其民于利与欲也,故以乐文忧,而后不迫民于利;寓忧于乐,而后不荡民于欲。是其民无一日之'瞿瞿'焉,适然而已矣"的治民观点。在王夫之看来,治民的根本不只是解决其衣食,衣食仅仅是治民的基本措施,而治民之本,则是关注民的情感和思想,定其志而去浮情,并使民很好地处理好忧乐之情,从而淡化欲望之求,判别利益取舍之争,如此,民可适然生活。

另如船山对《鸨羽》《陟岵》《无将大车》等诗篇的分析中,旨在揭示作品反映人民生活苦难的同时,强调人民精神苦闷是痛苦的根源。

顾、黄、王三位个性迥异的大儒,无论治史,抑或治经,"经世致用"是他们共同遵守的治学原则。他们之间并无密切往来,甚至,"王夫之中岁以后隐居湘西三十年,与并世学人几乎全无交涉,而持论与顾、黄诸家相近如此,更可见明末经世意识在思想界持续之久和影响之深了"②。

兴盛于明末的经世意识,在整个清代思想界,始终保持着旺盛的生命力,其活力一直持续至晚清时期。即使是在考据学鼎盛期的乾嘉学者那里,经世致用也是他们治学的思想基础。乾嘉经学大家戴震,是一位"怀抱经世之才,其论治以富民为本"③的大学者,他始终强调"儒者在善治事情"④的经世之志,突出儒者治学的特殊使命。那些历史上治世的良臣是戴震心中的偶像,诚如他时常在学生面前说:"《汉书》云:王成、

---

① 杨伯峻译注:《孟子译注》(上),中华书局1960年版,第17页。
② 余英时著:《文史传统与文化重建》,生活·读书·新知三联书店2012年版,第219页。
③ (清)戴震著,赵玉新点校:《戴震文集》,中华书局1980年版,第259页。
④ 同上书,第258页。

黄霸、朱邑、龚遂、召信臣等，所居民富，所去民思"①的彬彬君子，是儒者的典范。他的弟子段玉裁最懂先生治学之精神，他总结戴震一生治经之成就时，格外突出其学"经世"之旨趣：

> 先生之治经，凡故训、音声、算数、天文、地理、制度、名物、人事之善恶是非，以及阴阳、气化、道德、性命，莫不究乎其实，盖由考核以通乎性与天道。既通乎性与天道矣，而考核益精，文章益盛，用则施政利民，舍则垂世立教而无弊。浅者乃求先生于一名一物一字一句之间，惑矣！②

"用则施政利民，舍则垂世立教而无弊"。这无疑是一流大学者旁搜广撷，覃思著述的学术价值所在，即"用"则经世致用，"舍"则垂世立教。戴震治学虽以考据为支点，其治学之本却在于通过考据以通经之义理，通过诠释义理以达经世之志。

至19世纪初期，中华民族面临着内忧外患，清政府腐败至极，外国列强觊觎中华，社会危机四伏。在民族存亡之关头，儒家经世意识全面复活，渗透在各个层面，成为时代的主流，魏源所编《皇朝经世文编》即是为证。

研究思想史，必须认识到"晚清经世思想的兴起决不能解释为对西方挑战的反应，而是中国思想史自身的一种新发展，其外在的刺激也依然是来自中国本土"③。余英时先生意识到经世意识是中国思想史内在潜行的质素，其发展源自内在的因素，外在的刺激仅仅是一个诱因而已。

第二节 "六经责我开生面"的渊源

"六经责我开生面"的精神渊源是士大夫发愤著书的传统。司马迁追溯其源道：

---

① （清）戴震著，赵玉新点校：《戴震文集》，中华书局1980年版，第259页。
② （清）戴震著，赵玉新点校：《戴震文集·戴东原集序》，中华书局1980年版，第1页。
③ 余英时著：《文史传统与文化重建》，生活·读书·新知三联书店2012年版，第225—226页。

昔西伯拘羑里，演《周易》；孔子厄陈蔡，作《春秋》；屈原放逐，著《离骚》；左丘失明，厥有《国语》；孙子膑脚，而论兵法；不韦迁蜀，世传《吕览》；韩非囚秦，《说难》《孤愤》；《诗》三百篇，大抵贤圣发愤之所为作也。此人皆意有所郁结，不得通其道也，故述往事，思来者。①

发愤著书的传统由来已久，司马迁认为，但凡人内心有所郁结，无法排解时，发愤著书则是必然。所谓"述往事，思来者"，阐释经典的意义不仅仅是传承文化，更是书愤写志，以"思来者"。在此意义上，王夫之释经典，在精神上与孔子著《春秋》的旨趣相一致。他选择"大抵贤圣发愤之所为作"的《诗经》，寻找到"思来者"的依据。故而，"六经责我开生面"的宗旨，具有指引精神向上的意义。换句话说，王夫之的这一学术宗旨，确立了人文科学研究的价值取向，这在今天仍然有着积极意义。

纵观王夫之的一生，跌宕起伏的前半生，为衰亡的家国而奔走；"身既终隐，不为世知"②的后半生，沉浸在经典中，探寻社会未来之路。这一治学宗旨的渊源，除了继承传统之外，与其家学、时代、经历等等，皆有关系，在诸多外力和内力的共同作用下，建构起了其学术支点。

一 文武名世的家学渊源

一个人的成长，除了社会环境的影响之外，其家世、家庭、家学有着潜移默化的作用。

王夫之诞生在一个文武世家，其祖上自始祖至第六代先祖，皆以武功名世③。五世公昭勇将军王纲，"忼直"④之品行对其子孙影响颇深，其子第六代骠骑将军王震终其一生，"累官二品"⑤，不可谓不高，却"家无余资"⑥。先祖清廉刚正之风远播，垂范子孙，船山沐浴尤甚。五世祖昭勇

---

① （汉）司马迁撰，（宋）裴骃集解：《史记》（第十册），中华书局1982年版，第3300页。
② （清）徐世昌撰：《清儒学案》（一），中国书店1990年版，第168页。
③ （明）王夫之著：《姜斋文集》卷十，《船山全书》第十五册，岳麓书社2011年版，第209—212页。
④ 同上书，第211页。
⑤ 同上书，第212页。
⑥ 同上。

将军上轻车都尉王纲,"风裁刚正,娴治文墨"①。曾祖王宁"始以文墨教子弟,起家儒素"②;高祖父王雍以文学"致仕"③。祖父教子甚严,"令著文艺,恒中夜不辍"④。船山出身虽非名门豪族,然勤奋上进的家风世代遗传。

从古至今,大凡在历史上有建树的俊杰之士,无不受到良好的家庭教育,世代相传的家世遗风成为他们思想的摇篮。从王夫之撰写《家世》的深情用笔和溢美之词中,可见他对祖先的赞美和对家风的眷恋。先祖们刚正伉直的品质是王夫之选择"六经责我开生面"为己任,且不惜"乞活埋"精神的源泉。

此外,来自父亲、叔父的教育和熏陶,培养了他博学多识,坚韧不拔的学术品格。父亲王朝聘是一位学养颇深,性格耿直的儒生。受学于大儒伍学父先生,"研及群籍"⑤。多次参加科考,但终因不愿行贿而辞别京城⑥。从此绝意仕途,教子授徒。王夫之在晚年回顾其父一生的学行,以无限敬仰的心情追忆道:

> 先君子少从乡大儒伍学父先生定相受业,先生授徒殆百人,先君子为领袖。虽从事制义,而穷究天性物理,斟酌古今,以发抒心得之实。⑦

> 当万历中年,新学浸淫天下,割裂圣经,依傍释氏,附会良知之说。先君子独根极理要,宗濂洛正传,以是七试乡闱不第。迨天启初,禅学渐革,而先君子年已迟暮矣。⑧

从上述两段文字可见,王夫之的父亲尚实践。其"不无顽空"、究物

---

① (明)王夫之著:《姜斋文集》卷十,《船山全书》第十五册,岳麓书社 2011 年版,第 211 页。
② 同上书,第 213 页。
③ 同上。
④ 同上书,第 214 页。
⑤ 同上书,第 215 页。
⑥ 同上书,第 217—218 页。
⑦ (明)王夫之著:《姜斋文集》卷二,《船山全书》第十五册,岳麓书社 2011 年版,第 111 页。
⑧ 同上。

理、贯古今的治学思想,受"濂洛正传";斥佛老,"终身未尝向浮屠老子像前施一揖"①。其父务实的治学思想影响了船山一生。明亡之后,大多遗民心灰意冷,或隐逸山林,或谈佛参禅;很多志士,不愿屈服新朝,也纷纷遁逃,如船山好友方以智,削发为僧。方以智多次劝船山"逃禅",船山虽和他多有唱和,但矢志不逃禅,始终坚守自己的学术立场和宗旨。甚至,在他晚年的《家传十四戒》中告诫王氏子弟说:"勿以子女继异姓及为僧道。"②

王朝聘在学问上并不囿于一家,他博学广闻,积极吸纳先进的学术思想,增益学养。王夫之记述其父一生求学问道的经历时说:"先君子早问道于邹泗山先生,承东廓之传,以真知实践为学。"③ 东廓,邹守益之号,明代著名理学家,是王守仁的高足,属阳明江右学派,发扬王守仁的"致良知"学说,并将此作为其教育思想之本,其学兼采朱王,提出"格物即慎独"④的思想,倡导以实践为务。邹泗山,字德溥,系东廓先生之孙,其擅治《易》,著有《易会》一书,治学不拘泥,"其于《易》道,多所发明"⑤。船山《诗经》学博采众长,别开生面显然有其家学渊源。

另外,王夫之"六经责我开生面"宗旨的确立,与受其父命而作《春秋家说》有关。其父年轻时治《诗经》,后来转向研究《春秋》,并有独到心得,晚年命其子编《春秋家说》,船山另有《春秋世经》著作。王夫之《春秋家说序》言:"武夷府君,早受《春秋》于西阳杨氏,进业于安城刘氏,已乃研心旷日历年,有得,惜无传人。夫之夙负钝怠,欲请而不敢。岁在丙午,大运倾覆,府君于时春秋七十有七,悲天悯道,誓将逝世,乃呼夫之而命之。"⑥ 在《春秋家说》和《春秋世经》中,王夫之继承其父"华夷之辨"的思想,并发扬光大,使古老的经典别开生面。

王朝聘对王夫之教育甚严,船山四岁入塾。父亲手教其学习经典,为

---

① (明)王夫之著:《姜斋文集》卷十,《船山全书》第十五册,岳麓书社2011年版,第216页。
② (明)王夫之著:《诗文拾遗》卷一,《船山全书》第十五册,岳麓书社2011年版,第922页。
③ (明)王夫之著:《姜斋文集》卷二,《船山全书》第十五册,岳麓书社2011年版,第112页。
④ (清)黄宗羲著,沈芝盈点校:《明儒学案》,中华书局1985年版,第334页。
⑤ 同上书,第335页。
⑥ (清)王之春撰,汪茂和点校:《王夫之年谱》,中华书局1989年版,第33页。

他将来别开生面治《诗经》打下了坚实的基础。十岁时已阅读经义至数万首①，十六岁开始学习四声与音韵知识，并阅读今人诗作不下十万余首②。

　　船山"六经责我开生面"的《诗经》学宗旨，并非仅是一种治学理念的诉求，其中蕴含着敢为天下先的精神和勇于担当的使命感。无论是在"此一述朱，彼一述朱"的明代，还是在为汉学是尊的清代，他在《诗广传》《诗经稗疏》以及《诗译》等《诗经》学著作中，表现出了不以朱学或汉学为规制，敢于打破学术权威而建树独立自由的学术精神。敢于非"朱"、非"汉"，不拘于一隅，独抒己见，独立的精神是船山学术品格的集中体现。这种学术品格则源于其父潜移默化的影响。王夫之在其父《行状》和《家世》中，描写父亲不畏权贵，耿介不阿，清俊高尚的节操云：万历乙卯、辛酉两副秋榜中，得到主考官的赏识，但因"以对策中犯副考朱黄门名"而"置乙第"③。当时官场贿风大兴，王朝聘以"无亦聊与优游"④为由，悻悻离开官场。崇祯元年（1628），他赴京师谒选，新提拔的吏部铨郎对辛酉副贡极为苛刻，"暗索贿焉"⑤，对此恶风，王朝聘愤慨抨击："是尚可吏也乎？吾以求一命为先人故，免折至此。若出赇吏胯下，以重辱先人，是必不可。"⑥遂于崇祯四年（1631）辞呈仪曹，愤然归家。从此，恬淡居家，读书为乐，以教授子弟为务，十七年不曾踏世俗之地半步⑦。其父不趋势、不附权贵、不媚俗的品格对船山的影响十分深远。在他一生以"六经责我开生面"的学术追求中，不惜"乞活埋"的节操与执着一脉相承。而其父"勿载遗形过城市，与腥臊相涉"⑧的民

---

①　（清）王之春撰，汪茂和点校：《王夫之年谱》，中华书局1989年版，第4页所记"明崇祯元年戊辰（1628），公十岁。春正月，从武夷公受经义。自是，阅经义至数万首。"

②　（清）王之春撰，汪茂和点校：《王夫之年谱》，中华书局1989年版，第8页。所记"明崇祯七年甲午（1634），公十六岁。始从里中和四声者问韵，学韵语，阅古今人所作诗不下万首"。

③　（明）王夫之著：《姜斋文集》卷十，《船山全书》第十五册，岳麓书社2011年版，第217页。

④　（明）王夫之著：《姜斋文集》卷二，《船山全书》第十五册，岳麓书社2011年版，第218页。

⑤　同上。

⑥　同上。

⑦　同上。

⑧　同上书，第113页。

族气节,也使王夫之耳濡目染,融入血脉之中,成为他"六经责我开生面"的精神源泉和其诗学观的生命底色。

叔父王延聘和兄长王介之,对王夫之学术思想的形成与诗学观的树立,亦有很大影响。

王延聘,号牧石,是一位饱学之士,文史兼善,尤擅诗歌,"文笔清孤"。"先生少攻吟咏,晚而益工,于时公安竟陵哀思之音,歆动海内。先生斟酌开天,参伍黄建,拒姝媚之曼声,振噌吰之亢韵"[1]。牧石先生是一位诗人,诗歌美学追求阳刚之美而斥婉媚之气。王夫之在《家世》中回忆叔父说:"仲父和易而方介,恬于荣利,博识,工行楷书,古诗得建安风骨,近体逼何李而上,深不喜竟陵诗,每颦蹙曰:'何为作此儿女嚅唲!'"[2] 建安风骨以慷慨悲凉为其诗学追求,仲父之诗风和诗歌理论,对王夫之诗学理论有着直接的影响。王夫之16岁时学诗,"受教于叔父牧石先生",始"知比耦结构"。读诗不下十万首,并时有和仲父唱和之作。

长兄王介之,字石崖,长王夫之12岁,饱读经书,"为学笃敏,十六岁补弟子员"[3],著述颇多。在船山的童年和青年时代里,学业上来自兄长的关心和熏陶亦深。船山四岁入塾,由兄长授课,陪读,遍读十三经。兄性格坚毅,颇得其父风范。张献忠攻陷衡州后,索当地绅士以补充伪吏。当时,船山兄弟隐匿于莲花峰下,以示反抗。当其父被张献忠手下所得,"兄闻之,欲出脱先子,而沉湘以死"[4]。兄长"耿介严厉",这些点滴,都凝聚成了王夫之治学的精神源泉和生命力量。他在《石崖先生传略》中用"不能言、不忍言、不欲言"的"三不能"来表达对兄长的深情厚谊。

二 充满险阻的人生磨难

生当易代之际,在国家命运处于"天崩地裂"的危难关头,王夫之视家国大业为己任。无论是积极抗清,还是流亡避难,抑或隐居林泉,始

---

[1] (明)王夫之著:《姜斋文集》卷二,《船山全书》第十五册,岳麓书社2011年版,第125—126页。

[2] 同上书,第215页。

[3] 同上书,第102页。

[4] 同上书,第103页。

终不忘关注现实。他曾参加抗清运动,亲自组织反清起义,以实际行动来表明担当的责任;他曾浪迹湘南,逃亡中难舍民族大义,聚徒讲学,传道授业,宣扬儒家文化的精神,表达对政治的批判和见解;他归隐衡阳,著书立说,发明经义,以笔为剑,抒写一代巨儒的赤子之情。

关于王夫之的生平事迹及其创作年表,学界不乏论著,所记详尽,此处无须赘述。由其八世孙清代学者王之春著,汪茂和点校的《王夫之年谱》、刘春建《王夫之学行系年》、张西堂编《明王船山先生夫之年表》《王船山学谱》等著作,都很详尽地记述了船山一生的经历和学术创作活动。

基于王夫之"六经责我开生面"的治学宗旨,我们选取与之相关的重要经历与事迹,以梳理其学术宗旨的现实依据,透视其治学思想转折的现实意义。

王夫之25岁以前以读书、科举为务。从25岁开始,卷入历史洪流中,踏上了救亡之路。青年时期的王夫之(从25到35岁),虽未曾做过"百夫长",却怀抱满腔热血,积极抗清。他曾转赴湘阴,上书章旷[1],分析形势,提出两湖军队合作,并与大顺农民军联盟,共同抗清的救亡主张。据时任章旷军参军的船山好友蒙正发所记,可窥船山义举:

> 总督驻东安数月,湖南节义之士,莫不闻声景从。衡阳举人王介之、夫之、邹统鲁、夏汝弼、李跨鳌、管冶裘、吴汝润、周士仪,宁乡举人陶汝鼐、湘乡举人刘相贤(案:刘象贤),虽匿影山谷,或密报情形,或请方略;或悲歌唱和,缄寄诗篇。[2]

自古书生并非只会纸上谈兵,亦不乏运筹帷幄之才。深受祖荫的王夫之不乏英雄的血性与勇敢[3]。1648年,王夫之与夏汝弼、僧性翰等人,在南岳方广寺举兵抗清。此次衡山举兵虽"涉历险阻",却因"孤掌之拊,自鸣自和"之故,尚未发难,已被摧毁。凡此种种,但凡闻抗清之事,

---

[1] 章旷,时任湖北巡抚,被明抗清将领湖广总督何腾蛟任命为监军。
[2] (明)蒙正发著:《三湘从事纪》,参见罗正钧《船山师友记》,岳麓书社1982年版,第26页。
[3] 王夫之先祖中,从一世公至六世公,皆以武功名世。王夫之的军事思想与英雄性格,无不与此有关。

总能引起船山深厚的家国之情。然而，腐朽的明王朝，在清人强大的军事摧毁下，终于在一片风声鹤唳中，黯然退出历史的舞台。

在国难当头之时，王夫之一方面积极参与抗清斗争；另一方面，始终不忘著书立说。1649年夏天，他回到南岳莲花峰下续梦庵中，"以忧患意识为基，从汉学方法入手，首著《周易稗疏》四卷"①。这是他精研"六经"的开篇。在经典诠释和文学创作中，表达一代大儒的忧患意识和深刻的哲学思想、先进的政治理念以及独到的诗学精神和美学追求。

清王朝立国之初，一度严厉打压反清余部。王夫之因曾举兵衡山，加之声望过高，是清王朝缉拿的首要。1654—1657年四年间，王夫之迫于清廷的淫威，不得不离开家乡，踏上了流亡之路。在颠沛流离中，历经苦难，衣则"严寒一敝麻衣，一烂袄而已"；食则"厨无隔夕之粟"②。在此期间，他创作的诗歌形象地描写生活窘迫之境，如《斫蕨行》③节录：

清晨上南坂，芜草深没腰。黄云冒山起，雪花凌乱飘。
雪子穿樱笠，雪花漫樱衣。飘衣湿尚可，悬愁空筐归。

对王夫之而言，生活的艰辛和筋骨之劳顿，仅是皮肉之苦而已，最使他难堪的则是目睹代际的民生疾苦，却无能为力。那些"流泉浑浑浊如蓝，朦胧犹见伶仃影"④的孤苦者和耳闻亲人无辜被清军杀害之痛⑤，使他悲愤难抑，"悲激之下，时有哀吟"⑥："黑海难全一叶舟，谁将完卵望鹓鶵。含羞含恨无终极，稚子牵衣笑邓攸。"⑦这首哀悼侄子的绝句，在抒发船山悲痛心情的同时，表现了他对时局的批判和对现实的理性分析：鼎革之际的现实，犹如黑茫茫的大海，惊涛骇浪里，一叶小舟都难以保全，覆巢之下岂有完卵！恶势力残暴至"万树严霜杀一林"的境地⑧。在

---

① 萧萐父、许苏民著：《王夫之评传》，南京大学出版社2002年版，第59页。
② （明）王夫之著：《杂录》（甲），《船山全书》第十六册，岳麓书社2011年版，第401页。
③ （明）王夫之著：《年谱》，《船山全书》第十五册，岳麓书社2011年版，第322页。
④ 同上。
⑤ 王夫之流亡途中惊闻与船山曾相依为命七年之久的侄子王敉被清兵杀害，事见《船山全书》第十五册，岳麓书社2011年版，第311页。
⑥ （明）王夫之著：《姜斋诗集》，《船山全书》第十五册，岳麓书社2011年版，第311页。
⑦ 同上。
⑧ 同上书，第312页。

此，流露出王夫之思想的微妙转变，他清醒地认识到，国运大势已去，仅凭一己之力，难回天日。这是王夫之由四处奔走呐喊、积极抗清走向理性批判的开端，他开始走向传道授业、著书立说的道路。"为常宁诸从游者说《春秋》以给晨夕"，借《春秋》之微言，发"夷夏之防"的民族大义。如果说《周易稗疏》是船山先生精研"六经"之始的话，而讲授《春秋》则是转向"六经责我开生面"的关键点。

站在代际的风口浪尖上，船山先生深刻地认识到：文化经典是一个民族的精神所在，唯有薪火相传的文化方可以挽救一个民族的思想。只有思想不死，且历久弥新，一个民族才会拥有强大的生命力，方能生生不息。萧萐父、许苏民两位先生认为："王夫之在其流亡中最艰辛的岁月，却慨然兴起，实现了人生中最重要的一次思想转折。"[1] 堪为中的之论。对此，《衡阳县志》有记载，可视之为王夫之思想转变的重要佐证："湖南久乱，（王夫之）往来永、宝山谷间，茕茕无所复之。父母既前死，介之（王夫之长兄）留乡里，亦不得相闻，孑身悲吟，寄食人家，始益刻厉，有述作之至。"[2] 艰难困苦的流亡生活，磨练了品格与情操，也锤炼了思想与意志。1656 年完成了《黄书》这部具有总结明王朝灭亡的历史和现实教训意义的政治论著。

1657 年 4 月，又是王夫之人生的一大转折，从此，他结束了颠沛流离的逃亡生活，携妻带子返回故乡衡岳莲花峰下续梦庵故居（后又迁衡阳金兰乡，筑败叶居；1669 年由败叶居迁往新筑草屋观生居），自此开始了隐居故乡、教子著书的生活。其间，不断传来抗清运动败退的消息，友人章旷亡故的噩耗，有僧人方以智劝他逃禅的诱惑，也有吴三桂之叛变，更有清军横扫大西南、进攻台湾，乃至荡平全国的新闻。此间，他个人也经历了亡妻之痛和丧子之悲。虽然，他并未再去参加抗清活动，直至 73 岁辞世，但是，他将对历史的反思和对现实政治的总结，赋予思想研究和经典阐释中。他在长达三十多年的隐居生活中，克服生活之艰苦，在"抱刘越石之孤愤而命无从致，希张横渠之正学而力不能企"[3] 的无限遗

---

[1] 萧萐父、许苏民著：《王夫之评传》，南京大学出版社 2002 年版，第 66 页。

[2] 《同治衡阳县志》，见（明）王夫之著《船山全书》第十六册，岳麓书社 2011 年版，第 109 页。

[3] （明）王夫之著：《姜斋文集》（遗补），《船山全书》第十五册，岳麓书社 2011 年版，第 228 页。

憾中，以一个明朝遗臣的身份，罄其毕生精力，完成了关乎历史、政治、哲学、经典阐释的著述工作，写下了浩繁的卷帙。

船山一生，从25岁始，便随着家国命运起伏跌宕。然困苦潦倒，不改故国之志。其学"以汉儒为门户，以宋五子为堂奥……以张子之学，上承孔、孟之志"①。著书立说，彰显其志。阐释六经，别开生面；授徒教子，以明辨华夷。其思想之卓越，其情感之坚贞，其精神之高蹈，其人格之清俊，其才华之出众，令后人敬仰。清人评王夫之说："当是时，海内硕儒，推容城、盩厔、馀姚、昆山。夫之刻苦似二曲，贞晦过夏峰，多闻博学，志节皎然，不愧黄、顾两君子。然诸人肥遁自甘，声望益炳，虽荐辟皆以死拒，而公卿交口，天子动容，其著述易行于世。惟夫之窜身瑶峒，声影不出林莽，遂得完发以殁身。"② 与黄宗羲、顾炎武以及海内之诸多硕儒一样，这些明朝遗民们，经历过风云巨变的时代，皆矢志不渝。不过，王夫之选择了一条更加艰辛的道路，以生命诠释了"六经责我开生面"的治学宗旨。清人潘宗洛无不遗憾地说："以先生之才，际我朝之兴，改而图仕，何患不达？"③ 然而，船山先生人格之清俊正在不改其志，这也是后人对他景仰之故。

诚如"一个伟大的思想家的学说是由各部分内容组成的有机整体，它们往往存在着内在的联系"④，孕育王夫之"六经责我开生面"的治学宗旨的源泉是多方面的，遁入衡阳故乡，隐居林泉的生活也是他获得学术智慧与智者之思的奥库。当然，其独立不迁的人格精神，颇具屈子之遗风，这与湖湘文化亦有关系。

三 归去故园的生命诉求

严格来讲，无论从隐逸文化，还是从隐逸诗学审视王夫之退居衡阳故乡的行为和心路，我们很难将其断然归为隐士或隐逸诗人之列。隐逸的目的是放下俗世荣华，趋向简朴真素的生活；拒斥名利纷争而归向内心平和。所谓放弃求同为"隐"，适性恬淡为"逸"。所以，从隐逸文化而言，隐士最重要的表征是拒断世俗的关怀，在"云深不知处"的净地，走向

---

① （清）王之春撰，汪茂和点校：《王夫之年谱》，中华书局1989年版，第154—155页。
② 同上书，第157页。
③ 同上书，第145页。
④ 邬国平、王镇远著：《清代文学批评史》，上海古籍出版社1995年版，第59页。

心灵的家园。从诗学而言，隐逸诗人在"因是钓秋水"的山水之趣中，退却世俗之志而表现山水之乐的价值观念和审美取向。王夫之的归隐旨趣，皆不在二者之属。

士人的隐逸是传统文化中颇值得深思的现象，自商代有叔齐、伯夷隐居首阳山不食周食始，中国士人开始思考在易代之际，士的人生出路在何方？"天下有道则见，无道则隐"① 无疑是士人明智的选择。在中国古代的政治体制中，士人个人的意志必须服从君权，在"君君臣臣"的伦理关系中，一旦为臣子，必然"战战兢兢，如履薄冰。"否则，则会招致不幸，更甚者沦为亡国奴的不幸处境。

其实，无论是何种境遇，在封建社会里，"士"人的人生价值的实现是以丧失其人格尊严为代价的，仕与隐是士人面临的两难选择。也许，归去是最佳之选，庄子为世人描绘了逍遥游的境界，为失意者创造了一个充满诗意的栖居之地——无何有之乡。庄子式的逍遥游是一种精神之境，虽然遥不可及，但依旧是古人心里的日暮乡关。鲍鹏山用生花妙笔阐释了古代隐士的心理原因和情感诉求，他说：

> 在中国古代文人中有这样一个拒绝权势媒聘，坚决不合作的例子。是的，在一个文化屈从权势的文化传统中，庄子是一棵孤独的树，是一棵孤独地在深夜看守心灵月亮的树。当我们都在大黑夜里昧昧昏睡时，月亮为什么没有丢失？就是因为有了这样一两棵在清风夜唳的夜中独自看守月亮的树。②

传统的隐士哲学是"以遁世、冷性、个人等为特征的道家学说"。他们"本来就'出于上古之隐君子'，是隐士思想的结晶。这种隐士哲学，大成于老子、庄子，又为后世隐士奉为圣典。后世隐士，大都以读《老》注《庄》为务，游心柱下，入役漆园，以之为自己人生的指南，甚至以之为隐居生活的一部分。而道家思想也就藉隐士及一切在野'布衣'之力而更加发扬光大，成为唯一可与正统儒学分庭抗礼的学说（佛教思想

---

① 杨伯峻译注：《论语译注》，中华书局1980年版，第82页。
② 鲍鹏山著：《寂寞圣哲》，东方出版中心2000年版，第101页。

要么依附道家，要么屈从儒学，更多奴性）"①。由此来审视船山隐居故乡的思想和著述行为，就无法将他纳入真正的"隐士"之列了。

因为，王夫之的隐居却有着更加深刻的文化意义，这是一般隐士难以企及的高度。如果说庄子式的隐士在"独来独往，不吝去留，若垂天之云，悠悠往来聚散，在一种远离的姿态中显出格外的美丽与洒脱"②的话，那么，王夫之的退居就具有一份遗世独立的绝世之美。他行走在故乡的山水间，那是乡愁的寻找与生命的追问，他的哲学也就富有了一份日暮乡关的感伤情绪，而《诗广传》正是写满乡愁的"诗篇"。

王夫之自归隐故乡之后，潜心著述，亦未泯家国之志。当吴三桂派幕僚请他写《劝进表》时，他断然拒绝曰："某本一亡国遗臣，所欠一死耳，鼎革以来，久捕于世，今汝安用此不祥之人哉！"拂袖而去，遁入深山。他作赋明志：

> 谓今日兮令辰，翔芳皋兮兰津。羌有事兮江干，畴凭兹兮不欢。思芳春兮迢遥，谁与娱兮今朝。意不属兮情不生，予踌躇兮倚空山而萧清。阒山中兮无人，寒谁将兮望春？③

文章用骚体抒发了对现实的批判和对历史春天的期盼之情。然而，他终究在衡阳故园的青山中，筑起简陋的草屋，"遂以地之僻而久藏焉"④。隐居，只是出于全节的选择；著书，是生命情怀的寄托。究其实质，他隐遁林泉的主要原因是不堪承受以清代明之重，是怕辱没其父不愿行走于"腥臊"之志，是不甘沦为亡国奴之境，是为了保全士人的人格意志。同时，他的隐遁是为实现"六经责我开生面"的宏愿。诠释"六经"，著书立说，谱写思想，一方面为文化的传承；另一方面则为抒写独立不迁的人格精神。从此意义而言，他的行为又赋予隐逸文化更深刻的内涵，指向"士"人格精神的高度，确如邹淑先生所说："先生，有明之贞士也。徵之往昔，盖有陶靖节之遗风焉。当其聚义不克，遯荒于衡，已萧然无意人世事矣。洎夫杜门著书，以抒愤懑，词旨不无激烈。至其揭灵均之孤忠，

---

① 孙适民、陈代湘著：《中国隐逸文化》，湖南出版社1997年版，130页。
② 鲍鹏山著：《寂寞圣哲》，东方出版中心2000年版，第94页。
③ （明）王夫之著：《传记》，《船山全书》第十六册，岳麓书社2011年版，第75页。
④ （清）王之春撰，汪茂和点校：《王夫之年谱》，中华书局1989年版，第138页。

于君臣之义，未尝不三致意焉，则其所以谨天泽之防者至矣。"①

他生活在故乡衡阳的石船山山麓，以船山为人格象征，往来于山林，希望"赏心有侣，咏志有知。"②抒写情志，诠释经典。在这里，他更深刻地体会到"六经责我开生面"的诗学意义和文化使命。

创作于康熙二十六年（1690）9 月的《船山记》，是王夫之隐居故乡 17 年情感的集中表达。文章以优美的笔调，盈盈的情意，抒写了他隐居船山山麓的复杂心境与苦闷情志，是一篇不可多得的表现船山隐居心路的文章，从中读出他居住此地，抉择之无奈以及权且寄托生命的愿望和"六经责我开生面"的深刻命意：

> 船山，山之岑有石如船，顽石也，而以之名。其冈童，其溪渴，其靳有之木不给于荣，其草瘫靡纷披而恒若凋，其田纵横相错而陇首不立，其沼凝浊以停而屡竭其濒，其前交蔽以絘送远之目，其右迤于平芜而不足以幽，其良禽过而不栖，其内趾之狞者与人肩摩而不忌，其农习视其塍圩之坍谬而不修，其俗旷百世而不知琴书之号。③

文章开篇就很突兀，作者笔下的船山一片荒芜凋敝之情景，人烟罕至，良禽过而不栖。他之所以选择这里，唯以"抱独之情"、抑郁之心，抒写人生之感。他不是隐者，也并不以隐士自居。因为隐士会选择一佳地，来"蠲其不欢，迎其不棘，江山之韶令，与愉惬之志相若则相得"。在"天崩地裂"的年代里，"而局天之倾，蹐地之坼，扶寸之土不能信为吾有，则虽欲选之而不得"。这才是他穷居此地的原因。故国不再，还有什么地方可居呢？而王夫之自认为"固为棘人，地不足以括其不欢之隐，则虽欲选之而不能"。

诚然，只有那些"仰而无憾者则俯而无愁"的隐士，"是宜得林峦之美荫以旌之"。在他看来，隐士居处，林泉亦获得其美，可是对一个满腹忧愁的遗民而言，"一坏之土，不足以荣吾所生；五石之炼，不足以崇吾

---

① （明）王夫之著：《杂录》（乙），《船山全书》第十六册，岳麓书社 2011 年版，第 954—955 页。

② （明）王夫之著：《姜斋文集》卷二，《船山全书》第十五册，岳麓书社 2011 年版，第 128 页。

③ 同上。

第二章 王夫之《诗经》学的宗旨 // 79

所事"。哪怕"桎以丛棘，履以繁霜，犹溢吾分也"。这就是他"则虽欲选之而不忍"的缘故。那么，"赏心有侣，咏志有知，望道而有与谋，怀贞而有与辅，相遥感者，必其可以步影沿流，长歌互答者也"的隐逸之情趣也非他所有，他所面对的是一群"茕茕者如斯矣，营营者如彼"之辈。心中有着太多的忧愤和孤独，"虽欲选之而奚以为"？船山，不过是一块顽石，其坚硬如己。然而，无名的船山却给予王夫之莫大的慰藉，这是船山之别，也是自己的"独"。自古那些著名的隐士，如严子陵、司空图、林和靖，自然赐予他们"清美之风日"和"丰洁之林泉"，加之"人与之流连之追慕"，他们的隐居就有了令人羡慕的超逸。然而，这些隐士的生活与情趣，非王夫之所求，"非吾可者，吾不得而似也"。他只想"吾终于此而已矣"。那么，隐居石船山，对于王夫之而言，那只是一种存在的方式，船山周遭的环境给予他的不仅仅是寂静与清洁，也使他的心灵在船山风雨的磨洗中，获得了超迈的意志，拥有了更加犀利的目光，足以洞穿历史的心脏。

审视王夫之隐居衡阳走过的路程，分析《船山记》流露的思想情感，我们发现他始终未变的是浓厚的故国情怀。无论奔走于都市或行走于山水，心中拂不去对家国的怀念。他不是隐士，从心底里排斥隐士，甚至痛斥那些隐士们弃民众之痛苦而不顾，背历史之足迹而不问的自私行为。他在评述《诗经·小雅·菀柳》时，由抒发能为天下做事之期待心情而转向对隐士的抨击：

> 呜呼！六合一王，九州一主，当吾世而遇主，以荣身而施及其亲，生之者此君也，成之者此君也，极吾福也，迈吾安也，凶矜吾义也，柳凋于林而就荫于棘，非彼心之无不臻，而事君者无所不至矣。俾陶潜、司空图无悲悯之心，萧然自适于栗里、王官之下，则其去傅亮、张文蔚之苟容者，能几何哉！①

中国的隐士往往都经历了由热心走向凉心的历程。或者是由积极趋向消极之路，无视国破家亡，依然归去，"萧然自适"于山水之间，享林泉之乐。这种人的苟且偷安，为王夫之所不齿。他在林泉间以"六经责我

---

① （明）王夫之著：《诗广传》卷三，《船山全书》第三册，岳麓书社2011年版，第432页。

开生面"为宗旨，著书立说，从文化经典深处，探寻救世的思想和治世的方略。任何关于船山隐居生活而获得了诗意美感之类的评价，都是违背了王夫之的初衷和意志，也误读了《船山记》所呈现的船山心路和情怀。

王夫之由积极抗清走向回归衡阳故地，从其所创作的诗文中流露出内心的痛苦。"国破家无壁，山寒草自春。几人怀旧德，数子抗三仁。目弩燕轵泣，肩墙鲁叟循。何时依栗里，蕨薇共吹豳。"① 这首《怀金坑紫岩诸子》，抒写了作者心头永恒的家国遗恨，无论处于何种境地，无论至于何种时刻，船山心中怀抱的那一份"孤愤"是挥之不去的印记，他时刻警醒自己是"有明遗臣"②。

> 荒郊三径绝，亡国一孤臣。
> 霜雪留双鬓，飘零忆五湖。
> 差足酬清夜，人间无一字。③

这首《绝笔诗》据王敔《大行府君行述》所言，是王夫之于七十三岁那一年冬天写的诗，是他对自己隐居情志的总结。他怀抱"亡国一孤臣"的忧愤，不惜衰老的身体，在故乡衡阳的船山山麓，他将总结明王朝覆灭的历史教训，反思儒家思想走过的历程以及嬗变的轨迹，以"七尺从天乞活埋"的精神承担起"六经责我开生面"的文化使命。

第三节 王夫之《诗经》学的创新

《诗》为"六经"之首，是王夫之用力颇勤，阐发精深且用情深沉之经典，在多方面别开生面，是其学术宗旨的集中体现。

一 抒情写志的"广传"

《诗广传》，是王夫之治《诗》影响最大的著作，是他"读《诗经》时写下的一些杂感性文字。他从个人的哲学、历史、政治、伦理和文学的

---

① （明）王夫之著：《诗文拾遗》，《船山全书》第十五册，岳麓书社2011年版，第1014页。
② （明）王夫之著：《姜斋文集》，《船山全书》第十五册，岳麓书社2011年版，第228页。
③ （明）王夫之著：《诗文拾遗》，《船山全书》第十五册，岳麓书社2011年版，第921页。

观点出发，对《诗经》各篇加以引申发挥，所以叫做《广传》"①。清代学者刘人熙在《古诗评选序》中说：

> 昔先师孔子反鲁正乐，古诗三千余篇，删存三百篇，天道备，人事浃，遂立千古之诗教之极。而"兴观群怨"一章，即孔子删诗之自序，是孔子开诗之生面也。船山《诗广传》又从齐、鲁三家之外开生面焉。又评选汉、魏以迄明之作者，别雅正、辨贞淫，于词人墨客唯阿标榜之外，别开生面。②

在这段评价中，刘人熙将《诗广传》别开生面的学术意义与孔子删诗相提并论，可见其赞誉之甚。《诗广传》在《诗经》学及经典阐释领域内多开生面，具体体现在以下几方面：

（一）自由的诠释向度

在《诗经》学史上，"传"《诗经》者并不少见，数《毛诗故训传》最为著名，是以"传"解《诗》的典范之作，为历代《诗经》学者所重。"传"与"训"都属于经典诠释学范畴，但二者不属于同一个层面。孔颖达释"传"云："传者，传通其义也。"③"传"在前面多有论述，在此不赘。"训"即为"道物之貌以告人也"④。"训"作为一种诠释方法，其目的是让古语畅达明了。"故训"与"诂训"近似，刘毓庆先生认为："《毛诗》之'故训'与《尔雅》之'诂''训'实同祖于先秦儒家解经之体。"⑤换句话说，《毛诗》训释不似《尔雅》分类细，如《尔雅》有《释言》《释诂》体例之别。而"诂训"，按照孔颖达的解释为："'诂训'者，释古今之异辞，辨物之形貌，则解释之义尽归于此。"⑥

---

① 王孝鱼：《诗广传中华本点校说明》，《船山全书》第三册，岳麓书社2011年版，第517页。
② （清）刘人熙：《古诗评选》（序），《船山全书》第十四册，岳麓书社2011年版，第880页。
③ （清）阮元校刻：《十三经注疏》（上），《毛诗正义》卷一，中华书局1980年版，第269页。
④ 同上。
⑤ 刘毓庆、郭万金著：《从文学到经学——先秦两汉诗经学史论》，华东师范大学出版社2009年版，第421页。
⑥ （清）阮元校刻：《十三经注疏》（上），《毛诗正义》卷一，中华书局1980年版，第269页。

可见，"诂训"是对于古今之异辞进行训释与辨别，而"传"则是对诗句或整首诗意义的阐释，也兼有了叙述或议论的特性。所以，《毛诗故训传》侧重点即在"传"而非"训"，另如朱熹的《诗集传》亦如此。但毛《传》与朱《传》之"传"是依托于训诂而来，换言之就是先训后"传"，"传"以"训"为立足点，"训"以"传"为目的。而《诗广传》则完全脱离"训"的依托，独立成"传"。

王夫之《诗广传》与《毛传》《朱传》等不同的是，它完全抛开对诗歌字词、语义的诠释，直接转向诗歌意义的阐释，由诗意而多引申发挥。这是"传"的特点，也是与"诂训"的最大区别。诚如马瑞辰所言："盖诂训第就经文所言者而诠释之，传则并经文所未言者而引申之……训诂不可以该传，而传可以统训诂，故标其总目为训诂，而分篇则但言'传'而已。"马瑞辰先生的辨别言简意赅。就诠释而言，"诂训"局限，而"传"无穷。

审视王夫之的《诗广传》，追求更加自由的诠释是其命意所在。所谓"广传"，则为思之所止，言之所指。"广传"中，体现出王夫之深刻的哲学思想、政治理想。他借诗歌广为阐发其思想，有关政治、伦理、道德、史学观以及诗论观、美学观等皆由此衍生。在此意义上，《诗广传》的确是《诗经》学著作中的开生面者。例如，在《诗广传·论思文》中，王夫之以此阐发他的史学观说：

> 燧、农以前，我不敢知也，君无适主，妇无适匹，父子、兄弟、朋友不必相信而亲，意者其仅颎光之察乎？昏垫以前，我不敢知也，鲜食艰食相杂矣，九州之野有不粒不火者矣，毛血之气燥，而性为之不平。轩辕之治，其犹未宣乎？《易》曰："黄帝、尧、舜垂衣裳而天下治。"食之气静，衣之用乃可以文。烝民之听治，后稷立之也。[①]

这是王夫之借《思文》阐发其史学观的"传"文。《周颂·思文》一章共八句，全诗如下：

[①]（明）王夫之著：《诗广传》卷五，《船山全书》第三册，岳麓书社2011年版，第491—492页。

思文后稷，克配彼天。立我烝民，莫匪尔极。
贻我来牟，帝命率育。无此疆尔界，陈常于时夏。①

《思文》是一首郊祀周人始祖后稷，其德以配天的乐歌。诗歌颂美后稷为民造福，其德可以与上天相配，意为后稷之德，可以享受到与上天同等的祭祀之礼。《毛传》认为："《思文》，后稷配天也。"②《毛诗正义》云："《思文》诗者，后稷配天之乐歌也。周公既已制礼，推后稷以配所感之帝，祭于南郊。既已祀之，因述后稷之德可以配天之意，而为此歌焉。"③三家诗解释与《毛传》略同，《鲁诗》言："《思文》，一章八句。后稷配天之所歌也。"《齐诗》曰："周公相成王，王道大洽，制礼作乐，郊祀后稷以配天。"《韩诗》亦同。这些解释都与诗歌本意相符。

然而，王夫之《诗广传》的诠释则与上述诸家之说不同，他借后稷立民之事，延伸开来，论述自己的历史观。他认为，史前时代，即所谓燧人氏、神农氏以前，人类处于蒙昧时代。人们茹毛饮血，生熟食物相杂而食；身无衣裳，更无礼义，无君臣之分，男女混居，婚姻未别，无父子之别，无兄弟之情，无朋友之义。至黄帝、尧、舜时代，人们知道穿上漂亮的衣裳，吃上干净的熟食，才脱离野蛮的生活状态，逐渐进入文明社会。他强调后稷之功，在于教民稼穑，致力于农业生产，奠定了中华农耕文明的基础。王夫之认为，人类社会在历史的发展中，文明程度不断进步。历史在演进中推动社会的发展，社会在发展中促进历史的步伐。社会始终向前发展，文明不断在进步，这符合历史发展的规律。

上述这一段由《思文》而来的论述，体现出王夫之进化论的历史观。他借助"广传"的形式，来表达进步的思想，这与严格意义上的经学阐释不仅有别，且卓尔不群。王夫之之所以能够游刃有余地阐发自己的思想，得益于"广传"这种立足于文本，却不受其约束的阐释模式。

(二)"广传"的阐释模式

《诗广传》不著录诗歌文本，打破传统"诂训"方式，充分拓展

---

① （清）阮元校刻：《十三经注疏》（上），《毛诗正义》卷十九，中华书局1980年版，第590页。

② 同上。

③ 同上。

"传"的空间，使之成为独特的阐释模式。古代《诗经》学著作，或多限于训诂注疏之法，对诗篇仅做题解式的说明，较少展开讨论；或以礼教说《诗》，较少一家之言的表达；或尊《序》非《传》，或尊《传》非《序》，囿于传统而少创新。在或汉学，或宋学居于主流的《诗经》学史中，王夫之不拘泥于《序》或《传》，以杂感的形式阐发思想，体现独立思考的精神。

王夫之《诗广传》以"论"的形式说《诗经》，执简驭繁，采用了一条目说一事的体例，即一首诗阐发一个思想，或有意犹未尽时，则诗题下设若干条目去阐述，体例十分灵活。如《齐风·东方未明》，以三论来完成，即《东方未明一》《东方未明二》《东方未明三》；以四论来阐释《大雅·文王》；以七论释《大雅·抑》。就其形式而言，有独论、二论、三论、四论、五论、七论，等等。"论"都自成一体，每一论阐发相对独立的思想，各自成篇。也就是说，每一论都是一篇完整的论文，但相互照应，相互渗透。

此处特举论《大雅·抑》之篇章来窥"广传"的阐释模式。《大雅·论抑》共由七篇构成，凡七论，虽论同一首诗歌，但每论各有立意。《论抑一》以"'广德若不足'，若不足也以广其德"① 为其论点，重在论君子之德的培养。《论抑二》则列举历史上那些失意者的种种表现，如魏无忌之近内，阮嗣宗之痛苦，王孝伯之病酒，桓子野之清歌，通过分析他们的内心世界，借此抒发船山之悲，但其意并非仅限于抒情，而是在于提出"夫智进而用天下，如用其身焉耳；退而理其身，如理天下焉矣"② 的极富理性的进退观。他进一步指出："恢恢乎其有余也，便便乎其不见难也。天下不见难，则智不穷于进；身有余，则智不穷于退。夫数子者，皆思进而有为于天下矣。履迷乱沦胥之世，途穷而不逞，一往之意折而困于反。"③ 这一段文字，实际上是王夫之内心的感受，他为家国而哭，但又劝导自己应该游于穷达之间。《论抑三》则进一步阐发有关进退的思想，他说："得志于时而谋天下，则好管、商；失志与时而谋其身，则好庄、列。"④ 显然，这一论点是对"论抑二"的补充与完善。《论抑四》举谢

---

① （明）王夫之著：《诗广传》卷四，《船山全书》第三册，岳麓书社2011年版，第465页。
② 同上书，第466页。
③ 同上。
④ 同上书，第467页。

安欣赏《毛诗》的特例，表达"赋诗可以见志"①的观点。《论抑五》则辨君子与小人之德。《论抑六》广论防微杜渐，所谓"屋漏之警"②，颇有现实指向性。《论抑七》貌似言庄子齐物论，实则抒发船山悲怆难抑的家国之痛。其中之论饱含深情，为所论之总结，他说：

> 古之诸侯，非后世之卿士也，有社稷则有宗庙，有宗庙则有族姓，有族姓则有臣民，神于我而兴废，家于我而全毁，举国之人于我而生死。抱其孤清以与狂愚者争，一不胜而血涂于野，屋加于社，祖祢馁于荒茔，世胄之子孙夷于皂隶，衹以斤斤争一日之明，弗忍于所疏而忍于所亲。故曰："民各有心"，唯卫武而后可也。
> 渔父欲以其道易屈原之清醒，楚老欲以其情惜龚生之膏兰，重晦而安于忍，又奚可哉！"吹万不同而听其自己"，天地之妙不可以忧患求者，非夫人之所敢学也。③

从上述所论可见王夫之《诗广传》不拘于文本，开创了广而传之的阐释模式。

就"传"的形式而言，除了上述的分论之外，还有对某一首诗整体阐发的"独传"，偶有"合传"。"合传"就是将几首属于同一体例和同一主题的诗歌合而传之，如《郑风》之《论扬之水、野有蔓草、溱洧》，是将三首情诗合在一起论述，阐发作者"以导民之情"的治民观。每一"传"，都是一篇结构完整的精美文章，语言犀利，批评尖锐，颇有时评特色。而《诗广传》则别出心裁，完全抛开传统诠释思想的束缚，如卷三"小雅"之《论黄鸟》，共四段，是一篇论述王者使民相亲已达为君治国之道的议论文，因该论篇幅较长，故此处特举一、二段，以窥《诗广传》之特点：

> 合天下而有君，天下离，则可以无君矣。何也？聚散之势然也。聚故合同而自求其所宗，如枝叶条茎之共为一本也。一池之萍，密茂

---

① （明）王夫之著：《诗广传》卷四，《船山全书》第三册，岳麓书社 2011 年版，第 468 页。
② 同上书，第 469 页。
③ 同上书，第 472 页。

如一，然而无所奉以宗焉者，生死去留之不相系焉耳，故王者弗急天下之亲已，而急使天下之相亲，君道存也。

士相离，则廷无与协谋；民相离，则野无与协守。悲夫！《黄鸟》《我行其野》之离也，幸夫！《白驹》之犹合也。是以周未失士而失民也。《白驹》之贤者，上无能庸之，抑无能留之。士失矣，而犹未失者，何也？士犹相亲也。此邦之人，不我榖焉；昏姻之党，不我畜焉；则不待叛离于上，而民已萍矣。已为萍，而望其如葵之荫跌也，虽有胶漆之术，系而合之，而死生相迫，恩怨相寻，未有能合之者矣。①

《诗经》中有两首以《黄鸟》为题的同题之作，即《秦风·黄鸟》和《小雅·黄鸟》，两首诗的主题不尽相同。这首《小雅·黄鸟》是一首抒发游子在外遭受欺辱，思念故乡亲人的诗歌。王夫之就诗歌的立意而展开论为王之道，即"故王者弗急天下之亲已，而急使天下之相亲，君道存也"。为了能够充分论证这个观点，作者巧用比喻手法，既生动形象，且意义明了。民心之所聚，因求其所宗，就像那些以树根为本的繁枝茂叶，民无论走多远，走多久，他们的心中有着无法忘怀的根，这使得他们的心始终凝聚在一起，国家也就会完整合一。相反，为王者不能使民心相亲，恰似一池碎萍，表面上看去密茂如一，然而，由于他们的心中无所奉以为宗的根，去留不会有什么羁绊，也不会相互牵挂留恋。因此，国家也容易分崩离析。首段颇有纲领意义的文字，是全篇的论点所在。这本是《黄鸟》之传，是阐发王夫之深刻的政治思想的文字。然而，阅读起来，语言流畅，旨意畅达，逻辑严密，文采飞扬，既毫无政治论文的艰涩生硬和说教之气，也不似诠释文字的板滞生硬，纯然是一气呵成的美文。

此外，王夫之论《诗经》，善于将诗歌置于历史和思想史的坐标中去考察，往往打破《风》《雅》《颂》之间的体例界限，在通观"三百篇"的基础上，能够随心所欲地驾驭文本阐发思致，将"传"的优点发挥到了极致。《诗广传》虽为治《诗经》之著，但它是于传统《诗经》学模式之外，独创的阐释模式。因而，他的《诗经》学具备了政论文的特性，其学更具有现代启蒙的学术品格。他的《诗广传》是一种源自传统，却

---

① （明）王夫之著：《诗广传》卷三，《船山全书》第三册，岳麓书社2011年版，第408页。

别开生面的经典阐释,这一学术成就的获得则得益于"传"。对于"传"的体式特征与学术价值,诚如周光庆先生所言:

> 作为一种历史悠久、品性成熟的经典解释体式,早在先秦两汉时期,传体就形成了自己的个性特征。①
>
> 传体发明经典的义理有自己独有的特色,那就是"于所书求所不书",注重引申发挥,导向应用……为经典作"传"的解释者们,常常是带着现实社会文化生活中的种种问题,是怀着自己从生活经验中生发的期待视界,以经世致用的态度,去阐发经典文本的深层意蕴,并加以引申发挥,导向应用的。②

王夫之《诗广传》别开生面的学术价值是多方面的,从方法论而言,他在传统释"经"的基础上,发展为兼方法与文体于一体的独特体式;从阐释学而言,他"依经起义",却不固于经,阐发见解,颇有思想;从文体学而言,《诗广传》也是杂文的先驱。其于"六经责我开生面"的学术成就和意义,清人刘人熙在船山《古诗评选序》予以高度的评价:"与孔子删诗之旨,往往有冥契也。"

二 独具一格的"稗疏"

作为注疏方法,"疏"在古书注释方面用得较普遍,然而"稗疏"则为王夫之首创的注疏方式。其新在于"稗疏"之"稗"上。"稗"可作名词亦作形容词,名词为植物名称,《说文解字》解释"稗"云:"稗,禾别也。"《左传·定公十年》曰:"飨而既具,是弃礼也;若其不具,用秕稗也。"杜预注:"秕,谷不成者。稗,草之似谷者。言享不具礼,秽薄若秕稗。"孟子曰:"五谷者,种之美者也;苟为不熟,不如荑稗。"③杨伯峻先生注释:"荑稗——即'稊稗'。荑音蹄(tí),稗,(bài)。稊,稗类,结实甚小;可以作家畜饲料,古人也用以备凶年。"④ 此处皆言"稗"者指长在稻田里的杂草。由"杂草"引申为"小"或"非正统"

---

① 周光庆著:《中国古典解释学导论》,中华书局2002年版,第165页。
② 同上书,第167页。
③ 杨伯峻译注:《孟子译注》(下),中华书局1960年版,第273页。
④ 同上。

之意，作形容词，即微小或微不足道之意。《广雅》释"稗"为"小也"。《庄子》云："东郭子问于庄子曰：'所谓道，恶乎在？'庄子曰：'无所不在。'东郭子曰：'期而后可。'庄子曰：'在蝼蚁。'曰：'何其下邪？'曰：'在稊稗。'曰：'何其愈下邪？'曰：'在瓦甓。'曰：'何其愈甚邪？'曰：'在屎溺。'东郭子不应。"① 从这一段极富幽默的对话中可知，"稗"的含义为细小之物。又《汉书·艺文志》言："盖出稗官"，注曰："偶语为稗"，"偶语"即非正式的私聊之语，这里的"稗"又有非主流的含义。古有"稗官"，是一种极其卑微的小官，其职能专门为帝王搜集街谈巷语，或道听途说之言，以博得帝王之乐。

由此可见，王夫之《诗经稗疏》是一部从细微处对《诗经》进行"辨正名物古训"② 的著作，其目的在于"以补《传》《笺》诸说之遗"③。另如《四库全书简要目录》所述："皆考证名物训诂，以补先儒之所遗。率参验旧文，抒所独得。虽间伤偏颇，而可据者多。"④ 这个评价尚属客观，较为公正，虽"间伤偏颇"，但总体上肯定了王夫之《诗经稗疏》的学术贡献。

另外，《诗经稗疏》附有《考异》和《叶韵辨》两篇文章，三部分构成一个完整的体系，即关于《诗经》的考证与辨正学说，缺一不可。对三者之功过，章学诚先生有着中肯之论，他说：

> 王氏《稗疏》之末有《考异》《叶韵》《诗译》三篇。⑤《考异》多引《说文》古训及齐鲁韩三家逸文；虽前人所言，而王氏考订不为无功。《叶韵》痛斥叶言之非，持论亦正；惟以近今之韵为沈约本，则殊未殚究韵书源流。⑥

对于《考异》和《叶韵》两篇文章，章先生结合实际，予以客观的

---

① （清）王先谦撰：《庄子集解》，中华书局1987年版，第190页。
② 《文渊阁四库全书总目提要》卷十六、《四库全书》经部三，诗类《诗经稗疏》提要；另见《船山全书》第三册，岳麓书社2011年版，第287页。
③ 同上。
④ 《文渊阁四库全书简明目录卷二》；另见《船山全集》第三册，岳麓书社2011年版，第289页。
⑤ 今本岳麓书社《船山全书》将《诗译》置于《姜斋诗话》中，独立成书。
⑥ （明）王夫之著：《杂录》，《船山全集》第十六册，岳麓书社2011年版，第540页。

评价，虽然不乏微词，但是对于王夫之所持的"言必证实，意必切理"①的治学态度与研究方法十分肯定。章学诚先生认为王夫之《诗经稗疏》"多有可采，而好用聪明臆说。"② 此说一存。

那么，作为一种注疏方式，传统的"疏""笺""传"等方式，重在旁搜古籍中所涉一字、一物的多种解释，并予以罗列不同的含义，经过辨别，归结出一个最合理、恰切的解释，此所谓"依古昔典训"的训释法。然而，《诗经》的名物训诂之作自汉代以来卷帙浩繁，各家学派在传承中难免造成误读，且代代因袭，以讹传讹者不在少数。若无系统的知识体系，仅仅类举古籍之注疏，不可能获得完美的含义解释。因此，王夫之别开生面地使用了一些注疏的方法，大致如下。

（一）稽古与释疑统一

稽古的前提是拥有大量的文献资料。王夫之《诗经稗疏》所用的文献范围十分广博、繁富，诸如《诗经》学著作、地理书籍、历史文献、辞典、名物解疏、哲学著作、文学作品、诗话著作，另有大量民俗文化知识和生活常识，可称为旁征博引。"稽古"是手段，其目的是为了释"疑"，在广泛征引甄别的基础上，汰尽层累的成见，并结合自己的实际经验，最终得出科学的解释，真正达到"参验旧文，抒所独见"的阐释目的。他强调"古字义不一，未可执一以释之"③。王夫之训释《诗经》名物，并非每首诗都涉及，而是选取典型性极强的一些特例，以达训释之目的，也起到示范作用。如对《诗经·陈风》之"鸮"的稗疏：

《毛传》："鸮，恶声之鸟。"《集传》乃云："鸱鸮，恶声之鸟。"不知何据而加鸱字。鸱鸮之为鹪鹩，非恶鸟也明甚。况鸱自鸱，鸮自鸮，鸱鸮自鸱鸮，尤勿容混而为一。《集传》则直以为鸺鹠，更无考据。唯《禽经》注"怪鹏塞耳"，云是鸺鹠，当缘此淆伪耳，陆玑《疏》曰："鸮大如斑鸠，绿色。"《埤雅》引俗证，言鸮祸鸟，俗谓之画鸟。皆足证鸮之别为一类而非鸱鸮，尤非鸺鹠。《异物志》曰："鸮如小鸡，体有文，色异，俗谓之鹏，不能远飞，行不出域。"陆

---

① （清）徐世昌撰：《清儒学案》（一），中国书店1990年版，第168页。
② （明）王夫之著：《杂录》，《船山全集》第十六册，岳麓书社2011年版，第540页。
③ （明）王夫之著：《诗经稗疏》卷一，《船山全集》第三册，岳麓书社2011年版，第40页。

> 玑又曰:"贾谊所赋鵩鸟是也。其肉可为羹臐,又可为炙。庄子曰:
> '见弹而求鸮炙。'"按此形实,盖今之所谓竹鸡,俗呼为泥滑滑者是
> 已。故曰:"有鸮萃止。"萃,聚也。此鸟聚群于丛棘之中。若鸺鹠,
> 则孤飞而不萃。且贾谊赋言"容止甚都。"鸺鹠丑恶盲昧,固不得赞
> 为都雅。但后世不以为恶鸟,与《毛传》异,乃古今避忌,俗尚不
> 同,与鹊鸟吉凶同理,未可执以为疑。①

王夫之钩稽相关文献,对"鸮"进行详尽的考察。首先,他从《毛传》的训释入手,指出朱熹随意在"鸮"的前面加一"鸱"字,将"鸮"误读为"鸱鸮",王夫之说:"鸱鸮之为鸋鹩,非恶鸟也明甚。鸮自鸮,鸱自鸱,鸱鸮自鸱鸮。"这是不可混同的两种禽类,朱熹之说属无考据之辞,不可为据。其次,他搜集《禽经》《毛诗草木鸟兽虫鱼疏》《埤雅》《异物志》等古籍中诠释"鸮"的文献资料,推究"鸮"非"鸱鸮",亦非"鸺鹠",而是竹鸡,俗名泥滑滑。最后,他根据鸟飞的习性和贾谊赋言"容止甚都"句,认为"鸮"非恶鸟,这与《毛传》的训释为"恶声之鸟"相反,王夫之指出其因则是"古今避忌,俗尚不同"而已。其理与鹊鸟在不同的地域,人们对它的认识不同,或预示吉,或预示凶,是一个道理。经过如此缜密的文献分析与考量,王夫之提出研究学术"未可执以为疑"。即不可固执偏颇,而应该以大量的文献为依据,诠释疑点,解除疑问,这是为学的基本方法。基于这样的一种学术思想,王夫之并不迷信权威,通过梳理文献,在人人无疑处生疑,且能较好地诠释疑问。可见王夫之严谨客观的治学态度,既然是名物训诂,就要做到为学是证。旁征博引是稽古的需要,而稽古是为了更好地释疑。

与之相应,王夫之提出释疑"未可执一以释之"② 的诠释原则,而这一原则的实施,既要立足于文献,仔细甄别区分,也要根据文本内容,做出合情合理的诠释。他以《关雎》"左右流之"之"流"为例,结合诗意,做出准确的判断。他首先亮明观点,即"《尔雅》:'流,择也','芼,搴也。'说《诗》者自当以《尔雅》为正"③。也就是说,解释《诗

---

① (明)王夫之著:《诗经稗疏》卷一,《船山全集》第三册,岳麓书社2011年版,第94—95页。
② 同上书,第40页。
③ 同上书,第39页。

经》的字词，《尔雅》是最重要的工具书，以此为准。紧接着，他指出《毛诗》和郑玄解释"流""芼"的错误性所在："毛、郑谓：'流，求也'，'芼，择也。'于义未安。"① 在此基础上，他辨析道："择者，于众草中择其是荇与否。择而后荌之，于文为顺。择有取舍，不必皆得，故以兴'求之不得'；荌则得矣，故以兴得而'友乐之'。"② 可见，王夫之根据具体文本来诠释词义。此外，他通过文本分析和依据《礼记》的记载，指出朱熹"流，顺水之流而取之"解释的不当处，他说：

> 采蘋者或顺流而下，或逆流而上；水或在左，或在右。若必于顺水，则左而不右，右而不左矣。又曰："芼，熟而荐之也"，依《礼记》"芼羹"之"芼"以立义。既熟而在俎矣，何分于左右乎？③

从上述例证可见王夫之将稽古与释疑相结合的益处在于：其稽古广泛搜罗，释疑逐层剥离，其结论极具说服力。

（二）稽古与实践结合

他的考据方法既依据大量文献，又结合自己的识见，这也是一别开生面之法。譬如，对《周南·卷耳》之"卷耳"的考证，即是用此方法。他首先列举对卷耳做出不同解释的文献：

> 《尔雅》："卷耳，苓耳。"《毛传》用之。郭璞云："形似鼠耳，丛生如盘。"《博雅》云："苓耳，蒎，常枲，胡枲，枲耳。"而陆佃《埤雅》引《荆楚记》云："卷耳，一名玱草，亦曰苍耳。"④

上面所举四条，虽各有所据，但都认为"卷耳"就是"苍耳"。然王夫之认为，"苍耳"之说"殊为差误"⑤。他依据考证得出结论："苍耳一名耳珰草，言其实如耳珰；一名羊负来，以其实黏羊毛上；一名野茄，叶

---

① （明）王夫之著：《诗经稗疏》卷一，《船山全集》第三册，岳麓书社2011年版，第39页。
② 同上。
③ 同上。
④ 同上书，第40页。
⑤ 同上。

似茄也。"① "卷耳"是"苍耳",前人之说均未能说明所以然。王夫之的考察十分详尽,且生动。之后,他依据自己的实际经验和生活常识,解释说:"卷耳有枲耳、胡枲之名,必有与枲相类者。叶如鼠耳,则小而圆长,叶上有细毛柔软可知……湖南人谓之为'鼠耳',清明前采之,春以和米粉作餈,有青白瓤如枲麻,味甘性温,叶上有茸毛,正如鼠耳。"② 这是源自生活实践的结论,比参验文献典籍,其说服力更强。

又如,他在"采葑采菲,无以下体"条中,对"菲"的考证,足以体现出他以古籍文献为依托,以实践真知为依据诠释名物的妙处:

> 菲,《毛传》曰:"芴也。"《尔雅》:"菲,芴。"郭璞曰:"土瓜也。"土瓜者,《月令》谓之王瓜。三月生苗,引蔓多须,叶圆如马蹄而有尖,面青背淡,涩而不光。七月开五出小黄花成簇,结子累累,熟时或黄或红,圆而长,一名钩蒌,一名野甜瓜,今俗呼为矢冬瓜。其叶嫩时可采为茹。③

上述关于"菲"的考证不可不谓详尽完美,王夫之钩稽《毛传》《尔雅》《月令》以及《本草纲目》(关于王瓜之论,出自《本草纲目》)等文献资料,逐一辨析"菲"为王瓜之名。为了夯实这个解释,他又根据自己的识见,进而解释道:"其根江西人栽之肥壤,掘取食之,似葛根而味如薯蓣。"④ 江西人对王瓜根的栽培、食用以及其滋味,若无实践则难以有此结论。

此类训释法在《诗经稗疏》中无处不在,船山运用得亦是得心应手,似信手拈来,足见其文献功底;对文献资料驾轻就熟,恰当贴切;实践说明真实可信,令人信服。我们姑且不论王夫之得出的结论是否必定科学准确,但是,他所使用的这种方法则极具说服力。

(三)求通诗意与推详物理并行

推详物理,是指严谨的考究与推理相结合的科学方法。不过,因

---

① (明)王夫之著:《诗经稗疏》卷一,《船山全集》第三册,岳麓书社2011年版,第40页。
② 同上。
③ 同上书,第53页。
④ 同上。

《诗经》的诗性特质，若使用不当，则使诗意了然无趣，甚至破坏了诗意之美。明代距离《诗经》诞生之时，已愈两千年之久，几乎所有的方法都被尝试过。但是，在王夫之看来，一些好的方法并不过时，"虽尽废旧说而非僻也"①。合适的方法，就是最好的。譬如孟子所提出"以意逆志"，是一种最能揭示诗歌内涵的方法。他在"有条有梅"条中，尝试以意逆志法，即通过对"梅"的考证，对《诗经·秦风·终南》的诠释，尽显诗意之美：

> 梅花唯江南多有。故梅圣俞诗云："驿使前时走马回，北人初识粤人梅。"《说命》之言调羹用盐梅，则干梅实自南往者，故《礼记》"豆实有蔆"注云"干梅"，亦可知北方之无鲜梅矣。若柟，唯川、黔有之，既皆非终南所有。此诗云"终南何有"，又云"有纪有堂"，皆遥望之词，非陟终南而歷歷指数之也。则条、梅皆非树名。梅当与枚通，小树之枝曰条，其茎曰梅。盖秦山无树，但有灌莽郁葱而已。望终南者，遥瞩其山阜之参差，远领其荆榛之苍翠，以兴望君而歆慕之词，故曰"其君也哉！"亦遥望而赞美之也。凡此类求通于诗意，推详于物理，所谓以意逆志而得之，虽尽废旧说而非僻也。②

《终南》共二章，是一首不胜性灵摇曳的诗歌，描写女子对心上人的期盼和眺望，全诗如下：

> 终南何有？有条有梅。君子至止，锦衣狐裘。颜如渥丹，其君也哉？
> 终南何有？有纪有堂。君子至止，黻衣绣裳。佩玉将将，寿考不亡！③

阅读诗歌，一双望穿秋水的凝眸引人遐思，诗中弥漫着惆怅和失意。

---

① （明）王夫之著：《诗经稗疏》卷一，《船山全集》第三册，岳麓书社2011年版，第91页。
② 同上书，第91页。
③ （清）阮元校刻：《十三经注疏》（上），《毛诗正义》卷六，中华书局1980年版，第372—373页。另，《汉魏古注十三经》中"亡"为"忘"。

可是，自古以来的《诗经》学家，多将如此美丽的诗篇主旨诠释为劝秦君。如《毛诗序》云："《终南》，戒襄公也。能取周地，始为诸侯受显服，大夫美之，故作是诗以戒劝之。"①《毛诗正义》曰："美之者，美以功德，受显服。戒劝之者，戒令修德无倦，劝其务立功业也。既见受得显服，恐其惰于为政，故戒之而美之。戒劝之者，章首二句是也。美之者，下四句是也。《常武》美宣王有常德，因以为戒。彼先美后戒，此先戒后美者。《常武》美宣王，因以为戒，此主戒襄公，因戒言其美。主意不同，故序异也。"②《毛序》和《正义》都站在诗教的角度上，以"劝戒"说来诠释诗歌主旨。《正义》的解释更详尽，特举《大雅·常武》作比较，说明《终南》先戒后美的意义所在，但如此说教反而荡尽了诗意之美。

王夫之则不然，他首先对诗歌中的"条""梅"两种植物依据物理，进行分析，在诸多文献的基础上，根据植物的特性以及南北的环境气候差异，指出秦地无梅。既然如此，就不能望文生义地予以生硬的解释，不可将诗意落到实处。他描绘了一幅痴情女子的远眺图，朦胧的秦岭，灌莽郁葱，有一佳人举目远眺，极富诗意的美。可见，使用恰当的方法，才能解开诗歌的内涵和阐发诗歌的意蕴。

然而，经学家的诠释往往使诗意了然无味，如《郑笺》解释"颜如渥丹，其君也哉"两句，在训释字义的基础上，阐发其诗教观云："渥，厚渍也。颜色如厚渍之丹，言赤而渍也。其君也哉，仪貌尊严也。"③诗句本来形容女子心目中爱人的俊貌，却被罩上了"尊严"二字，诗意顿无。而对诗歌的前四句，孔颖达《毛诗正义》的诠释纯然是经学家之说教，《正义》云：

> 彼终南大山之上何所有乎？乃有条有梅之木，以兴彼圣德人君之身何所有乎？乃宜有荣显之服。然山以高大之故，宜有茂木，人君以圣德之故，宜有显服。若无盛德，则不宜矣。君当务崇明德，无使不

---

① （清）阮元校刻：《十三经注疏》（上），《毛诗正义》卷六，中华书局1980年版，第372页。
② 同上。
③ 同上。

宜。言其宜以戒其不宜也。既戒令修德，又陈其美之……①

《正义》之释，其诗教之意凸显，而诗意则无。王夫之的《稗疏》虽亦云"望君""美君"，但非强说"人君"之德。他和《毛序》《正义》的训释原则旨趣有别，意义则异。船山的"稗疏"比起经生之附会、理学家的演绎、小学家的钩稽，在严谨科学的推理基础之上，使诗歌获得灵动之美。

又如，他"稗疏"《郑风·有女同车》"颜如舜华"之"舜华"一词时，在钩稽大量文献的基础上，详细甄别，结合诗歌本为形容女子貌美之意予以解释说：

> 蕣、舜音相近，舜即蕣也。此草《本草》名旋花。苏恭谓之旋葍；萧炳曰：旋葍当作葍旋，蔓生，叶如波薐菜而小，秋开粉红花如牵牛花，俗谓之鼓子花，其千叶者谓之缠枝牡丹。其花虽不雅，而亦鲜媚。以比美女之颜，所谓施朱太赤，施粉太白，在红白之间也。②

王夫之《诗经稗疏》对"舜华"的训释，意在说明用舜华形容女子貌美的形象性，这与《毛传》所云之"刺忽"③的旨意无关，也与《郑笺》所谓"郑人刺忽不取齐女，亲迎与之同车，故称同车之礼，齐女之美"④的礼教说大相径庭。

对于王夫之《诗经稗疏》的开创性价值，清代学者周中孚早已慧眼独识，他指出：

> 是编乃其读诗之时随笔札记，故每条但举经文一句或数字标目，不全载经文。又遇有疑义乃为考辨，故不逐章逐句一一尽为之说。大旨不从郑氏之笺，亦不信朱子之说，唯以《毛传》《尔雅》为主，以

---

① （清）阮元校刻：《十三经注疏》（上），《毛诗正义》卷六，中华书局1980年版，第372页。
② （明）王夫之著：《诗经稗疏》，《船山全书》第三册，岳麓书社2011年版，第76页。
③ （清）阮元校刻：《十三经注疏》（上），《毛诗正义》卷四，中华书局1980年版，第341页。
④ 同上。

考正名物训诂，虽不及朱长儒《诗经通义》、陈长发《毛诗稽古编》之博考，而引据精确，足以补传笺诸说之遗。间有伤穿凿处，固无害其全书也。末附《诗译》十五则，本古诗以说汉以后诗，尚巧不伤雅，然无裨于经义，虽不存可耳。①

从上述文字中可以看出与《诗广传》所不同的是，《诗经稗疏》的注疏特征更突出，所涉范围十分广泛，但在思想上与《诗广传》相呼应。他的"稗疏"在大量文献的基础上，通过梳理，比较不同观点，客观分析，并不厚此薄彼，既不非"毛"或非"朱"，亦不尊"毛"或尊"朱"，唯真理是存，并结合自己的常识，祛除说教之气，而指向诗之本意，这在当时乃至整个《诗经》学史上，的确具有开创性意义。

总之，《诗经稗疏》体现了王夫之《诗经》学在注疏方面的新成就，其特点归纳为以下几点：第一，渊博的学识和系统的知识结构。"稗疏"所涉知识范围十分广泛，貌似博物志；第二，以古今之变的眼光，于细微之处察知，而不拘泥一见之偏颇。稽古不仅对文献进行梳理与归纳，且博采众长，辨析古今之别，做出客观的判断。王夫之在广泛引用文献的基础上，综合诸家之见，得出"古今避忌，俗尚不同"，"未可执以为疑"的诠释理念，不可不谓其创新处；第三，不迷信权威，具有反权威意识。不唯《毛传》是尊，不以朱《传》为信，予以科学之解；第四，以稗疏中见志。通过稗疏之稽古解疑，以汰成见陋解，以抒独见。《诗广传》重在思想性，而《诗经稗疏》重在训诂，两部书相结合，则既补足了因"传"而缺漏的文字训诂，在"疏"中亦不乏理之阐发，含蓄委婉。《诗广传》与《诗经稗疏》在体例和方法上各自独立，然而，在学理上却相得益彰，足见船山治学之精湛和严谨。实质上，《诗经稗疏》借注疏之形式而发一家之言，此书既是名物训诂之著，亦是通过名物训诂阐发作者的思想，这也是古今注疏方法的新尝试。

三 别有性灵的"诗译"

《诗译》是清代第一部专论《诗经》的诗话类著作。"诗话"是我国古代诗歌批评的一种特有形式，郭绍虞先生认为，"诗话之称，当始于欧

---

① （清）周中孚撰：《郑堂读书记》（上），商务印书馆1940年版，第144页。

阳修；诗话之体，也创自欧阳修"①。可见，欧阳修的《六一诗话》是我国诗话史上的第一部著作，具有首创之功。"诗话是一种用笔记体写成的、兼具理论性质和资料性质的诗学著作"②。欧阳修在《六一诗话》自题其《诗话》云："居士退居汝阴，而集以资闲谈也。""以资闲谈"见其特色。诗话内容丰富，形式自由，可论诗辞，可评诗意，亦可言事。"诗话内容既兼有论诗及辞，论诗及事二种，所以它的性质，也与纯粹论辞论事者不同"③。可见，与严肃的诗论文章相比，诗话具有灵活性和生活化的特点，"在轻松的笔调中间，不妨蕴藏着重要的理论；在严正的批评之下，却多少又带有诙谐的成分"④。一言以蔽之，诗话是最能体现诗歌艺术美的评论形式，之所以不称为"诗论"，则显其活泼灵动的说诗艺术。诗话自产生以来颇受文人喜爱，自宋以后，诗话类著作日趋繁盛，在清代达到极盛，郭绍虞先生说：

  诗话之作，至清代而登峰造极。清人诗话约有三四百种，不特数量远较前代繁富，而评述之精当亦超越前人。⑤

  诚然，清代堪为古代诗话发展的繁盛期，然而专论《诗经》的诗话著作却寥寥无几，究其原因，与《诗经》的"经"学地位有关。数千年来，《诗经》是儒家经义的载体，其神圣性与严肃性非经学之解难以企及，更不合适以活泼的诗话形式来评说《诗经》。即使是勃兴于明代中期的以文学说《诗》之风气，也多被后人诟病。如铜墙铁壁般的经学门墙横亘数千年，经生说《诗》恪守规制，不敢逾其法则，越雷池半步。故而，《诗经》学鲜有诗话类著作。

  王夫之勇于冲破经学阐释的传统，采用轻松活泼的诗话形式，来评述《诗经》的艺术之美，其创新不言而喻，其挑战权威的精神，实属罕见。王夫之的诗话类著作，保存在《船山全书》第十五册中，收录有《诗译》一卷、《夕堂永日绪论内编》一卷、《夕堂永日绪论外编》一卷、《南窗漫

---

① 郭绍虞辑：《宋诗话辑佚·序》（上），中华书局1980年版，第2页。
② 刘德重、张寅彭著：《诗话概说》，中华书局1990年版，第1页。
③ 郭绍虞辑：《宋诗话辑佚·序》（上），中华书局1980年版，第2页。
④ 同上书，第3页。
⑤ 郭绍虞编选，富寿荪校点：《清诗话续编·序》，上海古籍出版社1983年版，第1页。

记》一卷，总冠名为《姜斋诗话》①，这是目前王夫之诗话类著作最完整的版本。《诗译》是专论《诗经》之著，《夕堂永日绪论内编》中有部分《诗经》的诗话，其他著作中偶有散见。

《诗译》最突出的贡献是强调诗歌审美鉴赏的意义，从读者的接受角度去阐释《诗经》"陶冶性情，别有风旨"②的诗意美。

古人在阐释《诗经》时，亦多有鉴赏之论，如"知人论世""以意逆志""诗无达诂""诗言志"等。其中以《毛诗大序》所持的"诗言志"论最为著名，所谓"诗者，情之所志也，在心为志，发言为诗。情动于中，而形于言，言之不足，故嗟叹之；嗟叹之不足，故永歌之；永歌之不足，不知手之舞之，足之蹈之也"③。

然而，"诗言志"的主"情"观，最终还是纳入经学的轨道，扼制了读者对诗歌情意的阐发。董仲舒在《春秋繁露》中提出的"诗无达诂"，实际上是为汉代的经生注《诗》寻找到了一个合适的理由。董仲舒也发现《诗经》鉴赏中存在的灵活性与自由度。这是一个颇有意义的理论，它至少说明读者对诗歌持有的特殊话语权。不过，"诗无达诂"的理论中，潜在着作品在创作时被赋予的深奥意义。换句话说，董仲舒也在申明，对于一首诗歌的理解，读者是费力的，甚至是徒劳的。因为《诗》深刻难解，难以企及其终极的旨趣。

诚然，这样的解释，难免存在对"诗无达诂"的误读，但是，它所诉诸的恰是读者在《诗经》面前的"自卑感"。"诗无达诂"的命意则说明《诗经》的诠释永远没有一个最高的标准，或唯一的解释。之所以如此，就在于《诗经》是"经"，而非"诗"。《诗经》是神圣的经典，无论何时，读者对它都可望而不可即。这是"诗无达诂"的实际意义。同时，它鼓励读者去发挥主观能动性，从而展开丰富的想象，以意逆志获得诗意。其实，董仲舒以如此模糊的表述，要求读者只有向"经"靠拢，方可诂得《诗》意，这是符合经学时代的《诗经》解读思想。所以，"诗无达诂"几乎成为近两千年来学界解读《诗经》的法宝。

---

① （明）王夫之著：《姜斋诗话》，《船山全书》第十五册，岳麓书社2011年版，第804—888页。

② （明）王夫之著：《诗译》，《船山全书》第十五册，岳麓书社2011年版，第807页。

③ （清）阮元校刻：《十三经注疏》（上），《毛诗正义》卷一，中华书局1980年版，第269—270页。

王夫之的《诗译》虽然只有区区十六则诗话,但是,其以"情"为红线,从诗歌审美的角度出发,点出《诗经》为诗的特质所在,即《诗》以"情之哀乐"为主,《诗》"陶冶性情,别有风旨"。他在《诗译》中开宗明义说:

> 元韵之机,兆在人心,流连迭宕,一出一入,均此情之哀乐,必永于言者也。故艺苑之士,不原本于《三百篇》之律度,则为刻木之桃李;释经之儒,不证合于汉、魏、唐、宋之正变,抑为株守之兔罝。陶冶性情,别有风旨。不可以典册、简牍、训诂之学与焉也。①

王夫之从诗的本体论出发,强调音乐美是《诗经》的基本属性,其情则是诗人内心的自然流露;从诗歌的审美角度,指出《诗经》陶冶性情的审美功能。他以"株守之兔罝"为喻,反对自古经生僵化的解诗模式。提出以诗解《诗》是获得《诗经》诗意美的最佳途径,而那些释经之儒,却把《诗经》当成历史典册、政治文告,或以经义解诗,或训诂辞意,如此,不但未得《诗经》之情味,反而破坏了《诗经》之美。他以诗话的方式诠释《诗经》,其旨不仅在揭橥诗歌的诗意美,也在于批判经生俗儒动辄以政治伦理说诗的陈规。

《诗译》在以"情"为本的鉴赏中,凸显《诗经》的情意之美、意蕴之美、意境之美。从鉴赏论而言,《诗译》对以后世阐释诗歌颇有启发意义。

鉴赏是一种艺术的再创造活动,创作与鉴赏相辅相成。如果作家创作的文学作品离开了鉴赏,也就失去了其实现社会价值的桥梁。正如刘勰所说:"夫缀文者情动而辞发,观文者披文以入情。"② 实际上,真正的鉴赏也是对作者情意的发现,鉴赏并非被动的接受,知音识意,是鉴赏的意义所在。诗歌在读者的鉴赏中,不断获得丰富的意义,蕴含的美被不断发现,"在作品不断进行的感受和解释的过程中,作为成品的作品展示出丰富的意义,这意义远远超出作品创作的视域"③。可见,文学鉴赏活动并

---

① (明)王夫之著:《诗译》,《船山全书》第十五册,岳麓书社2011年版,第807页。
② (梁)刘勰著,周振甫注:《文心雕龙注释》,人民文学出版社1981年版,第518页。
③ [德]汉斯·罗伯特·耀斯著,顾建光、顾静宇、张乐天译:《审美经验与文学解释学》,上海译文出版社1997年版,第50页。

非是单纯的审美感知活动，它是在读者心灵与诗歌情感的双向互动中，完成对艺术美实现的必然过程。其实，接受美学并不纯然是来自西方的理论，中国古人早就感慨知音对作家、作品的意义。南朝刘勰说："知音其难哉！音实难知，知实难逢，逢其知音，千载其一乎！"① 的确，千古知音最难遇。钟子期死，伯牙不复琴的故事，所揭示的正是艺术鉴赏中知音难遇的困境，某种意义上，也说明诗人的寂寞与孤独。

诚然，知音难遇，不能不说是文学家的一大憾事，也是文学美不能被发现的缺憾。然而，真正的知音并不是一般意义上的读者，而是既能充分感受诗意之美，且能予以理性分析与判断的人。歌德说："有三类不同的读者：第一类是有享受而无判断；第三类是有判断而无享受；中间那一类是在判断中享受，在享受中判断。这后一类读者确实再造出崭新的艺术品"②。如果，我们以此三类读者来对照《诗经》学史，历代对《诗经》的诠释中，判断多而享受少，如经生解诗，理学说诗，皆是如此，赋予《诗经》过多的经义判断，而遮蔽其诗意流淌。虽然，明代中期不乏以"臆想"法来解诗，但那不过是享受多而无判断之属，并没有从理论上去探讨《诗经》美的意义。而王夫之是第一位既能享受《诗》意之美，亦能从理论上判断诗如何美以及为何而美的学者。他在《诗译》中提出"作者用一致之思，读者各以其情而得之"③ 的观点，与现代西方的接受美学理论如出一辙。不过，王夫之始终强调诗歌鉴赏的核心——情。

王夫之积极鼓励读者充分发挥想象力，通过读者的鉴赏赋予诗歌更多的意义。他肯定读者对诗歌再创造的能力，指出诗歌的美不仅在诗人的创作运思中，亦在读者无穷尽的想象中。这一理论的提出，不仅给沉闷的经学说《诗》以活力，也极大地推动了诗歌鉴赏论的发展。有清一代，诗话发展达到巅峰，与王夫之的开创之功不无关系。

诗歌艺术是诗人审美理想的呈现，一首好的诗歌作品，如果没有进入到读者的阅读视域，它的美永远处于封闭状态之中。只有在文学接受活动中，作品的审美才能得到进一步激活与升华。

"一般地说，读者面对着文学作品中的审美现实，其心理过程的顺序

---

① （梁）刘勰著，周振甫注：《文心雕龙注释》，人民文学出版社1981年版，第517页。
② ［德］汉斯·罗伯特·耀斯著，顾建光、顾静宇、张乐天译：《审美经验与文学解释学》，上海译文出版社1997年版，第51页。
③ （明）王夫之著：《诗译》，《船山全书》第十五册，岳麓书社2011年版，第808页。

是：诉诸想象——产生感知——唤起情感——进入审美判断和审美玩味"①。诉诸想象、产生感知、唤起情感，这是文学接受过程中必然的活动顺序，而其中之审美判断则不仅仅是文学接受活动的最高境界，也是一个读者审美能力的体现。高级的文学接受活动是读者的感情与理性的全部投入，在充分感受文学作品带来的美感的同时，做出审美判断并获得全新的审美快感和审美趣味，这才意味着进入了文学审美的高级阶段，也完成了一次圆满的审美历程。

诗歌鉴赏是一个审美的历程，文本作为一个客体进入读者的思维结构中，唤起读者潜在的审美能力。而读者对诗歌的解读，实际上是对诗歌意象系统的破译，诗歌原本的意象系统得以激活，最终使读者获得全新的审美感受和审美判断。由此可见，诗歌鉴赏是通过读者对诗歌意象的破译，而展示诠释者的审美取向和审美观，这即是王夫之所提出的"作者用一致之思，读者各以其情而得之"的内涵。

王夫之这一鉴赏论的提出与实践，与《诗经》文本的特殊性有着密切的关系。《诗经》的独特性在于其产生时代的久远与作品的无主名，这就决定了《诗经》比起其他任何时代的文学艺术，更具有被重新建构意义系统的可能性。所以，文本与读者之间在情感的生发上，就易于趋向一致性。

他采用"取影"一词，在形象地阐明诗歌旁义之美的同时，借此表达诗歌阅读领域的无限衍生性，或谓视域的延展性，他说：

> 唐人《少年行》云："白马金鞍从武皇，旌旗十万猎长杨。楼头少妇鸣筝坐，遥见飞尘入建章。"想知少妇遥望之情，以自矜得意，此善于取影者也。"春日迟迟，卉木萋萋；仓庚喈喈，采蘩祁祁。执讯获丑，薄言还归。赫赫南仲，狁于夷。"其妙正在此。训诂家不能领悟，谓妇方采蘩而见归师，旨趣索然矣。建旌旗，举矛戟，车马喧阗，凯乐竞奏之下，仓庚何能不惊飞，而尚闻其喈喈？六师在道，虽曰勿扰，采蘩之妇亦何事暴面于三军之侧耶？征人归矣，度其妇方采蘩，而闻归师之凯旋，故迟迟之日，萋萋之草，鸟鸣之和，皆为助喜。而南仲之功，震于闺阁，家室之欣幸，遥想其然，而征人之意得

---

① 童庆炳著：《文学活动的审美维度》，高等教育出版社2001年版，第274页。

可知矣。乃以此而称南仲，又影中取影，曲尽人情之极至也。①

这是王夫之对《小雅·出车》卒章的艺术鉴赏，他以《少年行》为例，说明想象是诗歌创作的一大特质，读者欣赏诗歌亦如此。严羽《沧浪诗话》云："诗有别材，非关书也；诗有别趣，非关理也。"诗别有风旨，不可以典册、简牍，意在强调诗歌的虚构性。因此，鉴赏诗歌，要善于"取影"，即穿越诗歌文字的表层意义，而展开丰富的想象，感受诗意之美，而不是望文生义，更不能死于句下，困于诗中。

"取影"用于诗歌的鉴赏，与"想象"相比，颇具灵动性，虽然二者意义近似，但是，"取影"以比喻之妙，说明诗歌想象的妙趣。他点出诗歌描绘事物，追求貌似形似，却指向神似的特点。关于诗歌的"形似"特点，宋代胡仔引《诗眼》说："形似之意，盖出于诗人之赋，'萧萧马鸣，悠悠旆旌'是也。激昂之语，盖出于诗人之兴，'周余黎民，靡有孑遗'是也。古人形似之语，如镜取形，灯取影也。"② 胡仔以"如镜取形，灯取影"的比喻来说明诗歌追求"形似"的妙处，与王夫之的"取影"说有异曲同工之妙。日僧遍照金刚在《文镜秘府论·十体》中，列出"形似体"云："形似体者，谓貌其形而得其似，可以妙求，难以粗测者是。诗曰：'风花无定影，露竹有余清。'又云：'映浦树疑浮，入云峰似灭。'如此即形似之体也。"③ 诗之"形似"者，可以妙求，堪为精妙之语。"妙求"即为感悟、想象，而非求其具象。故而，诗歌描写的"形似"并不是形象逼真之谓。但是，解诗者往往从描写的逼真处解读，则使诗意荡然无存。王夫之以"取影"之法，将这一误读消解。他指出，鉴赏诗歌描写的形似处，则以形取影，即取其精神而忘其形貌之谓，诚如宋代理学家邵雍《善赏花吟》之妙喻，可为诗歌王夫之"取影"之佐："人不善赏花，只爱花之貌。人或善赏花，只爱花之妙。花貌在颜色，颜色人可效。花妙在精神，精神人莫造。"诗意浅显明了，以赏花为例，阐释极精妙的美学鉴赏观。赏花如此，赏诗亦然：不善鉴赏者，只在字句上，注重诗歌描写的外在形象，即在"花之貌"；而善于鉴赏者，则以心

---

① （明）王夫之著：《诗译》，《船山全书》第十五册，岳麓书社2011年版，第809—810页。
② （宋）胡仔纂集，廖德明校点：《苕溪渔隐丛话》（前集），人民文学出版社1962年版，第53—54页。
③ ［日］遍照金刚著：《文镜秘府论》，人民文学出版社1975年版，第50页。

灵感受诗歌的神韵,即"花之妙",这即是王夫之所谓"取影"之妙。

在"取影"的基础上,王夫之又提出"影中取影",生动地说明了鉴赏诗歌朦胧美的路径,即充分发挥想象力,感受诗歌丰富的诗意和灵动的美感,思接千载,万象纷至沓来,千姿百媚之美便无限展开。

《诗经》学史上,赋予诗歌灵动之美和性情之美者,唯有王夫之的《诗译》为最,称之为摇荡性情的论《诗》典范,并不为过。

此外,"情景交融"也是《诗译》中提出的关于诗歌鉴赏的著名观点,例如:

> 关情者景,自与情相为珀芥也。情景虽有在心在物之分,而景生情,情生景,哀乐之触,荣悴之迎,互藏其宅。天情物理,可哀而可乐,用之无穷,流而不滞;穷且滞者不知尔。①
> "昔我往矣,杨柳依依;今我来思,雨雪霏霏。"以乐景写哀,以哀景写乐,一倍增其哀乐。知此,则"影静千官里,心苏七校前",与"唯有终南山色在,晴明依旧满长安",情之深浅宏隘见矣。况孟郊之乍笑而心迷,乍啼而魂丧者乎!②

在王夫之看来,意犹诗之帅,情乃诗之主。诗人内心之情由自然律动而生,情之所生应物而致。这就是所谓心物相感,情景共生,互藏其宅之理。他指出情与物的关系是相互生发,二者相互依存。掌握诗歌创作的这一规律,读者鉴赏诗歌时,不至于先入为主,附会出一些情致。他提出情景相生的原则,除了心物共感之外,乐景生哀情,哀景生乐情的反衬手法,使诗歌哀乐之情倍增。这一见解的确别开生面,使人耳目一新。诗歌史上情景相生之论几成共识,唯有王夫之的解释不落俗套。摈弃陈规,打破陋套,这是王夫之为学的精髓所在,确如他说:"欲除俗陋,必多读古人文字,以沐浴而膏润之。然读古人文字,以心入古文中,则得其精髓;若以古文填入心中,而亟求吐出,则所谓道听而途说者耳。"③ 由此可见,他对《诗经》别开生面的诠释,也是他研究古文的理念,即"以心入古

---

① (明)王夫之著:《诗译》,《船山全书》第十五册,岳麓书社 2011 年版,第 814 页。
② 同上书,第 809 页。
③ (明)王夫之著:《夕堂永日绪论内编》,《船山全书》第十五册,岳麓书社 2010 年版,第 854 页。

文中",而得其精髓,悟其精妙。这对后世学习古典诗词,颇有启发。

王夫之之所以能拥有如此开阔的学术思想和超前的诗歌理念,与他所处的时代有着必然的联系。明末清初"是中国古代文学思想发展的繁荣鼎盛期,特别是从明末到清代乾隆、嘉庆这段时间,文学理论批评从总体上说,无论是在数量和质量上,还是在深度和广度上,都达到了前所未有的水平。这一时期的诗文理论批评,主要是在总结前人经验的基础上,将之进一步系统化和引向深入,并提出自己的新见解"[①]。诚然,外在的因素仅是其一,关键在于王夫之深厚的文化底蕴与卓越的思想。

总之,王夫之对《诗经》别开生面的研究,在诸多方面取得了独到的成就,或广而传之,阐发思想;或疏其细微,发掘新意;或话其诗意,性灵摇荡。这些不仅有助于对《诗经》艺术价值的全面研究,也使古老的诗歌散发出生命的活力。

[①] 张少康、刘三富著:《中国文学理论批评发展史·前言》(上卷),北京大学出版社1995年版,第6页。

第三章　王夫之《诗经》学的基本方法

文学批评是对文学家、文学作品以及文学原理予以的评价。文学批评是在既定的学术宗旨指导下，依据一定的学术原则，采用适当的治学方法而进行的学术研究。王夫之在研究《诗经》时运用了一系列恰当且独特的方法，对我们研究《诗经》在方法论上具有指导意义。本章通过对王夫之《诗经》学基本方法的探讨，旨在揭示船山《诗经》学极具创新意义的学术旨趣和治学方法。

第一节　不主常故的学术旨趣

王夫之主张治学应"欲除俗陋"①，治《诗》反对"释经之儒"②墨守成规的解《诗》模式，崇尚不主常故的学术旨趣。他不汲汲于富贵，不求闻达于天下，以超然的心态去从事学术研究，使他的《诗经》学成就斐然，风姿特立。

一　超然世外的研究心态

民国时期的学者金天羽评价清代三大儒（衡阳王氏夫之、昆山顾氏炎武、博野颜氏元）的学术研究时说：

> 夫儒者根道而治学，必贵通方而忌门户。尤贵明耻立节，备天下之大用，而不汲汲焉求于天下。达则可以为卿相，穷则匡居弦诵，待

---

① （明）王夫之著：《夕堂永日绪论内编》，《船山全书》第十五册，岳麓书社2011年版，第854页。

② （明）王夫之著：《诗译》，《船山全书》第十五册，岳麓书社2011年版，第807页。

> 王者其而来取法。《易》所谓龙德而隐，不见仕而无闷，吾于鼎革之际得三君子焉，读其书，想见其为人，盖十年于兹矣。其人皆具旷世之才，耿介拔俗之操，艰贞蒙难，独慨然以扶世翼教、守先待后为己任。朝章国故、方州利病、关河阨塞、古今兵农礼乐河渠食货人物臧否，靡不精思而熟考焉。孝弟忠信、睦姻任卹、交友处世、诚正修齐治平之要，靡不坐而言者可以起而行。①

三君子人格清俊，节操拔俗，历经磨难，覃思精研，匡扶正义，针砭时弊，以天下为己任。"不汲汲焉求于天下"，一语道出了王夫之研究学术的心态，即超然于世外，不为物累、不媚俗、不趋势、独立不迁的为学精神。

王夫之生逢乱世，虽"历忧患而不穷，处死生而不乱"②。他"出入险阻而自靖"③，四处奔走，欲力挽国运却不能。鼎革之际，何去何从？他选择以诗歌的形式，表达内心的迷茫，"寒枝难拣惊乌树，落叶谁添乌鹊桥"④。他以"拣尽寒枝不肯栖"的苏轼为榜样，最终怀抱"亡国遗臣"之孤愤，归隐居衡阳，"窜伏穷山四十余年"⑤，终生不仕，"残灯绝笔尚峥嵘"⑥，以超然世外的心态，潜心精研，著书立说。

明亡后，王夫之行于湘南，隐居石船山，遁世无闷，直至74岁辞世。他甘于寂寞，不求闻达，曾十七年间，"和一时士大夫不相往来，当时无称之者"⑦。他在绝笔《船山记》中，表达了不慕虚荣、不逐名利的人生追求与超然世外的心态：

> 船山者即吾山也，悉为而不可也！无可名之于四远，无可名之于

---

① 金天羽撰：《三大儒学粹·自序》，参见《船山全书》第十六册，岳麓书社2011年版，第853页。
② （明）王夫之著：《周易外传·杂卦传》，《船山全书》第一册，岳麓书社2011年版，第1114页。
③ （明）王夫之著：《周易内传·发例》，《船山全书》第一册，岳麓书社2011年版，第683页。
④ （明）王夫之著：《姜斋诗集》，《船山全书》第十五册，岳麓书社2011年版，第552页。
⑤ （清）王之春撰，汪茂和点校：《王夫之年谱》，中华书局1989年版，第164页。
⑥ （明）王夫之著：《姜斋诗集》，《船山全书》第十五册，岳麓书社2011年版，第412页。
⑦ 曹聚仁著：《中国学术思想史随笔》，生活·读书·新知三联书店2012年版，第255页。

末世，偶然谓之，欻然忘之，老且死，而船山者仍还其顽石。严之濑、司空之谷、林之湖山，天与之清美之风日，地与之丰洁之林泉，人与之流连之追慕，非吾可者，吾不得而似也。吾终于此而已矣。①

在这一段文字中，王夫之表明了自己隐居船山的心迹，是以与自然相伴，以诠释经典，书写思想为心灵归宿。后世有学者对王夫之的出世行为多有评论，或认为是出于"民族主义"，或云所持"遗民思想"而不为贰臣，甚至批评王夫之在思想上"保守得惊人而适得其反了"②。这些评价，显然有失偏颇，仅停留在行为的表象层面，而未能从船山为学的心理深处与精神高度去审视。

他抱孤守独十七年，受尽苦难，即使是"腕不胜砚，指不胜笔，犹时置楮墨于卧榻之旁，力疾而纂注"③，而不改其志。每逢好友来访，"昼共食蕨，夜共然藜"④，夜谈至天明亦未尽兴。无论处境有多艰难，难改其志。孜孜不倦，研究经典的思想，始终未变。其子王敔追忆道："自潜修以来，启瓮牖，秉孤灯，读十三经、二十一史及朱、张遗书，玩索研究，虽饥寒交迫，生死当前而不变。"⑤ 这种不为利逐、不为势屈的精神，使他"致命而处之恬然"⑥。其安贫乐道、超然世外的为学思想，令人敬仰。

摒除名心，"因以发明正学为己事"⑦。曾有大中丞郑端任湖南巡抚时，欲请船山拿出其著作，以印刷刊行，如此美意却被先生婉言谢绝。王敔在《行述》中详细记述此事曰："遣馈米帛，属明府崔公嘱以渔艇野服，相晤于岳麓，并索所著述刊行之。亡考病不能往，且不欲违其心，受米返帛，投《南岳遗民》名函谢焉。"⑧ 这件事足见船山先生超然世外之

---

① （明）王夫之著：《姜斋文集》，《船山全书》第十五册，岳麓书社2011年版，第129页。
② 蔡尚思：《王船山思想体系提纲》，参见《船山全书》第十六册，岳麓书社2011年版，第1244页。
③ （清）王之春撰，汪茂和点校：《王夫之年谱》，中华书局1989年版，第138页。
④ 同上书，第139页。
⑤ 同上书，第138页。
⑥ （清）王敔：《大行府君行述》，参见《船山全书》第十六册，岳麓书社2011年版，第75页。
⑦ 同上书，第73页。
⑧ 同上书，第75页。

志。他从事著述，是为了阐发自由的思想，寄托政治抱负和人生理想；他研究文化典籍，是为了传承文化精神。他不愿将所著刊行于当世，在临终前，再三告诫子孙"慎藏之"① "勿为吾立私谥"②。他书于暮年的绝笔诗，最能体现船山"宁可无一字留人间，而自甘索寞"③的研究心态：

> 荒郊三径绝，亡国一臣孤。
> 霜雪留双鬓，飘零忆五湖。
> 差是酬清夜，人间一字无。④

如此不惑于利，不蒙于心，坦坦荡荡，一片淡然明澈之心，超然世外之志，的确感人至深。

清代学者对船山多有敬慕之心和溢美之词，《清史稿·儒林传》曰："明亡入我朝，皆未仕，著书以老。"⑤潘宗洛感慨道："以先生之才，际我朝之兴，改而图仕，何患不达？乃终老于船山，此所谓前明之遗臣者乎！及三桂之乱，不屑劝进，抑又可谓我朝之贞士也哉！"⑥

后人对王夫之的赞美，一方面敬其坚守操持的道德意志；另一方面赏其淡泊名利、超然世外的精神。坚守节操，是儒家思想对士大夫行为的规范；淡泊名利，是士大夫自我的修养。因其坚守节操，为人之精神世代传颂；因其不慕名利，著述之伟业彪炳千秋，钱穆先生评价道：

> 明末诸老，其在江南，究心理学者，浙有梨洲，湘有船山，皆卓然为大家。然梨洲贡献在《学案》，而自所创获者不大。船山则理趣甚深，持论甚卓，不徒近三百年所未有，即列之宋明诸儒，其博大闳括，幽微精警，盖无多让。⑦

---

① （清）王之春撰，汪茂和点校：《王夫之年谱》，中华书局1989年版，第140页。
② 同上。
③ 萧萐父、许苏民著：《王夫之评传》，南京大学出版社2002年版，第40页。
④ （清）王敔：《大行府君行述》，参见王夫之著《船山全书》第十六册，岳麓书社2011年版，第76页。
⑤ （清）王之春撰，汪茂和点校：《王夫之年谱》，中华书局1989年版，第153页。
⑥ 同上书，第145页。
⑦ 钱穆著：《中国近三百年学术史》，九州出版社2011年版，第102页。

的确，唯断拒政治、摒弃名利，保持学术的独立，方有"幽微精警"之洞察，亦能"持论甚卓"，卓然为大家，这是船山先生在中国学术史上获誉至高的原因。

王夫之所秉持的研究心态，体现出对传统士大夫治学方略的反叛精神，"中国古代的读书人，既是官吏，也是学者，讲求的是政与学的统一"①。其实，陈平原先生所言"学为政本"的观念，与"经世致用"的思想是有区别的。"学为政本"极具功利性，而"经世致用"则体现出儒家知识人的使命感与责任感。"经世致用"又与传统意义上的"通经致用"略有不同。对此，章太炎先生有着精辟的见解："通经致用，特汉儒所以干禄，过崇前圣，推为万能，则适为桎梏矣。"② 太炎先生所反对的是汉儒为干禄而通经的为学思想。而船山先生所走的则是为学术独立之路，他不惜没世无名，甘守淡泊，与清贫寂寞相伴。

二 独立自主的学术品格

独立自主的学术品格，即不为尊者讳，不为权者媚，不为流俗从。清代学人钱桂笙在论及王夫之的学术品格时说：

> 自道学之名兴，士皆梏然而无实，而近世称经师者，又溺声音训诂之末，钩钒析离，破碎而害道。二者互为胜负，而学愈蔀，则义理考据之习蔽之也。二先生之为学不同，而能矫其所弊，卓然不惑于流俗。故由王之学，则可翼道而通经，而考据不失猥琐。由胡之学，则可淑身善世，而义理非托虚谈。③

为学与创作一样，易受时代风气的影响。以钱氏所论，有清一代，蔚然复兴的训诂、考据之风，致使学者沉溺其中。或执着于音声训诂，或沉迷于钩稽古义，则使经典之义理受到遮蔽。然而，船山先生却能卓然不惑于流俗，而矫正学术之流弊。他以独立自主为学，既有考据，亦有经典思

---

① 陈平原著：《中国现代学术之建立——以章太炎、胡适之为中心》，北京大学出版社1998年版，第14页。
② （清）章炳麟著：《太炎文录续编》卷二，上海书店1992年版，第154页。
③ （清）钱桂笙撰：《王船山胡石庄学术论》，《船山全书·杂录之乙部》第十六册，岳麓书社2011年版，第703页。

想的阐释。所谓"可翼道而通经",言船山阐释经典义理,并不偏离经典之道,就其《诗经》学成就而言,《诗广传》为翼道之著,体现船山的思想;"考据不失猥琐",则言治学能独立思考,即是在考据之风兴盛的潮流中,亦能独标高格,《诗经稗疏》是其标志。

船山独立自主的学术品格,具体表现为打破"门庭",独抒己见的批判精神。"门庭"包含两方面的含义:一方面指在文学创作中,作家的创作模式,如辞藻、章法、技法、结构、思路以及思想内涵、艺术风格等;或同一创作群体之间形成的套路。另一方面指在学术研究中,因师承关系而形成的门户之见。王夫之所批评的"门庭"之陋,上述两个层面的含义均有。他有感于明代诗文创作中,"前后七子"文学群体所固守的刻板、矫饰、模仿的创作风气对文坛产生的不良影响,批判"立门庭"的弊端和危害,提出文学创作与研究应打破门庭,发挥主体的独见,激发独立自主的学术品格,高扬批判社会现实的学术良心。

中国学术史上,派别林立,师承关系十分普遍。《后汉书·儒林传序》云:"若师资所承,宜标名为证者,乃著之云。"同一师门,往往恪守相同的学术思想,遵守同一治学法则和惯例。所谓"六经五典,各信师承,嗣守章句,期乎勿失"[①]。可见,学术意义上的师承,指的就是师门弟子对学术传统的一脉相承。不过,同门之间,亦不失变调。黄侃说:"今文、古文,往往差异,姑置勿谈;即同一师承,立说亦复不齐一。"[②]总体而言,恪守师门之法是古已有之的传统。

师承传统的益处,在于形成完备的学术体系,且具有学术上的连续性和共融性。但是,学有师承往往以牺牲学术的独立与个性自由为代价。因而其弊端也是显而易见的,即易于形成门户之见,无论是非,视同门学术为珍宝,视他人之学术则为旁门左道,此所谓门有敝帚,视为宝之陋。学术一旦囿于门户之见,各执一端,则因视野偏狭而不汲取他人之见,失去的便是学术的活泼与智慧。故而失去张力,趋向衰落在所难免。黄宗羲在《宋元学案》卷五八《象山学案》中,就理学界出现的或尊朱熹,或尊陆九渊为门户的争执,客观地指出其弊端:"宗朱者诋陆为狂禅,宗陆者以朱为俗学。"学术研究欲永葆生命的活力,吸纳众家之长是其必然之道。

---

① (清)江藩著:《国朝汉学师承记》卷一,中华书局1983年版,第3页。
② 黄侃撰:《黄侃论学杂著·礼学略说》,中华书局1964年版,第446页。

对于学术研究或创作而言，门户之陋见使该门派走向僵化之路。而孳生于明代党派之争的门户之见，于社会风气、学术思潮、意识形态害莫大焉。王夫之对此颇多不满，愤然抨击。下面略摘取船山批判所谓立"门庭"之言论，以见其为学追求独立自主的治学品格：

> 诗文立门庭使人学己，人一学即似者，自诩为"大家"，为"才子"，亦艺苑教师而已。①
>
> 才立一门庭，则但有其局格，更无性情，更无兴会，更无思致；自缚缚人，谁为之解者？昭代风雅，自不属此数公。②
>
> 建立门庭，自建安始。曹子建铺排整饰，立阶级以赚人升堂，用此致诸趋赴之客，容易成名，伸纸挥毫，雷同一律。③
>
> 所以门庭一立，举世称为"才子"、为"名家"者，有故。④
>
> 立门庭者必饾饤，非饾饤不可以立门庭。盖心灵人所自有，而不相贷，无从开方便法门，任陋人支借也。⑤

显然，王夫之对立门庭者之批判，出于对明代"前后七子"诗歌创作之鄙陋而言，诗歌重模拟，尚矫饰，而缺乏真情实感和生动活泼的心灵。在王夫之看来，立门庭最大的弊端就是约束了文人灵动的创作能力，相互模仿、因袭，致使人人雷同，如出一辙，毫无生气，了无性情，亦无思致，更无精神。当然，也不会有诗人心灵与万象交会的灵感和文学张力，只不过赢得所谓"大家""才子"的措大而已。

王夫之对诗界的批判，必然也影响到他的学术研究，坚持己见，追求独立自主的学术品格贯穿其一生。"盖船山先生直是遁世无闷独立不惧之学，其独来独往之气，真能推倒一时，开拓万古，追踪横渠而深契程朱心源。"⑥ 在此，以他的《诗经》学为例，撷取一二以窥这种独立不惧，而往来于天地之间的学术真气。

---

① （明）王夫之著：《姜斋诗话》，《船山全书》第十五册，岳麓书社2011年版，第831页。
② 同上。
③ 同上书，第832页。
④ 同上书，第833页。
⑤ 同上书，第834页。
⑥ （清）蔡克猷：《问道录》，《船山全书》第十六册，岳麓书社2011年版，第957—958页。

在《诗广传》中，最能体现王夫之独立自主学术品格的是对历史王道的批判，其目光之敏锐、语言之犀利、思想之深刻，在《诗经》学史上罕见：

> 上不知下，下怨其上；下不知上，上怨其下。怨以报怨，怨以益怨，始于不相知，而上下之交绝矣。①
>
> 如其不相知也，则怨不知所怨，怒不知所怒，无已而被之以恶名。下恶死耳，下怨劳耳，而上名之曰奸；上恶危耳，上恶亡耳，而下名之曰私。奸私之名，显于相谪，则民日死而不见死，国日危而不见危，偷一日之自遂，沉酗痼瘵，浸淫肌髓而不自持也。②
>
> 乃民之偷也，苟欲为之名，何患其无名也？故民之死，非民自死，上死之也；君之亡，非君自亡，民亡之也。③

《诗广传》中批判历史王道的例子不胜枚举，如果剔除这些锋芒毕露的批判言论，船山的人格魅力和学术品格则黯然失色。他不拘泥于一派之学，不桎梏于一家之见，更不沾沾于一家之言。在思想上，他既追慕"张横渠之正学"，亦能够"参伍于濂、洛、关、闽"④之学，以开放的视野接纳诸学，汲取精华融会贯通。同时，他也继承前圣敢于批判现实的精神，这些共同培养了王夫之坚守独见、敢于批判的为学品格。

关于王道，王夫之认为，统治者不体察民情，不了解民瘼，却罪责于民，致使民之怨声鼎沸，君民关系恶化。国陷于危险，不去积极解决，反而"沉酗痼瘵，浸淫肌髓"，苟且偷安。为君，不体恤人民，甚至肆意伤害人民，致民于死地。然而，终有一天民之积怨如决堤之洪水，淹没昏聩的君主，摧毁腐朽的王权。王夫之指出："故民之死，非民自死，上死之也；君之亡，非君自亡，民亡之也。"其分析可谓入木三分。

生当易代之际，经历磨难的王夫之，其目光、思想、见识卓尔不群，他人难以比肩。他那超迈的情怀和高远的理想，被现实无情击碎，历经风

---

① （明）王夫之著：《诗广传》卷一，《船山全书》第三册，岳麓书社2011年版，第341页。
② 同上书，第341—342页。
③ 同上书，第342页。
④ （清）王敔：《大行府君行述》，参见《船山全书》第十六册，岳麓书社2011年版，第81页。

霜雪雨，却也铁骨铮铮；他那优秀的品性和倜傥的风度，被残酷的现实所践踏，尝遍失意的痛苦，却也傲然卓绝。他洞穿了历史王道的虚伪性，也看穿了封建统治者的残酷性，他以犀利的目光，深刻的思想，把批判的矛头对准了封建君主制度，直逼历史的心脏；他用辛辣的语言，层层剥离封建政治华丽的外衣，揭露统治者丑陋的嘴脸。他对王道的批判，对政治的批判，并不亚于先圣前贤。他对统治者本质的揭露，毫不留情；他鄙视那些"以顺为正"、持"妾妇之道"的士大夫们的奴颜婢膝。他藐视权贵，凌然难犯的丈夫气概，堪比庄子和孟子。

学术研究必须摆脱政治的约束，打破"门庭"的偏见，除去陈规的约束，放下功利的追逐，解放人格的附庸，从而保持独立自主的学术品格，方可点燃思想的火花，发出精神的光芒，成为人类的精神财富。这是人文科学研究的意义所在。"富贵不能淫，贫贱不能移，威武不能屈"[①]的大丈夫精神，更是每一个学者所坚守的人格精神。

然而，中国历史上，士大夫的人格却被一度弱化，直至奴变，成为普遍现象。由先秦诸子傲然独立的"'大丈夫'到'臣妾'，再到清代的'奴才'，这是中国封建专制社会的人格史"[②]。对于中国封建时代士大夫人格由"大丈夫"气到"奴性"的根源分析，张新科先生将其归结为封建制度，他以科举为例，通过审视历史传记中呈现出的士大夫人格的变迁，予以批判：

> 制度本身的不合理、不完备，使一些士人异化，走上了迷途，人性扭曲，带有媚气和奴气，少了骨气和豪气，这样的追求也是无价值的。即是追求成功，也往往是一些腐才，甚至于变成恶棍。[③]

先生一语中的地指出了问题的实质。的确，为了取悦于封建君王，很多士大夫放下尊严，不惜奴颜婢膝，只为乞得斗米半职。反观王夫之的一生，无论做人、为学，都洋溢着充塞于天地的骨气和真气。船山先生一生独立自主的学术品格，对后世学者多有启发。

---

① 杨伯峻译注：《孟子译注》（上），中华书局1960年版，第141页。
② 鲍鹏山著：《寂寞圣哲》，东方出版中心2000年版，第82页。
③ 张新科著：《中国古典传记文学的生命价值》，人民出版社2012年版，第135页。

鲁迅先生在《摩罗诗力说》一文中，对中国文化和文学创作的流弊予以尖锐的批判。他认为，与西方浪漫主义积极向上、批判进取的诗风相比，中国古代文学多的是哀怨之叹，少的是阳刚之气；多的是喋喋不休，少的是丈夫之气；多的是讥讽之辞，少的是直言不讳；多的是谄媚之语，少的是严词厉语，等等。"故所谓古文明古国者，悲凉之语耳，嘲讽之辞耳！"而诗歌创作传统是"惟诗究不可灭尽，则有设范以囚之"。因此，诗歌或"颂祝主人，悦媚豪右之作"，或"心应虫鸟，情戚林泉，发为韵语，亦多拘于无形之囹圄，不能舒两间之真美"，或"悲愤世事，感慨前贤，可有可无之作，聊行于世"。鲁迅先生因此而呼唤那些精神之士："今索诸中国，为精神之战士者安在？有作至诚之声，致吾人于善美刚健者乎？有作温煦之声，援吾人出于荒寒者乎？"鲁迅先生如钟鼓镗鞳之呐喊，是掀起"五四"新文化运动的先声。

可以说，在思想界沉闷的明代，王夫之独立自主的学术品格、勇于批判的为学精神，具有振聋发聩之效。

第二节 融通文史的研究方法

王夫之治《诗经》，博采众长，却不拘一隅；融通文史，却不执一见。他采用多种方法，对《诗经》进行全面探究，出入文史，以见思想；旁征博引，科学推论；审文辨字，正本清源；以诗解诗，求之诗美。充分挖掘诗歌丰富的思想性，展示灵动的艺术美。王夫之立足于不同的角度，选择多样的方法，对经典予以全方位的关照，对我们研究古典文学，颇多裨益。

一 出入文史 贯通古今

从整体而言，王夫之《诗经》学在方法论上，既立足于历史事实，又能够结合《诗经》作品，予以全面研究，其融通文史的研究方法，在《诗经》研究中，颇有典型性。融通文史，是王夫之《诗经》学方法论的总纲，贯穿在治《诗》的各个方面。

集历史观与思想性为一体，是其《诗经》学的特色。所谓融通文史的方法，即以历史的眼光去评价文学，解释文学现象。他的《诗经稗疏》在尊重历史事实的基础上，根据古今文化的变化，去考证辨析；《诗经考异》提出"说《诗》不可矜专家之论"①，而依据"古文之变革及楷隶，则字殊音异"来考辨字义；《诗经叶韵辨》从发展的眼光审视古今音韵的变化，他认为"古音不同于今音，则古韵必殊于今韵"②，反对叶韵说，提出"执古不可以宜今，从今愈不能以限古"③的观点；《诗译》则完全打破传统经学的方法，以文学演变的眼光去探究《诗经》的文学性。

《诗广传》是王夫之《诗经》学的典范之作，最能体现王夫之治《诗》的独特之法，它与传统意义上的"以诗证史"与"以史说诗"法截然不同，它既表现出王夫之洞察历史的眼光和批判意识，也体现出他对《诗经》的独到见解，即重在揭示文学的思想意义。

《诗广传》采用融通文史的研究方法，使之思想鲜明，毫无空洞之感。例如，《论崧高与烝民三》，既是融通文史，且具独见的文章。历史表明，西周末年的厉王、宣王、幽王时代，政治凋敝，民不聊生，社会矛盾四起。《国语·邵公谏弥谤》一文反映了周厉王的暴虐行为，致使民怨鼎沸中，厉王逃亡的历史事实。虽然，周宣王时代曾有过短暂的中兴，但实质上危机四伏。然而，注《诗经》者却多将《崧高》解释为美颂之作，如"崧高，尹吉甫美宣王也"④。《毛诗正义》进而渲染云："《崧高》诗者，周之卿士尹吉甫所作，以美宣王也。以厉王之乱，天下不安。今宣王兴起先王之功，使天下复得平定，能建立邦国，亲爱诸国，而褒崇赏赐申国之伯焉。以其褒赏得宜，故尹吉甫作此《崧高》之诗以美之也。"⑤其中溢美之词溢于言表。《毛传》《正义》解释《烝民》与《崧高》雷同。

然而，王夫之却剥开表象，洞穿历史的本质，他在所谓中兴的表象下，看到了上下交困的社会情形，他指出：

> 上暴敛则民不奉公，上淫刑则民不畏死，此相激者也。民困于力之无余，而敢于逃法，吏缘于上之已甚，而乘间以仇其奸，而天下之

---

① （明）王夫之著：《诗经考异》，《船山全书》第三册，岳麓书社2011年版，第225页。
② （明）王夫之著：《诗经叶韵辨》，《船山全书》第三册，岳麓书社2011年版，第280页。
③ 同上书，第279页。
④ （清）阮元校刻：《十三经注疏》（上），《毛诗正义》卷十八，中华书局1980年版，第565页。
⑤ 同上。

纲维紊散而不复收矣。①

他的分析的确与众不同，中兴之前的厉王暴政，使社会秩序遭到极度破坏，民为了生存，敢冒风险，甚至不畏死亡。贪官污吏乘机满足私欲，天下混乱不堪，达到了无法控制的境地，社会危机四伏，形式岌岌可危："然则宣承厉后，继之以张而民益怨，继之以弛而民益奸，危亡之势，其数正均。"② 接下来，他着重分析宣王之朝，大臣们结党营私而逐利的现实：

> 呜呼！宣王之所与治内者，山甫焉尔；所与治外者，申伯焉尔。诵申伯曰"柔惠"，惠以柔也；诵山甫曰"柔嘉"，嘉以柔也。之二子者，既以其暧姝媚妩，矫荣夷之徒虐厉之习，以要一时之誉，尹吉甫又从而奖之，则当其拱手哆颜，彼笑此颔，三揖百拜，延犬戎而进之，微幽王其能以再世哉？③

王夫之以历史学家的目光，剥去历史的表象，直入本质。他认为，山甫、申伯这两位宣王身边的忠臣，分别承担着治内与治外的重任，对这两位臣子，人多颂美。然而，二人并非忠贞之臣，他们的行为不过是谄媚于上，迷惑宣王，内心想要的是荣誉和利益。吉甫不察，却褒奖二人，这实际上是养虎为患。周室的毁灭，祸起所谓的忠臣。他指出："觇国者，觇其多嬉笑之子，而亡可计日待矣。"④ 另如对《莞柳》《瞻仰》《板》《荡》《节南山》等作品的分析，亦然。

赵沛霖先生说："船山以历史学家的犀利目光，洞悉历代兴亡治乱和形势变化，为正确理解作品找到了准确的坐标。"⑤ 的确，如此深刻的批评在《诗经》学史上鲜有，经生说《诗》附会历史者众，而洞察者少。

以上，我们以《诗广传》为核心，简述王夫之《诗经》学融通文史

---

① （明）王夫之著：《诗广传》卷四，《船山全书》第三册，岳麓书社2011年版，第478页。
② 同上。
③ 同上。
④ 同上书，第479页。
⑤ 赵沛霖：《打破传统研究的〈诗经〉学著作——读王夫之〈诗广传〉》，《求索》1996年第3期，第103页。

的方法论，这是他研究《诗经》的主要方法。可以说，王夫之的《诗经》学，是在这一方法论的统摄下进行具体细致的研究，这是我们探究王夫之《诗经》学方法的依据。

二 专题研究 以呈全貌

所谓专题研究，特指王夫之《诗经》学以训诂、音韵、义理、诗学等，进行各自独立的专题研究方法；以呈全貌，即所谓的"立体化"呈现，指的是他的《诗经》学各个专题之间相互补充说明，以彰显其《诗经》学的全貌。

综合研究式与专题研究是《诗经》学的基本模式，二者各有所长，亦有不足。其中综合研究，将训诂、音韵研究、义理以及文学融为一体，这是一种最普遍的研究模式，我们称之为综合研究式，如朱熹《诗集传》。《诗集传》的主要特点是对诗句所涉的音韵和文字做简要注释，然后对每两句或每章所用的表现手法予以阐释，最后在诗篇末尾处引发义理之论。这种方式后学不乏其人，比如清代方玉润著《诗经原始》，在采用这种模式的基础上，略有变化，首先对诗歌进行义理阐发，然后以"眉评"对每章予以简要总结；以"集释"罗列多种相关文献；以"标韵"标注出诗歌所用之韵。另如清代吴闿生著《诗义会通》，则是先对诗句作简要的注释，标于诗句下；然后，汇集诸说、己见以及诗歌大意，以案语形式写在每篇之后。在这三种《诗经》学著作中，朱熹《诗集传》居王夫之先，后两部去王夫之甚远。纵观三著，可见综合法的特点，即不论作者所持的观点如何，书写形式虽各有特点，但都融注释、训诂、集释、义理为一体。它的优点是显而易见的，对《诗经》进行较为全面的研究。其缺点也很明显，因面面俱到，难免浮光掠影，对问题的探究浅尝辄止。

与融《诗经》问题于一炉的综合研究所不同的是专题研究。这种研究法或致力于文词注释、训诂；或重在音韵研究；或专注于义理生发；或潜心于名物考证；或倾向于文学阐释，等等。这种方法由于用力集中，多为学界所用，成就突出。如三国陆玑《毛诗草木鸟兽虫鱼疏》、宋人王应麟《诗地理考》、明人张蔚然《三百篇声谱》、明人杨廷麟《诗经讲义鞭影》，等等。专题式的研究法能够较深入地解决《诗经》某一方面的问题，也体现出研究者某一方面的特长与能力。但是，这种方法因拘于一隅，若使用不当，则难见全貌。

王夫之在汲取前人研究方法的基础上,将《诗经》予以专题式分别研究,深入探讨《诗经》在艺术、音韵、语言、思想等方面取得的成就,各个专题相对独立却一脉贯通,相得益彰,形成了既深入开掘,且不失完整而具有立体化的《诗经》学体系,在《诗经》学方法论中,极富创意。

所谓"立体化",指在学术研究中,以文本为核心,运用多种方法进行研究的模式。其特点是全方位、多角度的透视,每一种方法的使用,旨在集中解决一个问题,最终形成一个既相互独立,又相互映照的体系。换言之,对一个文本的研究,是在多层面上,以不同的方法予以研究,形式上各自独立,实际上却形成了相对完整的研究结构。

王夫之灵活地运用这一方式,完成对《诗经》的全面研究。诸如思想研究有《诗广传》,是整体的观照,亦是总纲;注疏有《诗经稗疏》,疏通名物、字词、语义;考异有《诗经考异》,参验文献,解决了《诗经》文字讹误和逸文问题;考辨有《诗经叶韵辨》,解决了是否叶韵的问题;《诗译》阐释诗歌之美。王夫之用五种方法,每一部分都是相对独立的单位,但围绕着《诗经》文本,又相互辅佐映照、补充,从五个角度解决了《诗经》的基本问题。这种模式的构建,既避免了专题研究的孤立性,也消除了综合研究的混溶性,且能够做到相互补充,不失为完美的经典阐释模式。

首先,就《诗经》思想研究而言,如前所述,《诗广传》是王夫之用力颇勤的一部《诗经》学著作,是他研读《诗经》时写下来的杂感性文字,"他从个人的哲学、历史、政治、伦理和文学的观点出发,对《诗经》各篇加以引申发挥,所以叫做'广传'"[①]。夏传才先生称之为"杂感集"[②],堪为中的之见,较准确地揭示了《诗广传》独特的体式特征。

《诗广传》以阐发作者的政治观点为主体,称其为"政治论文集"[③],可谓恰切。就政治观而言,他提出了为君之道、为臣之道;就个人修养而言,他表达了对圣人的向往和对君子人格的追求;就社会现实而言,他予以对历史的反思和对时政的批判。这些内容,在第六章"王夫之《诗经》

[①] 王孝鱼:《诗广传》中华本点校说明,《船山全书》第三册,岳麓书社2011年版,第517页。

[②] 夏传才著:《诗经研究史概要》,清华大学出版社2007年版,第135页。

[③] 同上书,第136页。

学的生命情韵"中，将展开全面的论述，故此不赘述。

至于《诗经稗疏》，不仅在于完满了王夫之的《诗经》学成果，也弥补了前人的诸多缺漏，确如《四库全书简明目录》评《诗经稗疏》四卷所言：

> 皆考证名物训诂，以补先儒之所遗。率参验旧文，抒所独得。虽间伤偏驳，而可据者多。末附《考异》一篇，《叶韵辨》一篇。《考异》未为赅备，《叶韵辨》持论圆通，颇足解诸家之缪辕。①

《国史儒林传》本传亦云：

> 其说诗，辨正名物训诂，以补传笺诸说之遗，皆确有依据，不为臆断。②

诚如上述所论，《诗经稗疏》是王夫之致力于《诗经》名物考证训诂的著作，所涉范围十分广泛，凡地理、水域、风俗、佩饰、器皿、乐器、植物、动物、昆虫等无所不包。通过对大量文献的对比分析，反复甄别，并结合实际生活经验，得出颇具说服力的结论。例如"钟鼓将将"条对《小雅·钟鼓》之形容词的区分可见用力之专："将将，声之大也。喈喈，声之和也。汤汤，流之盛也。湝湝，流之徐也。大与盛，和与徐，各以类兴。《毛传》无所分别，《集传》因之，失之疏。"③王夫之根据形容词所修饰的名词含义，做出各有特点的解释，这应是符合诗歌情景的解释，其治学之严谨可见一斑。而《毛传》《集传》则或混为一谈，或避而不谈。朱熹《集传》解释曰："将将，声也""汤汤，沸腾之貌"④。不过笼统解释而已，而对于"喈喈""湝湝"仅做了读音的反切注释，至于其意义的解释则了无一字。当然，我们不能因此怀疑朱熹的学识，但是，由于《诗集传》将训诂注释和义理阐释融合为一，且多用力与义理阐述，故而于其他方面就容易顾此失彼。

---

① 《文渊阁四库全书简明目录》卷二，另见《船山全书》第三册，岳麓书社2011年版，第289页。
② （清）王之春撰，汪茂和点校：《王夫之年谱》，中华书局1989年版，第153页。
③ （明）王夫之著：《诗经稗疏》卷二，《船山全书》第三册，岳麓书社2011年版，第132页。
④ （宋）朱熹集注：《诗集传》，中华书局1958年版，第152页。

此外,《诗经稗疏》是《诗广传》论述的基础。譬如《诗广传·论木瓜》中,王夫之认为《卫风·木瓜》中含有批判以怨报德、以薄答厚、以叛报恩的思想。换句话说,在现实生活中,所施而得不到应有的回报,所谓"厚施而薄偿之",这既是世风浅薄的常态,也是乱世中道德沦丧的人性表现。对此,他展开论证说:

> 木瓜得以为厚乎?以木瓜为厚,而人道之薄亟矣。
> 厚施而薄偿之,有余怀焉;薄施而厚偿之,有余矜焉。故以琼琚絜木瓜,而木瓜之薄见矣;以木瓜絜琼琚,而琼琚之厚足以矜矣。见薄于彼,见厚于此,早以挟匪报之心而责其后。故天下之工于用薄者,未有不姑用其厚者也。而又从而矜之,曰:"匪报也,永以为好也",报之量则已逾矣。好者,两相好者也,夫安得不更与我而永好乎?授之以好而不称其求,憎恶仍之而无嫌,聊以间塞夫人之口,则琼琚之用,持天丁而反操其左契,险矣。①

这是《诗经》学史上对《木瓜》罕见的诠释。虽然《毛诗序》亦含有厚报的解释,但是,其意在赞美齐桓公对卫国有再造之恩,故卫人美之,表达欲以厚报桓公的想法。《毛诗序》云:"《木瓜》,美齐桓公也。卫人有狄人之败,出处于漕,齐桓公救而封之,遗之车马器服焉。卫人思之,欲厚报之,而作是诗也。"② 而方玉润根据内容,反驳《毛序》曰:"此诗本朋友相互馈遗之词"③。他批驳的理由是"感人再造之恩,乃仅以果实为喻乎?"④ 姚际恒《诗经通论》则根据桓公之恩,卫国人从未厚报的史事分析,认为主题与历史不符合,亦持与方氏相似观点,有一定的道理。朱熹《诗集传》则以为是"疑亦男女相赠答之词",颇有开创性。今人多持"男女相互赠答的定情诗"⑤之说。但是,这些观点或证之以史,或言之以情,仅仅停留于生活的表象之上,而王夫之则通过对人性的深入

---

① (明)王夫之著:《诗广传》卷一,《船山全书》第三册,岳麓书社2011年版,第338—339页。
② (清)阮元校刻:《十三经注疏》(上),《毛诗正义》卷三,中华书局1980年版,第327页。
③ (清)方玉润撰,李先耕点校:《诗经原始》(上),中华书局1986年版,第188页。
④ 同上。
⑤ 程俊英、蒋见元著:《诗经注析》(上),中华书局1991年版,第191页。

分析，提升到人道层面，不仅切中时弊，且抓住人性的弱点，予以剖析，富有理论上的深度与思想上的广度。

然而，有一个疑问就会随之而来，何以见得"木瓜"即是薄物之象征呢？王夫之在《诗经稗疏》中将这一问题予以解决。他通过对诸多文献的分析和推理，得出木瓜非瓜果之类，而是"盖刻木为之，以供戏弄。刘勰所谓'刻木做桃李，似而不可食'者是已"。由此指出："此诗极言投赠之微，以行往报之厚。瑶琚虽贵，要为佩玩，故与刻木之玩具同类而言。若云男女相狎，怀果以赠，而报玉以往，男赠女乎？女赠男乎？其说不偷。自当以《序》卫人感齐之说为正。"①

且不论结论是非，但足以说明《诗经稗疏》与《诗广传》的密切关系，以此可见王夫之《诗经》学所取得的成就，得益于所建构的立体化阐释模式。

《诗经考异》是船山在治《诗》过程中，感于"古文之变沿及楷隶，则字殊音异，因以差矣"②的文字变迁特点，而对《诗经》予以文辞的考订。语音的变化以及书写的改变，这都会影响到经典的传播，尤其如《诗经》多为口耳相传，加之历代学者断章取义的阐释，致使对《诗经》文本的语言解释多有歧义。针对《诗经》学的这种现象，王夫之提出"说《诗》不可矜专家之论"③的观点，他选取《诗经》不同版本出现的246条异文逐一考订，做出较为科学的结论。这些考订虽偶有泛谈之嫌，但多有可取之处。如"在河之洲"条可窥一斑："《说文》'洲'本作'州'，水中可居者，周绕其旁，从重川。禹定水，分地以州，取义于此。徐铉曰：'今别作洲，非是。'"④传世的《诗经》版本多作"在河之洲"，几成定论，而王夫之则以考订之法，得出"洲"为"州"之异文。

《诗经叶韵辨》是关于《诗经》叶韵问题的集中辨析之作，即"《辨叶韵》一篇，持论名通，足解诸家之缪辀"⑤。

王夫之立足于古今演变的学术观念，以发展的眼光辨析音韵古今的变

---

① （明）王夫之著：《诗经稗疏》卷一，《船山全书》第三册，岳麓书社2011年版，第69页。
② （明）王夫之著：《诗经考异》，《船山全书》第三册，岳麓书社2011年版，第225页。
③ 同上。
④ 同上。
⑤ （清）王之春撰，汪茂和点校：《王夫之年谱》，中华书局1989年版，第153页。

化，以客观的态度对待学术界关于《诗经》的"叶韵"问题，认识到学术发展的历时性特点，这无疑推动了《诗经》学的进一步发展。同时，也给传统学术研究注入了一管新鲜的血液。《诗经叶韵辨》体现了王夫之的治学理念，即"拟议变化而效古人"，这是王夫之在《诗传合参序》中提出的治学思想。"效"，学也。"拟议其变化，则古人之可效者毕效矣。"① 以变化的眼光看待经典，即是"拟议其变化"的意义。

对于中国传统学术研究所存在的局限性特点，刘奕博士有着十分精辟的分析："很长的时间里，我们的古人对历史的发展，更多注意到的是陵谷变迁、朝代兴亡，但在学术研究时却往往缺少历时变化的概念，常把古今材料混用。"② 的确，文学作品与其他艺术门类最大的区别就在于，它具有最广泛的传播性，加之它可以凭借纸质媒体、口耳相传等手段广为流传。与之相应的是，文学研究也是历代最活跃的学术活动，研究既丰富了文学文本的内涵，也提升了文学的价值，所谓"文学的各种价值产生于历代批评的积累过程之中，它们又反过来帮助我们理解这一过程"③，是颇有见地的论断。因此，在学术的动态发展中，文学作品既是"永恒的"，又是"历史的"；④ 因而，既有其共时性的特质，又有其历时性的变迁，这是文学研究必须遵循的原则。

较之于文学文本的其他特质，音韵的历时性尤为突出。文学是语言的艺术，语言发声的天然性，形成了文学的声音特质。明代陈第指出："士人篇章，必有音节；田野俚曲，亦各谐声。"⑤ 美国学者韦勒克和沃伦说："每一件文学作品首先是一个声音的系列，从这个声音的系列再生出意义。"⑥ 可见，声音是文学的天然特质，而押韵是诗歌的基本质素，是诗歌艺术所有特性中的重中之重，中国古典诗歌尤以此为重。

然而，《诗经》的音韵（关于押韵），却是《诗经》学界最难解决的问题。《诗经》如何押韵，这是千百年来难以解开的谜团。汉语语音以音

---

① （明）王夫之著：《姜斋文集》，《船山全书》第十五册，岳麓书社2011年版，第131页。
② 刘奕：《乾嘉经学家文学思想研究》，上海古籍出版社2012年版，第47页。
③ ［美］雷·韦勒克、奥·沃伦著：《文学理论》，刘象愚等译，生活·读书·新知三联书店1984年版，第36页。
④ 同上。
⑤ （明）陈第著，康瑞琮点校：《毛诗古音考·自序》，中华书局1988年版，第7页。
⑥ ［美］雷·韦勒克、奥·沃伦著：《文学理论》，刘象愚等译，生活·读书·新知三联书店1984年版，第166页。

节为基本结构，单形体单音节是汉字的基本特征，而每个字音都是由声母、韵母和声调共同组成的有机整体，缺一不可。但是，语音又最具有不稳定性。口耳相传的活态性，使其始终处于动态的变化中。稳定是相对的，变化是绝对的。因此，古今韵母发生巨大变化，是符合语音的基本特征。毋宁说古汉语和现代汉语的差别，就是古汉语也不尽相同。相隔百年或许已发生变化，这是语言发展的必然规律，更何况数千年。所以，后人读《诗经》，难以押韵是必然。

始于南北朝时的"叶韵"说，在读古诗时，讲究临时改变字音，以求押韵，带有极大的随意性。如梁代沈重在《诗音义》中，持"协句"观来说《诗经》即为代表。所谓协句，就是上下和谐之意。如他说《邶风·燕燕》"燕燕于飞，下上其音。之子于归，远送于南。瞻望弗及，实劳我心"。为了让"南"与"音""心"达到音韵的一致性，《诗音义》曰："协句，宜乃林反"，这样就改变了"南"字的读音，按照沈重的读法则成了"nin"，阳平。沈重将此做法解释为"宜"，即是适宜、适合，或应该如此。唐时此风尤甚，随意改动字音，庶几使古书面目全非。至南宋，朱熹则完全采用"叶韵"说，强行改变诗歌某一字的音韵，譬如他解释《邶风·凯风》首句"凯风自南，吹彼棘心"时，为了使"南"与"心"押韵，他临时改变"南"的读音为"叶尼心反"[1]。诸如此类的叶韵做法，讹误甚多，不可一一枚举。事实上，"'叶韵'和'协句'一样，都是强改字音以就今读，并非真正探明了《诗经》的本意"[2]。对此，虽偶有人怀疑，如宋代吴棫、明代杨慎等人，但终未敢轻易否定。至明后期，陈第首先发难"叶韵"说，其《毛诗古音考》援引大量材料，予以否定："盖时有古今，地有南北，字有更革，音有转移，亦势所必至。故以今音读古之作，不免乖剌而不入。"[3] 此番论述确能给人启示。

基于陈第所开之先河，王夫之则特撰《诗经叶韵辨》一文。文中他提出"耳无一成之听，口有不齐之音"[4] 的观点，口耳相传的传播途径，不仅造成了语音的不稳定性，甚至出现同一时空中语音的差异性，更不论

---

[1] （宋）朱熹集注：《诗集传》，中华书局1958年版，第19页。
[2] 郭锡良等编，王力、林焘校订：《古代汉语》（下），北京出版社1983年版，第1026页。
[3] （明）陈第著，康瑞琮点校：《毛诗古音考·自序》，中华书局1988年版，第7页。
[4] （明）王夫之著：《诗经叶韵辨》，《船山全书》第三册，岳麓书社2011年版，第279页。

古今时空巨变，所以"执古不可宜今，从今愈不能以限古"①。他从根本上指出了语音的变化原因，也从主客观方面，分析语音的发展与变化。他从汉语的传播方式、语音的时空动态以及不稳定性等方面，指出"叶韵"的谬误所在。

王夫之认为处于运动状态的大千世界，万物皆有古今之别，因历史之变迁，时代之变化，习尚亦不同，语音更不同，这一眼光决定了王夫之治《诗》的严谨与细致。采用多种方法，从不同层面对经典进行全面研究，是学者必须具备的素质。他认为以今证古，或因古说今之法皆不可取，尤其音韵研究更不可能以叶韵而含混略说。他质疑："奈之何以沈约、孙恤之韵，强《风》《雅》而其叶耶？"②沈约"四声"之说提出在南朝齐永明年间，距离《诗经》产生的时代非百年之久，岂能将此作为《诗经》音韵研究的基础理论呢？更何况"年代邈杳，古音无考。见于《说文》者，字之本音，多不合于今人之读"③。那么"古音不同于今音，则古韵必殊于今韵"④，则是必然。

《诗经叶韵辨》不过是一篇学术短文，但其在《诗经》学史，乃至音韵学中有着十分重要的意义。它不仅承陈第之"音转"说，对"叶韵"说予以有力的反驳，也从理论上确立了区别古今的思辨意识，进而开拓了《诗经》学的学术视野，推动《诗经》学向纵深的方向发展。

另外，王夫之的这种学术思想对后世学者多有启示，尤其使清代乾嘉学派学者获益更多。但是，翻阅历代《诗经》学史，学界将关注的目光多投向《诗广传》《诗经稗疏》以及《诗译》和《姜斋诗话》，对《诗经叶韵辨》鲜有人问津，这不能不说是一件遗憾的事。

那么，关于《诗经》文学艺术成就的研究，船山又有《诗译》若干则以及《姜斋诗话》中的部分内容。二者不涉及音韵、文字、名物、训诂诸问题，而纯粹探讨诗歌艺术之美，其中不乏真知灼见，令人耳目一新。对于《诗译》的开创性成就，前文多有论述，此处不赘述。

"王夫之对《诗经》研究的最重要的贡献，在于他又是清代把《诗经》作为文学作品来进行艺术研究的第一个人，而且确实表现了一些真

---

① （明）王夫之著：《诗经叶韵辨》，《船山全书》第三册，岳麓书社2011年版，第279页。
② 同上。
③ 同上书，第280页。
④ 同上。

知灼见。"① 夏传才先生一语中的地指出了王夫之在清代《诗经》学以及在整个《诗经》学史上的重要地位。

综上所述，王夫之《诗经》学在治学上，突出以专题研究为基本方法，《诗广传》《诗经稗疏》《诗经考异》《诗经叶韵辨》《诗译》等《诗经》学著作，每一部皆致力于《诗经》的某一问题而深入研究，用力集中，用心专一，较之于面面俱到，泛泛而谈的研究法，其成果不可同日而语。然而，每一个独立的专题虽各自独立，却又相互映照，相得益彰，形成了船山《诗经》学独具风格的学术体系，即完整而呈立体化的船山《诗经》学风貌。

三　旁征博引　科学归纳

重视文献资料的钩稽索引，征引赅博，考证辨析以及科学归纳是王夫之《诗经》学的重要方法之一，其目的则是除却讹误，正本清源。

在明代心学的影响下，学术趋向游谈无垠、束书不观，且急功近利之风。《诗经》学也受此影响，不求证据，崇尚臆评，蔚然成风。王夫之痛恨此学风，他批判王学流弊说："然而遂起姚江王氏阳儒阴释诬圣之邪说。"② 其于学无益，于社会危害无穷："其究也，刑戮之民、阉贼之党皆争附焉，而以充其无善无恶、圆融事理之狂妄，流害以相激而相成，则中道不立、矫枉过正有以启之也。"③ 尤其痛恨那些投机取巧而走捷径者："欲速成之病，始于识量之小。识量小，则谓天下之理、圣贤之学可以捷径疾取而计日有得。陆象山、杨（诚斋）、（慈湖）以此诱天下，其说高远，其实卑陋苟简而已。"④ 功利心切而走捷径，这是治学之大忌。而摘章择句以窥全貌，断章取义以括全意的空疏之学令人生厌，王夫之对此学风多有批评：

"侮圣人之言"，小人之大恶也。自苏明允以豆笾之识，将《孟子》支分条合，附会其雕虫之技；孙月峰于《国风》《考工记》《檀弓》《公羊》《谷梁》效其尤，而以纤巧拈弄之：皆所谓侮圣人之言

---

① 夏传才著：《诗经研究史概要》，清华大学出版社2007年版，第137页。
② （明）王夫之著：《张子正蒙注》，《船山全书》第十二册，岳麓书社2011年版，第10页。
③ 同上书，第10—11页。
④ （明）王夫之著：《俟解》，《船山全书》第十二册，岳麓书社2011年版，第480页。

也。然侮其词，犹不敢侮其义。至姚江之学出，更横拈圣言之近似者，摘一句一字以为要妙，窜入其禅宗，尤为无忌惮之至。①

这种摘句择字式的揣摩法，难见全意，其臆想也仅停留在局部，所得不过是浮光掠影。王夫之在《中庸补传衍》中指出其弊端之甚："数传之后，愈徇迹而忘其真，或以钩考文字，分支配拟为穷经之能，仅资场屋射覆之用，其偏者以臆测度，趋入荒杳。"可见，这是"皆感于明学之极敝而生反动"②的治学思想。

王夫之治《诗经》博采众长，但不拘于一家，他坚持以史学的眼光和科学的态度对待学术发展，持论客观。在《诗经稗疏》中，他就学术观点的合理性而予以取舍，经过对文献的对比与科学的推论，他或从《朱传》，或依《毛传》，或循其他学说。他反对经生烦琐而无益的治学方法，他说："盖自汉以后，注疏家琐琐训诂，为无益之长言，如昔人所诮'曰若稽古'四字释至万余言，如此者不得逐之以泛滥失归。"③他特主坚实钩稽大量的文献，为治学基础与根本方法，此亦是梁任公先生所盛赞的"其治学方法，已渐开科学研究的精神"④。这种严谨的治学方法被后来的乾嘉学派广为接受，庶几奉为该学派之金科玉律。乾嘉学者钱大昕对此法颇为认同："大约经学要在以经证经，以先秦、两汉之书证经。其训诂则参之《说文》《方言》《释名》，而宋元以后无稽之言，置之不道。反复推校，求其会通，故曰必通全经而后可通一经。"⑤ "通全经而后可通一经"，王夫之治《诗经》即如是，博通群经而治《诗经》，融通文史，贯通古今，其学堪为后世之典范。

王夫之是一位博学多识的学者，治《诗经》，他既有"广传"思想的深度，亦有"诗译"高华才气的涌动；既有"稗疏"精深覃思的流淌，亦有"考异""叶韵"之精湛细致。无论是哪一部（篇）《诗》学著作，在融通文史方法论的统摄下，由扎实的文献为基础，他广泛搜集

---

① （明）王夫之著：《俟解》，《船山全书》第十二册，岳麓书社2011年版，第489页。
② 梁启超著：《清代学术概论》，岳麓书社2010年版，第19页。
③ （明）王夫之著：《俟解》，《船山全书》第十二册，岳麓书社2011年版，第489页。
④ 梁启超著：《清代学术概论》，岳麓书社2010年版，第19页。
⑤ （清）钱大昕著：《与王德甫书》，王昶辑《胡海文传》卷四十，《续修四库全书》，第1668册。

文献资料，仔细甄别与辨析，进行归纳，经过缜密推论，得出科学的结论。

王夫之在博综群经，征引文献的同时，亦能做到融会贯通，灵活灵用。他是一位颇有现代意识的学者，他选择文献的范围不仅仅囿于先秦、两汉之经典，凡在明末之前所能见到的文献皆可搜集来；他博闻强识，凡经史子集、辞书类书均为所用。在这一点上，他远比汉唐经生远见卓识，也比乾嘉汉学家通脱灵活。汉唐经生非经典不信，无经典不立；乾嘉经师亦尊古信古，非古不采。而王夫之则不然，他钩稽经典不完全是为了证明自己的观点，有时也表达对经典的质疑和对先贤的发难，这是王夫之治《诗经》的一大特点。

在文献的搜集上，王夫之首先做到了旁征博引，博采众长。他所引用的文献几乎涉及当时所有的学科领域，诸如文学、史学、《诗经》学、哲学、文字学、医药学、植物学、动物学、气象学、货币学、地理学、语言学、训诂学、考据学、金石玉器学、法学、民俗学、教育学，等等。据笔者初步统计，船山治《诗经》所引用的文献典籍有二十多个门类，所用典籍以及典籍注本（不包括文学作品）在九十种以上，对文学作品，包括诗、文、赋、笔记小说等则是信手拈来，不可胜数。

船山《诗经》学所引用的基本文献统计表

类别	书目
诗经学	《毛传》《诗谱》《韩诗外传》《毛诗传笺》《诗集传》《毛诗草木鸟兽虫鱼疏》
史学	《汲冢周书》（《逸周书》）《竹书纪年》《尚书》《春秋传》《公羊传》《春秋谷梁传》《史记》《吕览》《逸周书》《汉书》《后汉书》《唐书》《魏略》
地理学	《禹贡》《淮南子》《山海经》《陈留风俗传》《水经》《三辅黄图》
词典	《尔雅》（郭璞《尔雅注》）、许慎《说文》、顾野王《玉篇》、罗愿《尔雅翼》
哲学	《老子》《庄子》、邵雍《皇极经世书》、王廷相《雅述》、董仲舒《春秋繁露》
语言学	颜师古《匡谬正俗》、扬雄《方言》
鸟类学	师旷《禽经》
医药学	《黄帝内经》、李时珍《本草纲目》、陈藏器《本草拾遗》、陶弘景《名医别录》
训诂学	《埤雅》《广雅》（《博雅》）《释名》《小尔雅》

续表

类别	书目
植物学	谢翔《楚辞芳草集》、王鸿渐《野菽谱》、陶辅《桑榆漫志》
考据学	丘光庭《兼明书》
典章制度及典礼	《周礼》(《礼记》之《少牢馈食礼》《内则》《昏礼》等；《仪礼》之《白虎通》)；马缟《中华古今注》
笔记	刘延世《公孙谈圃》、刘禹锡《嘉话录》、崔豹《古今注》、刘向《说苑》、张耒《明道杂志》《汉乐府》
文学	《楚辞》、贾谊《新书》《鹏鸟赋》、戴埴《鼠璞》《盐铁论》、任昉《述异记》、阮籍《咏怀诗》、陈琳《檄吴文》、颜之推《颜氏家训》……
天文、历法	《天文志》《大衍历》《授时历》
诗话	范温《潜溪诗话》
方志	杨衒之《洛阳伽蓝记》
金石玉器	《古玉图考》、王黼《宣和博古图》
公文	《汉杂事》
其他	《司马法》《考工记》《风俗通义》《诗含神雾》

如上表所示，船山先生治《诗经》所占有的文献资料之丰富可谓包罗万象。

一般而言，证据使用不当，或不善使用，往往会成为制约主体的阻力，甚至，证据会剥夺主体的能力，牵着主体走。这种情况下，从大量的文献资料中寻找证据，是为了证明某个结论或观点的正确性，使材料证据成为科学结论的依据，而不是预设一个结论，从中寻找证据。

丰富的文献是他治《诗》的基础，他通过对文献资料的辨别，在归纳证据的基础上，并进行正反面全面考虑，综合分析，得出结论。王夫之在证据的使用上，充分发挥学术主动性，驾驭自如，如赤手缚长蛇，游刃有余。

王夫之打破汉代《诗经》学寻找证据来证明结论的成规，而是通过广搜证据，归纳判断，合理推论。大胆怀疑，敢于挑战学术权威，不惜推翻前说，推陈出新，得出令人心悦诚服的结论。

这种采摭群言，旁征博引的考据方法，广泛运用在《诗经稗疏》中。

"稗疏"属于笺注范畴，笺注最能检验一个学者全面的学识程度，须有扎实的学识根基、甄别取舍的眼光、淡名忘利的思想，一切以稽核求真为旨归，是一门难度颇高的学问。既是打开古老《诗经》之门的第一把钥匙，也是研究古典诗歌的必经途径。如果我们"想去诗国履香赏花，当然期待履的是真香、赏的是真花，考据便是巡回花畦前认证的方式与保证"①。若无考据先行，对《诗经》的鉴赏与批评，始终徘徊在诗歌的外围，终不得诗歌之大要。

黄永武先生说："从事笺注的工作，严格地说，才学识三者必须兼备，而想完成一部成功的诗集笺注，至少要有与作者相当的学识，否则空陋粗疏是不足胜任的。"② 可见，从事笺注的工作，对注者的要求远远超于作者之上。诚如清代学者杭世骏《李太白集辑注序》所言："作者不易，笺疏家尤难，何也？作者以才为主，而辅之以学，兴到笔随，第抽其平日之腹笥，而纵横曼衍，以极其所至，不必沾沾獭祭也；为之笺与疏者，必语语核其指归，而意象乃明；必字字还其根据，而佐证乃确。才不必言，夫有十倍于作者之卷轴，而后可以从事焉。"的确，一个优秀的诗歌笺注者，必须有着丰富的学识和非凡的才气。下面，撷取王夫之《诗经稗疏》之"黄流在中"条，以窥先生精研之覃思和超凡之才华以及运用文献考据法的娴熟与智慧：

关于《诗·大雅·旱麓》"瑟彼玉瓒，黄流在中"之"黄流"的解释，《诗经》学界主要分为两种观点：一是《毛传》所言："黄金所以饰流鬯"③，即用黄金做成的酒具盛酒，故呈金黄色；一是孔颖达《毛诗正义》认为："酿秬为酒，以郁金之草和之，使之芬香条鬯，故谓之秬鬯。草名郁金，则黄如金色，酒在器流动，故谓之黄流。"④ 即所谓以秬酿之酒，和金黄色的郁金草汁液，故称"黄流"。朱熹亦持此观点，他认为："黄流，郁鬯也。酿秬黍为酒，筑郁金煮而和之，使芬芳条鬯，以瓒酌而祼之也。"⑤ 两派意见，争论不休，后者居上。

---

① 黄永武著：《中国诗学·考据篇》，新世界出版社2012年版，第1页。
② 同上书，第69页。
③ （清）阮元校刻：《十三经注疏》（上），《毛诗正义》卷十六，中华书局1980年版，第515页。
④ 同上。
⑤ （宋）朱熹集注：《诗集传》，中华书局1958年版，第182页。

然而，究竟哪一种说法更为科学合理，王夫之撷取大量的文献资料，展开细致的研究：首先，他解释"黄流"之意，根据《博古图》绘制的"爵匜之属皆有流"①、《士丧礼》所记"匜实于盘中南流"，得出"玉瓒以玉为柄而金为之流，故曰黄流"②。而"流""即勺也"。他进一步解释说："此盖诸侯祼献之边璋，黄金勺，青金外，所谓璋瓒也。其外青金，故黄流在中。青金，银也。黄金，金也。银质而金镶也。"③ 至此，解释"黄流"即金为之勺。王夫之又引用《考工记注》所记之："瓒如盘，其柄用圭，有流"及"鼻勺，流也"两条文献资料，得出"则黄流之即黄金勺明矣"④ 的结论，充分而翔实，颇具说服力。

接下来，他根据《白虎通》中"玉饰其柄，君子之性。金饰其中，君子之道"的文献，提出"《诗》以兴'岂弟君子'，义取诸此，安得以黄流为郁鬯乎？"⑤ 的质疑。于是，引入大量的文献资料，推寻充分的证据，进而证明"郁金"的本义和用途。他首先指出朱熹"筑郁金煮而和之"之见解"尤为差异"，并分析其因，指出是对《白虎通》"鬯者，以百草之香郁，金合而酿之"的误读。朱熹"连'金'于'郁'以为句，加'筑'于'秬黍为酒'之下，易'合酿'为'煮和'"⑥，因此导致了"先以秬黍为酒，捣筑郁金为末，置酒中煮之，以变酒色使黄，而谓之黄流"的错误解释，王夫之对朱熹予以"割裂古文，其误甚矣"的批评。围绕此误读，他搜集了大量关于"郁金"的文献，一一辨析：《说文》曰："郁，芳草""煮百草之英二百叶以成郁，乃远方郁人所贡。"又《诗含神雾》曰："郁百二十叶，采以煮之，为鬯郁以酿酒。"由此推出"郁本众草之英，非世之所谓郁金审矣"的结论。又结合自己的生活经验，认为古代煮百叶之法似"今人煮药酒之法"⑦。如此，"郁"为众草之英，而非"郁金"，其意则明了。

为了能够解释"郁金"之属性，他广泛收集如下材料，予以证明：

---

① （明）王夫之著：《诗经稗疏》卷三，《船山全书》第三册，岳麓书社2011年版，第167页。
② 同上。
③ 同上。
④ 同上。
⑤ 同上。
⑥ 同上。
⑦ 同上书，第168页。

第一条《魏略》云:"郁金生大秦国,二三月花如红蓝,四五月采之,香。"据此,"郁金"为香花;第二条陈藏器《本草》所记与《魏略》同;第三条《南州异物志》云:"郁金香出罽宾国,色正黄,如芙蓉花里嫩莲者相似。"亦为花;第四条《唐书》云:"太宗时,伽昆国献郁金,叶似麦门冬,九月花开似芙蓉,其色紫碧,香闻数十步。"为香花;第五条王肯堂《笔尘》所说与一二条基本相同。根据这些文献所记述推出"郁金"为"西番之奇卉"[①]。然而,依据上述五条文献,仅仅推出"郁金"的所属和产地,尚未足以证明"郁金"具体的属性与称谓。于是,他又选择古诗文文献为依据进而推论。分别引用左贵嫔《郁金颂》之"伊有奇草,名曰郁金。越自殊域,厥珍来寻"。《古乐府》云:"中有郁金苏合香"、唐诗:"兰陵美酒郁金香"等古诗文名句,由此可知"皆谓此草固非中国所有"[②]。经过层层梳理与考论,最终得出"郁金之名,实唯此番红花为当其实"[③] 之判断。这是一个近乎完美的考证过程,切实而明晰:黄流→黄金勺——郁→众草之英——郁金→番红花。

基于上述诸多文献的考论,王夫之并没有停留在名物考证层面上,而是进一步指出导致这种误读的原因以及对学术研究的不良影响。他认为,朱熹因生当南宋,偏安东南,对西域所产的西番奇异花卉"郁金"闻所未闻,故而误"以姜黄为郁金,以郁金为郁,既转展成伪"[④]。其误读之根源在于"意想姜黄之可捣可染酒变色",可见不经过实证研究的"臆想",是学术走向泛浮空虚的致命弱点。凭空臆想的结果则"与儒先传注相背,则误甚矣"[⑤]。由此提出"义理可以日新,而训诂必依古说"[⑥] 的训诂原则,否则就会"陷于流俗而失实"[⑦] 的弊端。这一例证,展示了王夫之善于发现问题,以旁征博引,有效地运用训诂学的技术,以及归纳与推理的方法,而得出科学的论断。

王夫之治《诗经》,不盲从,不妄尊,基于文献支撑,依据严谨求

[①] （明）王夫之著:《诗经稗疏》卷三,《船山全书》第三册,岳麓书社2011年版,第169页。

[②] 同上。

[③] 同上。

[④] 同上。

[⑤] 同上书,第170页。

[⑥] 同上。

[⑦] 同上。

实,将问题落到实处。如关于"雎鸠"属性的考证,最能体现王夫之善于归纳的治学方法。

"雎鸠",水鸟,《毛传》以"挚而有别"言"雎鸠"的特性。朱熹《诗集传》解释为:"雎鸠,水鸟,一名王雎,状类凫鹥,今江淮间有之。生有定偶而不相乱,偶常并游而不相狎。"①《毛传》和《诗集传》解释为水鸟,学界多从之,与夫妇之道的义理相符。然而,王夫之则根据大量的文献,做全面的考论。他首先列举出《尔雅》《说文》《禽经》《陆疏》《匡谬》等著作对"雎鸠"的解释,并援引郭璞、陆佃、郯子等人的观点,"以诸说参考",归纳出"则雎鸠之为鱼鹰,其名曰鹗"②的结论。并对朱熹的解释予以分析与批判:"《集传》以为凫鹥之属,殊为失实。凫鹥水鸟,雎鸠山禽;凫鹥小鸟,雎鸠鸷鸟,相去远矣。"③

王夫之自觉地运用这种方法,除了追求学术的严肃性和科学性以外,更是对明中叶以来"臆想"浮躁之风的纠正与批判。这也展示了船山渊博的学识和驾驭文献的能力,这种方法如果运用不当,或因所用文献过于繁复,若不善于归纳推论,反而被文献所左右,则易于造成过于罗列证据之嫌,而使文章繁杂不清,观点不明。

四 以诗解《诗》 探究诗意

两千多年的《诗经》学历程中,经生注《诗》与理学家说《诗》的结果,使《诗经》逐渐脱离其诗性,而被赋予经学内涵和理学思想,异化为教化工具。《诗》被一代代的诗教"魅影"层层包裹,成为言说政治思想的载体。基于此,王夫之提出了"以诗解诗"的阐释方法,以诗歌艺术的角度审视《诗经》,体会蕴含于其中的情意之美、艺术之美,并以此祛除厚重的政治教化之"魅",从而恢复《诗经》活泼的诗歌生命。"以诗解诗",不仅是《诗经》研究方法的尝试,亦是推动《诗经》文学阐释进程的动力,在《诗经》学史上有着十分重要的意义。

古老的《诗经》世代相传,未曾改变它的本色,以恒久不变的鲜活生命面对有因有革的《诗经》学史。究竟用怎样的方法抖落覆盖在《诗

---

① (宋)朱熹集注:《诗集传》,中华书局1958年版,第1页。
② (明)王夫之著:《诗经稗疏》卷一,《船山全书》第三册,岳麓书社2011年版,第39页。
③ 同上。

经》之上层累的尘埃与历史风雨的剥蚀,始终是摆在《诗经》学者面前的问题。王夫之提出的"以诗解诗"方法,有别于汉学之"以《序》解《诗》"和宋学之"以《诗》说《诗》",给人耳目一新之感。

(一)以诗解《诗》的提出

"以诗解《诗》"非船山发明,早在南宋时期的朱熹,因感于"今之读《诗》者,知有《序》而不知有《诗》也"①的解《诗》之弊,故反对"以《序》解《诗》"法,他提出诗"感物道情"的本质:

或有问于余曰:"诗何谓而作也?"余应之曰:"人生而静,天之性也。感于物而动,性之欲也。夫既有欲矣,则不能无思。既有思矣,则不能无言。既有言矣,则言之所不能尽,而发于咨嗟咏叹之余者,必有自然之音响节族(音奏)而不能已焉。此诗之所以作也。"

诗者,人心之感物而形于言之余也。②

朱熹一反传统的以《序》解《诗》,提出"训诂以纪之,讽咏以昌之,涵濡以体之,察之情性隐微之间,审之言行枢机之始"③的治《诗》方法,这是对《诗经》诠释方法的一次严肃思考,"朱熹反对以'断章取义'说《诗》、用《诗》,也对'思无邪'、'以意逆志'说《诗》有自己的理解,不赞同《毛序》不合时宜地套用这些方法说《诗》的做法。在此基础上,朱熹大胆提出了'以《诗》说《诗》'之主张"④。

何谓"以《诗》说《诗》"?邹其昌先生有着独到的见解:所谓"'以《诗》解《诗》'就应该是从《诗》所'道'之'情'的方面去把握这种《诗》之'情'"⑤。由此看来,朱熹"以《诗》解《诗》",是立足于《诗经》之情而去诠释《诗经》而已。

诚然"朱熹的'以《诗》解《诗》'说扬弃了包括《毛序》的说《诗》方法在内的多种观念,较为实在地解说了《诗》之'情'"⑥。但

---

① 郭齐、尹波点校:《朱熹集》,四川教育出版社1996年版,第4247页。
② (宋)朱熹集注:《诗集传·序》,中华书局1958年版,第1页。
③ 同上书,第2页。
④ 邹其昌著:《朱熹诗经诠释学美学研究》,商务印书馆2004年版,第40页。
⑤ 同上。
⑥ 同上。

是，平心而论，朱熹对于《诗经》"情感"特质的把握，并用于实际的解《诗》中，这无疑是《诗经》学发展的一次转型，尤其是对《诗经》文学"情感"的体认，有着积极的意义。

然而，朱熹开创的"诗经宋学"，虽少了汉学繁复的注解与训诂以及"断章取义"的附会，而援理入诗的诠释法，在某种程度上有甚于汉学，其持"淫"观评诗未必比汉儒之附会进步多少。如评《卫风·氓》："此淫妇为人所弃，而自叙其事以道其悔恨之意也"①"盖淫妇奔从人，不为兄弟所齿"②。甚至认为，女子不被兄弟体恤，是"理固有必然者"③。以如此道学家的立场来体会诗歌之"情"，其"情"与《诗经》之"情"相去甚远，而是理学家眼中的有色之"情"。

因此，以朱熹为代表的宋明《诗经》学，引"情"入"理"（以"情"谈"理"），再一次遮蔽了《诗经》的诗性魅力。对诗歌情感的体会，是出于理学家的立场。致使活泼的《诗经》远离诗本位，异化为理学思想的载体，或言说政治的工具，赋予厚重的理学色彩，使其在经学化的道路上越走越远。

《诗经》学发展到明代，汉学式微而宋学方兴未艾，与此同时，以文学阐释《诗经》似一股潜流涌动，蕴藏着勃勃生机，悄然改变着《诗经》学的发展轨迹。明代万时华在《〈诗经〉偶笺·序》中说："今之君子，知诗之为经，而不知诗之为诗，一蔽也"之慨叹具有很强的代表性。陈继揆《读〈风〉臆补》、贺贻孙《〈诗〉触》、戴君恩《读〈风〉臆评》皆如是观，其于《诗经》学的发展意义甚远："诸家虽囿于学识，利钝杂陈，而足破迂儒解经窠臼。"④ 这是真正意义上的"以诗解《诗》"的先声，其意在将"《诗》作诗读"。

然而，明代陈继揆、万时华、戴君恩等人，以"臆"言《诗经》的文学性，至多是从实践层面来言说《诗经》与"经"不同的文学意义。

在明代束书不观，以臆测虚妄为务的学术风气下，"臆断"解诗已成气候。王夫之既不满意宋学家"滞于文句而伤于理"⑤的说诗方法，也反

---

① （宋）朱熹集注：《诗集传》，中华书局1958年版，第37页。
② 同上书，第38页。
③ 同上。
④ 钱钟书著：《管锥编》（第一册），中华书局1986年版，第79—81页。
⑤ （明）王夫之著：《诗经稗疏》，《船山全书》第三册，岳麓书社2011年版，第131页。

对汉学经生对"兴观群怨"的生搬硬套,他们"何足以言诗"①?他更厌恶朱熹不惜"割裂古文"②的做法和不依训诂而"臆想"③的行为。他痛诋妄加臆断的"俗目"④之人"见其有叶落、日沉、独鹤、昏鸦之语,辄妄臆其有国削君危,贤人隐、奸邪盛之意"⑤的附会联想。

经学视域下的《诗经》研究,学术进路虽略有不同,但对《诗经》的研究态度庶几相似,即追求附会与教化,旨趣雷同,目的一致。而所谓文学阐释也多随意发挥,并未能突出《诗经》诗歌的主体地位。

王夫之认为,就文体意义而言,《诗经》首先是"诗体","诗"是第一性,是主位;其次是"经",是宾位。故而"陶冶性情,别有风旨"⑥是"诗"与"非诗"的本质区别。"诗""不可以典册、简牍、训诂之学与焉也"⑦。作为诗歌的《诗经》,其功能是陶冶性情,别有旨趣。因别有风旨,故不可作为实用文体;因陶冶性情,故不可与学术等量齐观。因此,出于对《诗经》学界说《诗》方法的不满,王夫之探讨解读《诗经》之法,力图回归《诗经》的文学本位,在《诗译》中特提出了"以诗解《诗》"的阐释方法:

  句绝而语不绝,韵变而意不变,此诗家必不容昧之几也。"天命玄鸟,降而生商。"降者,玄鸟降也,句可绝而语未终也。"薄污我私,薄浣我衣。害浣害否,归宁父母。"意相承而韵移也。尽古今作者,未有不率繇乎此;不然,气绝神散,如断蛇剖瓜矣。近有吴中顾梦麟者,以帖括塾师之识说诗,遇转则割裂,别立一意;不以诗解诗,而以学究之陋解诗,令古人雅度微言,不相比附。陋于学诗,其

---

① (明)王夫之著:《夕堂永日内编》,《船山全书》第十五册,岳麓书社2011年版,第819页。
② (明)王夫之著:《诗经稗疏》卷三,《船山全书》第三册,岳麓书社2011年版,第167页。
③ 同上书,第169页。
④ (明)王夫之著:《唐诗评选》卷三,《船山全书》第十四册,岳麓书社2011年版,第1019页。
⑤ 同上。
⑥ (明)王夫之著:《诗译》,《船山全书》第十五册,岳麓书社2011年版,第807页。
⑦ 同上。

弊必至于此。①

与明代"臆想"《诗经》文学性所不同的是,王夫之从理论上予以阐释,其对《诗经》文学性的揭橥,意义深远。

王夫之主张"以诗解《诗》",有着丰富的内涵。首先,"以诗解《诗》"包括了狭义的《诗》和广义的"诗";其次,"以诗解《诗》"是分属于不同范畴的诗学命题,即诗论和方法论。一方面,它是王夫之《诗经》学的一大诗学原则,即重在探究《诗经》的诗性特质与审美性以及诗歌的声情艺术;另一方面,它是王夫之阐释《诗经》所用的重要方法。

"以诗解《诗》",既汲取了明代以文学说《诗》的成果,亦有所创新,对《诗经》学的发展,具有指示门径、开辟新路的意义。

属于方法论范畴的"以诗解《诗》",在技术层面上包含以下两层意义:第一,以诗解《诗》,以诗歌(文学)的视角解读《诗经》,探究诗歌的情感特色与艺术表现;第二,引诗说《诗》,用诗歌来阐释《诗经》,即引用历代诗歌作品解释《诗经》,在诗《诗》互释中,凸显《诗经》的艺术魅力。

(二)以诗解《诗》的运用

经学视域下,对《诗经》文学性的研究,总是徘徊于两端。或望《诗》兴叹,力不从心;或恣意阐释,过犹不及。这些均未若王夫之目光之透辟、见解之深刻。他对《诗经》的文学阐释,着眼于对诗意的整体理解与"涵泳"会意,具体如下:

第一,句绝而语联 韵转而意通——对诗意的整体理解。

"意"居文学的主位,诗以意为主。王夫之就诗歌之"意"有着卓越的见解:

> 无论诗歌与长行文字,俱以意为主。意犹帅也。无帅之兵,谓之乌合。李、杜所以称大家者,无意之诗十不得一二也。烟云泉石,花鸟苔林,金铺锦帐,寓意则灵。若齐、梁绮语,宋人抟合成句之出

---

① (明)王夫之著:《姜斋诗话》,《船山全书》第十五册,岳麓书社2011年版,第811—812页。

处，役心向彼掇索，而不恤己情之所自发，此之谓小家数，总在圈缋中求活计也。①

"意"是文学的主脑，是统摄诗歌的灵魂。有"意"之诗，灵动活泼，诗情饱满。否则，求绮丽之辞，摘古人之句，虽华美却不关情，这样的作诗套路，最终困因于死板的诗法，小气逼仄，鲜有好诗。诗歌创作如此，那么，如何较透辟而全面地把握诗歌的"意"，是横亘读者面前的首要关隘。

讲究韵律是诗歌区别于其他文学形式的特质。古典诗歌除近体诗（绝律诗）要求一韵到底、严格对仗之外，其他古体诗（古风）可自由换韵，并无严格的定法，一首诗可由押不同韵脚的诗句构成，但无论是否换韵，或在何处换韵，必须遵循保持诗意始终贯通的诗学规则。王夫之所谓"句绝而语不绝，韵变而意不变"正是此意。韵转而意不转，"古诗及歌行换韵者，必须韵、意不双转"②。韵移而一脉相承，这是诗家不可昏昧之关键所在，是必须遵守的诗法之要，也是解诗者必须掌握的锁钥，更是评判诗歌艺术水准高下的标准。反之，意若随韵转，则使诗歌"气绝神散，如断蛇剖瓜矣"。诗之佳构外在"皆不待钩锁"，一气呵成；内在气韵浑成，"自然蝉连不绝"③。完美的诗章即是"一篇载一意，一意则自一气，首尾顺成，谓之成章"④。诚如明代何景明在《与李空同论诗书》中提出诗文"有不可易之法者，辞断而意属，连类而比物也。上考古圣立言，中征秦、汉绪论，下采魏、晋声诗，莫之有易也"。追求诗歌意脉贯通，是诗歌创作的基本法则；如何整体领会诗意，也是诗歌欣赏的审美维度。

然而，"俗目"之人，因陋于学识，或固于俗套，既不识诗法，亦不知诗妙。他们往往以学究之陋习解诗，或犹"以帖括塾师之识说诗，遇转则割裂，别立一意"；或如"顾梦麟者，作《诗经塾讲》，以转韵立界限，划断意旨。劣经生桎梏古人，可恶孰甚焉！"⑤ "不以诗解《诗》"，

---

① （明）王夫之著：《夕堂永日绪论内编》，《船山全书》第十五册，岳麓书社2011年版，第819—820页。
② 同上书，第823页。
③ 同上。
④ 同上书，第847页。
⑤ 同上书，第823页。

致使诗歌意脉支离破碎，诗意被随意穿凿。如此解诗，将原本诗意浑成的《诗经》解构成如"蠹虫相续成一青蛇"①。王夫之对"帖括"陋习深恶痛绝。

帖括，《新唐书·选举志上》："明经者但记帖括"，本指唐代明经科考试的方式，以帖经试士。据马端临《文献通考·选举二》所言："凡举司课试之法，贴经者，以所习之经，掩其两端，中间惟开一行，裁纸为贴。"即把经文前后两端遮蔽，只留中间一行，然后裁纸贴去该行中的几个字，让考生把贴住的字答出来。考生因帖经难记，于是总括经文编成歌诀熟记于心，以应对贴经考试，故称"帖括"。明清时期，人称八股文为帖括。后来，以"帖括"比喻套用一定格式的创作模式，或不切实际的迂腐言论。

王夫之所批评的"帖括"，指的是死板而僵化的说《诗》套路。他赞赏依题目，含蓄委婉了无匠气、灵动活泼的作诗法。如他评价明代诗人黄姬水的《柳》诗说："通首一点，是大家举止。措大帖括气，必此破除乃尽。"②所谓"通首一点"即是缥缈通灵之语，诗歌写景点到为止，活泼自然。这种诗歌创作法与帖括法大相径庭。因此，创作切忌帖括气，欣赏更需活泼心。

王夫之对明万历以来诗坛弥漫的"帖括"之气颇多微词："万历以来，借古题写时事，搜奇自赏者盛行，乃以帖括气重，不知脱形写影。"③这种创作风气对诗歌鉴赏有着不良影响，对《诗经》艺术的开掘多有不利。可见，"以诗解《诗》"是王夫之针对经生、学究、措大之类解诗之陋，而提出的诗歌鉴赏方法。

诗歌与散文最大的区别即是"律严而意远"，"律"严可见，而"意"远太虚，故创作者难以达意，接受者难以解意。语言是表达情意的工具，但表达精深的意蕴，则显示出语言的虚弱性。然而，一经诗人情意浸润的诗歌语言，却最富张力和活力，随意点染，便意趣无限。传统诗学

---

① （明）王夫之著：《夕堂永日绪论内编》，《船山全书》第十五册，岳麓书社2011年版，第823页。
② （明）王夫之著：《明诗评选》卷八，《船山全书》第十四册，岳麓书社2011年版，第1606页。
③ （明）王夫之著：《明诗评选》卷一，《船山全书》第十四册，岳麓书社2011年版，第1179页。

所强调的"言有尽而意无穷",所揭橥的恰是诗歌语言的含蓄特征。的确,诗"意"难尽,诗"意"尤难解,这是诗歌创作与接受的矛盾。因为,语言的表达与语意的破译、形式的安排与章法的解构都是困难的。钱钟书先生对语言表达和理解的困惑,有着十分精辟的阐释:

> 作者每病其传情、说理、状物、述事,未能无欠无余,恰如人意中之所欲出。务致密则苦其粗疏,钩深瞋又嫌其浮泛;怪其粘着欠灵活者有之,恶其暧昧不清明者有之。立言之人句斟字酌、慎择精研,而受言之人往往不获尽解,且易曲解而滋误解。"常恨言语浅,不如人意深"(刘禹锡《视刀环歌》),岂独男女之情而已哉?"解人难索","余欲无言",叹息弥襟,良非无故。①

诗人"句斟字酌、慎择精研"地精心创作,但语言达意的作用却微乎其微。而在读者那里语言却显示出张力,"往往不获尽解",或多曲解,且滋生许多误读来。钱先生之所以叹息弥襟,正是"未意识到语言特别是诗歌语言在达意方面的能动性和积极意义,即创作时的'语贵含蓄'和阐释时的'玄解''探微'或'悉妙义之闳深'"②。因此,阐释的惯用方法,即是依据诗歌的只言片语来"发明作者的'百意'或作者未意识到的'百意'"③。甚至,不惜断章来取义。

之所以发生如此现象,除了诗歌语言的含蓄性外,在王夫之看来,是由于诗歌的"意"不露于外,而"皆意藏篇中"④之故。那么,读诗需通篇观之,整体察知,方可把握诗意。为了能够充分阐释这一问题,王夫之特举《国风·墉风·君子偕老》之"子之不淑,云如之何"、《国风·秦风·小戎》之"胡然我念之",以及《国风·豳风·东山》之"伊可怀也"⑤等诗句来说明诗"意"蕴含篇中,故不可通过断章或断句来获得,从而指出"俗笔必于篇终结锁,不然则迎头便喝"⑥的拙劣创作,致

---

① 钱钟书著:《管锥编》第二册,中华书局1999年版,第406页。
② 周裕锴著:《中国古代阐释学研究》,上海人民出版社2003年版,第330页。
③ 同上。
④ (明)王夫之著:《诗译》,《船山全书》第十五册,岳麓书社2011年版,第811页。
⑤ 同上。
⑥ 同上。

使读者断章取义的解读发生。不过,任何断章取义的解读法,不能问责于诗人,这实际上是国人解读诗歌的传统而已。毕竟,就诗歌史而言,"俗笔"之作难以登上赫赫诗坛。

纵观《诗经》学史,断章取义已成为经生解诗的惯用套式,这种方法使用的必然结果,不仅使原本活泼的《诗经》失却了诗性的灵动,而且使《诗经》从诗坛走向"教条的陈述"或政治说教之路。《诗经》遭遇的这种尴尬境遇,恰如韦勒克他们批评的诗歌解读现象一样:

> 把艺术品贬低成一种教条的陈述,或者更进一步,把艺术品分割肢解,断章取义,对理解其内在的统一性是一种灾难:这就分解了艺术品的结构,硬塞给它一些陌生的价值标准。①

尽管,东西方文学创作思想各有所向。然而,读者对文学的接受视野和审美认同略无二致。这一现象除了说明"断章取义"的阐释法,在诗歌阐释领域内的通用性和惯用性之外,至少可证明出王夫之《诗经》学所持的方法论,远远超越了他的时代。他是站在明末清初学术研究的最前沿,用超远的目光来审视最古老的诗歌,尝试用最新的方法,去发现被历史尘埃遮蔽的《诗经》之美。

王夫之提倡的"以诗解《诗》"法,要求读诗者要穿透语言,直指诗"意"。如《君子偕老》是一首颇具讽刺意味的诗,《毛序》《郑笺》及"三家诗",皆认为是讽刺卫宣姜淫乱之作。不过,诗三章不惜笔墨描写主人公服饰之美、仪表之佳,若不细心体会诗人的语气以及正话反说的讽刺手法,则难以体会到蕴含在其中的讽刺意味。

沈德潜在《说诗晬语》中评这首诗说:"讽刺之词,直诘易尽,婉道无穷。卫宣姜无复人理,而《君子偕老》一诗,止道其容饰衣服之盛,而首章末以'子之不淑,云如之何?'二语逗露之……苏子不可以言语求而得,而必深观其意者也,诗人往往如此。"王照圆在《诗说》中指出:"通篇止'子之不淑'二句,明露讥刺,余均叹美之词,含蓄不露……句句有'子之不淑'在,言下蕴藉可思……末云'邦之媛也',讪然而止,

---

① [美]雷·韦勒克、奥·沃伦著:《文学理论》,刘象愚等译,生活·读书·新知三联书店1984年版,第114页。

悠然不尽。以'也'如游丝袅空，余韵绕梁，言外含蕴无穷。"将深刻的意味蕴藏于字里行间，这是诗家妙法，也是欣赏诗歌的不二法门。否则如"俗笔必于篇终结锁，不然则迎头便喝"①。

欣赏好诗不可于篇终或开头寻绎诗意，应通篇观之。在这一点上，王夫之更早于王照圆和沈德潜，提出以意为主的欣赏方法。一首诗的语言，是一个完整的系统，不可随意分割。韦勒克和沃伦就文体分析，提出了对作品的语言做系统分析的方法："从一件作品的审美角度出发，把它的特征解释为'全部的意义'，这样，文体就好像是一件或一组作品的具有个性的语言系统。"② 从文体学的角度来看，诗歌语言之间的关联最紧密，诗歌意义与上下文之间的关系也最紧密。所以，把诗歌的特征解释为"全部的意义"，更有必要。通过对语言分析的方法，以"全部意义"统摄诗歌，通篇观照，方可体会诗歌的意蕴之美。

第二，从容涵泳　自生气象——以"涵泳"法读诗。

有些诗歌"意在言先，亦在言后"③。如《诗经·周南·芣苢》便是如此。对这类诗，王夫之提出"从容涵泳，自然生其气象"④ 的"涵泳"之法。

"涵泳"是由音韵美的体会潜入品赏诗意美的最佳方式，是通过品味语言，感受诗歌的情韵；"涵泳"是在反复吟咏中，领略诗歌的意义和美感。因此，"涵泳"的提出，意味着《诗经》学在方法论上，取得了长足的进步，标志着《诗经》向诗歌本位回归迈出的关键一步。

"涵泳"一词最早出自左思《吴都赋》之"涵泳乎其中"一句，描写鱼在山泽中悠游自得潜行之状。由此引申为沉浸、浸润、润泽等意。作为鉴赏法，朱熹有首倡之功。他认为："大凡读书，多在讽诵中见义理。况《诗》又全在讽诵之功，所谓'清庙之瑟，一唱而三叹'，一人唱之，三人和之，方有意思"。⑤《诗》全在讽诵，然《诗》更要"涵泳"，所谓

---

① （明）王夫之著：《诗译》，《船山全书》第十五册，岳麓书社2011年版，第811页。
② ［美］雷·韦勒克、奥·沃伦著：《文学理论》，刘象愚等译，生活·读书·新知三联书店1984年版，第193页。
③ （明）王夫之著：《诗译》，《船山全书》第十五册，岳麓书社2011年版，第808页。
④ 同上。
⑤ （宋）黎靖德编，王星贤点校：《朱子语类》，卷第一百零四，中华书局1986年版，第2612页。

"读书须要涵泳"①，在涵泳中获得诗歌的意蕴。"读书须当涵泳，只要子细看玩寻绎，令胸中有所得尔"②。"所谓涵泳者，只是子细读书之异名"③。关于如何读《诗经》，朱熹在《诗集传·序》中，又提出了"涵濡"之说，他认为：学诗"本之二南以求其端，参之列国以尽其变，正之于雅以大其规，和之于颂以要其止，此学诗之大旨也。于是乎章句以纲之，训诂以纪之，讽咏以昌之，涵濡以体之，察之性情隐微之间，审之言行枢机之始，则修身及家，平均天下之道，其亦不待他求而得之于此矣"④。可见，朱熹所谓的"涵泳"与"涵濡"并无二致，都是文本的细读法，"是他自己善读经验的理论结晶，是宋代'善读'说的集中体现，也是中国传统阅读美学的集大成者"⑤。另外，从朱熹"讽咏以昌之，涵濡以体之"来看，"讽咏"是"涵泳"的前奏。"讽咏"就是有节奏、有声情，抑扬顿挫的吟咏。对此，沈德潜认为："诗以声为用者也，其微妙在抑扬抗坠之间。读者静气按节，密咏恬吟，觉前人声中难写、响外别传之妙，一齐俱出。朱子云：'讽咏以昌之，涵濡以体之。'真得读诗趣味。"⑥ 可见"讽咏"和"涵泳"之间密切的关系。

曾国藩亦深得朱子"涵泳"之旨趣，教子时诠释"涵泳"道：

> 涵泳二字，最不易识，余尝以意测之曰：涵者，如春雨之润花，如清渠之溉稻。雨之润花，过小则难透，过大则离披，适中则涵濡而滋液。清渠之溉稻，过小则枯槁，过大则伤涝，适中则涵养而浡兴。泳者，如鱼之游水，如人之濯足。程子谓鱼跃于渊，活泼泼地；庄子言濠梁观鱼，安知非乐？此鱼水之快也。左太冲有"濯足万里流"之句，苏子瞻有夜卧濯足诗，有浴罢诗，亦人性乐水者之一快也。
>
> 善读书者，须视书如水，而视此心如花、如稻、如鱼、如濯足，则涵泳二字，庶可得之于意言之表。尔读书易于解说文义，却不甚能

---

① （宋）黎靖德编，王星贤点校：《朱子语类》，卷第一百二十一，中华书局1986年版，第2928页。
② 同上。
③ 同上。
④ （宋）朱熹集注：《诗集传·序》，中华书局1958年版，第2页。
⑤ 邹其昌著：《朱熹诗经诠释学美学研究》，商务印书馆2004年版，第118页。
⑥ （清）沈德潜著，霍松林校注：《说诗晬语》，人民文学出版社1979年版，第187页。

深入，可就朱子"涵泳""体察"二语悉心求之。①

曾国藩以形象的比喻，说明"涵泳"之于读书的妙处和益处，他所强调的正是以"涵泳"，或"涵濡"读书的过程中，主体的审美心理与审美对象相交融的境界。"涵泳"是主体与对象之间，召唤与被召唤的过程。在这个过程中，对象的美被发掘，活泼地展示出来，并融入主体的阅读视野，使主体获得审美满足。因而，实现主体与客体双向互动与交融的媒介，即是"涵泳"。显然，曾国藩是在纯艺术的层面上，理解朱熹的"涵泳"之法。实际上，曾解与朱说依然有差别。因为，朱熹是站在理学家的立场上，探讨通过"涵濡"或"涵泳"，来体会《诗经》幽微的道德意义。在他看来"此诗之为经，所以人事浃于下，天道备于上，而无一理之不具也"②。朱熹的"涵濡"或"涵泳"，旨在"强调理会诗之义理，以求达到心性修养的目的"③。因此，朱熹的"涵泳""涵濡"带有鲜明的理学底色，这与摆脱功利目的，而以纯粹的文学眼光探究《诗经》的文学本质距离尚远。

那么，王夫之所谓的"从容涵泳"，从表层看来，似与朱说并无二致。但是，从深层次而言，区别甚远。王夫之通过涵泳，意在达到"自然生气象"的境界，而非朱子渴望"令胸中有所得"的结果。严格来说，"自然而生"与"胸中所得"，一随意，一目的；一纯粹，一复合；一超功利，一有所求；一审美，一会义。所求不同，境界亦相去甚远。

王夫之的"涵泳"援情入学，恬淡之中求真味；朱子则引学入理，治学之处悟义理。二人对《诗经》的期待视野不同，所获不一。王夫之通过涵泳，达到"自然生气象"的审美境界。在涵泳中，调动想象力，感受诗歌所散发出的活泼、健康、饱满的生命情韵与真水无香的审美特质，这是使作品"富有生气的精神的一种显现方式"④。以纯粹的"涵泳"，指向诗歌内在，召唤诗歌美的呈现——自然而然，灵动活泼，这是以诗心解《诗》。当涵泳于诗歌中，悠游自得，无限美丽涌动心中，阅读

---

① 梁常芳编著：《曾国藩教子家书》，石油工业出版社2009年版，第110页。
② （宋）朱熹集注：《诗集传·序》，中华书局1958年版，第2页。
③ 刘毓庆著：《从经学到文学——明代〈诗经〉学史论》，商务印书馆2001年版，第28页。
④ ［德］汉斯-格奥尔格·伽达默尔著：《真理与方法》（上卷），洪汉鼎译，上海译文出版社2004年版，第68页。

者的内心亦自生气象,"物我"为一。此番读诗,似陶渊明"悠然见南山"之心无挂碍,妙趣横生;似佛祖"拈花微笑"之妙悟玄道,中得心源。以"涵泳"会诗意,旨在体会诗意之美。这是阅读诗歌的最佳途径,如沈德潜所言:

> 读诗者心平气和,涵泳浸渍,则意味自出;不宜自立意见,勉强求和也。况古人之言,包含无尽,后人读之,随其性情,浅深高下,各有会心,如好《晨风》而慈父感悟,讲《鹿鸣》而兄弟同食,斯为得之。董子云:"诗无达诂。"此物此志也,评点笺释,皆后人方隅之见。①

显然,沈德潜所说的"涵泳浸渍,则意味自出","不仅是深入探求作品意旨,而且也要仔细品味艺术特征。只有深刻体会作者的艺术匠心,才能更好地理解作品"②。由此可见,以"涵泳"之法阅读诗歌,以情体会,则诗意自出。沈说在文学本位的意义上,与王夫之所言庶几一致。

基于上述理解,王夫之就解读《诗经·芣苢》,而提出"涵泳"之法,可谓独到之见。《芣苢》是《诗经》中一首十分独特的诗篇,语言简洁,三章只更换六个动词;韵律简单,三章一韵到底;表现手法直白,赋法平铺直叙。就字面而言,似乎了无余韵:

> 采采芣苢,薄言采之。采采芣苢,薄言有之。
> 采采芣苢,薄言掇之。采采芣苢,薄言捋之。
> 采采芣苢,薄言袺之。采采芣苢,薄言襭之。③

读《芣苢》,如果只停留在诗歌的语言层面,着眼于六个动词的变化上,仅获诗关于劳动的内容。除此,难以读出别样的诗歌意味来,则索然无味。或因无力读懂,附会效仿,破坏诗意:"今人附会圣经,极力赞

---

① (清)沈德潜编:《唐诗别裁集·凡例》,中华书局1975年版,第3页。
② 尚学锋、过常宝、郭英德著:《中国古典文学接受史》,山东教育出版社2000年版,第454页。
③ (清)阮元校刻:《十三经注疏》(上),《毛诗正义》卷一,中华书局1980年版,第281页。

叹。章菔斋戏仿云：'点点蜡烛，薄言点之。点点蜡烛，薄言剪之。'注云：'剪，剪去其煤也。'闻者绝倒。"① 造成如此笑话的原因，则是不知诗歌的内容和情感之故。

《芣苢》的主题，历来多有纷争。或如《毛诗序》所持咏"后妃之德"的教化说；或如朱熹所言"化行俗美，家室和平"的礼教说；或如方玉润所谓"山歌"说，等等。经生解此诗，多重内容，而忽略了诗歌语言传达的妙意。这首诗究竟是描写采摘车前子，抑或其他，我们不得而知。但好诗无须意义求证落到实处，其佳处正在以朴实的语言，简单的节奏，表达欢快愉悦的情绪，而这些美感，唯有依"涵泳"可得。

的确，以涵泳法读此诗，"相较于教书匠的呆板的规则，天才显示了自由的创造活动，并因而显示了具有典范意义的独创性"②。方玉润颇得船山"涵泳"法之妙：

> 殊知此诗之妙，正在其无所指实而愈佳也。夫佳诗不必尽皆征实，自鸣天籁，一片好音，尤足令人低回无限。若实而按之，兴会索然矣。读者试平心静气，涵咏此诗，恍听田家妇女，三三五五，于平原绣野、风和日丽中群歌互答，余音袅袅，若远若近，忽断忽续，不知其情之何以移而神之何以旷。

> 则此诗可不必细绎而自得其妙焉……今世南方妇女登山采茶，结伴讴歌，犹有此遗风云。③

诚然，方玉润以清新优美的语言，展示《芣苢》的意蕴之美，然而，他所用的"涵咏"显然是清代文学阐释《诗经》的通用法则，即反复咏叹而获得意趣的方法。"涵泳"与"涵咏"虽一字之差，但二者略有区别。"涵咏"是清代《诗经》文学阐释学派常用的方法，如姚际恒、崔述等。其区别显而见之，无须多辩。

王夫之认为，凡深得《诗经·芣苢》创作意趣的诗歌皆可用"涵泳"

---

① （清）袁枚撰，顾学颉校点：《随园诗话》（上），卷三，人民文学出版社1960年版，第97页。

② ［德］汉斯-格奥尔格·伽达默尔著：《真理与方法》（上卷），洪汉鼎译，上海译文出版社2004年版，第68页。

③ （清）方玉润撰，李先耕点校：《诗经原始》（上），中华书局1986年版，第85页。

法,"即五言中,《十九首》犹有得此意者,陶令差能仿佛,下此绝矣。'采菊东篱下,悠然见南山','众鸟欣有托,吾亦爱吾庐',非韦应物'兵卫森画戟,燕寝凝清香'所得而问津也"①。船山提及《古诗十九首》与陶渊明的诗歌,其意在说明《苤苢》所包含的意趣,恰如《古诗十九首》和陶渊明诗歌,言浅意深,语短情长。

因此,王夫之所提出的"涵泳从容",是最能够感受潜藏于《诗经》文本的诗"意"之美。文学阐释与文学创作都具有独创性,阐释是对文学文本艺术美的揭橥以及对文本生命情韵的再创造。同时,也是对文学艺术审美维度的无限拓展与加深,王夫之赋予《诗经》诗意的诠释,对开掘《诗经》的文学魅力,颇有贡献,他对清代独立思考派的影响很大。

第三,引诗释《诗》 意蕴无穷。

引诗释《诗》,是指王夫之引用大量的诗歌作品,来阐释《诗经》,是船山《诗经》学"以诗解《诗》"法的另一方法。

至明代,《诗经》学已经走过了近两千年的历史。在学理上,无论是先秦《诗经》学、汉唐《诗经》学,抑或宋明《诗经》学,均有它们内在的思想依据与政治背景。它们各自独立,却相互依存,汉宋兼采即是例证。在方法上,无论是《诗》史互证、断章取义,还是以"臆"说《诗》,或笺、疏、正义,自成体系。

在王夫之看来,上述这些理论与方法,或"帖括"②气太重,迂腐不堪,死板僵化;或经生桎梏古人③,牵强附会,难见诗意;抑或脱离经典律度④,曲意解经,或强生新意。

基于此,王夫之进一步扩大"以诗解《诗》"的功能,引用大量的诗歌为依据,以此作为解《诗》的又一方法,在诗《诗》互发中,展示《诗经》的丰厚内涵,具体如下。

---

① (明)王夫之著:《姜斋诗话》,《船山全书》第十五册,岳麓书社2011年版,第808页。

② (明)王夫之著:《诗译》,《船山全书》第十五册,岳麓书社2011年版,第811页:"以帖括塾师之识说诗,遇转则割裂,别立一意。"

③ (明)王夫之著:《夕堂永日绪论内编》,《船山全书》第十五册,岳麓书社2011年版,第823页:"顾梦麟者,作《诗经塾讲》,以转韵立界限,划断意旨。劣经生桎梏古人,可恶孰甚焉!"另见王夫之《明诗评选》卷八,《船山全书》第十四册,岳麓书社2011年版,第1606页:"通首一点,是大家举止。揩大帖括气,必以破除乃尽。"

④ (明)王夫之著:《诗译》,《船山全书》第十五册,岳麓书社2011年版,第807页:"故艺苑之士,不原本于《三百篇》之律度,则为刻木之桃李。"

其一，以诗为据　训释《诗经》

此处以诗解《诗》之"诗"，指历代诗歌作品，即从古诗中摘章引句，在知识层面来训释《诗经》。表层看来，在这种"以诗解《诗》"的方法中，"诗"仅是文献依据，用其来证《诗》之合理性的材料而已。然而，那些优美的诗句如一颗颗闪烁的珠宝，使王夫之《诗经》学既有学术的严肃性，亦不失诗歌研究的灵动性和趣味性。

如《诗经稗疏》卷二训释"英英白云"条云：

> 露降不以云，故《集传》以此为"水上轻清之气。"然水气上蒸之似云者，或晨或暮，固亦霏微岸草间，而乍生乍散，不能濡润菅茅。若露之湿草者，高山平原无水之地随在而有，固不资于水气。且水气腾上，不能逾二三尺，冉冉囷囷，平伏涣散，不可谓之"英英"；与云殊类，亦不可名为"白云"。以此说《诗》，虽巧而实未安。今按：晴夜所降之露，所谓白露也，有云则无，无云则有。而凡浓雾细雨，沾濡草木，湿人衣履者，亦可谓之露。张旭诗云："入云深处亦沾衣。"高山大壑云起之处见如微雨，而渐即平野回望之，则唯见为白云而已。露之为言濡也，谓湿云之濡菅茅也。遥望之则曰云，入其中则为雾，雾亦谓之露。故《素问》云："雾露中人肌肤。"乐府《清商曲》云："雾露隐芙蓉。"皆此之谓也。白云自可露菅茅，安在其为"水上轻清之气"哉！①

"英英白云，露彼菅茅"是《小雅·白华》第二章之首二句。《毛传》："英英，白云貌。"朱熹《诗集传》："英英，轻明之貌。"② 二者相较，朱熹之解释，略显具体，形容"白云"之貌。"白云"究竟是何物？这是理解诗歌意的关键所在。朱熹《诗集传》："白云，水上轻清之气，当夜而上腾者也。"③ 即为水气，"英英白云"，形容山间袅袅升起的清明水气。然而，王夫之认为，若联系下句"露彼菅茅"之意，则朱熹的解释不甚恰当。他逐一予以分析：首先，水气生于晨暮，因水而生，弥散于

---

① （明）王夫之著：《诗经稗疏》卷二，《船山全书》第三册，岳麓书社2011年版，第151页。

② （宋）朱熹集注：《诗集传》，中华书局1958年版，第171页。

③ 同上。

水岸边草间，且乍生乍散，不能润菅茅；而露润百草，高山平原无处不有，并不依靠于水气而生。其次，水气蒸腾，袅袅而上，高超不过二三尺，低回水面，易于涣散，不可称之为"英英"；再次，水气与云不属同类，故亦不可名为"白云"。

　　以上，王夫之对朱熹关于"英英白云"之说予以一一批驳后，做出了颇有诗意的判断和训释：首先，晴夜所降之露，称作白露。其次，凡浓雾细雨，亦可谓之露。"露"和"雾"皆可润草木，湿人衣。故"白云"即为"云雾"。那么，"云雾"与"水气"相比，"云雾"更能接近诗歌的原意，更能凸显诗歌的意境。其妙无穷，"云雾"无处不在，随处滋润草木；"云雾"氤氲缥缈，切合"英英"之喻；"云雾"婀娜多姿，极富美感。将"白云"训释为"云雾"或"水气"，从自然现象而言，区别并不大，不过，从诗意而言，相去甚远。"云雾"以婀娜之形，曼妙之姿，氤氲之气，使欣赏者感到快适惬意。在诗歌意境中，"云雾"营造了一种虚无缥缈之境。联系三四句，"天步艰难，之子不犹"，亦见其于表现诗歌情意的作用。

　　虽然，从物的属性而言，"云雾"与"水气"差别不大，但却见出训释者对诗意的体会之深浅。王夫之又援诗入《诗》，以诗印证他的解释。他引唐代诗人张旭《山中留客》之第四句"入云深处亦沾衣"，印证"白云"为"云雾"的合理性与恰切性。所谓"高山大壑云起之处见如微雨，而渐即平野回望之，则唯见为白云而已。露之为言濡也，谓湿云之濡菅茅也。遥望之则曰云，入其中则为雾，雾亦谓之露"。这一段优美的文字，既形象地描述了"云雾"的形态与质感，也阐释其"遥望之则曰云，入其中则为雾"的特性，堪为绝妙之释。细细品味王夫之对"入云深处亦沾衣"的阐释文字，可见"以诗解《诗》"的匠心所在。从表面来看，似是摘章寻句式的引用，摘一诗句仅为自己观点的印证。从深层来体会，船山是在体悟所引之诗意后，撷其核心诗句予以凸显《诗经》的意蕴。若无对"纵使晴明无雨色，入云深处亦沾衣"的审美感受，亦不能有此精妙之解。因此，对王夫之"引诗入《诗》"之"诗"，不能简单视之为摘引法。为了进一步夯实自己的观点，他在稗疏的最后，又引用乐府《清商曲》之："雾露隐芙蓉"。这里"雾露"并称，以证"遥望之则曰云，入其中则为雾，雾亦谓之露"论断的准确性。同时，也反驳了朱熹所云"水上轻清之气"的偏狭性。

《诗经稗疏》旨在对《诗经》中历来争议较大的语词,进行详细的训释和辨析。从"英英白云"的诠释中,表现出王夫之《诗经》学独具一格的阐释特点,即淡化《诗经》的经学性,而凸显其诗意美。经学家从政治角度,以经解《诗》,形成"判决式"的批评模式。王夫之却打破陈规,在体认《诗经》"陶冶性情,别有风旨"①的诗性基础上,指出诗"不可以典册、简牍、训诂之学"②的特性,来诠释《诗经》。他训释《诗经》语言,并不止于分析语言的指称性,而是更注重诗歌语言表情达意的功能分析。在虚实结合,融情入理的训释中,使古老的《诗经》获得了诗意的灵动和诗性的美丽。

引诗释《诗》法,在《诗经稗疏》中俯拾即是。如释《曹风》"蜉蝣"条,引阮籍《咏怀诗》之"蜉蝣玩三朝"诗句,来证明蜉蝣"微子之虫,又非人所畜饲,其生其死,无从知之"③的悲剧性。《稗疏》卷一"卷耳"条,引宋徽宗诗"苴母初生罢禁烟",以证"卷耳"乃为"苴母",说明"南北通有之"。④《稗疏》(卷一)"蘋藻"条,为了证明"蘋""蘋盖蓴葵之属",引柳恽诗"汀州采白蘋"等,不甚一一枚举。

引诗释《诗》法的益处,一方面不仅仅在于通过引用古典诗歌使《诗经》得以完美的诠释。另一方面,也指导读者对所引诗歌进行一次新的解读,从而达到了诗《诗》互解的效果。这是王夫之《诗经》学"以诗解诗"的命意所在。比如《稗疏》卷三解《大雅》"黄流在中"条,是王夫之对《大雅·旱麓》第二章"瑟彼玉瓒,黄流在中"的辨析。从王夫之关于"郁"与"郁金"的辨析中,可管窥引诗释《诗》法的妙处。

王夫之在考察大量文献的基础上,说明"郁"为芳草名,而古人用"郁"酿酒,实际上是"煮百草之英,用以合熟黍而酿酒"⑤。而朱熹所谓的"郁金"与"郁"不属一物,"为西番之奇卉"⑥,其名为番红花。

---

① (明)王夫之著:《诗译》,《船山全书》第十五册,岳麓书社2011年版,第807页。
② 同上。
③ (明)王夫之著:《诗经稗疏》卷一,《船山全书》第三册,岳麓书社2011年版,第96页。
④ 同上书,第40页。
⑤ (明)王夫之著:《诗经稗疏》卷三,《船山全书》第三册,岳麓书社2011年版,第168页。
⑥ 同上书,第169页。

他引左贵嫔之的《郁金赞》为证:"伊有奇草,名曰郁金。越自殊域,厥珍来寻。芳香酷烈,悦目冶心。"①最后,他引用《古乐府》"中有郁金苏合香"和唐诗"兰陵美酒郁金香",两句诗来说明古诗中的"郁金"乃来自西域的奇卉,而非"郁"。诗人将"郁金香"与"琥珀光"对举,"郁金香"之意则不言自明,即芬芳四溢的奇花,并非用来酿酒的"姜黄",诗人借此表达主人待客之诚心美意。据此,"中有郁金苏合香"和"兰陵美酒郁金香",两句中的"郁金香"若解为"姜黄"或"郁"则皆与诗意不符,而其意为奇草之郁金,即番红花。

其二,诗《诗》互释 相得益彰

《诗译》和《夕堂永日内编》是王夫之对《诗经》艺术特征和美学意义的阐释著作。其中所用的方法亦是引用诗歌来衬《诗经》的诗意美,这是王夫之"以诗解诗"法的又一灵活运用。

"以意为主"是王夫之诗学的重要命题。然而,"意"藏于篇中,或在"言先",或在"言后",意无定处,却无处不有,读者很难把握。"涵泳"则是体会诗歌意的最佳方法,他特举《周南·芣苢》,说明诗歌"意在言先,亦意在言后,从容涵泳,自然生其气象"②的特点。

中国文学史上,"言""意"之辨,是诗学关注的重要命题。陆机在《文赋·序》中指出:"恒患意不称物,文不逮意。盖非知之难,能之难也。"陆机所言"文不逮意"并非仅指文学创作的技巧问题,也是一个诗论问题。刘勰在《文心雕龙》中亦言:"意翻空而易奇,言征实而难巧也。"创作者言意之难可见,而鉴赏者尤难。所谓"得意忘言"③是指语言对解释诗意无能。或云"古人用意深微含蓄,文法精研密邃……皆深不可识"④。亦见解诗者的不自信。

诚然,诗意固然难以言说,但王夫之运用"以诗解《诗》"的妙法,将这一难题轻松解开。他引用陶渊明"采菊东篱下,悠然见南山"两句诗,以证《芣苢》自然恬淡之美。佳诗抒情写景,出自胸臆,令人回味,陶诗即是如此。"读陶公诗,专取其真:事真景真,情真理真,不烦绳削

---

① (明)王夫之著:《诗经稗疏》卷三,《船山全书》第三册,岳麓书社2011年版,第169页。
② (明)王夫之著:《诗译》,《船山全书》第十五册,岳麓书社2011年版,第808页。
③ (清)王先谦撰:《庄子集解》,中华书局1987年版,第244页。
④ (清)方东树著,汪绍楹校点:《昭昧詹言》卷一,人民文学出版社1961年版,第6页。

而自合"①。陶诗真率天然，田园诗清新朴实之风，读者可心领神会。而古老的《诗经》，在后世读者的眼中意深难解，所谓"古人文字渊奥，非精死冥会，不能邃通"②。因此，若不借助陶诗，则难解《芣苢》之妙。诗《诗》互释中，读者方可体会诗歌"自然生其气象"的妙趣。

"以诗解《诗》"除了诗《诗》互释，呈现诗意之外，亦可解"诗法之妙"，彰显《诗经》独到的艺术手法。王夫之论《小雅·出车》云：

"春日迟迟，卉木萋萋；仓庚喈喈，采蘩祁祁。执讯获丑，薄言还归。赫赫南仲，猃狁于夷。"其妙正在此。训诂家不能领悟，谓妇方采蘩而见归师，旨趣索然矣。建旌旗，举矛戟，车马喧阗，凯乐竞奏之下，仓庚何能不惊飞，而尚闻其喈喈？六师在道，虽曰勿扰，采蘩之妇，亦何事暴面于三军之侧耶？征人归矣，度其妇方采蘩，而闻归师之凯旋，故迟迟之日，萋萋之草，鸟鸣之和，皆为助喜。而南仲之功，震于闺阁。室家之欣幸，遥想其然，而征人之意得可知矣。乃以此而称南仲，又影中取影，曲尽人情之极至者也。③

《小雅·出车》是一首描写征人久戍得归的战争诗。诗歌前四章从征人着笔，描写战争情景，抒发思念亲人的情感。第五、第六章从对面着笔，悬想家中妻子盼归的情状，诗法之妙正在于此。历来对这首诗多从写实处解，《毛诗序》云："《出车》，还劳也。"孔颖达《毛诗正义》言："六章皆劳词也。"然而，王夫之指出诗歌之妙处正在"度"字，即诗人丰富的想象。而想象之妙在于虚写思妇之情状，可谓之"写影"。"写影"是诗歌视角的转化，即从征人转向思妇。不言征人思念之深，而云思妇念夫之状，更增诗歌的抒情色彩。这种手法，从征人而言，则为"取影"。不过，王夫之认为仅以此谈诗歌"取影"之法，犹难尽人意，于是引用唐代诗人王昌龄的《青楼曲》整首诗，突出《出车》"取影"法的妙趣：

唐人《少年行》云："白马金鞍从武皇，旌旗十万猎长杨。楼头

---

① （清）方东树著，汪绍楹校点：《昭昧詹言》卷四，人民文学出版社1961年版，第98页。
② （清）方东树著，汪绍楹校点：《昭昧詹言》卷一，人民文学出版社1961年版，第7页。
③ （明）王夫之著：《诗译》，《船山全书》第十五册，岳麓书社2011年版，第809—810页。

少妇鸣筝坐,遥见飞尘入建章。"想知少妇遥望之情,以自矜得意,此善于取影者也。①

这是王夫之《诗经》学"以诗解《诗》"的精妙之笔,似信手拈来,却别出心裁。相较于《诗经》,唐诗几乎人人熟知,尤其"七绝圣手"之诗歌更是耳熟能详。读者可凭借唐诗来体会《诗经》,无论是"字外之意""句中之妙""意在言先""意在言后";抑或取影之妙和诗意之美,皆可思而得之。《诗经》的情思与美感、章法与笔法,在与唐诗的映衬中熠熠生辉,令人回味无穷。

"以诗解《诗》",诗《诗》互证的方法,古已有之。然而,王夫之灵活的用法,则他人难及,如明人陈继揆和戴君恩解《诗》云:

> 之子于归,言秣其马。永叔云:"犹古人言,虽为执鞭,所欣慕者也。"
> 朱子悦之深,意亦同。唐人香奁诗云:"自怜输厩吏,余暖在香鞴",此即欧朱意也。孰谓《周南》正风乃艳情之滥觞哉!
> ——陈继揆《读风臆补·周南·南有乔木》

> 诗贵远不贵近,贵淡不觉浓。唐人诗如"袅袅城边树,青青陌上桑,提笼忘采桑,昨夜梦渔阳",亦犹《卷耳》四句意耳。试取以相较,远近浓淡,孰当擅场?
> ——戴君恩《读风臆评·周南·卷耳》

以上两则以诗说《诗》的例子,虽均引用了古诗,然而,从"孰谓《周南》正风乃艳情之滥觞哉""亦犹《卷耳》四句意耳"的判断语句中,则强调说《诗》的意图在于《诗经》对后世诗歌的影响,并非如王夫之引"诗",则为加强读者对《诗经》文学性的理解。同样是"以诗解《诗》",仍略有差别,其关键在于对诗歌美感的体味不同。我们虽无意于厚此薄彼,但可见出王夫之"以诗解《诗》"的与众不同处:

就训释而言,援引诗歌,在训释《诗经》名物的同时,使其获得诗性之美;就文学阐释而论,引用诗歌,彰显《诗经》的文学之美。《诗》

---

① (明)王夫之著:《诗译》,《船山全书》第十五册,岳麓书社2011年版,第809页。

始终是要言说的主体，而所引用之"诗"则为从附。而陈继揆等人引诗说《诗》，其目的虽同，但将《诗经》与后世的诗歌关联起来，予以说明《诗经》是诗歌之源、诗歌之宗。王夫之是在通观全诗的基础上，不仅以诗法解诗，且在于阐发诗歌的文学意义。而陈继揆等人则是"把《诗》中语句拿来跟古今诗词文章并看，以见文心，并以见《诗经》沾溉后人之广"①。

在具体运用中，王夫之能够将古诗随意拈来，巧妙置入。这种阐释方法既使《诗经》学避免了如"刻木之桃李"的虚妄，也克服了为"株守之兔罝"的僵化。无刻意说《诗》，却诗意流溢。无论是对《诗经》诗性特质的阐发，还是对语言、文字、名物的训释，或者引诗入《诗》的诗《诗》互释，均以其博大的诗学思想为依托，以突出《诗经》的文学艺术性为旨归。

王夫之"以诗解诗"方法的使用，首先表明了他对《诗经》文学特性的重视；其次呈现了他融会贯通的研究途径。同时，也体现了王夫之突破窠臼的解《诗经》传统，他以灵活多样的方法，试图拭去近两千年来蒙在《诗经》上的重重"尘埃"，是对《诗经》的一次祛魅。他树立起《诗经》是"诗"的诗学思想，将《诗经》视作周人思想和艺术的载体，用最灵动的方法阐释最古老的诗歌，使《诗经》获得了无限的生机与情韵。王夫之"以诗解诗"是治《诗》方法的成功尝试，他从方法论上，推动了《诗经》学向纵深发展，扭转了《诗经》学由传统走向现代的方向。

---

① 龚鹏程著：《六经皆文——经学史/文学史》，台湾学生书局 2008 年版，第 180 页。

第四章　王夫之《诗经》学的诗学观

《诗经》学诗学观，是特指王夫之在治《诗经》时所运用和总结出的诗歌理论。他以哲学家的思致、文学家的目光审视古典诗歌，能够从诗歌内在的规律去把握其艺术特征，提出一些别开生面的诗学命题，并予以精辟的论证。本章选取"诗际幽明"和"诗道性情"两大诗学观，予以较全面的探讨，以展示其《诗经》学诗学观的独特意义。

长期以来，学术界对王夫之《诗经》学的诗学观关注不够，究其原因，大致有以下两方面。

第一，对其《诗经》学著作的误读。《诗广传》和《诗经稗疏》是王夫之《诗经》学的代表作，充分体现出他的诗学观。然而，自清代开始，将《诗广传》误读为"王氏始寻《序》义，广论治乱之际"[1]的著作。魏源《诗古微》认为是"必上明乎礼、乐，下明乎《春秋》"的政论性评述。周中孚《郑堂读书记》中，对《诗经稗疏》仅认为是"唯以《毛传》《尔雅》为主，以考正名物训诂"为务的训诂著作。在这种观点的影响下，后学往往重视其《诗经》学的政治思想和小学特色，而忽视蕴含其中的诗学观。

第二，重视王夫之纯论诗的著作。这一研究趋势，近百年来的王夫之诗学研究动态足以表明。但凡关于他的诗学观，多以《姜斋诗话》为主体，其中所涉及《诗广传》的诗学观相对较少。

此外，学术界不乏有人认为，王夫之《诗经》学所体现的诗学观，多是老生常谈的命题，比如"兴观群怨""诗言志"等，难出新意，这也是王夫之《诗经》学诗学观被漠视的客观因素。

---

[1] 《同治十三年衡阳县志》卷十，参见《船山全书》第十六册，岳麓书社2011年版，第1411页。

实际上，若将王夫之《诗经》学的诗学观置于《诗经》学史和诗学的坐标上去考察，探究其与《诗经》的密切关系，挖掘王夫之《诗经》学诗学观的独特性，对进一步研究王夫之的《诗经》学，颇有启发意义。

第一节 诗际幽明

一 诗际幽明的哲学基础

王夫之阐释《诗经·颂》诗时，最突出的特点是多用"神"一词来表达他对诗的体认与对神秘宇宙的哲学思考：

> 气也者，神之绪也；神也者，性之函也。①
> 气恶乎蹶？神恶乎驱？②
> 乐为神之所依，人之所成。何以明其然也？交于天地之间者，事而已矣；动乎天地之间者，言而已矣。③
> 该乎万事，事不足以传其神；通乎群言，言不足以追其响，则天下之至灵至神者矣。④
> 故音容者，人物之元气也，鬼神之绍也；幽而合于鬼神，明而感于性情，莫此为合也。⑤
> 今夫鬼神，事之所不可接，言之所不可酬。髣髴之遇，遇之以容；希微之通，通之以音。霏微蜿蜒，嗟吁唱叹，而与神通理。⑥

上述所举与"神"相关的诗评中，从语义学的角度考察，"神"有两方面的含义：其一，与"气"密切相关的"神"。所谓"气，神之绪也"，即"气"为"神"的"端倪"；其二，带有神秘人格的"神"。

"神""气"相依。"气"是王夫之关于宇宙本论的核心命题，是继承了张载"知虚空即气，则无无"⑦的观点，进而"确立了'太虚即

---

① （明）王夫之著：《诗广传》卷五，《船山全书》第三册，岳麓书社2011年版，第492页。
② 同上书，第503页。
③ 同上书，第511页。
④ 同上。
⑤ 同上。
⑥ 同上书，第512页。
⑦ （宋）张载著：《张载集》，中华书局1978年版，第8页。

气'、'太虚一体'的气本论原则"①。亦即"人之所见为太虚者，气也，非虚也。虚涵气，气充虚，无有所谓无者"②。他认为人所见空虚漠漠的世界，实际上是实有的"气"。"气"分阴阳，无处不在，无所不充，故"阴阳二气充满太虚，此外更无他物，亦无间隙，天之象，地之形，皆其所范围也"③。那么，"天人之蕴，气而已"④。宇宙万物皆由"气"来涵蕴。"气"无形无象，或聚或散，独自存在，人们的识见，取决于"气"的动态而已：

> 空虚者，气之量；气弥纶无涯而希微不形，则人间虚空而不见气。凡虚空皆气也。聚则显，显则人谓之有；散则隐，隐则人谓之无。⑤

王夫之认为，人类能看见，或能感觉到客观事物的存在，那是因为"气"相聚而显现；反之，"气"散而隐，则无法看见，亦不能感知其存在。"气"的聚散显隐，决定了人类对世间万物的体认。但是，"气"是充塞宇宙大自然的客观存在，运动之际，聚散形态有变，从不会消弭，因为它是实有：

> 太虚，一实者也。故曰"诚者天之道也"。⑥
> 诚也者实也；实有之，固有之也；无有弗然，而非他有耀也。⑦

太虚，是实，因其"诚"。"诚"就是实，实有、固有是"气"的特

---

① 萧萐父、许苏民著：《王夫之评传》，南京大学出版社2002年版，第89页。
② （明）王夫之著：《张子正蒙注》卷一，《船山全书》第十二册，岳麓书社2011年版，第30页。
③ 同上书，第26页。
④ （明）王夫之著：《读四书大全说》卷十，《船山全书》第六册，岳麓书社2011年版，第1054页。
⑤ （明）王夫之著：《张子正蒙注》卷一，《船山全书》第十二册，岳麓书社2011年版，第23页。
⑥ （明）王夫之著：《问思录·内篇》，《船山全书》第十二册，岳麓书社2011年版，第402页。
⑦ （明）王夫之著：《尚书引义》卷四，《船山全书》第十二册，岳麓书社2011年版，第353页。

征。"夫诚者实有也。前有所始、后有所终也。实有也,天下之公有也,有目所共见,有耳所共闻也"。这种"实有"是亘古以来就存在的"天下之公有",有始有终,被人们所识见、所听闻。"是存在于我们的意识之外,又可为我们的意识所反映的客观实在,这就解释了物质世界的最根本的属性"①。这正是王夫之"气"本体论的先进处,是对前人的一大超越。朱熹在《答黄道夫书》中言:

  天地之间,有理有气。理也者,形而上之道也,生物之本也;气也者,形而下之器也,生物之具也。是以人物之生,必禀此理,然后有性;必禀此气,然后有形。

朱熹认为"气"以形而下之具象而显,万物禀"气"而有形;"理"以形而上之"道"而隐,万物因"理"而有性。可见,朱熹所谓的"气"是指具体的物。张载言:

  气块然太虚,升降飞扬,未尝止息,《易》所谓"氤氲",庄生所谓"生物以息相吹""野马"者欤!此虚实、动静之机,阴阳、刚柔之始。②

张子以为宇宙以"气"流行,升降飞扬,从未止息。其势如春天升腾"野马"般的阳气,浩浩荡荡。张载认可庄子对"气"的比喻,因此,"气"具有微小的具象含义。

而王夫之提出的"实有"说,"力图从更为纯粹的哲学意义上对物质形态作更高的概括"③。因"气"抽象而难以界定,他通过"'气=实有'或'诚=实有'"④的转换,实现了"气=诚"的关于宇宙本体的哲学概括。

基于"气"的哲学思辨,王夫之提出了"神"这一哲学范畴。何谓哲学范畴中的"神"?与"气"关系如何?张载认为:

---

① 萧萐父、许苏民著:《王夫之评传》,南京大学出版社2002年版,第91页。
② (宋)张载著:《张载集》,中华书局1978年版,第8页。
③ 萧萐父、许苏民著:《王夫之评传》,南京大学出版社2002年版,第91页。
④ 同上。

158　// 王夫之《诗经》学研究

　　太和所谓道，中涵浮沉、升降、动静、相感之性，是生絪缊、相荡、胜负、屈伸之始。其来也几微易简，其究也广大坚固。起知于易者乾乎！效法于简者坤乎！散殊而可象为气，清通而不可象为神。①

　　太和之气变化而为道，沉浮、升降、动静相感的过程中，必然生化万物；絪缊、相荡、胜负、屈伸之化，必然处于动态之中。这一切"絪缊不可象"，微妙不可见。然而，可象者为气，不可象者为神。可象，是因其散殊；不可象，是因其清通。"气"之"清"乃为"神"。"太虚为清，清则无碍，无碍故神"。张子以为，宇宙万物，神乘着气而畅流四方八荒，从不粘连和滞留，故清通而无碍，无碍则神。王夫之继承张载此说，进而指出：

　　太和之中，有神有气。神者非他，二气清通之理也。不可象者，即在象中。阴与阳和，神与气和，是为太和。②

　　王夫之认为，"神"是阴阳二气"清通之理"，清通即为清湛通畅，"理"为"道"。太和之中，有神有气，而"神"是阴阳二气运化畅通之道，故"神"为"气"之本。太虚之气周而复始，运动不息，"神"为根本之动力。故"清通"之"神"不可象，悄然推动宇宙万物。不过，"神"却借"气"的运动得以显示其存在。由此可知，"神"与"气"相和，二者相互依存，相互作用，构成了太虚。

　　然而，"太虚"在船山哲学中应包含有多重意蕴，除却上述颇有唯物主义的意味之外，王夫之将"神"指向缥缈悠远的"太虚"之境，所谓"聚而成形，散而归于太虚，气犹是气也。神者，气之灵，不离乎气而相与为体，则神犹是神也。聚而可见，散而不可见尔，其体岂有不顺而妄者乎！"③ 神，气之灵。聚而成形，可见者，谓之神；散而归于太虚，不可见者，谓之气。这是我们理解王夫之哲学的另一个依据，也是理解其诗学

---

①　（宋）张载著：《张载集》，中华书局1978年版，第7页。
②　（明）王夫之著：《张子正蒙注》卷一，《船山全书》第十二册，岳麓书社2011年版，第16页。
③　同上书，第23页。

的一个角度。"我们如果只看这一点,王夫之的确是唯物主义的。但是,太虚(Great Void)一语已经有神秘主义的味道,已经为他的下一步推论埋下了伏笔"①。这是卓见之论。

在王夫之看来,气运则万物动,气运而归于神。"神"是阴阳二气转化运动的力量,此所谓"神化"。"神化,形而上者也,迹不显"②。神化的力量巨大无比,因其形而上,故其痕迹终不显现,这就是"神",是宇宙万物运动之道,是万物变化的内在本源,是改变一切生命的内力。因此,"神"即万物之大道,无象无迹,却神力无边。人类不可依据"理"去解释"神",亦不可因"气"而其图形。人只可因"气"而感之,因心而会之。人只有"与时偕行",顺应其道,方可"神应无方"③。

"神"运化不息,虽不可象、不可仪,但神奇的力量,无可比拟。宇宙自然之运转,四季晨昏之变化,皆在其中。它是神秘的,却是实有的;它无形无踪,却无处不在。它是万物之本,生命之源。"气也者,神之绪也;神也者,性之函也"④。宇宙因"神"周而复始,万古不息,永葆活力;生命因"神"生死轮回,薪尽火传,繁衍生息。这是朴素的宇宙观和生命论,它蓬勃向上,瑰丽无比,引领人类的精神直至神秘的世界,感受"神"的魅力。在这个世界里,人的精神自在遨游,与"神"共往,与天地并存,极清明而舒畅,极博大而开阔。在这个境界里,人以最直接的、超功利的方式,亲近"神",感知"神",融入无限的宇宙中,纵化大浪,获得自由的、和谐的、诗意的美。

这是中国诗性智慧为人类开掘出的辉煌灿烂的生存境界,它以宇宙的神化、生命的神化为起点,以人生的奋发有为和诗化为终结,是一种令人心神两旺的诗化哲学和生命哲学。它不需要以形而上学的理念,或宗教人格来鼓舞人心,它从天地自然之生生大美中直接取材、提炼、升华,就写成了一部宇宙神圣、生命神圣的诗篇,天人合一、万物和谐的圣诗神曲。

王夫之通过"神"的哲学思辨,完成了关于宇宙万物、生命本相的

---

① 张思齐:《论王夫之关于〈诗经〉中的灵性思维的思想》,《齐鲁学刊》2003年第4期,第78页。
② (明)王夫之著:《张子正蒙注》卷一,《船山全书》第十二册,岳麓书社2011年版,第79页。
③ (明)王夫之著:《张子正蒙注》卷二,《船山全书》第十二册,岳麓书社2011年版,第86页。
④ (明)王夫之著:《诗广传》卷五,《船山全书》第三册,岳麓书社2011年版,第492页。

思考与体认。明晰了天人相通的哲学命题，亦即人有人道，天有天道，但"道一也，在天则为天道，在人则为人道"（《张子正蒙注》）。即虽有人道和天道之分，但二者本质上是一体，所依循的"道"是一致的；二者虽各自有道，但最终统一于"气"，所谓"天人之蕴，一气而已"。其哲学终极的指向，则是"天人相通"的命题。他的"天人相通"与"天人合一"并无二致，体现了中国哲学的至高境界——人与神通，人与天合。那么，"天人合一""万物如一"的境界，是以儒道思想为核心的中国哲学的最高境界，也是王夫之"诗际幽明"诗学的哲学基础。

　　王夫之关于"气""神"的哲学思想，是归属于儒家思想的范畴，但我们不能简单地将其归为唯物主义哲学观。"中国哲学的基本概念和内在精神，很难用西方哲学中的两个派别——唯物主义或唯心主义来套用。因为中国人认为，世界是物质与精神的统一体，是心与物的紧密结合体。从心物两隔的角度看世界，世界要么是死板的纯物质，要么是虚幻的纯精神，这就是西方哲学与西方文化的天人远隔之论"[①]。

　　一直以来，学界对王夫之的哲学思想界定为"唯物"主义，检索当代有关王夫之思想研究的文献，"唯物"说充斥于目。任继愈先生在《中国哲学史》中认为："王夫之的唯物主义思想极富战斗批判精神，他在清算总结程、朱、陆、王的宋明理学的斗争中完成了自己唯物主义元气本体论的体系。"任继愈先生的这种评判有其时代性特征。但从其天人相通的哲学思想而言，用"唯物"来评价，"当然这是偏颇失实的"[②]。萧萐父、许苏民两先生称之为"一种朴素唯物辩证法的本体论"[③]。这是积极地向唯物主义靠近，所谓"以'气—实有'为本体，藉以说明自然史和人类史的一切现象，推本至末，由虚返实，是王夫之哲学的本体论论证的固有特征"[④]。不同的世界观，决定了不同的方法论，而不同的方法论，决定了对客观对象的认知。我们在此无意于评判用"唯物"范畴来归类王夫之哲学思想的是与非，意在指出博大思精，捭阖自如的船山哲学，在继承中国传统哲学思想的基础上，始终保持着中国哲学儒道兼善的运思特性，而这恰恰决定了王夫之诗学思想的独特性。

---

① 毛峰著：《神秘主义诗学》，生活·读书·新知三联书店1998年版，第135页。
② 邬国平、王镇远著：《清代文学批评史》，上海古籍出版社1995年版，第64页。
③ 萧萐父、许苏民著：《王夫之评传》，南京大学出版社2002年版，第88页。
④ 同上。

基于上述对王夫之"神""气"哲学观的解读,我们发现,王夫之宇宙本体的哲学思想,终极指向"天人相通"的境界。它所包含的天人关系、物我关系、性命之学等哲学命题,与其诗学有着十分密切的关系。它不仅是"诗际幽明"这一诗学命题建构的理论基础,也是其"情景交融"美学思想的支点,更是"诗道性情"诗学的基础。故而,"惟有以天人之学运思立说,方足以支撑起船山诗学体系的理论框架"①。这是船山诗学的依据,也最能看出船山诗学独到魅力之处。本章关于船山诗学的讨论,即以此为立足点。

二 诗际幽明的诗学内涵

"诗际幽明"是王夫之在《诗广传》中提出的诗学命题:

> 礼莫大于天,天莫亲于祭,祭莫效于乐,乐莫着于诗。诗以兴乐,乐以彻幽,诗者,幽明之际者也。
>
> 视而不可见之色,听而不可闻之声,抟而不可得之象,霏微蜿蜒,漠而灵,虚而实,天之命也,人之神也。命以心通,神以心栖,故诗者象其心而已矣。②

"诗际幽明"与"诗言志"有别,体现出王夫之基于哲学思想,对《诗经》的独特体认。它的核心是诗歌具有超现实的功能,这种功能是以音乐来实现。

(一)超凡:诗的功能

宇宙神秘莫测,万物周而复始,生命生生死死,一切不可用理性去把握、去解释。庄子言:"吾生也有涯,而知无涯也。以有涯随无涯,殆矣。"面对浩渺无涯的自然宇宙,人类有限的智慧显得窘促。人的理性是粗疏的,而宇宙却微妙神秘。世界上最精微、最神秘的存在不可用智慧去把握,而只能用情感去体悟,即所谓"官知止,而神于行"。混茫是宇宙的真实状态,在诗意的观照中,自然的神秘、伟大、奇美展现在人的面

---

① 萧驰:《论船山天人之学在诗学中之展开》,台北:《"中国"文哲研究集刊》第15期,1999年版,第112页。

② (明)王夫之著:《诗广传》卷五,《船山全书》第三册,岳麓书社2011年版,第485页。

前。人类用诗歌去尽情地赞美它、崇敬它、描述它，在此中并获得无限的欢愉与完满。诗歌，是人类唱给宇宙自然最淳朴的情歌。它的存在，不为诠释自然现象，不去揭露宇宙规律，而是表明人与自然的亲密关系。

"诗言志"是古典诗学中最古老的命题，历代学者多有讨论，王夫之亦云："诗言志，非言意也。"[①] 然而，王夫之认为，"善言诗者，言其祭也"[②]。根据《诗经》祭祀诗的创作心理和特定用途，他又别具慧眼地提出了"诗者，幽明之际者也"，即"诗际幽明"的诗学观。它与"诗言志"都是对《诗经》功能的体认，但意义和指向不同。"诗言志"，重在诗歌情志的表达；而"诗者，诗幽明之际"，则强调诗歌沟通天人关系的超凡功能。其实，对于诗歌超凡功能的体认，古亦有之。至南朝钟嵘时，对诗歌沟通幽明之际的功能有了明晰的论述，他说："气之动物，物之感人，故摇荡性情，行诸舞咏。照烛三才，辉丽万有；灵祇待之以致飨，幽微借之以昭告；动天地，感鬼神，莫近于诗。"[③] 钟嵘认为，诗性的光辉照耀着天、地、人三才，使万物彰显它们的神奇与美丽，神凭借它接受人们的祭祀，幽冥之灵依凭它昭明祷告。

"幽"，可作名词、动词、形容词，此处为形容词兼动词。《尔雅》："幽，微也。"《小尔雅》："幽，冥也。"《说文解字》："幽，隐也。"可见，凡微妙、幽冥、不露行迹者谓之"幽"。古人观念中的"天""神""气""鬼"等形而上者都属于此，亦可指尚未被发明开掘的事物。王夫之所谓幽眇之"神"亦属于"幽"。

"明"，与"幽"相对。《说文解字》："明，照也。"《尚书·洪范》："视曰明。"《国语·周语》："明，精白也。"即宇宙间可明视之物，有形有体，可感可知。"幽明"并举，指有形与无形之事物。《易·系辞上》："仰以观于天文，俯以察于地理，是故知幽明之故。"王夫之所言"幽明之际"之意即如此。"际"意为遇合、际会。

王夫之认为，祭祀诗是一种独特的诗歌艺术，其超凡的功能，可与《易经》相媲美。他说："《易》有变，《春秋》有时，《诗》有祭。善言《诗》者，言其祭也。寒暑之际，风以候之；治乱之际，《诗》以占

[①]（明）王夫之著：《诗广传》卷一，《船山全书》第三册，岳麓书社2011年版，第325页。
[②]（明）王夫之著：《诗广传》卷四，《船山全书》第三册，岳麓书社2011年版，第458页。
[③]（梁）钟嵘著、陈延杰注：《诗品》，人民文学出版社1961年版，第1页。

之。"①祭祀在中国古代社会里，与军事活动具有同等的重大意义。如《左传》记载："国之大事，在祀与戎，祀有执膰，戎有受脤，神之大节也。"② 可见，王夫之提出"治乱之际，《诗》以占之"的说法有史为据。

《诗经》中的祭祀诗主要在《大雅》和《颂》中，祭祀诗与其他诗歌所不同的是，它是周代礼乐文明的集中体现，它的特点是"仪式"与"歌诗"的高度统一。赵敏俐先生说："它们不同于一般的文学作品，而是用于周代社会特殊的礼乐文化仪式当中的综合艺术，是'仪式'与'歌诗'的有机统一体。"③ 以仪式祭祀鬼神，以诗乐传达情志，这是周代祭祀诗的特点。

所谓"治乱之际"，则说明了祭祀的重大的政治意义，这是周人将祭祀与兵戎等同视之的原因。《礼记·祭统》曰："夫祭有十伦焉：见事鬼神之道焉，见君臣之义焉，见父子之伦焉，见贵贱之等焉，见亲疏之杀焉，见爵赏之施焉，见夫妇之别焉，见政事之均焉，见长幼之序焉，见上下之际焉。此之谓十伦。"可见，周人祭祀活动中的政治化和伦理化意义。因此，周人重视祭祀，则出自心理诉求和政治的需要。

在周人的观念中，祭祀神灵，非诗不可，诗是沟通神与人的媒介。王夫之则认为，"治乱之际，《诗》以占之"。诗，具有占卜之功能，故可占人事百象；诗具有超凡性功能，故可以通神灵。因为，"神"为"幽"，无形无象，不可被人的感觉器官视其形色，闻其声音，抟其形象。它幻然无形，漠漠无声，却灵动非凡，实实在在。这恰是王夫之哲学范畴之"神"在诗学中的体现与融合。"神"幽微而不显，清通不可象，却无处不在。在天，它是天之命；于人，它是人之神。所谓"天之命"，即是天之"神"；"人之神"，则是人之心灵。故天命因心灵与人类相通；神栖居在人的心灵中，故而易与天通。然而，若达天与人通、命与神合之境界，就需要一个中介，那就是诗。

诗，是人类把握宇宙万物的唯一方式，是与神灵沟通的最佳渠道。诗，超越语言的能指性和言说性功能，超越人的世俗识见与经验，以直观来感知神秘的宇宙万物。诗通过想象的思维，进入恍惚的神界，以心灵体

---

① （明）王夫之著：《诗广传》卷四，《船山全书》第三册，岳麓书社2011年版，第458页。
② （清）阮元校刻：《十三经注疏》（下），《春秋左传正义》卷二十七，中华书局1980年版，第1911页。
③ 黄松毅著：《仪式与歌诗——诗经大雅研究》，中国传媒大学出版社2010年版，第3页。

会、感悟、想象宇宙万象的灵异与神奇。神秘主义诗学认为:"与世界直觉接触的最佳方式是诗。作为一种广义的文化方式和文化精神,诗代表着人类源初的生命智慧,是人与万物相谐的态度,是还宇宙以本然神秘的一种世界观。诗与神秘主义的本质同一,表现在:诗以本真的方式把握世界,它不自命能够理解世界,正相反,它把世界以本真的样貌呈现出来,它宣告自己对世界的不理解,同时认为这种不理解正是宇宙超越性、无限性和完美性的证明,也就是世界诗意性之所以产生的基础,诗的使命就在于呈现这种神秘。"[1] 诗不仅仅是以本真的方式把握世界,也以最纯粹的诗性思维理解世界。它放弃功利,获得宇宙的本真;它超越语言,彰显宇宙最神奇的美。它不刻意、不强说,宇宙万物的意义自现。它不倾诉,使活泼泼的心灵世界显山露水。

对于诗歌这种超凡性功能的体认,王夫之在《诗广传》中,也有着相似的观点:

> 耳所不闻,有闻者焉;目所不见,有见者焉。闻之,如耳闻之矣;见之,如目见之矣;然后显其藏,修其辞,直而不惭,达而不疑。《易》曰:"修辞立其诚。"唯其有诚,是以立也。卓然立乎前,若将执之也。
>
> "文王在上,于昭于天。"孰见之乎?"文王陟降,在帝左右",孰闻之乎?直言之而不惭,达言之而不疑,我是以知为此诗者之果有以见之,果有以闻之也;我是以知见之也不以目,闻之也不以耳也;我是以知无声而有其可闻,无色而有其可见,不聆而固闻之,不瞭而固见之也。[2]

王夫之认为,诗人非常人,他们有着特异功能,耳能闻无声之声,目能见无色之色,能使"幽"者显。人有神明之心,能与天合,可体悟妙境。天地灵气,山水精英,自呈其貌,却难言其妙,须有人心会之、赏之。所谓"天地之生是山水也,其幽远奇险,天地亦不能自剖其妙;自有此人之耳目手足一历之,而山水之妙始泄:如此方无愧于游览,方无愧

---

[1] 毛峰著:《神秘主义诗学》,生活·读书·新知三联书店1998年版,第39页。
[2] (明)王夫之著:《诗广传》卷四,《船山全书》第三册,岳麓书社2011年版,第437页。

乎游览之诗"①。万物充盈天地，四时皆有其美，然必待人之慧心神明而见。大自然之妙，须有诗心才可心剖其奥妙、泄其神秘、显其魅力。

诗人可以看见神灵在天的情形，亦能听到神灵升降的声音。然而，他们不以目见，不以耳闻，而是以特殊的"内耳"和"内目"闻之、见之："乃若目，则可以视无色矣，有内目故也。乃若耳，则可以听无声矣，有内耳故也。乃若心，则可以求其不可以求者矣，洗心而藏之密也。"② 诗人不仅有内耳和内目，更有一颗能感受神秘世界的心灵——"洗心而藏之密也"，这就非常恰切地说明了"神以心栖"的命题。

神秘的宇宙，令人神往，却难以抵达。唯有通灵澄澈的诗人，穿越"幽明"相隔的隧道，进入无限广阔而清明的世界。诗不仅仅打通物我的界限，也宣告了唯有它在神秘宇宙面前拥有的话语权："诗意神秘主义在浩然的宇宙神秘面前，让一切先入为主的意识形态自行消解，让生命向广大空间敞开，以文本的、诗的自由，去获得自身的完美。这种完美是灵魂和肉体、精神和物质、神圣和世俗的古老分裂的再度融合与最终和解。"③ 的确，在浩瀚神秘的宇宙面前，人类的一切智慧显得多么无能。可见，王夫之所言之诗和诗人的特异性，与神秘主义诗学不谋而合。他根据不同的诗歌内涵和用途来诠释《诗经》，其见解之独到，他人难及。

实际上，从艺术创作的角度而言，把诗人的这种超凡能力解释为"人类的想象能力"④，或解释为"在想象力的作用下，诗人'显其藏，修其辞'，化虚幻为真实，变不见不闻为可见可闻，从而创作出形象逼真感人的诗篇"⑤。这是符合诗歌创作的一般原理。但是，诗人的想象力并非是一般意义上的想象力，那是一种"思接千载"的非凡能力。王夫之的"诗际幽明"观，则是对诗人超凡能力的肯定。

《诗经》祭祀诗是王夫之"诗际幽明"诗学观的发源地。王夫之认为，"神"是万物的决定因素，不仅如此，"神则合物我于一原达死于一致，絪缊合德，死而不亡"⑥。"神"既于蕴含于大化中，亦栖于人的心灵

---

① （清）叶燮著、霍松林校注：《原诗》，人民文学出版社1979年版，第69页。
② （明）王夫之著：《诗广传》卷四，《船山全书》第三册，岳麓书社2011年版，第439页。
③ 毛峰著：《神秘主义诗学》，生活·读书·新知三联书店1998年版，第403页。
④ 邬国平、王镇远著：《清代文学批评史》，上海古籍出版社1995年版，第65页。
⑤ 同上。
⑥ （明）王夫之著：《张子正蒙注》卷一，《船山全书》第十二册，岳麓书社2011年版，第31页。

里，故而，清明的神并不是人类主观的对立面，而时时栖于人的心灵中。那么，天之神与心灵之神，在幽明之际自由往来。而诗是二者往来的介质，因为，诗具有昭示人心灵的功能，故能与"神"通。

基于诗歌特质的界定与其功能的把握，王夫之认为，《诗经》之《风》《雅》《颂》各有特点："广引充志以穆耳者，《雅》之徒也。微动含情以送意者，《风》之徒也。《颂》为乐府之宗，即不主于四言，而与《诗》别类，其以歆鬼豫人，流欢寄思。"[①] 显然，与《风》《雅》所不同的是，《颂》的功能则是"以歆鬼豫人，流欢寄思"。"歆""豫"并举，皆为"愉悦""快乐"之意。《颂》诗是人对神灵的敬畏与赞美，这一宗旨必须在神人遇合、神歆人豫的境界中得以呈现。宇宙神秘无限，神灵缥缈悠远，人类凭借世俗经验永远难以达到宇宙的境界。只有诗，乘着神性的思致，才可以抵达宇宙的神秘之境，也只有诗人放弃世俗的识见，怀抱虔诚之情，以纯净之心灵去感应神灵。在这种心神相洓的境界里，诗人的心灵超越现实的约束，而游于玄妙幽远的神异境界中，与神灵共处在洪荒的宇宙中，尽情体会宇宙的神秘与神灵的幽眇。

《颂》诗所展现的是神灵在幽眇的宇宙中，临观人类的行为，飨用进献的祭品的情景，这种情景难以叙述，而人以心灵感受神灵的奇异光芒，这种感悟难以言说。这是一个超验的精神之所；是神的神异与诗的灵性相融汇的境界，二者相映，向世俗宣告：诗是对神的向往，它与语言无关；神是对诗的拯救，它与功利无关。尽显宇宙的瑰丽，呈现神灵的欢愉，非诗不可。在诗与神的交流互惠中，人实现了祭祀的目的。在此基础上，王夫之对"诗者，幽明之际"的诗学意义予以进一步诠释：

> 来者不可度，以既"有成"者验之，知化以妙迹也。往者不可期，以"不敢康"者图之，用密而召显也……呜呼！能知幽明之际，大乐盈而诗教显者，鲜矣，况其能效者乎？效之于幽明之际，入幽而不惭，出明而不叛，幽其明而明不倚器，明其幽而幽不栖鬼，此诗与乐之无尽藏者也，而孰能知之！[②]

[①] （明）王夫之著：《古诗评选》卷二，《船山全书》第十四册，岳麓书社2011年版，第590页。

[②] （明）王夫之著：《诗广传》卷五，《船山全书》第三册，岳麓书社2011年版，第485—486页。

此段文字是王夫之在《诗广传》中，因《周颂·昊天有成命》而发。《周颂·昊天有成命》是一首祭歌：

> 昊天有成命，二后受之。成王不敢康，夙夜基命宥密。
> 于缉熙，单厥心，肆其靖之。①

《毛诗序》云："《昊天有成命》，郊祀天地也。"② 王夫之亦云："惟《昊天有成命》可以事上帝。"③ 祖先神幽而不显，祭祀时用诗来达到神歆人豫的目的。王夫之认为，所谓对"来者"之"神"，不可用俗情猜度，只可以心灵"验"之，其妙迹方可知。而"往者"之"人"，不可以俗情期盼获得灵异，只可发挥诗性的神秘，而招致神灵的到来，并显现其灵，这就是诗的魔力。萧驰先生认为"来者"与"往者"是时间概念，他说："此处所谓'幽明之际'，被船山引申为'来者''往者'与现在的关联。船山以'来者不可度，以既"有成"者验之，知化以妙迹也。往者不可期，以"不敢康"者图之，用密而召显也'，凸显当下情感与'于穆不已'之天命的关联。"④"来者"与"往者"之间的关联即是当下，这是颇有启发性的理解。然而，将二者理解为互"来往"之"神"与"人"，似乎更能体现在"天人相通"哲学视域下，船山诗学追求的神性意义。

因为"天人相通"，人神共往来。所以，诗在幽明之际的共融中发挥其独特的魔力，即"幽其明而明不倚器，明其幽而幽不栖鬼"。王夫之认为，诗打开了"幽"的世界，使其显现出澄澈清明之境，不再处于幽冥之中，而成为人类生存的世界；然而澄澈清明的世界，并不依靠诗这种"器"而存在，诗仅仅使其呈现更通透的境界。诗的作用，使"幽"者明澈，使"明"更鲜亮。或者说，被遮蔽的"幽"，因诗歌而"明"，敞

---

① （清）阮元校刻：《十三经注疏》（上），《毛诗正义》卷十九，中华书局1980年版，第587—588页。
② 同上书，第587页。
③ （明）王夫之著：《诗广传》卷五，《船山全书》第三册，岳麓书社2011年版，第485页。
④ 萧驰：《论船山天人之学在诗学中之开展》，《中国文哲研究集刊》第十五期，9期，第126页。

亮、清明而温暖；抑或"明"彰显了"幽"，将其带到"明"的世界，使其通透、明朗而诗意。因此，在"幽""明"相互依存、相互转化中，其介质即是"诗"。实际上，"幽其明而明不倚器，明其幽而幽不栖鬼"。则是进一步补足了"诗者，幽明之际"的诗学内涵。诚如唐君毅先生所言："明不倚器，即形下而形上；幽不栖鬼，即形上而形下；幽明之际，形上形下之一贯也。"① 这就是强调诗歌与心灵、诗歌与世界的意义。

在此意义上，诗歌与幽明世界的关系，不是对立的，而是共往来，互彰显的。二者的共同处在于超越性，即诗是对语言的超越，神是对理性的超越。二者相融、相谐的交汇处正是神秘性的栖居，"诗是世界的神话。神是世界的诗化"② 。它们共同营造了一个如春天般温暖、诗意，任灵性飞翔的境界；构筑出似冬天般富有、寂静，纤尘不染的世界。在这样的境界中，实现了"诗者，幽明之际"的诗歌意义，也使它获得了超然于世俗的诗学意义。

诚然，"诗际幽明"的关键在于：诗的神秘性特征与诗人的独异性天赋。然而，王夫之认为，诗欲"际幽明"，欲达神明，还需另一个重要的介质，即乐，这是指音乐在祭歌中的作用，与第五章之"诗乐合一"的美学理论有所区别。

（二）音乐：诗际幽明的介质

诗、乐、舞一体是早期艺术的特点，《乐记》云："诗，言其志也；歌，咏其声也；舞，动其容也。三者本于心，然后乐器从之。是故情深而文明，气盛而化神。和顺积中，而英华发外，唯乐不可以为伪。"③ 没有音乐，也就不存在诗歌艺术。换言之，音乐，是诗歌艺术的灵魂，这是世界公认的艺术法则。德国哲学家叔本华指出："世界在音乐中得到了完整的再现和表达。它也是各种艺术当中第一位的、帝王式的艺术，能够成为音乐那样，则是一切艺术的目的。"④ 法国著名诗人瓦莱里曾说："请允许我借助另一个概念来证实'诗的世界'这个概念，那就是音乐世界。"⑤

---

① 唐君毅著：《中国哲学原论·原教篇》（《唐君毅先生全集》卷十九），台湾学生书局1984年版，第641页。
② 毛峰著：《神秘主义诗学》，生活·读书·新知三联书店1998年版，第55页。
③ （清）阮元校刻：《十三经注疏》（下），《礼记正义》卷三十八，中华书局1980年版，第1536页。
④ 汪流等编：《艺术特征论》，文化艺术出版社1984年版，第257页。
⑤ ［法］瓦莱里著：《文艺杂谈》，段映虹译，百花文艺出版社2002年版，第289页。

的确，诗与乐是一对孪生兄弟，诗因拥有音乐而获得了灵性的特质；音乐因依赖诗拥有了诗性的魅力。这是因为"二者的共同点都有点'神秘性'和'神圣感'"①。诗、乐共有的"神秘性"和"神圣感"，源自二者的艺术指向，即皆以引发人心中无限的情思与感动为目的，旨在指引人在精神上趋向超凡的境地。诗乐的这种功能如宋代学者郑樵所言："夫乐之本在诗，诗之本在声，而声之本在兴。"② 可见，诗乐之本在与引发人心的感动，或者营造一种艺术感染氛围。既然乐的功能如此，它在祭祀诗中就会更大可能地发挥其作用。

《颂》诗是周人在祭祀仪式活动中用来颂美神灵的诗歌，有着较强的实用性。周人以乐、舞、诗、味来娱神、飨神，以期达到祭祀的目的，祈求先祖和神灵的保佑。王夫之以为，祭祀的四种介质中，乐的功能为最大，次为舞（容），再次为诗、味，他认为：

> 乐为神之所依，人之所成。何以明其然也？交于天地之间者，事而已矣；动乎天地之间者，言而已矣。事者，容之所出也；言者，音之所成也。未有其事，先有其容；容有不必为事，而事无非容之出也。未之能言，先有其音；音有不必为言，而言无非音之成也。天之与人，与其与万物者，容而已矣，音而已矣。卉木相靡以有容，相切以有音，况鸟兽乎？虫之蠕有度，彀之鸣有音，况人乎？③

在这一段文字中，王夫之提出了"乐为神之所依，人之所成"的观点，他强调"乐"在沟通神人之际的重要意义。"乐"是"神"之所依，是"人"之所成。其意大致为，音乐是神灵神性得以彰显的依赖，也是助人成功的工具。抑或神灵通过音乐来显现它们的灵异，而人类则以音乐的形式传递对神灵的祈求。音乐特殊的功能在于"未之能言，先有其音；音有不必为言，而言无非音之成"。与"言"相比，"乐"有着天然的达情优势，无须借助"言"和"容"，而以旋律和节奏动人。这里的"言"即为"诗"；"容"即为"舞"。所以，音乐是沟通人与人、人与神的重

---

① 徐岱：《诗歌与美育》，《美育学刊》2013年第5期，第13页。
② 北京大学哲学系美学教研室：《中国美学史资料汇编》（下），中华书局1981年版，第51页。
③ （明）王夫之著：《诗广传》卷五，《船山全书》第三册，岳麓书社2011年版，第511页。

要介质，这是由音乐独特的性质所决定的。换句话说，音乐提供了一条通往神秘世界的途径，那就是超越语言的想象力。

王夫之认为，语言是人与人之间沟通的工具，而音乐、舞蹈则是祭祀的介质，是人与神交流的语言，即"言事，人也；音容，天也"①。这里的"天"指的即是祭祀活动。"音容"之所以用来沟通神人之际，它具有"言"所不能及的功能：

首先，语言有其局限性，而音乐无限。"该乎万事，事不足以传其神；通乎群言，言不足以追其响，则天下之至灵至神者矣"②。在神灵面前，语言则显示出了其乏力与苍白来。所谓事不足以传神，言不足以追响，正是指出了语言的局限性。语言不仅仅对于精微之物无能为力，因地域差异，语言不同，沟通则难，而音乐则无此局限，所谓"今夫言，胡之与粤有不知者矣，音则无不知也"③。庄子所谓"得意忘言"的境界，则说明了语言难追声响，难绘物象，难尽情意的尴尬性。更何况在沟通幽明之际上，语言不仅乏力，且徒劳。

其次，音乐具有合于鬼神，感于性情，沟通幽明的功能。所谓"音容者，人物之元也，鬼神之绍也；幽而合于鬼神，明而感于性情，莫此为合也"④。音容，是人神共有之，故能通人神。音乐与舞蹈是天然的伴侣，这源于原始巫术活动。如果没有音乐和舞蹈，也就没有巫术。同时，巫术也促使音乐舞蹈的发展。本于"气化"的哲学思想，王夫之认为，"天之气伸于人物而行其化者曰神，人之生理尽而气屈反归者曰鬼"⑤。人禀"气"而生，为人，人生而得天之气，亦为"神"；"气"屈而归，为"鬼"。由此可见，人与神皆是"气"之所生者而已。在此意义上，人神具有相同性和相通性，"神自幽而之明，成乎人之能，而固与天相通；鬼自明而返乎幽，然历乎人之能，抑可与人相感"⑥。因此，发于人情性、动于人心的音乐，亦能感动神灵，它是宇宙间能使人神互通的最佳媒介。

---

① （明）王夫之著：《诗广传》卷五，《船山全书》第三册，岳麓书社2011年版，第511页。
② 同上。
③ 同上书，第512页。
④ 同上。
⑤ （明）王夫之著：《张子正蒙注》卷二，《船山全书》第十二册，岳麓书社2011年版，第79页。
⑥ （明）王夫之著：《张子正蒙注》卷一，《船山全书》第十二册，岳麓书社2011年版，第34页。

再次，音乐具有无所不逮，且能节容的作用。《乐记》云："音之起，由人心生也。"① 王夫之认为，乐"当一穆耳协心为音律之准"②。与舞蹈相比，音乐在传情达意方面更具优势。它无方却能上穷碧落下黄泉，无不所逮。天下之至理，圣人之大道，凡人之俗情，皆可凭借乐来表达。不仅"移风易俗莫善于乐"③，圣人之道亦"治之于视听之中，而得之于形声之外"④。音乐的这种功能，就在于其本然的特性，即王夫之所谓："容者犹有迹也，音者尤无方也。容所不逮，音能逮之，故音以节容，容不能节音。天治人，非人治天也。天治者，神以依也。"⑤ 故而，在祭祀仪式上，沟通神人之际，传递人的祈祷，非乐不可。"今夫鬼神，事之不可接，言之不可酬。髣髴之遇，遇之以容；希微之通，通之以音。霏微蜿蜒，嗟吁唱叹，而与神通。"⑥ 王夫之认为，音乐"霏微蜿蜒"，有着其他媒介所不具有的通灵性和神秘性。人类借助神秘的音乐，达到与神相通的境界，实现向神灵表达人类情感的目的。

《诗经》是一部古老的诗歌选集，它与后世诗集所不同的是，音乐性是其根本质素，它首先是我国古老的一部乐歌集。《诗经》、诗乐密切的关系，在具有祭祀性质的《大雅》和《颂》中，体现得更加突出。从本质而言，《颂》诗和《大雅》的性质相似，并不是"纯粹的语言艺术，它的存在形态不像后世的文人作品，通过文字与抒写来传播"⑦。在周代，"文字作品是依赖音乐而存在和传播的，所以它的内容及文学形式的形成与其乐歌属性密切相关"⑧。故而，诗"乐"以旋律感动人心，而非"言"说；"乐"虽无言，通神者莫过于此。

要之，王夫之所谓"诗，幽明之际"的诗学观，是以其"神""气"哲学理论为基础，进而对《诗经》祭祀诗歌神秘性特质的探究，体现出

---

① （清）阮元校刻：《十三经注疏》（下），《礼记正义》卷三十六，中华书局1980年版，第1527页。
② （明）王夫之著：《夕堂永日绪论内编》，《船山全书》第十五册，岳麓书社2011年版，第827页。
③ （明）王夫之著：《诗广传》卷五，《船山全书》第三册，岳麓书社2011年版，第512页。
④ 同上。
⑤ 同上。
⑥ 同上。
⑦ 黄松毅著：《仪式与歌诗——〈诗经·大雅〉研究》，中国传媒大学出版社2010年版，第15页。
⑧ 同上。

他对祭祀诗歌创作"灵性思维"①的深刻体认且超越于一般文学想象思维的诗学建构。换句话说，他解构诗歌创作的"想象"模式，将它与灵性智慧相等同。所谓"想象"其实就是在超验层面上诗人的灵魂与神的对话。可见，在祭祀仪式上，诗歌具有的超凡的功能。

三 诗象其心的诗学意义

王夫之在强调诗人灵性思维的同时，他又提出的"诗者，象其心而已"这一诗学命题，它包含两方面的意义：即诗人（祭祀者）心中之"象"与读者（与祀者）在（吟诵）阅读过程中感受到的"象"。两"象"辉映，从而使诗歌获得了超凡的特质。然而，无论是诗人所绘之象，抑或读者心中之象，皆由心灵之所感而生。故而，"诗象其心"的诗学命题中，"感悟"是不可忽视的诗学。下面分而论之。

（一）诗绘神之"象"

中国古典诗歌长于抒情，诗歌语言在表达上讲求传意性，所谓"只可意会，不可言传"，"意在言外""辞不达意"等，这是抒情诗语言的特点。而《诗经》的表达形式是抒情与叙事相结合，这种形式易于描摹事物之象。《诗经》中《大雅》和《颂》的祭祀诗，在描摹"神"之象时，多用暗示性的叙述语言。这样，既实现了虚写神象的神秘性，也体现了诗歌"以意为主"的诗学追求。

如《大雅·文王》是一首叙述周文王之德业，并告诫子孙的祭祀诗歌。全诗重在追述文王的德业，在特定的祭祀氛围中，描摹文王的神异形象和灵异特征。"文王在上，于昭于天"："在上"，指文王灵魂化而为神，居于上界；"于"，赞美之叹词；"昭"显现；两句诗描写出文王的灵魂在天界的朦胧之象。"文王陟降，在帝左右"，则描写文王灵魂在天界所处的地位，他伴随天帝左右，或陟或降。"亹亹文王，令闻不已"中，"亹亹"，勤勉貌，《毛传》："亹亹，勉也。"②"令闻"，美的声誉，描摹文王勤勉于政的形象。"穆穆文王，于缉熙敬止"："穆穆"，《毛诗正义》云：

---

① 张思齐：《论王夫之关于〈诗经〉中的灵性思维的思想》，《齐鲁学刊》2003年第4期，第77页。

② （清）阮元校刻：《十三经注疏》（上），《毛诗正义》卷十六，中华书局1980年版，第504页。

"穆穆，美也。"① 朱熹曰："穆穆，深远之意。"② 描写文王庄严和善之貌。在这里，诗人似有一双天眼，洞见在上的文王之灵，描绘出文王灵魂在上界显赫的地位、美好的声誉以及庄重和善的形象。其实，文王在天界的形象和地位，正是周人心中文王之"象"。这是王夫之所谓"诗，象其心而已"的具体内涵。

然而，文王之灵不能被凡人的感官所知，他是"以虚幻无定的形式存在于人们的心灵中"③。那么，诗歌如何能象其心呢？邬国平先生认为："人们通过自己的想象才能与它们接近。因此，人们要经常想到天意神灵的存在，心怀敬畏，谨慎处事，而诗歌只是将人们心中这种想象和感觉给予形象的展示而已。人类的想象力并不必然地导致宗教，但是宗教的存在却离不开人类的想象力。在运用想象力这一点上，诗歌创作与传布宗教有一定相似之处，而庙堂诗更是将两者结合成了一体。"④ 显然，邬先生以"想象力"来诠释王夫之"诗，象其心"的诗学意义，这是非常符合传统诗歌理论的解释。

那么，王夫之认为，"诗，象其心"，重在于"心"，而非"象"。诗歌的作用在于表现诗人的心中之象，即主观之象。对于具体可感之物，心象则明。即使是不见其貌，因其客观存在，亦是实有之象，如"昼不见星而知有星、夕不见日而知有日；虽然，犹有数也。方诸无水而信其水，槐柘无火而信其火；虽然，犹有类也"⑤。"数"是规律之意；"类"为物类。在王夫之看来，这些客观存在的规律或事物，虽不见，心却能依据"数""类"而象之。诗如何呈现出神灵之象呢？王夫之归之于"心"。他说："奚以信文王之'于昭于天'乎？求之己而已矣。"⑥ 幽冥之神灵虽无形无象，亦无数无类，但有"气"，故而求之诗人之心而得其象：

　　虽然，亦奚数之不可数，类之不相应者乎？形有数，理未有数；理无数，则形不得而有数。气有类，神未有类；神无类，则气不得而

---

① （清）阮元校刻：《十三经注疏》（上），《毛诗正义》卷十六，中华书局1980年版，第504页。
② （宋）朱熹集注：《诗集传》卷十六，中华书局1958年版，第176页。
③ 邬国平、王镇远著：《清代文学批评史》，上海古籍出版社1995年版，第63页。
④ 同上。
⑤ （明）王夫之著：《诗广传》卷四，《船山全书》第三册，岳麓书社2011年版，第438页。
⑥ 同上。

有类。是故由形之必有理，知理之既有形也；由气之必有神，知神之固有气也。形气存于神理，则亦可以数数之，类应之也。故曰：'文王在上，于昭于天'，觌其形，感其气之谓也，是以辞诚而无妄也。①

王夫之经过缜密的逻辑推理，一方面申述"神""气"的密切关系；另一方面说明，通过诗心，文王之象可"觌其形，感其气"。

抛开想象思维的模式，王夫之所强调诗人之"己心"，则是虚空之心，是活泼的诗心，是摒弃了一切繁杂俗物的虚静之心。唯有此心，方可凝神静思，"象"则自生，这与庄子所言的"虚室生白"有相似之处。因而"在弃绝了已然定型化、僵化的知见之后，人与宇宙全方位、全身心地接触才可能恢复，在这种空灵莹洁的心境中，肉体、心智表面的静止恰是'灵'的舞蹈、活泼生机的流动运行之时。在超越的灵视中，万物森严的界限全皆打破、通融在一起"②。这种超越的"灵视"，能够"睹其行，感其气"。

如果说"诗象其心"与想象有共性的话，那也是"通过智性从灵魂的本质中流泻出来，而外部的知觉也是通过想象产生于灵魂的本质之中"③的特殊思维，这是富有灵性的、悟性的心灵活动，它是超然于一般文学想象力之外的思维活动。

因此，不能因为王夫之的哲学思想中有"唯物"倾向，而漠视其《诗经》学的神秘性特征。诚如邬国平先生所说："关于王夫之对艺术想象的认识在过去是被人们引起误会或不被普遍重视的内容，产生这种现象的原因或许与过去学术界过于机械地评价他的哲学的'唯物'倾向有关。当然这是偏颇失实的。在王夫之的诗歌理论中，想象虽然不算是丰富的部分，却也是重要的一部分。"④其实，所谓"唯物"，是属于马克思主义的哲学范畴，将王夫之的哲学思想断然归为"唯物"主义范畴，显然有一定的不合理处。王夫之虽追慕"张横渠之正学"，亦能够"参伍于濂、

---

① （明）王夫之著：《诗广传》卷四，《船山全书》第三册，岳麓书社 2011 年版，第 438 页。
② 毛峰著：《神秘主义诗学》，生活·读书·新知三联书店 1998 年版，第 45 页。
③ 张思齐：《论王夫之关于〈诗经〉中的灵性思维的思想》，《齐鲁学刊》2003 年第 4 期，第 78 页。
④ 邬国平、王镇远著：《清代文学批评史》，上海古籍出版社 1995 年版，第 64 页。

第四章 王夫之《诗经》学的诗学观 // 175

洛、关、闽"① 之学，然更有独见，其哲学思想有其复杂性，不能用"唯物"的概念将其"纯粹化"。因此，王夫之哲学思想的祛"唯物"，意味着揭橥其诗学的非"唯物"色彩。这样，"诗象其心"的诗学命题也才能真正落到实处。

（二）心感诗之"象"

王夫之认为，诗歌描绘出诗人心灵中的"神"象，这只是完成了"诗象其心"的一个环节。宗庙祭祀仪式，需要有众人参与，而参与者心中亦自有神"象"。因此，解读祭祀诗歌，就要求读者通过吟诵诗篇，以心灵感受诗歌所描绘的"神"之象，与诗人心之"象"相呼应、相互动，真正意义上完成对"神"象的描绘与体认，这样，我们才能真正体会到祭祀诗的魅力所在。诚如袁愈宗先生所言："诗歌通'神'要经过两个步骤：首先是诗人通过构思、想象，用语言把心之'神'描述出来，然后诵诗者（或听众）再通过对语言的感受，形成形象，完成对'神'的认识。"② 这是卓见之论，符合诗歌生命完成的程序，即创作与接受。换句话说，祭祀者心之所"象"，若无观众（或听众）对其的积极响应，仪式中对神灵之象的描摹就无法完成，也会影响对神灵的召唤力。故而，在诗人心中之"象"与众人心中之"象"的呼应中，神才显现其完美之"象"，主祀者和与祀者随着音乐，在两"象"融汇的境界中，如痴如醉，进入一种神秘的幻觉状态，从而达到祭祀的效果。对于从者心象神灵之"象"的过程与效果，王夫之有着独到的见解，他在《诗广传》卷五之《论执竞》中说：

入其庙，践其位，行其礼，奏其乐，无一之不合于漠，而后与其神浃也。其尤者，则莫甚于髣髴之心，咏叹之旨也。从空微而溯之，溯当日之气象而仪之。功由是以兴，道由是以建。斯先王之所以为先王者乎！方求之，胡弗即此以求之也？③

---

① 王敔：《大行府君行述》，参见王夫之著《船山全书》第十六册，岳麓书社2011年版，第81页。
② 袁愈宗：《〈诗广传〉诗学思想研究》，博士学位论文，山东师范大学，2006年，第110页。
③ （明）王夫之著：《诗广传》卷五，《船山全书》第三册，岳麓书社2011年版，第490页。

宗庙祭祀的特点就是要全身心地投入其中，在祭祀仪式上，随着音乐响起，营造出肃穆神秘的氛围。在此氛围中，主祀者与从者（吟诗）的心中呈现出神之"象"，且与神灵浃洽融合，达到人神交流的境地。其实，从诗歌的功能而言，创作诗歌是诗人抒情的过程，而吟诵是读者抒情的途径。吟诵史诗，不仅是抒发情感的过程，"而且还可以进一步加强对本民族的责任感"①。同此一理，吟诵诗歌的过程，也是对诗歌形象的再一次描绘。在吟诵中超越现实的处境，思维进入神性的世界。因此，诗歌"提供了一条通往充满英雄业绩的虚幻世界的途径"②。

除此之外，吟诵诗歌，能够使人忘却当下的境遇，而获得身心愉悦，这是由诗歌的审美功能所决定。周人祭祀先祖的目的，除了歌颂先祖的功德之外，祈求先祖赐予福佑，摆脱艰难的现实困境，这是祭祀的意义所在。怀着这个目的，在宗庙中参与祭祀，聆听音乐或吟诵诗歌，也就更容易幻想到先祖的伟大。对于诗歌或音乐的功能，耀斯指出：

> 公众在聆听诗歌或音乐、或者凝视"大教堂中图画圣经"的那些画面时，就能够逃脱那个愚昧的、被千古不变的教条统治着的封闭世界，那么，他们必然会怀着一种特殊的激情，体会到由一个幻想的英雄世界所引起的那种神魂颠倒的心境。③

的确，这一观点颇能启发我们对王夫之诗学观的进一步理解。在祭祀特定的氛围中，在主祀者与众人的合作中，完成了祭祀仪式，实现了"功由是以兴，道由是以建"的祭祀目的。王夫之认为，在这种极具神秘氛围的祭祀活动中，对神灵"象"之描摹是其关键：

> 故祀文王之诗，以文王之神写之，而文王之声容察矣；祀武王之诗，以武王之神写之，而武王之声容察矣。言之所撰，歌之所永，声之所宣，无非是也。文王之神：肃以清，如其学也；广以远，如其量也；舒以密，如其时也；故诵《清庙》《我将》而文王立于前矣。武

---

① ［德］汉斯·罗伯特·耀斯著：《审美经验与文学解释学》，顾建光、顾静宇、张乐天译，上海译文出版社1997年版，第3页。
② 同上。
③ 同上书，第3—4页。

第四章 王夫之《诗经》学的诗学观 // 177

> 王之神：昌以开，如其时也；果以成，如其衷也；惠以盛，如其猷也；故诵《执竞》而武王立于前矣。①

祭祀先王时，以诗写其神，使人想象其声，描摹其容。吟诵诗歌，心绘其象，如在眼前。诗的抒写方式，与众不同处，正在写之以神，而非描之以形。神出，而声容察。然而，诗所写之"神"，虽具朦胧幻化之兆，却也鲜明如睹：文王之神，肃以清、广以远、舒以密；武王之神，昌以开、果以成、惠以盛。而其象之所得，在于诵诗时由心所感诗之神而象生。那么，"诵《清庙》《我将》而文王立于前矣""诵《执竞》而武王立于前矣"。祭祀仪式最高的境界，即是在钟鼓磬管之合乐中，先王显出神灵，接受子孙之飨，祭礼告成：

> 钟鼓载之，喤喤焉；磬管载之，将将焉；威仪载之，简简反反焉；醉饱载之，无不足焉。见其在位，闻其声，闻叹息之声，即其事，成其诗歌，亦既见之于斯，闻之于斯矣，此所谓传先王于万年而不没者也。故曰："唯孝子可以享亲。"②

在钟鼓齐鸣，磬管同奏的盛大仪式上，祭祀者心绘先王之"象"，与祀者感诗而心生"象"，众人如见其在位，如闻其声，甚至闻其叹息之声。在一派肃穆庄严的气氛和神秘的氛围和人神共娱之境中，礼成事毕！

在这里，我们发现，诗以神秘的、留下巨大空白的方式、诉诸静默和感悟的方式告诉人类，在神秘的神灵面前，一切言说都是徒劳，只有用沉静清明的心灵感悟、想象、体会无限世界的真相，用心灵去把握人类社会之外的真义，"即以自己的心灵去体会、去领悟、去想象宇宙的本质和意义"③一样，去感悟神灵的力量、想象神灵的形象、体会神灵的魅力。只有忘记语言、放下识见、摈弃智慧，人的心灵最终与神交融。诚如著名神秘主义学者（托名）狄奥尼修斯说言："我的论证从在下者向超越者上升，语言便力不从心；当它登顶之后，将会完全沉默，因为它将最终与不

---

① （明）王夫之著：《诗广传》卷五，《船山全书》第三册，岳麓书社2011年版，第490—491页。
② 同上书，第491页。
③ 毛峰著：《神秘主义诗学》，生活·读书·新知三联书店1998年版，第44页。

可描状者合为一体。"①

那么，王夫之在《诗广传》中，就祭祀诗而提出的"诗者，象其心而已"的诗学命题的意义在于：心灵的神秘力量是诗歌的源泉。心灵与理智不同，它的纯净、绝俗决定了超凡的能力，心灵"因弃绝眼光和知识才看得见，并知道了那超过一切眼见和理解的事（因为这把我们机能都停息了才委实看见和委实知道）；又使我们可供奉超越性的赞美诗给那超越万有的他。这样，我们可以看到那原为万物之光所遮蔽的、伏在一切存在物中的超本质的幽暗"②。

（三）感悟思维的作用

如前所述，王夫之"诗象其心"诗学的核心是"心"，它是万象之源。而心象之获得，则以"悟"为手段。所以，"感悟"是"诗象其心"诗学中隐含的另一个诗学命题。

感悟，是构成中国诗歌诗学体系的基本命题之一。杨义先生对中国诗学体系有着十分精辟的见解，他指出：

> 中国诗学是"生命—文化—感悟"的多维诗学。它的基本形态和基本特征，是以生命为内核，以文化为肌理，由感悟加以元气贯穿，形成一个完整、丰富、活跃的有机整体。由此可以派生出比兴（隐喻）、意象、意境和气象等基本范畴，从而在不同层面和不同方式上作为生命与文化的具有东方神韵的载体，作为感悟进行贯穿运作的基本方式。由于它是多维诗学，不同纬度之间可以多姿多彩地交融，互蕴互动，形成丰富的内在审美张力和多义性的互相诠释的可能。③

可见，在多维的中国诗学体系中，"感悟"是其中最活跃的元素，也是最富东方神韵的诗学。"感悟"诗学，在诸多方面受到古老中华文化的浸润和滋养：

其一，受道家悟"道"方式和"得意忘言"之说的启示。在先秦道

---

① （托名）狄奥尼修斯著：《神秘神学》（中译本导言），包利民译，生活·读书·新知三联书店1998年版，第1页。
② 毛峰著：《神秘主义诗学》，生活·读书·新知三联书店1998年版，第45页。
③ 杨义著：《重绘中国文学地图》，中国社会科学出版社2003年版，第55页。

家文献中,"道"是哲学核心命题。如何体认"道",如何言"道",又是该派不断辨析的重要问题。《老子》曰:"道,可道,非常道。名,可名,非常名。无名,天地之始。有名,万物之母。"① 在这里,老子首先提出了"恒道"不可言说的基本问题。"恒道"生万物,却又超越万物。它无处不在,无所不能,却难以用语言指称,这是因为"道"自身的特点所致。老子认为,"道","视之不见""听之不闻""搏之不得"②,故难以言说;"道","无状之状,无物之象。是谓'恍惚'"③,"道之为物,惟恍惟惚。恍兮惚兮,其中有象;恍兮惚兮,其中有物"④。故难以名状;"道","微妙玄通,深不可识"。故不可强之为名。基于"道"的这些特点,老子提出以"致'虚'极,守'静'笃"⑤等方式,来观其"道"。玄妙的"道",有着人的常识所不能及的边界,"言"无法称名"象"。所以,只有心灵"致虚守静",方可与道相通。老子虽然没有用"感悟"一词,实际上,"致虚守静"体"道"的过程,即是"感悟"的过程。老子所言"常道"不可言,指出了"言"的粗糙与有限。在精深的"道"面前,语言则丧失其基本功能,甚至消失其所指与能指的一切功能。

所以,若知"道"则"弗言"。老子这一思想,在庄子那里进而发展为"得意忘言"。"得意忘言",一方面说明语言功能的有限性;另一方面表明求知并不获识的局限性,以及"道"的无限性。"得意忘言"的真正落实处,恰在于心灵对"道"的体悟。如列子在《仲尼》篇中所言:"得意者无言,进知者亦无言。"得意与进知(获得知识)的最高境界则是皆无言。庄子认为:"道不可闻,闻而非也;道不可见,见而非也;道不可言,言而非也。知形形之不形乎?道不当名。"⑥ 甚至如文子在《精诚》篇中认为"无穷之智寝说而不言","着于竹帛,镂于金石,可传于人者,皆其粗也"。总之,"道"之幽眇,庄子一言以蔽之为:"夫道,窅然难言哉!"⑦ 故而,庄子提出"可以言论者,物之粗也;可以意致者,物之精

---

① 复旦大学哲学系《老子注释》组注:《老子注释》,上海人民出版社1977年版,第96页。
② 同上书,第98页。
③ 同上。
④ 同上书,第99页。
⑤ 同上书,第98页。
⑥ (清)王先谦撰:《庄子集解》卷六,中华书局1987年版,第192页。
⑦ 同上书,第188页。

也"的论断,表明人类语言的苍白和虚弱。这里,庄子所谓的"意致"一词,已经很接近"感悟"之意了。

其二,受禅学思想的润泽。禅宗是中国传统文化与佛教思想相结合的产物。禅宗的经典著作是《坛经》,其中表现禅宗最基本的思想是"心即佛"。在《坛经》中,惠能反复论述"即心即佛"的观点。他说:"佛知见者,只汝自心,更无别佛。""听吾说法,汝等诸人,自心是佛,更莫狐疑。"可见,万法归心,万象在其心。很显然,惠能禅师所说的"心",即是清明澄澈、活泼灵动的心灵。佛由心生,或象亦由心生。这和王夫之"诗者,象其心而已"的诗学命题不谋而合。另外,禅宗把一切修行归结为"明心见性"。《坛经》云:"不识本心,学法无益,识心见心,即悟大意。"关于"悟",《说文解字》解释说:"悟,觉也。"《广韵》解释为"心了"。心有所感,而有所悟,自然觉了。所谓"世人性本清静,万法在自性"(《坛经》),这就直逼心源,万法皆在心,万象皆在心。所以,禅宗所追求的"明心见性"的思想,以"悟大意"为旨归。

另外,禅学讲求"顿悟",这是"见性"的重要环节,也是解脱俗世烦恼的必经之路,然"见性"须以"心"来见。换句话说,"顿悟"是纯净心灵之所得。何为"顿悟"?唐代大珠慧海禅师讲禅时的一段妙答,令人对此释然:

> 问:欲修何法,即得解脱?答:惟有顿悟一门,即得解脱。
> 云:何为顿悟?答:顿者,顿除妄念;悟者,悟无所得。
> 问:从何而修?答:从根本修。
> 云:何从根本修?答:心为根本。
> 云:何知心为根本?答:《楞伽经》云:心生即种种法生,心灭即种种法灭。[①]

"顿悟"即由心源所得。然"顿悟"则要求思维瞬间活跃,如灵光一闪,即刻"发明本心"。因此,"感悟"思维正是除却杂念和执着,"以瞬

[①] (唐)大珠禅师、黄药禅师、永嘉禅师、(民国)刘洙源著:《佛法要领·永嘉禅宗集·传心法要·顿悟入道要门论》之大珠禅师著《顿悟入道要门论》卷上,老古文化事业公司1983年版,第3页。

间指向宇宙本源和人生真谛的自由"①。或者说,"感悟"思维是心灵向宇宙万物敞开,在极度开放的自由空间里,心与万物相沟通、相交汇以及互相印证。世尊拈花微笑的公案,即昭示"悟"的意义和妙趣,《五灯会元》记述了这个公案:

> 世尊在灵山会上,拈花示众。是时众皆默然,唯迦叶尊者破颜微笑。世尊曰:"吾有正法眼藏,涅盘妙心,实相无相,微妙法门,不立文字,教外别传,付嘱摩诃迦叶"。②

佛祖拈花示众,唯迦叶悟得其间玄妙,会心微笑。"这个美丽的故事既是禅宗心印相传的象征,也是感悟思维创作出来的一个极妙的传奇。其实禅宗与感悟思维结构有不解之缘,缺少悟性,不足以言禅"③。的确,参禅必须有悟性,学诗亦要有悟性。

显然,道家之体道、禅宗之悟禅,是感悟思维的渊薮。"感悟"作为一种诗性哲学,与道家思想、佛学思想有着千丝万缕的关系。然而,在其发展中亦不断受到儒家思想、易学思想、心学思想等的影响,使其逐渐成为极富中国文化精神的诗学思想。因此,"感悟是在中国具有丰厚的文化资源的土地上,借助印度佛教内传而中国化的行程中滋生出来的一种诗性哲学"④。斯言诚是。

就诗学而言,体道、悟禅需心灵之悟。由体道、悟禅的感悟思维到诗歌创作与鉴赏的感悟诗学,二者之共同点即在于"心"。"悟"从"心",是心为吾心,吾心则运"情思",与万物相接,即刻"识解明通后,随处皆成真实,又何幻妄之非真也"⑤。这是清代戴熙论画时所言,"识解明通"就是"妙悟"之意,是心灵的即时知道。学诗与学道、参禅在思维方式上都与"悟"相关。戴熙也强调"识解明通"的妙悟所得,非符合逻辑推理的物理,亦非客观存在,而是一种"幻"(幻像),"幻也是真

---

① 杨义著:《感悟通论》,人民出版社2008年版,第22页。
② (宋)普济著,苏渊雷点校:《五灯会元》卷第一,中华书局1984年版,第10页。
③ 杨义著:《感悟通论》,人民出版社2008年版,第19页。
④ 同上书,第93页。
⑤ (清)戴熙论画语,参见朱良志著《真水无香》,北京大学出版社2009年版,第35页。

实"①。所以,"悟"得之象与逻辑推理之象不属于同一层面。它是一种诗意的、神秘的、美丽的、妙不可言的感受。严羽指出:"大抵禅道惟在妙悟,诗道亦在妙悟……惟悟乃为当行,乃为本色"②。诗歌创作与欣赏,始终要保持一颗明净而灵动的心灵,与万物交融,与诗意际会。"感悟"作为一种思维模式,是一种瞬间的呈现,或灵光的闪现。它是非理性的思维方式,不以逻辑见长,不以分析推理为据,而是瞬间心物相通的感动与酣畅。美学家朱光潜先生从心理学的角度指出:"依心理学的分析,人类心思的运用大约取向两种方式:一是推证的、分析的、循逻辑的方式,由事实归纳成原理,或是由原理演绎成个别结论,如剥茧抽丝,如堆砖架屋,层次线索,井井有条;一是直悟的,对于人生世相涵泳已深,不劳推理而一旦豁然有所彻悟,如灵光一现,如伏泉暴涌,虽不必有逻辑的层次线索,而厘然有当于人心,使人不能不否认为真理。"③ 这是在跨文化的视野中,对中国式感悟思维所作的形象生动的阐释。

中国古典诗歌以抒发瞬间情感体验为特质,是一种重视感悟的文学艺术。严羽在《沧浪诗话》中指出:"诗有别才,非关书也;诗有别趣,非关理也。"感悟思维是诗歌创作的基本思维模式,也是说诗的基本途径。以感悟说诗,在中国诗论中屡见不鲜。然而,值得引起思考的是,"感悟说诗,主要是解说唐、宋及其以降历朝诗,通常也会上溯到东晋南朝。至于《诗经》,已有毛序、郑笺、孔疏、朱传,附会周史,陈说六义,成说甚深,端成模式,因而任何新的思想理论的介入,都会视同入侵,都会受到根深蒂固的诗教诗规的排斥,甚至被视为异端。"④ 杨义先生所言极是。自汉代《诗经》被拉入经学的门墙后,直至明代前期,在漫长的历史时期,汉唐《诗经》学牢牢把握说诗话语权,确立以经学说《诗》的经典模式,认为"他经可意会,诗则不涉意想"⑤。代代因袭,不敢越雷池半步,鲜有人以"感悟"说《诗》。但是,随着明代文学说《诗》风气的兴起,以"臆"说《诗》始见端倪,以王守仁《诗经臆说》为代表,演

---

① 朱良志著:《真水无香》,北京大学出版社2009年版,第35页。
② (宋)严羽撰,郭绍虞校释:《沧浪诗话》,人民文学出版社1961年版,第12页。
③ 朱光潜著:《朱光潜全集》第九卷,安徽教育出版社1993年版,第396页。
④ 杨义著:《感悟通论》,人民出版社2008年版,第69页。
⑤ 《四库全书总目提要》卷十七,《诗类存目》。

成一时潮流。所谓"臆",有"推测"之意,即以主观为主的妄以臆度。这种全凭主观的臆说思维模式,与感悟思维模式有一定的相关处,即不受外界影响,而注重内心体悟。

如果说明代的《诗经》文学阐释派,以"臆"越经学说《诗》之门墙的话,而王夫之"诗象其心"所蕴含的感悟诗学思想,是打破经学话语霸权禁锢《诗经》的先声。在于无声处,别有惊雷之动。如前文所述,"诗象其心"这一诗学命题,涵盖了诗人之象和读者之象,源自诗人心灵之象,是诗歌的本象;读者心灵之象,是诗歌的再象。这是文学的创作与文学接受的问题,二者共同之处在于"心之象"。"象"之所成无不心悟神从,言忘意得。王夫之在《诗广传》之《论那二》时说:

> 今夫鬼神,事之所不可接,言之所不可酬。髣髴之遇,遇之以容;希微之通,通之以音。霏微蜿蜒,嗟吁唱叹,而与神通。①

在这段话中,王夫之用"髣髴之遇"一语,来形容神灵依稀仿佛之"象","髣髴",邈遥、隐约、依稀之意。凡古诗文描写依稀仿佛之态,常用"髣髴"形容,如屈原《楚辞·远游》:"时髣髴以遥见兮,精皎皎以往来。"曹植《洛神赋》:"髣髴兮若轻云之蔽月,飘飘兮若流风之回雪。"唐李绅《华山庆云见》诗:"依稀来鹤态,髣髴列仙羣。"清代叶燮《原诗》中评曹植《美女篇》时云:"意致幽眇,含蓄隽永,音节韵度皆有天然姿态,层层摇曳而出,使人不可髣髴端倪,固是空千古绝作。"②可见,"髣髴"一词,无论在诗歌或诗评中,其意为朦胧缥缈。

王夫之认为,鬼神髣髴神妙,可以舞容娱之,可以凭借音乐感之。必须资神遇,不可力求;必须心悟,不可目睹;可以意会,不可言说。在神秘的音乐氛围中,心灵感悟"霏微蜿蜒"之"神"象,"而与神通"。另外,王夫之强调祭祀仪式上音乐的作用和意义,但是,他也认识到乐仅仅是一个外在的介质,是营造神秘氛围的媒介。真正"与其神浃"者,莫过于心灵之悟。"入其庙,践其位,行其礼,奏其乐,无一之不合于漠,而后与其神浃也。其尤者,则莫甚于髣髴之心,咏叹之旨也。从空微而溯

---

① (明)王夫之著:《诗广传》卷五,《船山全书》第三册,岳麓书社2011年版,第512页。
② (清)叶燮撰,霍松林校注:《原诗》,人民文学出版社1979年版,第63页。

之，溯当日之气象而仪之"①。祭祀仪式上，若要达到人与神通的境界，"其尤者，则莫甚于髣髴之心，咏叹之旨也"。这里的"髣髴之心"是指一颗敏锐空灵、朦胧邈远、超然一切的心灵之境，展示了与枯索、僵化的经学诠释思维相反的、令人如沐春风的感悟思维模式。在这种感悟思维中，心灵可以从空灵微妙处求索，而仪其形象。

  王夫之认为，虚幻无定的天意神灵，不能以人的感觉器官直接获得，而是存在于人的心灵中。心灵通过自由的"悟"，不拘泥于貌似，而以神游，从空微幽眇处感受神灵的存在，以神灵之气象而仪其"象"，在超验的层面上，体验神之灵异，从而超越人神之隔，实现"而与神通"的祭祀目的。他主张"神"象由心悟且仪之，其过程为自内而外，自近而远，自髣髴而通灵。这是诗人自觉地把自己的精神体验与感悟联系起来的表现。呈现出一种神秘、神圣、空灵的《颂》诗境界。从艺术鉴赏而言，王夫之此处所言，恰是以感悟思维鉴赏诗歌的经验。因此，《诗经·颂》肃穆神秘的艺术氛围，实在是感悟思维赋予的魅力。他在《诗广传》卷二之《论兼葭三》中，明确指出"妙悟"为"诗之宗"的诗学意义：

    回环劳止而不得，淡然放意而得之，为此说者众矣。逸之于学，妙悟为宗，谓夫从事于阻长之途者举可废也……非其时，非其地，非其人，惮溯洄之阻长，而放意以幸一旦之宛在，是其于道将终身而不得，乃以邀一旦之颍光，矜有遇于霏微缥缈之间，将孰欺哉！②

  凡事孜孜以求而不得，淡然放意而得之。学诗亦如此，"妙悟为宗"。将意念之光放逐，心灵与霏微缥缈之灵异相逢，诗意之妙趣顿生。

  基于上述分析，我们发现，在王夫之对祭祀诗的评论中，"感悟"思维贯穿其中。所以，感悟诗学亦是王夫之《诗经》学诗学思想的组成部分。他所运用的"感悟"思维模式，是对经学语境下铜墙铁壁般"诗教"的一次挑战，在《诗经》学史上有着十分重要的意义，主要表现在以下几方面。

---

① （明）王夫之著：《诗广传》卷五，《船山全书》第三册，岳麓书社 2011 年版，第 490 页。
② （明）王夫之著：《诗广传》卷二，《船山全书》第三册，岳麓书社 2011 年版，第 371—372 页。

首先，从诗歌创作和诗歌鉴赏层面，指出了《诗经》学的发展方向，即回归对诗的"感悟性本体认证"[1]。

其次，"诗象其心"所展示的感悟思维的诗学理论价值，远远超越其本身。它以"悟"彰显诗歌之趣，开启了以"悟"论《诗》的先河。

故而，在经学层累的《诗经》研究中，王夫之能够以"诗象其心"说《诗》，称得上是独辟蹊径，打开了窥《诗经》奥妙之另一扇窗，使后人感受到《诗经》的神奇之美。这足以显示出他不拘泥于传统，不畏于权威，力求创新的可贵精神。但他终究没能确立以"感悟"体《诗经》的学说。王夫之认为，诗歌在追求"情"的同时，也要重视"理"，情理相谐，情理并重，非理则无悟。他在《姜斋诗话》评《诗经》之《小宛》时说：

  谢灵运一意回旋往复，以尽思理，吟之使人卞躁之意消。《小宛》抑不仅此，情相若，理尤居胜也。王敬美谓：'诗有妙悟，非关理也。'非理抑将何悟？[2]

可见，王夫之认为，诗可妙悟，然诗亦合于理。这样的思想基础，致使他对诗歌的"感悟"很难实现超然理性之"妙悟"，这也是"诗象其心"的局限性所在。

王夫之的"诗象其心"理论，所蕴含的诗人之象、从者之象，以及"感悟"思维，并非漫无边际之遐想，也非毫无约束的情测。他是秉承中国传统儒家思想的一位哲学家，而非泛神论者，他的极富神秘主义的诗学思想，也是基于宇宙本体论的哲学思想。他论《诗经》，"实际上，他仅是肯定符合情理的想象，而排斥种种荒诞的奇思异想"[3]。因为"修辞立其诚"始终是王夫之诗学的核心所在。

他认为一切"心象"皆出于"诚"。"修辞立其诚"语出《周易·乾卦·文言》，所谓"君子进德修业，忠信所以进德也。修辞立其诚，所以居业也"。是指君子言行与内涵相统一的关系。《说文》曰："诚，信也。"

---

[1] 杨义著：《感悟诗学》，人民出版社2008年版，第58页。
[2] （明）王夫之著：《诗译》，《船山全书》第十五册，岳麓书社2011年版，第813页。
[3] 邬国平、王镇远著：《清代文学批评史》，上海古籍出版社1995年版，第65页。

王夫之从哲学层面对"诚"多有论及,其主要观点如下:"诚者,天之道也"①;"阴阳有实之谓诚"②;"诚者,心之所信,理之所信,事之有实者也"③;"不妄者,气之清通,天之诚也"④;"诚者,天理之实然,无人为之伪也"⑤;"诚者,天之实理;明者,性之良能。性之良能出于天之实理,故交相致,而明诚合一"⑥。

上述王夫之对"诚"的思辨集中体现在《张子正蒙注》中。要言之,"诚"包含两方面的含义,即"诚"为天道,是真实的存在,是万物遵循的规律;"诚"亦为人之道,它是心之良能(出于本然)的体现。无论是天道之"诚",抑或人道之"诚",皆出自天然无伪之本。王夫之认为"诚",不仅是穷"尽天地"的出发点,亦是穷"尽圣贤学问"⑦的立足点。关于王夫之"诚"的辨析,袁愈宗先生在其《诗广传诗学思想研究》一文中,有着详尽的论述,可以参考。

王夫之在《诗广传》中,在提出"诗象其心"这一诗学命题的同时,亦说明"唯其有诚",是一切"心象"之立足点,他认为:

> 耳所不闻,有闻者焉;目所不见,有见者焉。闻之,如耳闻之矣;见之,如目见之矣;然后显其藏,修其辞,直而不惭,达而不疑。《易》曰:"修辞立其诚。"唯其有诚,是以立也。卓然立乎前,若将执之也。⑧

闻耳所不闻之,见目所不见之,则于"修辞立其诚"。"唯其有诚",

---

① (明)王夫之著:《张子正蒙注》卷一,《船山全书》第十二册,岳麓书社2011年版,第25页。
② 同上。
③ (明)王夫之著:《周易内传》卷一,《船山全书》第一册,岳麓书社2011年版,第62页。
④ (明)王夫之著:《张子正蒙注》卷一,《船山全书》第十二册,岳麓书社2011年版,第19页。
⑤ (明)王夫之著:《张子正蒙注》卷三,《船山全书》第十二册,岳麓书社2011年版,第136页。
⑥ (明)王夫之著:《张子正蒙注》卷九,《船山全书》第十二册,岳麓书社2011年版,第372页。
⑦ (明)王夫之著:《读四书大全说》卷九,《船山全书》第六册,岳麓书社2011年版,第996—997页。
⑧ (明)王夫之著:《诗广传》卷四,《船山全书》第三册,岳麓书社2011年版,第437页。

万象皆立，卓然如立目前，清晰如手执。邬国平先生认为，"'诚'是一种儒家伦理道德化的真实观"①。源自这样一种观念，王夫之"诗象其心"的诗学思想最终落实在"诚"之上的儒家范畴的诗学观。至于《大雅·文王》所描述的"文王陟降，在帝左右"之情形，为了避免解诗者将诗歌引向荒诞不经之径，故而必须立于"诚"，方可规避："亦殆与惝恍其词，荒诞而无惭，冥行而无疑者，相违不远矣。君子之所必察也，察之以诚。"② 本于"诚"，诚乃心之性，以诚心取万物之象，中于数而明于理。王夫之说："昼不见星而知有星、夕不见日而知有日；虽然，犹有数也。方诸无水而信其水，槐柘无火而信其火；虽然，犹有类也。奚以信文王之'于昭于天'乎？求之己而已矣。"③ 这是人对符合客观规律事物运转的认知，是出于日常生活经验和内心感受，所以是真实的。一切事物皆有规律可循，"是故由形之必有理，知理之既有形也；由气之必有神，知神之固有气也。形气存于神理，则亦可以数数之，类应之也。故曰：'文王在上，于昭于天'，觌其形，感其气之谓也，是以辞诚而无妄也"④。

在此，我们可窥王夫之"诗象其心"的诗学思想，徘徊在两难的尴尬境地。从某种意义而言，感悟思维是一种超越性的思维，它超越了儒家思想的范畴。所以，儒家思想对于王夫之全然以"感悟"思维去体认《诗经》、阐释《诗经》，不能不说是一股阻力。然而，回归儒家"修辞立其诚"的思想，并不能阻碍船山诗学所展示的魅力，也与他所积极追求"诗象其心"的诗学思想并不相矛盾。相反，它使我们看到了基于哲学思想的船山《诗经》学体系的复杂性和深奥性。

第二节 "诗以道情"

王夫之以"诚""尽圣贤学问"，故不迷信权威，不盲从众说。他强调《诗》"陶冶性情，别有风旨"，提出"以诗解《诗》"，认为《诗》"不可以典册、简牍、训诂之学与焉"。《诗》之为诗，不是实用文体，亦非学术论著，而是"诗以道情"。"情"乃诗之本，"圣人达情以生文，君

---

① 邬国平、王镇远著：《清代文学批评史》，上海古籍出版社1995年版，第66页。
② （明）王夫之著：《诗广传》卷四，《船山全书》第三册，岳麓书社2011年版，第437页。
③ 同上书，第438页。
④ 同上。

子修文以函情"①"文以用情"②，此方可谓诗之圣，肯定了情感至上的诗学观。

本节内容主要包括王夫之"诗以道情"的提出、"诗以道情"内涵的阐释、"诗以道情"渊源的考论、王夫之对传统观念的补充修正以及"诗以道情"的影响等。

一 "诗以道情"的提出

《诗经》学发展到明末清初，对于《诗》的创作旨趣，或《诗》本质的讨论，历代皆有不同之见。或以史解《诗》，《诗》即是"史"；或以"志"说《诗》，《诗》即是政治思想；或以理说《诗》，《诗》即是"理"；或"臆"说《诗》，《诗》被随意肢解。诸如此类《说》诗，或如经生穿凿附会；或如学究生搬硬套；或如理学家"割裂古文"③；或如"意想"④，等等，皆不能揭橥《诗》之诗性特质，而归于《诗》之情。

王夫之在反对经生说《诗》、理学家解《诗》以及心学家"臆"《诗》的前提下，本着"以诗解《诗》"的原则，寻绎《诗》之本义，在继承传统诗学"情感论"的基础上，提出了"诗以道情"的诗学理论。"诗以道情"与以诗解《诗》都是源于船山对《诗经》本质的体认与把握。王夫之提出"诗以道情"，除了由于上述外在因素外，还基于以下几方面的原因。

（一）从创作者而言

王夫之认为，古人创作《诗》的目的是以"诗达情"⑤，"作诗者在抒写性情"⑥，而非讽喻为旨，亦非记史为务。他诠释《诗经》，着眼于诗之情感特质，强调情感至上的文艺观。有感于经生说《诗》的附会教化论，他提出《诗》的创作基于诗人的性情，是诗人抒发情感的需要，是

---

① （明）王夫之著：《诗广传》卷一，《船山全书》第三册，岳麓书社2011年版，第307页。
② 同上书，第299页。
③ （明）王夫之著：《诗经稗疏》卷三，《船山全书》第三册，岳麓书社2011年版，第167页。
④ 同上书，第169页。
⑤ （明）王夫之著：《诗广传》卷二，《船山全书》第三册，岳麓书社2011年版，第353页。
⑥ （清）叶燮撰，霍松林校注：《原诗》，人民文学出版社1979年版，第50页。

"陶冶性情"①之作,故而"别有风旨"②。诗歌的创作是源自诗人内心情感表达的需求,这种内心情感是源于人类对社会和自然界的真实感受,诗歌离不开诗人的真情实感。人因"含情而能达,会景而生心,体物而得神,则自有灵通之句"③。这里,王夫之谈到了诗歌所具备的几个基本要素,即景、心、情、神。由此可以描述出诗歌产生的基本过程:会景起兴→体物得神→内心含情→心欲达情→妙句自生。

其实,王夫之所论述的是诗人因情而起的心理活动,呈现出了一个完整的审美过程。陆机在《文赋》中,对文学创作中作家感物起情,情由心生,文思泉涌的过程有着精辟的论述,他说:"遵四时以叹逝,瞻万物而思纷;悲落叶于劲秋,喜柔条于芳春。心懔懔以怀霜,志渺渺而临云。"④对此,王夫之也认为"人情之游也无涯,而各以其情遇,斯所贵于有诗"⑤。诗,是心灵的吟唱。"诗是心声,不可违心而出,亦不能违心而出"⑥。心能感物,情由心生,"情"为诗魂。

然而,人心不同,境遇不同,对外物之所感不同,所生之情亦不同。欢愉之情,使人心畅;愁苦之情,使人郁闷。而《诗》具有荡尽愁苦之情,畅神乐志之功能,亦即人通过诗歌抒发心中的愁苦,而得以舒缓心情。王夫之在《诗广传》中说:"沾滞之情,生夫愁苦;愁苦之情,生夫劬倦;劬倦者,不自理者也。"⑦人以何来消释心中的沾滞之情,而使自己舒畅呢?王夫之认为非诗莫属,"故《诗》者,所以荡涤粘滞而安天下之有余者也"⑧。换句话说,《诗》是用来洗涤心中郁结之情,而使心灵轻松愉快的艺术。诗能达情,这就是王夫之反复强调以"情"说《诗》的根本原因。

(二)从接受者的角度来说

读者欣赏《诗经》,选择文学审美的标准正是"情"。读者对文学艺

---

① (明)王夫之著:《诗译》,《船山全书》第十五册,岳麓书社2011年版,第807页。
② 同上。
③ (明)王夫之著:《姜斋诗话》,《船山全书》第十五册,岳麓书社2011年版,第830页。
④ (西晋)陆机:《文赋》,参见郭绍虞主编《中国历代文论选》(第一册),上海古籍出版社1979年版,第170页。
⑤ (明)王夫之著:《姜斋诗话》,《船山全书》第十五册,岳麓书社2011年版,第808页。
⑥ (清)叶燮撰,霍松林校注:《原诗》,人民文学出版社1979年版,第52页。
⑦ (明)王夫之著:《诗广传》卷一,《船山全书》第三册,岳麓书社2011年版,第301页。
⑧ 同上书,第302页。

术思想的选择，体现出各自的价值判断与审美态度，而对文学情感的判断，则是出自个体的兴趣。所以，"兴趣的判断毫无疑问是以作这种判断的个人没有任何功利的想法为前提"①。从接受者的心里而言，读者阅读兴趣的产生，很大程度上与文本的开放程度有关。

《诗经》与后世诗歌最大的区别在于其几个不甚确定的因素，即具体产生时间的不确定性；创作者身份的不确定性；创作主旨的不确定性。这几个因素决定了其在表达情意上的模糊性，也使得诗歌文本具备开放性特色。在如此开放的空间里，读者可以根据自己的审美经验和价值判断参与其中，获得审美满足。王夫之对《诗经》这一特征把握得非常准确，他所说的"作者用一致之思，读者各以其情而自得"②，这种自由出入于诗歌中而各需所求的情感体验，正是基于"把《诗三百》情感和意味的不确定性与后世诗歌传统区别开来"③的眼光。的确，以读者为中心的解诗模式比较适合《诗经》。对此，汉代董仲舒在《春秋繁露》中，以"诗无达诂"而概括。宇文所安先生认为，"《诗三百》被推崇的原因在于它不存在任何单一的确定意旨"④，《诗经》被历代推崇与此不无关系。然而，也正是由于《诗经》文本的这种特质，所以给后世学者提供被无限解读的可能。故而，王夫之提出："人情之游也无涯，而各以其情遇，斯贵于有诗"⑤。

诚然，无论《诗经》经过了多少被疏离本体的阐释，但感受诗歌蕴含的丰富情感，赋予诗歌鲜活的生命，这是每一个时代读者群的权力。王夫之认为《诗》之为诗，以情动人，非以理动人。以"情"说《诗》，方可得其精髓。

（三）从对"情"主体地位的肯定而言

袁愈宗先生认为："王夫之是一个哲学家，他的诗学思想是其哲学思想在文学领域里的贯彻，因此要探讨他的诗情观，首先必须清楚其哲学思

---

① ［俄］普列汉诺夫著：《普列汉诺夫美学论文集》，曹保华译，人民出版社1983年版，第498页。
② （明）王夫之著：《姜斋诗话》，《船山全书》第十五册，岳麓书社2011年版，第808页。
③ ［美］宇文所安著：《中国文论：英译与评论》，王柏华、陶庆梅译，上海社会科学院出版社2003年版，第505页。
④ 同上。
⑤ （明）王夫之著：《姜斋诗话》，《船山全书》第十五册，岳麓书社2011年版，第808页。

想关于'命''性''情'的看法。"① 的确，哲学思想是王夫之诗学构建的基础。袁先生从"命""性""情"三者的关系考察为出发点，阐述王夫之"诗以道情"的诗学，可谓独具慧眼之见。

然而，根据王夫之在《诗广传》中提出"心统性情，而性为情节"②的哲学命题，可见，"心""情""性"的思辨，是"诗以道情"的哲学基础。"心统性情"是承自张载的思想，在明末心学流弊纵横的特殊时代，更具有现实意义。王夫之所谓的"心"，是一个哲学命题，是指人类纯真的本心、情感的本源，它的可贵处在于对"性情"的统摄与制约，是人理性的体现，这与阳明心学的主张并不属于同一范畴。

理学家重"性"，心学家重"情"。朱熹在《诗集传序》中说："人生而静，天之性也。"他在《孟子集注·公孙丑上》中说："因其情之发，而性之本然可得而见，犹有物在中而绪见于外也。"朱熹认为，"性"是体，"情"为用。可见，在"性情"关系的认识上，朱熹立足于"体用"之别，"性为形上，情为形下；性为体，情为用。形上之性超绝见闻，它本身必须有个'落处'，这个'落处'就是人类的情感和情绪。从这一点来看，朱熹在'心性论'上虽偏重于'性'，但对'情'也十分重视"③。与朱熹之重"性"所不同的是，明代以王阳明为代表的心学以"情"为重。明末心学走向极端重情的道路，"明末心学之所以'重情'，实由王阳明的'心体无滞'之说开其端，而王阳明对'七情'的重视则要超过朱熹，这是二人在'性情论'上的一个重要区别"④。

然而，理学之重"性"，崇尚"存天理"，而走向"灭人欲"的极端；心学之重"情"，则导致情欲肆意横流。其关键在于没有一个统领者，即是王夫之所言的"心"。王夫之认为，"情""性""心"三者，是构成人内心世界的三个基本要素，或为人性结构的组成者。关于"情""性"论，王夫之反对朱熹"性"体"情"用的主张，也批评王阳明"重情"之论。他说："愚于此尽破先儒之说，不贱气以孤性，而使性托

---

① 袁愈宗著：《王夫之〈诗广传〉诗学思想研究》，中央编译出版社2012年版，第95页。
② （明）王夫之著：《诗广传》卷一，《船山全书》第三册，岳麓书社2011年版，第308页。
③ 万里：《王夫之的"性情合一"论及其理论贡献》，《哲学研究》2009年第12期，第54页。
④ 同上书，第55页。

于虚；不宠情以配性，而使性失其节。窃自意可不倍于圣贤，虽或加以好异之罪，不敢辞也。"① 这段话中，前者指朱熹之论；后者言阳明之学。朱熹之尚"性"过于形而上，"托于虚"，脱离现实生活；阳明之崇"情"，使"情"失去应有的节制。

"心者，函性、情、才而统言之也"②。"心"是"性""情"的统摄。由此可见，船山之论与朱熹之论的最大区别在于：以朱熹为代表的宋儒重视"性"，而船山则移向"心"。这不仅仅是对宋儒"性"理论的反动，更表明"他关注的已经是纯粹心理的现象"③。从另一侧面，反映出他对诗歌心灵的关注。尤为重要的是，他的哲学范畴之"心"，不是朱熹所言抽象的"心性"，而是与情密切相关的活泼的心灵。心函情之"心"，"这一范畴为情感活动预留了充分的空间"④。

关于"性"和"情"的关系问题，王夫之提出"性"为"情"节。诗歌应表达人纯粹的、善的情感，也就是经过理性陶冶的情感，而非人的原始之情。也就是说："如果没有经过理性之熏陶与克制的功夫，而纯粹是原始性的，生理性的情感，是'不善'的人心活动。"⑤ 这种非理性的情，不宜在诗歌中去表达。凡在诗中得以表达的情感，是经过了理性的"熏陶"，这即是"性为情节"的意义。诗歌，是唯美的文学形式，其表达之情，必定是经过理性约束和心灵过滤的情。就源自"心"的"性""情"而言，"情"是"心"的表达，是"性"的体现，或者"情"的体现需要经过"性"的过滤与约束；或言，"性"通过"情"得以实现，此其一。

另外，王夫之对"性""情"关系的认识，表现对"性""情"范畴的哲学思考，他说："性，道心也；情，人心也。恻隐、羞恶、辞让、是

---

① （明）王夫之著：《读四书大全说》卷十，《船山全书》第六册，岳麓书社2011年版，第1070页。
② （明）王夫之著：《尚书引义》卷五，《船山全书》第二册，岳麓书社2011年版，第366页。
③ 萧驰：《论船山天人之学在诗学中的展开》，《中国文哲研究集刊》第十五期，"中央研究院"中国文哲研究所1999年版，第123页。
④ 同上。
⑤ 杨松年著：《王夫之诗论研究》，文史哲出版社1986年版，第63页。

非,道心也;喜、怒、哀、乐,人心也。"① 很显然,"道心"即是孟子所说的"四端":即"恻隐之心,仁之端也;羞恶之心,义之端也;辞让之心,礼之端也;是非之心,智之端也"②。仁、义、礼、智,是儒家的核心概念。故而,"道心"之"性"是被赋予了儒家思想的理性之"心"。王夫之认为,四端不可以为"情"。而"人心"则是人之常情,"喜怒哀乐"四情,这是人的天然之心,是人的真情。他在《读四书大全说》中指出:

> 抑此但可云从情上说心,统性在内。却不可竟将四者为情。情自是喜怒哀乐,人心也。此四端者,道心也。道心终不离人心而别出,故可于情说心;而其体已异,则不可竟谓之情。

王夫之辨析的"心""情""性"这三个关键命题,即"道心为性,人心为情""性不可闻而情可验""人心亦统性,道心亦统情"。他指出,"心"包含人心和道心,即包含了"情"和"性",二者都源于"心",这是二者不可分割的原因。不仅如此,"情性"相统,互为关联。基于此相互关系,有学者认为"'性情合一'是王夫之'性情论'的最后理论归宿"③。亦是通融之见,依此观点,"诗以道情"与"诗道性情"似乎并无二致。

在"性情"关系问题上,王夫之和朱熹相差无几,他们都主张性情并重。然而,王夫之认为,出自"人心"之"情",始终比出自"道心"的"性"更显现,它是人之本心,是天然。所以,"情"是"心"的载体,亦是心灵的自由表现,此其二。

因此,在由"心""性""情"三者构成的人性结构中,王夫之始终推崇"情"的主体地位,"情"是人之常情,而非圣人之情;"情"是人与万物共同拥有的特性:"君子之心,有与天地同情者,有与禽鱼草木同

---

① (明)王夫之著:《读四书大全说》卷八,《船山全书》第六册,岳麓书社2011年版,第966页。
② 杨伯峻译注:《孟子译注》(上),中华书局1960年版,第80页。
③ 万里:《王夫之的"性情合一"论及其理论贡献》,《中国哲学》2009年第12期,第55页。

情者，有与女子小人同情者，有与道同情者。"① 而人之"情"因"文"而抒，"圣人达情以生文，君子修文以函情"②。那么，《诗》非圣人之文，而是君子抒情之文。可见，王夫之对《诗经》的界定也凸显其情的重要性，他说："诗达情，非达欲也……发乎其不自已者，情也。"③ 人心之"情""欲"有所不同。"诗达情"即是"诗以道情"的另一种表述而已。

综上所述，王夫之"诗以道情"诗学观的提出，基于多方面的因素。其一，是基于对理学的反叛精神；其二，是对心学流弊的反思；其三，是对《诗经》情感的把握；其四，是对读者活泼鉴赏心灵的鼓励；其五，是对《诗经》学史上经学阐释、理学阐释的不满；其六，是对"情"在人性结构中主体地位的肯定。

二 "诗以道情"的基本内涵

"诗以道情"是王夫之《诗经》学诗学观的起点，是他评论《诗经》的基础。"诗以道情"有着丰富的内涵，主要包括以下几方面。

（一）情与文关系的思辨

王夫之的《诗广传·论关雎一》中开宗明义，提出"诗以道情"的诗学观：

> 周尚文，文以用情。质文者，忠之用，情才者，性之撰也。夫无忠而以起文，犹夫无文而以将忠，圣人之所不用也。是故文者，白也，圣人之以自白而白天下也。匿天下之情，则将劝天下以匿情矣。
>
> 忠有实，情有止，文有函，然而非其匿之谓也。"优哉游哉，辗转反侧"，不匿其哀也。"琴瑟友之"，"钟鼓乐之"，不匿其乐也。非其情之不止，而文之不函也。匿其哀，哀隐而结；匿其乐，乐幽也耽。耽乐结哀，势不能久，必于旁流。旁流之哀，懰栗惨澹以终乎怨；怨之不恤，以旁流于乐，迁心移性不自知。
>
> 周哀道驰，人无白情，而其诗曰"岂不而思，畏子不奔"，上下

---

① （明）王夫之著：《诗广传》卷一，《船山全书》第三册，岳麓书社2011年版，第310页。
② 同上书，第307页。
③ 同上书，第325页。

相匿以不白之情，而人莫自白也……

性无不通，情无不顺，文无不章。白情以其文，而质之鬼神，告之宾客，诏之乡人，无咎无惭，而节文固已具矣。①

他提出"文以用情"，即是"诗以道情"的另一种表述，此处的"文"实质上就是"诗"。在这里，他对"文""情"的关系做了较充分的阐释。"文"如何？这是自古以来被学术界讨论的问题，从理论与方法上，大致可归为以下几类。

第一，文是客观世界的反映。

清代叶燮在《原诗·内篇》中说："文章者，所以表天地万物之情状也。"诗，是一切文章之精粹，故而"尽天地万事万物之情状者，又莫如诗"。

第二，文是作家情感的载体。

《毛诗大序》云："诗者，志之所之也，在心为志，发言为诗。情动于中而形于言，言之不足故嗟叹之，嗟叹之不足故永歌之，永歌之不足，不知手之舞之，足之蹈之也。"可见"志"涵盖了"意"和"情"两个方面。西晋陆机进而指出："诗缘情而绮靡"，强化了诗歌的言情功能；明清学人倡导"独抒性灵"和"性灵"说，则是对是缘情的发展。

第三，文是道德教化的工具。

《毛诗大序》云："经夫妇，成孝敬，厚人伦，美教化，移风俗"、曹丕言："文章乃经国之大业，不朽之盛事"、刘勰"宗经""征圣"观念，以及唐代韩柳古文运动所倡导的"文以明道"，至经宋明理学家完善的"文以载道"，等等，足以体现中国古人将文学艺术视为人伦道德的载体，甚至作为维护封建礼教的工具，从而赋予诗歌政治言说的功能，抹杀了其诗性的魅力。

第四，文是读者心灵的投射。

孟子所谓"以意逆志"、董仲舒所倡"诗无达诂"、王夫之所言"作者用一致之思，读者各以其情而得之"。强调诗歌的活性特征，它的生命是由读者的参与而激活，等等，诸如此类的讨论不胜一一枚举，其是非功

---

① （明）王夫之著：《诗广传》卷一，《船山全书》第三册，岳麓书社 2011 年版，第 299—300 页。

过、高下之分，评论甚多，此不赘言。

那么，王夫之认为，"道情"是《诗经》的基本功能。文以白情，白天下人之情。诗言情，诗导人性情，这都是老生常谈的话题，然而王夫之所言"诗以道情"与传统诗学的含义有所不同。他说："是故文者，白也，圣人之以自白而白天下也。"这里"圣人"一词的使用，除了表现出《诗经》语境的独特性之外，也体现出王夫之对诗歌功能超乎寻常的认识。在王夫之看来，诗是文学的精华，是高贵的艺术。诗是高贵心灵与心灵的约会，诗是人类灵魂与神灵的际会。这里的"圣人"并非指圣贤，而是指那些心与自然相通，且拥有着高贵灵魂和敏锐心灵的赤子，他们才称得上是真正的诗人。

"白"在这里有两层含义，一是作动词，抒发、表达之意；二是作形容词，与"情"相连，即"白情"，纯粹而不粘滞的情感。"圣人之以自白而白天下也"之意为：诗人以抒发自己纯净的情感，而荡涤天下人心中的尘垢，而使之纯净。如此，王夫之将诗歌视作能使人走向纯净的文学圣地、艺术天堂，它与功名利禄无关，而是对心灵和灵魂的终极关怀。黄宗羲亦持此观点，他说：

> 诗以道性情，夫人而能言之。然自古以来，诗之美者多矣，而知性者何其少也。盖有一时之性情，有万古之性情。夫吴歈越唱，怨女逐臣，触景感物，言乎其所不得不言，此一时之性情也。孔子删之，以合乎兴、观、群、怨、思无邪之旨，此万古之性情也。吾人诵法孔子，苟其言诗，亦必当以孔子之性情为性情。如徒逐逐于怨女逐臣，逮其天机之自露，则一偏一曲，其为性情亦末矣。[①]

这段文字体现了黄宗羲对诗以达情的基本态度，他并非否定旷夫怨女的一时之情，也非维护诗教的地位。他立足于动荡的时代前沿，以更加开阔的眼光审视诗以达情的功能，强调优秀的诗歌应有万古之情，也就是家国之情，这是时代精神的体现，是一代大儒情怀的表达。

王夫之认为，拥有诗歌的人类，应以"白情"的纯粹，真诚相处。"琴瑟友之""钟鼓乐之"，不匿其乐的和谐，是人人心向往之。那么，

---

① （清）黄宗羲著，陈乃乾编：《黄梨洲文集·序类》，中华书局1959年版，第363—364页。

第四章　王夫之《诗经》学的诗学观

"诗以道情",道人人之白情,则"性无不通,情无不顺,文无不章。白情以其文,而质之鬼神,告之宾客,诏之乡人,无吝无惭,而节文固已具矣"。其乐融融的人际关系、和谐共处的社会状态,因诗而致。相反,若"匿其哀,哀隐而结;匿其乐,乐幽也耽。耽乐结哀,势不能久,必于旁流。旁流之哀,懰栗惨淡以终乎怨;怨之不恤,以旁流于乐,迁心移性不自知"。不能使人情白,却使之"匿",情感匿于心中而得不到宣泄,故而"周哀道弛,人无白情"。表面上看,王夫之似乎把人情不能白的结果指向"周哀道弛"。而实质上,体现出他对诗歌真情的推崇,以及对诗人的责任和诗歌使命的深刻反思。换言之,王夫之所谓的"白情",其实就是发自内心的赤子之情,即最真诚的情感,这与儒家的诗教观之情有别,也与明代的主情思潮不尽一致,诚如黄宗羲所言:

> 情者,可以贯金石动鬼神。古之人情与物相游而不能相舍,不但忠臣之事其君,孝子之事其亲,思妇劳人,结不可解,即风云月露,草木虫鱼,无一非真意之流通,故无溢言曼辞以入章句,无谄笑柔色以资应酬,唯其有之,是以似之。今人亦何情之有,情随事转,事因世变,干啼湿哭,总为肤受,即其父母兄弟,亦若败梗飞絮,适相遭于江湖之上。劳苦倦极,未尝不呼天也;疾痛惨怛,未尝不呼父母也。然而习心幻结,俄顷销亡,其发于心著于声者,未可便谓之情也。由此论之,今人之诗,非不出于性情也,以无性情之可出也。[①]

由此可见,王夫之对于"情""文"关系的理解,并非仅仅着眼于艺术,或一味言"诗缘情而绮靡",而是在人文精神的层面予以全面的阐释。他站在明末清初的历史变革点,回答了《诗》是一种"独特的可以认识的对象,它有特别的本体论的地位"[②]。他不赞成将《诗》视作"理"的载体,也反对不重视《诗》独特的本体,而一味"独抒性情"之论,更反对脱离《诗》之文本,天马行空式的"臆"解。

他认为:"《诗》之教,导人于清贞而蠲其顽鄙,施及小人而廉隅未

[①] (清)黄宗羲著,陈乃乾编:《黄梨洲文集·序类》,中华书局1959年版,第343页。
[②] [美]雷·韦勒克、奥·沃伦著:《文学理论》,刘象愚等译,生活·读书·新知三联书店1984年版,第164页。

刊，其亦效矣。"① 认可《诗经》对人情的疏导作用。但他所建构的"诗以达情"，与传统诗学思想所不同的是，他赋予新的内涵，即诗歌不仅达己之情，更要达人之情；诗不仅抒发圣人之情，更要表达普世之情。在诗歌情感的力量下，人心澄澈，天下清明，这是王夫之对诗歌境界的追求与向往。

他在特殊的时代境遇中，探索《诗经》的命意与归趣。他的诗学思想虽源于传统，却与传统观念划然有别。特立独行的人格魅力，使其诗学思想如一盏明灯，高悬在明末清初《诗经》学的殿堂。在清代，与黄宗羲、顾炎武等思想家相比，王夫之遭遇了更多的冷遇和偏见，甚至，遭遇许多不平情之论。然而，终于得到后人的敬仰，其中也包括很多国外学人的敬重，宇文所安就是这样的一位垂青于船山先生的汉学家，他评价王夫之说：

> 王夫之极端忠于明王朝，他僻居幽处，潜心著述，与同时代的学者交流很少；他自视甚高，常发过激之论。他是一位孤独的修正主义者，试图将世俗诗歌的价值统一到他个人对《诗经》所蕴涵的价值理解之中；象所有的孤独的修正主义者一样，他的孤独给予他表达个人立场的权利，在社交气更浓的清代学术圈子里，这种个人立场越来越难以保持。②

宇文所安是一位值得尊敬的美国汉学家，他在西方文学理论的语境下，对中国文论有着独到的见解。的确，《诗经》学与其他科目研究不同，其最大的特点就是强大的经学体系。经学话语就像一个有着顽强生命力的基因，深深地植入《诗经》的生命，几乎成了后世研究《诗经》的枷锁。然而，王夫之以卓越的识见，在执着与反叛中，却有着更新的建树和成就，愈见其不易。

（二）"情"：诗不可被替代的质素

诗歌与叙事文学最大的区别在于：诗歌以真情动人。发愤抒情，这是

---

① （明）王夫之著：《诗广传》卷一，《船山全书》第三册，岳麓书社2011年版，第326页。
② ［美］宇文所安著：《中国文论：英译与评论》，王柏华、陶庆梅译，上海社会科学院出版社2003年版，第503页。

中国诗歌的传统。诗歌史上"抒情"一词的使用,肇始于屈原《九章·惜诵》:"惜诵以致愍兮,发愤以抒情。"至西汉"诗言志"的潮流中,西刘歆作《七略》并提出:"诗以言情"①,但因只言片语,没能够从理论上进一步阐释。班固将诗赋独立出来,他的《诗赋略》即是证明,其序言云:"哀乐之心感,而歌咏之声发。颂其言为诗,咏其声为之歌。"可见,哀乐之情被心所感,就有了诗歌。陆机在《文赋》中提出:"诗缘情而绮靡。"这将"诗言情"推向了更高的境地。至南朝,随着文学创作的兴盛,诗歌理论的发达,学界对诗歌抒情特质的重视远远超越前代,并从理论上予以探讨,从而奠定了其理论基础,确立了其与"诗言志"并驾齐驱的诗坛地位。刘勰在《文心雕龙》中列出"明诗"一门,他开宗明义道:"大舜云:'诗言志,歌咏言。'圣谟所析,义已明矣。是以在心为志,发言为诗,舒文载实,其在兹乎?诗者,持也,持人情性。"② 刘勰推崇《古诗十九首》为"五言之冠冕",并指出:"观其结体散文,直而不野,婉转附物,怊怅切情,实五言之冠冕也。"③ 有无真情,乃是区别是否是好诗的标准。他崇尚"为情而造文",而反对"为文而造情"云:

> 故为情者要约而写真,为文者淫丽而烦滥,而后之作者,采滥忽真,远弃风雅,近师辞赋;故体情之制日疏,逐文之篇愈盛。故有志深轩冕,而泛咏皋壤;心缠几务,而虚述人外。真宰弗存,翩其反矣。夫桃李不言而成蹊,有实存也;男子树兰而不芳,无其情也。夫以草木之微,依情待实;况乎文章,述志为本。言与志反,文岂足征?④

为文真情,是诗之本。刘勰指出,无论四言、五言或杂言,"巨细或殊,情理同致,总归诗囿"⑤。诗歌归"情",这是诗歌区别于其他文体的质素。

---

① (清)严可均校辑:《全上古秦汉三国六朝文·全汉文》卷四十一,中华书局1958年版,第352页。
② (梁)刘勰著:《文心雕龙》卷二,中华书局1985年版,第8页。
③ 同上书,第9页。
④ (梁)刘勰著:《文心雕龙》卷七,中华书局1985年版,第45页。
⑤ (梁)刘勰著:《文心雕龙》卷二,中华书局1985年版,第9页。

"诗达情"①"文以用情"等话语,在王夫之《诗广传》中出现的频率很高,皆指向诗歌的抒情特质。

> 诗以道情,道之为言路也。情之所至,诗无不至;诗之所至,情以之至。②
>
> 文以用情……是故文者,白也,圣人之以自白而白天下也。③
>
> 白情以其文,而质之鬼神,告之宾客,诏之乡人,无吝无惭,而节文固已具矣。④
>
> 诗以道性情,道性之情也。性中尽有天德、王道、事功、节义、礼乐、文章,却分派与《易》《书》《礼》《春秋》去,彼不能代《诗》而言性之情,《诗》亦不能代彼也。⑤

上述四段论诗文字,较全面地体现了王夫之"诗以道情"的诗学观。其中,第一段文字中的"诗以道情",是船山诗学的总纲,是他对诗歌艺术的总观点,也是他判断诗歌艺术高下的标准。所谓"情之所至,诗无不至;诗之所至,情以之至"。

第二、第三段文字旨在说明文学的作用就是要抒发情感,宣泄思想。通过作者的情感,引导读者心中的情感得以抒发,即"泄导人情"。王夫之认为《诗经·关雎》是"圣人之以自白而白天下也"。实质上,此处的"文以用情",亦是广义上的"诗以道情"。之所以称"圣人白情",其实与所评判的诗歌对象的特殊性有关。王夫之虽然极力要跳出传统《诗经》学的窠臼,但是,数千年的诗教观,有着强大的生命力,对王夫之亦不无影响。因此,杨松年先生解释"文以用情"说:"'文以用情',即指以'文'引导人民之'内心活动'。"⑥ 就《诗经》学的传统而言,这的确是诚情之论。"文以用情"的产生有着特殊的学术语境,它所蕴含的诗教观

---

① (明)王夫之著:《诗广传》卷一,《船山全书》第三册,岳麓书社2011年版,第325页。
② (明)王夫之著:《古诗评选》卷四,《船山全书》第十四册,岳麓书社2011年版,第654页。
③ (明)王夫之著:《诗广传》卷一,《船山全书》第三册,岳麓书社2011年版,第299页。
④ 同上书,第300页。
⑤ (明)王夫之著:《明诗评选》卷五,《船山全书》第十四册,岳麓书社2011年版,第1440—1441页。
⑥ 杨松年著:《王夫之诗论研究》,文史哲出版社1986年版,第28页。

是难以避免的事实。对此，宇文所安从理论上予以分析："《诗广传》深深地根植于悠久而复杂的《诗经》学术传统，脱离了这个传统，它所讨论的问题就无法理解。"①

在王夫之的诗学思想体系中，他针对不同的诗歌对象，采用了不同的言说方法，亦即王夫之诗学体系存在至少两套话语模式。即使是相同的观点，但因所说对象不同，诗论的内涵略有不同。换句话说，我们不能将他在《古诗评选》《明诗评选》以及《唐诗评选》中的诗学观和《诗经》学诗学观通视，否则，就会陷入困境。其原因正如宇文先生所说的，与根植于各自不同的学术传统密切相关。在此意义上，我们确定王夫之《诗经》学诗学范畴，有一定的学术依据和理论的支撑。

第四段文字，旨在说明"性"与"情"由不同的文体表达，也强调"诗以道情"的诗体意义。但是，检视近年来的相关论著，普遍存在两种现象：第一种回避"诗道性情"，或者将此归入理学的文艺思想范畴中去，如邢文说："宋明理学，道学家要求'存天理，灭人欲'，'文以载道'，'诗道性情'，情被打上伦理道德的烙印。"② 第二种将"诗道性情"解释为"性之情"，如丁利荣所说："此情是性之情，性中之情无所不包，不过须将道理就自己性情上生发出来，方可为诗。"③ 甚至认为，"故情也罢，理也罢，但须自得，即景会心，情景交融，从而才能以风雅之旨引名教之乐，此方为诗之道"④。这两种现象的存在，至少说明了建立在哲学思想之上的王夫之诗学的复杂性与抽象性，使后学者难以得其要旨。

另外，"诗以道性情"规范了"诗以道情"的文学作用。诗"道性之情也"，故《诗》道情。王夫之将道"性"之职能则分派给《易》《书》《礼》《春秋》等非诗歌类著作，它们只可言"性"却"不能代《诗》而言性之情"，《诗》也不能代它们来言"性"。

王夫之将文章与诗歌职能的区别，并强调诗歌的不可取代性，一方面是说明诗歌抒情的独一无二性；另一方面则是捍卫诗歌的纯粹性。诚如邬

---

① ［美］宇文所安著：《中国文论：英译与评论》，王柏华、陶庆梅译，上海社会科学院出版社2003年版，第503页。

② 邢文：《王夫之"诗以道情"说》，《黑龙江史志》2008年第2期，第43页。

③ 丁利荣：《"诗道性情"与"才子文心"——王夫之与金圣叹诗学思想辨析》，《衡阳师范学院学报》2008年第4期，第6页。

④ 同上。

国平等所言：

> 诗歌与哲理书、史籍等学术著作以及一切实用文章，都各有属于它们自己司职的范围和驰骋的天地，互相不必也不能替易。诗歌拥有一个情感的世界，诗人是这个世界的主人。这种各司其职的文体学观点早经前人提出，王夫之在这方面主要是对前人观点的重新申述，借以捍卫诗歌的单纯性。[①]

确切地说，王夫之"诗道性情"的意义在于：他在更早的时期，突破传统"诗缘情"的诗学观念，基于"诗象其心""诗者，幽明之际"等超然世俗观念之上的诗学思想，向学术界提出了诗的唯一性和不可代替性。

尽管，诗歌在表现上有其多变性的特点，无论是形式，还是内容，而道情是符合其本身性质的功用。所谓诗歌不可被取代，正是因为人的情感无法被代替。王夫之认为《易》《书》《礼》《春秋》是言性之作，"彼不能代《诗》而言性之情，《诗》亦不能代彼也"。那么，"诗亦不能代彼"的指向是上述的具体著作，在此意义上，《诗》不可代替《易》《书》《礼》《春秋》，因为各有其功能和性质。哲学可以用富有诗意的语言去表达，《易》中常用诗化的句子，去表达抽象的哲学理念。历史著作亦可以用诗去表达，即是在历史事件或历史人物的叙述中，兼有抒情色彩，《史记》被鲁迅先生誉之为"史家之绝唱，无韵之《离骚》"就是肯定它的抒情特点。

所以，阿诺德认为"诗可以取代宗教和哲学的观点"[②]，是基于诗歌的思辨性特征和抒情性而言。换句话说，诗歌是介于哲学和宗教间的艺术形式。艾略特认为"在这个世界或另一个世界里，没有一样东西可以取代另一样东西"[③]。就物的个性、价值、意义而言，的确"没有一种现实

[①] 邬国平、王镇远著：《清代文学批评史》，上海古籍出版社1995年版，第71页。
[②] [美]雷·韦勒克、奥·沃伦著：《文学理论》，刘象愚等译，生活·新知·读书三联书店1984年版，第21页。
[③] 同上。

的价值存在可以找到真正的对等物；世界上没有真正的替代品"①。所以，王夫之对诗歌不可取代性的论断中，是对诗歌"情感"不可取代的体认。它与"诗以道情"是合二而一的命题，共同的指向即是诗歌的基本质素——情。

王夫之认为，《诗》的本体特征是"情"，所谓"诗以道情，道之为言路也。情之所至，诗无不至；诗之所至，情以之至……古人于此，乍一寻之，如蝶无定宿，亦无定飞，乃往复百歧，总为情止，卷舒独力，情依以生"②。"道"为言路，是指诗歌情感表达的适当方式。"情"是诗歌的灵魂，有情诗则有神采。

（三）情：艺术生命的催化剂

诗以达情，诗是情感的载体，"情"是诗歌的质素，也是浸润诗歌生命的源泉。因此，"情"是诗歌创作之原动力，是催开诗歌艺术鲜花的外在力量，这又是"诗以道情"的内涵之一。

王夫之认为，"诗以道情"是诗之道，即诗之法。他说："大抵以当念情起，既事先后为序，是诗家第一矩矱"③。"诗以道情，道之为言路也"④。这里的"道"意为"路"，含有路径之意，即方法。言"情"是作诗必须遵循的原则，以"情"为诗，是诗家之法。为诗之道，言"情"而已。那么，诗歌最大的特点是"陶冶性情，别有风旨"。"情"是他探讨诗歌艺术的基本立足点，也是他探究诗歌创作的出发点。

王夫之所说的"诗道"与传统意义上的"诗道"是有区别的，它们属于不同的范畴。据文献记载，较早使用"诗道"一词的是初唐诗人卢照邻，他在《乐府杂诗序》中言：

> 闻夫歌以咏言，庭坚有虞歌之曲；颂以纪德，奚斯有颂鲁之篇。四始六义，存亡播矣；八音九阕，哀乐生焉。是以叔誉闻诗，验同盟

---

① ［美］雷·韦勒克、奥·沃伦著：《文学理论》，刘象愚等译，生活·新知·读书三联书店 1984 年版，第 21 页。
② （明）王夫之著：《古诗评选》卷四，《船山全书》第十四册，岳麓书社 2011 年版，第 654—655 页。
③ 同上书，第 712 页。
④ 同上书，第 654 页。

之成败；延陵听乐，知列国之典彝。王泽竭而颂声寝，伯功衰而诗道缺。①

此"诗道"，是唐人针对六朝奇艳诗风而言的诗歌之道。唐人眼中的"诗道"特指的是《诗经》传统，即以雅正为诗歌创作之道。除此之外，"诗道"或指诗歌创作的基本传统；或唐诗传统；或诗骚传统；或汉诗传统。根据不同诗派或诗人所标举的诗歌创作取向而言。宋元明清学人所云之"诗道"，二者兼而有之。并非特指诗教传统。选其一二，可窥其要义，如以下说诗条目：

> 时韩退之尹京兆，车骑方出，不觉冲至第三节，左右拥到马前，岛具实对，未定推敲，神游象外，不知回避。韩驻久之曰："敲字佳。"遂并辔归，共论诗道，结为布衣交，遂授以文法，去浮屠，举进士。
>
> ——元·辛文房《唐才子传》

> 大抵禅道惟在妙悟，诗道亦在妙悟，且孟襄阳学力下韩退之远甚，而其诗独出退之之上者，一味妙悟而已。惟悟乃为当行，乃为本色。然悟有浅深，有分限，有透彻之悟，有但得一知半解之悟。汉魏尚矣，不假悟也。谢灵运至盛唐诸公透彻之悟也。他虽有悟者，皆非第一义也。吾评之非僭也，辩之非妄也，天下有可废之人无可废之言，诗道如是也。
>
> ——宋·严羽《沧浪诗话》

> 世之言诗者，好大好高，好奇好异，此世俗之魇见，非诗道之正传也。体物着情，寄怀感兴，诗之为用，如此已矣。
>
> ——明·陆时雍《诗镜总论》

> 竟以为诗道当然，谬引少陵以为据；而不知少陵婉折者甚多，不可屈古人以遂非也。且唐人直遂者亦不止少陵，皆少分如是，非诗道优柔敦厚之旨亦然，唯一叹耳！
>
> ——清·吴乔《答万季墅诗问》

---

① （唐）卢照邻、杨炯著，徐明霞点校：《卢照邻集杨炯集》卷六，中华书局1980年版，第73页。

第四章　王夫之《诗经》学的诗学观 // 205

以上所摘有关"诗道"之论，所指非常明确。那么，王夫之所言诗歌创作之道，其依据则是以情意为核心的诗歌之道，达到"陶冶性情，别有风旨"的创作目的。因此，他的"情景交融"论，实际上就是针对诗歌的创作而言的理论。

中国诗歌是一种讲求抒发瞬间情感的艺术，情或因时而生；或因景而生；或因事而生；或因史而生；等等。也有莫名之情，如曹丕所言："忧来无方，莫知其端。"即使如此，亦有情感的因子存在于心，在某个特定的时刻，油然而生，如钟嵘说：

若乃春风春鸟，秋月秋蝉，夏云暑雨，冬月祁寒，斯四候之感诸诗者也。嘉会寄诗以亲，离群托诗以怨。至于楚臣去境，汉妾辞宫，或骨横朔野，魂逐飞蓬；或负戈外戍，杀气雄边，塞客衣单，孀闺泪尽；或士有解佩出朝，一去忘返；女有扬娥入宠，再盼倾国。凡斯种种，感荡心灵，非陈诗何以展其义？非长歌何以骋其情？①

以上人世间的种种景象、事象，触动诗人内心深处隐秘的情思，弹拨诗人敏锐的心弦。于是，诸绪纷至沓来，或喜悦，或悲伤，或幽怨，或哀婉，或悲切，或依恋，或豪迈，或洒脱，或窃喜，众情纷至沓来。此时此刻，感荡心灵，"非陈诗何以展其义？非长歌何以骋其情？"钟嵘以生动优美的语言，为我们展示了诗歌产生的过程。的确，若无自然万物、人类社会百象，人类丰富的情感则难以生出。当然，若无情感，也不能催开艺术的鲜花！

明代谢榛亦言："夫情景相生触而成诗，此作家之常也。"② 他指出了在"诗歌的内在构成原理"③ 中，"情"的主体地位和重要意义。所谓"作诗本乎情景，孤不自成，两不相背"④，诗歌创作离不开情感。明人焦竑在《澹园集》卷十五之《雅娱阁集序》中所言："诗非他，人之心灵之

---

① （梁）钟嵘著，陈延杰注：《诗品注》，人民文学出版社1961年版，第2—3页。
② （明）谢榛著，宛平校点：《四溟诗话》卷四，人民文学出版社1961年版，第121页。
③ 李钟武：《王夫之诗学范畴研究》，博士学位论文，复旦大学中国语言文学研究所，2003年，第111页。
④ （明）谢榛著，宛平校点：《四溟诗话》卷三，人民文学出版社1961年版，第69页。

所寄也。苟其感不至，则情不深；情不深则无以惊心而动魄，垂世而行远。"金圣叹亦云："诗非异物，只是人人心头舌尖所万不获已，必欲说出之一句话耳。"① 诚哉斯言！诗之成，唯情而已矣！

故此，王夫之所言"诗以道情"之"道"中，明确了诗与文、史等文体在创作机制和旨趣上的差异性，"别的文学作品，虽然也一样需要丰富的感情，但它们还可以借助于事件的发展的逻辑的推理，来获得作者思想说服的目的"②。而诗歌唯一源自情感；别的文体或叙事，或言理，或写人，或记史，各有所向，而诗歌则是以"别有风旨"为旨趣了。

依据"诗以道情"的为诗原则，王夫之对诗歌史上的一些诗人进行一一审视。诸如陶渊明、曹子建、韩昌黎、苏东坡等皆被批评，也包括杜子美。他以为杜甫以议论入诗，大谈国事政治，过于直白的诗法，颇伤诗歌"风旨"旨趣，他说："决破此疆界，自杜甫始。桎梏人情，以掩性之光辉；风雅罪魁，非杜其谁耶？"③ 他对杜甫的批评是紧接着"诗以道性情……《诗》亦不能代彼也"的评语而来，即是针对杜甫诗歌善于援引议论入诗现象的批评。他认为诗歌的创作缘情而成，诗、史的界限十分明了。他评价杜甫说："而子美以得'诗史'之誉。夫诗之不可以史为，若口与目之不相代也。"④ 如前所论，诗与史分属不同的体裁范畴，二者不可相互替代，尤其是史学著作不能代替诗，这是因为诗与史的表现方式迥然有异，他指出：

> 史才固以隐括生色，而从实着笔自易；诗则即事生情，即语绘状，一用史法，则相感不在永言和声之中，诗道废矣。此"上山采蘼芜"一诗所以妙夺天工也。杜子美放之，作《石壕吏》，亦将酷肖，而每于刻画处犹以逼写见真，终觉于史有余，于诗不足。⑤

的确，中国诗歌的创作传统为即事生情、即时有情。若以史家之笔写

---

① （清）金圣叹著：《圣叹尺牍·与家伯长文昌》，振新书社 1917 年版。
② 艾青：《诗与感情》，载于《文艺学习》1954 年创刊号。
③ （明）王夫之著：《明诗评选》卷五，《船山全书》第十四册，岳麓书社 2011 年版，第 1441 页。
④ （明）王夫之著：《诗译》，《船山全书》第十五册，岳麓书社 2011 年版，第 812 页。
⑤ （明）王夫之著：《古诗评选》卷四，《船山全书》第十四册，岳麓书社 2011 年版，第 651 页。

诗，诗歌失却了情韵之美、含蓄之趣，这是诗道所不堪之事。诚然，出于对诗与史体裁之辩，王夫之对杜甫的史诗作品虽多有批评之语，但并非全盘否定诗圣之成就。另外，王夫之也指出，诗歌创作与经生说理不同，诗不可言理："故经生之理，不关诗理，犹浪子之情，无当诗情。"① 此论与严羽《沧浪诗话》"夫诗有别材，非关书也；诗有别趣，非关理也"的诗歌理论相呼应，有异曲同工之妙。

王夫之所言之"情"的内涵十分丰富，或指自然之变化，"情者，阴阳之机也"②。"机"，意为"变化"；或指万物之特性，"君子之心，有与天地同情者，有与禽鱼草木同情者，有与女子小人同情者，有与道同情者"③。或"以'情'字代表一般人心活动"④。"文以用情"即是。另有"道德之情""文思活动""文学作品之内容"，等等，杨松年先生在《王夫之诗论研究中》有详尽论述。不过，杨松年先生对王夫之诗学之"情"的范畴逐一做了界定，但并没有对"诗以道情"的内涵进行全面透彻的分析。

（四）情之贞淫与淫诗观

王夫之认为，情感具有贞淫之分、阔狭之别、清浊之体、裕悆之辨等特质，这些决定了诗歌的特点与气质。

贞、淫之意大致无二论，是就诗歌情感的雅正与否而言。早在南宋，朱熹就以情之"贞淫"来评价《诗经》。"淫"本义为"浸淫""浸渍"，引申为"过度"或"无节制"之意。朱熹站在理学家的立场上，评判《诗经》的情诗，多评之以"淫诗"。如评《卫风·氓》云："此淫妇为人所弃，而自叙其事以道其悔恨之意也。"⑤ "盖淫奔从人，不为兄弟所齿。"⑥ 动辄用"淫妇"或"淫"来评说诗歌女主人公，实在令人难以平情。邹其昌先生认为："'淫诗'是朱熹在其特定时代对'情诗'的称呼，是朱熹以审美的眼光研究《诗经》的结果。"⑦ 邹先生以美学家的眼光来

---

① （明）王夫之著：《古诗评选》卷五，《船山全书》第十四册，岳麓书社2011年版，第753页。
② （明）王夫之著：《诗广传》卷一，《船山全书》第三册，岳麓书社2011年版，第323页。
③ 同上书，第310页。
④ 杨松年著：《王夫之诗论研究》，文史哲出版社1986年版，第28页。
⑤ （宋）朱熹集注：《诗集传》，中华书局1958年版，第37页。
⑥ 同上书，第38页。
⑦ 邹其昌著：《朱熹诗经诠释学美学研究》，商务印书馆2004年版，第108页。

审视朱子的淫诗观,确为独见。但是朱熹持以"淫情"来评判诗歌的高下,去诗人本心与诗歌本意甚远,这是基于理学的立场,其虽有情有可原处,却难以接受。

不过,王夫之对诗歌过于直露地表现男女私昵之情,亦持批评态度。如他对《氓》之情感仍用贞淫来论之:"此诗始终自道其中馈之勤敏,而不屑及床笫之燕息,与《氓》之诗贞淫迥别。"① 这是王夫之在《诗经稗疏》中,就《邶风·谷风》之"伊余来塈"条的训释时,认为与《谷风》之情相比,《氓》的情感则过于急切窘迫和直露了。此外,王夫之在《诗经稗疏》中,解释《王风·丘中有麻》之"彼留子嗟"时,评其为"《集传》谓妇人望其所私,疑有麻之丘复有与之私而留之者"②。认为"乃一日之中,分望二男子,而留之者非麦田则李下"③。所以,予以严厉的批评:"此三家村淫媪,何足当风俗之贞淫而采之为风乎?"④

王夫之以情之"贞淫"来批评那些放纵情欲的诗歌,与朱熹的理学家立场所不同的是,他认为这种淫情在诗歌中的表现,是人道沦丧的表征,而非对人情之扼制,这是本质的区别。他对人的正常情感是予以肯定的,这可以从他对古代"艳诗"的评价中得以体现。关于这一问题,可参见其古诗评选中的相关观点,此处不赘述。

他在《诗广传》中对《氓》的批评,站在风衰俗怨的思想基础上,予以相对公允的评价,他分析这种现象说:

> 齐相竞,郑相狎,卫相弃,三者成乎风,而君臣、朋友、夫妇之伦大致。虽然,尤莫致乎其相弃也,故曰:"其政散,其民流,诬上行私而不可止。"竞相陵,狎相侮,胥弃之所自生。虽然,尤莫弃乎其有挟也。卫之相弃,卫于君臣、朋友、夫妇之际,无之而不有挟也。⑤

---

① (明)王夫之著:《诗经稗疏》卷一,《船山全书》第三册,岳麓书社2011年版,第57页。
② 同上书,第70页。
③ 同上。
④ 同上。
⑤ (明)王夫之著:《诗广传》卷一,《船山全书》第三册,岳麓书社2011年版,第337页。

他将《硕人》和《氓》两首诗并置予以分析,指出齐、郑、卫三国政治松散,民风不正,是弃妇情感所致的原因。换句话说,王夫之认为导致淫情的根源不在于人性,而在于政治昏聩与社会的混乱,这与朱熹出于对人性扼制的理学思想有别。他从社会伦理道德的角度予以批评,而非于诗歌女主人情感的批判。这是儒家学者和理学家最大的不同处。他在《诗广传》中,对"情之贞淫"多有论及:

> 奖情者曰:"以思士思妻之情,举而致之君父,亡忧其不忠孝矣",君子甚恶其言。非恶其崇情以亢性,恶其迁性以就情也。情之贞淫,同行而异发久矣。
> 贞亦情也,淫亦情也。情受于性,性其藏也,乃迫其为情,而情亦自为藏矣。藏者必性生而情乃生欲,故情上受性,下授欲。受有所依,授有所放,上下背行而各亲其生,东西流之势也。①

所谓"贞情"是本于天性之情,或为以本性为归依的情,抑为有道德约束的情。所谓"情上受性,下授欲"。受"性"之情为"贞情",因其"受有所依"。反之,"淫情"即"迁性以就情",实际上就是违背天性而就人情之"情",故君子恶之。情下受欲,没有依附之情,则为淫情。在对《诗经》风诗的批评中,王夫之反对淫情。如他评《诗经·王风·采葛》云:

> 采葛之情,淫情也;以之思而淫于思,朱《传》云。以之惧而淫于惧,毛《传》云。天不能为之正其时,人不能为之副其望,耳荧而不聪,目瞀而不明,心眩而不戢,自非淫于情者,未有如是之巫巫也。此无所不庸其巫巫,终不能得彼之巫巫,彼不能与此偕巫巫焉,而此之情益迫矣。有望于人而不应,有畏于人而不知所裁,中区热迮而弗能自理,是故其词遽,其音促,其文不昌,其旨多所隐而不能详,情见乎辞矣。②

---

① (明)王夫之著:《诗广传》卷一,《船山全书》第三册,岳麓书社2011年版,第327页。
② 同上书,第344页。

王夫之此处所言之"淫情",其实并非仅仅是情之淫,更不是"听任欲望的放纵"① 的情,而指向诗歌在表达感情的方式,或言作者在创作时对情感不能有适当的控制,亦可指诗人对一己之偏狭性情的放纵。诗人所用的词遽,诗歌的音节就急促,行文则不顺畅,既可知其情则窘迫,亦见诗人性情之偏狭。他评《诗经·小雅·采绿》云:

> 诵《采绿》之诗,其得之矣。幽而不闷,旁行而不迷,方哀而不丧其和,词轻而意至,心有系而不毁其容,可与怨也,可与思也,无所伤,故无所淫也。呜呼!知不伤之乃以不淫者,可以言情矣。孟郊、曹邺之为淫人,谅矣。②

与《王风·采葛》相类,《小雅·采绿》也是一首怀人之作,抒发女子思夫的幽怨之情。然而,由于诗人对情感的控制较合适,即与思亦无伤。兹录二诗如下:

《王风·采葛》③
彼采葛兮,一日不见,如三月兮。
彼采萧兮,一日不见,如三秋兮。
彼采艾兮,一日不见,如三岁兮。

《小雅·采绿》④
终朝采绿,不盈一匊。予发曲局,薄言归沐。
终朝采绿,不盈一襜。五日为期,六日不詹。
之子于狩,言韔其弓。之子于钓,言纶之绳。
其钓维何,维鲂及鱮。维鲂及鱮,薄言观者。

《王风·采葛》以夸张和比喻的手法,抒发强烈的思念之情。而《小

---

① 袁愈宗:《诗广传诗学思想研究》,博士学位论文,山东师范大学,2006年,第70页。
② (明)王夫之著:《诗广传》卷三,《船山全书》第三册,岳麓书社2011年版,第434页。
③ (清)阮元校刻:《十三经注疏》(上),《毛诗正义》卷四,中华书局1980年版,第333页。
④ 同上书,第494—495页。

雅·采绿》则情思婉转，含而不露，尤其三、四章愈见含蓄之法，诗人以凄婉的心情，展开丰富的想象，借以表达思妇深切的思念之情。姚际恒点评说："只承'钓'言，大有言不尽意之妙。"① 吴闿生亦言："三四章归后著想，真乃肠一日而九回。结句余音袅袅。"②

通过比较这两首主题近似的诗歌，王夫之对二者所抒之情感，持为一贞一淫，见其在所持"诗以道情"的诗学观下，对诗人所抒情感方式的关照态度。他认为《采绿》之情非淫情之故，在于"则情挚而不滞，气舒而非有所忘，萧然行于忧哀之途而自得。自得而不失，奚淫之有哉！"③

关于淫情，王夫之并非单纯从世俗层面去理解，他指出：

> 淫者，非谓其志于燕媟之私也，情极于一往，泛荡而不能自戢也。自戢云者，非欲其厓僻戍削以矜其清孤也，流意以自养，有所私而不自溺，托事之所可有，以开其菀结而平之也。④

在王夫之看来，"淫"，并非是没有克制的狎昵私情，而是流意自养、且沉溺其中的狭隘自私的情思。他批评唐代诗人"孟郊、曹邺之为淫人"，⑤ 正是由于孟、曹两位中晚唐诗人相近的诗歌风格，即孤清、清奇、僻苦。孟郊之诗风为"郊寒"人皆尽知，清代叶矫在《龙性堂诗话初集》中评价晚唐诗人曹邺说："晚唐之曹邺，中唐之孟郊也。逸情促节，似无时代之别。"而王夫之所批评的恰恰是这种急促不畅的情，并称之为"淫情"。可见，"情之贞淫"是指诗人在创作中对情感的控制度，而与诗人的人品、人格无关。

因此，王夫之所论诗情之贞淫观，所追求的诗歌创作的境界，希望诗人控制好自己的情感，能够做到气舒缓、词畅达、文自然、意含蓄、情温和，从而避免气瘀滞、词狭小、文艰涩、意显露、情窘迫。这样，诗歌之

---

① （清）姚际恒著，顾颉刚标点：《诗经通论》卷十二，中华书局1958年版，第250页。
② 吴闿生著：《诗义会通》，中华书局1959年版，第192页。
③ （明）王夫之著：《诗广传》卷三，《船山全书》第三册，岳麓书社2011年版，第433—434页。
④ 同上书，第433页。
⑤ 同上书，第434页。

情才能引起读者的共鸣,产生审美快感,从而最终完成诗歌的艺术生命。王夫之在诗歌创作层面上言诗人情之贞淫,这不仅是对诗人的创作予以理论上的指导,同时,对读者的阅读欣赏习惯也是一次纠正。

三 对传统诗学观的补充与修正

王夫之在其《诗经》学中所提出的诗学理论,大多是前人所曾涉及的问题。其中一些问题基本沿用前人的观点,诚如杨松年先生所论:"如诗之用事,诗之咏物发展,诗之声律,等等,前人亦曾热烈讨论,唯王氏所论,大抵不出前人所述之范畴。"①

然而,王夫之《诗经》学诗论思想最值得肯定处,在于他能够在前人思想的基础上,有新的发现与提升,对传统诗论观做了进一步的补充与修正,他赋予传统诗论观极具现代意识的诗学内涵。我们从以下几个层面来分析王夫之"诗以道情"的诗学贡献。

(一)溯源:"情志观"与"情欲观"

《诗经》学自汉代以来,流派纷呈,其中荦荦大者莫过于汉学、宋学两家,可谓之《诗经》学之"显学"②。两家学派各树旗帜,时而分茅设蕝,互不往来;时而暗送秋波,汉宋兼采。至明末清初,汉学难以一统《诗经》学坛,宋学如落日夕照,难见风采。然而,无论是汉学,抑或宋学,其《诗经》学理论不乏共同的话题,诗之性情便是,虽各有侧重,但旨趣略同,即二者对待《诗经》的态度——政教化与理学化相类。

"诗以道情"是王夫之在《毛诗大序》诗情论的基础上,汲取朱熹性情论的部分思想,并进一步发展与修正,使其成为诗歌创作论的基本理论。

《毛诗大序》第一次提出了情志观,"情"是诗人的内心情感,是合乎道德规范的"情";"志"是诗人的思想追求,特指安邦治国的儒家思想。《毛诗大序》情志观的意义在于:其一,它确立了诗歌以情志为核心的诗学观,从诗歌的创作、鉴赏、诠释等多方面,建构了《诗经》学的大纲,成为《诗经》学的典范,后世学者大多踵其武而行。其二,它明

---

① 杨松年著:《王夫之诗论研究》,文史哲出版社1986年版,第182页。
② "显学",语出对诸子儒墨两家并称,笔者借此称《诗经》学之汉宋两家。

确了"心"与诗的关系,"心,指情意"①,即情与诗的关系。其三,它提出了古典诗学"'心理—表现'(psychological - expressive)"②理论。其四,它赋予《诗经》"经夫妇,成孝敬,厚人伦,美教化,移风俗"的政治教化思想,确立了诗教观,凸显诗歌艺术的教化功能,塑造了"诗人对特殊政治地位的诉求"③,并从此使诗人的人格依附在强权之上,使诗歌失去了活泼的艺术心灵。教化说是《毛诗大序》中最核心的思想,确立了《诗经》学史上汉学的重要地位。

诞生于经学语境中的"诗言情",具有特殊的内涵,"《诗大序》毫无疑问是中国诗学中'语言充分表达的经典定律''诗歌表情观念'的主要出处"④。自《毛诗大序》后,关于文学艺术的情感问题,后世论者颇多。西晋陆机认为,诗人"遵四时以叹逝,瞻万物而思纷;悲落叶于劲秋,喜柔条于芳春"。这是独立于经学之外的文学创作观。刘勰亦响应陆机之论:"人禀七情,应物斯感;感物吟志,莫非自然。"四时流转,风物变迁,引起诗人内心的感动,故而思纷,形诸于诗歌。基于陆机的观点,钟嵘在《诗品》中展开缜密的思考,他说:"气之动物,物之感人,故摇荡性情,形诸舞咏。"自然万物之变迁,因气而致;诗人内心之情,因物而生。刘勰旧话重提,认为:"诗者,持也,持人性情。"将诗歌的言志与达情结合起来。同时代的钟嵘指出人类社会的种种事象,也是引起诗人内心之动的一大因素。陆机、刘勰、钟嵘等人立足于文学创作而提出的情感论,是具有普遍意义的文学创作论,富有典范性与指导意义。

唐代是中国诗歌的黄金时代,融合时代之精神,创造出了气象氤氲、仪态万方、浑厚而优美的诗歌。唐诗精神上的恢弘气度、诗歌气质上的高情远志,离不开初唐四杰和陈子昂在诗歌理论上的积极探讨与高扬。他们反对"彩丽竟繁""兴寄都绝"的齐梁诗风,标举"风雅兴寄"和"汉魏风骨"的诗歌传统,追求光英朗练的诗歌情志,如黄钟大吕般奏响了唐诗追求俊爽昂扬精神的主旋律。

唐诗在不同的历史阶段散发出诗意的芬芳,折射出极具时代精神的情

---

① 叶嘉莹著:《古典诗词讲演录》,河北教育出版社2001年版,第34页。
② [美]苏源熙著,张强强、朱霞欢校:《中国美学问题》,卞东坡译,江苏人民出版社2009年版,第97页。
③ 同上。
④ 同上书,第96页。

志追求。胡应麟言:"盛唐句,如:'海日生残夜,春江入旧年。'中唐句,如:'风兼残雪起,河带断水流。'晚唐句,如:'鸡声茅店月,人迹板桥霜。'皆形容景物,妙绝千古,而盛、中、晚界限斩然。故知文章关气运,非人力。"[①] 盛、中、晚唐如此,而"人歌小岁酒,花舞大唐春"之初唐诗句正是描绘出一派欣欣向荣的烂漫春色,蕴含着盛唐即将到来的信息。文变染乎世情,自古而然,唐代诗歌呈现出的不同气象与韵致,足以彰显诗歌创作的情志内涵。

盛唐诗歌在精神气度与思想情感上,达到了前所未有的宏阔与高昂,表现出勃勃生机与青春气息。殷璠《河岳英灵集序》用"神来、气来、情来",高度概括了盛唐诗人的创作态度及诗美风貌。盛唐诗人"既闲新声,复晓古体;文质半取,风骚两挟;言气骨则建安为传,论宫商则太康不逮"(《河岳英灵集序》)。他们共同确立了"盛唐气象"这一诗歌美学风格,使诗歌达到了风骨声律兼备,"文质彬彬"的完美境界。严羽在《答吴景仙书》中说:"盛唐诸公之诗,如颜鲁公书,既笔力雄壮,又气象浑厚。"他用"笔力雄壮""气象浑厚"八个字,高度概括了盛唐诗歌的总体风貌。"笔力雄壮",是指诗歌所呈现的内在风骨之力度,具体表现在进取向上的思想追求与昂扬俊朗的诗歌情感基调;"气象浑厚",则指诗歌不事雕饰,自然浑成的意境美,这两方面是形成"盛唐气象"的基本元素。

唐人把诗歌抒情言志的诗学精神发挥到了极致,唐诗追求饱满的"情"与高蹈的"志"相融合,是气象、神韵、意境、情感的完美结合。但是,唐代诗歌所表现的情志,诗学所高扬的情志,具有时代的特性,它只能属于唐代。或者说,只有唐代的文化氛围、政治环境、文学气氛可滋养唐诗的精神。

至宋代,随着理学的全面兴盛,情志饱满的唐诗精神一去不复返。高情远志浸润下的丰腴富贵之诗,终于被以讲求理趣而瘦硬的宋诗取代。韵致之"情"被道德化,而变得了然无趣。朱熹立足于反对以《序》解《诗》的立场上,提出"情欲观",即"人生而静,天之性也。感于物而动,性之欲也。夫既有欲矣,则不能无思。既有思矣,则不能无言。既有言矣,则言之所不能尽,而发于咨嗟咏叹之余者,必有自然之音响节族

[①] (明)胡应麟撰:《诗薮》内编卷四,中华书局1962年版,第59页。

（音奏）而不能已焉。此诗之所以做也"①。"诗者，人心之感于物而行于言之余也"②。朱熹将"情"归之为"欲"，在理学逻辑思辨的诗学观下，他倡导："'性之欲'则是'情'（已发之性、感动之物）。'性''情'都是自然而然的事物，既然有'欲'（情），就有'思'；有'思'，就必然要以一定方式（言）传达出来，而'言'由于不能尽'思'（意），于是就有了全身参与的、符合自然节奏韵律的咨嗟咏叹之诗乐的出现。"③邹其昌对朱熹情欲观的分析细致而严谨，指出了理学家诗学中对"情"的界定与赋予的理学色彩。

虽然，《毛诗大序》的情志观和朱熹的情欲论有着很大的差别，但是，在诠释《诗经》的功利性诉求上，二者并无本质的区别。只不过，朱熹在反对以《序》解《诗》的幌子下，使用理学家的话语言说，而建构起了另一套诠释体系而已。它对人性之扼制、人情之压抑、人心之扭曲是前所未有的。它抑制诗歌情感的自由表达，对诗歌的发展多有不良影响。

在明代诗学界，兴起了一股倡导性灵、肯定人自然之性情的浪潮，对理学家"存天理，灭人欲"之论有着巨大的冲击。诗人是秉承天性而自然为文，无矫情、不虚伪。诚如黄宗羲在《景州诗集序》中所言："诗人萃天地之清气，以月露风云花鸟为其性情，其景与意不可分也。月露风云花鸟之在天地间，俄顷灭没，而诗人能结之不散。"自然之性情顷刻即没，而诗人却能够以心结情而使之不散。

明代人尊重发自生命深处的真性情。王若虚《滹南遗老集》中云："哀乐之真发乎情性，此诗之正理也。"李贽《杂说·焚书》说诗人写诗时"发狂大叫，流涕恸哭不能自止。"袁宏道在《叙小修诗》中盛赞其小弟小修诗歌时说："（小修）诗文……大都抒性灵，不拘格套。非徒自己胸臆流出，不肯下笔。有时情与境会，顷刻千言，如水东注，令人夺魂。其间有佳处，亦有疵处。佳处自不必言，即疵处亦多本色独造语。然予则极喜其疵处。"袁氏之语在当时具有很大的代表性。如汤显祖著《牡丹亭》，以文学艺术的形式表达对青年男女追求自由婚姻的赞许与理解，以

---

① （宋）朱熹集注：《诗集传》，中华书局1958年版，第1页。
② 同上。
③ 邹其昌著：《朱熹诗经诠释学美学研究》，商务印书馆2004年版，第65页。

及对理学扼杀人性的反抗。

这种潮流至清代金圣叹则一发不可收，他持"遂情顺欲"的观点，肯定"情欲"是人的根本属性，甚至，他将"情"与"欲"等同视之。如点评《西厢记》时说道："人说《西厢记》是淫书，他止为中间有此一事耳。细思此一事，何日无之，何地无之？不成天地中间有此一事，便废却天地耶！"① 表现出作者对男女情欲的肯定，这无疑是将"欲"归于"情"的正常范畴，是性情论的一大进步。但是，金圣叹的情欲观，仅仅是一股潜流，并未掀起惊涛骇浪。清代由于科举的需要，朱熹的《四书章句集注》《诗集传》被广大士子日诵夜读。因而，朱熹的理学思想对清代学术界有着巨大的影响。

肌理派代表人物沈德潜所倡导的性情论，在某种意义上是朱熹思想的回流。沈德潜选诗、评诗，多以性情论之。他选清诗，标举"诗必原本性情，关乎人伦日用及古今成败兴坏之故者，方可存也"②。其追步朱子道德化"情"的思想显而易见，甚至比朱熹之论有过之而无不及，他认为："动作温柔乡语，如王次回《疑雨集》之类，最足害人心术，一概不存。"③ 明人王次回，喜作工正艳体小诗，语软情靡，香艳有余而清丽不足，故多被后人诟病，几至遗忘，文学史从不提及。其抒写万种柔情之妙笔，并无伤大雅。然而，沈德潜却斥责其为害人心术，确为过分。他评价《诗经》时又以汉宋之论："《诗》本六籍之一，王者以至观民风、考得失，非为艳情发也。"④ 由此可窥清代学者之性情论，在学源上与朱熹理学之论一脉相承，乾嘉经学家沿此道路而行，庶几无增减。

（二）王夫之对传统诗学观的补充与修正

前文对王夫之"诗以道情"诗学思想提出的原因以及内涵，做了较全面的论述。回顾"诗以道情"观生发的学术源流和学理嬗变，旨在于较为开阔的语境中，展示王夫之诗学的进步性。在此基础上，综合评价王夫之"诗以道情"理论对诗学的贡献和对这一传统诗学所做出的补充与

---

① （清）金圣叹著，曹方人、周锡山标点：《金圣叹全集·贯华堂第六才子书西厢记等十六种》（三），江苏古籍出版社1985年版，第10页。
② （清）沈德潜编：《清诗别裁集·凡例》（上册），中华书局1975年版，第3页。
③ 同上。
④ （清）沈德潜著，霍松林校注：《说诗晬语》卷下63条，人民文学出版社1979年版，第250页。

修正，具体如下：

第一，诗歌情感的生成。

王夫之以其哲学思想为基础阐释经典，并建构他的诗学观和美学观，充满着哲学的思致和智慧的光芒，这是其学说独具魅力之处，也是超越俗见之处。在"诗以道情"诗学思想中，"情"的建构是其核心，在此过程中，王夫之融合了"气物相授受"的哲学思想，而提出心物共生的"情"。

传统诗学在"兴"的启发下，"触物—起情"① 是诗歌情感生成的基本模式。关于情物关系，刘勰言："春秋代序，阴阳惨舒，物色之动，心亦摇焉。盖阳气萌而玄驹步，阴律凝而丹鸟羞，微虫犹或入感，四时之动物深矣。"② 所谓"物色"，即自然景物形态和色彩之美。刘勰所侧重的则是物对情的感发作用。自然四时的运转，使物色有变，而物色之变，感动人的心灵，故而情生。刘勰说："若夫珪璋挺其惠心，英华秀其清气，物色相召，人谁获安？是以献岁发春，悦豫之情畅；滔滔孟夏，郁陶之心凝；天高气清，阴沉之志远；霰雪无垠，矜肃之虑深。岁有其物，物有其容；情以物迁，辞以情发。"③ 刘勰的观点是对《乐记》所云"人心之动，物使之然也"这一命题的进一步发挥。刘勰之前的学人论诗亦不出此窠臼，如《毛诗大序》的作者、陆机、钟嵘皆持论相似。

明代谢榛在《四溟诗话》卷二中言："诗有天机，待时而发，触物而成，虽幽寻苦索，不易得也。"谢氏认为，触物起情是诗歌情感产生的源泉。明人王世懋在《艺圃撷余》中论及《诗经》之"风、小雅、大雅、颂"所谓四始诗歌的创作时亦言："《诗》四始之体，惟《颂》专为郊庙颂述功德而作。其他率因触物比类，宣其性情，恍惚游衍，往往无定，以故说诗者，人自为说。"很显然，王世懋不仅将《诗经》的创作拘于触物比类，也将说诗框定于此模式。

纵观"触物—起情"论，说诗者往往执着于物对人心的生发作用，而忽略了诗人之心对物的投射之力。另外，持此论者，拘于诗歌的局部意义，而非通观全貌，或诗歌的整体生命意义，故而致使说诗大多呈现片段式、碎片式、平面化的特点。

---

① （明）杨慎《乐府诗话》卷十二中云："李仲蒙曰：'叙物以言情谓之赋，情物尽也。索物以托情谓之比，情附物也。触物以起情谓之兴，物动情也。'"
② （梁）刘勰著：《文心雕龙》卷十，中华书局1985年版，第62页。
③ 同上。

王夫之在《诗广传》中提出情物互动的生成机制，即"物→情→物"的双向动态模式："情者，阴阳之几也；物者，天地之产也。阴阳之几动于心，天地之产应于外。故外有其物，内可有其情矣；内有其情，外必有其物矣。"①"情"乃阴阳之几，阴阳之几动于心，而与天地之物相应者即为情，这是由物及情的运动。同时，内在之情可以向外在之物投射，影响物的存在状态。可见，情并非是封闭的、被动的存在，而是无限向宇宙自然万物开放并延展的客体。心物往来，情景共生，这是王夫之"情景相生"美学思想产生的基础。

王夫之所持论在很大程度上是对传统观念的一次修正和完善，甚至是超越。王夫之基于其"气化"哲学思想，他在"物吾"双向运动的哲学层面上，提出了"情景相生"，他说：

> 气禀与物相授受之交也。气禀能往，往非不善也；物能来，来非不善也。而一来一往之间，有其地焉，有其时焉。化之相与往来者，不能恒当其时与地，于是而有不当之物……
>
> 后天之动，有得位，有不得位，亦化之无心而莫齐也。得位，则物不害习而习不害性。不得位，则物以移习于恶而习以成性于不善矣。此非吾形、吾色之咎也，亦非物形、物色之咎也，咎在吾之形色与物之形色往来相遇之几也。
>
> 天地无不善之物，而物有不善之几。物亦非必有不善之几，吾之动几有不善于物之几。吾之动几亦非有不善之几，物之来几与吾之往几不相应以其正，而不善之几以成。
>
> 故唯圣人为能知几。知几则审位，审位则内有以尽吾形、吾色之才，而外有以正物形、物色之命，因天地自然之化，无不可以得吾心顺受之正。②

王夫之认为，情、习之善与不善的渊薮，正是物我之动几，即所谓"物之来几与吾之往几不相应以其正，而不善之几以成"。反之，则善之

---

① （明）王夫之著：《诗广传》卷一，《船山全书》第三册，岳麓书社2011年版，第323页。
② （明）王夫之著：《读四书大全说》卷八，《船山全书》第六册，岳麓书社2011年版，第964—965页。

几以成。"几",微也,细微萌动之兆。《说文解字》解释"几"云:"几者,动之微,吉之先见者也。"那么,"气禀与物相授受之交"与"物之来几"及"吾之往几"之相应或不相应,其根本在于物我往来授受的双向运动,而"诗恰恰是于此往来际会间发生的"。① 可见,诗歌情感正是物我相互运动的结晶。这就形成了物蕴含情,情生染物的二元一体模式。萧驰先生认为,王夫之是"情景交融诗学理论"的最后完成者,因为,"相对于中国传统诗论强调'触物起情'的'兴义',即主体的被动性,船山诗学彰显了心与物、情与景之间的同步性或往来授受"②。的确,王夫之基于哲学的思致,在宏大的宇宙视野中,审视物我关系,发现二者相互生发、渗透的微妙之几,揭示物我互蕴的玄机——"情"。

第二,情感的世俗化表现。

诗以道情、诗缘情、感物道情等,"情"是古典诗学的核心命题,是国人对诗歌创作的认识基础,也是诗歌评论的出发点。然而,当我们回顾《毛诗大序》《文心雕龙》等为代表的诗学论著时,发现不同时代的学者们因所重之故,赋予"情"更多的思想内涵。或为"发乎情,止乎礼"的儒家说教;或强调"得其性情之正"③的理学要求;或扬"任性而发,情欲可喜"(袁宏道《序小修诗》)的性灵说,各派均有所向,难免偏颇。

其一,王夫之基于儒家思想的"情志观",从哲学层面对诗歌之"情"做了新的梳理与界定。他认为,"'情',实也。事之所有为情,理之所无为伪"④。他不仅"把'情'与'实'结合起来,熔成一个实存的理性整体"⑤。而且,他突出真情为事之所具,伪情乃理之不存。实际上,就诗歌创作而言,情之真伪,是判断一首诗高下的唯一标准。这是王夫之"诗以道情"观对以往学界所论"情"的超越。

---

① 萧驰:《船山天人之学在诗学中之展开》,《中国文哲研究集刊》第十五期,"中央研究院"文哲研究所1999年版,第116页。
② 同上书,第118页。
③ (宋)朱熹集注:《诗集传》,中华书局1958年版,第2页。
④ (明)王夫之:《张子正蒙注》卷三,《船山全书》第十二册,岳麓书社2011年版,第140页。
⑤ 李钟武:《王夫之诗学范畴研究》,博士学位论文,复旦大学中国语言文学研究所,2004年,第95页。

其二，在此基础上，王夫之提出了君子之情。所谓"君子修文以函情"①。而君子之情与圣人之情的区别就在于，君子之情以世俗价值为取向，而圣人之情以超越现实为取向。君子与小人所不同处，在于君子以文学修养来涵养内心情感的同时，以文节情，即"君子之以节情者，文焉而已"②。因此，君子修文以涵情，以文节情。其情则既是常人之情，亦是修养之情。他将"情"与社会道德伦理相联系的同时，祛除"情"的神圣化底色，在普世层面强调"情"的世俗化内涵。他在《诗广传》中提出"与女子小人同情"的君子之"情"，他说："君子之心，有与天地同情者，有与禽鱼草木同情者，有与女子小人同情者，有与道同情者，唯君子悉知之。"③ 王夫之从不同的角度，对"情"进行逐一梳理，阐述君子之情博大而深沉，上能与天地同情，下能与禽兽同情，中能与女子小人同情。这样，他既赋予"情"以"实"的哲学内涵，也予以世俗意味，李钟武博士以为船山之"情"具有"人间烟火味"亦恰切。

其三，实际上，王夫之富有人间烟火味的"情"，基于他对万物生命的关怀和对女子的尊重。他在《诗广传》中说："与禽鱼草木同情者，天下之莫不贵者，生也，贵其生尤不贱死，是以贞其死而重用万物之死也。与女子同情者，均是人矣，情同而取，取斯好，好不即得斯忧。"④ 他对女子的尊重和同情，基于生命平等的观念，不以性别论之，而是以生命视之，这种极富现代人文内涵的精神，在明末清初，乃至整个封建历史上，具有强大的震撼力。

王夫之虽然承认诗歌情感有贞淫之分和裕忒之别。他强调情之贞淫直接决定了诗歌品格的高低，但不认可诗有淫诗之说，他对诗歌的淫情做了充分的规避，如前所论，对朱熹淫诗说所做的修正，一目了然。

王夫之关于诗歌情之贞淫决定诗歌品格之论，与清代一般学者的见解有别。清代朱琰在其《种竹山房诗草序》中所言：

> 诗所以言情，情深而景寓焉。情景合而格律生焉。然情必从性发，冲淡者，诗多雅洁；肥厚者，诗多婉挚。由是格愈高律愈浑，俗

---

① （明）王夫之著：《诗广传》卷一，《船山全书》第三册，岳麓书社2011年版，第307页。
② 同上书，第308页。
③ 同上书，第310页。
④ 同上。

氛尽涤,初何事镂金错采之为?

情不仅决定诗歌的品格,也决定诗歌的格律。此说过于放大了情对诗歌的作用,但其用心不在言情之贞淫,而是论人品之高下,这与王夫之的观点差别甚远。王夫之侧重论情之贞淫,即诗人情之狭阔作用于诗歌,使诗歌在格调、气质上有所区别,但与人品无关。由此可见,清代经学家的情感论,不出理学家之右。再如纪昀在其《教堂诗集序》中所述:

> 故后来沿作,千变万化,而终以人品心术为根柢。人品高则诗格高,心术正则诗体正。陶诗无雕琢之工,亦无巧丽之句,而论者谓如绛云在霄,舒卷自如。李、杜齐名,后人不敢置优劣,而忠爱悱恻,温柔敦厚,醉心于杜者究多,岂非人品心术之不同欤!

人品心术,本是道德问题,而非创作问题。人品高下,心术正邪,与诗无关,实乃言志之论。将言志与抒情异质同构化后,评价李、杜之优劣,实在是无理滑稽之说。此说去船山先生之"诗以道情"之"情"甚远。清代经学家囿于理学之说,虽亦步亦趋,则难以追步船山思想的高度。

基于以上分析,王夫之"诗以道情"的诗学观,以"诗"为载体,以"情"为本体,以"道"为纽带,意在建构起一个诗人与读者共往来,且融创作与阅读于一体的诗学体系。如此,他的"诗以道情"观在外延和内涵上,远比传统意义开阔得多、自如得多。

杨松年先生指出:"言及此四者时,不拘一者,而倡其'随所以而皆可'之说,标其'出于四情之外,以生起四情;游于四情之中,情无所窒'之见,不仅由作者的角度说,而且由读者方面分析,从而提出他对诗之写作,诗之欣赏,诗之所以为诗之特色等意见。"[①] 可见,王夫之对诗歌"情"的体认,是他诗学和美学的关键所在。

王夫之对诗歌情感的评价,不拘于诗歌的主体或客体层面;不固执于作者或读者角度。而是在诗歌情感的维度上,予以更加灵活自如的诠释。立于文本之情,在入乎其内和出乎其外的诠释中,使诗歌的魅力彰显无

[①] 杨松年著:《王夫之诗论研究》,文史哲出版社1986年版,第173页。

遗。他在《诗广传》中,予以《诗经》这部古老的诗歌更自由、更丰富的情感观照,而非分割肢解、断章取义的陈述。对《风》《雅》《颂》不同的诗歌,他予以不同的情感阐释,而非"硬塞给它一些陌生的价值标准"①。

　　赋予《诗经》生命的情韵,而非经生的说教,这是王夫之《诗经》学诗学的意义所在,也是王夫之在其《诗经》学著作和其他诗歌评选著作中,对揩大、腐儒之类刻板、僵化的解《诗》者予以严厉的批评,对所谓饾饤、门庭之见不无微词的诗学依据。

---

① [美]雷·韦勒克、奥·沃伦著:《文学理论》,刘象愚等译,生活·读书·新知三联书店1984年版,第114页。

第五章　王夫之《诗经》学的美学思想

王夫之在其《诗经》学中建构的关于《诗经》诠释的美学思想，在传统与现代的碰撞中，在历史与现实的互视中，实现了古典美学与现代美学的对接与转型。叶朗先生评价王夫之的美学观说："他建立了一个以诗歌审美意象为中心的美学体系。这是一个博大精深的唯物主义美学体系，是中国古典美学的一种总结的形态。"① 陈望衡先生评价道："其建树之卓、立论之高，在有清一代乃至整个中国美学史上，都是罕见其匹的。可以毫不夸张地说，只有王夫之的出现，中国美学才进入一个全面总结的时期。"② 可见，其成就之高，令后学高山仰止。

由于阐释对象的特殊性，他的《诗经》学美学思想极富复杂性，充满着传统思想与现代精神的多重冲突。尤为突出的是，其中融入深刻的遗民情结，在回顾与展望中，予以批判与反思；在徘徊与奋进中，予以打破与重建；在冲突与和谐中，予以整合与优化。最终突出重围，走向了充满张力的美学境界，建构起了独具特色的美学体系。

对王夫之《诗经》学美学思想的研究，我们要处理好以下的基本问题：王夫之《诗经》学美学与哲学的关系问题；王夫之《诗经》学美学与传统美学的关系问题；王夫之《诗经》学美学与现代美学的关系问题等。

第一节　对"诗乐合一"的新阐释

一　"诗乐合一"被淡化的原因考察

王夫之论《诗经》，以情为统摄。学界对其对"诗以道情""情景交

---

①　叶朗：《王夫之的美学体系》，《北京大学学报》（哲学社会科学版）1985年第2期，第1页。

②　陈望衡：《中国古典美学的总结——王夫之美学思想摭论》，《船山学刊》1997年第1期。

融"论者颇多,而对其以"乐"赏《诗》,鲜有问津。诚如张节末先生所言,"近年来王夫之诗论研究普遍出现了偏于其情景关系的倾向"①,这种有失偏颇的倾向至今一直存在。至于出现这种偏颇的原因,张节末先生并未做具体分析。因此,结合《诗经》学史,以及音乐自身的特点,我们有必要对学界淡化"诗乐合一"的原因做简要的分析,或许未必能成为准确的回答,但希望能引起学术界的思考,并对我们的研究有一定的裨益。

其一,情景关系论,几乎贯穿在王夫之的所有评诗、论诗著作中,赫然醒目,俯拾即是。但凡论船山诗学者,情景论是难以避开的话题。其"以乐景写哀,以哀景写乐"②的观点,更受后人的追捧。甚至,将此与西方接受美学相提并论。与之相比,"诗乐合一"偶见于其《诗经》学论著与哲学著作中,不如情景论之广泛,故而略显暗淡,亦难以引起人们的广泛关注。

其二,《诗经》是否合乐,或其合乐的情形,这是《诗经》学史上一直存在的公案,众说纷纭。尤其在汉代经学阐释和教化说不断被放大的背景下,学界往往重视对其义理内涵的开掘,而多忽视对其音乐性的探究。如程大昌《诗论》谓:"《南》《雅》《颂》为乐诗,而诸侯国之风为徒诗。"顾炎武的《日知录》"诗有入乐与不入乐之分"条认为:《二南》《豳风·七月》《正小雅》《正大雅》《颂》为入乐之诗;《邶风》以下十二国、《豳·鸱鸮》以下,"变小雅""变大雅",为不入乐之诗。梁启超在《释四诗名义》中亦云:"然则背诵文词,实《风》之本义。"甚至,他认为季札观乐一事,"本来可疑"。苏雪林先生力挺梁启超,她说:"我想南雅颂都是用音乐合起来唱的,风只是能讽诵的。"③虽然,这些争论都涉及《诗经》是否合乐的问题,但关于《颂》诗的合乐性,都得到了大家的认可。基于《诗经》学史上对"诗乐合一"问题的争议,加之这本来就是一个千头万绪的问题,有所偏颇,亦在情理之中。

其三,音乐的载体有其特殊性,乐难以保存,后世所见,皆为乐谱,虽然可以略知其规则,然其乐奏、旋律则难以复原。这也是至目前学界所

---

① 张节末:《论王夫之诗乐合一论的美学意义——兼评王夫之诗论研究中的一种偏颇》,《学术月刊》1986 年第 12 期,第 43 页。
② (明)王夫之著:《诗译》,《船山全书》第十五册,岳麓书社 2011 年版,第 809 页。
③ 苏雪林著:《诗经杂俎》,台湾商务印书馆 1995 年版,第 117 页。

面临的难题之一。音乐的抽象性以及其独特的存在方式,都制约了人们对"诗乐合一"问题的兴趣。

其实,王夫之论《诗经》,在重视诗歌情志的同时,更强调"诗歌与音乐的内在联系,把音乐视为诗歌的本质"[①]。的确,与情景论相比,诗乐之论,更能反映出王夫之对《诗经》音乐属性的审美观照和对《诗经》本质的理解。他以"明于乐者,可以论诗"为主张,在扬弃传统"诗乐合一"的理论基础上,对《诗经》以及汉魏唐宋诗歌,从"乐"美的角度予以全新阐释,从而形成了自成一体的"诗乐合一"美学理论。

王夫之认为,诠释《诗经》,与其徒劳地去证明诗歌音乐的特性或属性,纠缠于音乐本身;或着眼于诗歌的结构、音韵等形式,不如玩赏"元韵之机",体味"流连跌宕"的心灵之音,感受诗人盈盈的哀乐之情更加有意义。这不仅是理解《诗经》音乐的出发点,也是理解古典诗歌的基础。

"诗乐合一"是具有悠久历史的传统命题,本文在梳理"诗乐合一"理论的基础上,以管窥王夫之《诗经》学音乐美学体系为宗旨,力求他对《诗经》学传统中诗乐关系的独特见解,分析他别具情韵的审美取向,着重剖析其乐美思想的美学意义和哲学内涵。

二 "诗乐合一"的经典意义

《诗经》是合乐的艺术,乐是它的特质。在两千多年的《诗经》学史中,学者们对《诗经》的音乐性多有讨论,各有见解。他们试图通过保存下来的早期音乐文献以及《诗经》文本,来厘清《诗经》"风""雅""颂"的传承及其不同音乐的属性和类别划分的依据,这恐怕是《诗经》研究中最复杂的问题之一了。然而,若检视如汗牛充栋的文献,结论或许让我们更失望。音乐已经随风而过,成为历史的沧桑印记。

"诗乐合一"是每个步入《诗经》学界者不可回避的问题。那么,梳理该理论的目的,不只是彰显《诗经》合乐的天然属性,更重要的是分析"诗乐合一"理论,以期突出其在解决实际问题上的指导意义,并将以此作为全面阐述王夫之《诗》美思想的背景。

---

① 张节末:《论王夫之诗乐合一论的美学意义——兼评王夫之诗论研究中的一种偏颇》,《学术月刊》1986年第12期,第43页。

关于传统的"诗乐合一"理论的探讨，我们以历史时代为进路，依据理论所蕴含的思想情感特质，可大致分为如下：合乎政治目的的《诗》乐合一；合乎道德规范的《诗》乐合一；符合伦理的《诗》乐合一。下面逐一择其要者而论之。

关于诗乐的起源，学界都归于以巫术为载体的原始宗教。在原始文化中，诗、乐、舞三位一体是艺术的基本形态，其功能在于宣泄早期人类的某种欲望，是一种群体狂欢的形式。H. 维尔纳在《抒情诗的起源》中说："原始民族最早的抒情歌谣，总是和手势与音响分不开的。它们都是些没有意义的语言，纯粹的废话，在部落的舞会上吟唱，以宣泄由于饱餐一顿或狩猎成功而得到的狂欢。"在狂欢的场域中，诗乐舞得以完美展示，尽管所谓诗也不过是有声无意的吟唱，乐也是节奏简单调子，舞亦是痴狂的姿态。与此相似，《吕氏春秋·古乐》记载："昔葛天氏之乐，三人操牛尾，投足以歌八阕：一曰载民，二曰玄鸟，三曰遂草木，四曰奋五谷，五曰敬天常，六曰建帝功，七曰依地德，八曰总禽兽之极。"这段论断几乎被学界奉为关于早期艺术形态理论的圭臬。先秦文献《左传》《国语》《尚书》中，亦有诗乐舞三位一体情形的记载，学界多有论及，此不一一枚举。

与原始艺术所不同的是，在周代礼乐文明中成长起来的《诗经》，逐渐脱离了原始痕迹，而转向以乐为载体的诗歌，成为"诗乐合一"的典范。《墨子·公孟篇》中所言："诵《诗》三百，弦《诗》三百，歌《诗》三百，舞《诗》三百。"[1] 这指出了《诗经》四种不同的传播形式。《诗经》是合乐的诗歌，是在周代不同的典礼和仪式上所歌之诗。"风""雅""颂"分属于不同的音乐范畴，亦有各自的音乐特征和功能。

至春秋战国时期，行人辞令中的赋诗言志和观乐中的畅神乐志，都赋予《诗经》政治性意义，以凸显诗乐的政治内涵。《左传·襄公二十九年》所记载的吴公子季札聘鲁观乐之事，反映了当时人们对《诗》乐政治性的强化。季札观乐沉浸其中，感受乐美的同时，赋予政教内涵：

  为之歌《小雅》，曰："美哉！思而不贰，怨而不言，其周德之衰乎？犹有先王之遗民焉！"为之歌《大雅》，曰："广哉，熙熙乎！

---

[1] 《墨子·公孟》，上海古籍出版社1995年版，第188页。

曲而有直体，其文王之德乎！"为之歌《颂》，曰："至矣哉！直而不倨，曲而不屈，迩而不逼，远而不携，迁而不淫，复而不厌，哀而不愁，乐而不荒，用而不匮，广而不宣，施而不费，取而不贪，处而不底，行而不流。五声和，八风平；节有度，守有序，盛德之所同也！"①

"不怨""忧""思""不惧""乐""哀""愁"等，都是观乐者从中获得的情感体验。虽然，季札观乐，重在对诗乐的心领神会，诚如清代姜宸英《湛园札记》评曰："季札观乐，使工歌之，初不知其所歌者何国之诗也。闻声而后别之，故皆为想象之辞。"② 想象是欣赏音乐的必要条件，观乐者凭借自己的社会阅历、文化修养、思想情操以及审美追求，对音乐做出审美判断。然而，季札观乐终极的目的，并非为了审美的满足，而是由此上升到社会群体的道德层面，其以政治教化为旨归。亦即，"观乐者不把乐曲的情感仅仅看成作曲者、吟唱者个人的情感，而看做一个群体、一个社会的普遍情感"③。观乐在体验诗乐之美的同时，赋予政治意义的诠释。这种解读，一方面与听诗者的政治诉求有关，另一方面也反映出当时普遍的音乐审美取向。《国语·周语》记载伶州鸠论音乐的话，足见时人的音乐审美观：

> 夫政象乐，乐从和，和从平。声以和乐，律以平声。金石以动之，丝竹以行之，诗以道之，歌以咏之，匏以宣之，瓦以赞之，革木以节之。物得其常曰乐极，极之所集曰声，声应相保曰和，细大不逾曰平。如是，而铸之金，磨之石，系之丝木，越之匏竹，节之鼓而行之，以遂八风。于是乎气无滞阴，亦无散阳，阴阳序次，风雨时至，嘉生繁祉，人民龢利，物备而乐成，上下不罢，故曰乐正。④

---

① （清）阮元校刻：《十三经注疏》（下），《春秋左传正义》卷三十九，中华书局1980年版，第2007页。
② 姜宸英：《湛园札记》，见《四库全书》卷859，第616页。
③ 王先霈著：《中国古代诗学十五讲》，北京大学出版社2007年版，第167页。
④ 上海师范学院古籍整理组校点：《国语》（上），卷三，上海古籍出版社1978年版，第128页。

上述伶州鸠论音乐，将政治与音乐类比，说明二者在追求中和之旨上有着一致性。追求音乐的平和之声，与孔子所倡导的"乐而不淫，哀而不伤"的礼乐审美观相吻合。

在汉代，教化说成为"诗乐合一"理论的核心。《乐记》在强化诗乐教化的同时，赋予其道德内涵。《乐记》云："是故，治世之音安以乐，其政和。乱世之音怨以怒，其政乖。亡国之音哀以思，其民困。声音之道，与政通矣。"并将五音分别象征君、臣、民、事、物，强调这五者不乱，乱乐也无从产生。反之，五音乱，"则国之灭亡无日矣"。不仅如此，《乐记》认为音乐与人伦相同："凡音者，生于人心者也；乐者，通伦理者也。"基于上述的认识，《乐记》对音乐从礼乐层面做出归纳："是故，审声以知音，审音以知乐，审乐以知政，而治道备矣。是故，不知声者不可与言音，不知音者不可与言乐。知乐，则几于知礼矣。礼乐皆得，谓之有德。德者得也。"汉代是"诗乐合一"理论进一步被伦理化、道德化的时代。

因此，汉学视域下，对《诗经》音乐教化意义的认识，贯穿于整个魏晋南北朝，乃至唐代。论诗乐的功能，皆不出教化说之窠臼。无论是《毛序》《郑笺》，抑或《正义》，经学家眼里的诗乐合一，教化是其核心意义。

宋代学者对"诗乐合一"理论的阐释，分为两条路径：一是从诗歌发展的角度，审视"诗乐合一"的天然属性与客观意义，郑樵的《乐略》可谓代表；另一是从理学层面，阐发诗乐关系，朱熹为其代表。

我们所谓的"诗乐合一"理论，是讨论诗歌音乐美的理论，与纯粹的乐论有别。也就是说，"诗乐合一"，重在对诗歌音乐本质的探讨与研究，而非政治教化说或道德论。郑樵对诗乐的诠释，是对汉儒诗乐合一理论的矫正。他在《通志》中指出：

> 古之诗曰歌行，后之诗曰古近二体。歌行主声，二体主文。诗为声也，不为文也。浩歌长啸，古人之深趣。今人既不尚啸，而又失其歌诗之旨，所以无乐事也。凡律其辞则谓之诗，声其诗则谓之歌。作诗未有不歌者也。诗者乐章也，或行之歌咏，或散之律吕，各随所主而命。主于人之声者则有行，有曲。散歌谓之行，入乐谓之曲。主于丝竹之音者，则有引、有操、有吟、有弄，各有调以主之。摄其音谓

之调，总其调亦谓之曲。凡歌、行，虽主人声，其中调者皆可以被之丝竹。凡引、操、吟、弄，虽主丝竹，其有辞者皆可以行之以歌咏。盖主于人者，有声必有辞；主于丝竹者，取音而已，不必有辞，其有辞者，通可歌也。近世论歌行者，求名以义，强生分别，正犹汉儒不识风、雅、颂之声，而以义论诗也。①

诚然，郑樵之"诗乐合一"是针对乐府而言。但是，郑樵从诗歌的音乐性出发，充分论证"诗乐合一"的意义所在——诗为声而非文，这是从诗歌发生学的角度，对诗歌性质提出的颇有见地之论。

实际上，就诗歌音乐性而言，《诗经》和汉乐府都有一个共同处，即以声为主，既可配乐演唱，亦可徒歌。故郑樵在《通志·昆虫草木略》中论及《诗经》"风""雅""颂"的音乐特性时说："风土之音曰风；朝廷之音曰雅；宗庙之音曰颂。"② 这比起《毛诗大序》所谓的"风，风也，教也，风以动之，教以化之……雅者，正也，言王政之所由兴废也。政有大小，故有小雅焉，有大雅焉……颂者，美盛德之形容，以其成功告于神明者也"之论，就更具有说服性和立论的可行性。乐，是诗歌的本质。即便是成熟于唐代的近体诗，音乐性亦是其十分重要的特性。因为，音乐是诗歌艺术的催化剂，从诗歌诞生的那天起，它就与乐、舞相融合。"在中国古代，音乐、舞蹈等艺术样式从来就与诗有不解之缘"③。所以，郑樵的"诗者乐章"是对传统"诗乐合一"理论的修正。他对汉儒"求名以义，强生分别"的"以义论诗"法予以批判。他们牵强附会的以义论诗法，不仅不识风、雅、颂之声，也偏离了"诗乐合一"的轨道。

朱熹论"乐"挥不去理学家的底色。他论孔子"兴于《诗》，立于礼，成于乐"的观点云："乐有五声十二律，更唱迭和，以为歌舞八音之节，可以养人之性情，而荡涤其邪秽，消融其渣滓。故学者之终，所以至于义精仁熟，而自和顺于道德者，必于此而得之，是学之成也。"④ 朱熹此论，虽欲极力呼应孔夫子之"乐"论的基本思想，但是，其中融合着

---

① （宋）郑樵撰：《通志·二十略·乐略第一·正声序论》，中华书局1995年版，第887页。
② （宋）郑樵撰：《通志·二十略·昆虫草木略第一》，中华书局1995年版，第1980页。
③ 赵敏俐、吴相洲等著：《中国古代歌诗研究——从〈诗经〉到元曲的艺术生产史》，北京大学出版社2005年版，第47页。
④ （宋）朱熹撰：《四书章句集注》，岳麓书社2008年版，第142页。

明显的理学意味。他论诗乐之功效说:"古人兴于诗,犹有言语以讽诵……乐,更无说话,只是声音节奏,使人闻之自然和平。"朱熹关于音乐美感之论,直指本质——乐是一种发自自然的、自由的,使人获得审美快感的艺术。虽然,朱熹并没有进一步深入探讨诗乐的关系问题,但他说《诗》以"乐"持论的思想值得肯定,他说:

凡诗之所谓风者,多出于里巷歌谣之作,所谓男女相与咏歌,各言其情者也。惟周南召南亲被文王之化以成德,而人皆有以得其性情之正,故其发于言者,乐而不过于淫,哀而不及于伤,是以二篇独为风诗之正经。自邶而下,则其国之治乱不同,人之贤否亦异,其所感而发者,有邪正是非之不齐,而所谓先王之风者,于此焉变矣。若夫雅颂之篇,则皆成周之世,朝廷郊庙乐歌之辞,其语和而庄,其义宽而密,其作者往往圣人之徒,固所以为万世法程而不可易者也。①

朱熹认为《诗经》"风""雅""颂"三者皆为乐歌,只是分属于不同的音乐范畴而已。他所持的"诗乐合一"观,比起汉儒附会政治之见,已经认识到了音乐是《诗经》最本质的特性这一重要问题。不过,朱熹论《诗经》之乐,并未在审美层面展开,而是以"礼"为旨归。在《诗集传》中也没有更深入地阐发诗歌的音乐之美,这是理学家思想所限之故。

但是,他在义理阐发中,不失对诗歌音乐特质的探讨,亦难能可贵。如朱熹诠释《小雅·鹿鸣》篇时指出:

此燕飨宾客之诗也。盖君臣之分以严为主,朝廷之礼,以敬为主。然一于严敬,则情或不通,而无以尽其忠告之益。故先王因饮其食聚会,而制为燕飨之礼,以通上下之情。而其乐歌又以鹿鸣起兴,而言其礼意之厚如此,庶乎人之好我,而示我以大道也。记曰:私惠不归德,君子不自留焉。盖其所望于群臣嘉宾者,唯在于示我以大道,则必不以私惠为德而自留矣。呜呼!此其所以和乐而不淫也与!②

---

① (宋)朱熹集注:《诗集传》,中华书局1958年版,第2页。
② 同上书,第99页。

在朱熹看来，君臣之间情感的沟通和实现上下其乐融融的关系，推行以"乐"为载体的"燕飨之礼"，具有十分重要的政治意义。因此，朱熹所主张的"诗乐合一"理论，是以期达到政治上的沟通为终极目的。朱熹尽管已经意识到了诗歌"乐"的重要性，但是，他重于理学思想的阐发，终究不能"舍本逐末"。这就是《诗集传》虽已经触及"诗乐合一"的一些实质问题，却最终没有深入发展的缘故。

综上所述，从先秦至南宋，"诗乐合一"始终是《诗经》学的一个基本理论。然而，囿于汉学或宋学之尊，对其理论的发展多限于意义的阐发，而忽略了从本体论的角度去探讨"诗乐合一"的美学意义。致使"诗乐合一"走向了形而上的道路，"乐"成了实现某种功利目的的手段，与诗歌的本体意义越来越远。

而与此所不同的是，王夫之以诗歌的本体为出发点，摈弃传统重于功利目的的偏狭之见，对"诗乐合一"予以充分阐释，真正实现了美学意义上的"诗乐合一"，标志着"诗乐合一"经典理论的最后完成，这也意味着"中国美学才进入一个全面总结的时期"①。

三　声情合一的美学观

与传统诗的"诗乐合一"观强调政治教化所不同的是，王夫之提出了"心之元声"的诗乐美学观：

> 世教沦夷，乐崩而降于优俳。乃天机不可式遏，旁出而生学士之心，乐语孤传为诗。诗抑不足以尽乐德之形容，又旁出而为经义。经义虽无音律，而比次成章，才以舒，情以导，亦所谓言之不足而长言之，则固乐语之流也。二者一以心之元声为至。舍固有之心，受陈人之束，则其卑陋不灵，病相若也。韵以之谐，度以之雅，微以之发，远以之致，有宣昭而无罨霭，有淡宕而无犷戾：明于乐者，可以论诗，可以论经义矣。②

---

① 陈望衡：《中国古典美学的总结——王夫之美学思想摭论》，《船山学刊》1997年第1期，第1页。

② （明）王夫之著：《夕堂永日绪论内编》，《船山全书》第十五册，岳麓书社2011年版，第817页。

王夫之有感于《诗经》研究的腐儒气和措大气，另辟蹊径，从"诗乐合一"理论入手，避开义理解诗的陋习，而直指诗歌的艺术本质，提出诗乐乃"心之元声"这一远见卓识的诗乐美学观。

王夫之"心之元声"诗乐美学观的提出，除了反对传统"诗乐合一"论的弊端之外，意在重建"诗乐合一"的诗歌审美理论，以期从根本上解决古典诗歌音乐艺术研究中所面临的诗乐与情感问题，为解决诗歌的音乐性与诗歌情感的审美意义，寻找到了一个较好的方法。

所谓"心之元声"，即为诗和乐都是流淌于人心的、无任何矫饰的自然之音。《说文解字》解释"元"为"始也"。此外，"元"又有"天"之意思，如《淮南子·原道》有言："执元德于心而化驰若神。"故而，"元声"就是天然之音，即发自心灵的初始之音，这是王夫之"诗乐合一"美学观的起点。

王夫之在《诗译》中开篇言诗之传统时指出：

> 元韵之机，兆在人心，流连泆宕，一出一入，均此情之哀乐，必永于言者也。故艺苑之士，不原本于《三百篇》之律度，则为刻木之桃李；释经之儒，不证合于汉、魏、唐、宋之正变，抑为株守之兔罝。[①]

王夫之认为，诗歌是从心灵深处流淌出来的天然之韵，自然流淌，感荡人心；乐有哀乐，因人心有哀乐之情。《诗经》以"律度"为本，为古典诗歌之典范。诗歌发展中，以乐为本的《诗经》为正，而汉、魏、唐、宋之诗为变。因此，乐之有无为正变之兆，这是王夫之诗乐理论的总纲。

"心之元声"与"元韵之机"是源于人"固有之心"，而非"受陈人之束"。所谓"固有之心"指的恰是人心原始之声，无雕饰、不作伪的活泼本心之自然流露。与之相反的是"受陈人之束"，则是被世俗陈规异化的俗情。若舍弃固有之本心，而以"受陈人之束"的心灵去写诗，不仅使诗歌染上尘埃，体格卑下丑陋不堪，甚至使心灵染病。若非出自心灵之乐，则令人掩鼻。诗人一旦被俗情蒙心，元声则息。他说："自潘岳以凌

---

① （明）王夫之著：《诗译》，《船山全书》第十五册，岳麓书社2011年版，第807页。

杂之心作芜乱之调,而后元声几熄。"① 王夫之欣赏自心中流出的乐,与其所倡导的诗"自胸中流出"② 的观点,在诗歌美学追求上相一致。

实际上,王夫之的"心之元声"美学观,即是声情之美。一方面受明代性灵派"大都抒性灵,不拘格套""非徒自己胸臆流出,不肯下笔"③ 诗学观的影响;另一方面体现出王夫之主张诗歌抒发真性情诗学思想。

"声情"与"辞情"是古代文学审美领域内的两个基本范畴。在古代文学中,不同文体对二者的侧重亦不尽相同。诗歌以"声情"为主,文赋以"辞情"为重。诗,可歌之、唱之、吟之,故而以声情胜;文赋,可诵、可赋、可读,故而以辞情胜。而王夫之"心之元声"的理论,则是对声情美的形象概括。"心之元声",其情,在外符合物理,在内无与情乖,本自心生;其声,源自真情,哀乐亦为心生,这与他所倡导"全以声情生色"④ 的诗歌美学观相一致。声情生色,也反映出王夫之在重视诗歌"声情"之美的同时,也重视其"辞情"之美。

因此,诗歌是否有声情、能生色,是王夫之评价诗歌艺术的标准之一。如他评价骆宾王《乐大夫挽词》云:"声情自遂,于挽词为生色。"⑤ 他对曹丕的乐府诗情有独钟,因子桓诗多声情之故。他评《燕歌行》曰:"倾情倾度,倾色倾声,古今无两。"⑥ 即《燕歌行》是曹丕倾尽其才华,融深情、韵律、辞藻、音乐为一体,构筑的一个清丽凄婉的美学境界。

"声情"是风靡于明清诗歌评论界的诗学范畴,如钟惺《古诗归》评无名氏《西洲曲》时,用一句"声情摇曳而迂回",便荡尽风云而显其柔美婀娜姿,勿需读其诗,已领略声情之美。钟氏又评简文帝诗云:"简文帝体皆俊,声情笔舌足以发之。"清代学者冯煦《蒿庵论词》评宋代词人

---

① (明)王夫之著:《夕堂永日绪论内编》,《船山全书》第十五册,岳麓书社2011年版,第829页。
② (明)王夫之著:《夕堂永日绪论内编》,《船山全书》第十五册,岳麓书社2011年版,第843页。
③ 郭绍虞主编:《中国历代文论选》(第三册),上海古籍出版社1979年版,第211页。
④ (明)王夫之著:《古诗评选》卷一,《船山全书》第十四册,岳麓书社2011年版,第537页。
⑤ (明)王夫之著:《古诗评选》卷三,《船山全书》第十四册,岳麓书社2011年版,第985页。
⑥ (明)王夫之著:《古诗评选》卷一,《船山全书》第十四册,岳麓书社2011年版,第504页。

韩玉《贺新郎》说："再出'冷'字之类，偶尔失检，不必为作者曲讳。而两词声情婉约，亦未可以一眚掩也。"清朱祖谋《强村老人评词》亦云："而声情神思，则作者各有天焉，不得强而致也。"王夫之论诗，在沐时代之风的同时，亦溉后学。

因此，欣赏诗歌浑然一体的声情之美，既是王夫之"诗乐合一"美学观的核心所在，也是时代风尚的体现。他在评价王俭《春诗》其一云：

> 此种诗直不可以思路求佳。二十字如一片云，因日成彩，光不在内，亦不在外，既无轮廓，亦无丝理，可以生无穷之情，而情了无寄。小诗之有此，犹四言之有《二南》、言之有《十九首》也，允为绝句元声。①

《古诗评选》是王夫之依照自己的审美观来分类的诗歌评品著作，其中卷三名之"小诗"所选，篇篇都是语言清新，风格恬淡，情韵浑然的五、七言诗。这些字字珠玑、篇篇如玉的小诗浑然如一之美，不可以寻常思路求得。其妙处在于诗歌之元声如光影绰约，无处不在，却难觅踪迹。在元声的统摄中，诗歌看似了无寄情，却生无穷情韵。王夫之指出：从审美效果而言，古诗中也只有《古诗十九首》堪与《诗经》相媲美。的确，也唯有《诗经》真正拥有这种天然去雕饰之美。胡应麟亦言："周之国风，汉之乐府，皆天地之元声。"② 显然，在诗乐的审美认识上，胡应麟和王夫之有着共识。

以诗歌内在之情感为切入口，以诗乐所表现的韵致统摄诗篇，从整体把握诗乐之美，这是王夫之对传统"诗乐合一"理论的提升。其意义诚如张节末先生所总结："王夫之提出诗乐合一论，是要从根本上解决诗歌的音乐性问题。他要找到一条贯穿全诗的生命的脉络，由这生命的脉络来统一诗歌语言的声和韵，以便形成一首诗的整体节奏与和谐……王夫之在理论上成功地纠正了前七子格调说的错误倾向，指出了如何求得真正的诗

---

① （明）王夫之著：《古诗评选》卷三，《船山全书》第十四册，岳麓书社2011年版，第622页。

② （明）胡应麟撰：《诗薮·外编》卷一，中华书局1962年版，第127页。

歌音乐美的光明大道。"① "诗乐合一"理论的命意正是于诗歌的创作与鉴赏中,以实现或获得诗乐之美。

然而,在审美活动中,不是人人都能体会诗歌的元声之美。王夫之在《诗广传·论钟鼓》中,感于《小雅·钟鼓》心生之音的特点,对嵇康"声无哀乐"论提出批评的依据,正是基于嵇康对出自心之元声之情思的否定。王夫之指出,在现实生活中,由于"事与物不相称,物与情不相准者多"② 之故,难免出现"其音自乐,听其声者自悲,两无相与"③ 的怪现象,但这不能说明"声无哀乐"。

王夫之之所以批评嵇康的"声无哀乐"论,在于二人所持的哲学思想不同。嵇康所处的魏晋时代玄学大兴,深受老庄思想影响的嵇康倡导"音声之作,其犹臭味在于天地之间"④ 的自然之道。此外,嵇康痛恨司马氏以名教为伪饰而残害名士的暴行,愤然以道家思想为武器,反对儒家所谓的"治乱在政,而音声应之"的思想。

王夫之则不然,他在积极汲取儒家乐论精髓的同时,基于其本体论的哲学观和"诗以道情"的诗学思想,对乐论进行深入的反思与探讨。他在《诗广传》中所言:"君子之贵夫乐也,非贵其中出也,贵其外动而生中也。"⑤ 他认为,真正感人的音乐,不一定就是情感的直接抒发,只有感于外而动于心而出之情感,才具有动人心魄的审美力量,这一思想与《礼记》"乐由中出"有相一致之处。

人心天然就有对外动情的过滤功能,并对诸多情愫做出判断,然后以诗歌的形式表现出来,这才是符合"心之元声"的要求。否则,没有任何节制的情,如"淫情"和"滞情",虽然也发自内心,但既不符合传统诗学"诗者,持人性情"的原则,也不符合"诗达情"的要求,这是王夫之对"心之元声"从理论上的深入与延展。对此,他指出:

以诗言志而志不滞,以歌永言而言不郁,以声依永而永不荡,以

---

① 张节末:《论王夫之诗乐合一论的美学意义——兼评王夫之诗论研究中的一种偏颇》,《学术月刊》1986 年第 12 期,第 45—46 页。
② (明)王夫之著:《诗广传》卷三,《船山全书》第三册,岳麓书社 2011 年版,第 424 页。
③ 同上。
④ 北京大学哲学系美学教研室编:《中国美学史资料选编》(上),中华书局 1981 年版,第 145 页。
⑤ (明)王夫之著:《诗广传》卷三,《船山全书》第三册,岳麓书社 2011 年版,第 424 页。

律和声而声不诐。君子之贵于乐者，贵以此也。

且夫人之有志，志之必言，尽天下之贞淫而皆有之。圣人从内而治之，则详于辨志；从外而治之，则审于授律。内治者，慎独之事，礼之则也。外治者，乐发之事，乐之用也。故以律节声，以声叶永，以永畅言，以言宣志。律者哀乐之则也，声者清浊之韵也，永者长短之数也，言则其欲言之志而已。

律调而后声得所和，声和而后永得所依，永得所依而后言得以永，言得永而后志著于言。故曰："穷本知变，乐之情也。"非志之所之、言之所发而即得谓之乐，审矣。①

他认为，诗乐之声不诐，是君子所贵之乐。然而，情有贞淫之别，则需治后而发。治情需要"内治"与"外治"相兼之法。所谓"内治"，需要礼的约束，礼就要"慎独"，即心灵的观照；"外治"，则为乐，以乐律节声。经过内外双重之治，乐则纯，情则真，诗亦温。只有这样，才真正实现了"诗与乐相为表里"的美学意义。故而，"外动而生中"指的是诗歌的艺术本质，这与"诗以道情"的诗学观是相一致的，实质上，"是指艺术形式和艺术功能"②。

因此，基于"外动而生中"情感的深层体会，王夫之所提出的"心之元声"，在审美上则追求诗歌"韵以之谐，度以之雅，微以之发，远以之致，有宣昭而无罨霭，有淡宕而无犷戾"③ 的美学理想，主张和顺温柔之美。因此，"明于乐者，可以论诗，可以论经义"④ 之论，则是强调唯有对乐之情感本质有深刻体会，方可论诗。这是将乐视为诗歌的艺术生命，并予以高度的重视。"诗乐合一"论中的"乐"，是蕴含于诗歌内在，如血脉流淌，如气韵贯通，与诗歌的生命融为一体的情韵之美，并不仅仅局限于外在的声韵旋律。乐与声律是互为表里的关系，而乐与情则是相互交融的关系。就文体而言，音乐是诗歌区别于其他艺

---

① （明）王夫之著：《尚书引义》卷一，《船山全书》第二册，岳麓书社 2011 年版，第 251 页。

② 张节末：《论王夫之诗乐合一论的美学意义——兼评王夫之诗论研究中的一种偏颇》，《学术月刊》1986 年第 12 期，第 44 页。

③ （明）王夫之著：《夕堂永日绪论内编》，《船山全书》第十五册，岳麓书社 2011 年版，第 817 页。

④ 同上。

术形式的唯一标志。

四 视域融合中对"诗乐合一"的阐释

（一）"诗乐之理一"

从早期诗乐舞三位一体到"诗乐合一"，中国诗歌始终与音乐有着不解之缘，诗也从未脱离音乐而独立存在。推动诗歌声律的兴起，乐是其内因之一。重视诗乐结合，强调乐的教化功能，这是《诗经》学史的传统。

有学者认为，乐不仅以诗而存，至词的诞生，乐对诗歌内在的推动力，功不可没。诚如清代学者王昶在其著作《春融堂集》卷四十一中所言，"天地之元音，播于乐，著于《诗》""词本于《诗》，《诗》合于乐，《三百篇》皆可被之弦歌，北宋遂隶于大晟乐府，由是词复合于乐"。王昶之言，一言以蔽之，则说明诗乐合一，不仅是中国诗歌的基本特征，而且，二者关系之密切，虽然外在形式多有变化，但其内在元素以及构成原则如一，只要诗歌艺术存在，这种关系就永远不变。我们且不论王昶的"诗乐合一"观中将《诗》、词之乐视为一脉相承之说是否成立，但是，这种对诗歌音乐特性的认识，基本符合诗歌以乐为核心的特质。依照诗歌创作的惯例，遵循诗歌创作的原理，乐必须是诗中先行的元素。

诚然，就诗歌艺术而言，"文化渐进，三种艺术分立，音乐专取声音为媒介，趋重和谐；舞蹈专取肢体形式为媒介，趋重姿态；诗歌专取语言为媒介，趋重意义"[1]。不过，这仅仅是形式上的分立，实质上，"三者虽分立，节奏仍然是共同的要素，所以它们的关系常是藕断丝连的"[2]。

早于王昶之前，王夫之"诗乐之理一"[3]，则体现出他对诗乐关系问题的深刻思考。他在《张子正蒙注·乐器篇》中说明注此篇的原因时指出："此篇释《诗》《书》之义。其说《诗》而先之以《乐》，《乐》与《诗》相为体用者也。"[4] 可见，王夫之不仅以"体用"之说为"诗乐合一"找到了哲学依据，而且从诗乐相同的审美取向、思想内涵、情感表达等方面，为诗乐结合找到了很好的衔接点。王夫之认为，《诗》《乐》

---

[1] 朱光潜著：《诗论》，生活·读书·新知三联书店1984年版，第122页。
[2] 同上。
[3] （明）王夫之著：《张子正蒙注》卷七，《船山全书》第十二册，岳麓书社2011年版，第316页。
[4] 同上书，第315页。

在涤荡情志方面有着同一性,即所谓"《周礼》大司乐以乐德、乐语教国子,成童而习之,迨圣德已成,而学《韶》者三月。上以迪士,君子以自成,一惟于此。盖涵泳淫泆,引性情以入微,而超事功之烦黩,其用神矣"①。关于王夫之"诗乐理一"的论述,陶水平先生在《试析王夫之诗学"诗乐一理"论》一文中,有着较深入的研究,故本文不再赘述。我们着重讨论王夫之对《诗经》乐美的诠释。

(二)"乐莫著于《诗》"

王夫之认为,《诗经》是诗歌律度之典范,乐是《诗经》美感的体现。《诗经》音乐之美感,因"风""雅""颂"体制不同,所用之乐不同,美感亦不同,或和雅温婉,或深广大美,或肃穆典雅,各美其美。

然而,音乐是最易于散佚的艺术形式,这与它特有的载体符号有关,即音乐的记谱法。音乐是声音艺术,"音乐只用声音"②,而声音是物理性的,物理的声音具有即时性和即逝性的特点。在没有录音载体的古代,对它的记忆除了口耳相授,没有更合适的方法。所以,即使有再高明的记谱法,后人依旧无法知晓具体的乐感,人类记忆在音乐面前,显示出极度的有限性。对音乐的这个特点,美国汉学家宇文所安先生在中西音乐的视域中,有着独到的见解,他指出:

> 近四百年来,西方的音乐记谱法越来越具体,但是在此之前的大多数音乐记谱法,包括中国的记谱法在内,都缺乏足够的信息,如果没有老师的传授根本无法演奏。我们只能猜测,在公元三世纪和五世纪中叶之间流传着大量的音乐。文本方面的"音乐专门家"受到人类记忆的有限,无法判断现存音乐在多大程度上准确反映了两个世纪之前的原貌。③

的确,音乐一旦逝去,永远无法恢复其原貌,这是国内外"音乐专门家"所共同面临的尴尬与困境,音乐和文本的关系尤其难以解决。所

---

① (明)王夫之著:《夕堂永日绪论内编》,《船山全书》第十五册,岳麓书社2011年版,第817页。
② 朱光潜著:《诗论》,生活·读书·新知三联书店1984年版,第122页。
③ [美]宇文所安著:《中国早期古典诗歌的生成》,胡秋蕾、王宇根、田晓菲译,生活·读书·新知三联书店2012年版,第365页。

以，后世学者对于诗歌音乐性的理解，往往仅止于文字和音律。这也是不得已之选择，但这样的途径，最终促使声律的产生。朱光潜先生在《诗论》中说："音乐是诗的生命，从前外在的乐调的音乐既然丢失，诗人不得不在文字上做音乐的功夫，这是声律运动的主因之一。"

虽然，《诗》乐的具体旋律早已亡佚，但是，只要《诗》存在，乐之美感便能体会，诗乐结合，相得益彰，这是王夫之对诗乐合一理论的阐发，他指出：

礼莫大于天，天莫亲于祭，祭莫效于乐，乐莫著于《诗》。《诗》以兴乐，乐以彻幽，《诗》者，幽明之际者也。

呜呼！能知幽明之际，大乐盈而《诗》教显者，鲜矣，况其能效者乎？效之于幽明之际，入幽而不惭，出明而不叛，幽其明而明不倚器，明其幽而幽不栖鬼，此《诗》与乐之无尽藏者也，而孰能知之！①

这两段是王夫之诠释《大雅·昊天有成命》诗乐之美的经典文字。音乐之美，无具象可形。然超迈、幽远、神奇、深邃令人心神愉悦之美，非乐莫如。其奥秘在于"乐莫著于《诗》""《诗》与乐之无尽藏"。"著"，其意为附着。在王夫之看来，乐虽神秘，但著于《诗》而显；《诗》虽古奥，却因乐而活。二者相得益彰，故在古典艺术中，"终极的境界只有靠诗乐的结合才能达到"②。王夫之通过对《大雅》和《颂》诗的考察，体会到"霏微蜿蜒，嗟吁唱叹"③的古乐之美。缥缈于天际、往来于人神之乐，嗟吁唱叹，蜿蜒曲折，萦绕耳畔，似有若无，却与神通。这种空灵幽眇的古乐，若无《诗》则莫着；若无慧心则难会。

（三）以心入乐

诗歌以语言彰显乐美，所谓"言者，音之所成也""音有不必为言，

---

① （明）王夫之著：《诗广传》卷五，《船山全书》第三册，岳麓书社2011年版，第485—486页。

② 陶水平：《试析王夫之诗学"诗乐一理"论》，《东南大学学报》（哲学社会科学版）2002年7月第4期，第117页。

③ （明）王夫之著：《诗广传》卷五，《船山全书》第三册，岳麓书社2011年版，第512页。

而言无非音之成也"①。王夫之深谙语言对表达乐美的重要作用。但是，他对《诗经》的音乐美感的诠释，并不局限于语言以及音律等表层形式，而是穿破表层，进入诗歌内在，用心灵去深入体会诗歌特有的音乐美感。寻求《诗经》的音乐美感，如果仅从文字上求，从声韵上做文章，必将陷入两难的境地。一是并没有真实的上古音韵体系做支撑；二是不能用四声原理去套《诗经》的音韵；三是没有真实的现存古乐作为依据。这样做，"结果音乐美就仅成了诗歌外在的点缀，名存而实亡"②。另外，"音"可以从文字音律寻得，而"乐"只可从诗歌生命深处获得。

诚然，一切文学离不开语言，体会诗歌之乐亦如此。然而，语言的功能非常有限。尤其是对于至灵至神的至美境界，语言的指示性能则捉襟见肘。王夫之说："该乎万事，事不足以传其神；通乎群言，言不足以追其响。"③ 于是，"读古人文字，以心入古文中"④，便是把握艺术美最重要的途径。只有"以心入古文"，则"得其精髓"。反之，"若以古文填入心中，而亟求吐出，则所谓道听途而说者耳"⑤。体会诗歌如此，体会音乐更是如此。他在《诗广传》中，以敏锐的心灵体会诗歌内在涌动的音乐，呈现《诗经》神奇而令人无限神往的音乐之美：

> 采备五色，和备五味，乐备五音，臭备五气……
> 幽细之音不听而闻，缭绕之气不嗅而觉，声响之达隔垣不蔽，苾芬之入经宿而留，不见其至，莫之能拒，斯非人用之见功、非人用之能效也，神之用也。且夫鬼神而既不能视矣，既不能食矣，笾豆俎铏，彤漆黼黻，如其生之可歆者而致之，人子之心耳，求其实，固判然未有与也。唯夫声之不待听矣，鬼神虽弗能听，而声自通也；臭之不待嗅矣，鬼神虽弗能嗅，而臭自彻也。
> 声与臭者，入空者也。声入空，空亦入声，两相函而不相舍，无有见其畛也……际之于上，涵之于下，播之于四旁，摇荡虚明而生其

---

① （明）王夫之著：《诗广传》卷五，《船山全书》第三册，岳麓书社2011年版，第511页。
② 张节末：《论王夫之诗乐合一论的美学意义——兼评王夫之诗论研究中的一种偏颇》，《学术月刊》1986年第12期，第46页。
③ （明）王夫之著：《诗广传》卷五，《船山全书》第三册，岳麓书社2011年版，第511页。
④ （明）王夫之著：《夕堂永日绪论外编》，《船山全书》第十五册，岳麓书社2011年版，第854页。
⑤ 同上。

歆洯，殷道至矣。①

这段文字是王夫之对《商颂·那》诗乐美的诠释。《那》是一首描写盛大的祭祀乐舞，全诗如下：

> 猗与那与，置我鞉鼓。奏鼓简简，衎我烈祖。
> 汤孙奏假，绥我思成。鞉鼓渊渊，嘒嘒管声。
> 既和且平，依我磬声。于赫汤孙，穆穆厥声。
> 庸鼓有斁，万舞有奕。我有嘉客，亦不夷怿。
> 自古在昔，先民有作。温恭朝夕，执事有恪。
> 顾予烝尝，汤孙之将。②

《那》诗歌语言简短且浅显，不似《周颂》之古朴聱牙。诗歌用叠字、形容词极尽乐舞之盛：鼓点简简、鼓声渊渊、管声嘒嘒、穆穆声音、和平磬声。面对失去乐奏的古老诗篇，后人极尽想象之能事，也只能掩卷黯然。

朱熹《诗集传》中除了对几个象声词做了简单的解释外，根据《礼记》的记载，说明在祭祀时，对所祭祀的对象应"思其居处，思其笑语，思其志意，思其所乐，思其所嗜"③，等等。朱熹的解释，对我们体会《那》的乐感美似乎没有多少帮助。其原因在于，朱熹是站在诗歌的对面而观之。或者说，他是以"先入之见"④去诠释文本，使文本在他的预设中呈现某种存在的意义，并以此来证明自己"前见解"⑤的合理性。

王夫之则不然，他以真诚的理解态度与诗歌文本对话，从诗歌中得到

---

① （明）王夫之著：《诗广传》卷五，《船山全书》第三册，岳麓书社2011年版，第509—510页。
② （清）阮元校刻：《十三经注疏》（上），《毛诗正义》卷二十，中华书局1980年版，第620页。
③ （宋）朱熹集注：《诗集传》，中华书局1958年版，第243页。
④ ［德］汉斯-格奥尔格·伽达默尔著：《真理与方法——哲学诠释学的基本特征》（上），洪汉鼎译，上海译文出版社2004年版，第348页。
⑤ 同上。

启发，在双向的交流过程中，以"感受力的轻快活动、生命情感的飞跃"①，在"想象力和理解力的相互协调"下，获得了一种全新的创造，直至美的出现——呈现诗歌音乐美的境界。"幽细之音""缭绕之气"这些形象的美感，是心灵创造的结晶。它与"声响之达隔垣不蔽，苾芬之入经宿而留"相呼应，将诗歌之音乐美以形象化呈现出来。这种美，既有声响"达隔垣不蔽"的力度、强度、节奏和音乐幽细的美感，亦有馥郁芬芳的气味。这样，将声响、乐美、气味融合起来，使诗歌获得了氤氲、和美而神奇的独特美学境界，即"当为诗歌音乐美的最高境界，这显然不是近体诗所能达到的境界"②。不仅如此，经王夫之天才诠释的美学境界，相对于理学家呆板之说，则蕴含着生气和精神，"显示了自由的创作活动，并因而显示了具有典范意义的独创性"③。的确，一首古老的祭歌，在遗失音乐数千年后，在王夫之独具慧心的诠释中，终于绽放出生命之花。

　　融声响、音律、香气为一体，呈现诗歌的美，这种美学境界是通过诠释者与诗歌文本语言的交流中实现的。王夫之对《商颂·那》的诠释，与现代西方学者伽达默尔提出的"对话式"逻辑诠释法有着一致性，这种诠释模式的妙处在于尽量规避诠释者先入为主，克制一己之见的陈述，以"人子之心""求其实"。在诠释者与文本相互介入的平等交流中，奇迹诞生。伽达默尔在《真理与方法》中认为：文本意义的阐释，是诠释者与文本的对话是双方都受对象的影响，而进入一次成功的谈话，"彼此结合而进入一个新的共同体中"。那么，"对话的理解就不只是自我表露和陈述一己之见，而是向一种新的融合过渡，彼此融合我们不复是原来的我们了"。于是，一个更新的美的诠释世界诞生了："声入空，空亦入声，两相函而不相舍，无有见其畛也……际之于上，涵之于下，播之于四旁，摇荡虚明而生其欹浃。"这种美，极尽空灵神奇，浸润馨香，弥散于天地之间，播撒于四面八方。

---

①［德］汉斯-格奥尔格·伽达默尔著：《真理与方法——哲学诠释学的基本特征》（上），洪汉鼎译，上海译文出版社2004年版，第68页。
② 陶水平：《试析王夫之诗学"诗乐一理"论》，《东南大学学报》（哲学社会科学版）2002年第4期，第114页。
③［德］汉斯-格奥尔格·伽达默尔著：《真理与方法——哲学诠释学的基本特征》（上），洪汉鼎译，上海译文出版社2004年版，第68页。

第五章　王夫之《诗经》学的美学思想 // 243

王夫之《诗广传》对诗乐的诠释中，没有采用"站在文本之外进行旁征博引的学究式研究"①，而是深入到文本中，进入文本的境界中，展开对话，从而抵达乐美的境界。这种诠释，是对文本更彻底、更全面、更清晰的理解，即在"对话逻辑中使理解进入文本，使文本的无限意义在阐释者的理解中得到展开，是文本的开放性通过理解得以敞开，使文本与阐释形成真正的交流。只有这种交流，才能使问——答式或对话式的逻辑全面而又具体的展开"②。

依据伽达默尔哲学诠释学的理论，王夫之所谓的"以心入乐"，即是"自身置入"③ 诗歌文本的一种处境，是"视域融合（Horizon Verschmelzung）"④ 的前提，而"视域融合"则是理解的关键。伽达默尔认为，"自身置入"处境，不是简单的个性置入，而是诠释者在不断克服自己个别性的同时，也克服那个他者的个别性，以促使二者向更高的普遍性提升。换句话说，诠释者克服自己的个性而置入文本中，那么，文本所蕴含的不可消解的魅力才得以展示。由此可见，王夫之所言的"以心入乐"，是一种理解诗乐的最佳境遇，亦是最佳途径。在这样一个境遇中，诠释者在一个更加宽广的视界上理解问题，在与文本的对话中，获得了一个新的视域。在这个崭新的融合的视域中，感受到了最幽眇的音乐之美。

"视域"是诠释学非常重要的术语。所谓"视域（Horizont）概念本质上就属于处境概念。视域就是看视的区域（Gesichtskreis），这个区域囊括和包容了从某个立足点出发所能看到的一切"⑤。与此同理，王夫之"以心入乐"的视域，远比站在文本对面的眼界要宽很多。也就能够获得关于诗乐合一问题较正确的理解。伽达默尔说："诠释学处境的作用就意味着对于那些我们面对流传物而向自己提出的问题赢得一种正确的问题视域。"⑥ 因为获得了这样一种视域，王夫之对《诗经》学之"诗乐合一"这一棘手问题，做了较之他人更合理、也更贴近音乐本质的理解。

理解之所以能够如此顺利地展开，就在于诠释者和文本之间的"视

---

① 张首映著：《西方二十世纪文论史》，北京大学出版社1999年版，第249页。
② 同上。
③ ［德］汉斯-格奥尔格·伽达默尔著：《真理与方法——哲学诠释学的基本特征》（上），洪汉鼎译，上海译文出版社2004年版，第394页。
④ 同上书，第397页。
⑤ 同上书，第391页。
⑥ 同上。

域融合"（视界融合）。何谓"视域融合"？张首映先生对伽达默尔的理论进行深入的解释，他指出："不同的历史情景具有不同的视界，不同的解释者具有不同的视界。视界不是封闭的，而是开放的，理解者总在不断地在对话和交流中扩充自己的视界。视界融合就是文本的视界与读者的视界的融合，或文本的视界与解释者的视界的融合"①。伽达默尔认为，正如任何历史背景一样，没有真正封闭的视域。那么，文学文本的视域对每一个诠释者，都是无限开放的。或者说，文学文本的结构是一种审美理解中的召唤结构。它的开放性视域，提供给诠释者以心灵介入其中的端口。

《诗经》雅、颂中的祭祀诗歌，是在仪式上表演的歌舞之作。在古人看来，乐在沟通天人之际方面有着神奇的功能。在音乐的神秘性和舞蹈的欢愉氛围中进行人神对话，这是《诗经》祭祀诗歌的模式之一。这种模式的形成与古人的原始宗教观念有关，古人认为：部族先祖去世后，化成神灵而在天帝身边。所以，他们祭祀的神灵多是祖先神，这些神灵与部族有着密切的关系，他们时常关注着族人，以种种现象警醒子民，这与西方早期宗教观有着相通之处。苏雪林先生说："《旧约》里上帝与人间关系至为密切，常常面对面地说话……《诗经》里这种例子也不少。"② 她特举《大雅·皇矣》《大明》予以说明。的确，这是《诗经》祭祀诗歌的重要特点，如果与楚辞《九歌》相比，其风格肃穆庄严，情感温厚，表现人神沟通的融洽。而《九歌》则因人神阻隔，多幽怨失意之悲。

《诗经》祭祀诗对音乐的功能和祭祀的情景，善于以赋的手法，不厌其烦地进行描写。这种铺叙的表现手法，对诗歌审美召唤结构的形成，起着决定性的作用。其实，王夫之"以心入乐"的视域，是他在开放的诗歌结构中，游于其中，充分感受其美。"大哉，圣人之道！治之于视听之中，而得之于形声之外，以此而已矣"③。如此至美之境界，非乐不能；而对乐的理解，以心灵之虚位得之于形声之外。所以，在视域的融合中，王夫之对《诗经》祭歌音乐的美学境界有着全新的理解：

    乐为神之所依，人之所成。

---

① 张首映著：《西方二十世纪文论史》，北京大学出版社1999年版，第249页。
② 苏雪林著：《诗经杂俎》，台湾商务印书馆1995年版，第75页。
③ （明）王夫之著：《诗广传》卷五，《船山全书》第三册，岳麓书社2011年版，第512页。

故音容者，人物之元也，鬼神之绍也；幽而合于鬼神，明而感于性情，莫非为合也。

　　故道尽于有言，德不充；功尽于有事，道不备；充而备之，至于无言之音，无事之容，而德乃大成。故曰："成乎乐。"变动于未言之先，平其喜怒；调和于无事之始，治其威仪。音顺而言顺，言顺者，音顺之绪余也。容成而事成，事成者，容成之功效也。乃以感天下于政令之所不及，故曰："移风易俗莫善于乐。"①

　　上述文字与其说展示音乐之美，毋宁言呈现音乐之效。与其言音乐之效，毋宁说敬神之诚。所谓"无言之音，无事之容，而德乃大成"。则是音乐美的最高境界——德之大成。乐变动于言之先，能平喜怒；乐调和于事之先，可治威仪。乐之美，美轮美奂，无与伦比；乐之效，成容美德，独一无二。船山以灵动的诗心，进入诗歌生命的深处，获得"诗乐合一"的至美境界。如此视域融合中的理解，不仅仅是心灵与诗歌之间的幽眇之合，也是对诗乐美的分享。以语言呈现诗乐的至美，空灵缥缈，形象生动，其美充塞天地，感荡心灵："敛四海之和，动之以声容，际虚入漠，流荡充盈，大鸣其豫，以绥昭明凄怆之陟降。"② 如诗般的语言诠释抽象的乐美，彰显"诗乐合一"的极致魅力，甚至比诗歌本身更富有张力和吸引力。

第二节　对"兴观群怨"的再讨论

　　"兴观群怨"是最早由孔子提出的关于《诗经》审美功能的重要命题。是从诗歌的社会功用和美感作用，对《诗经》基本功能的界定。它与"诗言志"说并驾齐驱，成为影响数千年中国古典诗学和美学发展轨迹的经典命题。后世学者不断踵事增华，至王夫之予以再次的讨论，使其理论内涵得以进一步深化。

---

① （明）王夫之著：《诗广传》卷五，《船山全书》第三册，岳麓书社2011年版，第511—512页。

② 同上书，第494页。

一 历代对"兴观群怨"的阐释

（一）"兴观群怨"的原始意义

"兴观群怨"是孔子说《诗》的依据，也是他教育学生学习《诗经》的出发点，他在《论语·阳货》中说：

> 子曰："小子何莫学夫诗？诗，可以兴，可以观，可以群，可以怨。迩之事父，远之事君；多识于鸟兽草之木名"。①

这是孔子"兴观群怨"说的完整描述，这一段文字包含有两层意思：其一，"兴、观、群、怨"对人们学习《诗经》具有方法论和认识论的意义；其二，文学艺术对人具有审美熏陶和教化意义。一方面，强调诗歌的社会意义，在这一理论的指导下，加强君臣、父子伦理观念，以期实现维护社会和谐（宗法制社会的秩序）的目的，这是就社会功能而言；另一方面，说明通过"兴观群怨"四种途径，引发读者内心丰富的情感体验，以期达到温柔敦厚的诗教宗旨，这是从审美功能而言。虽然，二者以诗教为旨归，但孔子最可贵之处在于他对诗歌美感地位的进一步提升。

孔子在教育学生时，很重视"兴"的作用，《论语》多有记载，如：

> 子夏问曰："巧笑倩兮，美目盼兮，素以为绚兮。"何谓也？子曰："绘事后素。"
> 曰："礼后乎？"子曰："起予者商也！始可与言《诗》已矣。"②

子夏引《诗经·卫风·硕人》（今本无第三句）篇中描写庄姜夫人美貌的诗句，子夏所问是如何通过诗歌来实现感发目的，孔子的回答以礼为旨归。子夏以"兴"用诗的思路大致是：美人之美—素以为绚—仁义—礼乐追求，其中所表现出的正是所谓"兴"的作用。这是孔门用诗的特例之一，其诠释诗歌的目的，或者欣赏诗歌的意义，并非为了审美的愉

---

① 杨伯峻译注：《论语译注》，中华书局1980年版，第185页。
② 同上书，第25页。

悦，而是以"一个审美判断来隐含一个伦理判断"①。

孔子的"观"有双重含义：以诗观风俗之盛衰；以诗观其人之志。如《论语·先进》云："南容三复白圭，孔子以其兄之子妻之。"②南容反复诵读《大雅·抑》之"白圭之玷，尚可磨也；斯言之玷，不可为也"等四句诗，孔子从中观出了南容谨慎的性格特点，所以将自己的侄女嫁给他。孔子认为，通过用诗，可以观其志，故而"观"的核心在用诗方面，是对《诗经》认识功能的重视，以社会功能为旨趣。

"群"，是一种心理诉求。孔子认为欣赏《诗》，可以加强情感沟通，起到增进群体意识的作用。"群"具有调节人际关系、和谐社会阶层的功能。换言之，"群"是在欣赏诗歌中产生的向往和谐团结的心理活动。孔子说的"诗可以群"，是指在读者与诗人之间交流的过程中，达到相互交融的情感体验。《论语·述而》云："与人歌而善，必使反之，而后和之。"则强调人与人之间以"群"（和）为主的交往艺术。

"怨"，是一种情绪表现。"诗可以怨"，不仅仅指诗歌可以抒发人心中的烦闷和哀怨之情，也可以表达对现实的怨愤和讽刺。怨是一种积郁在内心的不满情绪，若得不到疏导，则积郁成疾，轻则伤及自身，重在威胁众人，甚至政权。诗歌具有疏导情绪的功能，即是"诗可以怨"，它有以下几方面的作用。

一是允许民众以诗歌来表达心中的不满情愫，可怨恨、可埋怨，亦可讽刺，这显然是一种有益于维护政权的良策。二是诗人以诗歌来宣泄怨恨的情绪。古之诗人借诗来抒发种种怨情，以求得心理的和平。所谓诗可以怨即是此意，"诗可以怨，有嗟叹即有咏歌，言危则性情峻洁，语深则意气激烈，能使人有孤臣孽子摈弃而不容之感，遁世绝俗之悲，泥而不滓，蝉蜕滋垢之外者，诗也"（明·李攀龙《送宗子相序》）。诗有泄导人怨情之能。三是读者可以通过阅读诗歌，来抒发心中的怨恨。

根据上述简要分析，从诗歌的社会功能而言，孔子的"兴观群怨"是一个完整的、有机的整体，不可恣意割裂。"观"以"兴"为基础；"群"以"观"为前提；"怨"亦是"兴"的作用所致。从"兴观群怨"的原始意义而言，它是孔子在汲取春秋赋诗言志的基础上，着眼于诗歌而

---

① 张节末：《孔子诗论"兴观群怨"说新解》，《孔子研究》1990年第1期，第71页。
② 杨伯峻译注：《论语译注》，中华书局1980年版，第111页。

提出的解《诗》原则，他一方面强调合乎道德规范的用诗法，另一方面凸显《诗经》的政治教化功能。因此，孔子的"兴观群怨"说，实质上是以"仁""礼"思想指导下的诗学观，它重视诗歌的实用性。

（二）"兴观群怨"的阐释历程

纵观《诗经》学史，自汉代始，对"兴观群怨"的研究络绎不绝，明前人多重视概念的辨析，或强调《诗经》维护宗法制的社会功能；或侧重诗歌以美感影响人的情感，以期达到教化的作用。在复古中求变，在回顾中展望，赋予其更丰富的时代内涵。大致分为两种情况：其一，强调其政治性内涵；其二，突出其审美性情感（对人心的影响）。前者以政治性和伦理性为旨归，后者以审美性和情感性为意趣。下面，我们以这两者为基本线索，检索后世对孔子"兴观群怨"的继承和发展情况。

第一，教化至上："兴观群怨"的社会功能阐释

汉儒对"兴观群怨"的阐释本于教化说，诚如马融所言："周南、召南，国风之始，乐得淑女以陪君子。三纲之首，王教之端，故人而不为，如向墙而立。"① 孔安国解释"兴"曰："引譬连类。"② 其本意并非仅仅强调"兴"的艺术表现，而是着眼于诗教。邢昺疏云："诗可以兴者，又为说其学诗有益之理也。若能学诗，是可以令人能引譬连类，以为比兴也。"③

朱熹《论语集注》所倡"感发志意"之说，虽然强调诗歌的"感发"作用，但是其核心亦是教化为上。汉学强调在"兴"的作用下，实现讽谏与刺乱的诗教目的，其意在构建"思无邪"的美学传统。因此，在将《诗经》文本转向社会化功能之间，"兴"是一个中介。

可见，以朱熹为代表的宋学侧重于创作的心理联想作用，他对"兴"的内涵规定更具体、更细致，他说："兴则托物兴辞"④、"兴是借彼一物以引起此事，而其事常在下句"⑤。他将"兴"解释为感发志意、引发美感的观点，表现出他从《诗经》的审美来把握"兴"，发现了"兴"与读者的

---

① （清）阮元校刻：《十三经注疏》（下），《论语注疏》卷十七，中华书局1980年版，第2525页。
② 同上。
③ 同上。
④ （宋）朱熹著：《朱熹全书·楚辞集注》卷一，上海古籍出版社2001年版，第6页。
⑤ （宋）黎靖德编，王星贤点校：《朱子语类》卷第八十，中华书局1986年版，第2069页。

关系。与汉学从《诗经》指向社会功能所不同的是，朱熹的阐释把"兴"指向读者的内心。从理论上，将伦理之"兴"转向审美之"兴"。

郑玄解释"观"云："观风俗之盛衰。"① 邢昺疏曰："可以观者，诗有诸国之风俗，盛衰可以观览知之也。"②"观"，汉学重在以诗观风俗之盛衰，所观中也包含风土民俗，观风俗之盛衰，意在补察时政。宋学则以"考见得失"③ 为"观"的全部内涵，直指教化功能。

孔安国解释"群"说："群居相切磋。"④ 邢昺疏曰："可以群者诗有如切如磋，可以群居相切磋也。"⑤ 朱熹解释为："和而不流。"⑥ 汉学重视《诗》对社会群体的调节作用，增进人与人之间的友谊，是和谐社会的润滑剂；而朱熹所云"和而不流"，语出《礼记·中庸》"君子和而不流"，强调君子人格的修养，与人相处和谐融洽，却不随波逐流，侧重《诗》对个体的意义。

孔安国解释"怨"云："怨刺上政。"⑦ 朱熹曰："怨而不怒。"⑧阐释"怨"，汉学侧重"怨刺上政"的政治功能。所谓"'可以怨'者，《诗》有君政不善则风刺之。言之者无罪，闻之者足以戒，故可以怨刺上政"⑨。即为怨刺以政治批判为宗旨。朱熹强调"怨而不怒"的克制能力，"怨"情应有所节制，符合中庸之道，其意在凸显"温柔敦厚"之诗教。

明代人远承汉学，如孙慎行《选诗序》中说：

---

① （清）阮元校刻：《十三经注疏》（下），《论语注疏》卷十七，中华书局1980年版，第2525页。

② 同上。

③ （宋）朱熹著：《论语集注》卷九，宋元人注：《四书五经》（上），中国书店1985年版，第74页。

④ （清）阮元校刻：《十三经注疏》（下），《论语注疏》卷十七，中华书局1980年版，第2525页。

⑤ 同上。

⑥ （宋）朱熹：《论语集注》卷九，宋元人注：《四书五经》（上），中国书店1985年版，第74页。

⑦ （清）阮元校刻：《十三经注疏》（下），《论语注疏》卷十七，中华书局1980年版，第2525页。

⑧ （宋）朱熹：《论语集注》卷九，宋元人注：《四书五经》（上），中国书店1985年版，第74页。

⑨ （清）阮元校刻：《十三经注疏》（下），《论语注疏》卷十七，中华书局1980年版，第2525页。

> 诗所谓兴、观、群、怨者，要以事父、事君而余，乃及多识；若后世人言诗，专以多识为先，而君父则缺矣。即于兴、观、群、怨茫无归着。竹林七贤，不可以兴者；其兴者，清言寄傲、逃祸之薮也。建安才人，不可以群者；其群也，飞文驰议、私门之植也。《胡笳》独造，不可哀者也；其哀者，偷生忘义、胡妇之音也。六朝绮富，不可观者也；其观者，哇靡沿习、优曲之觞也。是于君父大义，直毁垣揖盗（自毁城垣，迎纳盗匪）不已，而又何赞流教化之为是道也。

孙慎行从教化观来审视"兴观群怨"，并由此批评诗歌创作。凡是不符合事君父主旨的诗，他都被予以批评。这种重视诗歌的教化主题，从而漠视诗歌艺术之美的观点，对促进诗歌艺术的发展毫无裨益。

综上所述，历代学界学对"兴观群怨"的阐释，无论是汉学，抑或宋学，大致沿着孔子开辟的诗学道路，遵循重视《诗经》社会功能的诗学思想，虽于复变之中不断发展，然而，其"变"却不惜肢解诗意，以阐释各派的思想为务。甚至，将孔子这一诗学思想视作权威庇护的工具，肆意发挥，致使《诗经》去诗者远，离义者近。所谓"意主借《诗》以立训，所以反复发明，务在阐兴观群怨之旨，温柔敦厚之意，而于兴衰治乱，必推求原本"[①]。

第二，审美为宗："兴观群怨"的抒情功能阐释

汉儒对"兴观群怨"的阐释，指向群体道德情志的社会意义，绝少对个体情感的重视。朱熹的诠释虽然触及心理体验，但因囿于诗教说，故而也较少论及审美情感。

实际上，《诗经》是以声情动人的诗歌艺术。尤其是《风》和《雅》，多抒发诗人个体的情感。但是，在经学一统的时代里，《诗经》的思想性被无限放大，而抒情性却被漠视。至明代，随着对传统思想的反思与批评，学界对"兴观群怨"的诠释中，更重视诗歌的审美情感。明代诗人皇甫汸在其《禅栖集序》中指出：

> 矧诗本缘情，情悒郁则其辞婉以柔；歌以言志，志愤懑则其音慷以激。是故嵇生揆景，犹怨繁弦；雍周抚膺，遂流哀响。诗可以兴、

[①] 《钦定四库全书·经部》（文渊阁藏）三，诗类，《四库总目提要》：明代朱善《诗解颐》。

可以怨,不在兹乎!①

诚如皇甫汸所言,诗歌史上,真正能动人心魄的作品恰是那些悲愤之作。如嵇康临刑前弹奏的《广陵散》,其悲壮慷慨,感天动地,千载以下难有其二;雍门周失意之抚琴,怀才不遇之悲流淌指尖,令人动容。如此悲怆难抑之情感,引起人内心的无限情思,给人审美的快感,诸如屈原之骚、子建之慨、阮籍之哭、文姬之悲、鲍照之叹、庾信之怨等,皆是言之精美、情之深至者,他们的诗作可称为诗可以兴、可以怨的典范之作!

的确,诗若不能从情感深处动人心神,而只言思想之雅正,则失去了感动心灵的力量。因此,诗可否引起审美的"兴观群怨",则成为后世很多学者选诗、评诗的一大标准。明代徐渭在《答许北口书》中说:

> 公之选诗,可谓一归于正,复得其大矣。此事更无他端,即公所谓可兴、可观、可群、可怨,一诀尽之矣。试取所选者读之,果能如冷水浇背,陡然一惊,便是兴、观、群、怨之品。如其不然,复不是矣。②

徐渭对诗歌功能的评价首先重视其"正",即在导人性情方面能够有所益。诗之功用,其次在"兴观群怨",即能动人至深,读诗者,"如冷水浇背,陡然一惊"。徐渭和皇甫汸对"兴观群怨"的诠释,侧重情感的审美性,但并不以此作为剥离诗歌社会意义的借口。相反,孙慎行因彰显侍君父之志而摈弃动人之情,是对"兴观群怨"阐释的极端化表现。

温柔敦厚之志与"兴观群怨"之用相结合,是古典诗歌在美学上的追求。黄宗羲之论颇有新意:

> 昔吾夫子以兴、观、群、怨论诗。孔安国曰:"兴,引譬连类。"凡景物相感,以彼言此,皆谓之兴。后世咏怀、游览、咏物之类是也。郑康成曰:"观风俗之盛衰。"凡论世采风,皆谓之观。后世吊古、咏史、行旅、祖德、郊庙之类是也。孔曰:"群居相切磋。"群

---

① (明)皇甫汸著:《皇甫司勋集》卷四十一,商务印书馆景印文渊阁《四库全书》。
② (明)徐渭著:《青藤书屋文集》卷十七,中华书局1985年版,第208页。

是人之相聚。后世公宴、赠答、送别之类皆是也。孔曰："怨刺上政。"怨亦不必专指上政。后世哀伤、挽歌、遣谪、讽喻皆是也。盖古今事物之变虽纷若，而以此四者为统宗……古之以诗名者，未有能离此四者。然其情各有至处，其意句就境中宣出者，可以兴也；言在耳目，赠寄八荒者，可以观也；善于风人答赠者，可以群也；悽戾为之骚之苗裔者，可以怨也。①

黄宗羲的见解不拘囿于一隅，于"兴观群怨"的诠释多赋予新意：其一，由此可推而广之为诗歌题材；其二，"兴观群怨"不必确指政治；其三，诗歌创作与诠释，以四者为统宗；其四，情为四者之归宿。

与黄宗羲同时代的王夫之，站在历史的转折点，以变革的眼光和全新的学术视野，对这一传统命题进行重新整合，从创作论和接受论的双重视角予以全新的阐释，将"兴、观、群、怨"作为整体的美学理论而审视，突破了前人仅限于《诗经》功能体认的狭窄模式，从而提升了该理论的高度和丰富了美学内涵。

二 王夫之对"兴观群怨"的发展

《诗经》学史上，对"兴观群怨"命题的阐释，虽各有千秋，然而大致拘囿于重视《诗经》社会功能的传统认识，将四者割裂开来的解释，庶几无理论上的进一步提升。这一流连于复变中，复多而变少的《诗经》学现象，至王夫之"才算是第一次把它们作为一个整体来加以考察，对它们内在的联系作了阐发，因而使后人有可能突破传统的狭窄理解，见到一个新的境界"②。王夫之以情感为纽带，对"兴、观、群、怨"从读者的审美体验、诗歌创作的美感表现、对作品艺术美的评价三方面予以全新的解释，"这种解释不仅涉及诗歌的社会功能，而且涉及诗人、艺术家审美创造中的心理活动"③。从而真正实现了《诗经》由社会功能向审美功能的转变。王夫之在创作与鉴赏的双向维度上，确立了文学艺术的情感地位。从理论上，进一步解决了《诗经》从经学阐释向文学阐释的转型问

---

① （清）黄宗羲著，陈乃乾编：《黄梨洲文集·序类》，中华书局1959年版，第357—358页。
② 叶朗：《王夫之美学二题》，《学术月刊》1980年第6期，第74页。
③ 陈望衡：《中国古典美学的总结—王夫之美学思想摭论》，《船山学刊》1997年第1期，第2页。

题。下面从三个方面分而论之。

（一）"兴观群怨"的关系阐释

审美是文学的本质，文学创作是满足人的审美需要的艺术活动。一部优秀的文学作品是由作家与生活、读者与作品四要素构成，这四个要素两两组合，确立了文学活动的两级审美关系，即作者对客观生活的审美取向，此第一级关系；读者对作品的审美体验，此第二级关系。王夫之基于"诗以道情"的诗学思想，从读者的审美角度，展开对"兴观群怨"关系的阐释，他说："兴、观、群、怨，诗尽于是矣。"① 其意为，诗歌的美感皆以此四者而得以表现。诗歌艺术的审美本质，在其动人于"兴观群怨"处。一首优秀的诗歌，能使人产生丰富的想象和情感的体验。"兴观群怨"四者密切相关，相互生发，相互彰显，"于所兴而可观，其兴也深；于所观而可兴，其观也审。以其群者而怨，怨愈不忘；以其怨者而群，群乃益挚"②。诗歌欣赏活动中，联想（兴），亦即引譬连类是获得审美快感的重要途径。文学艺术的美感通过"兴"，即在阅读中，通过玩味诗意和触类旁通，引起读者心中"思接千载，悄然动人"（刘勰《文心雕龙》）的无限情思，从而带来美的享受。刘勰所谓"盖闻兰为国香，服媚弥芬。书亦国华，玩泽方美"③。即是言诗歌在读者的阅读欣赏中，引起的美好情感。王夫之认为，欣赏诗歌，"兴"与"观"相统一，"群"与"怨"相辉映。

首先，他从诗歌的艺术角度，阐释"兴"与"观"的关系。诗歌鉴赏是"兴"的过程，同时亦是观。"观"是通过"兴"来对生活进行全面的认识和把握，它是对所"兴"之情，从实践层面的加深与强化；抑或"兴"是一种抽象的思维模式，而"观"则是一种具象的认知手段。由"兴"而"观"，因"观"而情志无限。"兴""观"相统一，互为表里，互相作用。从此意义上，"兴"实乃"观"之前奏。在"兴"的作用下，"观"才能成为一种有情感意义的认知过程，而非常识的把握。叶朗先生说："诗歌的欣赏是一种想象和联想（"兴"），同时又是一种对生活的认识（"观"）。正因为是一种认识，想象和联想才是深刻的、有意义

---

① （明）王夫之著：《夕堂永日绪论内编》，《船山全书》第十五册，岳麓书社2011年版，第819页。

② （明）王夫之著：《诗译》，《船山全书》第十五册，岳麓书社2011年版，第808页。

③ （梁）刘勰著：《文心雕龙》卷十《知音》，中华书局1985年版，第67页。

的；正因为要通过想象和联想，对生活的认识才是鲜明的、具体的。"①此可谓卓论。"兴""观"都是体验诗歌活泼美感的方式，若拘泥于僵化死板的套路，将四者分而论之，而无所感发，则是诗歌死于读者之手。诚如朱熹《朱子语类》所谓："读之无所感发者，正是被诸儒解杀了，死着诗义，兴起人善意不得。"

其次，王夫之从诗歌情感的角度，阐述"群"与"怨"的关系。诗歌是情感的载体，欣赏诗歌是获得充沛情感的活动。诗歌易于使人向往被了解、被认同的情感追求。在这个情感诉求的过程中，个体情感的体验也就越强烈，而难以忘怀。所以，由此而生发的群体情意也就愈加诚挚而牢固。这就是"以其群者而怨，怨愈不忘；以其怨者而群，群乃益挚"之谓。王夫之在对"群"与"怨"关系的辨析中，凸显了诗歌的审美功能与社会功能相统一的情感特质，他在《诗广传》中说：

> 方在群而不忘夫怨，然而其怨也旁寓而不触，则方怨而不固不失其群，于是其群也深植而不昧。夫怨而可以群，群而可以怨，唯三代之诗人能。无他，君子辞焉耳。②

"群"而不忘"怨"，"怨"而不失其"群"。在这里，王夫之将个人的情感归之于"怨"，将群体的情感归之为"群"，其深意在于：在诗歌艺术的审美活动中，将个体之情与群体意识兼而有之，才真正意义上完成了诗歌的审美历程。王夫之通过阐释"群"与"怨"的关系，实质上表达了他对文学审美的判断——对社会的关注与批判，这是诗歌关怀社会的使命，是诗人君子风范的体现，也是"一种带着情感的社会评价或社会批评"③。学界一般对王夫之"群""怨"关系的分析，多着眼于个人的情感体验和社会交流的情感共鸣，而往往忽略了深刻的家国情怀和个人情感的关系。实际上，"群""怨"深层关联的阐释，恰是非常符合王夫之"六经责我开生面"的治学宗旨。

此外，王夫之认为"兴观群怨"四个范畴之间的融合性关系，决定

---

① 叶朗：《王夫之美学二题》，《学术月刊》1980年第6期，第74页。
② （明）王夫之著：《诗广传》卷四，《船山全书》第三册，岳麓书社2011年版，第453页。
③ 叶朗：《王夫之美学二题》，《学术月刊》1980年第6期，第74页。

了该美学体系的"开放性"特质。这里所谓的"开放性",指该理论体系非固守诗教家法的唯一性,而是创作论与鉴赏论的兼容性。

《诗经》学史表明:自"兴观群怨"产生以来,学界对它的阐释在一个相对封闭的思想体系内而进行,具体表现在如下两方面。

其一,与归于儒学一统的《诗经》学思想有关。汉学与宋学所本思想各异,其焦点不过仅是尊《序》,抑或攻《序》而已。然而,攻《序》并不废《序》,"朱子从郑樵之说,不过攻《小序》耳,至于诗中训诂,用毛郑者居多"①。其根本在于二者最终以儒家思想为旨归,可谓异声求一,殊途同归而已。诚如"钦定四库全书总目"说明颁布《毛诗正义》的旨意云:"我国家经学昌明,一洗前明之固陋,乾隆四年皇上特命校刊十三经注疏颁布学宫,鼓箧之儒皆骎骎乎研求古学。今特录其书与小序同冠诗类之首,以昭六义渊源,其来有自孔门师授端绪炳然,终不能以他说掩也。"② 由此可见,此举的目的是"以昭六义渊源",出自孔门;因其发端、发展一脉相承,故而后世均不得"以他说掩"之。其言外之意,不思可得,至于"兴观群怨"亦出自孔门,不能随意妄说,更不能以他说遮蔽其意。这样,在儒学一统的思想指导下,将"六义"等出自孔门圣贤授徒时诠释《诗经》的相关理论,皆封闭在逼仄的思想空间内,不允许任何不符合孔门解诗观点的发生。

经生家将"兴观群怨"当作诠释《诗经》的工具来使用,他们多遵循汉儒以"教化"说诗的传统,几乎给每一首诗歌都贴上了伦理道德的标签,视"兴观群怨"为说《诗》的法宝。实际上,唯孔子独尊,并非体现出对孔子思想和理论的探究精神,而是将此作为维护统治思想的工具而已。孔子的"兴观群怨"理论,是从创作者和欣赏者的双重角度为出发点,却并没有对每一个范畴做出具体的界定,使这一理论体系获得了较为开放的空间,正说明它不是封闭、狭隘、死板的理论。

其二,与对《诗经》性质的界定有关。汉代人眼里的"诗"即是《诗经》,所谓"诗者,天地之心"即是。将《诗经》视作对天地之意的表达,暗含着教化思想。《毛序》云:"诗者,论功颂德之歌,止僻防邪

---

① (清)阮元校刻:《十三经注疏》(上),《钦定四库全书总目毛诗正义四十卷》,中华书局1980年版,第260页。

② 同上。

之训。"① 在功利性言《诗》的视域下，使《诗经》成为"经夫妇、成孝敬、厚人伦、美教化、移风俗"②的政治教化说的载体。因此，囿于诗教观下对"兴观群怨"内涵的阐释，往往也受此影响，仅限在儒家思想的范畴内，探讨其社会功能。因此，王夫之反对经生家解《诗》的模式，他说：

> 经生家析《鹿鸣》《嘉鱼》为群，《柏舟》《小弁》为怨，小人一往之喜怒耳，何足以言诗？"可以"云者，随所"以"而皆"可"也。③

经生家析《诗》的套路，将"兴观群怨"置于在既定的框架内，解释《诗经》，动辄云：某诗为"兴"、某诗为"观"、某诗为"群"、某诗为"怨"。这种拘于一己之喜怒、限于一隅之陋的解诗法，非但难得诗意之美，反而"把一个活生生的艺术形象的整体肢解为几条干巴巴的公式，艺术也就失其所以为艺术的根据了"④。这就是经生家解诗的弊端所在。在"兴"的作用下，读者在诗歌欣赏中的所获，甚至远远大于诗人赋予的旨意。所以，若拘囿于诗教观，经生说诗只知"兴观群怨"之所以，而不知其所以然，更遑论《诗》之审美功能。

王夫之对这一理论的阐释，在"可以"二字上做足文章，通俗地讲，能够使普通人随着自己的感触而解诗，他说：

> "可以"云者，随所"以"而皆"可"也。于所兴而可观，其兴也深；于所观而可兴，其观也审。以其群者而怨，怨愈不忘；以其怨者而群，群乃益挚。出于四情之外，以生起四情；游于四情之中，情无所窒。⑤

---

① （清）阮元校刻：《十三经注疏》（上），《毛诗正义》（序），中华书局1980年版，第261页。
② （清）阮元校刻：《十三经注疏》（上），《毛诗正义》卷一，中华书局1980年版，第270页。
③ （明）王夫之著：《夕堂永日绪论内编》，《船山全书》第十五册，岳麓书社2011年版，第819页。
④ 叶朗：《王夫之诗经美学二题》，《学术月刊》1980年第6期，第76页。
⑤ （明）王夫之著：《诗译》，《船山全书》第十五册，岳麓书社2011年版，第808页。

王夫之发现了在"可以"的话语中,"兴观群怨"体系中四个范畴之间相互生发的关系。所谓"随所以而皆可",即是"能俾人随触而皆可"①之意,"以"是凭借,"可"是允许,其意为,读者凭借自己的审美判断,感受诗意的美。换言之,"随所以而皆可"就是指诗歌鉴赏中,没有固定的模式或思路,对一首诗的阅读中,不同的读者会有不同的情感体会,或为"兴",或为"观",或为"群",抑或为"怨",并没有唯一标准的答案。或者,读者对诗歌审美情感的体会更加多样化,他说:

> 作者用一致之思,读者各以其情而自得。故《关雎》,兴也;康王晏朝,而即为冰鉴。"吁谟定命,远猷辰告。"观也。谢安欣赏,而增其遐心。人情之游也无涯,而各以其情遇,斯所贵于有诗。②

对此,沈德潜也持有相同之见:"王子击好《晨风》,而慈父感悟;裴安祖讲《鹿鸣》,而兄弟同食;周盘颂《汝坟》,而为亲从征。此三诗别有旨也,而触发乃在君臣父子兄弟,唯其'可以兴'也。读前人诗而但求训诂,猎得词章记问之富而已,虽多奚为?"③《晨风》《鹿鸣》《汝坟》三首诗各有旨意,而于读者所"兴"亦各有不同。沈德潜特举历史上阅读《诗经》之"兴"的典型案例,予以说明"作者用一致之思,读者各以其情而自得"是必然之理。

王夫之认为《诗》是一个开放的文本,其开放性表现在如下:就创作主体而言,《诗经》305 篇皆是无主名诗作,无明确的诗人可知,故无法知人论世,或知人论诗。就诗歌艺术而言,《诗经》具有中国艺术"留白"的审美特质,使其作品具有现代意义上的"召唤结构"。这种结构在诗歌鉴赏中体现出的意义在于读者在最大限度上,去领略作品丰富的内涵与生命情韵。

文学创作的目的,除了作者抒情达志之外,渴望引起读者的共鸣,所以,召唤结构是文学与生俱来的潜质。所谓"召唤结构",指的是作品在

---

① (明)王夫之著:《夕堂永日绪论内编》,《船山全书》第十五册,岳麓书社 2011 年版,第 819 页。
② (明)王夫之著:《诗译》,《船山全书》第十五册,岳麓书社 2011 年版,第 808 页。
③ (清)沈德潜著,霍松林校注:《说诗晬语》(卷上),人民文学出版社 1979 年版,第 186—187 页。

结构上含有的不确定性和留白处。文学作品"可以通过预告、公开的或隐蔽的信号、熟悉的特点，或隐蔽的暗示，预先为读者提出一种特殊的接受。它召唤以往阅读的记忆，将读者带入一种特定的情感态度中，随之开始唤起'中间与终结'的期待"①。这种召唤，实际上就是王夫之所谓"作者一致之思"而已。结合王夫之对"兴观群怨"的认识，"一致之思"并非固定的、死板的思致。

中国美学表明：虚实是传统美学中的一对核心概念，虚实结合，虚中有实，实中见虚。在艺术表现上，虚比实更受到艺术家的宠爱。虚中之实，不失空灵之美；实中之虚，尽显朦胧之美。与之相应，古典诗歌的创作，追求含蓄蕴藉之美，创造灵动的空间。

故而，综合《诗经》作者与文本的独特因素，一方面决定了《诗经》的存在方式——开放性的存在；另一方面决定了后世对它的接受模式——诗无达志。

《诗经》文本的开放空间，也决定了其诗学和美学的开放性。王夫之强调《诗经》审美主体（作品）存在的差异性，是另一审美主体（读者）出现审美差别的原因所在，也就是读者对作品审美体验的差异性。所谓"出于四情之外，以生起四情；游于四情之中，情无所窒"即是此意，"四情"是"兴观群怨"的具体表现。在此意义上，他的"四情"论与"兴观群怨"说，是合二为一的概念。因此，清代学者沈德潜对此一言以蔽之云："古人之言，包含无尽，后人读之，随其性情浅深高下，各有会心。如好《晨风》而慈父感悟，讲《鹿鸣》而兄弟同食，斯为得之。董子云：'诗无达诂'，此物此志也。"② 不过，王夫之的"四情"说基于人的情感特质，比董仲舒的"诗无达诂"更具体、生动、形象，也更圆通。

王夫之将四者的关系有机地结合起来，形成了一个完整的欣赏体系，四者共同指向读者对情感的体验。在情感的维度上，"兴观群怨"才能发挥它们的作用。四情是随着诗歌欣赏的渐入佳境油然而生，不断升华，涌动于心中的情感与诗歌之情融洽相合，呈现出"随所'以'而皆'可'"

---

① ［德］H. R. 姚斯、［美］R. C. 霍拉勃著：《接受美学与接受理论》，姚斯《文学史作为向文学理论的挑战》，周宁、金元浦译，辽宁人民出版社1987年版，第29页。
② （清）沈德潜编：《唐诗别裁集·凡例》，中华书局1975年版，第3页。

的自由状态。欣赏诗歌是一个"体情"的过程，而"兴观群怨"的功能在"体情"中得以充分发挥，他说：

> 《诗》之泳游以体情，情可以兴矣；褒刺以立义，可以观矣；出其情以相示，可以群矣；含其情而不尽于言，可以怨矣。①

"泳游以体情"，"兴"之所发；"褒刺以立义"，用之以"观"之所至，褒刺有深情；"出其情以相示"，"群"也愈挚；"怨"则"含其情而不尽于言"，"怨"亦愈深。这是由"兴"所起之情，摄四情为一体的完美的读诗过程。王夫之将"兴观群怨"统摄于"情"中，视之为整体，在这一点上，他的阐释应该比较接近孔子的原意。

诗人通过诗歌向读者展示的"情"是"一致之情"，然而，读者会各"以其情而自得"。读者因生活阅历、审美经验、胸襟识量等的差异性，对诗歌的"自得"亦大相径庭。譬如《诗经·大雅·抑》，历代《诗经》学界对其主旨众说纷纭，《毛序》持两用之说："《抑》，卫武公刺厉王，亦以自警也。"朱熹反对刺王之说，认为是卫武公"戒以自儆"②之诗。对诗歌主旨的不同认识，也影响了对诗歌是"兴"，或"观"的体认。王夫之认为之所以出现此现象，就在于每个读者各以其情而自得之故。《大雅·抑》之"'吁谟定命，远犹辰告。'观也"。而"谢安欣赏，而增其遐心"之"兴"也。他在《诗广传》中论《大雅·抑》时说：

> "吁谟定命，远犹辰告"，谢安之所服膺也。赋诗可以见志，安也足以当之。知不及，量不远，条理不熟尝，亦恶能相触而生其欣赏哉？豆区之计不足以舒神，仓卒之辞不足以惬听，寻丈之图不足以畅遇，抵牾之说不足以利几，久矣。
>
> 谟之大，犹之长，命之豫，告之以时，所谓良马轻车，修涂平易，而王良、造父持其疾徐之节，是乐而已矣。小人不知乐此，无不慼焉；君子之知乐此，无不理焉。屐履之细，生死成败之大，皆其适

---

① （明）王夫之著：《四书训义》（上）卷二十一，《船山全书》第七册，岳麓书社2011年版，第915页。

② （宋）朱熹集注：《诗集传》，中华书局1958年版，第207页。

也。芥穗而适于远,四海万年,兴亡得丧,而如指掌之间也。天下以是而望安,安以是而任玄,淝水之功,孰云幸胜哉!衿佩之下,"戎作""蛮方"、不遐遗也。得卫武公之心者,其唯安乎!相赏而不相违,得之于心迹之表矣。①

谢安之服膺于"吁谟定命,远犹辰告"两句,故而引起"暇心"者多,这就是"兴"。所识不同,气量不一,所获则不等。谢安作为一代政治家,集君子风范与大丈夫气概为一身,是天下众望所归之人。他在主持军政期间,曾坐镇东山别墅,任命谢玄出征。气定神闲,运筹帷幄,创下了淝水之战以少胜多的传奇。那么,谢安读《诗经·抑》,心情与诗意相浃,以他的度量、识见与卫武公之见"相赏而不相违"。故而赏读"吁谟定命,远犹辰告"则会引起无限情意,呈现融英雄豪气与政治家胸襟为一体之审美境界。英雄惜英雄,其胸襟一也,谢安读《抑》诗,兴致万千。李白识安,赞赏有加,美其云:"但用东山谢安石,为君谈笑静胡沙。"谢安由赏《诗经》而生英雄之情,李白因赏谢安其人而生豪迈之情,其"情"一也。都是在审美活动中涌动的无限情意,他们的共同之处就在于对美的接受,即"在感知一个对象的同时,是否产生情感的反应,是区别是审美的接受和非审美的接受的一个关键。在文学接受活动中,对形象的感知越是真切,所引起的想象越是活跃,所激起的情感反应就越是强烈有力。这种情感反应主要表现在接受者产生了与作者的感情或作品中的人物的感情相同或相似的情感的共鸣"②。

由此可见,"兴、观、群、怨"是一个十分灵动而开放的诗歌美学体系,各个范畴之间相互蔓延、渗透。尤其在诗歌赏读中,更不能将此视作死板的套式去套用。因为,"兴"可以"观","观"亦可"兴"。"兴"与"观",于《诗》言志本无明显的界限;"群"可以"怨","怨"亦有"群"。"群"与"怨",于《诗》达情亦无本质的区别。

综上所述,王夫之以情为纲,摄"兴观群怨"为一体的审美阐释,真正体现出复中有变,变中有革的复变观。这种有因有革的学术精神,是推动民族文化发展的巨大力量。他既远绍孔子的美学思想,近开现代接受

---

① (明)王夫之著:《诗广传》卷四,《船山全书》第三册,岳麓书社2011年版,第468页。
② 童庆炳著:《文学活动的审美维度》,高等教育出版社2001年版,第279页。

美学的先河。这种极富变通的学术思想，不仅在明末清初，乃至在今天，对学术界颇有启示意义：

其一，王夫之对以情统摄"兴观群怨"为一体的阐释，从理论上修正了汉儒与宋儒一分为四的阐释法，对后人深入研究孔子的原意具有启发意义。

其二，重视"兴观群怨"的情感特质，实际上就是对《诗》本质的观照。"情"不仅是《诗》的主体，也是研究《诗》的关键所在。他强调《诗》以情动兴观群怨，是诗歌审美特性的体现。他回归《诗》的审美本质，并以此巩固了《诗》在抒情文学史上的重要地位。

其三，他着眼于《诗》的情感内涵，淡化《诗》的社会功能，修正了汉儒与宋儒以实用性为出发点的阐释目的。使"兴观群怨"的研究由外部探讨转向内部挖掘，真正实现了以《诗》为落脚点的阐释途径，使"兴观群怨"回归到诗学与美学的道路。

（二）"兴观群怨"的内涵阐释

王夫之从纵横双向的层面，对"兴观群怨"予以宽度和深度的阐释。所谓横向阐释，就是在感情层面的横向展开；所谓纵向阐释，就是从理论角度的纵深探讨。

1. 横向阐释

文学理论是"对文学的原理、文学的范畴和判断标准等类问题的研究。"[①] "文学理论如果不根植于具体文学作品的研究是不可能的"[②]。相反，文学作品会丰富、深化文学理论的内涵。王夫之对"兴观群怨"的讨论，体现出对文本的重视。他立足于《诗经》，打破绝对化的"对号入座"法，对"兴、观、群、怨"四个命题，从横向上分别予以阐释，使这一古老的诗学命题，在保持其原有的"永恒的（即永久保有某种特质）"[③] 外，展示其"历史的（即经过有迹可循的发展过程）"[④]，这是王夫之《诗经》学的贡献之一。

"兴"是王夫之阐述最深刻的命题之一，从读者的审美体验、诗歌创

---

① ［美］雷·韦勒克、奥·沃伦著：《文学理论》，刘象愚等译，生活·读书·新知三联书店1984年版，第31页。
② 同上书，第32页。
③ 同上书，第36页。
④ 同上。

作的美感表现、对作品艺术美的评价三方面予以全新的解释,"这种解释不仅涉及诗歌的社会功能,而且涉及诗人、艺术家审美创造中的心理活动。"① 他阐释"兴"道:

> 有识之心而推诸务者焉,有不谋之物相值而生其心者焉。知斯二者,可与言情矣。天地之际,新故之迹,荣落之观,流止之几,欣厌之色,形于吾身以外者,化也;生于吾身以内者,心也;相值而相取,一俯一仰之际,几与为通,而浡然兴矣。"有敦瓜苦,烝在栗薪。自我不见,于今三年。"俯仰之间,几必通也,天化人心之所为绍也。②

　　王夫之认为"兴"之所起,其本于"有识之心"与"不谋之物"相值而相取。"相值"即为偶然际遇,无心而会;"相取"则是有识之心对外物的择取。外物是天地所生,即所谓天之所化,是客观存在,亘古而然,与心无关涉。天地交会,新故交替,荣落之态,行止之显,喜恶之色,这一切于人心之外的自然万物之象,空山无人,水流花开,自在自足。与外化相对,"心"是生于诗人内在的情感。人通过对外化之物有选择的相取,物与心通,而兴则浡然。这是王夫之关于"兴"产生过程的形象阐释,大致可表示为:外化之物—内我之心—有识之心—相取—浡然兴矣。

　　可见,"兴"的产生是物与心在仰俯之际的偶然遇合,自然际会。所谓"神理凑合时,自然恰得"。这是"兴"的特点,亦是诗的妙趣。"兴"不可强求,它是陶潜"采菊东篱下,悠然见南山"般心物妙合的意趣。王夫之认为,只有懂得物与心妙合为"兴",方可言"情",亦可言"诗"。他特举《诗经·东山》之"有敦瓜苦,烝在栗薪。自我不见,于今三年"等诗句来说明心物际会的"兴"。这几句诗是描写久戍得归的征夫所见之物,以此引起内心万千感慨。那挂在栗薪上的苦瓜,是诗人曾经熟悉的生活情景,目睹真实的景物,心生无限之悲。这个"兴"的过程,

---

① 陈望衡:《中国古典美学的总结——王夫之美学思想摭论》,《船山学刊》1997年第1期,第2页。
② (明)王夫之著:《诗广传》卷二,《船山全书》第三册,岳麓书社2011年版,第383—384页。

就是天地与人心在"俯仰之间",密切相绍而生。王夫之对"兴"的阐释,充满着诗意之美与哲理之趣。他的阐释,相较于汉儒"引譬连类"与朱熹"感发志意"的抽象性,更具体且生动形象。

王夫之通过对诗歌精神气象的分析,来阐释"观"的含义。通过读诗,可以观风和观志,他说:

故善诵《诗》者,诵《吉日》《车攻》之篇,如《南山》《正月》也,诵《崧高》《烝民》之篇,如《民劳》《板》《荡》。即其词,审其风,核其政,知其世,彼善于此而蔑以大愈,可以意得之矣。①

王夫之认为善于诵《诗》,就会通过诗歌的内容、风格、情感等来观察诗歌所反映的政治以及了解当时的社会风气。不同区域的诗歌,呈现不同的风貌;不同时代的诗歌,表现不同的精神气质。那么,读者就可以通过阅读诗歌,来了解历史变迁与政治倾向。他在《诗广传·论瞻卬》中,体察诗歌之情感,见微知著,以晓周室式微之象,他说:

何以谓之陵夷?陵之夷而原,渐迤而下也。故陵之与原,无畛者也。乱极而治,非一旦之治也;治极而乱,非一旦之乱也。方乱之终,治之几动而响随之,为暄风之试于霜午,忧乱已亟者,莫之觊焉耳;方治之盛,乱之几动而响随之,为凉飔之飏于暑昼,怙治而骄者,莫之觉焉耳。②

王夫之认为任何事物正反两极相随,如政治之治与乱,方乱之终,治之征兆已动而相随;方治之盛,乱亦随之而来,如凉风蕴含于暑天。治乱相随,物极必反,这是符合辩证观的识见。而治乱之变细微至极,非智者难以察觉。于是,王夫之提出,阅读诗歌,通过体会诗歌的"才"与"情"即可把握治乱之势,这即是"观":

---

① (明)王夫之著:《诗广传》卷四,《船山全书》第三册,岳麓书社2011年版,第474页。
② 同上书,第479页。

《诗》之情,几也;《诗》之才,响也。因《诗》以知升降,则其知乱治也早矣,而更有早焉者,故曰《雅》降而《风》,《黍离》降而哀周道之不复振。然则《黍离》者,《风》《雅》之畛欤?阅《黍离》而后知《黍离》,是何知之晚也!《风》与《雅》,其相为畛大矣,而《黍离》非其畛也。①

在王夫之看来,诗之"情"是某种事态发展的预兆;诗之"才"是暗含的讯息。人们可以根据诗歌的"情""才"而知政治之治与乱。因为"治世之谏,切而以道;衰世之谏,切而以事;乱世之谏,切而以讼。公议繁,民心摇,评讼行,风俗坏,阴私货贿,券契证佐之言,君子不讳,而天下之死亡积矣。评讼者,小人之以陷君子者也。小人以此吹求于君子,君子引嫌而不胜。不胜则君子之祸不息,引嫌而君子之体犹未裂也"②。这里,王夫之从诗歌的情感特质,来观诗歌之"几""响"。这种方法与孟子的"知言养气"说颇似。

如《王风·黍离》的主题自汉代以来,学界多有争议,迄今尚无定论。但《毛序》"闵宗周"说影响颇大,"黍离"一词成为后世文人士大夫亡国之慨叹的典故。王夫之认为《黍离》所抒哀伤悲慨孤独的情感,预示着周王室王道衰降而不复振,这是读者观诗所得。他又举《大雅·瞻卬》,补足自己观诗之"情"而得诗势之论,他说:

《菀柳》而下,几险而响孤;《瞻卬》而降,几危而响促。取而置之《黍离》之间,未有辨也。故《瞻卬》之诗曰:"心之忧矣,宁自今矣。"生于心,动于气,凄清拘急,先此而若告之,早成乎《风》以离乎《雅》,迤以渐夷,而无一旦之区分。

虽然,更有早于《菀柳》《瞻卬》者,密而察之,渐迤之势,几愈微,响愈幽,非夔、旷之识,谁从而审之哉!

与《黍离》的情才相比,《菀柳》"几险而响孤",即蕴含凶险的预兆和孤危的讯息;《瞻卬》"几危而响促",即预示危险和暗传紧迫的信

---

① (明)王夫之著:《诗广传》卷四,《船山全书》第三册,岳麓书社 2011 年版,第 479 页。
② 同上书,第 480 页。

息。然而，蕴含于诗歌之"几"（预兆）愈加微妙，"响"（讯息）愈加深远，非高才者难以识得。

观诗可知政治之兴衰、国运之趋势，这是王夫之对"观"的体认。他尤其强调读诗应该细心体会诗歌所表现的情感和才思，仔细揣摩诗歌的辞藻，从而走进诗歌的世界，理解诗歌的真正内涵，获得有益的信息。因为，在他看来，诗歌最能反映历史的真实与精神面貌的实质。

"群"与"怨"密切相关，所谓"方在群而不忘夫怨，然而其怨也旁寓而不触，则方怨而固不失其群，于是其群也深植而不昧。夫怨而可以群，群而可以怨，唯三代之诗人为能。无他，君子辞焉耳"①。王夫之之所以将"群""怨"置于同一层面，在于两方面的原因：其一，他将"群""怨"视作诗歌温柔敦厚的情感基础，二者相互制约。"群"对"怨"有调节作用，在"群"的制约下，"怨"而不怒，"怨"也不失其"群"。其二，他将"群""怨"从儒家思想的角度予以界定，"群"是群体意识；"怨"是家国之情。基于此，他对"群"和"怨"的阐释则与众不同。

他认为"群""怨"是君子词的表现。何谓君子词？即能以含蓄委婉的言辞，表达温柔敦厚之情思。换句话说，不峻急、不直露的语言即是君子词。

人生在世，种种遭遇使人哀怨不已，诸如"信而见疑，劳而见谪，亲而见疏，不怨者鲜矣"②。但是，王夫之认为，这些皆是一己之不如意，"未可怨也"③。他说："两贤不相怨，相怨者必不肖者也。"④ 因私昵而怨者，其非怨而为伤。王夫之认为，君子会处理好各种社会关系，不因小事而心生怨，他说：

> 若夫君子之处不肖也，抑有别矣。不幸而与其人为昆弟，或不幸而与其人为夫妇，尽其所可尽，无望知焉，无望报焉，其所不可尽者，以义断之也。乃与其人为君臣，去之可矣。如与其人为朋友，绝之可矣。去而有怀禄之情，绝而无比匪之戒，则悁悁然怨昔者之徒劳

---

① （明）王夫之著：《诗广传》卷四，《船山全书》第三册，岳麓书社2011年版，第453页。
② （明）王夫之著：《诗广传》卷一，《船山全书》第三册，岳麓书社2011年版，第324页。
③ 同上。
④ 同上。

而叹其不仇，固君子之所不屑也。唯然，而君子之怨天下也鲜矣。①

诚然，君子不因个人的情感得失而怨，"怨"亦不伤。"贞于情者怨而不伤，慕而不昵，诽而不以其矜气，思而不以其私恩也。"② 怨而不伤，既与情之"贞"有关，也与不以私情为怨有关。私人恩怨与家国民族大义之怨相比，不足挂齿。至深的怨，是源自宗族家国之情，是君子之怨，而非小人之怨。君子之怨，义薄云天，感天动地，他说：

呜呼！国有将亡之机，君有失德之渐，忠臣诤士争之若仇，有呼天吁鬼以将之者。一旦庙社倾，山陵无主，恻恻茕茕，如丧考妣，为吾君者即吾尧舜也，而奚知其它哉？欲更与求前日之讥非，而固不可得矣，弗忍故也。③

如此之"怨"，方为君子之怨。实际上，王夫之对"怨"的阐释，赋予更多的道义内涵，这充分体现出置身于易代之际，一代大儒博大的家国深情。若不知船山先生深厚的家国之情，则难以理解他所谓"怨"与"群"的含义；若无舍生忘死的道义精神，亦难以有如此之解。所以，他批评屈原"怨灵修之浩荡兮，终不察夫民心"之怨，非君子之怨也，亦非传统意义上的君臣之怨，而是兼有兄弟、父子之情的怨④。在王夫之看来，凡是出于个人之怨都应该摈弃与批判。他评价司马迁说："马迁以刑余无诤谏之责，后事而摘毫毛之过，微文而深中之，怨毒之情也。"⑤ 平心而论，王夫之对一代史学家的评价，非平情之论。但是，基于他对"怨"的体认，亦有其合理性。对此，我们应本于船山先生的思想，在知人论世的前提下，予以评价。

综上所述，王夫之结合具体的诗歌作品，在横向的层面上，对"兴观群怨"予以阐释，在彰显其情感审美特质的同时，也赋予其更深刻的

---

① （明）王夫之著：《诗广传》卷一，《船山全书》第三册，岳麓书社2011年版，第324—325页。
② 同上书，第321页。
③ 同上。
④ 同上书，第325页。
⑤ （明）王夫之著：《诗广传》卷四，《船山全书》第三册，岳麓书社2011年版，第457页。

精神意义和道德内涵。他打破了前人就理论而阐释的抽象模式，将理论还原作品，在作品分析中阐发内涵，使得理论获得了前所未有的广度和深度；他改变了前人复而不求变的阐释轨迹，将诗学和美学渗入自己的生命中，予以更具个性之见和时代特色的解释。

2. 纵向阐释

基于"兴观群怨"的横向阐释，王夫之以此为契机，实现了以"情"为桥梁，由传统的社会功能说转向审美判断。巧妙地将鉴赏论与创作论黏合在一起，使"兴观群怨"在纵深的向度上得以开掘，进而提升了其品格。

王夫之认为"兴观群怨"不仅是诗歌鉴赏的基本原则，也是诗歌表情达意的基本方式：

> 故《关雎》，兴也；康王晏朝，而即为冰鉴。"吁谟定命，远猷辰告。"观也。谢安欣赏，而增其遐心。人情之游也无涯，而各以其情遇，斯所贵于有诗。①

"《关雎》，兴也。"这是符合《毛诗》的观点，学界一般也如是云。然而，《鲁诗》认为《关雎》讽刺康王晏朝的行为："周渐将衰，康王晏起，毕公喟然，深思古道，感彼《关雎》，性不双侣，愿得周公，配以窈窕，防微杜渐，讽喻君父。"② 将此作为政治冰鉴，这显然是"观"。《关雎》是"兴"，抑或是"观"，两种不同的审美判断，与解诗者的立场有关，但不是唯一因素。对此，皮锡瑞先生在《经学通论》中解释说：

> 何以鲁诗明言为《关雎》衰世之诗，康王之作乎？诗有本义，有旁义，如汉志说三家容有采杂说，以旁义为正义者，而开宗明义，必不致误。然则以为正风之始，又以为刺康王晏朝，二者必皆是正义而非旁义。刺康王晏朝，诗人作诗之义也，为正风之始。孔子定诗之义也，安见既为刺诗，遂不可以为正风而冠全诗乎？张超曰："防微消渐，讽谕君父。"此作诗之义，孔氏大之，取冠篇首，此定诗之

---

① （明）王夫之著：《诗译》，《船山全书》第十五册，岳麓书社 2011 年版，第 808 页。
② （清）王先谦撰，吴格点校：《诗三家义集疏》（上），中华书局 1987 年版，第 4 页。

义。据汉人之遗说，不难一以贯之，后人疑其所不当疑，开章第一义已不能通，又何足与言诗。[1]

皮锡瑞先生强调诗有"本义""旁义""正义"之分。"本义"是诗歌表达的显义，或云表层意义；"旁义"则是诗歌表达的隐义，或云深层义；"正义"是符合道义的意旨，往往是诗歌的引申义。诗歌语言以含蓄为主，诗义以委婉为美。以此诗为刺者，则以"旁义"为正义，诗人作诗之义也即为讽喻。以旁义为正义，这的确是符合诗人之义的解释。然而，诗人之义，是以适当的表现手法来实现，"兴"就是诗人表情达意的基本方式。因此，受皮锡瑞观点的启发，我们可以从另一个角度理解王夫之"兴""观"互相转换的美学思想，即"兴"乃诗人之本义表达，而"观"则诗人旁义之表达。

实际上，王夫之已经意识到了诗歌意义与诗人"创作意图"的关系问题。诗歌的本义与旁义，是一个比较难于明确辨别的问题。此一本义，彼一旁义；此一旁义，彼一本义。究竟何者为诗人之义？难以分明。然而，在王夫之看来，"兴""观"艺术手法相互转换，可以"兴"而"观"，或可以"观"而"兴"。所以，正义与旁义相交错，相互生发在所难免。

但是，正义或旁义，并不是诗人之义的唯一归宿。随着时代的变化，人们的审美判断也会发生变化，因而会衍生出更多的正义与旁义来。因而，王夫之反对经生死板僵化的解诗模式，他们死守家法，不懂得文学艺术的动态之美，更不晓得用通融的眼光去审视文学。他也反对经生仅仅滞留于"兴"或"观"的表层意义，去引发符合政治教化的思想，而不遵循文学规律，以发展的眼光去领略诗歌内在美的做法。所以，从创作论与鉴赏论相结合的角度，去认识"兴观群怨"这一美学理论，会有更多的意义。

一件艺术品的意义，决不仅仅止于，也不等同于其创作意图；作为体现种种价值的系统，一件艺术品有它独特的生命。一件艺术品的全部意义，是不能仅仅以其作者和作者的同时代人的看法来界定的。

---

[1] （清）皮锡瑞著：《经学通论》二《诗经》，中华书局1954年版，第6—7页。

它是一个积累过程的结果,也即历代的无数读者对此作品批评过程的结果。①

诚然,我们不能将王夫之关于"兴""观"的阐释,完全与韦勒克等人的观点等同起来。但是,王夫之的这一美学思想,也有益于我们对文学的理解与判断。我们可以置身于《诗经》学史中,审视"兴观群怨"理论的发展,不拘于某一观点的约束,不受某一思想的影响,而是去纵观历代学者对这一理论的解释和批评,并以此作为探讨它的全部意义的途径,将获得更客观、更有益、更有意义的结论。故而,善于以变通的眼光去看待问题,而不是囿于是与非的争论中。

"吁谟定命,远猷辰告"两句诗的意思是:重大长远的政治决定,应及时公布于众,这就是"观",即诗人冷静、客观的叙述手法。然而,诗人之情在读者的体会中,又会增加更丰富的含义。故而,"谢安欣赏,而增其遐心"。其因在于"人情之游也无涯,而各以其情遇"。由诗歌审美主体之"观",转向鉴赏审美主体之"兴"。在这一微妙的转换中,王夫之揭示了诗歌的审美本质特征,即诗歌语言与政论性语言的区别。如果将《大雅·抑》之"吁谟定命,远猷辰告"两句诗视作政治言论,其语言具有"外指性"的特点,语言的所指与能指十分明确清晰。《大雅·抑》首先是一首诗歌,对它的欣赏与理解就不能够停留在表层意义上。现代美学表明:"文学的本质特征是审美。因此,文学的真不属于自然的真。文学从本来的意义上并不是对一件真实事件或一个真实人物的真实叙述,它是作家创作出来的作用于人的知觉、情感和想象的人类经验。"②

由此可见,王夫之对"兴""观"的认识,体现出对诗歌的审美特质以及对诗歌语言"内指性"的独见。语言的"外指性"与"内指性",是现代美学对语言予以分析与区别的概念。所谓"外指性"语言,就是日常生活中的交流语言,具有实指性的特点,是符合逻辑和日常习惯的语言,即"指向语言符号以外的现实环境"③的普通语言。而"内指性"语言则是指文学语言,它不具有指实作用,"它指向作品本身的世界,它

---

① [美]雷·韦勒克、奥·沃伦著:《文学理论》,刘象愚等译,生活·读书·新知三联书店1984年版,第35页。
② 童庆炳著:《文学活动的审美维度》,高等教育出版社2001年版,第166页。
③ 同上书,第167页。

不必符合现实生活的逻辑，而只需与作品艺术世界相衔接就可以了"①。

然而，王夫之对"兴观群怨"的阐释，并不囿于单一的欣赏论或创作论，而是以"情"为纽带，将它们融合在一起，予以全方位的阐释。他认识到，文学艺术的创作方法，必然会影响到读者的接受。诗歌创作因物而"兴"，因"兴"而产生丰富的情感，这一特点，会对读者的欣赏起到"兴"的作用。在此意义上，创作主体的审美情感，亦会投射到欣赏主体的美感体验中。因为"情"是作者与读者共有的特点，是诗歌的本质，是"兴观群怨"的本源。换言之，"兴观群怨"是表现人类情感的最佳方式，或是四种情感类型，他在《四书训义》中进而诠释说：

> 诗之泳游以体情，可以兴矣；褒刺以立义，可以观矣；出其情以相示，可以群矣；含其情而不尽于言，可以怨矣。其相亲以柔也，迩之事父者道在也；其相协以肃也，远之事君者道在也；闻鸟兽草木之名而不知其情状，日用鸟兽草木之利而不知其名，《诗》多有焉。
>
> 小子学之，其可兴者即其可观，劝善之中而是非著；可群者即其可怨，得之乐则失之哀，失之哀则得之愈乐。事父即可事君，无已之情一也；事君即以事父，不懈之敬均也。鸟兽草木并育不害，万物之情统于合矣。
>
> 小子学之，可以兴观者即可以群怨，哀乐之外无是非；可以兴观群怨者即可以事君父，忠孝善恶之本，而歆于善恶以定其情，子臣之极致也。鸟兽草木亦无非理之所著，而情亦不异矣。"可以"者，无不可焉，随所以而皆可焉。古之为《诗》者，原立于博通四达之途，以一性一情周人伦物理之变而得其妙，是故学焉而所益者无涯也。小子何莫学夫《诗》也？②

他立足于读者赏诗的立场，巧妙地过渡到诗歌创作的角度。首先阐述了《诗经》"兴、观、群、怨"的情感特质，指出《诗经》是情感的载体，《诗经》达情则委婉含蓄，尤其突出"含其情不尽于言"的"怨"

---

① 童庆炳著：《文学活动的审美维度》，高等教育出版社2001年版，第167页。
② （明）王夫之著：《四书训义》（上）卷二十一，《船山全书》第七册，岳麓书社2011年版，第915页。

的特点。接着，他从文学与社会的关系出发，论述"兴观群怨"对读者的启发意义和指导作用，在"兴"而"观"中明是非善恶；于"群"而"怨"中辨得失哀乐。他从诗歌的情感特质，来阐释诗歌的社会功能，即对人心潜移默化的作用。虽然，王夫之从忠孝之本、善恶之质来阐释诗歌的社会功能。但是，他基于文学规律的把握，以情感为原点，揭示文学具有一定的社会功能这一特质。

文学活动是一种社会性的实践，就其本质而言，文学创作从来不是单纯的个体事件，文学情感也不能仅仅满足于私人化的表达，这是中国文论和西方文论的共识。在此意义上，王夫之对诗歌功能的体认，与汉儒、宋儒拘于一理或一情的纯粹教化说，在理论层面有着区别。韦勒克认为："作家不仅受社会的影响，他也要影响社会。艺术不仅重现生活，而且也造就生活。"[1] 早在明末清初，王夫之已经深谙《诗》"再现"生活，以及对生活的指导作用。在这一点上，王夫之要比前人对"兴观群怨"理论的认识要深刻得多，且具有一定的超前意义。

最后，王夫之对"兴观群怨"进行了再一次纵向转移，由鉴赏、解诗以及用诗的角度，完全实现了诗歌创作理论的转型。《诗经》"兴观群怨"是一个极度灵活的、开放的美学体系，即"可以者，无不可焉，随所以而皆可焉"。在如此通达、自如的诗学体系中，诗人的识见气量、审美感知、情感体验非凡人所为，其因在于"古之为诗者，原立于博通四达之途，以一性一情周人情物理之变，而得其妙，是故学焉而所益者无涯也"。王夫之认为，古代那些善于诗歌创作的人，他们有着豁达博通的胸襟，能够"以一性一情周人情物理之变"，颇得人情物理之旨趣。因而，学习他们的诗歌，无论从欣赏，还是从创作，获益无穷。此处所谓以性情周人情物理之变，换句话说，就是要求诗人在创作上，应达到"内极才情，外周物理"[2] 的境地。

实际上，以"性情周物理之变"是王夫之由"兴观群怨"生发的诗歌创作论。诗人以性情体察人情，顺应物理，方能得其妙且游于诗意中。这里的"性情"与"才情"大致相似，即指诗人卓越的才华与敏锐的诗

---

[1] [美]雷·韦勒克、奥·沃伦著：《文学理论》，刘象愚等译，生活·读书·新知三联书店1984年版，第101页。

[2] (明)王夫之著：《夕堂永日绪论外编》，《船山全书》第十五册，岳麓书社2011年版，第843页。

情；"外周物理"，指的则是诗人渊博的学识与睿智的思致。若诗人拥有了才情和思致，"立于博通四达之途"，方可驾驭"兴观群怨"，达到"无不可焉，随所以而皆可焉"悠游自得的审美境界。

在王夫之看来，能够做到"内极才情，外周物理"，泳游于"兴观群怨"，非识量宏大者难为，非天才大家莫及，如大诗人李、杜方可称得上，他说：

> 李、杜则内极才情，外周物理，言必有意，意必由衷；或雕或率，或丽或清，或放或敛，兼该驰骋，唯意所适，而神气随御以行，如未央、建章，千门万户，玲珑轩豁，无所窒碍：此谓大家。①

中国诗歌史上，李、杜堪称双子星座。他们以才情驰骋诗坛，以学思驾驭诗歌，赢得"李杜文章在，光焰万丈长"②的美誉。王夫之指出，李、杜在诗歌创作中，能够充分发挥自己的才情，顺应万物之规律，率性而为，神性所随，真情而出，以意所适，捭阖自如，纵情驰骋，无所挂碍，顿然间，万千气象争赴笔端，佳构络绎。真正达到了"无不可焉，随所以而皆可焉"的境界。

---

① （明）王夫之著：《夕堂永日绪论外编》，《船山全书》第十五册，岳麓书社2011年版，第843页。
② 韩愈著，严昌点校：《韩愈集》，岳麓书社2000年版，第69页。

第六章　王夫之《诗经》学的生命情怀

自古学者以学术为使命，蕴思于学，涵术于问，以生命浸润学术。于是，学术便有了生命价值，这是学术研究的至高境界，非才高者、博雅者、情深者难至。王夫之《诗经》学，除诗学、美学等成就外，他在学术研究中赋予的生命情怀，在《诗经》学史上独树一帜。

生命情怀的内涵就是关乎人的生命价值和情感抒写。王夫之融鲜明的个性思想和突出的人格精神于学术研究中，以自由的学术研究，书一代大儒之情，融家国之情、美政理想于《诗经》学中，形成了深沉厚重的学术风貌。

第一节　忧怀家国的情感指向

古代文人士大夫多以诗词文赋抒穷达之情，托不遇之悲，寄家国之恨，哭生命之痛，诚如清末刘鹗在《老残游记·自序》中所言：

> 《离骚》为屈大夫之哭泣，《庄子》为蒙叟之哭泣，《史记》为太史公之哭泣，《草堂诗集》为杜工部之哭泣；李后主以词哭，八大山人以画哭；王实甫寄哭泣于《西厢》，曹雪芹寄哭泣于《红楼梦》。王之言曰："别恨离愁，满肺腑难陶泄。除纸笔代喉舌，我千种想思向谁说？"曹之言曰："满纸荒唐言，一把辛酸泪；都云作者痴，谁解其中意？"名其茶曰："千芳一窟"，名其酒曰"万艳同杯"者：千芳一哭，万艳同悲也。①

---

① （清）刘鹗著：《老残游记·自序》，花山文艺出版社1994年版，第2页。

寄情于文学之情怀，非一己之悲，非小我之痛，而是生命之感、家国之痛，《诗广传》则为船山之哭泣。王夫之遭遇"天崩地解""神州陆沉"的易代风云，曾奔走呼告，奋起抗清，欲挽救危难的故国。然而，虚弱的明朝江山，最终毁灭。目睹江山易主，家国罹难，生民涂炭的现实，一代大儒掩面泣涕，俯首于传统文化的研究，将无限的悲痛寄托于其中。他的《诗经》学，流淌着身世之感，沉潜着忧患意识，充盈着生命之情。

一 以孤心书家国之忧

毋庸置疑，人生而为人，忧患之虑与生俱来。忧生之嗟，罹祸之泣，人人有之，这是每个个体必须面临的生命之重。老子以"吾有大患，为吾有身"的精警之语，道出了个体生命忧患的根源。然而，儒家思想第一次将个体生命的忧患，扩充至以天下家国为己任的忧患，成为中国传统士大夫精神的核心。

忧患意识是士大夫积极入世精神的体现，"它有独特的价值和不朽的魅力，并且给人以积极向上的鼓舞，而不是消沉的、悲观的情绪"[①]。张新科先生一语中的地道出了忧患意识的价值所在。忧患意识是士大夫使命感和责任意识的标志，是其对民族、家国、社会乃至人类命运的担当。

出于对现实的自觉干预和对文化的深刻反思，王夫之《诗广传》寄托深沉的忧患意识。一部《诗广传》，诚如清代刘人熙所言，"又从齐、鲁三家之外开生面焉"[②]。戴维先生说："王夫之却是毫不受经旨的牢笼，如天马行空，任意驰骋，《诗经》仅成为他装新酿的旧酒瓶。"[③] 其别开生面者，除了别具独见的义理阐发外，其不受经旨之桎梏，以抒满腔之悲愤。《诗经》不仅是他装新酿的旧酒瓶，亦是他独抒忧患的凭借。其深沉的忧患意识，首先表现出抱孤之心与悲怆之情：

> 抱孤心者，无以达其孤鸣，故人可与忘言，而不可与言也。奚以

[①] 张新科著：《中国古典传记文学的生命价值》，人民出版社2012年版，第137页。

[②]（清）刘人熙：《船山古诗评选序》，参见《船山全书》第十四册，岳麓书社2011年版，第880页。

[③] 戴维著：《诗经研究史》，湖南教育出版社2001年版，第484页。

明其然邪？夫人上而有亲，中而有身，下而有其妻、子，能疾抑其情而末之恤乎？曰不能也。上而有亲，将以孝也；中而有身，将以慎也；下而有其妻、子，将以成乎保家室之令名也；能谓其周旋顾恤之非道乎？曰不能也。上违其亲以事君，而忠不见庸；中捐其身以立功，而绩无可效；下忘其妻、子以恤天下，而天下不听，能使之触藩以困，而不废然返乎？曰不能也。履此三不能之势，而与天下争可否，岂曰"匪舌是出"，虽出其舌，块肉而已矣。若夫可与言者，则必不待言也。故曰"不可与言而可与忘言"也。

虽然，岂以其孤鸣之不伸，而可谓无孤心也哉？岂繄无情，情自喻也？岂繄无道，道生心也。岂繄无成？毁焉而有其全，亡焉而有其存，与腐草荒烟灭以无余，而有其与日月争光者焉。相与言者不能喻，相与忘言者喻之也。

呜呼！抱孤心而得忘言之和者尟矣。伯夷不得之于姬、吕，陶潜不得之于雷、周，矧夫谢翱、郑思肖之获落者乎？虽然，苟其有孤心，虽无与忘言者可也。①

这是王夫之借《小雅·雨无正》抒发悲怆难抑之情的文字，纯然是借《诗经》之"旧瓶"来装论者之"新药"。《雨无正》的主题历来颇多争议，《毛序》和《郑笺》皆以为是一首颇具讽刺意味的诗歌，《毛诗序》云："《雨无正》大夫刺幽王也。雨自上下者也，众多如雨，而非所以为政也。"② 郑玄曰："亦当为刺厉王，王之所下教令甚多而无正也。"③ 姚际恒对此说持否定态度，他说："云'大夫刺'，非也……此篇名《雨无正》，不可考；或误：不必强论。"④

然而，王夫之的《诗广传》并不拘囿于上述固见，而是将目光投向"哀哉不能言，匪舌是出，维躬是瘁"的诗句上，借其抒发一己之悲愤。"抱孤心者，无以达其孤鸣"，其情何等悲凉！"孤鸣之不伸"、孤心之无

---

① （明）王夫之著：《诗广传》卷三，《船山全书》第三册，岳麓书社2011年版，第412—413页。
② （清）阮元校刻：《十三经注疏》（上），《毛诗正义》卷十二，中华书局1980年版，第447页。
③ 同上。
④ （清）姚际恒著，顾颉刚标点：《诗经通论》，中华书局1958年版，第210—211页。

解，其言何等凄婉。孤心者，孤高之心怀，寂寞之心境；孤心者，家国之忧郁结于心。其悲怆者，正在于上无计报国难，中难以全自身，下不能保妻子。此三不能者，是船山心中挥之不去的痛。王夫之隐居故乡，潜心经典，释哲学之思、究学理之际、探历史之幽；"广传"《诗经》，寓满腹之忧思，发一腔之悲愤。

"匪舌是出"，非口舌笨拙难以言，而是逆耳之忠言无处言说，这使他痛苦不堪，此其一也；他心存高远，一片赤诚，无人理会，使他悲愤难抑，此其二也。一片苦闷之情流淌于字里行间，读之令人心酸，扼腕叹息！千载之下，谁能知船山心中"可与忘言，而不可与言"的悲伤愤懑的情愫呢！在《石崖先生传略》中，王夫之饱含深情地抒写道：

> 不能言者，我兄弟之苟延视息，哽塞如朔风，而终老死于荒草寒烟之下。不知者以为窭且贫，而不释热中之憾；即邀惠于知者，亦以为如是生，如是归，愚者之事毕矣。夫孰知我兄弟之戴眉含齿，抱余疢于泉台也。故置吾兄于箕山吹瓢、桐江垂钓之间，而兄不受；置吾兄于神武挂冠、华顶高眠之间，而兄亦不受。悠悠苍天，荡荡黄垆，抱愚忱以埋幽壤，吾兄第之志存焉。顾即兄遘愍以前，恻悱天极，孤高岳立。[①]

传文悲怆凄婉，表达孤心无人知、赤忱无处释的愤懑和遗憾，也流露出对国家命运的深沉忧患。志存高远，孤高岳立，不堪同流合污，归向荡荡黄垆，以故乡之幽壤埋志士之忧；寄身于败叶枯索中，一生之大志不可实现，此其最难堪者；老死于荒草寒烟之下，尚可堪；抱志于泉台，此亦更难堪者。故而，他以《诗广传》抒怀，向古之不得志者，如伯夷、陶渊明、郑思肖等，以诉孤心。他在《论柏舟》中感慨道：

> 故为林逋、魏野而有哀思之未忘者，胡取乎其为逋与野也？为陶潜、司空图而哀思之尽忘者，则是尧、舜其仇雠而聊为之巢、许也。对酒有不消之愁，登山有不极之目，临水有不愉之归，古人有不可同

---

① （明）王夫之著：《姜斋文集》，《船山全书》第十五册，岳麓书社2011年版，第104页。

之调，皇天有不可问之疑。①

巢父、许由、陶潜、司空图、林逋、魏野等古之隐士，皆以退为名。他们归隐林泉，是不得已之举。无论哀思之未忘，抑或尽忘者，人生之失意挥之不去。王夫之通过感叹这些隐士的选择与内心之隐忧，欲以消释忧心。

既然国破家亡之悲痛难以言表，亦难以被人理解，那么，王夫之只能沉迷于古老的诗篇中，向那些有着相同遭际的古人，以表衷情，以抒愤懑。流溢于字里行间的忧患意识，令人唏嘘不已。在《诗广传·论载驰》中，王夫之借春秋许穆夫人悲悼亡国之情，以抒郁悒之情：

> 是故所可言者，归唁焉耳，控于大邦焉耳，皆百尔所思，可袭义以争我者也。过此以往，生于性，结于情，不有我所之者乎？我所之者，果何若邪？《载驰》之怨妇，《黍离》之遗臣，沉湘之宗老，囚燕之故相，悲吟反复，而无能以一语宣之，同其情者喻之而已。一部《十七史》从何说起！旷古杳今，求影似而不得，奚况稚狂之百尔哉！呜呼！其异于焄蒿凄怆，孤萦于两间者，无几矣。②

王夫之一口气枚举出历史上那些忧国忧民的诗歌形象，如许穆夫人、周之遗臣、屈子大夫、囚燕之相等。这些人心系家国，为民忧患，皆与船山同其情者，尚可倾诉心怀。然而，他们毕竟是文学形象，或历史人物，旷古杳今，难以求得，一片孤心终究无处托付，凄怆萦心，难以释怀。王夫之本欲借可同其情者以释己怀，却使自己陷入了更加深刻的痛苦中。

这里既有古人难追、知音难觅的悲切，也有孤高自赏的落寞。王夫之"少负俊才"③，倜傥不羁，自诩甚高。他自信非凡，才可经天纬地。他自号"萧森天放湘累客"④，羡慕千古英雄，"如君豪气矜淮海"⑤，为"河

---

① （明）王夫之著：《诗广传》卷一，《船山全书》第三册，岳麓书社2011年版，第318页。
② 同上书，第335页。
③ （清）余廷灿：《王船山先生传》，参见《船山全书》第十六册，岳麓书社2011年版，第90页。
④ （明）王夫之著：《姜斋诗集》，《船山全书》第十五册，岳麓书社2011年版，第298页。
⑤ 同上书，第297页。

山清晏"① 已尽绵薄之力；他自比屈原，其至才情超越屈子。他说："有明王夫之，生于屈子之乡，而遘闵戢志，有过于屈者，爰作《九昭》而叙之曰：仆以为抱独心者，岂复存于形垺之知哉……聊为《九昭》，以旌三闾之志。"② 湖湘文化和屈子精神孕育了一代大儒之情怀，虽处江海之远，而不忘忧国忧民之使命；虽逢乱世，亦不失拳拳之心。这种忧患意识贯穿于船山一生，也成为激荡明末清初思想界的洪流。

王夫之的这种忧患意识是由人生热情所浇灌、生命意志所召唤的至深至沉之情，它是支撑士大夫踽踽独行、独立不迁的精神所在。这种精神是激励大丈夫即便是处于"下峥嵘而无地，上寥廓而无天，义结于中，天地无足为有无"③ 之困境中，也能特立独行的巨大动力。他在《诗广传·论黍离》中说：

> 人皆有求，吾诚自信以无求；人不知求，吾不容已于所求。人之有求，吾所不求，谓我以求而不得已；吾之所求，人不知求，为我何求而抑不得已。且夫人之所求者可遂也，吾之所求必不可遂也，不可遂而固求之，忧焉耳矣。田尔田，宅而宅，有服在廷，留矣乎，可为秦之媚子；去矣乎，可为虢、桧之新君；富贵福泽，荣名显绩，奔走天下之心肾肺肠而释其夙忧者，我未尝不可求而得也。靡靡以行，摇摇以怨，天下之知我者鲜矣，不亦宜乎！④

这是一段蕴含着作者强大生命张力的文字，其间充盈的自信，足以消弭满腹的悲怨。王夫之一改悲切之姿，而以积极入世之态，表达对理想的执着追求以及对生命价值的追求，表现出遗世独立的精神。富贵福泽，荣名显绩，人皆所求，却是"吾"所不求者；"吾"之所求，非一田、一宅、一官之乐，而在家国之志；天下熙熙攘攘，为利禄奔忙，以解一己之忧者，则为船山所不齿。他认识到，与追逐眼前的富贵荣名相比，其高远之求，或许终生难以遂愿。芸芸众生亦不懂高士之情怀，故而"靡靡以行，摇摇以怨，天下之知我者鲜"也就不足为怪。

---

① （明）王夫之著：《姜斋文集》，《船山全书》第十五册，岳麓书社2011年版，第298页。
② 同上书。
③ （明）王夫之著：《诗广传》卷一，《船山全书》第三册，岳麓书社2011年版，第334页。
④ 同上书，第339—340页。

基于这种深沉的忧患意识，王夫之对天下人心中之忧，有着不同的区分。他认为人若"无大故而激，不相及而忧，私愤而以公理为之辞，可以有待而早自困……匹夫之婞婞而已矣"①。小人之忧，忧利益之不得，整日"战战兢兢，如临深渊，如履薄冰"（《诗经·小雅·小旻》）。而志士之忧，忧大故之变，江山之改。在王夫之看来，若无大故而忧，不过是匹夫之忧。甚至，他认为士人最深沉的忧患意识，不是流露于言语眉眼之间，而是沉潜在生命的深处，融入血脉之中。因此，他认为"穷年忧黎元"的杜甫，虽然以忧国忧民著称于世，然其"忧之以眉"，露之于色，故而"不知其果忧也否"②。王夫之心怀忧患之情，但主张为人温柔敦厚，践行知行合一，而非一腔悲愤，满纸讥讽。因此，他对诗圣杜甫不乏微词，甚至多批判之语，如他在评杜甫《漫成》一诗中指出：

> 杜又有一种门面摊子句，往往取惊俗目，如"水流心不竞，云在意俱迟"，装名理为腔彀；如"致君尧舜上，力使风俗淳"，摆忠孝为局面：皆此老人品心术学问器量大败阙处。或加以不虞之誉，则紫之夺朱，其来久矣。《七月》《东山》《大明》《小毖》，何尝如此哉！③

在王夫之看来，杜甫虽心怀家国之忧，却热衷于"直刺"与"谩骂"，于诗歌失却了含蓄之旨，于臣子失去了温厚之度。他对杜甫的微词散见于《唐诗评选》的多处，在此不一一枚举。我们姑且不去评判船山评价杜甫及其诗歌的是与非，但从中可见王夫之所推崇忧患意识的内涵所在。尽管孤愤难抑，绝不呼天抢地，而立"可怜秋色里，独唱望江南"④。内心之忧患难以平息时，他借古代失意者之恸哭以消其忧。他在《诗广传·论抑二》中感慨道：

> 魏无忌之饮酒近内也，阮嗣宗之驱车恸哭也，王孝伯之痛饮读

---

① （明）王夫之著：《诗广传》卷一，《船山全书》第三册，岳麓书社2011年版，第338页。
② 同上。
③ （明）王夫之著：《唐诗评选》卷三，《船山全书》第十四册，岳麓书社2011年版，第1021页。
④ （明）王夫之著：《姜斋诗集》，《船山全书》第十五册，岳麓书社2011年版，第272页。

《离骚》也，桓子野之闻清歌唤奈何也，无可如何而姑遣之，履迷乱沦胥之世，抑将以是而免于咎矣。夫无可如何而姑遣之，则岂非智之穷也乎？智穷于穷涂，而旁出于歌哭醉吟以自遂，虽欲自谓其智之给也而不得。然则虽欲谓之不愚也，而抑不得矣。①

伤于酒色的魏无忌，驱车恸哭的阮嗣宗，痛饮读《骚》的王孝伯，听清歌的桓子野，他们都是沉溺于忧患而难以解郁之人。他们以种种荒诞的行为来排遣内心的悲愤，行走于乱世，悲歌醉吟，欲以避祸，无奈智穷于时，痛郁结于心。四人中以阮籍堪为典范，他生于乱世，"本有济世志，属魏晋之际，天下多故，名士少有全者，由是不与世事，酣饮为常"（《晋书·阮籍传》）。面临凶险复杂的现实，无奈选择佯狂寓世，以种种极端的行为表达士人之悲愤。《晋书·阮籍传》记载：阮籍"时率意独驾，不由径路，车迹所穷，辄痛哭而返"。以奇特的行为表达无路可走的哀伤与孤独，蕴藉着诗人内心强烈的忧愤与不满、悲哀与痛苦的情绪。他的行为也许成为后世人们的美谈，而有谁能够体会出其心中难以言说的悲痛呢？阮籍之恸哭，庶几成为悲士不遇的象征。王夫之一方面视他们为同情者，另一方面以此劝慰自己不可效法他们的行为。固然，病酒、恸哭、听歌，亦可遣内心之隐忧。然而，真正的志士，面对迷乱沦胥之末世，应该保持清醒的意识，以明确的思想，唤起生命的力量，于逆境中奋起，通过不懈努力去挽救危亡的家国。

二 以经典释遗民之恨

翻阅典籍，"遗民"一词层出不穷。其含义包括"后裔""前朝之民"两个主要义项，亦有"隐士"或遗落者之意。如《左传》云："为之歌《唐》，曰：'思深哉！其有陶唐氏之遗民乎？'"② 此处的"遗民"是指后裔，与"周无遗民"③ 之"遗民"同义；另如"卫之遗民，男女

---

① （明）王夫之著：《诗广传》卷四，《船山全书》，第三册，岳麓书社2011年版，第466页。
② （清）阮元校刻：《十三经注疏》（下），《春秋左传正义》卷三十九，中华书局1980年版，第2007页。
③ 杨伯峻译注：《孟子译注》（上），中华书局1960年版，第215页。

七百有三十人，益之以共滕之民，为五千人，立戴公以庐于曹"①。此处的"遗民"则指前朝之民，与《史记》所记之"遗民"同义："成王既迁殷遗民，周公以王命告，作《多士》《无佚》。"② 此外，"遗民"一词亦作"逸民"，有遗落者或隐者之意。如《论语》曰："兴灭国，继绝世，举逸民，天下之民归心焉。"③ 孔子列举历史上著名的隐者时言："逸民：伯夷、叔齐、虞仲、夷逸、朱张、柳下惠、少连。子曰：'不降其志，不辱其身，伯夷、叔齐与！'谓：'柳下惠、少连，降志辱身矣。言中伦，行中虑，其斯而已矣。'谓：'虞仲、夷逸，隐居放言。身中清，废中权。'"④ 后世之《逸民传》《高士传》多以逸民为对象。"逸民"和"遗民"的区别非常明显，所谓"逸民"，多指怀才不遇而逸于江海之人，而"遗民则惟在兴废之际，以为此前朝之所遗也"⑤。可见，"遗民"具有特定的历史背景和文化内涵。

明代学者归庄在《历代遗民录》的序言中以汉为例，说明对遗民的取舍标准：

> 如生于汉朝，遭新莽之乱，遂终身不仕，若逢萌、向长者，遗民也；仕于汉朝，而洁身于居摄之后，若梅福、郭钦、蒋诩者，遗臣也，而既不复仕，则亦遗民也；孔奋、郅恽、郭宪、桓荣诸人，皆显于东京矣，而以录之者，以其不仕莽朝，则亦汉之遗民也。徐穉、姜肱之论，高士之最著者，亦不在废兴之际，故皆不录……故遗民之称，视其一时之去就，而不系乎终身之显晦，所以与孔子之表逸民、皇甫谧之传高士，微有不同者也。⑥

归庄进一步明确了遗民所具备的质素，一是处于废兴之际；二是不仕新朝；三是洁身自好。也就是说，真正的遗民心念旧朝，拒绝用于当朝。所以，后世一般提及"遗民"，特指那些人格清俊的"前朝之民"，他们

---

① （清）阮元校刻：《十三经注疏》（下），《春秋左传正义》卷十一，中华书局1980年版，第1788页。
② （汉）司马迁撰：《史记》第一册，中华书局1959年版，第133页。
③ 杨伯峻译注：《论语译注》，中华书局1980年版，第208页。
④ 同上书，第197页。
⑤ （明）归庄著：《归庄集》（上），上海古籍出版社1984年版，第170页。
⑥ 同上。

处于易代之际，虽生活于当代，但其思想、情感始终认同前朝。中国历史上，每逢改朝换代之际，必然会诞生一大批遗民，他们坚持操守，重气节，守道德，是士阶层中的峻洁者。

明末江山易主，风云变幻之际的遗民们，心系故国，不惜生命危险，纷纷加入到反清复明的运动中，或筹措资金，或传递信息，或鼓动人心，以尽绵薄之力。随着明朝的覆灭，王夫之抱着满腹遗恨，选择了回归故乡，投身于古文化的整理与研究中。他于《诗经》学中融入遗民情怀，抒发满腹遗恨。

根据王孝鱼先生推论，王夫之《诗广传》的成书年代大致在1671—1672年①。这个推论是他根据《诗广传》中多处对老子的批判之论，认为是船山在1672年重订《老子衍》后，对老子思想有了更深一步的体会而加以修订的。事实上，《诗广传》的思想十分复杂，难以摘其只言片语而判断其成书时间。审视其中或平典，或温雅，或愤懑，或凄怆的情感特点，并结合王夫之的一生行迹，我们认为《诗广传》非一时之作，应是经过作者不断反复的修订之作。

王夫之身为明朝遗老，深知大明王朝一去不返的残酷现实。但他并没有因此而心灰意冷，而是在《诗广传》中表达他对未来的美好期待。深怀遗民情结的王夫之，虽然生活在清朝，然而无论从思想上，还是感情上，他拒绝认同。他期望某一天，出现一个更好的朝代能够代替清朝，这种思想是基于他对清贵族的愤怒与厌恶。他借《诗经》来抒发愤世之情和批判之意。他在《诗广传》中借《桧风·素冠》一诗，以抒发遗民之忧愤，他说：

> 悲夫！情在而礼亡，情未亡也。礼亡而情在，礼犹可存也。礼亡既久而情且亡，何禽之非人，而人之不可禽乎？
>
> 河北之割据也，百年之衣冠礼乐沦丧无余，而后燕、云十六州戴契丹而不耻。故拂情蔑礼，人始见而惊之矣，继而不得已而因之，因之既久而顺以忘也。悲夫！吾惧日月之逾迈，而天下顺之，渐渍之久，求中心之"蕴结"者，殆无其人与！"蕴结"者，天地之孤气

---

① 王孝鱼：《诗广传·点校说明》，参见《船山全书》第三册，岳麓书社2011年版，第518页。

第六章 王夫之《诗经》学的生命情怀 // 283

也,君子可生可死而不可忘,慎守此也。①

《素冠》是一首体制短小、情感哀婉的诗,全诗三章如下:

> 庶见素冠兮,棘人栾栾兮,劳心慱慱兮。
> 庶见素衣兮,我心伤悲兮,聊与子同归兮。
> 庶见素韠兮,我心蕴结兮,聊与子如一兮。②

《素冠》的主题历来多异说,《毛诗序》云:"《素冠》刺不能三年也。"认为诗歌讽刺守孝不能坚持三年的行为。《郑笺》《朱传》多从《毛诗》。从《毛序》说,认为"素冠""素衣"是丧服。而清代姚际恒对这种所谓的权威之说提出质疑。他罗列十条证据,充分证明"素冠等之为常服"③,并由此对诗歌的主题予以新的解释,他说:"此诗本不知指何事何人,但'劳心''伤悲'之词,'同归''如一'之语,或如诸篇以为思君子可,以为妇人思男亦可;何必拘泥'素'之一字,遂迁其说以为'刺不能三年'乎!"④姚氏之论确为卓见,解诗不可拘泥于只言片语,若牵强附会,则陷入一叶蔽目之狭。细心体会诗歌的情感,以此作为解读诗歌的入口,这符合解诗的规律,也与王夫之以诗解《诗》之观点相一致。

王夫之对《素冠》的解释,基于对其悲情的体验,连用两个"悲夫",以表达内心极度愤懑之情。他解"情"和"礼"的存亡关系,感慨对于一个民族而言,"礼"和"情"是其文化之根本。生活在激荡时代的王夫之,深受异族入侵带来的苦难,加之受儒家思想的熏陶,他对于少数民族多有偏见,认为他们缺少人之常情,这种思想在《诗广传》中比比皆是。

一直以来,民族观是一个颇有争议的话题,不同的民族对本民族文化的认同和对异族文化的排斥观,贯穿在中国历史的进程中。肇始于周代的"尊王攘夷",是将夷夏边缘的清晰和放大,至"严夷夏之防",强化了汉族与各民族之间的分界与区别。我们不打算对民族观做进一步探讨,但对

---

① (明)王夫之著:《诗广传》卷二,《船山全书》第三册,岳麓书社2011年版,第377页。
② (清)阮元校刻:《十三经注疏》(上),《毛诗正义》卷七,中华书局1980年版,第382页。
③ (清)姚际恒著:《诗经通论》,中华书局1958年版,第152页。
④ 同上书,第153页。

于王夫之所持的民族观,应该置于明末清初的易代之际,去审视一个饱读儒家诗书的士子所具有的遗民情怀,而不应浑然同论,予以全盘否定。任何思想观念的产生,有其特殊的历史背景与文化语境,同时也交织着更多复杂的因素。当然,王夫之对少数民族属异类的看法,确实有不合理处。另外,他对那些在国家危亡之时,为谋取私利而不惜出卖民族利益的人深恶痛绝。他借东晋刘昶等人的行径,怒斥道:"刘昶、萧宝寅因以受王封于拓跋氏,日导之以南侵,于家为败类,于国为匪人,于物类为禽虫,偷视息于人间,恣其忿戾,以徼幸分豺虎之余食。"[1] 他认为,"情"是区别人与禽类的标准,人有深至之情,而禽则无情。因此,只要人心中的博大深情尚存,礼就不会衰亡。但是,对一个民族而言,最可怕的正是礼亡,情随之亦亡。他对此发出愤怒的呼叫:"何禽之非人,而人之不可禽乎?"实际上,王夫之借《素冠》一方面抒发积郁心中的悲愤,另一方面希望能够唤醒民众的良知与衷情。

他结合宋代历史上发生的事件,以表达自己的思想。他担心礼乐文化沦丧后,人人安于当下的生活,得过且过,遗民心中的"蕴结"之情,也逐渐消弭。所谓"'蕴结'者,天地之孤气也,君子可生可死而不可忘,慎守此也。""蕴结"于船山胸中的悲伤一触即发,一首小诗便会引发他内心的无限感慨,他在《诗广传·论燕燕二》中叹曰:

> 呜呼!国有将亡之机,君有失德之渐,忠臣诤士争之若仇,有呼天吁鬼以将之者。一旦庙社倾,山陵无主,恻恻茕茕,如丧考妣,为吾君者即吾尧舜也,而奚知其他哉?欲更与求前日之讥非,而固不可得矣,弗忍故也。

《燕燕》是《诗经·邶风》中一首深情哀婉的送别诗,被王士禛称为"万古送别之祖"。《毛序》认为这是春秋初年卫庄姜送归妾的诗,学界对送别主题多无异议。不过,对诗歌中的送者与被送者的关系问题,多有讨论。如郑玄认为被送者即是陈女戴妫。刘向《列女传·母仪篇》认为是卫庄姜之子亡后,庄姜送其儿媳归国。而清代学者崔述认为:"此篇之

---

[1] (明)王夫之著:《读通鉴论》卷十四,《船山全书》第十册,岳麓书社2011年版,第537页。

文，但有惜别之意，绝无感时悲遇之情。而诗称之子于归者，皆指女子之嫁者言之，未闻有称大归为于归者，恐系卫女嫁于南国，而其兄送之之诗。绝不类庄姜戴妫事也。"①

崔述之论不拘窠臼，不囿以诗证史之俗套，亦能独树一帜。然而，溯其源则于船山。王夫之本于诗歌："瞻望弗及，泣涕如雨""瞻望弗及，伫立以泣""瞻望弗及，实劳我心"等哀伤凄婉的诗句，感慨万千，抑制不住心头亡国之悲痛。"一旦庙社倾，山陵无主"，何人能不泣涕如雨，如丧考妣！故园之情，涌动于生命的每一根细胞；家国之思，流淌于生命的每一根血管。王夫之借《诗经》之酒杯，以浇心中之块垒。但凡解读一些与家国情感有关的诗歌，他都会借此大发感慨。他在《论击鼓》诗时说：

> 悲夫！世乱道亡，怵乱以为恩怨，而义灭无余矣。臣弑其君，子无怼焉。子弑其父，臣无尤焉。戴贼以为君，引领以觊其生我，弗得而后怨及之，而人道亡矣。②

《击鼓》是一首征戍诗，表达士兵久戍不得归的思乡感情。其中"死生契阔，与之成说。执子之手，与子偕老"的诗章哀婉凄怆，易于引人共鸣。《毛序》《郑笺》及三家《诗》，皆以为是春秋初期鲁隐公四年（前719），卫国公子州吁联宋、陈、蔡等诸国伐郑之事。但王夫之不拘囿于此说，而是就州吁弑君兄而自立之事，表达他的看法，即世乱道亡、伦理尽丧、道义灭亡的事实。有甚者，"戴贼以为君"，以此隐射清贵族，表达明朝遗老的愤懑之情。这些文字，字里行间流溢着根植于船山灵魂深处的生命情怀，一份对故国的怀念，一份对当下的批判，一份对未来的期许。由此可见，王夫之在《诗广传》中寄予的深沉情感，足以与他的诗文创作相媲美。与其将它视作《诗经》学著作，"不如看做一本政治论文集"③。实际上，《诗广传》不仅仅是一部政治论文集，更是一部充满着生命情怀的抒情文集。

---

① （清）崔述著：《读风偶识》卷二，中华书局1985年版，第38页。
② （明）王夫之著：《诗广传》卷一，《船山全书》第三册，岳麓书社2011年版，第321页。
③ 夏传才著：《诗经研究史概要》（增注本），清华大学出版社2007年版，第136页。

王夫之一生怀抱经世致用之志，执着于家国大业。明亡后，隐于衡山潜心著述，以释心中难以拂去的遗民之恨。他的这种情怀不仅融入其《诗经》学中，也流溢在他的诗歌创作中。此处摘其一二，以窥先生的心迹。他在《答黄度长》一诗中总结自己的一生说：

    东篱花冷候虫惊，资水连湘一雁征。
    霜色已凋隋岸柳，秋风遗意武昌城。
    传经鲁壁闻丝竹，述酒柴桑访秫秔。
    心迹元同难举似，云飞叶落两含情。

诗歌首两句追忆自己年少求学之经历；"霜色已凋隋岸柳"暗示明王朝内外凋敝的处境；第四句则言作者于二十五岁时，赴武昌参加乡试，并中举人一事；五、六句言明王朝几经凋零，踌躇满志的他转向"传经鲁壁闻丝竹"的生活，踏上传承经典、著书立说之路。末两句以抒他和友人心心相通，情意相投的密切关系。

"挥刀难割空中烟，长叹流光坐闲掷。"（《独漉篇》）在隐居衡阳的那些日子里，船山时刻心系罹难的家国，每逢友人来访，先生无不对酌默然垂泪。《五十自定稿》中的《期徐蔚子虎塘迟至余暑病先归蔚子独留万绿池与若启月饮相太息寄此谢之》一诗，是一首令人伤怀的诗歌：

    稻花风转接罗吹，系辔萧条占桧枝。
    画扇红牙前夕酒，青山白雪几年诗。
    千秋华表留仙语，一曲沧浪鼓枻悲。
    为惜君愁须缓缓，相逢知有泪双垂。

在这样一个稻花飘香的深秋时节，诗人和友人对酌，感慨时光流逝，多少美好岁月竟在无聊中度过，陪伴自己的唯有眼前的青山白雪和诗书。一生宏愿难以实现，千秋华表也不过如梦里的仙语，只有沧浪之上那鼓枻的悲歌，时时撞击着诗人的心灵。万丈情怀化为灰烬，千种遗恨只赢得满目清泪。他的《和梅花百咏诗》，以梅花为题，创作出一百首同题之作。表面上，写尽梅花的千种风姿，万种神韵。实际上，借咏梅来抒一怀愁绪，写满腔怨恨。"梅"是鼎革之际遗民的心境写照，其中有《新梅》①诗云：

> 试雨禁风始出胎，根苗忘尽旧亭台。
> 倡条冶叶轻前辈，庾信江南老自哀。

孟子说："读其诗，不知其人可乎？"赏读王夫之的这些情意流荡的诗歌，一位饱经沧桑，忧国忧民的遗老跃然纸上。难抑心中的悲愤，喷涌于诗歌，长歌当哭；沉潜于《诗经》研究中，荡气回肠。若无刻骨铭心的家国之思，难以有《诗广传》深沉的忧患意识；若无独立不迁的自觉精神，难以有《诗广传》卓尔不群的学术意义。

第二节　重视人格的精神取向

王夫之在其《诗经》研究中，打破传统的窠臼，不拘泥学术意义的开掘，而是在学术研究中，融入丰富的人生观念，以表现生命价值的取向与人生追求，使其《诗经》学独秀于学坛，成为滋养后人的精神园地和引领后学的人生指南。

一　对圣人之德的仰慕

在中国传统思想中，儒、墨、法、道各家均有各自树立的人格典范，其中，儒家思想构想的圣人与君子人格最具典范意义。

《说文解字》云："圣，通也。"即通达事理之人为圣人。"圣人"特指那些德高望重、通晓事理、有大智慧、达到人类最高境界的人。《诗经·小雅·巧言》云："秩秩大猷，圣人莫之。"其意为井然有序的国家大业，由圣人来谋划。屈原心目中"圣人不凝滞于物，而能与世推移"。儒家思想中的"圣人"是能够为民谋福而不为己的人，如尧、舜、禹可称之为圣王。孔子心目中的"圣人"几乎与天地并生，其德与天地齐："君子有三畏：畏天命，畏大人，畏圣人之言。小人不知天命而不畏也，狎大人，侮圣人之言。"（《论语·季氏》）由此可见，孔子所谓的"圣

---

① （明）王夫之著：《姜斋诗集》，《船山全书》第十五册，岳麓书社2011年版，第619页。

人"是人伦的至尊者。孟子说:"圣人,百世之师也。"(《孟子·尽心章句下》)荀子对圣人的界定最为详尽而完善,他说:"是故穷则必有名,达则必有功,仁厚兼覆天下而不闵,明达用天地理万变而不疑,血气和平,志意广大,行义塞于天地之间,仁智之极也,夫是之谓圣人。"

综合上述观点,作为最高理想人格典范的"圣人",即以天下为己任,不惜任重道远而为民众谋福利的伟大人物。"圣人"其德之高、其行之至、其情之深,常人虽难及,但人人可仰望之、企慕之,希望自己在精神上能达到圣人之境界。

王夫之重视圣人之"德"的修养,这也使他在追求经世致用的同时,能够保持博雅有度的风范。他不信仰佛教,亦不沉迷老庄,这点体现在他对好友方以智逃禅的微词中,他说:"得志于时而谋天下,则好管、商;失志于时而谋其身,则好庄、列……管、商之察,庄、列之放,自哲而天下且哲之矣。时以推之,势以移之,智不逾于庄列、管商之两端,过此而往,而如聩者之雷霆、瞽者之泰、华,谓之不愚也奚能!故曰:'哲人之愚',愚人之者也。"① 这段话显然是针对"方以智的逃世表示自己的看法"②。流露出王夫之对所谓"哲人之愚"的批驳。方以智自称浮山愚者,出家后名号大智,又称"愚者大师"。不信奉佛老的王夫之,心目中仰望的是那些能够做到"天人合一"的至德圣人。

王夫之说:"圣人者,耳目启而性情贞,情挚而不滞,己与物交存而不忘。"③ 圣人是性情之贞者;是挚于情而不为情所困者;是达到物我交存而不忘己者。圣人有情,其情通于理,是理性之情。"且圣人者,非独能裕于情也,其裕于情者裕于理也。"④ 圣人非不食人间烟火之人,他们行走于人世间,依于天地之道,而免于祸患。他们"行于忧乐之途而免于咎,无他,道而已矣"⑤。

王夫之对圣人的向往,首先表现在他对圣人之德的理解上。中国儒家文化崇尚"诚",如《中庸》认为:"诚者,天之道也;诚之者,人之道也。诚者,不勉而中,不思而得,从容中道,圣人也。诚之者,择善而固

---

① (明)王夫之著:《诗广传》卷四,《船山全书》第三册,岳麓书社2011年版,第467页。
② 王孝鱼:《中华本点校说明》,参见《船山全书》第三册,岳麓书社2011年版,第518页。
③ (明)王夫之著:《诗广传》卷二,《船山全书》第三册,岳麓书社2011年版,第384页。
④ 同上。
⑤ 同上书,第386页。

执之者也。"《中庸》所谓的"诚",以为人只有"从容中道",择善而行事,方可达到圣人之境界。孟子在《离娄》中说:"是故诚者,天之道也;思诚者,人之道也。"孟子对"诚"的诠释中,将"诚"确立为天道,而能够顺应天道行事的人,方可为圣人。有甚者,将"诚"视为"圣人之性"(唐李翱《复性书上》)那么,何谓"诚"?《说文解字》云:"诚,信也。"《礼记·中庸》曰:"诚者,自成也。"《礼记·郊特牲》说:"币必诚。"这些文献对"诚"的释意,都着重其"信"。《说文》曰:"信者,诚也。""信"就是出自真实内心的情感,言语符合心意,谓之"信"。可见,圣人之德,以信为先,诚心正意,谓之有信。圣人内心必信,信必能顺道,顺道则至圣境。由此而论,"诚"是天人合一的最好体现,是圣人德之本,更是君子勉励追求向往的美德。

王夫之一方面继承"诚者,天之道"的传统思想,他明确提出"诚至而圣德成"的思想,他说:

> 至诚,实有天道之谓;大者,充实于内,化之本也。惟其建顺之德,凝五常而无间,合二气之阖辟,备之无遗,存之不失,故因天地之时,与之同流,有实体则有实用,化之所以咸通也。阴阳合为一德,不测之神也;存神以御气,则诚之至而圣德成矣。①

另一方面,他将"诚"与漠漠无迹却无所不能的宇宙本体之"神"等同视之,从哲学层面上进一步诠释"诚"的内涵。王夫之认为宇宙本体之"神",神秘莫测,"有其象,无其形,非可以比类广引而拟之,指其本体,曰诚,曰天,曰仁,一言而尽之矣"②。他将"诚"视为宇宙本体,这实际上是对传统哲学命题的进一步开掘,以期符合他的宇宙本体论。但是,王夫之对"诚"的发展,在其《诗经》学中,释"诚"为圣人之德,并以此作为调和自己内心情感世界和心理状态的力量。他在《诗广传·论板一》中依据《易经》"修辞立其诚"之论,提出"立诚以修辞,修辞而后诚可立也"③的观点。

---

① (明)王夫之著:《张子正蒙注》卷二,《船山全书》第十二册,岳麓书社2011年版,第81—82页。
② 同上书,第79页。
③ (明)王夫之著:《诗广传》卷四,《船山全书》第三册,岳麓书社2011年版,第460页。

《易经·乾卦》云："君子进德修业，忠信，所以进德也。修辞立其诚，所以居业也。"① 其意为：君子加强道德修养而追求功业完美，忠信为"德"之本，讲求忠信，这是增进道德修养的途径。可见，履行"忠信"是进德之本。"修辞立诚，所以居业也。"意为言语要发自内心，出自诚信，方可保有功业。孔颖达疏云："辞谓文教，诚谓诚实也，外则修理文教，内在立其诚实，内外相成，则有功业可居，故云居业也。"② 孔颖达之疏将"修辞立诚"视作为文之道，即撰文须表现作者的真实意图，而不可虚饰文辞。王夫之对"诚"的诠释亦受此影响③。但是，他并未停留于此，却另辟蹊径予以进一步阐释，他说：

  诚者何也？天地之撰也，万物之情也。日月环而无端，寒暑渐而无畛，神气充于官骸而不著，生杀因其自致而不为，此天地之撰也。曼而不知止则厌，无端而投之则惊，前有所诎、后有所申则疑，数见不鲜而屡涸之则怒。无可厌而后歆，无所惊而后适，无所疑而后信，无可怒而后喜，此万物之情也，天地之妙合，辑而已矣。④

显然，王夫之对"诚"的诠释，在"天道"与"人道"两个方面上展开：就天道而言，"诚"是天地的规律，万物的表情。日月变化而自如，四季寒暑往来而无界，春生秋死而自然，这就是"诚"运转规律的体现；万物无怒无喜，一切自在而为，不刻意，无凑泊，这是天道之情的体现。他强调：天地妙合而为"诚"之终极意义，并由此可引申出人道之"诚"：

  万物之荣生，怿而已矣。辑而化泱，怿而志宁，天地万物之不能违，而况于民乎？"辞之辑矣，民之洽矣；辞之怿矣，民之莫矣"：立诚之谓也。

---

① （清）阮元校刻：《十三经注疏》（上），《周易正义》卷一，中华书局 1980 年版，第 15 页。
② 同上书，第 15—16 页。
③ 袁愈宗先生在其《〈诗广传〉史学研究》中，设专章"修辞立其诚——内圣境界与诗学理想论"，论其诗学意义。中央编译出版社 2012 年版，第 134 页。
④ （明）王夫之著：《诗广传》卷四，《船山全书》第三册，岳麓书社 2011 年版，第 460—461 页。

第六章　王夫之《诗经》学的生命情怀 // 291

诚之弗立，拂天地之位，刑万物之几，行其小智以腾口说于天下，而天下之人乃惊疑厌怒而不可戢。①

天道之"诚"使万物荣生而各自适性愉悦，而人道之"诚"则言辞温和而民和睦；言辞和悦而心志宁，这是顺应之道而达到的境界。换句话说，人道之"诚"就是不违背本心的自然体现。人之本心即为"信"，人"信"则和，和则悦，悦则宁，这即是精神修炼的境界，亦是道德修养的原则。

王夫之认为，圣人之所以为圣人，就是能够出其本"信"（心）而至其"诚"：言辞和悦，心情和美，仪态雍容和雅，性情淑静淡然，这是内心达到"圣"的境界，至此境界者可谓之达"内圣"。在王夫之看来，圣人之德在于"诚"，"诚"的表现则为言而有信，辞必和悦，方可至悠游自得之境界。反之，人若不能立"诚"，就会违背天地之道，损伤万物之兆，若凭借一己之小智慧而以巧言游说天下，众人则对其厌恶至愤怒。实际上，王夫之从"修辞立其诚"中，挖掘出了儒家思想中本之于"信""德"的人文精神以及知行合一的哲学思想。合于信者，谓之诚，有诚则有德。所以，圣人之德即是勿违人道。

基于对"诚"的体认，王夫之进一步引入对圣人至圣境界的阐述，并将此作为自己立身为人之道。在其《诗经》研究中，无不流露出对圣人人格的向往，他处处以圣人思想来调节自己的情绪，以达至高的人生境界。他仰慕自古以来那些有高尚情操和道德意志的人。他在《诗广传·论燕燕一》中认为，作为一位儒士，有万千遗恨，也不能像怨妇般泣涕涟涟。

圣人有"德"之滋养，内心平和泰然，无论处于何种境遇，均将泰然处之。因为，德于人之益处，在于泄导心中之积怨，以趋向平和。即使是孤臣嫠妇，行可以孤，而德不可孤。换句话说，人无论身处何种境地，始终不忘对圣人之境的培养，让心灵时刻充满"德"的滋养。他说：

匪刻意以贞性，知其弗能贞也。刻意以贞性，犹惧其弗能贞也。孤臣嫠妇，孤行也，而德不可孤，必有辅焉。辅者非人辅之，心之所

---

① （明）王夫之著：《诗广传》卷四，《船山全书》第三册，岳麓书社 2011 年版，第 461 页。

函，有余德焉，行之所立，有余道焉，皆以辅其贞，而乃以光明而不疚。故曰："益，德之裕也。"①

《邶风·燕燕》主旨如前所述，送别而已。但王夫之所读出的却是亡国之悲，所谓孤臣孽妇之哀。孤臣孽妇，此人生之遭际，不以主观意志为转移。然而，一旦为孤臣孽妇，形可孤，影可单，而德不可孤。如何来辅"德"而使之不孤呢？不是刻意为之，而是由人心来决定；人心最无私，亦最广阔，若心能函，则有余德。因此，有余德，行可立，游刃有余于道的境界中，即可辅助贞性。所谓"贞性"，是指本自"性"的纯真之情、赤子之心。由德滋养的真情，最后归于光明澄澈，这就是裕德。那么，裕德的益处则是内心达到泰、通、夷的境界，即是"内圣"，王夫之说：

夫能裕其德者，约如泰，穷如通，险如夷，亦岂因履变而加厉哉？如其素而已矣。弗可以为孤臣孽妇而诡于同，亦弗可以为孤臣孽妇而矜为异。非无异也，异但以孤臣孽妇之孤行，而勿以其余也。居之也矜，尚之也绞，刻意以为峣峣之高、皦皦之白而厉于人，是抑缘孤孽而改其生平，岂其能过，不及焉耳已。指青霜，誓寒水，将焉用温？溯逆流，披回风，将焉用惠？"终温且惠"，未亡人其有推移之心乎？呜呼！斯其所为终无推移者也。当其为孽，如其未为孽也，而后可以孽矣。当其未为孽，温且惠也。如其未为孽者以孽，而何弗终之邪？志之函也固然，气之守也固然，威仪之在躬、臣妾之待治也固然。习险已频，则智计愈敛；阅物多变，则自爱益深。广以其道于天下，不见有矜己厉物之地；守以其恒于后世，斯必无转石卷席之心。无所往而非德也，其于贞也，乃以长裕而不劳设矣。

故虞仲之残其形，任永之乱其室，范滂之以为善戒其子，刻意危矣，以言乎淑慎则未也。奚为其未邪？德不裕而行无辅也。②

王夫之认为能裕于德，"终温且惠"，润物无声，心与物相应，德与

---

① （明）王夫之著：《诗广传》卷一，《船山全书》第三册，岳麓书社2011年版，第319页。
② 同上书，第319—320页。

心相成，所谓"圣人感于心而天下和平"①。如此，则孤臣不孤，嫠妇不嫠，辨于穷通之境，游于进退之维。反之，若刻意为之，矜己为之，厉物为之，则心不广，德不余。如此，则孤臣愈悲，嫠妇愈怨，困于穷通两端，窘于进退两难。甚至，若刻意为之，矫情为之，则陷入"德不裕而行无辅"的境地。王夫之所向往的圣人之境界，指的恰是能够达到"天人合一"的大智慧，即与天地同德，与日月同辉，与万物同情，往来于天地之间超凡卓越的生命境界。抑或，这是一种化逆境为顺境，变穷途为通衢的智慧。有此智慧，达此境界，便忘记世间名利，淡泊人情世故，心通往神明之境。

圣人之德，是王夫之生命哲学的核心部分。他以"诚"为出发点，以"德"为归宿，以此讨论生命之境。他诠释了圣人之境的特点和现实意义，认为"德"以"诚"为前提，"诚"以"信"为核心，充分探讨了三者之间的关系，最终以儒家"内圣"作为"诚"与"德"合二为一的生命境界，并由此作为消释人生种种不幸的凭借。

人生于世，顺逆、穷通不由己，恰如"'鱼潜在渊，或在于渚'，时也；'鱼在于渚，或潜在渊'，亦时也"②。然而，心若安于诚，无论处于何种境遇，心则往来自由，而不会困于环境的变化，他举例论说：

> 故伯夷以清为渊，伊尹以任为渚，曾子以忠为渚，仲弓以敬为渊，胥得也。善学孔子者，学四子而已。杨雄、王通游（圣人）于渊渚之间，没世而不得也，宜矣夫！尝见求鱼之子，旦于渊，夕于渚，方于渚，旋于渊，惑于其所偶在而与之相逐，有不为天下笑者哉？何居乎！聃、周、雄、通之不瘳也！③

于"渊"，抑或于"渚"，不过是比喻而已，王夫之这段话的命意为圣人以诚宅其心，万事顺其自然。反之，则四处碰壁，囿于境遇之变，而使自己痛苦不堪，即"旦于渊，夕于渚，方于渚，旋于渊"。被外物所惑，而汲汲名利，被天下所笑。那么，人若罹天崩地裂之难，一旦为孤

---

① （明）王夫之著：《诗广传》卷三，《船山全书》第三册，岳麓书社2011年版，第407页。
② 同上书，第405页。
③ 同上书，第406页。

臣，唯有回归圣人之境，以德化解内心的痛苦和思想的矛盾，使心灵回归宁静，努力达到"约如泰，穷如通，险如夷"的境界，这虽非全身之法，也是一种生命的大智慧。王夫之说："夫智者进而用天下，如用其身焉耳；退而理其身，如理天下焉矣。恢恢乎其有余也，便便乎其不见难也。天下不见难，则智不穷于进；身有余，则智不穷于退。"① 无论进退与否，都关乎其"身"，所谓"理其身"，就是对生命的关怀。于进退间，守卫生命的智慧，体现出船山对儒道思想的融会贯通，即"得志于时而谋天下，则好管、商；失志于时而谋其身，则好庄、列"②。

王夫之认为历史上不如意者甚多，而不知进退之理者尤多，如魏无忌之病酒、阮嗣宗之驱车恸哭、王孝伯之痛饮读骚、桓子野之清歌无奈，"皆思进而有为于天下"，却不知一旦"穷途而不逞，一往之意折而困于反"。他们正因为不懂得穷途知返之道，不知进退"理身"之理，"唯其不知反也，是以穷也"③。于穷途末路中，知其返，回本心，这是何等通达的生命态度。然而，其中郁结着多少无法言说的苦楚。结合船山先生的一生，我们才能理解蕴含于其中痛苦悲凉的心理历程。这种通达的生命之境，实际上是船山极热情谋事而失意的生命回归。圣德之境，是走向生命之无可奈何之凭借，亦是他终结人生热情而转向生命哲学探寻的归宿。如果把船山这种凝聚无限痛苦的通达思想，视作乐观的一种审美人生态度，则不尽全面。王夫之一生曾投身激流，历尽忧患而不堕报国之心；浪迹潇湘，奔走呐喊而不息复国之望；归隐衡阳，笔耕不辍而难释亡国之痛。他对圣人之德的仰慕，寄托了一生的无奈与悲痛。他以圣德来化解内心的忧伤与遗恨，以此作为支撑自己走完生命的支点。所以，他心目中的圣人是一种生命境界，是精神的象征，与理学家所塑造的"存天理，灭人欲"的圣人形象大相径庭。

二 对君子人格的追求

君子，是在儒家文化语境中树立起来的偶像型人格，指那些受过教育、有修养、人格高尚的人。先秦文献中"君子"一词频频出现，其含

---

① （明）王夫之著：《诗广传》卷四，《船山全书》第三册，岳麓书社2011年版，第466页。
② 同上书，第467页。
③ 同上书，第466页。

义颇多，除了儒家理想化的君子外，或指天子，或指大夫，或指丈夫，等等。《诗经》至少有 63 首诗歌涉及"君子"一词，根据董治安先生主编的《诗经词典》统计："君子"一词在《诗经》中出现 183 次之多。《论语》有 20 处使用了"君子"。另外，其他历史散文和诸子散文几乎皆有所涉及。因此，"君子"一词是先秦时代使用最广泛的词汇之一。关于儒家文化语境中作为理想人格的"君子"内涵，论者颇多，毋庸置疑，故也无须赘词。

王夫之在研究《诗经》中，处处流露出对君子的赞许与向往。君子人格是他始终追求的理想人格，即是"修文以函情"[①]、博雅通达，宠辱不惊，穷达如一，内外兼修，以德裕身的完美人格。从本质上说，王夫之的君子观与传统儒家文化语境中的君子观密切相关。然而，王夫之所持的君子观，既有对传统的继承，也有个性观念的渗透。下面，主要从君子观、君子人格两方面来探讨。

（一）君子观

"君子观"是传统儒家文化语境中，以道德为依据，对人格思想的判断。在《诗经》中，"君子"与"德"如影随形，共有 72 处，以"德"言君子人格，如《小雅·湛露》所谓"显允君子，莫不令德"。即形容君子光明诚信的美德。

君子观的内涵随着时代的变迁而不断丰富。检视三代文献，可察知"君子"富有早期阶层论的特色，即指贵族身份的人。如《尚书·大禹谟》云："君子在野，小人在位。"《尚书·秦誓下》："呜呼！我西土君子。"《尚书·无逸》："呜呼！君子所，其无逸。"《诗经·小雅·大东》曰："君子所履，小人所视。"《诗经·小雅·巷伯》："凡百君子，敬而听之。"《礼记·曲礼上》："是以君子恭敬撙节退让以明礼。"《周易·泰卦》："内君子而外小人，君子道长，小人道消也"，等等，三代文献中的"君子"不胜一一枚举，其内涵大致如一。

至春秋末期，孔子有感于礼坏乐崩，王室式微而诸侯僭越的政治格局，期望通过君子人格的构建来恢复周礼。所以，孔子赋予君子观新的时

[①] （明）王夫之著：《诗广传》卷一，《船山全书》第三册，岳麓书社 2011 年版，第 307 页。

代内涵，即以道德为重的人格典范。孔子重视君子人格的修养[①]，尤其重视以德为上的君子观。从"君子"为身份等级内涵转向道德意志，不仅是孔子对三代君子观的完善与发展，也确立了中国传统思想中的"君子人格"。余英时先生在《"君子"与儒家理想》一文中说："'君子'到了孔子的手上才正式成为一种道德的理想。所以，孔子对于'君子'的境界规定得非常高，仅次于可望而不可即的'圣人'。"可见，"君子"由概念化的等级身份成为转向具有道德内涵的人格精神，孔子是完成者。孔子崇尚道德的君子观，其核心是"仁"，君子是以仁为己任，任重道远、克己复礼的践行者与时代精神的肩负者。

与传统儒家思想的君子观有所不同的是，置身于明末清初的变革之际，王夫之的君子观中融入了较强烈的遗民思想，赋予其浓郁的民族文化内涵。他以民族文化为出发点，将"君子""小人"之别与"华夷之防"等同视之。

王夫之在《读通鉴论》卷十四中明确提出天下之两大防，即"中国、夷狄也，君子、小人也""小人之乱君子，无殊于夷狄之乱华夏，或且玩焉，而孰知其害之烈也！故均是人也，而夷、夏分以其疆，君子、小人殊以其类，防之不可不严也"。华夷之防，自古有之，而将此与君子小人之别同日而语，船山确系为第一。清贵族入主中原，这是王夫之难以承受的亡国之痛。在他看来，"夷之乱华久矣，狎而召之、利而安之者，嗜利之小人也，而商贾为其最。夷狄资商贾而利，商贾恃夷狄而骄，而人道几于永灭"。遭遇江山易主之患，王夫之立足于汉民族文化的立场，审视君子观，虽然不乏一定的狭隘性，但是其中蕴含于深沉的遗民思想，有其时代意义和个性思想。

文化是一个民族长期积累而成的集物质、精神于一体的符号，是维系一个群组的纽带，它标志着该民族文明的进程。中华民族文明史表明：华夏是一个多民族的文化群体，中华民族是在诸多文化的认同与融合中，逐渐繁荣昌盛起来。然而，汉文化始终是中华文化的核心部分。基于此，尊王攘夷、华夷之防的民族思想亦根深蒂固。尤其在汉文化与少数民族文化发生冲突时，这种思想则尤为突出。

---

① 据杨伯峻先生统计，《论语》中"君子"一词凡出现107次之多。参见杨伯峻译注《论语译注》，中华书局1980年版，第241页。

王夫之的君子观将"夷夏"观联系在一起,这实质上反映出了当时汉民族的一种价值观念。自古以来汉族居于中原肥沃之地,为泱泱礼仪之邦,与周边少数民族相比,在诸多方面有着天然的优势,即区域优势、经济优势、文化优势等,这是每一个汉民族引以为骄傲的资本。王夫之认为,夷族落后的文化,不知礼义,不懂感恩,只知道享乐而已,所谓"夷之道,甘食悦色而止"。① 然而,时运变化,清贵族取代明朝,而为江山之主,这是王夫之最难堪之痛。他口诛笔伐,将夷族视为"小人"之辈,其为利益所惑而入侵中原,是残贼之人。面对此现实,他痛苦呼告:"呜呼!君子之道,易知简行,而天下莫能知,人之不禽也无几矣。羯胡主中国而政毁,浮屠流东而教乱。"② 从小深受儒家文化滋养的船山先生,尚未报国心已成灰。在他看来,国家灭亡之痛尚可承受,最不堪者,则是文明之邦毁于夷族。这样的现实使他悲痛不已:"呜呼!天育之,圣粒之,凡民乐利之,不粒不火之禽心,其免矣夫!天运替,人纪乱,射生饮血之习,且有开之先者,吾不忍知其终也。"③

由此可见,王夫之的君子观与"夷夏"观,这一观念的产生有着十分独特的时代背景和文化语境。从孔子所倡导以德为上的君子观,到王夫之以汉族文化为贵的君子观,其中最突出的则是由伦理道德观转向民族文化观,这既是时代的要求,也是两种文化碰撞的必然结果。换句话说,王夫之在族群意识下的君子观,又呈现出有等差的区分。客观而言,这种观念并无多少进步性意义。但是,与此同时,我们也应该从王夫之所赋予君子观的内涵中,看到在中国古代深厚的汉文化背景下,儒家学者对民族的认同,往往存在一定的偏见,这是只重视自身族群认同导致的偏见。

诚然,我们很难武断地去批评船山民族思想的狭隘性。任何思想的存在,有其时代性意义,"文变染乎世情",思想之变亦如此。至于如何更合理、更客观地去评价民族观,抑或族群思想,我们应该在更加开放的、宏大的华夏文化视野中去审视,而非站在某一个族群的立场上去衡量。关于这一问题的讨论,可以参看台湾王明珂先生的《华夏边缘——历史记忆与族群认同》一书,其论点之鲜明,视野之开阔,足以给人耳目一新

---

① (明)王夫之著:《诗广传》卷三,《船山全书》第三册,岳麓书社2011年版,第420页。
② 同上。
③ (明)王夫之著:《诗广传》卷五,《船山全书》第三册,岳麓书社2011年版,第492页。

之感,在此不多赘述。

(二) 君子人格

与圣人之德的高山仰止所不同的是,君子人格具有一定程度的普世化意义,即普通人通过修炼即可实现的人格精神。圣人可以忘情,而君子则为情之所钟者。王夫之认为,"情"是君子人格修养的渊薮。在《诗广传》中,他多次论及君子人格中最具魅力的即是普世化的情感体验,对万物的深情观照,这是与传统儒家思想中的君子人格最大的不同特点。

首先,君子有与天地万物同情的博大深情,对情感的感知和表达是人与动物最大的区别。人皆有情,然情之专与浮,又是君子与小人的区别所在。王夫之以《唐风·葛生》来阐释君子用情专一的人格特点,他说:

> 日月相代于前而不易其素,贞时者也。日月相代于前而莫能自喻,奔妄者也。日月相易,寒暑疾徐之变有感而必感,壹志者也。上士自敦其天,而不因天之天。中士静息以尚其事,而不爽天之天。淫于情者浮用其情,而以血气之迁流为消长,弗顾天矣。"夏之日,冬之夜",可感而感不爽,君子是以知其用情者专一而非淫也。①

《葛生》是一首悲歌,被视为古典诗"悼亡之祖",全诗如下:

> 葛生蒙楚,蔹蔓于野。予美亡此,谁与独处!
> 葛生蒙棘,蔹蔓于域。予美亡此,谁与独息!
> 角枕粲兮,锦衾烂兮。予美亡此,谁与独旦!
> 夏之日,冬之夜。百岁之后,归於其居!
> 冬之夜,夏之日。百岁之后,归於其室!②

诗歌语言清丽,情感凄婉,于一唱三叹中抒发主人公失去爱人的无限悲痛。读此诗,眼前似乎浮现出一位憔悴哀伤的女性形象,她站在荒凉的旷野上,一遍遍呼唤着爱人的名字,悲伤哀婉的声音穿越千年的时空,令

---

① (明) 王夫之著:《诗广传》卷二,《船山全书》第三册,岳麓书社2011年版,第368页。
② (清) 阮元校刻:《十三经注疏》(上),《毛诗正义》卷六,中华书局1980年版,第366页。

人鼻酸。陈澧在《读诗日录》中感叹道："此诗甚悲，读之令人泪下。"的确，这首诗可算得上《诗经》中最悲伤的诗歌之一。

王夫之诠释这首诗全然抛弃《毛序》"刺晋献公"的成见，而是在充分体验诗歌情感的基础上，提出了君子用情说。他慧眼独具，从"冬之夜，夏之日"的季节轮回中，体会出了诗人持久不变的衷情，这是贴近诗意之解；从寒暑的交替中，感受到了诗人用情之专一。他认为：君子深于情而小人淫于情，"淫于情者浮用其情，而以血气之迁流为消长，弗顾天矣"。其意为小人之浮情，随着气血之变化和时光之迁流而消长，不会恒久。王夫之对"淫"有着非常恰切的界定，"淫者，非谓其志于燕媟之私也，情极于一往，汜荡而不能自戢也"①。而君子"知其用情者专一而非淫"。的确，与孔子尚德的君子观所不同的是，王夫之首先重视君子之情。这不仅是船山君子思想的独特处，也体现出他的情感取向。他深情地凝视脚下的土地，风声鹤唳中黯然失色的江山，令他悲痛不已，他希望通过阐释此诗，以唤醒更多钟情于家国的君子肩负起时代的使命！

君子用情专一，值得人敬仰。然而，君子更应具有博大的深情，其情关乎女子、小人，乃至草木万物。王夫之在《诗广传·论草虫》中说：

> 君子之心，有与天地同情者，有与禽鱼草木同情者，有与女子小人同情者，有与道同情者，唯君子悉知之。悉知之则辨用之，辨用之尤必裁成之，是以取天下之情而宅天下之正。故君子之用密矣。②

传统儒家话语中的君子，是卓然的清俊之士，其情必于侍君，必于天下；可与天地同情，可与道同情；但难以与禽鱼草木同情，不可与女子小人同情。在孔子的君子观中，唯小人和女人难养。他们的目光上达，故难以与小人同情；他们视己如水，故不可与女人同情。在王夫之看来，君子不仅与万物同情，更能够做到理性地辨别这些情感，且适当地用好不同的情感，以达到"取天下之情而宅天下之正"的目的，这是因为："与天地同情者，化行于不自已，用其不自已而裁之以忧……与禽鱼草木同情者，天下之莫不贵者，生也，贵其生尤不贱其死，是以贞其死而重用万物之死

---

① （明）王夫之著：《诗广传》卷三，《船山全书》第三册，岳麓书社2011年版，第433页。
② （明）王夫之著：《诗广传》卷一，《船山全书》第三册，岳麓书社2011年版，第310页。

也。与女子小人同情者，均是人矣，情同而取。"可见，君子与天地同情，游于其中而不被束缚，并能够把持自己的忧乐之情；君子与禽鱼草木同情，是对万物生灵的重视；君子与女子同情，予以生命的关怀与人格的尊重。所以，王夫之追求的君子，不是完美高大的人格象征，而是有情有义，有血有肉真实可敬的普通人。其最可敬处则是能够与女子同情，与小人同情，与万物同情，这是船山对传统君子观的超越。其极富现代人文精神，不仅对明末清初的思想界具有启蒙意义，也推动了现代思想的发展。

其次，君子贵在"欲理合一"。诚然，君子有博大的深情。然尤为可贵的是君子善于节情。王夫之通过对《草虫》情感的批评，以强调君子要懂得控制情感和驾驭情感，这是君子之德的基本表现，否则即为女子、小人之情：

> 故天下以《草虫》之情交君子，弗拒可矣；感其未见之忡忡而不与戚戚也，接其既见之悦夷而不与泄泄也，天下以自止于礼矣。君子有时而以《草虫》交天下，方其忡忡，不改乐焉；方其悦夷，不忘忧焉。摄之不漏，用之不流，迁之不遽，君子以自敦其仁矣。悉知其情而皆有以裁用之，大以体天地之化，微以备禽鱼草木之几，而况《草虫》之忧乐乎？故即《草虫》以为道，与夫废《草虫》而后为道者，两不为也。虽然，《草虫》固女子小人之情也。①

《诗经·召南·草虫》是一首思妇诗。戴震《诗经补注》云："《草虫》，感念君子行役之诗也。"诗共三章，章法结构、情思流动大致相同。每章一、二句以采植物而起兴，三、四句抒发未见君子的忧心与思念；末三句则以想象之词，表达若见君子的欢喜情状，尤其用"亦既见止，亦既觏止"这样的诗句，使得主人公的情感恣肆放纵而毫无节制。王夫之认为，君子须有情，但情应有所节制。虽然愿望未满足时会忧心忡忡，但不可以悲悲切切；即使有遂愿之事，心中定然欢喜，但不可以放纵，君子以天下之礼来节制自己的情感。如果君子偶以《草虫》之情交天下，虽心中烦忧时，也不改其乐；抑或处于喜悦中，亦不可忘忧。

---

① （明）王夫之著：《诗广传》卷一，《船山全书》第三册，岳麓书社2011年版，第310—311页。

那么，究竟如何做到既能够节情有度，且能够避免薄情寡欲呢？

孔子虽然也承认食色乃人之性，但是，他要求君子"乐而不淫"，此度的确很难把握。王夫之站在人本之角度上，提出真正有道德修养的君子不能失去人的本性，即做到"欲理合一"，而非"存天理，灭人欲"的伪君子。所谓"欲理合一"，指的是既要重视正常的男女之情，又要做到适宜有度。适宜有度与"乐而不淫"不同，适宜有度的"度"，就是"理"，即社会伦理道德规范。可见，王夫之对人欲和人伦的态度，既有别于明代中后期兴起的纵欲潮流，也不同于程朱理学的禁欲思想。其"理"与程朱"天理"之"理"并不在同一层面上，王夫之所言之"理"是人道之"理"。

君子、小人都有常人之情欲，所谓"民之情，饮食男女而已矣"[①]。但是在对"欲"的态度上，君子与小人有天壤之别。君子和小人对物欲、情欲的所取不同，"饮食男女，人之大欲共焉者也，而朴者多得之于饮食，佻者多得之于男女"[②]。这里的"朴者"与"佻者"即是君子与小人之谓也。认可饮食男女人之大欲，并予以尊重，这实际上是王夫之对程朱理学否定人性思想的极大批判，它对明末清初人文思潮的兴起具有一定的启发意义，戴震亦批判程朱理学说：

> 饥寒愁怨，饮食男女，常情隐曲之感，则名之曰"人欲"，故终其身见欲之难制。其所谓"存理"，空有理之名，究不过绝情欲之感耳……天下必无舍生养之道而得存者，凡事为皆有于欲，无欲则无为矣；有欲而后有为，有为而归于至当不可易之谓理；无欲无为又焉有理……圣人务在有欲有为之咸得理。是故君子亦无私而已矣，不贵无欲。君子使欲出于正，不出于邪，不必无饥寒愁怨、饮食男女常情隐曲之感。[③]

戴震之论确有振聋发聩之力，他以犀利的语言直逼理学之弊，揭示"欲"不仅是人难制之常情，亦是促使人积极奋发的原动力。"凡事为皆

[①] （明）王夫之著：《诗广传》卷四，《船山全书》第三册，岳麓书社2011年版，第454页。
[②] （明）王夫之著：《诗广传》卷二，《船山全书》第三册，岳麓书社2011年版，第383页。
[③] （清）戴震撰：《孟子字义疏证》卷下，商务印书馆1937年版，第57页。

有于欲，无欲则无为"，这是天下之通理。圣人有欲有为且皆得其理，君子不尚无欲，而贵欲。尤为重要的是君子能够使欲出于正，不出于邪，即合之于理，这是对王夫之"欲理合一"观念的积极响应，所谓"饮食男女，人之大共也。共而别者，别之以度乎！君子舒焉，小人劬焉，禽狄驱焉；君子宁焉，小人营焉，禽狄奔焉"。君子之所以为君子，即对一切欲望予以适宜的度，做到"欲理合一"，恰当把握好"欲""理"的关系，满足欲望的享受而持之有度，且平淡视之。而小人则不然，他们一生为各种欲望所困，斤斤计较，不知满足，终日追逐各种名利，却忧心忡忡。归其原因，在于小人重欲却不知节制。"君子道而已，小人利而已"即君子以理调节自己，控制各种欲望，使之有度。他在《诗广传·论衡门一》中对"欲理合一"思想有着充分的论证：

> 有澹而易足者焉，为君子易，而非即君子也。为君子易，是以君子奖之。非即君子，是以君子尤弗尚之。奖其澹也，非奖其薄也。聊且者，薄之心也。吾惧夫薄于欲者之亦薄于理，薄于以身受天下者之薄于以身任天下也。①

《衡门》是陈风中的一首主题较为晦涩的诗歌，诗三章如下：

> 衡门之下，可以栖迟。泌之洋洋，可以乐饥。
> 岂其食鱼，必河之鲂？岂其取妻，必齐之姜。
> 岂其食鱼，必河之鲤？岂其娶妻，必宋之子。②

诗歌的主旨多有争议，《毛序》以为"《衡门》，诱僖公也。愿而无立志，故作是诗以诱掖其君也"③。此说显然与诗歌之意相差甚远。方玉润在《诗经原始》中对《毛序》之说大加批评，他说："僖公，君临万民者也。纵愿而无立志，诱之以夫焉而进于道也可，奈何以无求世之志劝之？岂非所诱反其所望乎？"方氏指出了《毛序》之误，且分析颇为透辟。

---

① （明）王夫之著：《诗广传》卷二，《船山全书》第三册，岳麓书社 2011 年版，第 374 页。
② （清）阮元校刻：《十三经注疏》（上），《毛诗正义》卷七，中华书局 1980 年版，第 377 页。
③ 同上。

虽然，诗歌主旨不甚明确，但是其追求淡泊的情志显而易见。王夫之并不纠缠于主题，而是从情志入手，并阐发独见。他强调君子淡泊名利，然凡淡泊者，未必都是君子；君子崇尚其淡，而不尚其薄。淡于名利者，尚可以明志；而薄其欲者，"亦薄于理"。薄欲者，亦"薄于以身任天下"。换句话说，真正的君子应该是在身任天下大任的同时，亦不可抛弃人之常情和应有的享受。否则，薄情寡欲，也就丧失了积极进取的意志。他进一步指出：

> 是故天地之产皆有所用，饮食男女皆有所贞。君子敬天地之产而秩以其分，重饮食男女之辨而协以其安。苟其食鱼，则以河鲂为美，亦恶得而弗河鲂哉？苟其娶妻，则以齐姜为正，亦恶得而弗齐姜哉？厚用天下而不失其澹，澹用天下而不歆其薄，为君子者，无难无易，慎为之而已矣。①

这一段文字足以体现出船山通达思想的可贵处，天地物产，为人所用，人用之，是对天地的敬重；饮食男女，为人所贞，人协以其安，即得到适度的满足，是对人性的尊重。这比起那些腐儒板起面孔，满嘴的仁义道德，更近人性之美丽；比起程朱理学家谈性色变，将男女视为君子人格大防的虚伪，更显人情之温暖。在敬重天地、尊重人性、重视人情的前提下，君子对欲望的追求，不可贪婪，不可享尽所有，要做到有节有持，和谐美好。要有"厚用天下而不失其澹，澹用天下而不歆其薄"的思想境界。

甚至，王夫之将"情"与"礼"等同视之，认为二者的存在，是常态社会的表征。他说："情在而礼亡，情未亡也。礼亡而情在，礼犹可存也。礼亡既久而情且亡，何禽之非人，而人之不可禽乎？"② 的确，人无常情而非人，人无常礼亦非人，更何况君子呢？所以，有情、遵礼，是君子风范的体现；"情"与"礼"是文明社会的基本标志，二者相互依存，二者相互滋养。然而，一旦礼亡、情坏，种种社会危机、人伦危机便接踵而至。所以，一个良好社会秩序的维护，不仅要大力提倡君子之道，更应

---

① （明）王夫之著：《诗广传》卷二，《船山全书》第三册，岳麓书社2011年版，第374页。
② 同上书，第377页。

该提倡人情之道。

在"欲理合一"思想的基础上，王夫之深入君子对贫富、贵贱、生死等生命基本问题的探讨。儒、道、释圣贤殚精竭虑，苦心探索，期望能寻得解脱人生命之苦的良方。儒家曰："安贫乐道"。老子云："有大患者，为吾有身。"庄子说："哀莫大于心死，身死亦次之。"佛家则以对彼岸世界的向往，淡化现世的痛苦。实际上，这些智者的哲言，并没有教给人如何消弭生命之痛的方法。然而王夫之则站在俗世烟火的层面上，通过对君子人格理想的诠释，将理论与现实相结合，指导人们如何看待这些人生之重，而通向生命之轻，他在《诗广传》中指出：

> 君子无妄富，亦无妄贫；无妄贵，亦无妄贱；无妄生，亦无妄死。富贵而生，君子之所以用天道也；贫贱而死，亦君子之所以用天道也。以其贫，成天下之大义；以其贱，成天下之大仁；以其死，成天下之大勇；非其情之苟可以胜而遂乐为之也。故君子之用贫贱与死，尤慎之矣。苟可以胜而遂乐为之，幸其可以胜贫贱而乐贫贱也，藉其但可以胜富贵而遂乐富贵乎？

如何看待贫富、贵贱、生死诸多问题，需要大智慧，如何不妄于其中，这必须依于道。无论富贵而生，抑或贫贱而死，一切都应于天道而然。君子能够安时处顺，无妄富贵、无妄贫贱，亦无妄生死。所谓"君子事道，小人事养"[①]。洞晓这个道理，人不应怨天，亦不怨人。相反，君子"以其贫，成天下之大义；以其贱，成天下之大仁；以其死，成天下之大勇"。不过，在王夫之看来，不是所有的通过贫贱和死亡成义、成仁、成勇的行为，都值得可取，因为生命的意义要远远超过这些附加在生命之上的外在价值。所以，君子要谨慎对待贫贱与死亡。由此可见，王夫之理想中的君子人格蕴含着深刻的人文精神。

再次，君子尽其性而安其命。传统儒家话语中的君子以天下为使命，他们以仁为己任，任重道远，死而后已；他们自强不息，厚德载物。然而，王夫之认为，君子既要有责任感和使命感，但更要尽性命而顺自然。他心目中的君子，无论对任何事物，都应该是"尽其性，安其命而不乱，

---

① （明）王夫之著：《诗广传》卷三，《船山全书》第三册，岳麓书社2011年版，第388页。

以性顺命"① 的人。他指出:"命则有不齐矣,命则有不令矣。君子之道,齐之以礼而不齐之以天,令之于己而不令之于物。以为期物之令而绝其所不令,则是舍己而求之于物,非反己尽性之道也。"② 的确,人各有命,君子应齐之以礼,将命纳入正常的生活秩序中,而不是怨天尤人。一个人的命好与不好,在于自己的安排,而不能依靠于他者。这就是"君子之道,求之己而已矣。求之己者,尽性者也,尽性则至于命矣"③。尽其性,安其命,以性顺命,这是通达的思想,与传统的天命观有所不同。

生活中的诱惑很多,有些事可为,有些事不可为;有些事能为,有些事不能为,君子知晓此理,凡事能正确看待,这是最可贵之处。在王夫之看来,君子首先是普通人,是能达观对待俗世的各种事宜,而不是矜持自以为与众不同者,他指出:

> 货导人以黩,虽然,不可以废货也。色湛人以乱,虽然,不可以废色也。酒兴人以迷,无亦可以废酒乎?酒者,害百而利不得十,义不得一者也。弗与禁之,投之不臧之券,而始儆童羖之誓,是决浊河而障之,不已劳哉?禹恶而姑存之,武王诰而弗革之,曰为宾祀也。笾之豆之,簠之簋之,神歆而人宜之,亦奚乎不可!④

这是一段颇耐人寻味的阐述,王夫之特举生活中所谓君子之大防的货、色、酒,来说明君子尽其性而安其命的道理。这些或导人以黩,或湛人以乱,或兴人以迷,甚至如酒害百而利不得十者,人不可以废除它们。因为它们与人的生活密切相关,"天地之大德曰生",即是这个道理。另外,这些都是人的性情所需,"货色之好,性之情也。酒之使人好,情之感也。性之情者,性所有也"⑤。因此,货为人所资,"人有需货之理而货应之"⑥;色出自人性,"人有思色之道而色应之"⑦,人享受天地之恩赐且获得满足与快感,这既是符合人性之道,也是天地之道。如酒,"与生

---

① (明)王夫之著:《诗广传》卷三,《船山全书》第三册,岳麓书社2011年版,第429页。
② 同上。
③ 同上书,第429页。
④ 同上书,第428页。
⑤ 同上书,第429页。
⑥ 同上。
⑦ 同上。

俱兴，则与天地俱始矣。上古之未有酒，而人无感以不动，则是增益之于已生之余，因有酒而始有好矣"①。酒、色、货都是一把双刃剑，君子能充分认识它们存在的必要和理由，且能以正确的态度去对待。

最后，王夫之在其《诗经》学中所表达的君子观和君子人格，与传统儒家相比，有因有革。他革除了传统君子观的迂阔之处，而赋予了具有现代性的人文精神。遗民思想是其君子观的基本内涵，普世化思想是其君子人格的魅力所在。无论是对圣人境界的向往，还是对君子人格的追求，都体现出船山对生命的深情关怀。"情"不仅是他诠释《诗经》的起点与归宿，也是他诠释圣人境界、君子人格的意义所在。

他在《读通鉴论》中，对心目中的君子做过别开生面的诠释，可视之为他的人格象征，他说：

> 君子之有文，以言道也，以言志也。道者，天之道也；志者，己之志也。上以奉天而不违，下以尽己而不失，则其视文也莫有重焉；乐以之自见，则轻矣。乐以自见，而轻以酬人之求，则人不择而借之以为美。为人借而以美乎人，是翡翠珠玑以饰妇人也；倚门者得借，岂徒象服是宜之之子哉！②

他以不媚俗、不趋势的君子风范，彰显一代大儒的清俊人格和睿智思想。其人格与精神孤高如月，在暗夜里发出耀眼的光芒，引领人们走向黎明的曙光。真正的君子应该"守己严，待物以正，勿以谀人、勿以悦人、为天下侮，奚足为累，而效不才之樗为？"③ 方为君子人格魅力的极致。

王夫之通过一、二诗篇，或一、二诗句阐发的哲学意义和生命价值取向，固然难免偶有牵强之嫌，但是若联系他所处的特殊时代，将这些思想置于他的学术体系中，却具有其深刻性。在王夫之的《诗经》学中，诗与义的交织，文与情的融合，表现得清晰而完美。其"义"非经生之"义理"，其"情"非理学家之"伪情"，而是大儒真诚而深切的生命之

---

① （明）王夫之著：《诗广传》卷三，《船山全书》第三册，岳麓书社 2011 年版，第 429 页。
② （明）王夫之著：《读通鉴论》卷十二，《船山全书》第十册，岳麓书社 2011 年版，第 439—440 页。
③ 同上书，第 440 页。

思,他为我们展示了古老《诗经》的另一个侧面,与教化无关的生命意义,指导我们如何从古老的文学经典中汲取有益的养分,获取积极的能量,成为滋养生命的源泉和葆养精神的家园。就此意义而言,船山《诗经》学的学术价值非同凡响。

第三节 重建秩序的美政理想

王夫之《诗经》学在"六经责我开生面"的治学宗旨下,力求学术研究的精深与独到。他从《诗经》中选取194首颇具典范意义的诗歌,以"广传"的形式,抒写自己的思想,既不失《诗经》研究之严谨,亦获得自由精神的阐发。他以《诗经》表达重建秩序的美政理想,呈现一代大儒关怀家国的思想。

"诗言志"是中国诗学的开山纲领,而于《诗》"志"的探究中,赋予阐释者之"志",这也是《诗经》学的一大传统。审视《诗经》学史,由诗人以赋比兴之法来言己志,不断发展演变为阐释者借《诗》独抒情志的载体,赋予《诗经》更加丰富的思想,"从而使'诗言志'的命题变得更富于弹性,乃能适应后世人们丰富、复杂的生活感受的表达需要"[①]。所以,"诗言志"在《诗经》学上的内涵得到了扩大与延伸。诚然,这样的扩大与延伸未必就是《诗经》学的必归之路,但是,其传统由来已久。

王夫之在其《诗经》学中,依托于古老的经典,利用最适宜自由阐发独见的"广传"体,寄托远大的志气和抱负,精警深刻,耐人寻味。他的《诗广传》,虽在探求雅志与企慕隐逸之间徘徊而寻找人生的出路,但最终回归到"终以可生可死而不可贰"[②]的政治诉求上。在王夫之《诗经》学中,重建秩序的美政理想与他积极入世的人生观念及忧国忧民的情怀相统一,他希望通过自身的努力来实现美政理想。下面从以下三方面论述这一问题。

一 对君主制的批判

王夫之对君主专制予以尖锐的批判,集中体现于《尚书引义》《读通

[①] 陈伯海著:《释"诗言志"——兼论中国诗学"开山的纲领"》,《文学遗产》2005年第3期,第82页。

[②] (明)王夫之:《诗广传》卷一,《船山全书》第三册,岳麓书社2011年版,第328页。

鉴论》等著作中。在其《诗经》学中，他通过阐释相关诗篇，对君主专制亦不乏斥责，表现出船山积极的淑世情怀。

批判君主专制，要求政治革新，主张"工商皆本"，是在十六七世纪思想界兴起的一股巨浪。王夫之积极响应时代的呼唤，通过对历史的深刻反思，对根深蒂固的君主专制予以最严厉的批判，这代表了广大士人积极进取的时代精神和勇于革命的精神，"反映了中国的旧政治和旧经济向着近代转型的历史进步趋势"[1]。

王夫之在《诗广传·论硕鼠》中，起句便以犀利的语言指向封建君主专制的要害："诵《硕鼠》而知封建之仁天下无已也。"[2]《诗经·魏风·硕鼠》反剥削的主题众所周知，但多为附会历史之说，如《鲁诗》言："履亩税而《硕鼠》作。"《齐诗》云："周之末途，德惠塞而耆欲众，君奢侈而上求多，民困于下，急于公事，是以有履亩之税，《硕鼠》之诗是也。"据《春秋谷梁传》宣公十五年记载："初税亩者，非公之取公田，而履亩十取一也。"可见，齐、鲁两家不过是以诗证史而已。

而王夫之则不然，他将目光投向由来已久的封建君主专制制度，他指出封建君主专制从"三代之季，教衰政圮，樵苏其民，亦或棘矣"[3]。被儒家美化的三代之世，是中国封建社会理想的典范，不断被世人赞颂与向往。岂不知那是中国封建君主专制的开始，为了贪利，暴君污吏对百姓的压榨，使民苦不堪言，民"则负耒携帑以之于他国，犹有乐土之适我所也"。然而，无论逃之哪里，民皆为鱼肉，"故暴君污吏朘削其民者，民无死焉"[4]。只要封建君主制存在，百姓的苦难就没有尽头。纵观中国历史，封建君主制下受苦受难的永远是百姓，"兴，百姓苦；亡，百姓苦。"这是难以脱逃的无形之网，王夫之愤慨道：

呜呼！秦并天下，守令浮处其上，而民非其民。君淫于上，执政秉铨者干没于廷。以法为课最，吏无不法者矣；以赇为鴽雁，吏无不赇者矣。草食露处，质子鬻妻，圉土经年而偶一逸，无所往也。旦出疆，吏符夕至，稍有逸者，亦莫与授田，而且为豪右之强食矣。将奚

---

[1] 萧箑夫、许苏民著：《王夫之评传》，南京大学出版社2002年版，第379页。
[2] （明）王夫之著：《诗广传》卷二，《船山全书》第三册，岳麓书社2011年版，第362页。
[3] 同上。
[4] 同上。

往哉？一日未死，一日寄命于硕鼠也。汉之小康，二帝而已。宋之小康，六十年而已。过此以往，二千年之间，一游罛之穀中，听其张弛，而又申以胡玄、石虎、高洋、宇文赟、杨广、朱温、女直、蒙古之饕噬，天地之生，几无余矣，不亦痛乎！①

这种君主集权制的特点，则是君主淫威于上，那些善于玩弄权术的官吏干谒于朝廷，汲汲于名利，他们以种种伪态赢得帝王的信任。虽讲求法，然吏即法，人治大于法制。在这种体制下，有权者无所不有，人民却餐风饮露，质子鬻妻，无处可逃。终日战战兢兢，寄命于硕鼠之辈。在王夫之看来，专制统治者对人民的禁锢与防范，导致贼人觊觎，国家灭亡，更甚者遭遇异族之侵凌与侮辱。中国数千年的历史可鉴！明亡的现实可鉴！

王夫之认为专制制度最大的弊端，即是所谓家天下自私者统于一言，使人失去进取之心。他说："岂其以唐、虞为弱，而以家天下自私者为强乎？而抑非也。"② 他之所以感叹秦并天下，正在于秦始皇是封建集权的代表。自此以后，中国辄陷入君主集权的漫漫长夜。正是"秦、汉以降，封建易而郡县一，万方统于一人，利病定于一言，臣民之上达难矣"③。在这样的制度下，整个社会失去了活力，集体呈病态。于是，强人入侵在所难免，"欲无日偷日瘉，以听封豕长蛇之吞噬，其可得耶？"④

王夫之认为，相较于秦汉之世的衰弱情形，战国虽乱，却人才辈出，且各诸侯国得以治理，他说："故齐桓公之霸犹能匡天下，是非未乱，国可用也。"⑤ 而秦汉以后的中国虚弱不堪，"迨其末流，安所得五伯、七雄、三户而使之崛起，且将无从得莽、操、懿、裕而畀之乘权矣"⑥。社会如一潭死水，何谈精英问世。然而，统治者看不到国家的衰微，却高高在上，致使整个社会各阶层怨怨相生，君民相残，国家混乱。"故民之

---

① （明）王夫之著：《诗广传》卷二，《船山全书》第三册，岳麓书社2011年版，第362页。
② （明）王夫之著：《尚书引义》卷五，《船山全书》第二册，岳麓书社2011年版，第400页。
③ 同上书，第401页。
④ 同上。
⑤ （明）王夫之著：《诗广传》卷二，《船山全书》第三册，岳麓书社2011年版，第357页。
⑥ （明）王夫之著：《尚书引义》卷五，《船山全书》第二册，岳麓书社2011年版，第401页。

死,非民自死,上死之也;君之亡,非君自亡,民亡之也。"①

的确,君主专制披着"德治"的华丽外衣,却干着阴暗苟且的勾当。君主为了实现"家天下"的私利,残害亢直的贤良,将巧言猥琐者视为心腹之臣,使他们玩弄权术于股掌之间,致使"欲销天下之才智,毁天下之廉隅,利百姓之怨大臣以偷固其位"(《读通鉴论》)。这种制度的弊端之一,使坏人以其更坏的行为而攫得利益,好人只能被排挤于社会的边缘。他在《诗广传》中对那些心无诚,却居高位而不惜"刓万物之机,行其小智以腾口说于天下"的伪善者予以无情的批判,他们玩弄权术,最终导致夷族入侵,江山易主,他说:

> 拂天地之位则乱,刓万物之几则贼。贼与乱,非伪人不能,然且标门庭于辞之中曰:吾能为位置也,吾能为开阖也,吾能为筋脉也,吾能刮摩以净也,吾能立要领于一字而群言拱之也,吾能萦纡往来而不穷于虚也,吾能剖胸噀沫而使老妪稚子之无不喻也。呜呼!伪人逞其伪辩之才,而烦促捭阖,颠倒黩乱,鄙媟之风中于民而民不知,士乃以贼,民乃以牿,盗夷乃以兴,国乃以亡,道乃以丧于永世。②

王夫之认为,造成小人当道的根源在于君主的嫉贤妒能和喜欢听阿谀奉承之言。这些小人凭着善于谄媚之能,而取得君主信任,无所不为,致使整个社会风气混乱,士人失去了进取之心,人民被桎梏,于是,盗贼乘虚而来,国破家亡,令人痛惜!由此可见,亡国者非小人,亦非盗贼,而是君主也。这是何等犀利的见解和骇人的批判。

二 以民为本的君道

基于对历史积弊的反思与对君主制的批判,王夫之对症下药,他首先对君主提出治国之道。他强调以德治国的意义,凸显以民为本的关键所在。为政以德,与传统儒家的思想相一致,故不赘言,在此重点阐述其民本思想的人文精神内涵和用人思想的现代意义。

---

① (明)王夫之著:《诗广传》卷一,《船山全书》第三册,岳麓书社2011年版,第342页。
② (明)王夫之著:《诗广传》卷四,《船山全书》第三册,岳麓书社2011年版,第461页。

（一）以民为本

以民为本是传统儒家治世的核心思想，孔子、孟子都积极倡导，《左传》《国语》等文献中均有记载。传统的民本思想就是满足人民的基本需求，即孟子所谓"制民之产"和"使其凶年免于死亡"的基本生活所需。而王夫之在继承传统思想的基础上，结合时代特色，赋予极具近代性的思想内涵，即人文精神内涵。

"人文精神本身并不是一个固定的专有名词，而是一个核心意义稳定、外延模糊，其蕴涵又非常深广的概念。"① 虽然，不同时代赋予人文精神不同的意义，但是，其以人为本，即尊重人的生命和人格精神的内涵从来都是一致的。人是精神的存在，每个人都有追求精神生活的愿望，以精神生活的诉求为生命终极的意义。苏格拉底曾说："人应该追求更美的生活，远过于生活本身。"然而，在传统儒家话语中，民就是芸芸众生，能满足衣食者即是王道的体现，而忽视对人民精神的关怀。

王夫之倡导"依人而建极"②的哲学思想，即是建用人极，与"建用皇极"相对。"依人建极"本着人居于宇宙自然中心的原则，所谓"存人道以配天地，保天心以立人极"③；"自然者天地，主持者人，人者天地之心"④。"依人建极"理论的内涵十分丰富，它的核心则是肯定人在天地间的重要地位。人是万物之灵长，是宇宙的主宰，人以卓越的智慧创造人类文明，推动历史的发展与进步。另外，依人建极，也指人生存的权利，包括人应该享有的生命权利和精神自由。因此，基于依人建极的哲学思想，王夫之提出以民为本的为君之道。

在《诗广传》中，他提出以民为本的为君之道，强调君对人民精神的关注，而并非仅仅停留在满足生存所需的物质层面上。他说"是故古之王者，非遽致民也，畅民之郁，静民之躁，调其气血以善其心思，故民归之而不离。"⑤ 治民，要善于疏导人民的思想，使他们畅所欲言，排除心中之积郁，"防民之口，甚于防川。川壅而溃，伤人必多""为川者决

---

① 葛兆光、朱永刚著：《人文精神》，上海科学技术出版社2010年版，第2页。
② （明）王夫之著：《周易外传》卷一，《船山全书》第一册，岳麓书社2011年版，第850页。
③ （明）王夫之著：《周易外传》卷二，《船山全书》第一册，岳麓书社2011年版，第883页。
④ 同上书，第885页。
⑤ （明）王夫之著：《诗广传》卷三，《船山全书》第三册，岳麓书社2011年版，第434页。

之使导，为民者宣之使言"①。这是邵公给周厉王的谆谆教诲，但昏庸的厉王刚愎自用，最终被人民赶出国都，四处流亡，客死他乡。提醒统治者宣民之言，这仅是其一。

诚然，"畅民之郁，静民之躁"中蕴含着王夫之超越时代的思想——从精神上对民予以引导与关怀。为君导人之情以治国之益处，王夫之以形象的比喻予以阐释，他说：

> 故为国者，勿俾其民有相恤之心，而乱与淫交戢矣。人之有情也，变则通，通则放，犹天之有气也。喜与乐通，怒与哀放。秋禀而冬慄，金肃而水凄。始于怒者成乎哀，犹之乎始于喜者成乎乐也。喜则见得，见得则宁，宁则戢，戢必以礼，故乐配夏而神礼。怒则见不得，见不得则激，激则悲，悲则寒，寒承秋而行水，水者，相比而流者也。寒而水燠，歆于禽比以自温，非固温也，私相温者也。私相温，是以成乎淫也，而贫与危之相恤当之。②

这是一段逻辑严密且不乏生动的理论阐述。治理国家的关键是对民情的了解，即"审情之变，以夙防之"③。及时引导民众心中的怨情，民心怀喜悦，畅神乐志，方可自觉遵守社会秩序。所以，治民要治心，"故善治心者，广居以自息；善治民者，广生以息民。民有所息，勿相恤而志凝焉"④。这里的"广居"并非是宽广之居所，而是指使民心广；"广生"即开阔的胸襟。可见，善治民的要诀是治心，但此之谓"治心"，是对民的心灵世界和情感世界的关怀与疏导。疏导民情是治心之关键，然而，疏导之后，还要为民定其志，不至于有浮情，而使其以天下之忧乐为忧乐，这是治民之最高境界了，即"古之善用其民者，定其志而无浮情，不虞其忧已之蹙、乐之已慆也，然而天下已相安于忧乐"⑤。

此外，王夫之认为，为君之道以民之利为重，他说：

---

① 上海师范学院古籍整理组校点：《国语》（上），上海古籍出版社1978年版，第9页。
② （明）王夫之著：《诗广传》卷一，《船山全书》第三册，岳麓书社2011年版，第350页。
③ 同上书，第351页。
④ 同上。
⑤ （明）王夫之著：《诗广传》卷二，《船山全书》第三册，岳麓书社2011年版，第363页。

> 古之营国者，非但城郭沟池、封畛阡陌而已也。城郭沟池以为固，守国之资，而未及于民也。封畛阡陌因天地之产，为民之利，而未及为功于天地也。镇其虚，损其盈，流其恶，取其新，裁成天壤以相民，而后为人君者之道尽。①

历史表明，那些为满足一己私欲的统治者，殚精竭虑的围地修城扩池，以最坚固的城墙作为守国的屏障。然而从未考虑人民的利益，民心积怨已久，揭竿而起，摧毁旧王朝于旦夕之间。譬如，秦王自以为固若金汤的咸阳城，最终毁于一炬。相反，善为君者，为民谋利，改革流弊，"以相民"，即让人民能够欣赏"江山云雾之和"②，感受生活的安逸美好，沉浸在幸福的生活中。王夫之描绘出一个治世的蓝图：

> 故其民肢体得安焉，耳目得旷焉，臭味得和焉，疾害得远焉。治地以受天之和，迓天以集民之祉。其余者，尤使登高临远之士启其遐心，揪忧拘迮之夫平其悁志，鄙吝袪，怨恶忘，而人安其土。③

这样的社会蓝图颇有桃源之乐，陶渊明笔下的桃花源是一个没有剥削、人人平等而尽享和谐的小农社会，"有良田，美池，桑竹之属。阡陌交通，鸡犬相闻。其中往来种作，男女衣著，悉如外人。黄发垂髫，并怡然自乐"。陶渊明以诗意的笔墨描画恬静的生活图景，在当时的社会背景下，不过如水中之月，镜中之花而已。而王夫之以政治家的眼光追寻富足的生活。在他憧憬的治世里，人民尽享天赐之福，精神自由。他们平其烦闷，畅神乐志；他们袪卑微，有尊严地生活；他们忘记恩怨，和谐安居。可见，陶渊明描绘的不过是遗世独立的世外桃源，是乌托邦式的幻影。而王夫之站在时代的前沿，纵览历史进程，横观社会发展，提出了富有人文内涵的美政理想。

王夫之民本思想的另一层含义，即对民心的重视。民心所向，国家兴盛。他在《论黄鸟》中以形象生动的比喻说明民心的重要性：

---

① （明）王夫之著：《诗广传》卷三，《船山全书》第三册，岳麓书社2011年版，第434页。
② 同上。
③ 同上。

合天下而有君，天下离，则可以无君矣。何也？聚散之势然也。聚故合同而自求其所宗，如枝叶条茎之共为一本也。一池之萍，密茂如一，然而无所奉以宗焉者，生死去留之不相系焉耳。故王者弗急天下之亲己，而急使天下之相亲，君道存也。①

民心固然重要，然而，为君者不能希望天下民众都拥戴自己，而应该促进人民之间相互团结，这才是君道之大要。"失士者亡，失民者溃"②这是被历史反复证明了的至道。"士相离，则廷无与协谋；民相离，则野无与协守。"③ 民岂能不重要呢！如历史上的周厉王即是民心消散，故而导致流亡之悲剧。王夫之说："昔者厉王之亡，非有戎狄寇盗之侵也，非有强侯僭逼之患也，民散焉耳。以天下之主，舍其故都而流死于彘。"④岂不令人痛心！

（二）用人之道

自古以来，如何用人，始终是为政者的一大难题。以诸葛亮之才智，向后主刘禅提供"亲贤臣，远小人"的用人策略。但是，人心难识破，贤臣之忠和小人之奸，并没有写在脸上，若无大智慧，何以辨得呢？即使是古代神秘的相面术，也难以识得一个人的内心世界。

王夫之在《诗广传》中，对如何用人、识人，提出了非常可贵的看法，颇具启发意义。

首先，用人期之以缓。自古多有求贤若渴的明君，礼贤下士的周公，堪为典范；企慕贤才的曹操，传为佳话。然而，王夫之认为，对贤才之求，不在旦夕之迫，而在长久之计。他说："古之求贤也迫，而期于贤也缓；期之缓，故贤得以抒其道。后之求贤也缓，而期于贤也迫；期之迫，故回邂得以邀功，而贤者隐矣。"⑤ 求贤之心迫，但不能急于得到。给贤者从容思忖的时间，使他们心甘情愿地施展自己的才华。反之，期之迫，反而促使邪僻之小人趁机邀功，贤者却因此而隐。接着，他以形象的比喻，说明求贤期之以缓的道理，即所谓"夫贤犹粟也，不得食则馁，馁

---

① （明）王夫之著：《诗广传》卷三，《船山全书》第三册，岳麓书社2011年版，第408页。
② 同上。
③ 同上。
④ 同上书，第406页。
⑤ 同上书，第397页。

则求之也弗能一日待也。食之而充然，则意亦歆然矣，歆然之情，即在于充然之顷，而不计其余功"①。贤者如粟，不得食则挨饿，但是，粟是维持人生命的必需品，一日不可无，却不能待一日之饱食，"相养以终身，而无一旦之腴泽"。人为了一粟之饱，往往不考虑长久之计。那么，以真情待贤，礼贤下士是求贤之道，用人之法。他说："古之求贤者，情注于相见之有日，而意得于相见之一日。'既见君子，我心则休'，此之谓也。求贤而得之，得之而相乐以有仪，则其心自此畅矣。"②

求贤期之以缓，实际上是对贤者自由意志的尊重，而非强人所难。以情待贤，以诚待贤，获得贤者的信任，方是用人之道。如果以章法约束，或以功利诱惑，则是对贤者的侮辱。王夫之认为：对贤者若"施之以礼，责之以德；施之以秩，责之以道；施之以职，责之以功；施之以禄，责之以言，则是窃天之荣宠而以贸人之才也。贸人者，得其可贸之人而已矣"③。这的确令人耳目一新。以功名利禄诱惑，以规章制度约束，这是偷天赐的荣宠来买得人才，其结果，并没有买到人才，仅仅买到了人而已。所以，王夫之总结说："与其期之也迫，不如其无求之也。"④

其次，善于识人。的确，用人不易，识人尤难。不过，王夫之就臣子的品性，在《诗广传·论候人》中举出"荟蔚"者和"婉娈"者两种人，希望为政者辨别"荟蔚"之人，而亲近"婉娈"之臣，依据这两种人的行为，即可判断他们的品格。他认为"荟蔚"之人，始终不一，反复无常而无固情，离合也易；他们为了夺取某种私利，不惜"饰好以媚上"⑤，对这一类臣子，要明察慎防。那么，如何区辨呢？王夫之说：

奚以为"荟蔚"也？欻然而兴，欻然而止，初终不相践而面相欺也；焱然而合，焱然而离，情穷于达旦而不能固也；翳乎其相敝而困我之视听也，棘乎其遽相偪而行相夺也。有臣如此，明主之所察，尤庸主之所忌矣。⑥

---

① （明）王夫之著：《诗广传》卷三，《船山全书》第三册，岳麓书社2011年版，第398页。
② 同上。
③ 同上。
④ 同上。
⑤ （明）王夫之著：《诗广传》卷二，《船山全书》第三册，岳麓书社2011年版，第379页。
⑥ 同上书，第378页。

《诗经·曹风·候人》是一首讽刺诗,《毛序》认为:"候人,刺近小人也。"这是合乎诗歌内容的解释。王夫之从其中的"荟兮蔚兮,南山朝隮。婉兮娈兮,季女斯饥"四句诗中发现了两种人臣的言行品格,并进而阐发用人之道。《说文》云:"荟,草多貌"。《广雅·释训》曰:"蔚,茂也。"《毛传》言:"荟、蔚,云兴貌。"结合上下句,本诗中的"荟蔚"形容南山中朝虹升腾的景象。王夫之以此比喻那些善变不一的小人,非常恰当。

　　诚然,善察"荟蔚"之人,需要智慧,然而善任"婉娈"之臣,亦要勇气,他说:

> 奚以为"婉娈"也?词有切而不暴也,言色违而弗能舍也,约身自束而不踰分以相夺也,合则喜,离则忧,专一其依而唯恐不相获也。有臣如此,明主之所求,尤庸主之所宜亲矣。①

　　"婉娈"之臣,即是忠心耿耿的臣子。"婉娈"本为形容人少好之貌。《说文》:"婉,顺也。"柔美之态;《广雅》:"娈,好也。"皆为美丽之容。文学中多用"婉娈"一词描写女子曼妙迷人之姿。如阮籍《咏怀诗》:"交甫怀环佩,婉娈有芬芳。"陆机《于承明作与士龙》:"婉娈居人思,纡郁游子情。"明人用"婉娈"亦作文学评论的术语,比喻艺术美感,如陆时雍《诗镜总论》云:"《小雅》婉娈,能或庶几。"徐祯卿《谈艺录》评《诗经》曰:"皆曲尽情思,婉娈气辞。"王夫之《姜斋诗话》评艳诗道:"其述怨情者,在汉人则有'青青河畔草,郁郁园中柳',唐人则'闺中少妇不知愁''西宫夜静百花香',婉娈中自矜风轨。"可见,"婉娈"语义的广度和其中的美感。

　　王夫之别出心裁,用"婉娈"来作为贤臣之譬喻,其恰切性不言而喻,最耐人寻味的是其中包含着作者的细腻情思。"婉娈"比"贤臣"委婉美好,引人遐思其人格之美和形象之美。婉娈之臣,色难而不暴;言直而情深;矜持有度,忠贞不渝。因此,"婉娈"之臣,是王夫之理想中的人臣典范,温婉却有原则,直言却不讥讽,其温文尔雅之风度,符合儒家

---

① (明)王夫之著:《诗广传》卷二,《船山全书》第三册,岳麓书社2011年版,第378—379页。

思想的谦谦君子。虽然,这不过是论君主识人之法,但其中也映照出船山先生之为人。

除了上述用人之道,王夫之也提出了很多富有远见的用人主张。他认为,天下人才济济,但君主不可完全依赖于他们而失去了自我的判断,即要做到"函天下而不宠其智勇,听天下而不丧其枢机。"① 至于奖罚有度、以德裕人、张弛有别等,都是极富现代思想的用人之道,于今亦不乏借鉴意义。

三 进退有度的臣道

中国古代,如何做一个尽职尽责,且能全身全节的臣子,的确是一门高深的学问。为臣,不仅凭着忠心和热情,而且需要智慧和胆识。儒家话语中的人臣,遵循"为臣死忠,为子死孝"②的理念。君臣各有职分,所谓"臣以自任为能,君以用人为能。臣以能言为能,君以能听为能。臣以能行为能,君以赏罚为能"③。为臣须有以天下为己任的使命感和担当精神。王夫之在继承传统思想的基础上,对人臣之道、君臣关系等提出了颇具个性的见解,并赋予全新的阐释。下面逐一论之。

(一)为臣之本:诚

王夫之一生秉持儒家思想,为人处世,坚守节操,以忠恕的道德原则约束自己,以天下为公的思想要求自己,希望能做一个有所作为的臣子,这是其美政理想的重要内容。

"明清之际"与"周秦之际"一样,是历史上相对混乱的两个时期,也是思想史上相对活跃的时代。旧的思想被质疑、否定,新的思想正孕育、诞生。发轫于16世纪的启蒙思潮,至明清之际似一股洪流,冲击着旧的文化,封建君主制似将倾之大厦,岌岌可危。如果,"由历史变迁来界定思想变化的性质,明清之际可以定为传统的皇权官僚专制主义社会开始了自我批判但又尚未走向全面崩溃的时代"④。因而,处于鼎革之际的王夫之,思考着未来的人生出路。

---

① (明)王夫之著:《诗广传》卷一,《船山全书》第三册,岳麓书社2011年版,第336页。
② (清)吴楚材、吴调元选编:《古文观止》,春风文艺出版社2002年版,第372页。
③ (魏)刘劭著,(西凉)刘昞注,杨新平、张锴生注译:《人物志·材能》第五,中州古籍出版社2007年版,第111页。
④ 萧箑父、许苏民著:《王夫之评传》,南京大学出版社2002年版,第3页。

如何做一个合格的臣子，从本质上说就是如何做一个有益于社会的人。王夫之认为，以"诚"立人，以"诚"为臣。"诚"在王夫之思想中居于重要的地位，前文已有详论。为臣之"诚"，即是出自人本心的忠诚。中国历史上，不乏被世人标榜的诚臣，如不食周粟的叔齐、伯夷；以死殉志的屈子；采菊东篱的陶潜；穷年忧黎元的杜甫；等等。他们或遭遇易代，或君臣不合，以独有的方式表达失意之悲。但在王夫之看来，他们的种种行为，略有不失矫饰之姿，缺乏真"诚"。他在《诗广传》中对伯夷、陶潜等人的行为颇有微词：

女有不择礼，士有不择仕。呜呼！非精诚内专而拣美无疑者，孰能与于斯乎？殷俗之未革也，凶年之杀礼也，《摽有梅》之女所以求于士也。伯夷不立于飞廉恶来之廷，虽欲为殷之遗臣而不可得，《采薇》之怨，其尚有求心而未慊者与？殆夫拣美已疏，增疑而未专者与？陶潜司空图之早遁、吾未能信之以诚也。①

通过这段阐述，我们可以看出王夫之将"诚"作为判断臣子的一个重要条件。他以伯夷、陶渊明、司空图为例，来说明"诚"对为臣的意义。伯夷虽然选择不立于商纣之廷（飞廉、恶来为商纣之死臣，王夫之以此借代为商）而为殷之遗民虽不得，但是他吟唱的《采薇》歌中，却隐含着有所求之情志，怀疑其用情之不专。陶渊明、司空图虽然选择隐遁林泉，然而他们归去的目光中拂不去对仕途的眷恋和牵绊。那么，他们的隐居并非出自诚心。为臣之道，无论是悲喜，还是忧戚，都是发自内心的真情实感；无论是"从"，抑或"去"，都是真情流露。否则，"诚戚亡而臣道毁"②。

因此，只有本于"诚"，仕与不仕，为与不为，都会使自己内心无悔。他说："士有不择死，斯无择仕。有道则仕，无道则隐；合则从，离则去。道隆而志隆，彼之所得于天者顺也。"③ 这段话的核心是强调人臣应持有"合则从，离则去"的原则。其命意是对臣子个人意志的尊重，

---

① （明）王夫之著：《诗广传》卷一，《船山全书》第三册，岳麓书社2011年版，第312页。
② （明）王夫之著：《诗广传》卷三，《船山全书》第三册，岳麓书社2011年版，第397页。
③ （明）王夫之著：《诗广传》卷一，《船山全书》第三册，岳麓书社2011年版，第312—313页。

凸显士大夫人格精神的自由。与其说王夫之继承了孔子的为臣思想，毋宁说是受孟子大丈夫精神的滋养。

其实，"孔子将君臣、父子的上下尊卑关系加以绝对化和规范化。爱国即是忠君，忠君即是绝对不可犯上，即绝对不可'暴君之恶'，必须'怨而不怒，哀而不伤'"①。忠君爱国即是为臣之道。与孔子思想所不同的是，孟子更突出士独立不迁的人格精神。他说："以顺为正者，妾妇之道也。"这正是王夫之"合则从，离则去"思想的基础。

"离"与"合"，是君臣关系的两端，是人臣必然面对的境遇。合则喜，离则忧。然而，合寡而离众。一旦遭遇离弃，泣涕涟涟者多，而一去不顾返者少。自古有多少失意的士大夫为之悲叹不已，屈原在《九歌·少司命》中吟唱道："固人命兮有当，孰离合兮何为？"杜甫《垂老别》叹曰："人生有离合，岂择衰盛端。"辛弃疾《鹧鸪天》唱："今古恨，几千般，只应离合是悲欢？"谭嗣同《河梁吟》云："天地苟不毁，离合会有常。"诸如此类，不胜枚举。这些诗句都表现出诗人仕途坎坷，离合难堪之悲伤。如屈原以寄情香草、托意男女的弃妇模式，表达对君王"忍而不能舍"的缠绵情感。

王夫之则不然，他认为，合则从，是因为处于道隆清明的时代，方可有为，为才有意义，这是顺应天命之为。反之，道衰混乱的时代，势不可为，离则去是唯一的选择。无须委曲求全，亦不可恋恋不舍，这是王夫之所秉持的"道不相谋，情亦不相袭"②的具体内涵。实质上，王夫之在"离""合"所趋中，隐含着他不为清廷仕的思想。他说："国有将亡之机，君有失德之渐，忠臣诤士争之若仇，有呼天吁鬼以将之者，一旦庙社倾，山陵无主，恻恻茕茕，如丧考妣，为吾君者即吾尧舜也，而奚知其他哉？"③在这段话里，王夫之并非想刻意表明不事二主的决心，而是表达他钟情故国的诚挚之心，这也是他对自己未来人生道路的一种预设。

诚然，就为臣而言，合喜而离忧。不过，洞晓"离合"之道，即是体现从容进退、明辨存亡、知晓得失的智慧。王夫之说："'知进而不知退，知存而不知亡，知得而不知丧'，'有悔'焉。不可得而无悔，斯其

---

① 莫林虎著：《中国诗歌源流史》，中国社会科学出版社2001年版，第32—33页。
② （明）王夫之著：《诗广传》卷一，《船山全书》第三册，岳麓书社2011年版，第338页。
③ 同上书，第321页。

所以为龙与！"①这不仅是为臣之术，亦是人生之大境界。

(二) 为臣之度：无枉道从

宋代陈岩肖在《庚溪诗话》（卷上）中，记载了一则宋太宗和大臣苏易简之间的对诗唱和之趣事，其中"君臣千载遇"与"忠孝一生心"，堪称为君臣遇合相浃的典范，君臣宴乐亦是后人所向往的人间盛景。的确，遇合是每一个臣子所希冀的，但是若做到合而有度，难乎其难。关于如何把握为臣之度，王夫之要求为臣者不可盲目而从，"无枉道之从"；保持应有的原则和距离，"无憯忘之心"。即以不过分亲密，不过于疏远为原则。对此，他论述道：

> 君子之事君也，鸿豫以为志，危怵以为情。鸿豫以为志，故世虽降，主德虽衰，上下之交虽未孚，而无枉道之从；危怵以为情，故世虽盛，主德虽贤，上下之交虽密以迩，而无憯忘之心也。②

这是一段使人警醒的言论，王夫之将数千年来，以顺为正、无违主上的为臣之道予以批判。毫无疑问，为人臣，当胸怀大志，以危怵之情，从事大业。他从以下两方面说明为臣之度：

首先，人臣必须遵循应有的原则——"无枉道从"。"无枉道从"，就是指不可妄自违背道义和原则，而盲目跟从。中国历史上，那些佞臣为了媚上，无所不为，不惜践踏道德，违背法度。屈原在《离骚》中怒斥那些佞臣曰："背绳墨以追曲兮，竟周容以为度。"为了蒙蔽君主，甚至上演指鹿为马的闹剧。王夫之基于对历史的批判，提出"无枉道从"的为臣之道，具有很强的现实意义。

其次，为臣必须保持清醒的判断——"无憯忘之心"。"无憯忘者，非仅其忧时，而戒君矣。"③王夫之的为臣之道，的确不乏卓见。传统思想，要求为臣不憯忘为臣之职、为臣之责。而他强调为臣不仅要尽职尽责，更应有独立的思想。他所说的"无憯忘""戒君之心"，意在提醒人臣应该和君王保持适当的距离，目的是为了更客观、更全面去观察君主的

---

① (明) 王夫之著：《诗广传》卷一，《船山全书》第三册，岳麓书社2011年版，第313页。
② (明) 王夫之著：《诗广传》卷三，《船山全书》第三册，岳麓书社2011年版，第430页。
③ 同上书，第430页。

行为，而提出良好的建议。他对君的态度，不可谓不诚，但与屈原式的愚忠截然不同。

因此，"戒君之心"是为臣的良知所在，否则，与佞臣无别。基于"无枉道从"和"无憯忘戒君之心"，王夫之提出君臣遇合中，为臣应把握的最佳之度，他说："合而若离，亲而若不给，近前而不舍，退食而若不得复见。"①这样的"度"的确很难驾驭，所谓"合而若离，亲而若不给"，就是要做到亲疏有度，远近有控。然而，至于如何掌握度，王夫之有着独见，其一，把握"度"的依据是"乃以信其无憯忘之实也"②。换句话说，保持君臣合适之度的前提即是"戒君之心"，也就是时刻勿忘臣子的职分。其二，以事父之心事君，"君子之事君，殆犹夫事亲。敬者非直敬也，爱而不忍不敬也。故曰：'资于事父以事君而敬同'"③。事君和事亲不同，事君往往有求于君，而事亲则出自孝心。孝敬父母，不会阿谀奉承，爱父母从心底敬重他们。那么，如果以事父之心去事君，除去功利之心，以诚而事，则会敬而不媚，爱而有度。与君若即若离，却不失诚心；适度的距离中，保持清醒的思想，及时掌握时局动态，警示君主，以尽臣子绵薄之力！否则，国破家亡后，"悲号思挽而不得，不亦晚乎？"④"大命已圮，成乎终天之憾"⑤。

此外，王夫之认为，自古忠臣介士为天下大义不惜牺牲自己，他们的行为被后世称颂。然而，他们生不逢时，所事之主多为昏庸无为之辈。他们明知庸主之疏，却不忍离去；他们预见大势已去，却不知退。如屈原、文天祥，他们都是忠臣，王夫之不无惋惜地叹道："呜呼！以屈原之《骚》，事有为之主，则无患楚之不商、周也。以文宋瑞之死，事图存之主，则无患宋之不康、宜也？"⑥这些忠臣们，"无疚于天下而自疚其心，惜往日之纡也。"⑦王夫之举这些人的事例，意在说明为臣不仅有道，且亦有术。在"世道乱亡，忕乱以为恩怨，而义灭无余"⑧的时代，忠臣介

---

① （明）王夫之著：《诗广传》卷三，《船山全书》第三册，岳麓书社2011年版，第430页。
② 同上。
③ 同上。
④ 同上书，第431页。
⑤ 同上。
⑥ 同上。
⑦ 同上。
⑧ （明）王夫之著：《诗广传》卷一，《船山全书》第三册，岳麓书社2011年版，第321页。

士固然令人仰慕，但他们的命运不也值得深思么！若能够审时度势，不盲目顺从，不枉道而从，不也是值得推崇么！

可见，王夫之遵循"终生可生可死而不可贰"的信念，但他反对屈原式的愚忠，文天祥式不知权宜的枉道之从。他信奉传统儒家思想，却不迂腐。他能够站在时代的巅峰，反思历史，洞察事态，故而能够提出极富超越性的见解，于今天仍不失其意义。为臣本于"诚"而不失"度"，在情感上应有"思而不以其私恩"①的原则。

在中国古代，忠于君王，心怀君恩，这是为臣的基本道德观。在某种意义上，"君"是国家的象征，忠君即是爱国。如屈原，心系楚王，忠心耿耿，一旦被弃，则悲啼难抑，情志难伸；他心怀美政理想，与群小作斗争，不惜以死来表达忠贞之情，他是心怀私恩的典型。当然，我们不能因此而怀疑屈原的爱国之情，因为在屈原的时代，人们对国家与君王的认知即是如此。

王夫之认为，为人臣子，应有贞情。"无贞者，不恒也。"②心怀天下之大情，并非思一君之私恩。在情感上始终保持以家国为重，不以君主个人的好恶而改变；有着坚定的内心，不以他人的喜乐来转移，这是贤臣与佞臣之别，"由贤者之异，而知贞于情者怨而不伤，慕而不昵，诽而不以其矜气，思而不以其私恩也"③。身为人臣，以国家尊严为重，以民族大义为上，以民众利益为高。而放下一人之情，一己之欲。一旦为臣，种种境遇都会面临，能够做到宠辱不惊，"命有所不徇，召有所不往，受禄而不诬，隆礼笃爱而不惊"④。若能做到"定乎内外之分，辨乎荣辱之境"，则是至高的境界！

为臣，为天下苍生谋福利，非为一人谋；常怀天下之情，而非思君主之恩。所谓"人臣不以非所得而奉之君"⑤，即谓此意。王夫之这一思想，无疑给封建愚忠的臣子极大的嘲讽！

（三）平等至上的君臣关系：感于相即而已浃

古代君臣关系是一种特殊的人际关系。传统儒家文化倡导"君为臣

---

① （明）王夫之著：《诗广传》卷一，《船山全书》第三册，岳麓书社2011年版，第321页。
② 同上。
③ 同上。
④ 同上书，第328页。
⑤ 同上书，第321页。

纲",君有着至高无上的权利,对臣拥有绝对的管理权,甚至掌有生杀大权。《中庸》谓天下所达之五道中,君臣关系居于第一,即"曰君臣也,父子也,夫妇也,昆弟也,朋友之交也";孔子云:"君臣之义,如之何其废之?"① 主张以"义"来维系君臣关系;孟子亦讲"君臣有义"(《孟子·滕文公章句上》);《礼记·礼器》更是将君臣关系推崇为人伦之极,所云:"地之祭,宗庙之事,父子之道,君臣之义,伦也";庄子则主张"以道观分而君臣之义明"(《庄子·天地》);墨子高扬"君臣上下惠忠"(《墨子·天志中》);韩非子以法家的立场审视君臣关系,提出利益是君臣关系的纽带,他说:"非有骨肉之亲,正直之道可以得利,则臣尽力以事主;正直之道不可以得安,则臣行私以干上"(《韩非子·奸劫弑臣》),等等。上述君臣关系之论,大致分为四类:以"义"论者;以"道"论者;以"忠"论者;以"利"论者。思想史上,关于君臣关系之论,大致不出这四类。

然而,王夫之论君臣之关系,颇有几分不拘窠臼的洒脱之气。他对传统的君臣关系,多有微词,甚至对被世俗推崇的贤君明相模式,如唐太宗与魏徵,亦有批驳。他说:"三代而下,有爱天子者乎,吾不得而见之矣。汲黯之诚,情未相浃也;魏徵之媚,机未忘也。"② 他站在人性的角度上,将臣子有所图的心理,驳斥得淋漓尽致。君臣相浃,因各自的利益所趋,故"天子曰:'从吾游者,吾能显之',是附其所自显者而已矣。士曰:'吾幼之所学者,待君以行也',是依其所与行者而已矣"③。君臣各有所需,却掩饰不住虚弱的内心。他们相互利用,相互牵制,处于无形的关系网中。王夫之借重君子之言曰:"臣之于君,无所逃于天地之间者也。"④ 果真无所逃吗?"是循其不可逃而已矣"⑤。天地之间,阔而无垠,君臣之际无所逃,何其悲哀!如此紧张的君臣关系,使人望而生畏。有明一代,苛责良臣,王夫之对君臣关系的构想,有其现实背景。

王夫之认为平等是理想的君臣关系,"如父子焉,如朋友焉,如思妇

---

① 杨伯峻译注:《论语译注》,中华书局1980年版,第196页。
② (明)王夫之著:《诗广传》卷三,《船山全书》第三册,岳麓书社2011年版,第396页。
③ 同上。
④ 同上。
⑤ 同上。

之于君子焉，无求焉耳"①。这三个类比句，都具有与传统君臣关系不同的内涵："如父子"，是一种天然的亲情关系；"如朋友"，是一种同声相求的关系；"如思妇之于君子也"，则强调君的德行之美，令人相思。这三种君臣模式，比明君贤相模式和弃妇模式，更富有人性的温暖，彰显出彼此平等的人格尊严。那么，这种建立在平等之上的君臣关系，追求的是不粘连、不牵制、无挂碍，却无时不挂怀的境界。对于这种融洽相浃的君臣关系，他取自然界中"露"与"萧"的关系来类比，既新颖且形象：

> 然则三代之臣，胡为其爱天子耶？露之降也，无所择于萧，无所择于非萧也，憺然相遇而不释，然而已厚矣。萧之于露也，无所得于露，无所失于露也，感于相即而已浃矣。②

这是一幅和谐的君臣相浃图，君与臣，犹露之于萧，不刻意却无所不及；臣与君，如萧之于露，不苟求却感其润泽。无利相求的君臣关系，憺然相遇而不释怀，动之以深情之故。在这里，"憺然相遇而不释"的"释"字，颇具情韵之美，最能见船山先生源自"诚"的至情。若将其作为"择"字，则情意荡然无存，不过是说明选择的自由性而已，于情感并不相关，也就冲淡了"感于相即而已浃"的心与心相感，情与情相惜的融洽与和美关系。"释"与"择"在语义和辞情上的差异甚远，一字之差，其情意谬之千里。学界偶有人将"释"作"择"。可见，一字之风流，于诗文与经典阐释中的表情意义同样重要。

虽然，王夫之所描绘的君臣相浃图，仅是一种理想而已。但是，他对此进行深入的论述，从理论上确立这种君臣模式的合理性与可行性。他指出：

> 故古之君臣犹是也。诸侯之于其国，自君其人，自有其士矣。非甚有罪，天子不得而夺之；非大有功，天子不得而进之。不得而夺之，则忘乎畏；不得而进之，则忘乎求。进无所求，退无所畏，道不待之以行，功不待之以立，位不待之以崇，行其所无事，而笑语相

---

① （明）王夫之著：《诗广传》卷三，《船山全书》第三册，岳麓书社 2011 年版，第 396 页。
② 同上。

存,燕乐相友,亶以适其相交之情。故曰:"既见君子,我心写兮。"夫孰不有笑语燕乐之情而思写,而先王之于其臣,仅用此焉,则和乐之无斁亦固然矣。①

王夫之认为,与世俗中君臣互惠关系所不同的是,天子不以利诱臣、用臣,也不能随意惩臣、罚臣。无利益之图,或无非法之夺,故而君臣之间笑语相存,燕乐相友。实现这种君臣关系的条件,只有一个,即是放下一己之私利,怀抱天下之深情。臣能直言,君亦纳谏。如此相浃的君臣关系,堪为天下之楷模,万世之典范。

诚然,如友般的君臣关系的确令人神往。但是,在现实生活中,却难以实现,其因有二:第一,以天子之尊,"操天下之贵以与天下交,虽弗之挟,而人疑之以挟"②。"操贵以临士而士疑,士报以亢而不亲。"③ 君臣地位天然的不平等,是无法逾越的屏障;第二,"天下熙熙,皆为利来,天下攘攘,皆为利往"(《史记·货殖列传》)。人生而趋利,自古如此,若无利益,能有几人为臣呢?第三,君臣各有职分,所谓"臣以自任为能,君以用人为能",亦即说君臣各有评价的标准,即臣子以能否充分发挥才能作为评价的依据(获得朝廷的奖赏);君能否知人用人作为评价的依据(得到贤才的辅佐),这才是评价良好君臣关系的标准。若"进无所求,退无所畏;功不待之以立,位不待之以崇",人也就失去了求进之心,天下亦不能治。

王夫之又另辟蹊径,提出实现这种君臣关系的途径,即希望君在尚未操控天下之前,与臣为好友。"及乎未能操贵之时,而俾与他日之臣友,友之夙而后臣之,迨其臣而已亲矣,此大学齿胄之效也"④。齿胄,指周代太子入学与公卿子依年龄为序,而不以身份为序。《礼记》:"王太子王子,群后之太子,卿大夫元士之适子,凡入学以齿。"如此,等君临天下时,与臣的关系自然就亲近了。

以上,我们从三个不同的方面认识王夫之的政治理想,他以经典阐释为阵地,表达对封建君主制的厌恶,赞美如友相浃的君臣关系,规制理想

---

① (明)王夫之著:《诗广传》卷三,《船山全书》第三册,岳麓书社2011年版,第396页。
② (明)王夫之著:《诗广传》卷一,《船山全书》第三册,岳麓书社2011年版,第316页。
③ 同上。
④ 同上。

的为君之道，向往人格自由的为臣之道。这三方面，相会交融，绘成一幅令人无限向往的美政蓝图，寄予一代大儒的淑世情怀和生命雅志。

　　生活于明清鼎革之际的船山先生，终其一生既没有做过高官，也没曾享有显贵。一生图志芳心苦，埋首经典寄深情。"唯有幽魂消不得，破寒深酝土膏香"①。这是船山先生矢志不渝，追求美好的政治理想和生命价值的写照。不独《诗经》学，几乎每一部著作都浸润在思想的光华里，映照出一代大儒的进取精神和担当意识。

---

① （明）王夫之著：《姜斋诗集》，《船山全书》第十五册，岳麓书社2011年版，第582页。

结　　语

　　王夫之，一位诞生于鼎革之际的文化巨人。他前半生卷入抗清复明的激流中，以尽书生绵薄之力；后半生在"身既终隐，不为世知"[①]的孤独中，以"六经责我开生面"[②]为宗旨，潜心于传统典籍，覃思精研，以达其志。他以天才的智慧和儒者情怀著书立说，在传承中华文化的同时，彰显千秋文章大业的人生追求。他的一生著述宏富，"藏之名山"，虽湮没于当世，却流芳千古。

　　船山学博大思精，《诗经》学是其中一枝独秀。它集哲学思致、美学观念、文学理论以及政治理想于一体，在诸多方面取得了卓越的成就。王夫之在批判地继承前贤成果的基础上，保持独立的思考精神。既不拾人牙慧，亦不仰人鼻息，更不妄自菲薄，使得他的《诗经》学风姿特立。

　　本书对王夫之《诗经》学从六个方面展开论述，以期较全面地挖掘其中的思想价值和理论成就。"文变染乎世情"，一切学术研究亦如此。鼎革之际的政治环境与时代思潮，使王夫之成为《诗经》学史上承先启后的学者。在以清代明、"天崩地裂"的巨变中，王夫之遭受亡国之悲痛，深受遗民之耻辱。为捍卫民族尊严，承受身心之难。他既痛恨清统治者的暴烈，也愤慨明王朝的腐朽，这使他的《诗经》学具有了反思与批判的理性精神。此外，明代心学流弊风靡一时，侈谈心性，空疏为学之风大兴。王夫之不仅痛斥此风，并以钩稽古籍，甄别思辨的治学方法予以纠正。

　　《诗经》学发展到明代，以文学说《诗》的潜流悄然涌动，王夫之受

[①]（清）徐世昌撰：《清儒学案》（一），卷八，《海王邨古籍丛刊》，中国书店1990年版，第168页。

[②]（明）王夫之著：《船山诗文拾遗》卷一，《船山全书》卷十五，岳麓书社2011年版，第921页。

其影响，以诗话的形式阐释《诗经》的诗性魅力，以诗说《诗》，祛除近两千年的诗教之魅。明末清初，是《诗经》学的转型期，汉学式微，宋学方兴未艾，建构新的学术思想，这是时代的机遇与挑战，王夫之无愧于时代。诚然，时代因素仅是一方面，王夫之文武名世的家学传统，是他的《诗经》学具有思想高度和学术广度的渊薮。

作为《诗经》学的传承者与建设者，王夫之治《诗经》不拘于窠臼。他继承经世致用的治学传统，坚持以淡泊名利的为学精神，独立自由的学术思想去研究《诗经》，使其在方法上、理论上都呈现出别开生面的学术特色。尤为可贵的是，他对《诗经》予以深情观照，融入淑世情怀与生命雅志，这也是其别开生面处。

就方法论而言，他成功地开创了集义理、注疏、诗话三位一体的立体模式，三者独立成章，各自为阵，在进行专题研究的同时，亦能相互补充，相互增益，使《诗经》的诸多问题得到了较全面的解决。

就诗论观而言，他最突出的贡献在于能够针对《诗经》的特质而提出独到的见解，而非人云亦云的应和或拾人牙慧。"诗者，幽明之际也"，这是他对《诗经》独到的认识，与传统的"诗言志"观大相径庭。他通过悉心研究《大雅》与《颂》中反映祭祀的诗歌，揭示其诗歌神性的特质。"诗际幽明"，旨在阐明诗歌在沟通人神之际的神性功能，揭橥诗歌艺术独异的灵性思维，这一独特的诗学观，不仅令人耳目一新，且具有振聋发聩之力。"诗以道情"的诗学观，体现出王夫之以"情"为主的诗论主张，倡导心物往来，情景共生的诗歌生成理念，将圣人之情引向与女子、小人同情的世俗层面，以此完成对传统诗学观的补充与修正。

就《诗经》阐释美学观而言，王夫之在"诗乐合一"的基础上，提出"乐为心之元声"的美学思想，探究《诗经》声情合一的艺术之美，并以此作为评选古诗的标准之一。在视域的融合中，对"诗乐合一"做了较完善的诠释。此外，"兴观群怨"是《诗经》学的另一传统美学观，自孔子以后，历代不乏踵事增华者，众说纷纭，虽流连于复变之际，然复者多而变者寡。王夫之从纵横的双向维度上，对"兴观群怨"展开深入的探讨，以情感统摄"兴""观""群""怨"，诠释为人之四情，在"可以"的关联中，"出于四情之外，以生起四情；游于四情之中，情无所窒"。形成一个相互生发的美学体系，因此，从理论上修正了汉学与宋学分而论之的模式，并淡化其社会功能，以凸显以情感为核心的美学内涵。

理性和客观性是学术研究的命意；人文关怀是学术研究的生命。文化是人类的精神财富，是凝聚一个民族思想的纽带。探究文化的思想性和理论性并非是学术研究的终极意义，而关注蕴含在文化中的生命价值，融入研究者的思想情感和道德情操，并成为滋养心灵的精神源泉，正是学术的价值和精神所在。在此意义上，王夫之《诗经》学达到了另一个高度——生命情怀，体现出他的道德观、人生观以及政治观等。他于《诗经》研究中赋予担荷天下为己任的使命感和责任感。蕴思于学，涵情于间，以情融入生命，以生命浸润学术，使其《诗经》学获得了至高的境界，在《诗经》学史上独树一帜，自成一家。

史学家司马迁在其《史记·孔子世家》中称颂孔子道："《诗》有之'高山仰止，景行行止。虽不能至，然心向往之。'"借得太史公的深情评语，来表达对船山先生和其《诗经》学的敬意，何等适宜！其人格之清俊，其思想之深刻，其识见之卓越，其学识之渊博，堪为世人之楷模。

王夫之《诗经》学的成就不止于本书所及，譬如他的诗论与诗歌评选的关系、诗词创作以及湖湘文化与人格培养等，既是颇有意义的话题，也是值得关注的课题。

参考文献

(以作者姓氏拼音为序)

一　中文原著

基本典籍

（明）陈第著，康瑞琮点校：《毛诗古音考》，中华书局1988年版。

（清）崔述著：《读风偶识》，中华书局1985年版。

（清）戴震：《孟子字义疏证》，商务印书馆1937年版。

（清）段玉裁撰，钟敬华校点：《经韵楼集》，上海古籍出版社2008年版。

（清）顾炎武著，（清）黄汝成集释：《日知录集释》，世界书局1936年版。

（清）顾炎武撰，华忱之点校：《顾亭林诗文集》，中华书局1983年版。

（清）归庄：《归庄集》，上海古籍出版社1962年版。

（清）黄宗羲：《南雷文定》，中华书局1985年版。

（清）黄宗羲著，沈芝盈点校：《明儒学案》，中华书局1985年版。

（清）黄宗羲：《明夷待访录》，中华书局1985年版。

（清）韩菼：《江阴城守纪》（上），台湾文献史料丛刊第六辑，台湾大通书局1987年版。

（明）胡应麟：《诗薮》，中华书局1962年版。

（清）江藩：《国朝汉学师承记》，中华书局1983年版。

（清）金圣叹：《圣叹尺牍》，振新书社1917年版。

（清）金圣叹：《金圣叹全集》（第三册），江苏古籍出版社1985年版。

（魏）刘劭著，（西凉）刘昞注，杨新平、张锴生注译：《人物志》，中州古籍出版社2007年版。

（梁）刘勰著，周振甫注：《文心雕龙注释》，人民文学出版社1981年版。

（宋）黎靖德编，王星贤点校：《朱子语类》，中华书局1988年版。

（宋）陆九渊著，钟哲点校：《陆九渊集》，中华书局1980年版。

（明）李贽：《焚书》，中华书局1974年版。

（明）陆时雍：《诗镜》，河北大学出版社2010年版。

（清）刘献廷撰，汪北平、夏志和标点：《广阳杂记》，中华书局1957年版。

（清）罗正钧：《船山师友记》，岳麓书社1982年版。

（清）皮锡瑞：《经学历史》，中华书局1959年版。

（清）皮锡瑞著，周予同注释：《经学通论》，中华书局1954年版。

（清）赵尔巽等：《清史稿·黄宗羲传》，中华书局1977年版。

（清）阮元校刻：《十三经注疏·孝经注疏》，中华书局1980年版。

（清）阮元校刻：《十三经注疏·礼记正义》，中华书局1980年版。

（清）阮元校刻：《十三经注疏·论语注疏》，中华书局1980年版。

（清）阮元校刻：《十三经注疏·孟子注疏》，中华书局1980年版。

（清）阮元校刻：《十三经注疏·毛诗正义》，中华书局1980年版。

（清）阮元校刻：《十三经注疏·周礼注疏》，中华书局1980年版。

（汉）司马迁：《史记》，中华书局1959年版。

（清）沈德潜：《说诗晬语》，人民文学出版社1979年版。

（明）王夫之：《船山全书》（1—16册），岳麓书社2011年版。

（清）王之春撰，汪茂和点校：《王夫之年谱》，中华书局1989年版。

魏源全集编辑委员会编，何慎怡校点：《魏源全集·诗古微》，岳麓书社1989年版。

（清）王昶辑：《湖海文传》，《续修四库全书》第1668册。

（明）徐渭：《青藤书屋文集》，中华书局1985年版。

（明）谢榛：《四溟诗话》，人民文学出版社1961年版。

（清）徐世昌：《清儒学案》，中国书店1990年版。

《文渊阁四库全书总目》（卷十六），《经部·诗类》。

（清）袁枚著，顾学颉校点：《随园诗话》（上下），人民文学出版社1960年版。

（宋）严羽著，郭绍虞校释：《沧浪诗话校释》，人民文学出版社1961年版。

（清）叶燮著，霍松林校注：《原诗》，人民文学出版社1979年版。

（清）严可均：《全上古秦汉三国六朝文》，中华书局1958年版。

（清）姚际恒：《诗经通论》，中华书局1958年版。

中华书局编辑部：《汉魏古注十三经》，中华书局1998年版。

（梁）钟嵘著，周振甫译注：《诗品译注》，中华书局 1998 年版。
（宋）郑樵：《通志》，中华书局 1995 年版。
（宋）朱熹：《诗集传》，中华书局 1958 年版。
（宋）朱熹：《朱熹全书》，上海古籍出版社 2001 年版。
（明）钟惺著，李先耕、崔重庆标校：《隐秀轩集》，上海古籍出版社 1992 年版。
（明）朱国桢：《涌幢小品》，中华书局 1959 年版。
（清）章炳麟：《章太炎全集》，上海人民出版社 1985 年版。
（宋）张载：《张载集》，中华书局 1978 年版。
（清）周中孚：《郑堂读书记》，商务印书馆 1940 年版。
江苏古籍出版社编选：《同治衡阳县志》，江苏古籍出版社 2002 年版。

专著、编著

北京大学哲学系美学教研室：《中国美学史资料选编》（下），中华书局 1981 年版。
陈良运：《中国诗学批评史》，江西人民出版社 1995 年版。
陈平原：《中国现代学术之建立——以章太炎、胡适之为中心》北京大学出版社 1998 年版。
陈寅恪：《陈寅恪集》，生活·读书·新知三联书店 2001 年版。
陈来：《诠释与重建——王船山的哲学精神》，北京大学出版社 2004 年版。
陈文新：《明代诗学的逻辑进程与主要理论问题》，武汉大学出版社 2007 年版。
崔海峰：《王夫之诗学范畴论》，中国社会科学出版社 2006 年版。
崔海峰：《王夫之诗学思想论稿》，中国社会科学出版社 2012 年版。
曹聚仁：《中国学术思想史随笔》，生活·读书·新知三联书店 2012 年版。
邓潭洲：《王船山传论》，湖南人民出版社 1982 年版。
戴维：《诗经研究史》，湖南教育出版社 2001 年版。
方孝岳：《中国文学批评》，生活·读书·新知三联书店 1986 年版。
郭绍虞主编：《中国历代文论选》，上海古籍出版社 1979 年版。
郭绍虞：《中国文学批评史》，百花文艺出版社 1999 年版。
侯外庐：《船山学案》，重庆三友书店 1944 年版。
胡朴安：《诗经学》，商务印书馆 1928 年版。

洪湛侯：《诗经学史》，中华书局2002年版。

黄松毅：《仪式与歌诗—〈诗经〉大雅研究》，中国传媒大学出版社2010年版。

黄焯：《毛诗郑笺平议》，上海古籍出版社1985年版。

黄侃：《黄侃论学杂著》，中华书局1964年版。

何海燕：《清代〈诗经〉学研究》，人民出版社2011年版。

胡晓明：《诗与文化心灵》，中华书局2006年版。

李学勤主编：《毛诗正义》，北京大学出版社1999年版。

李泽厚：《美的历程》，生活·读书·新知三联书店2009年版。

刘奕：《乾嘉经学家文学思想研究》，上海古籍出版社2012年版。

刘小枫：《拯救与逍遥》，华东师范大学出版社2007年版。

刘志盛、刘萍：《王船山著作丛考》，湖南人民出版社1999年版。

梁启超：《中国近三百年学术史》，岳麓书社2010年版。

梁启超：《清代学术概论》，岳麓书社2010年版。

刘毓庆：《从经学到文学——明代诗经学史论》，商务印书馆2001年版。

刘毓庆、郭万金：《从文学到经学—先秦两汉诗经学史论》，华东师范大学出版社2009年版。

嵇文甫：《船山哲学》，开明书店1936年版。

蒋红等编著：《中国现代美学论著译著提要》，复旦大学出版社1987年版。

蒋寅：《中国诗学的思路与实践》，广西师范大学出版社2001年版。

（台湾）林叶连：《中国历代诗经学》，花木兰文化出版社2006年版。

刘怀荣：《赋比兴与中国诗学研究》，人民出版社2007年版。

莫林虎：《中国诗歌源流史》，中国社会科学出版社2001年版。

毛峰：《神秘主义诗学》，生活·读书·新知三联书店1998年版。

钱穆：《中国近三百年学术史》，九州出版社2011年版。

钱钟书：《管锥编》，中华书局1986年版。

任继愈：《中国哲学史》，人民出版社1979年版。

苏雪林：《诗经杂俎》，台湾商务印书馆1995年版。

孙殿起辑：《清代禁书知见录》，商务印书馆1957年版。

孙立：《明末清初诗论研究》，广东高等教育出版社1999年版。

时志明：《山魂水魄——明末清初节烈诗人山水诗论》，凤凰出版传媒集团 2006 年版。

孙适民、陈代湘：《中国隐逸文化》，湖南出版社 1997 年版。

檀作文：《朱熹诗经学研究》，学苑出版社 2003 年版。

童庆炳：《文学活动的审美维度》，高等教育出版社 2001 年版。

童庆炳、陶东风主编：《文学经典的建构、解构和重构》，北京大学出版社 2007 年版。

唐君毅：《中国哲学原论》，台湾学生书局 1990 年版。

谭承耕：《船山诗论及创作研究》，湖南出版社 1992 年版。

陶水平：《船山诗学研究》，中国社会科学出版社 2001 年版。

涂波：《王夫之诗学研究》，湖北人民出版社 2006 年版。

吴闿生：《诗义会通》，中华书局 1959 年版。

王先霈：《中国古代诗学十五讲》，北京大学出版社 2007 年版。

吴雁南等主编：《中国经学史》，福建人民出版社 2001 年版。

邬国平、王镇远：《清代文学批评史》，上海古籍出版社 1995 年版。

吴海庆：《船山美学思想研究》，河南人民出版社 2004 年版。

王次澄：《宋遗民诗与诗学》，中华书局 2011 年版。

萧萐父、许苏民：《王夫之评传》，南京大学出版社 2002 年版。

夏传才：《二十世纪诗经学》，学苑出版社 2005 年版。

肖驰：《中国诗歌美学》，北京大学出版社 1986 年版。

夏传才：《诗经研究史概要》，清华大学出版社 2007 年版。

肖驰：《抒情传统与中国思想—王夫之诗学发微》，上海古籍出版社 2003 年版。

熊考核：《王船山美学》，中国文史哲出版社 1991 年版。

余英时：《文史传统与文化重建》，生活·读书·新知三联书店 2012 年版。

余英时：《士与中国文化》，上海人民出版社 1987 年版。

叶朗：《中国美学史大纲》，上海人民出版社 1985 年版。

俞志慧：《君子儒与诗教——先秦儒家文学思想考论》，生活·读书·新知三联书店 2005 年版。

杨义：《重绘中国文学地图》，中国社会科学出版社 2003 年版。

杨义：《感悟通论》，人民出版社 2008 年版。

袁愈宗：《王夫之〈诗广传〉诗学思想研究》，中央编译出版社 2012 年版。

程俊英、蒋见元：《诗经注析》，中华书局 1991 年版。

杨慧林：《在文学与神学的边界》，复旦大学出版社2012年版。

张岱年：《中国哲学大纲》，江苏教育出版社2005年版。

邹其昌：《朱熹诗经诠释学美学研究》，商务印书馆2004年版。

朱光潜：《诗论》，上海古籍出版社2001年版。

赵敏俐、吴相洲等：《中国古代歌诗研究——从〈诗经〉到元曲的艺术生产史》，北京大学出版社2005年版。

赵沛霖：《现代学术文化思潮与诗经研究——二十世纪诗经研究史》，学苑出版社2006年版。

赵沛霖：《兴的源起：历史积淀与诗歌艺术》，中国社会科学出版社1987年版。

赵沛霖：《诗经研究反思》，天津教育出版社1989年版。

朱东润：《中国文学批评史大纲》，武汉大学出版社2009年版。

张少康、刘三富：《中国文学理论批评发展史》（上、下），北京大学出版社1995年版。

张健：《清代诗学研究》，北京大学出版社1999年版。

周裕锴：《中国古代阐释学研究》，上海人民出版社2003年版。

章启辉：《旷世大儒——王夫之》，河北人民出版社2001年版。

张新科：《中国古典传记文学的生命价值》，人民出版社2012年版。

周光庆：《中国古典解释学导论》，中华书局2002年版。

张舜徽：《清人文集别录》（上、下），中华书局1963年版。

（台湾）曾守仁：《王夫之诗学理论重构——思文/幽明/天人之际的儒门诗教观》，国立台湾大学出版中心2011年版。

朱自清：《诗言志辨》，凤凰出版社2008年版。

辽宁大学中文系古代文学研究生编辑：《中国古代文学资料目录索引》（1949—1979年）。

中山大学中文系资料室汇编：《1949—1980中国古典文学研究论文索引》，广西人民出版社1984年版。

二 外文译著

［美］雷·韦勒克、奥·沃伦：《文学理论》，刘象愚、邢培明、陈圣生、李哲明译，生活·读书·新知三联书店1984年版。

［德］黑格尔：《美学》，朱光潜译，商务印书馆1981年版。

［法］瓦莱里：《文艺杂谈》，段映虹译，百花文艺出版社2002年版。

［托名］狄奥尼修斯：《神秘神学》，包利民译，生活·读书·新知三联书店1998年版。

［美］苏源熙：《中国美学问题》，卞东坡译，张强强、朱霞欢校，江苏人民出版社2011年版。

［德］汉斯·罗伯特·耀斯：《审美经验与文学解释学》，顾建光、顾静宇、张乐天译，上海译文出版社1997年版。

［美］宇文所安：《中国文论：英译与评论》，王柏华、陶庆梅译，上海社会科学院出版社2003年版。

［美］宇文所安：《中国传统诗歌与诗学：世界的征象》，陈小亮译，中国社会科学出版社2013年版。

［新加坡］杨松年：《王夫之诗论研究》，文史哲出版社1986年版。

后　　记

　　这本呈在学术界诸位师长面前的小书，是在我的博士论文基础上修订而成的。

　　2010年的秋天，我又回到了阔别18年的母校，成了一名大龄博士生。年逾不惑重返校园，这使我激动不已，也让我莫名慌张。入校不久，董老师身患疾疴。他多次敦促我努力学习，虚心求教，这使我不敢倦怠。当我蹒跚于学术之路时，却深感力不从心。在彷徨中，光阴逝去。在茫然中，产生了求师问道的想法。

　　2012年4月，我向陕西师范大学研究生院提出了研修申请并得到获批。怀揣真挚，给当代《诗经》学大师夏传才先生写了一封诚恳的求学信，忐忑中等待夏先生的回复。德高望重的夏先生很快给我答复，他愿意接受我这个学生，并免收一切费用。就这样，89岁高龄的夏先生为我特例打开了师门。经先生首肯并得到河北师范大学及文学院领导的同意，从2012年9月起，我赴河北师范大学，师从夏先生学习《诗经》。从我进入师门的第一天起，先生特为我安排了详细的培养计划，并设置了学习内容，这的确出乎我的意料。我以为，先生至多给我一些指导性意见而已。起初，先生只字不提论文选题，我每有此意，都会被婉言拒绝。按照先生的要求，每周一、三、五上午去先生家里学习。从此，我成了先生家的"常客"，他的"思无邪斋"书房也是我最想去的地方。在五个多月的时间里，先生系统地讲授了历代《诗经》学史、《诗经》问题专题、先秦哲学、西周史等课程，指导我阅读了《明儒学案》《宋元学案》《清儒学案》以及大量的《诗经》学著作，并要求写出读书心得。他为了加强我的基本功，特意让我参加了《〈诗经〉学大辞典》的校对工作，在有限的时间里，一步步将我领进《诗经》学的天地。在完成了《诗经》学的基本课程学习后，我即与先生商量确定了本选题。根据选题，先生不畏严寒陪我去河北师大文学院资料室查阅资料。后来，先生又认真审查了我的论文大纲，提出了中肯的意见。在论文写作过程中，先生给了详尽的指导。特别是对论文写作的思想高度、学术规范提出了近乎苛刻的要求。

夏师严谨的治学态度、渊博的学识修养、精辟的学术见解，使我受益匪浅。更令人感动的是他年近九旬不辞辛劳、不计名利而诲人不倦的敬业精神和大师风范。先生虽已耄耋之年，却毫无学究气。他在教授《诗经》学知识的同时，教给我读书与做学问的方法。先生结合自己一生治学的经验，谆谆教导："只专不博，无以成专；博而不专，一事无成。"他时常强调学术研究的时代意义和精神价值："选题对象的大小，就决定了文章的高度与价值，甚至决定可以传世还是进入垃圾桶。"我之所以以一代大师王夫之的《诗经》学作为为研究对象，与恩师的教诲无不关系。

自古经师易得而人师难求。我能够忝列大师门下，亲耳聆听先生的教诲，感受大师风范，这是何等的荣幸！夏师不仅授我知识，也时常告诉我做人的道理。他告诉我人活着就要"心常愉快，时露笑容。不论遇到任何困难，均将处之泰然"。这种乐观练达的人生态度，不仅是他朴素的人生哲学，也是他长寿的秘诀，更是我值得用一生去学习践行的思想。"人到无求品自高"，这是先生时常挂在嘴上的一句话，希望我在今后的学习工作中，放下功利心，诚诚实实做人，兢兢业业为学。跟随夏师学习更是幸福的，会时时刻刻感受到恩师的呵护与关爱。每次上完课后，先生总会留我吃饭；但凡有学者造访或逢学术研讨会，先生总忘不了向学者们介绍我这个最小的弟子，珍爱鞭策之情溢于言表。在我撰写论文期间，先生多次打来电话询问，并给予了很多指导。当先生收到我寄送的论文后，不辞辛劳细心审阅后，写出了数千字的评语，字里行间流露出恩师的殷勤希望与鼓励。后又得知拙作欲出版，先生惠赐大序，奖掖批评。恩师年事已高，几十年辛勤治学，日夜伏案，积劳成疾，尤其眼疾愈甚。每读序文，不胜感激；稍有懈怠，便用心阅读，感受先生对学生的期望之意。先生视我如己出，舐犊之情使我没齿难忘，每每想起师从夏先生的点滴，心里总会如春风拂过，春雨浸润。"常恨言语浅，不如人意深。"学生口拙，不能道出万千感恩！

在四年的学习生涯中，我得到了母校老师的厚爱。从论文开题到撰写过程中，遇到了很多具体的困难。在我最无助的时候，是我的恩师张新科先生给予莫大的关爱。先生不嫌我愚钝，手把手教我撰写规范的学术论文。从论文结构的设置、章节的布局,甚至语言表达、文献使用诸多方面,反复予以悉心指导,付出了大量的心血。跟着张老师学习,最大的收获就是治学的严谨和最严厉的"苛求"。我的论文从不成规矩,到有模有样,老师辛苦指导,几易其稿。张老师严谨治学的态度使我受益匪浅;宽厚的为师之德,使我终生难忘!博士毕业后,张老师一直关心着我的工作和生活,关注着我在学术上的成长与进步。印光法师曾用灯来比喻无量功德:"譬如一灯只一灯之明,若肯转燃,则百千万亿无量无数灯,其明盖不可喻矣,而本灯固无所损也。世人不知此义,故止知自私自利,不愿人得其益。"借用此灯"转燃"之德,来喻张老师对学生之功,则何等恰当。

"问渠那得清如许,为有源头活水来。"从博士一年级开始,授业于张新科、刘生良、魏耕原、刘锋焘、吴言生、周淑萍、屈雅君诸先生。在他们的精心培养下,使我打下了先秦两汉魏晋南北朝文学研究的良好基础,也逐渐开阔了学术视野,走向了学术研究的道路。开题之际,有幸得到程世和、高益荣教授的中肯指正。在预答辩中,刘锋焘、傅绍良、刘生良、李浩诸位先生提了很多好的建议,尤其是曹胜高教授,针对论文存在的问题,给予具体指导,使我受益颇多。诸位先生的培育之恩使我终身难忘,他们的师者风范与治学精神令我钦佩,在此谨向他们致以真挚的感谢!

论文完成后,承蒙兰州大学伏俊琏教授、中央民族大学陈允锋教授、南京大学许结教授、北京师范大学尚学峰教授和吉林大学武振玉教授拨冗评审。诸位先生写出了详尽的评语,都对拙文给予充分肯定和热情鼓励,同时也指出了存在的问题,并提出了宝贵的修改意见。伏俊琏等先生对我的科研能力和治学品格提出褒奖,使我深受鼓舞。在陕西师范大学论文答辩会上,拙文也受到了答辩主席西北大学李浩教授以及答辩委员会曹胜高、刘锋焘、傅少良诸先生的一致好评,并得到了他们的批评指正。这些鼓励与评介,为进一步完善论文提供了很大的帮助,在此真诚地向他们表示衷心的感谢!

博士论文的撰写,需要大量的文献资料作为支撑。然而古代文学文献资料的筛选、甄别、辨证和分析难度颇大,尤其是《诗经》学方面的资料尤甚。有幸的是我得到了河北师范大学副校长王长华教授、文学院副院长闫福玲教授、王月宝书记、资料室寇淑慧老师以及时任《诗经》学会秘书的曹建芬老师的无私帮助，在此特向他们表示真挚的谢意！

一饭之恩，难以报答！在石家庄学习的日子里，几乎每天中午都吃夏凤师姐亲手做的饭，使我虽在异地他乡，却备感家的温暖。回首往事，历历在目，对姐姐的关爱，不胜感激！

撰写论文的历程充满艰辛，若无亲朋好友的鼎力支持，则难以如期顺利完成。抛家别子，四载春秋，是爱人杨发豹先生默默承担起家庭的重担，支持我一路走下去。儿子启辉，非常懂事，时常鼓励我坚持自己的选择。同学情谊，胜似手足，卢胜利、陈忠民、朱晓彧、方艳、闫雪梅、黄慧琴、马鸿、刘惠、胡枫、李小满、巴微、胡伟华、张亚玲、张华诸位同学给予真挚的友谊和关心。因此，特向他们深表谢意！

论文得以及时出版，还承蒙青海师范大学人文学院领导杜常顺教授、赖振寅教授以及古代文学教研室同仁的大力支持，使我非常感激。特别是本书的责任编辑田文女士认真负责、精心审稿，指出并更正了许多讹误，为本书的出版付出了大量的心血。此外，中国社会科学出版社其他工作人员也为此付出了辛勤劳动，谨此一并深致谢忱！

纳秀艳
2015 年 10 月 9 日于春晖堂